KB178933

바바리안
데이즈

Barbarian Days

Photograph credits

008p: © Mike Cordesius
329p: © joliphotos
602p: © Ken Seino
634p: © Scott Winer
Other photographs courtesy of the author.

◇

바다가 사랑한
서퍼 이야기

◇

바바리안
데이즈

Barbarian Days

윌리엄 피네건
William Finnegan
박현주 옮김

몰리에게

그는 문장을 만드는 데 몰두하느라,
생각이 책의 페이지 위에 튀는 형형색색의 물방울 같았던
야만적 날들은 까맣게 잊고 말았다.

에드워드 세인트 오빈, 《모유》

©Mike Cordesius

차례

I

다이아몬드헤드에서

❖

호놀룰루 1966~1967

✦

　내가 온실의 화초로 자랐다고 생각한 적은 한 번도 없다. 그래
도 카이무키Kaimuki 중학교는 충격적이었다. 우리 가족이 호놀룰
루Honolulu로 온 지 얼마 지나지 않았을 때였고, 나는 8학년이었
다. 그리고 내가 다닐 새 학교의 친구들은 모두 "마약에 중독되어
있거나 본드를 흡입하는 동네 깡패"였다. 아니, 로스앤젤레스Los
Angeles에 사는 친구에게 보내는 편지에 그렇게 썼다. 그 말은 진
실이 아니었다. 중요한 건 하울리Haole✦(나도 그중 하나였다)들이 카
이무키에서는 하찮고 인기 없는 소수집단이라는 것이었다. 내가
'토착민들natives'이라고 부르던 그들은 우리를 특히 싫어했다. 이
건 사람 기죽이는 일이었는데, 하와이 사람은 대부분 중학생 아
이가 보기에는 깜짝 놀랄 만큼 덩치가 컸는데, 그들이 싸움을 좋
아한다는 말도 돌았다. '동양인oriental' ─이것 역시 내가 쓰는 명
칭이었다─은 학교에서는 가장 큰 인종 집단이었다. 처음 몇 주
동안 나는 일본, 중국, 한국 아이들을 구분하지 못했다. 그들은
모두 내게 동양인이었다. 또 다른 중요한 민족의 존재도 알아차
리지 못했다. 필리핀인이나 사모아인, (하울리로 취급되지 않는) 포
르투갈인이다. 그러니 다양한 인종적 배경이 섞인 아이들은 말할
것도 없었다. 심지어 곧바로 나를 괴롭히기 시작한 목공 수업의
덩치 큰 애도 하와이인이라고 나는 생각했던 것 같다.
　그 애는 뾰족코의 번들거리는 검은색 구두를 신었고, 화사한

────────────

✦　　하와이 토박이가 아닌 사람. 특히 백인을 지칭한다.

꽃무늬 셔츠를 입었다. 꼬인 머리칼은 모두 뒤로 넘겨서 마치 났을 때부터 머리를 밀어버린 사람 같았다. 말수가 극히 적었고, 가끔 말할 때도 나는 알아들을 수 없는 피진Pidgin 영어**를 썼다. 일종의 불량 청소년 깡패로, 원래 학년보다 몇 년은 더 뒤처진 것 같았고, 자퇴할 때까지 시간이나 때우고 있는 듯했다. 성은 프레이타스Freitas였다. 이름은 들어본 적이 없었다. 그렇다고 프레이타스 일족과 친척도 아닌 듯했다. 그들은 섬의 방대한 가문으로, 그 집안 출신의 난폭한 남자아이들이 카이무키 중학교에 많이 다녔다. 뾰족 구두 프레이타스는 나를 며칠 동안 뻔뻔하게 관찰하며 점점 더 불안하게 만들더니, 결국에는 슬며시 공격을 가해 나의 침착성을 무너뜨렸다. 이를테면, 내가 반쯤 만든 구두 상자에 톱질을 하느라 집중할 때 팔꿈치를 툭 치고 지나가는 식이었다.

나는 겁이 너무 나서 아무 말도 하지 못했고, 그도 내게 말 한마디 건네지 않았다. 이것도 재미의 일부분인 듯 보였다. 그런 뒤에 그는 목공 수업에 딸린, 교실에서 받는 이론 수업 몇 시간을 때우기 위해, 조잡하지만 독창적인 놀이를 만들어 재미를 붙였다. 바로 내 뒤에 앉아서 선생님이 등을 돌릴 때마다 각목으로 내 머리를 치는 것이었다. 통, 통, 통. 리듬이 딱딱 맞았고, 한 번 때릴 때마다 간격을 여유 있게 두어 매번 이번에는 그치려나 하는 짧은 희망을 품게 하곤 했다. 이렇게 허락도 받지 않은 콩콩 소리가 교실에 울려 퍼지는데도 선생님이 듣지 못하다니 이해할 수가 없었다. 소리가 워낙 커서 교실에 있는 모든 아이들의 관심을 끌

** 서로 다른 두 언어의 화자가 만나 의사소통을 위해 자연스레 형성한 혼성어로, 여기선 하와이어와 영어의 혼성어를 말한다.

었고, 아이들은 프레이타스의 사소한 의식이 멋지다고 생각하는 듯했다. 당연히 내 머릿속에서는 한 번 맞을 때마다 뼈가 덜그럭 흔들리며 폭발하는 느낌이 들었다. 프레이타스는 꽤 긴—5∼6피트 정도 되는—막대를 썼고, 아주 세게 내려치는 법은 없었다. 그 정도만 해도 흔적은 남지 않지만 성에 찰 만큼 칠 수 있었고, 약간 동떨어진, 심지어 명상에 잠긴 듯 보이는 거리를 유지할 수 있었다. 그렇게 해서 더 멋져 보이려던 게 아니었나 싶다.

만약 다른 아이가 목표물이 되었다면, 나도 다른 동급생들처럼 손 놓고 구경만 했을까 생각해본다. 아마도 그랬을 것이다. 선생님은 자기 세계에 빠져서 자기 테이블톱에만 신경 썼다. 나는 아무런 방어를 하지 않았다. 프레이타스가 하와이인이 아니라는 것을 알아채긴 했지만, 나는 그저 그 괴롭힘을 받아들여야 한다고 생각했던 것 같다. 어쨌든, 나는 친구도 없는 깡마른 하울리였으니까.

우리 부모님은 잘못된 착각으로 나를 카이무키 중학교에 보냈다. 나중에 나는 이렇게 결론을 내릴 수 있었다. 그때는 1966년이었고 캘리포니아California의 공립학교 체제, 특히 우리가 이전에 살았던 중산층 교외 지역의 그것은 국내에서도 최고였다. 우리가 아는 가족들은 아이들을 사립학교에 보내려고 생각해본 적도 없었다. 하와이의 공립학교는 전혀 달랐다. 가난했고, 식민지에서 이어져온 플랜테이션농업과 선교 전통의 늪에 빠져서 미국 학업 수준 평균에서 한참 뒤떨어져 있었다.

하지만 내 동생들이 다니는 초등학교만 보면 그런 상황을 짐작하지 못했을 것이었다(케빈Kevin은 아홉 살이었고, 콜린Colleen은 일곱 살이었다. 마이클Michael은 세 살로, 어린이집에 다닐 나이였지만 아직 공교육이 도입되기 전이었다). 우리는 카할라Kahala라는 부촌 가장자리에 있는 집에 세 들었고, 카할라 초등학교는 자금 지원을 잘 받아 진보 교육의 작은 안식처같이 된 곳이었다. 아이들이 맨발로 학교에 오는 것을 허용한다는 사실을 제외하고는—우리 식구의 생각에는 열대 지역의 분방함을 보여주는 놀라운 모습이었다—카할라 초등학교는 샌타모니카Santa Monica의 점잖은 학군에 있어도 될 만한 정도였다. 하지만 분명 카할라에는 중학교가 없었다. 바로 그 때문에 그 지역의 모든 집에서는 몇 세대 동안 아이들을 호놀룰루의(그리고 하와이의 다른 지역 대부분의) 중산층과 부유층을 교육하는 사립 중학교에 보냈을 것이었다.

이런 사실을 모른 채, 부모님은 나를 가장 가까운 중학교, 다이아몬드헤드Diamond Head 분화구 뒤편에 있으며 노동계급 가정의 아이들을 대상으로 하는 카이무키에 보냈다. 부모님들은 내가 거기서 8학년 과정을 잘 따라갈 수 있을 거라고 생각한 모양이었지만, 사실상 나는 가혹한 괴롭힘과 외로움과 싸움을 버텨내야만 했다. 캘리포니아의 동떨어진 교외에서 나도 모르는 사이에 백인 문화 속에서 지금껏 살아오다가, 여러 인종들이 부딪치는 세계 속에서 살길을 찾자니 정신이 없었다. 심지어 수업도 인종에 따라 구축된 것만 같았다. 적어도 학과 수업은 시험 성적에 따라 배정되어서 이 선생님, 저 선생님 교실로 옮겨 다녀야 했다. 나는 우수반에 배치되었다. 일본 출신 여학생들뿐인 반이었다. 하와이인, 사모아인, 필리핀인은 한 명도 없었고, 수업도 너무 얌전하고 수월해서 처음으로 학교가 지루해졌다. 동급생들에게 나는 사회적으로 존재하지 않는 것이나 다름없다는 사실 또한 상황을 더 나쁘게 만들었다. 그리하여 나는 뒷줄에 웅크리고 앉아 창밖으로 나무만 쳐다보며 풍향과 풍속을 어림하거나, 책상에다 서프보드와 파도만 그리면서 시간을 때웠다.

아버지가 직장 때문에 우리를 데리고 하와이로 이사했을 때, 내 서핑 경력은 벌써 3년 차였다. 아버지는 주로 〈닥터 킬데어Dr. Kildare〉 〈맨프롬엉클The Man from U.N.C.L.E.〉이라는 연속극의 조연출로 일했다. 지금은 새 시리즈의 제작 감독이다. 지역 라디오 프로그램 〈하와이콜스Hawaii Calls〉를 바탕으로 한 반 시간짜리 뮤지컬 예능 프로그램이었다. 바닥이 유리로 된 보트에서 노래하는 돈 호Don Ho[+]나 폭포 옆에 선 칼립소 악단,[++] 화산이 폭발하는 동안 훌라춤을 추는 아가씨들을 찍어놓고 그걸 쇼라고 하는 기획이었다. "하와이 주민 장기 자랑은 안 되겠지만," 아버지는 말했다. "꽤 비슷하겠지."

"쇼가 너무 형편없으면, 아빠를 모르는 사람인 척하자꾸나." 엄마가 말했다. "빌… 누구시라고요?"

가족 모두가 호놀룰루로 이사하는 비용은 빠듯했다. 작은 집을 빌린 거나(케빈과 나는 돌아가면서 소파에서 잤다), 타고 다닐 차가 녹슨 고물 포드였던 걸 보면 그런 듯했다. 하지만 우리 집은 해변 가까이에 있었다. 쿨라마누Kulamanu라고 하는 거리, 다른 집들이 쭉 늘어선 차로 너머에 바로 바다가 있었다. 그리고 날씨는 우리가 도착한 1월에도 따뜻해서 호사스럽다는 느낌이었다.

나는 하와이에 왔다는 것만으로도 들떠서 제정신이 아니었다. 세상 모든 서퍼, 세상 모든 서핑 잡지의 독자가—내가 가지고 있

[+]   하와이-중국계의 팝 뮤지션.
[++]   트리니다드토바고에서 유래한 아프로-캐러비안 계통의 음악을 연주하는 악단.

는 서핑 잡지는 죄다 읽어서 기사 한 줄, 사진 캡션 하나 놓치지 않고 모조리 외울 정도였다―좋든 싫든 환상적인 삶의 대부분을 보내는 곳이 하와이 아닌가. 그런데 이제 내가 거기 온 것이었다. 진짜 하와이 모래를 밟으며(거칠고 낯선 냄새가 났다), 하와이 바닷물 맛을 보며(따뜻하고 낯선 냄새가 났다), 하와이 파도(작고 표면이 검으며, 바람에 날렸다)를 향해 서프보드를 타고 손을 저어 나아갈 수 있었다.

내가 기대한 건 이런 것들이 아니었다. 잡지에서 보면, 하와이의 파도는 언제나 컸고, 컬러 사진에서 보면 심해의 푸른색에서부터 이 세상 것 같지 않은 투명한 터키석 색깔까지 다양했다. 늘 뭍바람이 불었고(육지에서 바다로 불어 서핑하기에 이상적인 바람), 부서지는 파도는 신들의 놀이터였다. 선셋비치Sunset Beach, 반자이파이프라인Banzai Pipeline, 마카하Makaha, 알라모아나Ala Moana, 와이메아만Waimea Bay.

이 모든 곳은 우리 집 앞 바다에서는 다른 세계처럼 멀리 있었다. 심지어 초심자에게 적합한 파도가 일고 관광객들이 모이는 곳으로 알려진 와이키키Waikiki 해변만 해도, 다른 사람들이 들어본 호놀룰루의 다른 지역들과 마찬가지로 다이아몬드헤드의 저 끝 너머에 있었다. 근사하고 상징적인 서편. 우리는 산의 남동쪽, 쭉 내려오다가 안장 모양으로 살짝 파인 곳에 살았다. 블랙포인트Black Point 서쪽의 그늘진 해변이었다. 해변이라고 해봤자 젖은 모래가 깔린 땅뙈기일 뿐, 좁고 텅 비어 있었다.

우리가 도착한 오후, 나는 동네 바다를 처음으로 돌아다니며 미친 듯이 조사를 해보다가 서핑 환경을 보고는 혼란에 빠졌다. 수면 위로 드러난 이끼 낀 암초의 바깥 면을 따라 파도가 여기저기서 부서졌다. 산호초가 너무 많아서 걱정이었다. 악명에 걸맞게 날카로

운 산호초였다. 그때 나는 서쪽에서 꽤 떨어진 곳, 바다로 한참 나
간 자리에서 막대기 인형이 익숙하게 미뉴에트를 추고 있는 모습
을 목격했다. 오후의 태양을 뒤로 한 채 올랐다 떨어지는 사람들.
서퍼들이었다! 나는 오솔길을 따라 도로 올라갔다. 짐을 모두 푼
식구들은 침대를 두고 싸우느라 바빴다. 나는 트렁크 수영복을 걸
쳐 입고 내 보드를 들고는 아무 말도 없이 집에서 뛰어나왔다.

　나는 해변과 가까이 붙어 좁은 초호를 따라 서쪽으로 패들
paddle⁺을 하면서 반 마일 정도 나아갔다. 그러다 해변의 집들이
보이지 않는 곳에 이르렀다. 가파르고 덤불이 무성히 깔린 다이
아몬드헤드가 모래사장 너머로 뻗어 있었다. 그때 나의 왼쪽에
있던 산호초가 사라지면서 너른 채널channel — 파도가 전혀 부서지
지 않는 더 깊은 물—이 나타났는데, 그 채널 너머에는 열두어 명
의 서퍼들이 여기저기 흩어진 채 온화하게 불어오는 바닷바람을
맞으며 가슴까지 올라오는 짙은 파도 물머리에 서 있었다. 나는
천천히 패들하며 라인업lineup⁺⁺ — 파도에 올라탈 수 있는 구역까
지 —으로 빙 둘러 가서 파도 타는 모습 하나하나를 관찰했다. 실
력이 좋은 서퍼들이었다. 모두 동작이 매끄러웠고 잔 기술을 부
리지 않았다. 떨어지는 사람 하나 없었다. 그리고 다행스럽게도
아무도 나의 존재를 알아차리지 못했다.

　나는 빙 돌면서 라인업에서도 사람이 없는 곳으로 슬금슬금 들
어갔다. 파도가 꽤 크게 일었다. 테이크오프takeoff⁺⁺⁺는 바스러졌

⁺　　서프보드 위에 엎드려 손으로 물을 저어 나아가는 예비 동작.
⁺⁺　　파도가 부서지기 시작하는 지점으로, 대부분의 서퍼들이 파도에 올라타려고 정렬
해 있는 곳.
⁺⁺⁺　파도에 올라타는 동작, 혹은 파도의 그 지점.

지만 완만했다. 근육의 기억에 맡기면서, 작고 말랑말랑한 오른쪽 파도 두 개를 잡아 올라탔다. 내가 캘리포니아에서 알던 파도와는 달랐지만, 그렇게 많이 다르진 않았다. 감을 잡을 수 없기는 했어도 위협적이진 않았다. 바닥의 산호초가 보이긴 했으나(해안 가까이) 저 멀리 안쪽에 머리를 내민 두어 개를 제외하고 그렇게 얕은 곳은 없었다.

다른 서퍼들은 서로 이야기를 나누며 웃어댔다. 언뜻 훔쳐 들었지만 한마디도 이해할 수 없었다. 피진으로 이야기한 모양이다. 제임스 미치너James Michener의 소설 《하와이Hawaii》에서 피진에 대해 읽어보기는 했으나, 카이무키 중학교에 처음 가기까지는 며칠 남은 때였기 때문에 실제로 들어본 적은 없었다. 아니면 다른 외국어일 수도 있었다. 그 물속에서 나만이 하울리(이 단어도 미치너의 책에서 배웠다)였다. 한순간, 나보다 나이가 많은 남자 하나가 내 옆을 패들해 지나칠 때 바다 쪽을 가리키며 "바깥outside"이라고 말했다. 그날 내게 말을 건넨 건 그뿐이었다. 그리고 그 사람 말이 맞았다. 바깥에서 큰 파도의 세트가 몰려오고 있었다. 그날 오후 가장 큰 파도였다. 나는 미리 경고를 해준 것에 감사했다.

해가 떨어지자 사람들도 줄어들었다. 나는 사람들이 어디로 갔는지 찾아보았다. 대부분 산 쪽으로 올라가는 가파른 길을 타고 다이아몬드헤드로드Diamond Head Road로 가는 듯했다. 빛바랜 보드를 핀fin[++++]이 앞으로 가게 머리에 이고, 타박타박 걸어서 구불구불한 오르막길을 올라갔다. 나는 마지막 파도를 잡아 올라타고

[++++] 서프보드에 붙은 지느러미 모양의 수직 안정판. 핀의 개수에 따라 보드의 움직임이 달라진다. 핀이 하나면 싱글핀, 두 개면 트윈핀, 세 개면 트러스터, 네 개면 쿼드라고 한다.

바다로 향하는 오솔길. 쿨라마누의 집. 1966년.

얕은 곳까지 들어왔다가 한참 패들해 초호를 따라 집 쪽으로 돌아왔다. 이제 집들에 불이 켜져 있었다. 공기는 더 서늘해졌고, 청흑색 그림자들이 해변을 따라 선 코코야자 아래 드리워져 있었다. 내 얼굴은 행운에 잔뜩 달아올랐다. 이 얘기를 함께 나눌 사람이 있기를 바랐다. 난 하와이에 있어, 하와이에서 서핑을 해. 그때 나는 막 서핑하고 돌아온 곳의 이름조차 알지 못한다는 것을 깨달았다.

그곳은 클리프스Cliffs라고 했다. 내가 처음 패들해서 나간 채널에서부터 암초가 조각조각 이어지며 남쪽과 서쪽으로 반 마일 정도 호를 그리며 뻗어나가는 지역이었다. 서핑을 할 만한 새 장소를 알아내려면, 먼저 다른 파도 지점들을 보고 얻은 지식을 다 쏟아붓고, 다른 곳에서 익힌 파도 형태를 면밀히 읽는 법을 이용해야 한다. 하지만 그 단계에서 내가 알고 있는 파도 형태와 지점들은 다 해봤자 캘리포니아의 열에서 열다섯 군데 정도밖에 되지 않았고, 정말로 잘 알고 있는 곳은 딱 하나뿐이었다. 벤투라Ventura의 조약돌 해변이다. 그리고 이런 경험 중 그 무엇도 클리프스에서 서핑할 때는 별로 도움이 되지 않았다. 그날 첫 시간 후에, 나는 하루에 두 번은 그곳에서 서핑을 하려고 했다.

그곳은 거의 늘 탈 만한 파도가 인다는 점에서 꾸준히 갈 수 있는 장소였다. 심지어 오아후Oahu섬 남쪽 해변은 성수기가 아니어도 괜찮은 곳임을 차츰 깨닫게 되었다. 다이아몬드헤드에서 이어지는 암초는 섬의 최남단이었고, 지나가는 스웰swell⁺은 모두 여기에 걸렸다. 하지만 분화구의 가파른 벼랑에서 불어오는 지역풍인 윌리워williwaw를 포함해 바람이 많이 부는 곳이기도 해서, 그 바람이 지그소 퍼즐 모양의 광대한 암초 및 여러 방향에서 밀려오는 스웰과 합치면 바다 상태는 늘 달라졌다. 그리하여 이곳이 서핑에 적합한 장소인지는 결국 시간에 따라 요란하게 엎치락뒤치락할 수밖에 없는 문제였고, 당시에 나는 이것을 그다지 달가워하지 않았다. 클리프스는 내가 이제껏 알고 있던 지식을 넘어서 기분에 따라 들쑥날쑥한 복잡한 성격을 가진 곳이었다.

아침은 특히 당혹스러웠다. 학교 가기 전에 잠깐이라도 짬을 내어 서핑하려면, 동이 트기 전까지 가야만 했다. 내 좁은 경험으로는 바다는 새벽녘에는 유리 같아야 했다. 캘리포니아 해변에

⁺　원양에서 일어난 지각 변동이나 폭풍으로 인해 근해까지 다가오는 바닷물의 움직임을 말한다. 한국어로는 '너울'에 해당하나 서핑계에서는 흔히 스웰로 통칭하므로 이렇게 표기했다.

서는 이른 아침이면 보통 바람 없이 잔잔했다. 그러나 열대는 그
렇지 않은 듯했다. 확실히 클리프스에서는 아니었다. 해 뜰 때 종
종 무역풍이 거세게 불곤 했다. 오솔길을 따라 내려갈 때면 야자
나무 잎이 왁스를 바른 보드를 얹은 머리 위에서 몸부림쳤다. 해
변에서는 암초 너머 저 바깥의 하얀 거품 파도가 보였다. 로열블
루의 대양 동쪽에서 서쪽으로 쏟아지는 파도였다. 무역풍은 보통
북동풍으로, 이론적으로는 남쪽을 보는 해변에서는 나쁘지 않았
지만 어떤 일인지 클리프스에서는 항상 기슭과 나란한 방향으로
불었고, 그 각도로 부는 바람은 대부분의 서핑 지점을 망쳐버릴
만큼 강했다.

　그러한 환경에서도 그곳의 파도들은 불어오는 바람에 얻어맞
는 환경에서도 일그러지지 않고 버틸 강단이 있었으므로 여전히
탈 만했다. 적어도 내 목적은 만족시킬 만했다. 이른 아침에는 파
도를 타는 사람이 거의 없어 중요한 테이크오프 지점을 탐색하기
에 좋았다. 나는 까다롭고 빠르며 얕은 지점들과 계속 파도를 타
기 위해 빠르게 컷백cutback✦해야 하는 부드러운 지점을 알아냈다.
물이 허리까지 차고 바람이 세차게 부는 날에도, 파도를 최대한 이
용해서 한참 동안 즉흥적으로, 그래도 만족스럽게 탈 수 있었다.
암초는 조류에 따라 시시각각 수천 가지 모습을 드러낸다. 해안 가
까운 곳의 채널이 희부연 옷빛으로―잡지에서 본 하와이의 환상
적인 파도와 그다지 다르지 않은 색―바뀌기 시작하면 이제 해가
떠서 아침을 먹으러 돌아가야 할 시간이 되었다는 걸 깨닫는다. 조

✦　파도의 어깨 부분에서 넓게 돌아서 다시 파도가 부서지는 부분으로 돌아오는 회전
기술.

류가 특히 낮아 초호 바닥이 너무 얕아지는 바람에 패들할 수 없
게 되면, 좀 더 여유를 부리다 가도 된다는 것도 알았다. 보드의
앞코를 바람이 부는 쪽으로 돌리려고 애쓰면서 시간을 끌다가,
부드럽고도 억센 모래를 터덜터덜 밟으며 집으로 갈 수 있었다.

　오후에는 사정이 좀 달랐다. 바람은 보통 더 잔잔했고, 바다는
덜 요동쳤고, 서핑하는 사람들이 있었다. 클리프스에는 단골들이
있었다. 몇 번 서핑한 후에, 나는 몇 사람과 낯을 익혔다. 내가 알
던 본토(캘리포니아)의 서핑 지점에서는 보통 파도가 한정적으로
들어오는 탓에 자리싸움이 심했고 순서를 엄격히 지켜야 했다.
어린 애, 특히 형이라든가 달리 일행이 없는 애들은 자기도 모르
게 그 동네 터줏대감들의 순서에 끼어들지 않도록 조심해야 했
다. 하지만 클리프스에는 나란히 서서 파도를 타도 될 만큼 공간
이 충분했고, 중심 테이크오프 지점의 서쪽까지 끼어들 만한 빈
파도가 많이 있었다. 눈만 제대로 뜨고 살핀다면 암초 안쪽에 조
용히 파도타기를 시작할 수 있는 곳이 있었으므로, 거리낌 없이
변두리를 탐색할 수 있었다. 방해하는 사람은 아무도 없었다. 건
드리는 사람도 없었다. 학교생활과는 정반대였다.

　학교의 신입생 환영 프로그램에는 일련의 주먹싸움이 있었고,
그중 몇 번은 공식적인 일정도 잡혀 있었다. 학교 옆에는 공동묘
지가 있었는데, 그 한쪽 구석에 풀을 밟아 잘 다져놓은 숨겨진 공
터에서 아이들은 서로의 차이를 해결했다. 나는 거기서 프레이타
스라는 이름을 가진 애들 여럿을 상대해야 한다는 것을 알았다.
다시 한번 말하지만, 그 애들 중 누구도 목공 수업 때 나를 괴롭
히는 털북숭이 녀석과 친척 관계가 아니었다. 나의 첫 적수는 체

구가 너무 작고 어려서, 걔가 우리 학교 학생이 맞는지 의심하기
까지 했다. 프레이타스 일족이 자기 일원들을 전투에서 훈련시키
는 방법은 도와줄 동맹이나 도전을 피할 머리가 없는 멍청한 녀
석을 고른 후, 이길 가망이 없어 보이는 막내를 링 위로 올려 보
내는 것 같았다. 걔가 지면, 그다음 막내인 프레이타스를 내보낸
다. 그렇게 해서 친척이 아닌 아이가 질 때까지 계속하는 것이었
다. 이 활동들을 모두 사심 없이 준비하고 심판을 보는 것은 프레
이타스의 나이 많은 아이들이었다. 그리고 어느 정도는 공정하게
진행되었다.

　내 첫 경기에는 관중이 별로 없었다. 딱히 '누구도 큰 관심은 없
었을 것이다. 그래도 코너에 코치가 없고 규칙이 뭔지도 모르는
신세인 나는 속이 매스꺼울 정도로 겁이 났다. 상대는 체구에 비
해 놀랄 만큼 힘이 세고 사나웠지만, 팔이 너무 짧아서 주먹이 나
에게 닿지 않았다. 마침내 서로 그다지 크게 다치지 않은 채로 나
는 걔를 누를 수 있었다. 그다음에 곧바로 나선 그의 사촌은 나
와 체구가 좀 더 비슷했고, 격투는 좀 더 심각했다. 나도 나름대
로 잘 버텼지만, 둘 다 눈에 시퍼렇게 멍이 들어서야 프레이타스
의 나이 많은 애가 끼어들어 무승부를 선언했다. 재경기가 있을
거야, 그 애는 말했다. 내가 그 경기도 이기면 티노Tino라는 애가
내 엉덩이를 걷어찰 것이었다. 무조건. 프레이타스 팀은 자리를
떠났다. 나는 그들이 묘지의 긴 오르막길을 느긋하게 올라가던
모습을 기억한다. 웃음과 여유가 넘치는, 행복한 가족 부대. 다른
약속에 늦은 모양이었다. 나는 얼굴도 아팠고 주먹도 아팠지만,
안도감에 다리가 풀렸다. 그때 내 또래의 하울리 아이 둘이 다람
쥐처럼 안절부절못하면서 공터 가장자리 덤불에 서 있는 것을 보

았다. 나는 같은 학교 아이들이라는 것을 어렴풋이 알았지만, 그 애들은 아무 말도 하지 않고 떠났다.

나는 재경기에서 이겼던 것 같다. 그러자 티노가 내 엉덩이를 걷어찼다. 무조건.

싸움은 몇 번 더 있었다. 한번은 같은 농업 수업을 듣는 중국 아이와 여러 날에 걸쳐 주먹다짐을 벌이기도 했다. 내가 녀석의 얼굴을 양배추밭 붉은 진흙 속에 처박았는데도 항복하지 않았다. 이런 혹독한 싸움이 일주일 동안 이어졌다. 매일 오후면 싸움이 시작되었지만 한 번도 승부가 나지 않았다. 같은 수업의 다른 남자애들은 이 쇼를 즐기면서 선생님이 근처에 오는지 망을 보았다.

부모님이 그때 어떻게 생각하셨는지는 모르겠다. 살을 베이고 상처 나고 심지어 눈이 시퍼렇게 되어 집에 갔지만, 늘 이유는 있었다. 풋볼했어요, 서핑했어요 등등. 그때 내 예감으로는 내가 얘기한들 부모님도 어쩔 도리가 없을 것 같았고, 그래서 나는 싸움에 대해 아무 말도 하지 않았다. 지금 돌아보면 그 예감이 맞았던 것 같다.

나를 구조하러 온 것은 어떤 인종차별주의자 패거리였다. 그들은 스스로 인크라우드In Crowd*라고 불렀다. 그들은 하울리였고, 이름은 우스웠지만 대단히 나쁜 애들이었다. 우두머리 마이크Mike는 쾌활하고 방탕하며, 목소리가 거칠고, 이가 깨진 아이였다. 신체적으로 위압적인 건 아니었지만 무서울 것 없다는 기세로 요란스레 학교를 돌아다녀서 덩치 큰 사모아 애들을 제외하고는 모두가 순간 멈칫하곤 했다. 마이크의 진짜 집은 어딘가의 소년원이

＊　집단 중에 특권이 있는 무리.

라고 했다. 학교에 다니는 건 그냥 일시 출소 같은 개념으로, 마이크는 이걸 최대한 이용하기로 작정한 모양이었다. 마이크에게는 에디Eddie라는 여동생이 있었는데, 금발에 마르고 거친 애였다. 카이무키에 있는 그들의 집은 인크라우드의 소굴이었다. 학교에서 그 무리는 내가 타자를 치던, 벽에 칠도 하지 않은 방갈로 뒤편, 붉은 흙 언덕 위에 있는 커다란 멍키포드 나무 아래에 주로 모였다. 내가 그 무리에 합류하게 된 일은 비공식적인 것이었다. 마이크와 그 친구들은 내가 멍키포드 나무 아래에 와서 그들 사이에 끼어도 좋다는 사실을 알리기만 했다. 실제로는 남자애들보다도 여자애들이 더 많은 듯한 이 인크라우드 무리에서 나는 이 동네의 인종적 배치에 관한 개요와 세부 사항을 서서히 익혀나갔다. 우리의 주적은 '모크Moke'라는 애들이었다. 피부가 검고 강한 아이들을 뜻하는 말이었다.

"너 벌써 모크랑 붙었다매." 마이크가 말했다.

나는 그게 사실임을 깨달았다.

하지만 나의 전투 경력은 곧 수그러들었다. 사람들은 이제 내가 하울리 깡패 조직에 들어갔고, 다른 아이들을 괴롭힐 수 있는 자격을 얻었다는 것을 알아차린 듯했다. 심지어 목공 시간의 프레이타스조차 나를 좀 더 봐주었다. 그래서 각목을 갖다 버렸냐고? 걔가 인크라우드들과 충돌할까 봐 걱정한다는 건 상상할 수 없는 일이다.

나는 클리프스에 단골로 오는 이들의 서핑을 신중하게 관찰했다. 파도를 가장 잘 읽는 듯 보이는 사람들, 파도 속도가 빠른 곳을 찾아서 회전할 때 깔끔하게 보드를 돌리는 사람들. 내가 받은 첫인상이 그대로 굳어졌다. 이전에는 그런 매끄러운 기술을 본 적이 없었다. 손동작은 발과 딱딱 맞아떨어졌다. 무릎은 내가 서핑할 때 익힌 자세보다 더 구부렸고, 하체는 더 힘을 뺐다. 당시 본토에서 전문 기술로 유행하던 노즈라이딩nose riding*은 많이 하지 않았다. 노즈라이딩을 하려면 기회가 왔을 때 보드 앞코로 후다닥 이동해, 떠서 미끄러진다는 분명한 물리적 힘에 도전하며 5분, 10분을 버텨야 했다. 그때는 잘 몰랐지만, 내가 본 건 고전적인 섬 스타일이었다. 나는 채널에서 본 광경을 마음속으로 적어두고, 별 생각도 없이 앞코를 조금 덜 움직이기 시작했다.

어린애들도 몇 있었다. 그중에 내 또래로 보이는, 야위고 등이 곧은 아이가 있었다. 그 애는 가장 크고 높은 파도에서는 좀 떨어져서 가장자리 파도를 탔다. 하지만 나는 목을 쭉 빼고 뭘 하는지 보았다. 까다로운 작은 파도를 골라 타긴 했어도, 엄청나게 빠르고 침착하다는 것을 알 수 있었다. 그때까지 본 내 또래 서퍼 중에서는 최고였다. 그 애는 특별히 짧고, 가볍고, 코가 뾰족한 보드를 탔다. 뼈처럼 하얗고, 깔끔하게 마감된 워디Wardy 상표의 보드였다. 그 애는 내가 자기를 바라보는 걸 눈치채고 나만큼이나 당황한 듯했다. 그 애는 모욕이라도 받은 듯한 얼굴로, 화를 내며 패들해서 내 옆을 휙 지나쳤다. 그 후로는 걔에게서 멀리 떨어지려고 애를 썼다. 하지만 다음 날, 그 애는 인사하듯 턱을 까닥 들어 올렸다. 나는 기쁜 마음을 티 내고 싶지 않았다. 그러다 며칠 후, 그 애가 말을 걸었다.

"그 짝보단 이 짝이 날걸." 우리가 작은 파도들 사이를 밀고 나

✦ 서프보드의 앞코를 조절하는 기술.

아가는 동안, 그 애는 시선을 서쪽으로 던졌다. 자기가 즐겨 타
는, 눈에 안 띄고 사람 없는 파도 피크에 함께하자는 초대였다.
내게는 두 번 제안할 필요도 없었다.

그 애의 이름은 로디 카울루쿠쿠이Roddy Kaulukukui였다. 나처럼
열세 살이었다. "햇볕에 너무 타서 흑인 같아." 나는 친구에게 보
내는 편지에 이렇게 썼다. 로디와 나는 조심스럽게 파도를 맞바
꾸었고, 그다음부터는 차츰 허물없이 지내게 되었다. 나는 개처
럼 파도를 잡아 타려고 했다. 그것이 중요했다. 그런 후에는 그
지점을 배워갔고, 그것이 우리가 함께 나누는 일이 되었다. 클
리프스에서 가장 어린 우리는 또래 동무로 시장에 나온 처지임
을 둘 다 반쯤 의식하고 있었다. 하지만 로디는 혼자가 아니었다.
남자 형제가 둘 있었고, 일종의 의형제인 셋째 형도 있었다. 포
드 다카라Ford Takara라고 하는 일본 소년이었다. 로디의 형인 글렌
Glenn은 라인업의 주축이었다. 글렌과 포드는 매일 바다로 나갔
다. 두 사람은 나보다 한 살 많았지만, 둘 다 중요한 파도를 타는
누구와도 경쟁할 만큼 실력이 좋았다. 특히 글렌은 벌써 흐르는
듯한 아름다운 스타일을 가진 우수한 서퍼였다. 그들의 아버지인
글렌 시니어Glenn Sr.도 서핑을 했고, 남동생 존John도 했지만 그 애
는 클리프스에 나오기에는 너무 어렸다.

로디는 내게 다른 사람들을 알려주었다. 파도가 더 높은 날이
면 나타나 저 멀리에서 테이크오프하고 세게 파도를 가르며 나아
가서, 나머지 사람들로 하여금 서핑을 멈추고 바라보게 하는 덩
치 좋은 청년은 벤 아이파Ben Aipa라고 했다(몇 년 뒤, 아이파의 사진과
이야기가 잡지를 채우기 시작했다). 클리프스에서 가장 파도가 좋았던
날—계절에 맞지 않게 단단한 스웰이 남쪽에서 밀려온, 바람 없

고 흐렸던 오후—에 나타난 중국계 청년은 레슬리 웡Leslie Wong이라고 했다. 그는 파도가 유달리 좋은 날에만 클리프스로 서핑을 나왔고, 그의 스타일은 비단처럼 매끄러웠다. 등은 살짝 둥글게 구부리고 팔을 늘어뜨린 모습이 극도로 어려운 것도—아니, 극도로 황홀한 것이라고 해야 할까—거뜬히 해내는 듯 보였다. 나는 좀 더 자라면 레슬리 웡처럼 되고 싶었다. 클리프스의 단골 중에서, 나는 누가 파도를 낭비하는지—잡고 올라타지 못하거나 넘어지는지—그리고 어떻게 하면 불손하게 보이지 않고 내가 그 파도를 조용히 낚아챌 수 있는지를 차츰 알아갔다. 아무리 매너가 좋은 사람들 속에 있어도, 다른 사람을 무안하게 하지 않는 것이 중요했다.

하루하루 지나면서, 글렌 카울루쿠쿠이는 내가 제일 좋아하는 서퍼가 되었다. 그가 고양이처럼 파도를 잡아 미끄러지는 순간부터 나는 그가 그리는 선, 그가 찾아낸 속도, 그가 그때그때 만들어내는 동작들에서 눈을 떼지 못했다. 그는 커다란 머리를 늘 약간 뒤로 젖히고 다녔고, 햇볕에 타서 옅어진 길고 붉은 머리도 뒤로 풍성하게 늘어뜨린 채였다. 입술은 두꺼웠고, 아프리카인 같은 생김새에 어깨도 검었으며, 남달리 우아하게 움직였다. 하지만 그것 말고도 신체적 자신감과 아름다움에 함께 따라오는 다른 면도 있었다. 재치라고 할까, 아이러니라고 할까. 가장 까다로운 상황에서도 강렬한 기술을 보여주는 동시에 조용히 혼자 웃을 수 있는 달곰쌉쌀한 면.

그도 나를 보고 비웃긴 했지만 그렇게 심술궂은 태도는 아니었다. 내가 킥아웃kick out✦할 때 너무 힘을 주거나, 파도를 타다가 마

✦   보드를 차면서 파도 속으로 뛰어내리는 기술.

지막에 멋을 부리려 하거나, 어색하게 모로 서서 어깨 너머로 파
도를 가르고 채널에서 내 보드를 글렌의 보드와 나란히 맞추면,
글렌은 하와이 피진으로 말하곤 했다. "계속해, 빌. 빤짝빤짝 계
속해보라구." 이 말이 하와이 피진의 진부한 표현, 닳아빠진 훈계
라는 건 나도 알고 있었다. 거기에는 약간의 빈정거림이 녹아 있
기도 했다. 나를 놀리는 동시에 격려하는 것이었다. 우리는 함께
패들해서 나갔다. 먼바다에 이르렀을 때, 포드가 깊은 위치에서
밀려오는 파도를 잡아 타고 꽤 까다로운 파도를 두어 번 뚫고서
영리한 선을 만들며 나아가는 것을 보았다. "여, 포드." 글렌은 감
탄하듯이 웅얼거렸다. "저그 봐라." 그러더니 나를 앞서서 라인업
으로 향했다.

　어느 날 오후, 로디는 내게 어디 사느냐고 물었다. 나는 동쪽,
블랙포인트 안쪽의 그늘진 만을 가리켰다. 그는 글렌과 포드에게
말하더니 약간 부끄러운 얼굴로 돌아와서 부탁을 했다. 자기네
서프보드를 우리 집에 놔둘 수 있겠느냐는 것이었다. 나는 친구
들과 함께 집까지 길게 패들해서 돌아갔다. 우리 집에는 작은 마
당이 있었고, 굵고 커다란 대나무들이 서 있어 거리에서는 잘 보
이지 않았다. 우리는 보드를 대나무 숲 속에 쟁여놓고 그늘 속에
서 정원 호스로 몸을 씻었다. 그런 후에 우리 셋은 수영복만 걸치
고 물을 뚝뚝 떨어뜨리면서 보드라는 짐을 벗어버린 채 홀가분한
얼굴로 머나먼 카이무키를 향해 떠났다.

　인크라우드의 인종차별주의는 상황적인 것일 뿐 교조적이지
는 않았다. 역사적 전통을 따른다고 주장하진 않았다는 것이다.
즉 나치 당원이나 케이케이케이의 후손임을 자처하는 스킨헤드

와는 달랐다. 하와이의 엘리트 사이에서는 백인 우월주의가 만연
했지만, 인크라우드는 엘리트 따위는 몰랐다. 대부분 아이들은
고된 환경에서 가난하게 살았으며, 몇몇 애들은 사립학교에서 쫓
겨나 망신을 당하기도 했다. 카이무키 중학교의 몇 안 되는 하울
리 학생들 대부분은 별로 쿨하지 못하다며 인크라우드에게 따돌
림당했다. 이렇게 어느 무리에도 끼지 못하는 하울리들은 주로
군인의 자식들이었다. 이런 애들은 모두 갈피를 못 잡고 겁을 먹
은 듯이 보였다. 내가 프레이타스 애들과 싸울 때 도와주지도 않
고 멀뚱하게 보고 있던 애들 둘이 그런 경우였다. 그리고 사람들
이 러치Lurch⁺라고 부르는 키가 크고 말 없고 무뚝뚝한 남자애도
그랬다.

　나중에 안 사실이지만, 너무 똑똑해서 깡패 무리에 끼지 않는
다른 하울리들도 있었다. 주로 다이아몬드헤드의 와이키키 해변
쪽에서 서핑하는 이런 아이들은 소수일 때는 몸을 낮추고 엎드려
야 한다는 것을 잘 알았다. 또 어떤 애들이 겁쟁이인지도 딱 보고
알아차렸다. 그들은 궁지에 몰리면 서로 상부상조하는 구조를 구
축했다. 하지만 처음 몇 달 동안은 갈피를 못 잡고 사는 통에 그
들의 존재를 깨닫지 못했다.

　쿨한 청소년기란 과연 무엇인지 대체로 늘 수수께끼였지만,
체력(이라고 쓰고 "이른 사춘기"라 읽는다), 자신감(어른들에게 반항하면
특별 보너스 점수를 획득한다.), 음악과 옷 취향이 모두 중요하다. 내
가 이 범주에 들 자격이 있는지는 알 수 없었다. 나는 체구도 크
지 않았다. 안타깝지만, 사춘기가 나를 피해가는 것 같았다. 나는

⁺　휘청거린다는 뜻이다.

패션과 음악 쪽에도 별로 세련되지 못했다. 그렇다고 딱히 나쁜
아이도 아니었다. 감옥에 간 적도 없었다. 하지만 나는 인크라우
드 애들의 근성을 존경했고, 누가 내 뒷배를 봐주는지 물어보고
싶지도 않았다.

  나는 인크라우드의 주 활동이 패싸움일 거라고 생각했고, 여러
라이벌 격인 '모크' 무리들과 곧 전쟁을 하니 마니 말이 오갔다.
하지만 다음 순간, 언제나 일이 터지기 직전에 마이크가 평화 협
상을 이끌어냈고, 수고롭지만 서로 체면을 살리는 외교 전략 따
위를 통해 피 흘리는 전쟁은 피할 수가 있었다. 미성년자들이었
지만 엄숙하게 술을 교환하며 공식적으로 휴전을 맺었다. 아이
들의 에너지는 대부분 가십이나 파티, 좀도둑질, 공공 기물 파손,
방과 후 시내버스에서의 못된 장난질에 쓰였다. 인크라우드에는
예쁜 여자애들이 꽤 많았고, 나는 연이어서 다른 여자애들에게
반했다. 무리에서 서핑하는 애는 아무도 없었다.

  로디와 글렌 카울루쿠쿠이, 포드 다카라 모두 카이무키 중학교
에 다닌다는 것을 나중에 알았다. 하지만 나는 학교에서는 그들
과 어울리지 않았다. 그건 대단히 힘든 일이었는데, 우리 셋은 거
의 매일 오후와 주말을 물속에서 함께 보냈기 때문이다. 로디와
나는 금세 새로운 단짝이 되었다. 카울루쿠쿠이 가족은 다이아몬
드헤드 분화구의 북쪽 비탈에 위치한 포트루거Fort Ruger, 우리 학
교에 붙어 있는 공동묘지 옆에 살았다. 글렌 시니어는 군인이었
고, 아파트는 다이아몬드헤드로드 아래의 작은 키아웨 나무✦ 덤

✦   메스키트과의 나무로, 참숯을 만들 때 쓰인다.

불 속에 쑥 들어가 있는 오래된 군인 관사였다. 로디와 글렌은 빅 아일랜드Big Island라고 부르는 하와이의 작은 섬에 살았었다. 거기에 가족이 있었다. 이제는 한국인 새어머니와 사는데, 로디와 새어머니는 별로 사이가 좋지 않았다.

로디는 새어머니와 싸운 후에 외출 금지를 당하고서는 글렌과 존과 함께 쓰는 갑갑한 방에서 숨을 죽이고서 신랄하게 비참한 기분을 쏟아내곤 했다.

나도 비참함에는 일가견이 있다고 생각했다. 우정을 표시해야 하는 그런 오후에는 파도가 그리웠다. 그 방 안에는 안쓰럽다는 듯이 얼굴을 찡그리는 동안 훑어볼 서핑 잡지 하나 없었다. "어째서 아빠는 그런 여자랑 결혼한 거지?" 로디는 울었다.

글렌 시니어는 이따금 우리랑 같이 서핑하러 왔다. 그는 근육질에 엄격하고 무서운 사람이었다. 세부적인 지시는 주지도 않으면서, 아들들을 이리저리 부려먹었다. 하지만 물속에서는 느긋해 보였다. 간혹 웃기도 했다. 그는 단순하고 클래식한 거대한 보드 위에서 완벽하게 균형을 잡았고, 긴 선을 그리면서 클리프스의 긴 파도 벽을 가로질렀다. 한창 전성기 때는 와이메아만Waimea Bay에서 서핑을 했다고, 아들들이 자랑스럽게 말해주었다.

와이메아는 북쪽 해안에 있었다. 세계에서 가장 무겁고 큰 파도가 이는 지점이라고들 했다. 나는 거기를 오로지 신화적 공간으로만 알고 있었다. 잡지에서 끊임없이 떠들어대는 소수의 유명 서퍼들을 위한 무대라고. 로디와 글렌은 그곳 애기를 별로 하지 않았지만, 그들에게 와이메아는 현실의 장소였고 무척 진지한 일임이 분명했다. 준비가 되면 서핑을 했다. 물론, 대부분의 서퍼들은 절대로 준비를 갖추지 못한다. 하지만 그들과 같은 하와이인

들에게 와이메아 및 다른 위대한 노스쇼어North Shore의 서핑 장소
들은 바로 앞에 놓인 하나의 과제, 일종의 기말고사였다.

나는 늘 유명한 서퍼들만 와이메아에서 파도를 탄다고 지레짐
작하고 있었다. 하지만 이제는 동네 아저씨들도 거기서 탄다는
것을 알았고, 곧 그들의 아들들도 타게 될 것이었다. 이런 사람들
은 본토의 잡지에는 나오는 법이 없었다. 하와이에는 카울루쿠쿠
이 같은 가족이 많았다. 몇 세대에 걸쳐 서핑하는 가족들, 오로지
서로만 알고 있는 재능과 전통이 풍성한 오하나ohana들.✦

글렌 시니어를 처음 본 순간부터 내가 좋아하는 책 《우미―왕
이 된 하와이 소년Umi: The Hawaiian Boy Who Became a King》에 나오는 늙
은 전제군주 릴로아를 떠올렸다. 그 책은 원래 아빠가 선물 받은
것이었다. 빛바랜 종이에 쓰인 글에 따르면 이모님 두 분이 호놀
룰루에서 1939년에 구입하신 책이었다. 저자인 로버트 리 에스크
리지Robert Lee Eskridge가 직접 삽화도 그렸는데, 내가 보기엔 참으로
멋졌다. 새로 칠한 목공예품처럼 단순하면서도 강렬했다. 그 삽화
에는 우미와 그의 남동생들이 고대 하와이에서 겪는 모험 이야기
가 담겨 있었다. 나팔꽃 덩굴을 타고 산비탈을 내려가거나("이 줄기
에서 저 줄기로 옮겨 가며 소년들은 번개 같은 속도로 미끄러졌다"), 용암 동
굴로 형성된 물웅덩이로 뛰어든다거나, 전투 카누를 타고 바다를
건넜다("노예들은 우미를 따라 와이피오에 있는 그의 아버지의 궁전으로 갈
것이다"). 몇몇 삽화에는 성인 남자들이 있었다. 경비병과 전사, 시
종의 얼굴, 그들의 잔인성에 나는 겁을 먹었다. 권세 있는 족장과
몸을 부들부들 떠는 백성들이 사는 무자비한 세계였다. 적어도 릴

✦   하와이어로 일족을 뜻한다.

로아, 왕이자 우미의 숨겨진 아버지는 때때로 지혜와 아버지다운 자부심으로 얼굴이 누그러지고는 했다.

　로디는 펠레Pele를 믿었다. 펠레는 하와이의 불의 여신이었다. 사람들 말에 따르면, 여신은 빅아일랜드에 살면서 심기가 불편할 때마다 화산들을 폭발시킨다고 했다. 질투심 많고 난폭하기로 유명한 여신이었기에, 하와이인들은 돼지고기, 물고기, 술을 공물로 바치며 비위를 맞추었다. 펠레가 어찌나 유명한지, 관광객들도 다 알 정도였지만 로디는 자신의 신앙을 내게 고백하면서 자신이 믿는 건 이 키치한 여신 캐릭터가 아니라고 했다. 그 애가 믿는 건 하울리들이 오기 한참 전부터 있었던 종교 세계 전체, 정교한 규칙과 금기가 있고, 땅과 대양, 새와 물고기, 짐승과 신에 대한 비밀스럽고 얻기 힘든 지식을 담고 있는 하와이의 세계였다. 나는 그 애의 말을 진지하게 받아들였다. 나는 대충이나마 하와이인들에게 일어난 일을 알고 있었다. 어떻게 미국인 선교사들과 다른 하울리들이 그들을 복속시키고, 토지를 훔치고, 질병으로 떼죽음을 불러오고, 생존자들을 개종시켰는지를. 나는 이런 잔인한 약탈에 어떤 책임도, 어떤 진보적 죄책감도 느끼지 않았으나, 꼬마 무신론자의 입은 다물어져야 한다는 정도는 알았다.

　우리는 새로운 장소에서 함께 서핑하기 시작했다. 로디는 나와 달리 산호초를 두려워하지 않았고, 우리 집과 클리프스 사이의 암초 중에서 파도가 좋은 장소를 알려주었다. 대부분은 만조에만 탈 만했으나, 어떤 곳들은 마른 암초 사이에 작은 단춧구멍 같은 틈이 있어서, 육안으로는 보이지 않았지만 파도가 온화하게 쳤고, 무엇보다 바람을 막아주었다. 이렇게 파도가 이는 곳들의 이름은 관습적으로 그 앞에 살거나 한때 살았던 가문의 이름

을 따서 지어진다고 로디는 설명해주었다. 패터슨Patterson, 마호
니Mahoney처럼. 또 패터슨 바깥에는 밤Bomb이라고 알려진, 파도가
크게 치는 곳도 있었다, 글렌과 포드는 그곳에서 한두 번 파도를
탔다. 로디는 타본 적이 없었다. 나는 날씨가 좋은 간조 때에 '파
도가 깃털을 날리는 것'(스웰이 가파르게 솟아오르면서 물머리에서 물보
라가 퍼지는 것)을 본 적이 있었지만, 파도가 일 만큼 커지는 건 본
적이 없었다. 로디는 긴장된 낮은 목소리로 밤에 대해서 말했다.
그는 거기서 타보려고 줄곧 연습해왔던 것 같았다.

"이번 여름에 처음으로 파도가 크게 이는 날이 올 거야."

그동안에는 카이쿠스Kaikoos에 갔다. 블랙포인트에서 약간 떨
어진 물이 깊은 자리로, 우리 집 앞 오솔길 끝에서 보이는 곳이
었다. 거기서는 라인업이 힘들었고, 보기보다 언제나 파도가 커
서 나한테는 무서웠다. 처음에는 로디가 나를 데리고 깊고 십자
로 잔물결이 치는 채널을 패들해서 나갔다. 원래 그곳을 끊어놓
은 사람은 담배 농장 상속녀인 도리스 듀크Doris Duke라고 로디는
말했다. 원래는 개인 요트 정박장이었고, 그 정박장은 아직도 그
녀의 저택 아래 벼랑 속에 쑥 들어간 자리에 있다고 했다. 로디가
해안 쪽을 가리켰으나 나는 앞에 있는 파도를 걱정하느라 도리스
듀크의 저택은 볼 겨를이 없었다.

탁하고 진한 청색 파도의 피크가 깊은 대양에서 튀어 오르는
것만 같았다. 어떤 파도는 무시무시할 정도로 컸다. 왼쪽으로 부
서지는 파도들은 짧고 쉬워 보였고 그저 낙하 거리가 적당히 긴
정도였으나, 로디는 오른쪽이 나은 것 같다고 하면서 동쪽으로
더 패들해 나가면서 파도 속으로 더 깊이 들어갔다. 그 애의 만용
은 내가 볼 때 정신 나간 짓이었다. 오른쪽은 완전히 막혔고(파도

에 올라탈 수 없고) 엄청나게 강력해서, 어쩌다 파도에 한 번 올라탄다고 하더라도 쭉 쓸려 나가 블랙포인트 외곽의 크고 굶주린 바위에 처박히기 십상이었다. 거기서 보드를 놓치기라도 한다면, 다시는 볼 수 없을 것이었다. 수영해서 들어갈 수나 있을까? 나는 쏜살같이 움직였고, 반쯤 히스테리에 사로잡혀 로디에게서 시선을 떼지 않으며 멀찍이 떨어진 곳에서 파도 위로 돌진했다. 그 애는 파도를 잡아 탄 것 같긴 했으나 확실히는 알 수 없었다. 마침내, 로디는 내 쪽으로 패들해 오면서 내가 불안해하는 걸 보았지만 득의만면한 얼굴로 히죽거렸다. 그 애는 나를 불쌍하게 여긴 듯했으나 나는 아무 말도 하지 않았다.

　나는 나중에야 카이쿠스의 오른쪽 파도를 사랑까지는 아니어도 좋아하는 법을 배웠다. 그 장소는 비어 있는 일이 많았지만 그 파도를 타는 법을 아는 남자들이 몇 있어서, 날이 좋을 때면 블랙포인트 바위 위에서 그들을 바라보며 암초의 모양, 그리고 약간의 운만으로도 재난을 피하는 법을 터득하기 시작했다. 그래도 여전히 내 기준에서는 기막힌 곳이었고, 로스앤젤레스에 사는 내 친구에게 이렇게 깊고 무시무시한 곳에서 파도를 탔다고 편지를 쓰기는 했으나 실은 로디와 함께 큰 조류에 휩쓸려 동쪽으로 몇 마일 떨어진 코코헤드Koko Head까지 실려 간 일을 부풀린 것에 지나지 않았다. 반면, 카이쿠스의 오른쪽에서 커다란 파도 튜브tube＋—세차게 부서지는 파도로 형성된 동굴—를 뚫고 지나간 일을 자세하게 묘사했을 때는 일말의 진실이 포함되기는 했다. 아직도 그 파도는 어렴풋하게만 기억난다.

＋　파도의 입술 부분이 말리며 가운데에 생기는 큰 구멍. 배럴.

하지만 서핑에는 언제나 이런 수평선이 있다. 다른 것들, 내가 아는 다른 스포츠들과는 확연히 구분되는 공포의 선이라는 게 있다. 친구들과 함께할 수도 있지만, 파도가 커지거나 문제에 휘말리면 주위에 아무도 없는 것만 같다.

거기서는 모든 것이 다른 모든 것과 성가실 정도로 얽힌다. 파도는 경기장이었다. 파도는 목표였다. 동시에 파도는 적수이고, 복수의 여신이며, 심지어 철천지원수였다. 그리고 서핑은 피난처, 행복한 은신처였지만 살아남기 힘든 황야이기도 했다. 역동적이고 무심한 세계. 열세 살 나이에 나는 신을 향한 믿음을 대체로 버렸지만, 이것은 새로운 발전이었다. 서핑은 내 세계에 구멍을, 내가 버려졌다는 느낌을 남겼다. 대양은 보살펴주지 않는 신, 끝없이 위험하고 가늠할 수 없이 강력한 힘과 같았다.

그래도 아무리 아이라고 해도 매일 그 크기를 측정해야만 했다. 자신의 한계를, 신체적이고도 감정적으로 감당할 수 있는 범위를 알아야 한다는 압박이 있었고, 실제로 이것은 생존의 문제였다. 하지만 시험해보지 않는다면 자신의 한계를 어떻게 알 수 있단 말인가? 그리고 그 시험에 떨어진다면? 또한 일이 잘못된다고 해도 침착해야만 했다. 공포는 익사로 향하는 첫걸음이라고, 모두들 말하곤 했다. 아이이기 때문에 능력은 자라나게 되어 있다. 어떤 해에는 생각도 할 수 없었던 일이, 어쩌면, 다음 해에는 생각나기도 했다. 1966년 호놀룰루에서 보낸 내 편지들은 감사하게도 최근에 내게 되돌아왔는데, 거기에는 허세 넘치는 거짓말보다는 공포에 대한 솔직한 이야기가 더 많이 보인다. "내가 별안간에 용감해졌다고는 생각 마. 그렇지 않으니까." 하지만 생각할 수 있는 일들을 처음으로 해낸 개척자들은 내게 조용히, 발작적으로 슬금슬금 돌아왔다.

이 사실은 내가 클리프스에서 처음으로 맞은 파도 좋은 날에 뚜렷이 드러났다. 오랜 기간에 걸쳐 형성된 스웰이 밤사이 도착했다. 유리 같은 회색의 파도 세트는(보통 더 큰 파도들은 무리지어 온다) 머리 위까지 치솟았고, 긴 벽과 강력한 구간을 형성했다. 나는 우리 집 뒷마당에서 그런 장엄한 광경을 보는 것만으로도 너무 흥분해서, 평소의 수줍던 태도는 깡그리 잊고 가장 높은 파도 물머리 위에서 다른 이들과 더불어 타기 시작했다. 나는 커다란 파도들에 밀리고, 겁을 먹고, 이리저리 얻어맞았다. 나는 그다지 힘이 세지 않아서 보드를 꽉 붙들 수도 없었지만 6피트 정도 되는 파도에 휩싸였을 때, '거북 뒤집기'를 했다. 보드를 뒤집고, 보드의 앞코를 물속에서 아래로 잡아당겨 두 발로 감은 후에 레일을 꽉 잡는 기술이었다. 거품 파도가 밀려와 손에서 보드를 앗아가고, 나를 후려치더니, 한참 동안 털털 두들겼다. 그날 오후 대부분은 수영을 하면서 때웠다. 그래도 땅거미가 내릴 때까지는 머물렀다. 심지어 두툼한 파도에 몇 번 휩싸이기도 했다. 그리고 그날 나는 가슴이 저릴 정도의 서핑을 보았다. 여러 사람 중에서도, 레슬리 웡의 서핑을. 압박 속에도 우아함을 구현하는 긴 순간들이 내 존재에 깊이 아로새겨졌다. 그 무엇보다도 내가 바랐던 것. 그날 밤, 가족들이 모두 잠든 시간에도 나는 말똥말똥 눈을 뜬 채 대나무틀 의자 위에 누워 빗소리에 귀를 기울였다. 낮의 충격에서 남은 아드레날린 탓에 여전히 쿵쿵 뛰는 심장을 안고서.

쿨라마누의 작은 집에서 보낸 생활은 임시변통처럼 느껴졌고, 미국의 삶 같지 않았다. 벽에는 도마뱀이, 바닥 밑에는 들쥐가, 욕실에는 커다란 물장군들이 돌아다녔다. 어머니는 망고, 파파야, 리치, 스타프루트 같은 낯선 과일들을 보기만 해도 얼마나 잘 익었는지 파악하는 기술을 익혔고, 자랑스럽게 까서 잘라놓곤 했다. 우리 집에 텔레비전이 있었는지는 기억나지 않는다. 본토에서는 황금 시간대에 모여서 보았던 시트콤들—〈우리 세 아들My Three Sons〉〈내 사랑 지니I Dream of Jeannie〉 그리고 내가 제일 좋아했던 〈겟 스마트Get Smart〉까지—은 이제 뒤에 두고 떠나온 세계에서 온 흑백의 꿈처럼 기억이 날 듯 말 듯했다. 집주인인 워즈워스 부인은 의심스러운 눈으로 우리를 감시했다. 그래도 집을 빌려서 사는 게 좋았다. 워즈워드 부인은 정원사를 두었고, 그 덕에 나는 여유 있는 삶을 보낼 수 있었다. 캘리포니아에서는 깨어 있는 시간의 절반 가까이 마당에서 잡일을 해야 했다.

우리의 이국적이고 새로운 삶에서 달라진 점이 하나 더 있다. 우리는 이전보다 덜 다퉜다. 모두 새로운 환경에 살짝 경외심을 느꼈기 때문이 아닐까 싶다. 그리고 싸움을 하더라도 로스앤젤레스에서 살 때 주기적으로 그랬듯이 소리를 지르고 허리띠를 휘두르고 엉덩이를 때리는 일은 없었다. 어머니가 "아버지가 집에 들어오시면 어디 보자"라고 말하실 때도 이젠 그렇게 심각하게 들리지 않았다. 심지어 꼬마들도 농담에 껴들었다.

아버지는 일주일에 적어도 엿새는 출근했다. 어쩌다 드물게 아버지와 함께 시간을 보낼 때면 우리는 섬을 돌아다녔다. 투명하고, 물이 뚝뚝 떨어지고, 바람이 세차게 부는 팔리Pali(호놀룰루 위편에 푸른 벽처럼 우뚝 선 산맥)를 넘어가기도 했고, 산호초에서 스노클링하기 좋은 코코헤드의 하나우마만Hanauma Bay으로 소풍을 가기도 했다. 아버지는 대체로 저녁에는 집에 있었고, 특별한 날에는 졸리로저Jolly Roger라는 식당에 갔다. 카할라의 쇼핑몰에 있던 졸리로저는 해적을 주제로 한 프랜차이즈 식당으로, 로버트 루이스 스티븐슨Robert Louis Stevenson의 소설에 나오는 주인공들의 이름을 딴 햄버거를 팔았다. 어느 날 밤, 우리 여섯 식구는 오래된 포드 페어레인에 끼어 타고 와이알라에애비뉴Waialae Avenue의 자동차 극장으로 디즈니의 〈백설공주〉를 보러 갔다. 내가 이 사실을 기억하는 건 로스앤젤레스에 사는 친구에게 보낸 편지에 그 얘기를 썼기 때문이다. 나는 그 영화를 "사이키델릭하다"고 묘사했다.

아버지의 하와이는 크고 진정으로 흥미로운 장소였다. 아버지는 뒤뚱거리는 카누에 촬영 팀과 출연진을 태우고 주기적으로 외섬들에 나가서, 열대우림이나 외딴 마을들로 들어가 위험한 촬영을 하곤 했다. 심지어는 빅아일랜드의 용암지대에서 펠레 여신과 관련된 프로그램도 찍었다. 아버지는, 비록 본인도 몰랐지만, 그때 하와이 전문가로서 부업을 할 수 있는 기반을 다졌다. 아버지는 그다음 10년 동안에는 하와이 일대의 섬들에서 영화나 텔레비전 쇼를 찍게 되었다. 아버지의 일에는 지역의 노동조합들과 끊임없이 벌여야 하는 전투가 포함되어 있었다. 특히 화물 수송을 담당하는 트럭 운전사들과 항만 노동자들과 실랑이를 벌였다. 이런 전쟁에는 개인적 아이러니가 넘쳐 흘렀다. 아버지 본인도 강성 노조원이었고, 미시간의 노조 가족(철도 노동자) 출신이었기 때문이다. 실제로 가문에 전해 내려오는 이야기에 따르면, 뉴욕에서 내가 태어나던 날 밤을 아버지는 유치장에서 보냈다고 했다. 아버지는 당시 CBS에서 기자로 일하며 친구들과 함께 노조를 조직하려 했는데, 그날 밤은 스튜디오 앞에서 항의 시위를 벌이다 체포되었다. 아버지가 그 말을 꺼낸 적은 없었지만, 아직 젖먹이

였던 나를 데리고 캘리포니아로 이주한 이유는 과격한 노조 활동
때문에 고용 관계에 문제가 생겨서이기도 했다. 조지프 매카시
Joseph McCarthy[+]가 기승을 부리던 시절이었다.

하와이의 노동조합은 그즈음 전후戰後 기적을 일으키던 참이었
다. 서부 해안 항만 노동자들이 전초기지 지도부가 되어, 지역 내
일본계 미국인 좌파들과 연합하고 플랜테이션 노동자들을 조직
해서 봉건 경제를 변화시키는 중이었다. 전쟁 전에는 경영진에서
파견한 깡패와 경찰들이 파업 참가자와 노조원들을 괴롭히고, 심
지어 죽인다고 해도 보통은 처벌받지 않고 넘어갔던 영역이었다.
그러나 1960년대 중반에 이르자, 하와이의 노동 운동은 본토의
운동과 비슷하게 점점 고분고분해지고, 간부들만 많아졌으며, 부
패했다. 아버지는 매일같이 투쟁하는 노조 간부 몇몇과 개인적으
로는 친해졌지만, 그들에게 그렇게 교화되는 것 같지는 않았다.

아버지의 일 때문에 우리의 삶은 기이한 궤도를 돌게 되었다.
가령 체스터 라우Chester Lau라는 지나치게 활동적인 요식 사업가가
〈하와이콜스〉에 꽂혀버렸고, 몇 년 동안 아버지는 체스터가 조직
하고 그의 사업체 중 한 곳에서 열린 거대한 루아우Luau[++]와 돼지
통구이 파티와 문화 행사에 참가했다.

아버지는 지역 내 노동계급 문화에 대한 감각이 꽤 있는 터라,
호놀룰루의 거리는(어쩌면 학교도) 하울리 아이에게는 도전일 수
도 있다는 것을 알았다. 다른 건 차치하고라도, '하울리 죽이기 날
Killing a Haole Day'이라고 하는 악명 높은 비공식 기념일도 있었다.

[+]   미국의 정치가로, 상원의원 시절의 극단적인 반공 활동과 문화계 인사들에 대한
무차별적 공격으로 유명하다.
[++] 하와이식 잔치.

이날을 두고 지역 신문에 반대 사설까지 실릴 정도로 많은 토론이 있었지만, 나는 정확히 그날이 몇 월 며칠인지 찾을 수도 없었다. "모크들이 내키는 날이면 언제든지." 인크라우드의 대장인 마이크가 말했다. 나 또한 그날에 실제로 살인사건이 일어났다는 소문은 듣지 못했다. 사람들 말로 '하울리 죽이기 날'의 주된 목표물은 비번인 군인들로, 보통 그들은 무리지어서 와이키키 해변 주변과 홍등가를 돌아다니곤 했다. 아버지는 나와 절친한 친구들이 우리 마당에 서프보드를 보관하는 동네 아이들인 것을 알고 안심했을 것이다. 그 아이들은 행동거지가 바른 애들처럼 보였으니까.

아버지는 항상 학교 폭력을 걱정했다. 체구가 더 큰 아이들, 혹은 수가 더 많은 무리들과 맞서게 되면 "막대기나 돌, 뭐든 눈에 보이는 걸 집어들어야 한다"고 내게 말했다. 이 충고를 할 때 아버지는 놀랄 만큼 감정적이었다. 아버지는 에스카나바, 당신의 미시간 고향에서 당한 그 옛날의 구타와 모욕을 기억하고 있었던 것일까? 아니면 그저, 자기 아들, 자신의 빌리가 거친 녀석들에게 따돌림과 공격을 당한다는 생각만 해도 기분이 언짢았던 것일까? 여하튼 나는 아버지의 충고를 받아들이지 않았다. 우리가 살았던 캘리포니아의 교외 동네, 우드랜드힐스Woodland Hills에선 곧잘 막대기와 돌을 들고 싸웠지만, 아버지가 머릿속에 그렸던 것처럼 심한 대결은 없었다. 딱 한 번, 잘 모르는 멕시코계 아이가 방과 후에 나를 산초나무 아래에서 깔아뭉개고 내 팔을 땅에 눌러 꼼짝 못 하게 한 후 레몬주스를 내 눈에 집어넣은 적은 있었다. 막대기를 집기에 적당한 순간이었다. 하지만 나는 그런 일이 벌어지고 있다는 것을 믿을 수가 없었다. 레몬주스라고? 내 눈에? 심지어 알지도 못하는 녀석에게? 며칠 동안 눈이 타는 듯이 아팠다. 나는 부모님에게 그 사건을 절대 말하지 않았다. 그랬다 간 남자애들끼리의 규약을 위반하는 행위가 될 것이었다. 또 나는 아버지에게(다른 누구에게도) 프레이타스와 그 애가 휘두르는 끔찍한 각목에 대해서도 말하지 않았다.

내가 겁 많은 아이였던 시절의 아버지는 초점이 잘 맞지 않는 사진으로 기억된다. 그는 아빠이고, 어른 빌 피네건이며, 회색곰처럼 강했다. 우리 모두가 경탄하던 아버지의 이두박근은 대리석 무늬가 있는 참나무 옹이 같았다. 내게는 그런 팔이 생길 것 같지 않았다. 나는 어머니의 콩 줄기처럼 호리호리한 몸매를 물려받았다. 아버지는 그 누구도 겁내지 않는 듯했다. 사실, 아버지에게는 옆 사람을 당황스럽게 하는 고약한 기질이 있었다. 공공장소에서도 서슴없이 목소리를 높였다. 가끔 자신들의 권리에 따라 어떤 손님은 받지 않겠다고 공공연히 안내문을 붙여놓은 상점이나 식당을 보면 주인에게 저게 무슨 뜻이냐고 따졌고, 그들의 답변이 성에 차지 않으면 화를 내면서 다른 가게로 갔다. 하와이에서는 이런 적이 없었지만, 본토에서는 꽤 많이 있었다. 나는 그런 공고문이 종종 '백인 전용'을 규정한다는 사실을 그때는 몰랐다. 합법적 인종차별이 스러져가던 시절이었다. 나는 아버지의 목소리가 커지기 시작하면 창피해서 죽을 것 같은 기분이었고, 그저 겁을 먹고 땅만 뚫어져라 바라보았다.

내 어머니의 이름은 팻Pat이었고, 처녀 적 성은 퀸Quinn이었다. 버드나무처럼 호리호리한 몸매는 오해를 샀다. 남편이 대체로 집을 비우고 다른 도우미는 없었지만, 어머니는 네 아이를 땀방울 하나 흘리지 않고 키웠다. 어머니가 자란 곳은 이제는 존재하지 않는 로스앤젤레스, 백인 가톨릭 노동계급에 루스벨트를 지지하는 자유주의자들이 사는 곳이었다. 그리고 전쟁 후에 성인이 된 어머니는 대체로, 태평스럽게 사회·경제적 지위가 상승하던 세대에 속했다. 해변으로 향하는 진보주의자들, 그들은 대부분 연예 산업에서 성공하겠다는 야망을 품었다. 남편들은 그 업계에서 일하고, 아내들은 교외에서 아이들을 낳고 가정을 꾸렸다. 내 어머니는 느긋하고 우아하게 테니스를 쳤다. 그리고 살림을 잘했다. 내가 어렸을 때는 당근, 사과, 건포도 샐러드가 일주일에 일곱 번 나오는 필수 음식인 줄 알았다. 사실 그때 그런 음식은 캘리포니아에서는 가장 싼 건강 음식이었다. 외가 친척들은 아일랜드계 이민자로 웨스트버지니아에서 농사를 지었고, 어머니는 아버지보다 대공황의 영향을 더 많이 받았다. 외할아버지는 알코올 중독자이자 냉장고 수리공으로, 젊은 나이에 죽었다. 어머니가 외할아버지 얘기를 꺼낸 적은 없었다. 외할머니는 홀로 세 딸을 키워야 했고, 학교로 돌아가 간호사가 되었다. 어머니보다 2센티미터 작은 아버지를 처음 봤을 때, 할머니는 한숨을 쉬며 말했다고 한다. "뭐, 키 큰 남자들은 전쟁 나가서 다 죽었으니까."

어머니는 언제나 기운이 넘쳤다. 어머니는 항해를 좋아하지 않았지만, 대개 주말이면 작은 보트들을 줄줄이 타면서 보냈다. 우리 사정이 좀 넉넉해지자 아버지가 사서 애지중지하던 보트들이었다. 어머니는 캠핑도 좋아하지 않았지만 불평하지 않고 따라나섰다. 어머니는 하와이를 좋아하지도 않았지만, 그때 나는 그 사실조차 몰랐다. 어머니에게 호놀룰루의 시골 같은 특성은 숨이 막혔다. 어머니는 로스앤젤레스에서 자랐고 뉴욕에서 살았으므로, 호놀룰루의 일간신문은 읽기도 괴로웠을 것이었다. 무척 사교적인 분이었고 속물근성이라고는 없었지만, 하와이에서는 친구를 별로 사귀지 못했다. 아버지는 진정으로 친구에 대해 신경 쓴 적이 없었다. 일을 하지 않을 때는 가족들과 함께 있는 편을 선호했으니까. 하지만 어머니는 우리가 로스앤젤레스에서 알고 지낸 다른 가족들과 함께했던 너른 사교집단을 그리워했다. 유년 시절의 가까운 친구들과 마찬가지로, 연예계에 종사하는 사람들이었다.

어머니는 이 모든 것을 우리에게 숨긴 채 섬으로 가로막힌 복고적인 마을에서의 삶을 최대한 즐기는 데 전념했다. 어머니는 물을 좋아했고, 그것만은 다행이었다(아일랜드계의 흰 피부에는 좋지 않았겠지만). 어머니는 우리 집 앞 오솔길 바닥의 축축한 모래사장에 비치 타월을 깔았고, 동생들에게 잠망경을 씌우고 그물을 들려 초호로 데리고 나갔다. 어머니는 여동생 콜린이 첫 영성체에 대비한 공부를 할 수 있도록 와이키키에 있는 성당에 보냈다. 어머니는 사정이 되면, 아버지가 이웃한 섬에 갈 때 비행기를 타고 따라나섰다. 당시 세 살인 마이클은 보통 업고 갔지만, 다른 애들은 봐줄 사람을 서둘러 구해서 맡기고 갔다. 그리고 이 바깥 섬들에서 어머니는 당신 마음에 좀 더 차는 하와이를 발견한 게 아닐까 싶다. 호놀룰루의 중산층 개발 지지자들과 컨트리클럽을 기반으로 하는, 인종차별주의가 없는 곳. 그런 곳을 여행하며 찍은 사진을 보면 어머니는 낯선 사람 같았다. 어머니가 아니라, 민소매의 터키색 일자형 원피스를 입은 세련된 숙녀. 저 멀리 어딘가를 바라보며 홀로 생각에 빠져 있는 것만 같다. 지금 보면 조안 디디온Joan Didion의 소설에 나오는 인물 같다. 샌들을 두 손에 들고 맨발로 걸어 해변에 삐죽삐죽 솟은 소나무를 향해 걸어간다. 나중

◆

팻 피네건. 오아후의 윈드워드 사이드, 1966년.

에 알게 되었지만, 디디온은 어머니가 가장 좋아하는 작가였다.

　나는 마당 일을 하지 않아도 되는 이때를 소중히 여겼다. 하지만 슬프게도 나는 동생들을 잘 돌보는 것으로 신용을 쌓고 말았다. 부모님은 내가 카이무키 무리들 사이에서 서퍼로 서서히 꽃을 피우고 있다는 건 전혀 모른 채 나를 책임감 강한 아이로만 알았다. 그리하여 동생들이 속속 태어난 직후에는 그 아이들을 돌보는 것이 집에서의 내 역할이 되었다. 나와 형제들은 꽤 터울이 있었다. 케빈은 나보다 네 살 어렸고, 마이클은 열 살 아래였다. 그래서 부모님은 나를 믿고 동생들이 물에 빠지거나 감전되지 않게 지켜보고, 밥도 먹이고, 물도 마시게 하고, 기저귀도 갈아주는 일을 맡길 수 있었다. 하지만 저녁과 주말에 공식적으로 아이들을 봐야 한다는 것은 새로운 일이었고 끔찍한 부담이었다. 특히 타기 좋은

파도가 밀려올 때나, 시내버스가 익지 않은 망고를 던져달라고 부
탁하는 것 같을 때나, 카이무키에 보호자 없이 가도 되는 파티가
열렸을 때는. 나는 불쌍한 케빈과 콜린에게 너희들이 태어나기 전
에는 얼마나 좋은 시절이었는지 모른다며 심술궂은 말투로 옛날
이야기를 늘어놓는 것으로 복수했다. 엄마와 아빠와 나만 있어서
우리는 좋을 대로 하며 살았다고, 매일 밤 졸리로저에서 외식했다
고, 치즈버거와 초콜릿 몰트를 먹었고, 우는 애들이 없는 시절도
있었다고.

  햇볕이 쨍쨍하던 어느 토요일, 나는 콜린을 돌보는 임무에서
빠져나가려고 애를 썼다. 콜린은 이튿날 첫 영성체를 받기로 되
어 있었다. 토요일은 큰 행사를 위해 의상도 갖춰 입고 리허설을
하는 날이었다. 엄마와 아빠는 집에 없었다. 아마도 체스터 라우
가 연 행사에 간 듯했다. 콜린은 머리부터 발끝까지 하얀 레이스
예복을 입었다. 여동생은 그날 첫 번째 고해성사를 할 예정이었
지만, 일곱 살 난 여자애가 대체 무슨 대죄를 고백한단 말인지 상
상하기는 어려웠다. 토요일 리허설은 어쨌든 의무적이었다. 그
당시 로마가톨릭은 빈둥거리지 않았다. 리허설을 놓치면 첫 영성
체를 할 수 없었다. 이듬해에 돌아오시오, 작은 죄인이여, 그사이
에 주님이 그대의 영혼을 구원해주시길. 나는 성당의 차가운 품
에 안겨 자랐기 때문에 수녀님들이 만만치 않은 상대라는 것을
잘 알았다. 그래서 콜린과 내가 리허설 날 한 시간에 한 번 오는
와이키키행 버스를 놓치고 말았을 때, 나는 무슨 일이 일어난 것
인지 정확히 알았다. 그리고 나는 여전히 마음속 깊이 책임감 강
한 아이였으므로, 겁이 확 났다. 나는 예복을 입은 꼬마 여동생을
다이아몬드헤드로드 한가운데 내려놓고, 손을 흔들어 와이키키

로 가는 차를 세워 동생을 성당까지 정시에 데려갔다.

　나는 호놀룰루에서 내가 있는 곳이 어디인지 서서히 깨달았다. 클리프스의 라인업에서 보면, 오아후의 남쪽 해변 전체가 보였고, 서쪽의 와이아나에Waianae 산에서 보면 호놀룰루 너머 펄하버Pearl Harbor, 제2의 다이아몬드헤드라 할 만한 코코헤드―바다와 접한 지형에 그을린 듯 보이는 분화구―가 동쪽으로 보였다. 도시는 해안과 코올라우Koʻolau 산줄기 사이의 평야를 채웠다. 코올라우 산맥의 가파른 푸른 봉우리는 보통 환하게 피어오른 적란운 아래, 구름과 물안개에 잠겨 있었다. 산에서 보낸 비구름은 도시를 적시기도 했지만, 일부는 해안에 닿기도 전에 타서 날아갔다. 무지개가 하늘 여기저기에 떠올랐다. 산 너머는 윈드워드사이드Windward Side였고, 거기에서 멀어진 어딘가가 전설 속의 노스쇼어였다.

　하지만 호놀룰루가 어느 방향인지는 언제나 컴퍼스가 아니라 지형지물로 알 수 있었으므로 마우카mauka(산 쪽), 마카이makai(바다 쪽)나 에와ewa(공항과 펄하버를 지난 에와 해변 쪽), 혹은 다이아몬드헤드(다이아몬드헤드 끝에 사는 우리끼리는 그냥 코코헤드라고 불렀다. 별로 다를 게 없었다)로 간다고 말했다. 이렇게 방향을 그림같이 묘사하는 것은 속어도, 가식도 아니었다. 그런 용어들은 공식 지도나 거리 표지판에서 볼 수 있었다. 그리고 이런 이름들은 또한 내게는 파편적이기는 해도 좀 더 단일한 세계, 내가 이제껏 알았던 어떤 곳보다도 태평양 한가운데 고립되어 있다는 일관성에 더 부합되는 세계를 두드러지게 보여주는 조각인 것만 같았다. 이에 대한 내 감각은 일정하면서도 강렬했다. 나는 로스앤젤레스에 사는 친

구들이 그리웠다. 하지만 사방으로 뻗어나가며 이제 경계도 없이
밋밋해진 서던캘리포니아는 내 마음속에서 기본 지위를 잃었다.
캘리포니아는 이제 모든 다른 장소들의 척도가 되는 곳이 아니었
다. 인크라우드 중에 스티브라는 아이가 있었는데, '더록the Rock'
에 대한 불만을 끝없이 늘어놓곤 했다. 그 말이 가리키는 대상은
오아후Oahu였지만, 그 애가 말할 때면 마치 앨커트래즈Alcatraz 감
옥 얘기를 하는 것처럼 들렸다.✦ 스티브의 가장 큰 야심은 더록을
탈출해서, 이상적으로는 영국으로 가는 것이었다. 스티브가 가장
좋아하는 밴드인 킹크스Kinks가 연주하는 곳이었다. 하지만 '본토'
의 어디든—하와이만 아니라면—상관없을 것이었다. 반면, 나
는 '이 짝 섬들'에 영원히 머물러야 한다고 해도 좋았다.

　유럽인들이 도착하기 전의 고대 하와이에서 서핑은 종교적으
로 중요했다. 기도와 공물을 드린 후에, 장인들은 신성한 코아Koa,
혹은 윌리윌리wiliwili 나무로 보드를 만들었다. 사제들은 너울에 축
복을 내리고, 너울을 일으키려고 나뭇가지로 바다를 후려쳤으며,
어떤 파도 지점에는 신자들이 파도를 위해 기도를 올리는 해변의
헤이아우스heiaus(사원)가 있었다. 영적인 곳이라 해도, 소란한 경
쟁이나 대규모 도박을 막진 못했다. "마우이와 오아후의 챔피언들
이 벌인 한 경기에는 4,000마리의 돼지와 열여섯 척의 전투용 카
누가 판돈에 포함되었다." 역사가 피터 웨스트윅Peter Westwick과 피
터 뉴설Peter Neushul은 이렇게 썼다. 남자와 여자, 어린이와 어른,
귀족과 서민 모두 파도를 탔다. 파도가 좋을 때는 "일에 대한 생각

✦　더록은 캘리포니아 앨커트래즈섬의 다른 이름이다.

은 모두 그만두고, 오로지 스포츠 생각만 남는다". 19세기의 하와이 학자인 케펠리노 케아우오칼라니Kepelino Keauokalani가 한 말이다. "종일 서핑만 한다. 많은 이들이 새벽 4시처럼 이른 시간부터 서핑을 하러 나간다." 옛날 하와이 사람들은, 다른 표현으로 하면, 심한 서핑 열병을 앓았다. 현재의 우리라면 여가라고 부를 시간이 옛날 사람들에게는 아주 많았다. 섬은 축복을 받았는지 먹을 것이 남아돌았다. 그곳에 사는 주민들은 숙련된 어부일 뿐 아니라 계단식 경작지에서 일하는 농부이자 사냥꾼이었지만, 양어장의 정교한 시스템을 구축하고 관리했다. 그들의 겨울 수확제는 세 달 동안 지속되었다. 그 기간에 서핑은 종종 권장되었지만, 노동은 공식적으로 금지되었다.

그들의 삶의 방식은 1820년 하와이에 도착한 칼뱅교 선교사들이 섬 주민들을 위해 생각해놓은 것과는 거리가 멀었다. 처음으로 선교단을 끌고 온 하이럼 빙엄Hiram Bingham은 땅에 발을 딛기도 전에 한 무리의 서퍼들에 둘러싸여 있다는 것을 깨닫고 이렇게 썼다. "시끄럽게 떠들며 머리부터 발끝까지 햇볕에 타서 거무스레해진 피부를 드러낸 발가벗은 야만인들에게서 보이는 빈곤과 타락, 그리고 야만은 혐오스러울 정도로 충격적이었다. 우리 교인 중 몇몇은 눈물을 뚝뚝 흘리며 고개를 돌렸다." 27년 후, 빙엄은 썼다. "문명이 발전하면서 서프보드가 쇠퇴하고 단절된 이유는 겸양과 근면, 신앙의 증대로 설명할 수 있을 것이다." 서핑의 쇠퇴에 관한 말은 틀리지 않았다. 하와이 문화는 파괴되었고, 사람들은 유럽산 질병으로 대거 사망했다. 1778년부터 1893년 사이에, 하와이 인구는 대략 80만에서 4만으로 줄었고, 19세기 말 무렵에는 서핑이 거의 사라졌다. 하지만 웨스트윅과 뉴설은 하와이 서핑을 성공적 선교 열정의 희생양이라기보다는 극단적인 인구 감소와 토지 박탈, 그리고 백단유, 포경, 설탕 등 채취 산업의 연쇄가 일으킨 결과로 보았다. 살아남은 섬 주민들은 현금 경제에 몰리며 여가 시간을 빼앗겼다.

이런 끔찍한 역사를 겪으면서도 현대 서핑은 몇몇 하와이인들 덕분에 후대에 전해졌다. 그중 유명한 이로는 헤에날루he'e nalu[+]의 고대 관습을 살려놓은 듀크 카하나모쿠Duke Kahanamoku가 있다. 카하나모쿠는 1912년 올림픽 수영에서 금메달을 따고 국제적으로 유명인사가 되었으며, 전 세계를 돌아다니면서 서핑 전시를 열기 시작했다. 탈 수 있는 파도가 일고, 그를 쫓을 수 있는 수단을 갖춘 사람들이 있는 해변 여러 곳에 서핑이 서서히 정착했다. 전후 서던캘리포니아는 새로 대두되는 서핑 산업의 수도가 되었다. 크게는 지역 내 비행 산업이 부흥하면서 보드를 만드는 데 적합한 경량 신소재가 개발되었고, 서핑을 배울 시간과 마음이 있는 나 같은 아이들 세대의 인구가 늘어났다는, 두 가지 이유 때문이었다. 지역 당국에서 권장한 것은 아니었다. 서퍼의 역할은 으레 무단결석하고 기물이나 파손하는 애들이 맡았다. 어떤 해변 마을에서는 실제로 서핑을 금지하기도 했다. 서핑 건달 무리들은—스키 건달, 요트 건달, 등산 건달의 형제들이었다—그만두지 않았고, 그럴 만한 이유가 있었다. 영화 〈리치몬드 연애소동〉에서 숀 펜이 연기한 약에 취한 서핑 청년 제프 스피콜리Jeff Spicoli는 오늘날 전 세계의 해변 마을에서 당당하게도 이럭저럭 버텨나가고 있다. 하지만 하와이는 달랐다. 서핑은 하위문화나 수입된 문화 혹

—

[+]   하와이어로 서핑, 서퍼를 의미한다.

은 저항 문화가 아니었다. 그래도 그 생존 자체는 하이럼 빙엄과 같은 칼뱅주의자들의 상업적 가치에 대한 지속적 저항을 대표했다. 그 정신은 이 공간의 조직 속에 깊이 엮여 있었다.

글렌과 로디는 나를 그들의 서핑 클럽, 서던유닛Southern Unit의 모임에 초대했다. 그 클럽에 대해 내가 아는 것이라고는 회원들이 녹색과 흰색이 섞인 알로하 무늬 사각 수영복을 입는다는 것, 그리고 보통 파도가 좋은 날에 클리프스의 물속에서 만난 서던유닛 애들은 모두 파도를 잘 탄다는 것뿐이었다. 모임은 와이키키 해변의 다이아몬드헤드 쪽 작은 광장인 파키 공원에서 열렸다. 밤이었지만 사람이 많았고, 나는 그늘 뒤로 물러나 있었다. 칭Ching 씨라는 키가 작고 시끄러운 중년 남자가 쇼를 진행했다. 칭 씨는 옛날 사업, 새로운 사업, 대회 결과, 다가오는 경기 등등에 대해 떠들면서 관중들과 말싸움을 하고 웃음을 끌어냈지만, 대화가 너무 빨라서 내가 따라가기는 힘들었다.

"잘난 척 말라니까." 칭 씨는 그의 뒤에서 슬금슬금 기어가는 소년을 휙 돌리면서 소리쳤다.

그 아이는 칭 씨의 아들 본 칭Bon Ching이라고 로디가 말해주었다. 그 애는 우리 또래였지만, 글렌만큼 서핑을 잘했다. 현장에 있는 하울리는 몇 명 되지 않지만, 그중 한 명을 알아보았다. 로드 제임스 블리어스Lord James Blears. 그는 건장하고 금발이 무성한 전직 레슬러이자 지역 텔레비전 쇼 진행자로, 연기 훈련을 받았는지 진짜 정통인지 모를 영국 억양을 썼다. 무엇보다도 로드 블리어스는 격식을 갖춘 것처럼 서핑을 했다. 로디는 그의 10대 딸인 로라를 가리키며 그 애도 서핑을 잘한다고 했다. 내가 보기

에는 엄청나게 예쁜 아이었다. 그리고 그 애의 오빠 지미는 나중
에 유명한 대형 파도 서퍼가 된다.

그 모임에 온 다른 애들도 후에 자라서 서핑의 더 넓은 세계에
서 이름을 날린다. 그중 한 명이 레노 아벨리라Reno Abellira였다. 그
때는 그늘에서 칭 씨를 향해 야유를 보내던 와이키키 부랑아일
뿐이었지만, 후에는 낮게 웅크린 스타일과 눈이 멀어버릴 것 같
은 속도로 유명한 세계적인 선수가 되었다. 하지만 나를 홀린 것
은 재킷이었다. 몇몇 사람은 녹색과 하얀색의 서던유닛 바람막이
를 입었다. 여기에 클럽의 사각 수영 바지를 입으면 한층 더 근사
했다. 칭 씨가 홍보하는 기금 마련 행사에 자원을 해보라고 로디
가 밀어붙이자, 나는 자의식을 꿀꺽 삼키고 과제를 받으러 그에
게 다가갔다.

나는 이전에는 서핑 클럽에 가입해본 적이 없었다. 캘리포니아
에서는 윈단시Windansea라고, 라호이아La Jolla에 기반을 두고 유명
한 회원이 몇 있는 클럽 애기를 들어본 적 있었다. 또 샌타바버라
Santa Barbara에 기반을 두었을 호프랜치Hope Ranch라는 클럽도 있었
다. 왠지 나와 내 친구들에게는 천국같이 들리는 이름이었다. 우
리 중 누구도 그 클럽에 소속된 사람은 하나도 알지 못했다. 깃발
도 몰랐다. 어쩌면 실재하지 않은 곳일 수도 있다. 그래도 호프랜
치라는 개념은 물질적 형태를 벗어나 떠다니며, 모범생 괴짜일
뿐이면서도 멋진 애들처럼 되고 싶어서 안달이 난 우리의 머릿속
에서 완전히 쿨해질 수 있다는 꿈이 되었다.

하지만 이제 내게는 서던유닛이 있었다. 입단 절차는 불명확했
다. 나도 나가서 대회에서 우승해야 하나? 나는 대회에서 서핑해
본 적이 없었다. 캘리포니아에서 중학교에 다닐 때, 다른 애들하

고 몇 번 어설픈 '서프오프surf-off'⁺를 해보았을 뿐이다. 공식적인
경기를 혐오하는 건 아니었다. 하지만 일단 모금 행사부터 할 것
같았다. 로디는 참가하지 않을 구실을 찾았지만, 나는 성실하게
도 더운 토요일 아침에 차 타는 곳으로 나갔다. 칭 씨는 자기 아
들인 본을 포함해 우리 무리를 차에 태우고 호놀룰루 위 언덕 높
은 곳에 위치한 고급스러운 분양지로 갔다. 우리는 포르투갈 소
시지와 방문 판매의 기본 지침서를 담은 무거운 가방을 하나씩
받았다. 우리의 서핑 클럽을 위해 모금하는 것이었다. 보이스카
우트처럼 건전한 명분이었다. 칭 씨가 "서던유닛"이라고 말하면,
아이들이 웃었다. 그는 그 말을 하울리 스타일, 표준 영어로 발음
하려고 했으나, 보통은 "다 소둔 유닛da Soddun Unit"처럼 들렸기 때
문이었다. 판매 구역이 배정되었다. 하루 일이 끝나면 산발치에
서 만나기로 했다.

    외롭게 용기를 발휘하여 나는 그 일에 몸을 던졌다. 현관문을
쿵쿵 두드리고, 성난 개에게 쫓기고, 영어를 할 것 같은 분위기를
하나도 풍기지 않는 일본인 할머니에게 큰 소리로 설명하기도 했
다. 하울리 부부 두 사람이 나를 가엾게 여겨주긴 했으나, 나는
거의 팔지 못했다. 날은 더워졌다. 나는 정원의 호스에서 물을 받
아 마셨지만, 간식을 전혀 챙겨오지 않았다. 마침내 뱃가죽이 등
에 붙을 정도가 되자 나는 소시지 하나에 덤벼들었다. 맛은 없었
지만 굶는 것보다는 나았다. 10분 후, 나는 무릎을 꿇고 하수구에
대고 토하기 시작했다. 포르투갈 소시지는 익혀서 먹어야 한다는

⁺   서핑 경기에서 마지막 동점이 되었을 때 두 사람이 우승자를 결정하기 위해 맞대
결하는 것.

사실을 몰랐다. 토하는 와중에도 서핑 클럽 회원이라는 영광에 더 가까워졌는지, 아니면 더 멀어졌는지가 궁금했다.

로디는 어떤 이유에서인지 내가 듣는 타자 수업으로 옮겨 왔다. 선생님에게 하는 말을 듣고서 나는 입이 떡 벌어졌다. 기금 마련 쇼에서 칭 씨가 그랬던 것처럼 로디도 평소에 쓰던 피진을 짧게나마 버리고 표준 영어로 말했다. 하지만 웃기려는 것은 아니었다. 그저 상황에 따라 골라 쓰는 것뿐이었다. 나중에 알게 된 사실이지만, 글렌도 똑같이 했다. 카울루쿠쿠이 집안의 사내아이들은 이중언어 화자였다. 그들은 언어 변환code switch[*]을 할 수 있었다. 우리가 일상적으로 만날 때는 쓸 일이 많이 없었을 뿐이다. 사실, 그들이 모국어, 피진이라고 알려진 하와이 크레올을 포기해야 하는 경우 자체가 많이 없었다.

하지만 나는 두 세계를 분리해서 유지하기가 갑자기 더 곤란해졌다. 학교에서도 로디와 함께 어울리면서 나는 인크라우드의 몽키포드 나무는 멀리했다. 학교 식당에서는 함께 침침한 구석에 앉아 사이민saimin(하와이 국수)과 차우펀chow fun(넓적한 면으로 만든 중국식 볶음국수)을 먹었다. 하지만 학교는 작은 연못이었다. 숨을 곳이 없었다. 그리하여 소동, 대결이 있어야 할 것이었다. 어쩌면 마이크 본인과 맞붙게 될지도 몰랐다. 어이, 이 모크는 누구야?

하지만 그런 일은 일어나지 않았다. 곧이어 글렌과 포드도 함께 어울렸다. 어쩌면 글렌과 마이크는 나와 아무런 상관없이 둘다 똑같이 재미있다고 여기는 일들이 있어서 죽이 맞았던 것 같

---

[*]　일련의 한 대화 시퀀스에서 두 가지 이상 언어를 번갈아 쓰거나 섞어 쓰는 현상.

다. 내가 아는 것이라고는 별안간 하룻밤 사이에 글렌과 로디와 포드가 학교 운동장 인크라우드의 소굴인 몽키포드 나무 아래에 나타났을 뿐 아니라, 금요일 밤이면 카이무키의 마이크와 에디의 집에도 왔다는 것이다. 그럴 때면 마이크의 삼촌이 프리모Primo(지역 맥주)를 내놓았고 유행을 좇는 스티브는 킹크스를 틀었다. 인크라우드는 눈에 보이는 분란 없이 통합되었다.

지역 내 선두적인 사교 클럽인 퍼시픽클럽Pacific Club이 여전히 백인 전용이던 때가 있었다. 칵테일을 마시고 패들 테니스를 치면서 하와이의 큰 사업들이 이루어지는 곳이었다. 퍼시픽클럽은 하와이의 미국 하원의원과 첫 상원의원 두 명 중 한 명(둘 다 제2차 세계대전 참전 용사로 유명했다. 그중 한 명인 대니얼 이노우에는 한 팔을 잃었다)이 아시아계 미국인이라는 사실에는 꿈쩍도 안 하고, 여전히 아시아계 미국인의 공식적인 회원 가입을 금지했다. 이러한 대담한 차별 조치는 비미국적인 것은 아니었다. 합법적인 분리 정책은 여전히 나라 곳곳에서 유효했다. 하지만 하와이에서는 심각하게 구시대적인 행위였다. 그래도 인크라우드 무리의 저소득층 하울리 아이들은 훨씬 머리가 깨어 있었다. 그들은 내 친구들이 쿨한 애들임을 알아보았다. 특히, 글렌을 그렇게 여긴 것 같다. 그래서 적어도 갱이라는 목적하에서 인종 문제는 흘려 넘겼다. 굳이 말썽을 일으킬 가치가 없었다. 방사능 폐기물이나 같았다. 파티나 하자.

인크라우드 무리와 어울려 다니는 것을 글렌, 포드, 로디는 대단히 소중하게 여기지는 않았다. 내가 아는 바로는, 어느 쪽 무리에 낄 것인지는 그 애들에게 딱히 대단한 일도 아니었다. 오로지 내게만 대단한 일이었다. 사실 로디가 내가 얘기했던 여자애

들 둘과 알게 된 후에도―내가 속 끓이고 아주 가끔 껴안거나 했
던 인크라우드 소녀들―로디는 별로 흥미 없어 하는 것을 알 수
있었다. 그때 '왕재수^{skank}'라는 말이 쓰였다면, 로디가 그런 표현
을 썼을 법했다. 로디는 자신의 연애 문제로 골머리를 썩고 있었
고, 나도 그에게서 얘기를 많이 듣기는 했지만, 그의 애정의 대상
은 얌전하고 남달리 구식에다 조용하고 예쁜 여자애였다. 로디가
굳이 가리키지 않았다면 모르고 지나쳤을 애였다. 그 애는 자긴
너무 어려서 누구를 사귈 수는 없다고 말했다 한다. 로디는 필요
하면 몇 년이라도 기다리겠다고 불쌍하게 대답했다 한다. 로디의
시각으로 내가 이전에 사귄 여자 친구들을 본 뒤 그 애들이 덜 좋
아진 건 아니었지만, 그 애들이 불량 청소년이나 방치된 아이 같
은 매력, 성적 조숙함 속에서 갈 길을 못 찾고 헤매고 있다는 사
실을 점차 깨닫게 되었다. 사실 그 애들은 나보다 성적으로는 훨
씬 많이 발달해서, 나는 소심해졌고 그리하여 불행해졌다.

　나는 글렌의 여자 친구 리사^{Lisa}에게 재난과도 같은 연정을 품
게 되었다. 리사는 침착하고 남의 얘기를 재미있게 들어주는 상
냥한 중국계 소녀였다. 나보다 나이가 많았다. 열네 살, 9학년이
었다. 리사는 카이무키 중학교에 다니기는 했으나 그 무리라곤
할 수 없었다. 나는 리사를 그런 식으로 바라보았다. 그녀와 글렌
은 잘 어울리는 한 쌍이었는데, 글렌과 리사 둘 다 주인공의 운명
을 타고난 사람이기 때문이었다. 하지만 글렌이 야성적인 소년,
무법자, 남을 잘 웃기는 불량이였다면, 리사는 착한 소녀, 모범생
이었다. 어쩌다 두 사람이 말을 섞게 되었을까? 나는 정말로 답을
알고 싶지는 않았다. "그에게는 삶의 기쁨이 있었고 그저 정중하
기만 한 사람들에게 물들지 않은 일종의 상냥함이 있었다." 오랜

세월이 흐른 후 제임스 설터James Salter가 쓴 이 글귀를 보았을 때, 나는 글렌을 떠올렸다. 어쩌면 리사도 그렇지 않았을까 상상해본다. 아니, 나는 그때 그녀가 언젠가는 제정신이 들어 자기를 기쁘게 해주려 안간힘을 쓰고 숭배하는 하울리 소년을 돌아봐주지 않을까, 그렇다면 기다리겠다고 초조하게 생각했던 것 같다. 나의 안타까운 상황을 글렌이 알아차렸는지는 알 수 없다. 그는 어쨌든 배려 있게도 내가 듣는 데서 리사에 대해 음란한 말은 하지 않았다("스파크 닷Spock dat", 하와이 크레올로 "저기 좀 봐"라는 말은 소년들이 여자아이들의 봉긋한 엉덩이와 가슴을 훔쳐보면서 자주 하는 말이었지만, 글렌은 그런 표현은 쓰지 않았다).

리사를 통해 나는 포드를 알았다. 다들 그가 아이치고는 약간 독특하다고 생각하는 듯했다. 글렌은 포드를 "다 니포니즈da nip-o-nese"라고 부르며 놀리곤 했다. 서핑 말고는 아무것에도 관심이 없으니 포드의 가족은 얼마나 실망스럽겠냐고도 했다. 하지만 글렌 때문에 포드가 약 올라 하는 일은 거의 없었다. 포드는 내향성이 강한 아이였다. 그는 우리 반에 있던 어떤 일본 아이들과도 같지 않았다. 그 아이들은 어떻게든 인정받고 싶어서 뻔뻔하고 열렬하게 선생님들을, 서로를 바라보았다. 나는 그중 좀 재미있는 여자애들과는 친구가 되었다. 걔들과는 정말 재미있을 수 있었지만 우리 사이에 놓인 사회적 벽은 굳건했고, 수업 시간엔 너무 아양을 떨어서 교사와 학생 사이의 관계에 대한 나의 감각에는 매우 거슬렸다. 반면, 포드는 나와 같은 행성에서 온 사람 같았다.

포드의 피부는 창백했고, 몸매는 단단하고 깎은 듯한 근육으로 다져졌으며, 그의 서핑은 선을 따라 재빨리 내려가는 뻣뻣하고 효율적인 스타일이었다(즉 파도의 수평면을 따라 건너가는 스타일이었

다). 포드와 글렌의 우정은 두 사람이 동등한 입장인 서핑을 따라
돌고 있었으나, 두 사람은 재미있게 여기는 대상에 대한 감각 또
한 공유했다. 포드는 그런 사실을 말로 한 적은 별로 없지만, 글
렌이 농담을 하면 살짝 건조한 미소를 내비치곤 했다. 카울루쿠
쿠이 가족은 포드가 가족의 압력에서 빠져나올 수 있는 피난처도
되어주었다. 이건 리사가 설명해준 것이었다. 리사는 주유소를
운영하면서 열심히 일하는 포드의 가족을 알았다. 일본인들은 전
후 하와이에서 정치의 전면에 나서며 부상했고, 중국인, 필리핀
인, 그 외 다른 집단들처럼 처음 그 섬에 노동자로 왔을 때는 사
탕수수 농장에서 일했지만 급격히 다른 분야로 옮겨 갔다. 그리
고 산업적으로도 성장하고 있었다. 그들은 흔히 섬처럼 고립되어
사는 성질 때문에 일반적으로는 반발을 샀다. 가령, 중국인들과
달리 그들은 자기 민족 외에 다른 사람들과 결혼하려는 마음이
별로 없었다. 하지만 집단으로서 그들의 태도는, 특히 어른 세대
에서는, 하와이인들과 어울려 놀아서는 미국에서 앞서갈 수 없다
는 것이었다. 그리고 바로 이게 포드가 매일 저항하는 것이라고,
리사는 말했다. 걔가 늘 그렇게 입을 꾹 다물고 다니는 것도 놀랄
게 없네, 나는 생각했다.

다이아몬드헤드 클리프스에서 서핑 경기가 열린다는 전단지가
돌았다. 주최자는 카이무키 중학교에 다니는 로버트Robert라는 애
였다. 키가 작고 말발이 센 9학년으로, 그 애는 서핑을 하지도 않
았다. 하지만 로디와 글렌은 걔한테 자격이 있다고 말했다. 스포
츠 경기 기획자 가족 출신이기 때문이었다. 경기는 이보다 더 규
모가 작을 수 없었다. 지역 내 서핑 클럽은 하나도 가담하지 않았

고, 유일한 경쟁 부문은 14세 미만 소년뿐이었다. 하지만 그게 나였다. 나는 참가했다.

경기 날 클리프스의 파도는 햇빛을 받아 환했고, 솟아오르는 스웰 위에서 바람에 이리저리 쓸려갔다. 경기에 출전한 애들 중에 클리프스 지역민은 하나도 없었다. 어쨌든 같은 학교에 다니는 남녀 한 쌍을 제외하고는 내가 아는 애들은 없었다. 하지만 출전한 아이들은 모두 예선과 운동복에 관한 경기 절차를 속속들이 알고 있는 것 같았다. 몇몇은 부모님과 함께 와서 다이아몬드헤드로드에서 이어지는 둔덕을 투지만만하게 내려왔다. 나는 부모님에게 그런 행사가 있다는 말도 하지 않았다. 부끄러웠기 때문이다. 실망스럽게도 로디는 나타나지 않았다. 글렌은 왔다. 그는 심판으로 선정되었다. 로디는 그날 아침 아버지와 함께 와이키키의 포트드러시Fort DeRussy에 일하러 가야 해서 올 수 없었다고 그가 설명해주었다. 나는 로디가 경기에서 우승하는 모습을 볼 수 있지 않을까 내심 기대하고 있었다.

로버트는 예선 출전자 명단을 읽었다. 우리는 서핑을 하지 않을 때는 언덕 옆 가시덤불 아래 옹기종기 모여 그늘 밑에 끼어 앉았다. 심판들은 비탈길 높은 자리에 앉았다. 서퍼 중 몇 명은 꽤 잘했다고 생각했지만, 그들 중 누구도 로디 발밑도 따라가지 못했다. 어떤 아이는 서던유닛 수영복을 입고 있었지만, 파도 선택이 끔찍해서 경기를 망쳐버리고 말았다.

나는 두세 라운드 정도 파도를 탔다. 떨렸지만 열심히 패들했고, 다른 아이들에게는 신경을 쓰지 않았다. 파도가 가볍게 올라와서 괜찮았지만 꼬마 로버트는 경기 영역을 확보해놓을 힘이 없어서, 우리는 토요일에 서핑하러 나온 사람들 속에서 파도를 탔다. 그때 나는 클리프스의 암초 상태를 잘 알고 있었기에 혼자 떨어져 나와 에와 쪽으로 갔다. 산호초 판이 바깥으로 드러난 곳으로, 이 스웰에서는 적당한 각도가 나왔다. 거기서 나는 부서지는 파도의 가운데를 깨끗하게 연결하는 파도 세트를 찾아냈다. 서퍼들에게 예선이 끝났다는 것을 알려주는 깃발 신호가 있었으나 로버트는 결선이 끝나도록 깃발을 바꾸지 않고 무시해버렸다. 그래서 나는 글렌이 나를 잡으러 패들해올 때까지 계속 서핑했다. 끝났어, 글렌이 말했다. 나는 2등을 했다. 토미 윙클러Tomi Winkler라는 하울리 애가 1등을 했다. 글렌은 씩 웃고 있었다. "그 드롭니컷백dropknee cutback✦ 있잖아." 그가 말했다. "네가 그거 할 때마다, 우핫, 너한테 큰 점수를 주었지."

세 가지 면에서 결과는 놀라웠다. 먼저, 로버트는 실제로 우리에게 몇 주 뒤 트로피를 주었다. 그리하여 부모님은 크게 놀라며, 당신들을 부르지 않았다고 서운해했다. 두 번째로, 대체 토미 윙클러는 누구란 말인가? 알고 보니, 카이무키 중학교에서는 눈에 띄지 않던 하울리 소년으로, 다정하고 밝은 아이였다. 그리고 나보다 더 잘하는 서퍼라는 것도 알게 되었다. 세 번째, 글렌이 나의 드롭니컷백을 좋아했다. 그건 실질적으로 하와이에서는 알려지지 않은 좀 더 차가운 바다의 기술로, 내가 체계적으로 내 본토 스타일을 지우려고 했다면 가장 먼저 없애야 할 동작이었다. 그런데 아직도 하고 있었던 모양이고, 나의 아이돌인 글렌이 그것에서 장점을 보았거나, 아니면 적어도 새로움을 본 듯했다. 그래

✦   무릎을 굽히고 파도가 부서지는 지점을 향해 돌아오는 회전 기술. 롱보드같이 긴 보드에서 무게 중심을 더 뒤쪽에 주기 위해 무릎을 굽힌 채로 몸을 돌려 방향을 바꾼다.

서 그걸로 정해졌다. 드롭니는 그대로 남았다.

하지만 이 스타일의 문제, 본토 대 하와이의 대결은 복잡했다. 이는 모든 시대에 걸쳐 내 서핑 전체와 내 작은 세계 양쪽 모두에 적용되었다. 나는 종종 글렌이 로디의 서핑 방식을 놀리는 것을 들은 적이 있었다. "너무 섬 스탈이야." 그는 동생을 흉내 내 웅크린 자세로 엉덩이를 밖으로 내밀어 과장되게 호를 그리며 화난 사무라이처럼 눈을 가늘게 떴다. 부당하고 부정확한 묘사지만 웃기기는 했다. 글렌도 가끔 파도에 올라탈 때, 그렇게 하기는 했지만 그때의 전투 구호는 "아이카우!Aikau!"였다. 아이카우는 전통적 스타일로 유명한 지역 내 서핑 가문이었다. 벤 아이파와 레노 아벨리라처럼 아이카우 집안 사람들은 후에 국제 서핑계에서 유명세를 떨친다. 그들은 다른 무엇보다, 큰 파도 속에서 순수한 하와이 스타일로 유명해졌다. 하지만 그때는 난 그들의 이름도 들어본 적이 없었다. 포드와 로디는 글렌의 패러디가 멋지다고 생각했다. "네가 아이카우 사람들을 직접 봐야 해." 포드가 내게 말했다. "그러면 우리가 왜 웃는지 알걸."

노스쇼어에 처음 갔을 때는 가족과 함께였다. 봄이었고, 거대한 파도를 노스쇼어로 밀어 보내는, 알류샨 열도에서 밀려온 거대한 스웰이 그해에는 끝나는 시기였다. 우리는 전설적인 파도 지점, 와이메아만에 들렀다. 바다가 편평하다는 것 말고는 사진과 똑같아 보였다. 우리는 해변 뒤 협곡으로 올라 담수 웅덩이에서 수영했다. 아빠, 케빈, 나는 절벽에서 차가운 갈색 물로 뛰어내리면서 누가 더 높은 곳까지 올라가는지 내기했다. 멍청하게도 몸으로 대담한 짓을 벌이는 재주로는 내가 아버지보다 앞섰으나,

저자. 와이키키 퀸즈. 1967년.

곧 아버지가 운동선수였고 겁이 없었으며 아직 마흔도 되지 않았
다는 사실을 깨달았다. 나의 가족은 이제 점점 나에 대해서 아는
것이 적어졌다. 나는 비밀스러운 삶을 이끌고 있으며, 하와이로
이주한 뒤에는 특히 더했다. 이 중 많은 부분이 서핑으로 모아졌
고, 그건 앞서 캘리포니아에서 시작한 것이었다.

  애초에 나는 어째서 서핑을 시작했을까? 그림책처럼 예쁘게
말해보자면, 내가 열 살이던 어느 날 햇빛 환하던 벤투라Ventura
의 오후에 낚인 것이었다. 벤투라는 로스앤젤레스 북쪽의 해변
이었다. 부두에는 식당이 하나 있었다. 우리 가족은 주말이면 그
곳 해변에서 식사를 했다. 창문 옆 자리에서는 캘리포니아스트리
트California Street라고 알려진 지점에 나와 있는 서퍼들을 볼 수 있
었다. 낮게 뜬 태양이 뒤를 비추자 실루엣이 보였다. 그들은 휘광
속에서 말없이 춤추었고, 그들의 보드는 커다랗고 어두운 칼날처

럼 날카롭게 파도를 가르고 발 아래서 민첩하게 미끄러졌다. 캘리포니아스트리트는 길게 자갈이 깔린 곳으로, 열 살의 나에게는 그 해저 지층을 따라 부서지는 파도가 마치 천상의 작업실에서 만들어진 듯 보였다. 대양의 천사들이 조각하여 번쩍이는 고리와, 날렵하게 줄어드는 어깨. 나는 저기 나가서 물 위에서 춤추는 법을 배우고 싶었다. 가족 식사의 편안한 말다툼은 이제 흔적으로만 남고 존재하지 않았다. 특별 음식으로 내가 먹던 칠리버거도 매력을 잃어버렸다.

진실을 말하자면, 그때 세이렌들이 부르는 노래가 울려 퍼지며, 그것들 하나하나가 나를 서핑으로 불러들였다. 그리고 부모님은 포드 다카라의 부모님들과 달리, 내가 시작할 수 있도록 기꺼이 도와주셨다. 부모님은 내 열한 번째 생일에 중고 보드를 사주셨고, 내가 친구들과 해변에 갈 때마다 태워다 주셨다.

하지만 이제 나는 스스로 알아서 하고 있는 것 같았다. 내가 보드를 갖고 어디로 가는지 아무도 묻지 않았고, 나 또한 클리프스에서 보낸 좋은 날들과 카이쿠스에서 공포를 이겨낸 경험을 말하지 않았다. 어렸을 때는 상처 입은 채 집으로 가서 어머니가 내 다리를 타고 뚝뚝 흘러내리는 피를 보고 숨을 헉 들이마시는 소리를 듣는 것이 좋았다. 뭘 보고 그렇게 놀라요? 아, 그거. 엄마가 상처를 두고 난리를 칠 때 나는 태연한 척하는 것이 좋았다. 한번은 보트를 타는 동안 다른 아이의 어머니가 피우던 담배에 우연히 화상을 입었는데, 나는 거기서도 변태적인 기쁨을 느꼈다. 관심, 후회, 고통은 내게 가치가 있었다. 죄책감에 몰두하고 분위기를 깨는 꼬마는 대체 어디서 나온 걸까? 그 아이는 물론 아직 나와 함께 있었지만, 열세 살이 되자 나는 갑자기 정신적

으로 가족과 멀어졌다. 수영복을 입고 와이메아로 내려가는 길을
따라갈 때 나는 우리 가족들이 피로 묶인 여섯 가지의 다른 영혼,
한 배에서 태어난 새끼들처럼 보인다는 것을 알았지만, 어쩐지
나만이 홀로 떨어져 나온 기분이었다. '사춘기의 분리'라는 차가
운 바람이 나를 때 이르게 사로잡은 것 같다. 물론, 산호초에 얼
굴부터 들이받았을 때—그 이듬해 와이키키에서 일어난 일이었
다—나를 싣고 가서 얼굴을 꿰매도록 한 사람도 여전히 어머니
이긴 했다.

　그때 아버지는 아직 마흔도 되지 않은 나이라고 앞서 말했다.
물론, 성인의 나이는 아이들에게는 괴상한 것으로, 숫자는 너무
큰데 대체로 의미가 없다. 하지만 아버지의 나이는 이상할 정도
로 일정했고, 나조차도 알 정도로 기괴했다. 가족 사진첩을 보면
알 수 있다. 어떤 순간, 아버지는 검은 머리에 경계심 많은 소년
으로 스케이트와 썰매를 타거나 댄스 밴드에서 트럼펫을 불었다.
그러다 스무 살이 되어 해군에서 제대하자 갑자기 중년이 되어버
렸다. 파이프 담배를 피우고, 중산모를 쓰고, 타자를 열심히 들
여다보고, 체스판에 열중했다. 그는 스물셋에 결혼해서, 스물넷
에 아버지가 되었다. 그 자체로는 아버지의 세계에서 이상한 일
이 아니었지만, 아버지는 성인의 삶을 남달리 만족스럽게 받아들
이는 것 같았다. 그는 마흔 살이 되기를 바랐다. 신중하고 침착한
사람이라서가 아니었다. 굳이 말하자면, 아버지는 기분이 들쑥
날쑥하고 무모했다. 아버지는 그저 청춘을 뒤로하고 떠나고 싶어
한 것 같았다.
　아버지가 해군을 싫어한 건 알았다. 배 위에서 폐소공포증을

느꼈기 때문이다(전쟁은 끝났다. 아버지는 가까스로 전쟁을 비껴갔다. 하지만 항공모함을 타고 태평양으로 나갔다). 아버지는 특히 3등 수병의 무력함을 싫어했다. "3등 수병을 괜히 하찮은 군인petty officer('하찮은 장교'라는 뜻도 있고, '하사관'이라는 뜻도 있다)이라고 하는 게 아니야." 그가 말했다. 내가 그때 몰랐던 건 아버지의 유년 시절이 공포영화였다는 것이었다. 아버지의 친부모는 떠돌이 주정뱅이였다. 두 아들은 나이 많은 고모들의 손에 맡겨질 운명이었다. 아버지는 그나마 다행스럽게 마사 피네건Martha Finnegan과 함께 미시간의 작은 마을에서 살게 되었다. 마사는 다정한 학교 교사였고, 그 남편은 월이라는 철도 기술자였다. 하지만 아버지는 친부모에게서 겪었던 동요와 공포에 평생을 시달렸다.

별로 놀라울 것도 없는 얘기지만, 우리 부모님은 두 분 다 음주를 엄격히 제한했다. 마티니가 한창 유행하던 때에도, 부모님이 술에 취한 것을 본 적이 없었다. 부모님이 오래 간직한 공포 중 하나는 아이들 가운데 누군가가 알코올중독자가 되지 않을까 하는 것이었다.

부모님은 대가족을 원했고, 비교적 빨랐던 그 계획의 시작은 나였다. 우리는 맨해튼의 세컨드애비뉴Second Avenue, 엘리베이터도 없는 4층 건물에서 살았다. 아래층 이발소에 내 유모차를 세워두기 위해 한 달에 1달러씩 지불했다. 부모님은 전형적인 교외 마을인 레비타운Levittown으로 이사했고, 그다음에는 롱아일랜드Long Island의 새로 조성한 동네로 가고 싶어 했다. 돌이켜보면 비극적인 생각이었다. 다행스럽게도 부모님은 롱아일랜드 대신 로스앤젤레스로 이주했다. 나의 어머니는 그때 세 번이나 연이어 유산했다. 한 명은 사산일 수도 있었다. 미혼의 몸으로 임신한 가톨릭 신자 소녀들이 어떤 가톨릭 분파分派의 소개로 나를 돌보러 와주었다. 어머니가 케빈을 가졌을 땐 여섯 달 동안이나 침대에 누워 있어야 했다. 이 모든 일들이 소위 황금기라고 알려진 시절에 일어났다.

같은 시기에 아버지는 수천 가지 일자리를 전전하는 것 같았다. 생방송과 녹화 프로그램, 연극 무대의 무대 전기 배선 기사, 무대 목공 기사, 조명 감독, 급사로 일했다. 아버지가 거친 직업 중에서 내가 제일 좋아한 건 주유소 직원이었다. 아버지는 밴나이즈Van Nuys의 셰브론 주유소에서 일했고, 그때 우리가 살던 레세다에서 멀지 않았기 때문에 우리는 아버지에게 점심을 가져다줄 수 있었다. 아버지는 차에 기름을 넣기 위해 하얀 유니폼을 입고 있었다. 모든 직원이 마찬가지였다. 나는 유니폼의 풀 먹인 반소매에 새겨진 셰브론 로고가 무척 근사하다고 생각했다. 아버지는 〈핑키리 쇼The Pinky Lee Show〉라고 하는 어린이용 텔레비전 프로그램에서 무대 감독으로 일했고, 어머니와 나는 아버지가 헤드셋을 끼고 무대 아래에서 일하는 모습을 언뜻언뜻 볼 수 있었다. 심지어 나는 희미하게나마 아빠가 우리를 부양하기 위해 미친 듯이 뛰어다닌다는 것을, 그래서 항상 일을 하고 있다는 것을 이해했다. 또 어느 정도는 아버지가 우리 집에서는 영웅이라고 해도, 저기 큰 세상에서는 헤드셋을 끼고 셰브론 유니폼을 입고 일하면서 나름대로, 나만큼이나, 어머니의 보살핌에 의존하고 있다는 것도 알았다.

우리는 특히 열성적이지는 않아도 충실한 가톨릭 교도였다. 일요일마다 미사에 참석했고, 나는 토요일에 교리문답을 공부했으며, 금요일에는 생선 튀김을 먹었다. 그런 후에 내 열세 번째 생일 즈음에 견진성사를 받았고, 드디어 교회의 눈에는 어른이 되었다. 그래서 이제 더는 미사에 갈 의무가 없다는 말을 부모님에게 들었을 때는 벼락을 맞은 것만 같았다. 부모님은 내 영혼의 상태에 대해선 걱정을 하지 않는다는 것인가? 부모님이 어물쩍 모호한 대답을 해서 나는 또다시 충격을 받았다. 부모님은 교황 요한 23세의 열렬한 팬이었다. 하지만 그 모든 교리와 기도를 실제로 믿지는 않았음을 나는 깨달았다. 어렸을 때부터 외우고 이해하려 애써왔던 그 모든 봉헌, 기도, 무시무시한 고백 기도, 솔직할 수 없는 참회 기도를 믿지 않았다니. 부모님이 심지어 하느님도 믿지 않았을 가능성도 있었다. 나는 곧바로 미사 참석을 그만두었다. 하느님이 노하신 기색도 별로 없었다. 부모님은 여전히 동생들은 성당에 데리고 다녔다. 그런 위선이 다 있을까! 나의 종교적 의무를 신나게 내던진 건 우리가 하와이로 이사한 직후였다.

어느 봄날 일요일 아침, 부모님들이 와이알라에Waialae의 스타 오브더시Star of the Sea 성당에서 땀나도록 고생하는 동안, 나는 클리프스에서 느릿느릿 패들해서 초호 사이를 지나갔다. 조수는 낮았다. 보드 스케그skeg⁺가 큰 바위에 부딪쳤다. 이끼가 가득 끼고, 물 위로 드러난 암초 위에는 원뿔형 밀짚모자를 쓴 중국 부인들, 아니 어쩌면 필리핀 부인들이 허리를 굽히고 장어와 문어를 양동이에 담고 있었다. 파도가 암초의 가장자리를 따라 여기저기 부딪혔지만 너무 작아서 탈 수 없었다.

나는 두 세계 사이에서 떠다니는 기분이었다. 사실상 무한하

✦　보드의 꼬리 하단에 붙은 돌출 부분.

고, 수평선까지 영원히 뻗어가 떨어지는 태양이 있었다. 오늘 아침은 평온하고, 나를 움켜쥔 손아귀의 힘은 느슨하고 나른하게 풀어졌다. 하지만 나는 이제 바다의 기분에 묶였다. 이 연결은 한계가 없고, 저항할 수 없는 것처럼 느껴졌다. 나는 이제 더는 천상의 작업실에서 조각한 파도를 떠올리지 않았다. 나는 더 실리적으로 생각했다. 이제는 그들이 소위 심연의 얼굴 위에서 움직이는 아득한 폭풍 속에서 유래했다는 것을 알았다. 하지만 내가 서핑에 완전히 빠져버린 것을 합리적으로 설명할 수는 없었다. 그냥 서핑이 나를 몰고 간 것뿐이었다. 아름다움과 경이로움이 파묻힌 깊은 광산이 그 안에 있었다. 그것 말고는 내가 왜 서핑을 하는지 설명할 길이 없었다. 어떤 유의 심리적 공동空洞을 채워준다는 것만 모호하게 느낄 뿐이었다. 어쩌면 성당을 떠난 것 혹은 좀 더 그럴듯하게는 내 가족으로부터 서서히 멀어져간 것과 연관이 있을지 몰랐다. 그리해서 서핑은 이전에 있던 많은 것을 대체했다. 나는 이제 햇볕에 그을린 이교도였다. 나는 은밀한 비밀을 공유하는 기분이었다.

다른 세계는 육지였다. 서핑이 아닌 모든 것. 책, 여자애들, 학교, 가족들, 서핑하지 않는 친구들. '사회'라고 부르게 된 것, 책임감 있는 소년에게 주어진 강요. 깍지 낀 두 손으로 턱을 받치고 나는 표류했다. 멍이 든 것 같은 색의 구름이 코코헤드에 걸렸다. 하와이 가족이 백사장에서 소풍을 즐기는 곳, 트랜지스터라디오가 방조제 위에서 쨍쨍 울렸다. 햇볕에 데워진 얕은 물에서는 낯설게도 삶은 채소 같은 맛이 났다. 그 순간은 거대하고, 잔잔하고, 반짝거렸으며, 일상적이었다. 나는 그 각각의 부분을 기억 속에 고정해놓으려 했다. 서핑이라는 문제에서 내게 선택권이 있다는 생각은 스치듯이라도 해본 적이 없었다. 나는 매혹되었고, 그 감정이 이끄는 곳으로 따라갔다.

탈 수 있는 파도가 형성되는 과정은 이러하다. 바다에서 인 폭풍우가 수면을 휘저어 잘게 자른 잔물결을 일으킨다. 처음에는 작지만, 그다음에는 좀 더 크고 조직이 없는 잔파도가 일다가, 바람이 충분히 불면 서로 엉겨붙어 무거운 바다로 밀려간다. 먼 해변에서 우리가 기다리는 것은 폭풍을 빠져나와, 더 조용했던 물에 파도 열차의 형태로 방사되어 뻗어나가는 에너지다. 파도 열차wave train란 일련의 파도들로, 이들은 점점 조직을 이루면서 함께 여행한다. 각각의 파도는 대부분 수면 아래서 궤도를 도는 물기둥으로 출발한다. 폭풍으로 형성된 모든 파도 열차들은 서퍼들이 스웰이라고 부르는 것을 이룬다. 스웰은 수천 킬로미터를 여행한다. 폭풍이 강력할수록, 스웰은 멀리 여행한다. 스웰은 여행하면서 차츰 조직이 강화된다. 열차 안에 낀 파도들 사이의 거리를 간격interval이라고 하는데, 이 간격은 점차 일정해진다. 긴 간격의 열차 안에서 궤도를 돌던 물은 대양 수면 아래 수백 미터 넘게 뻗어나갈 수도 있다. 그런 열차는 이동 중에 가로지르거나 따라잡는 잔물결이나 다른 더 작고 얕은 스웰보다 쉽게 수면 저항을 통과할 수 있다.

스웰에서 형성된 파도가 해안선에 접근하면, 낮은 쪽 끝이 해저 지반을 느끼기 시작한다. 파도 열차는 세트가 된다. 파도 세트란 지역적으로 형성된 사촌 격의 파도보다 더 크고 더 긴 간격으로 밀려오는 것들을 말한다. 이렇게 접근한 파도는 해저 지반의 형태에 따라서 굴절한다(휘어진다). 파도의 보이는 부분이 커지면서, 궤도를 돌던 에너지가 수면 위로 높이 솟구친다. 해저 지반으로 인한 저항력은 물이 얕아질수록 더 증가하고, 전진하는 파도의 속도를 늦춘다. 수면 위의 파도는 가팔라진다. 마침내, 파도가 불안정해져 앞으로 쏟아질 준비를 하면, "부서진다break"고 하는 것이다. 경험으로 어림짐작해서 말하면 파고가 수심의 80퍼센트에 다다랐을 때 파도가 부서진다고 한다. 8피트 파도라면 10피트 수심에서 부서질 것이다. 하지만 정확히 어디에서 어떻게 각각의 파도가 부서질지 결정되는 데는 여러 가지 요소가 있었고, 그중 몇 가지는 끝없이 미묘했다. 바람, 해저 지반의 굴곡, 스웰의 각도, 조류 등. 서퍼로서 우리는 그저 올라 잡을 수 있는 순간(테이크오프 지점)과 탈 수 있는 파도의 얼굴face이 있길 바랐고, 별안간 부서지는 것보다(클로즈아웃close out이라고 한다), 천천히 연속적으로(필 peel 혹은 "벗겨진다"고 한다), 한 방향이나 다른 방향(왼쪽 혹은 오른쪽)으로 부서져서 우리가 대강이라도 해안과 평행하게 파도의 얼굴을 탈 수 있기를 바랐다. 잠시 동안, 그 지점, 그 순간, 바로 파도가 부서지기 전에.

봄이 깊어지면 파도도 변했다. 남쪽에서 스웰이 조금 더 밀려왔고, 그 말은 곧 클리프스에 파도가 보다 좋은 날이 온다는 뜻이었다. 우리 집 앞, 수면 위로 드러난 암초의 너른 면 사이에서 이는 부드러운 파도가 패터슨에서 연속적으로 부서지기 시작했으며, 새로운 서퍼 무리들이 그걸 타겠다고 모습을 드러냈다. 나이 많은 남자들, 여자애들, 초심자들. 로디의 동생 존도 왔다. 그 애는 아홉이나 열 살밖에 되지 않았지만 놀랄 정도로 민첩했다. 내 동생 케빈도 서핑에 관심을 보이기 시작했다. 아마도 또래인 존이 우리 집 마당에 보드를 보관하면서 그 영향을 받은 듯했다. 나는 놀랐다. 케빈은 수영을 무척 잘했다. 그 애는 생후 18개월이 되었을 때부터 수영장의 수심이 깊은 쪽에서 다이빙을 했다. 발가락이 비둘기처럼 안으로 굽어서 물속에서 물고기처럼 편안하게 움직였고, 아홉 살 때 벌써 전문 보디서퍼[+]가 돼 있었다. 하지만 케빈은 항상 나의 집착에는 무관심하다고 말해왔다. 그건 내취향이지 자기 취향이 아니라고. 하지만 이제 그 애도 빌린 보드위에 엎드려서 패들하며 패터슨으로 나갔다. 그러더니 며칠 만에파도를 잡고, 일어서서, 돌기까지 했다. 분명히 타고난 재능이 있는 것이었다. 우리는 케빈을 위해 10달러를 주고 중고 보드를 사주었다. 오래된 서프보드 하와이탱커[++]Hawaii tanker였다. 나는 자랑스러웠고 전율을 느꼈다. 미래가 갑자기 다른 기운을 띠기 시작했다.

그 계절의 첫 번째 커다란 남쪽 스웰과 함께, 밤에서 파도가 부서졌다. 나는 로디와 함께 방조제에 서서 그 광경을 바라보았다. 중앙의 가장 높이 솟은 부분은 너무 멀리 있어서, 각 세트의 첫번째 파도가 부서지는 것만 보일 뿐이었다. 그 후에는 거품 파도와 물보라의 빛나는 벽뿐이었다. 파도는 거대했다. 적어도 10피트는 될 것 같았다. 내가 이제껏 본 것 중 가장 큰 파도였다. 로디는 아무 말 없이 쓸쓸하게 바다만 바라다보았다. 확실히 로디에게는 말해봤자 소용없는 문제였다. 거기에는 두 명이 있었다. 로디가 아는 사람인가?

[+] 보드 없이 서핑하는 사람.
[++] 축소된 롱보드 형태의 보드.

로디는 안다고 했다.

누구지?

웨인 산토스야. 로디는 한숨지었다. 그리고 레슬리 웡.

서퍼들은 간간이 보일 뿐이었다. 그러나 우리는 그들이 한 명 한 명 괴물 속으로 내려가는 모습을 보았다. 그들은 강렬하지만 세련되게 서핑했고, 넘어지지 않았다. 패터슨 너머 암초 위에서는 빠른 속도로 킥아웃했다. 웡과 산토스는 놀라운 서퍼였다. 또한 어른이었다. 글렌과 포드는 클리프스에 나가 있었다. 확실히 오늘은 로디가 밤에 데뷔하기에 좋은 날은 아니었다. 깊은 한숨을 쉬며, 개도 좋지 않다는 데 동의했다. 우리는 물속에 보드를 던져넣고, 클리프스로 길게 패들해 나갔다. 이런 스웰 속에서는 그 정도만 해도 우리에게는 충분히 대단했다.

케빈은 부상을 입었다. 패터슨에서 보드에 등을 부딪혔다. 사람들이 나를 부르는 소리가 들렸다. 네 동생이야. 나는 정신없이 패들해 들어갔고, 해변에서 그 애를 보았다. 사람들이 주변을 둘러싸고 있었다. 케빈은 상태가 안 좋아 보였다. 창백했고, 충격을 받은 것 같았다. 바람을 맞고 고꾸라진 것 같았다. 꼬마 존 카울루쿠쿠이가 걔가 물에 빠져 죽을 뻔한 것을 구했다 한다. 케빈은 여전히 숨을 거칠게 몰아쉬고, 기침을 하고, 울고 있었다. 우리는 그 애를 안아 집으로 데려갔다. 온몸이 아파. 그 애는 말했다. 움직일 때마다. 엄마가 케빈을 씻기고 진정시켜준 다음 침대에 눕혔다. 나는 서핑으로 돌아갔다. 케빈도 며칠 후면 물속으로 돌아올 거라고 생각했다. 하지만 케빈은 다시 서핑하지 않았다. 그 애는 보디서핑을 계속했다. 그리고 10대가 되자 마카푸우Makapu'u와 샌디비치Sandy Beach의 인기인이 되었다. 둘 다 오아후의 동쪽 끝에서 진지하게 보디서핑을 하는 사람들이 가는 곳이었다. 성인이 되었을 때 허리에 문제가 생겼다. 최근에 한 정형외과 의사가 척추 엑스레이 사진을 보더니 어렸을 때 정확히 무슨 일이 있었느냐고 물었다. 심각한 골절상을 당했던 것 같다고 그는 말했다.

학교마다 짱bull이 있다. 가장 강한 애. 다른 학교에서 온 애들은 서로에게 묻곤 했다. 느이 학교 짱은 누구냐? 내가 왔을 때 카이무키 중학교의 짱은 믿기지 않게도 "베어Bear"(곰)라는 애였다. 무슨 월스트리트의 주식 농담 같았다. "베어는 불이었다Da Bear was Da Bull."✦ 다만 그 학교에서 "월스트리트"라는 말을 들어본 사람 자체가 없었다. 베어는 당연히 덩치가 컸고, 서른다섯 살은 되어 보이는 얼굴이었다. 겉모습만 봐서는 유순하고, 심지어 얼이 빠진 애 같았다. 지금 생각하면 사모아인이 아니었나 싶다. 그 애 주위에는 마피아 보스처럼 추종하는 무리들이 있었다. 하지만 베어 패거리는 꾀죄죄하게 옷을 입었다. 그들의 모습 때문에 카이무키 원주민은 가난하고 추레하다는 첫인상을 받았다. 그들은 정말로 일을 갓 마치고 맥주 한잔하기를 고대하는 환경미화원처럼 보였다. 모두들 고등학교를 다니기에는 너무 늙어 보였다. 무섭게 생기긴 했지만 안전한 거리를 두고 보면, 그 애들은 시간이 지나도 변하지 않는 것만 같았다.

그때 무슨 일이 생겼다. 베어와 관련이 있는 건 아니었지만 그 일 때문에 그는 짱 자리에서 물러나야만 했다. 내게는 천지가 개벽하는 일이었다. 어디서부터 시작됐는지 정확히는 몰라도 어

✦　주식 시장 관련 은어로, bull(황소)은 상승세, bear(곰)는 하락세를 의미한다.

쨋든 현장에 있기는 했다. 그때는 점심시간이었다. 인크라우드
들은 평소처럼 자기 자리에 모여 있었다. 나는 평소처럼 눈을 반
짝이며 리사에게 말을 거는 중이었다. 그때 외톨이 하울리 거인
인 러치가 지나갔다. 누군가 무슨 말을 하니까, 러치가 대꾸했
다. 그 애의 목소리는 깊고 수줍었으며, 잔인하지만 이름의 이유
가 된 텔레비전 캐릭터와 정말 닮았다. 〈아담스 패밀리The Addams
Family〉에 나오는 음울한 집사. 슬픈 눈, 넓은 이마, 옅게 난 콧수
염, 키를 감추려는 듯 구부정하게 걷는 자세. 보통은 놀림을 들어
도 그냥 지나치기 마련이었는데, 이번만은 아픈 데를 건드린 것
같았다. 그는 멈춰섰다. 글렌이 그 가까이에 서 있었다. 그는 러
치에게 비키라고 했다. 러치는 꿈쩍하지 않았다. 글렌이 그에게
다가갔다. 그들은 서로 툭툭 밀치기 시작했다. 그러더니 주먹을
날렸다.

　기이한 광경, 코믹하게 어울리지 않는 조합이었다. 글렌이 작
은 건 아니었지만, 러치가 30센티미터는 더 컸다. 가까이 붙어 서
지 않는 한, 글렌의 주먹은 상대의 턱에 닿지도 않았다. 러치는
어설펐고 주먹을 맞히지 못했지만, 기회를 잡아 글렌을 곰처럼
껴안고 땅에서 들어 올렸다. 그는 거대한 팔을 글렌의 목에 감더
니, 자기 가슴팍에 글렌을 대고 빙그르 돌렸다. 이제 모여든 군중
들은 글렌의 얼굴을 볼 수 있었다. 러치는 그의 목을 졸랐다. 정
말로 세게 조르는 바람에 글렌의 눈이 튀어나왔다. 그가 숨을 쉬
지 못한다는 건 분명했다. 그는 발버둥 쳤지만, 단단히 조인 러치
의 팔을 풀 수가 없었다. 아주 긴 순간이 지났다. 리사는 비명을
지르고, 글렌은 발버둥 치고, 아무도 움직이지 않았다.

　포드 다카라가 나타났다. 그는 러치에게로 다가가 재빨리 주

먹을 뒤로 뺐다가 앞으로 뻗어 턱 아래를 세게 쳤다. 흰자위가
뒤집어지며 러치는 글렌을 툭 떨어뜨렸다. 그러더니 곧바로 앞
으로 고꾸라졌다. 포드는 두 번째 주먹을 러치의 관자놀이에 날
렸다. 그때, 정말 괴상한 사건이 벌어졌다. 포드는 숨을 헐떡이
는 다친 글렌을 끌고 갔고, 인크라우드 무리가 넘어진 러치에게
덤벼들었다. 우리는 발로 차고, 주먹을 날리고, 할퀴었다. 러치
는 몸이 안 따라서라기보다는 절망감 때문인지 방어를 거의 하
지 않았다. 마이크의 여동생 에디가 손톱으로 그의 팔을 할퀴어
놓고서는 요정 이야기에 나오는 하피처럼 의기양양하게 두 손을
들고 자기가 뽑아낸 피를 보여주던 게 아직도 기억난다. 다른 여
자애들은 그의 얼굴로 덤벼들어 머리카락을 뽑았다. 이런 피의
광란이 한창일 때 누군가 외쳤다. "초크Chock다!" 우리는 흩어졌
다. 초크 선생님은 학생부를 맡은 교감이었다. 그가 서둘러 현장
으로 뛰어왔다.

　내가 구역질 나는 범죄에 가담했음을 깨달은 건 언제일까? 그
렇게 금방은 아니었다. 그 사건 직후에 나는 환희를 느꼈었다. 우
리가 악한 거인을, 아니면 적어도 그런 쓰레기를 물리쳤다. 돌아
보니, 아마도 나는 패거리 없이 사는 삶의 공포를 그런 식으로 퇴
치하려고 했던 것 같다. 말하자면 나 자신이 각목으로 얻어맞은
경험이 있었기에. 물론 그날의 영웅은 포드였다. 그리고 그의 무
용담이 너무 드라마틱하고 너무 결연해서, 사람들은 벌써 포드
가 카이무키의 새로운 짱이라고 말하기 시작했다. 혼란스러웠다.
그 칭호를 차지하려면 베어와 싸워야 하는 것 아니었나? 아마도
아니었던 모양이다. 이런 것들은 대중적 감정이지, 조직된 경기
가 아니었다. 그렇지만 포드가 짱이 되고 싶어서 싸우려 했을까?

의문이 들었지만, 지금 막 그의 이름을 알기 시작한 다른 애들보다는 포드를 더 잘 알았다. 그래도 내가 알지 못하는 포드가 있을 수도 있었다. 힘을 갈망하는 살인자. 그리고 내가 알지 못하는 나도 분명히 있었다. 어떤 유의 과격한 쥐새끼.

러치 폭행의 공식적인 결과는 공평하지 않았다. 포드는 처벌받지 않았다. 러치는 학교에서 모습을 잘 볼 수 없게 되었다. 글렌은 수배자가 되었다. 나머지 아이들도 처벌받지는 않았지만, 초크 선생님은 우리 주변에서 더 서성거리며 그 동네에서는 "냄새 나는 눈"이라고 부르는 험악한 표정으로 우리를 감시했다. 마이크는 항상 법망을 살짝 빠져나가는 데 능했으므로 글렌의 공모자가 되어 그가 숨어 지낼 수 있게 도왔다. 두 사람은 무모하게 점심시간이면 교정에 모습을 드러냈다. 초크 선생님은 차를 타고 길 위로 달려나와 두 소년을 뒤쫓아 공동묘지를 가로지르고 카울루쿠쿠이들이 사는 키아웨 덤불 속까지 들어갔다. 이따금 경찰차들이 추적에 합류했다. 이렇게 고양이와 쥐 같은 추격전이 몇 주 동안 계속된 것 같았지만, 실제로는 며칠뿐이었을 것이다.

킹크스를 사랑한 스티브가 우리 작은 집으로 놀러왔다. 그는 서핑을 능숙하게 했고, 우리는 수영 바지로 갈아입고 패터슨으로 나갔다.

오아후를 죽도록 싫어한다는 걸 제쳐두면, 스티브는 다정한 아이였다. 크고 각진 머리와 거대한 눈을 가졌고, 작은 체구에 피부는 갈색이며 새가슴인 스티브는 영어는 중간 정도로 했다. 아버지는 부유하고 괴팍한 하울리였고, 짙은 피부색을 물려준 친엄마는 오래전에 돌아가셨다. 로디처럼 스티브도 아시아계 새엄마를 싫어했다. 그들은 카할라에 살았다. 스티브는 세상 물정에 밝아서 그랬는지 그저 '하울리'로 통했다. 딱히 다른 인종이라고 할 수도 있었다. 하지만 흉내 내는 재능이 있어서, 여러 갈래의 피진을 말할 수 있었다.

"나 보고 싶어." 그는 조금은 게이샤 같기도 하고, 조금은 순수한 섬 원주민 같기도 한 목소리로 말했다. 그러면서 내 티셔츠를 들어 올려 나의 민둥민둥한 '소년 기관'을 관찰했다. 나는 너무 충격을 받아 어떤 반응도 보일 수 없었다. "좋네." 그는 부드럽게 말하고 내 셔츠를 내렸다.

나는 내 맘대로 안 되는 사춘기의 몸을 끔찍할 정도로 수치스러워했기에 그 말을 칭찬으로 받아들일 수 없었다. 스티브의 나긋나긋한 관능은 경계 없는 미지의 세계에서 온 것이었다.

나는 아직 제대로 된 성교육도 받지 못했다. 우리 부모님은 그런 주제에 대해서는 너무 점잔을 빼서 큰 도움이 되지 못했다. 나는 어느 심란한 밤에 혼자서 사정射精의 기적을 발견했다. 그건 내게 도움이 되었고, 금방 습관이 되었다. 나는 대부분의 동년배 소년들과 비슷했다. 다른 아이들도 분명 비슷했겠지만 내가 아는 소년들 중엔 대놓고 그런 이야기를 꺼내는 아이가 없었다. 시도 때도 없이 발기하는 상태 때문에 시도 때도 없이 수치심과 당혹감을 느꼈고, 닫힌 문을 열렬히 좋아하게 되었다. 바다에 사람이 많지 않은 날이면 클리프스에서 블랙포인트 가까이 돌아오는 도중에 혼자서 새로운 경로를 개척했다. 초호를 통과해서 오지 않고 암초 바깥을 빙 돌아서 오는 길이었다. 저기 어딘가, 푸른 심연 속, 해변이나 해변 뒤편의 집에서는 아무도 나를 볼 수 없었다. 나는 길게 패들해서 나가다 말고 보드에서 내려 짙푸른 물속

으로 들어갔다. 몇몇 피진 화자들이 시적이지 못하게도 '해머 스
킨hammer skin'이라 부르는, 황홀한 순간을 위해서.

어느 날 밤, 엄청난 비바람이 불었다. 오로지 열대에만 닥치는
그런 폭풍이었다. 침대에 누워 있을 때 요란한 빗소리 위로, 속이
빈 것을 쿵쿵 두드리는 익숙한 소리가 들려왔다. 서프보드끼리
부딪치는 소리였다. 벌떡 일어나 뛰어나가니 대여섯 대의 보드
가 마당에 떠다니다 이제는 강이 되어버린 집 앞 오솔길 위로 떠
내려가고 있었다. 그 아래로 가면 해변이었다. 우리가 사는 동네
쿨라마누와 집 앞 오솔길은 국지성 호우가 내릴 경우 물이 빠지
는 깔때기 꼴을 이루었다. 나는 보드를 쫓아 어둠 속에서 언덕 아
래로 달려가서는 울타리든 어디든 걸려 있는 데서 보드를 끌어내
옆집의 안전한 마당으로 끙끙대며 옮겨놓았다. 로디의 뼈처럼 하
얀 워디Wardy, 나의 청회색 래리펠커Larry Felker, 포드의 연청색 타
운앤드컨트리Town and Country. 그리고 존의 보드와 케빈의 오래된
탱커까지. 글렌의 보드는 어디 갔지? 아, 집주인 아줌마의 계단
밑에 코부터 처박혀 있었다. 어떤 보드도 바다까진 흘러가지 못
했다.

바다에 이르면 비가 더 기세를 올리면서 길을 따라 흐르던 물
줄기가 더 공허하게 요란해졌다. 정강이에 멍이 들었고, 발가락을
찧었다. 보드는 아마도 전부 지저분해졌겠지만, 부러진 스케그는
없었다. 나는 숨을 고르고 보드 하나하나를 천천히 우리 집 마당
으로 도로 날라서 원래 있던 대나무 울타리 안에 좀 더 단단히 꽂
아두었다. 하지만 이제 범람은 끝났다. 쓰레기통이 거리 위 여기
저기에 흩어져 있었다. 기록적인 호우였다. 어째서 호놀룰루에서

그 시간에 깨어 있던 사람이 나 혼자뿐인 것 같았을까?

　글렌은 잡혔다. 그래서 하와이 빅아일랜드로 보내졌다. 로디
말로는 '소년원'보다는 낫다고 했다. 마이크가 수감된 곳도 거기
였다. 글렌 시니어는 경찰 당국에 글렌은 하와이 빅아일랜드에서
구식 생활 방식을 고수하는 고모에게 엄격히 감시받을 거라고 굳
게 약속했다. 로디는 사실이라고 했다. 아마도 서핑도 하지 못할
거라고. 나한테는 속이 메스꺼울 만큼 엄격한 처사로 보였다. 하
지만 글렌이 없으니 모든 것이 약간 불안한 느낌이었다. 로디와
존은 풀이 죽었다. 리사는 중병을 앓는 사람 같았다. 로디도 이전
만큼 자유롭게 클리프스로 서핑하러 나올 수 없었다. 걔 아버지
가 항상 포트드러시에 가서 일해야 한다며 데려갔다. 실제로는
그저 로디를 감시하고 싶었던 것이 아닌가 하는 생각이 들었다.
어쩌면 글렌이 폭주한 것에 대해 로디는 자신을 책망했는지도 모
른다. 이제는 그 무엇도 옛날 하와이의 다채로운 목공예품처럼
보이지 않았다.

　이따금 로디는 드러시에 같이 가자고 했다. 흥미로운 곳이었
다. 보도에서 모래를 쓸어내라고 붙들려 있지 않을 때는. 로디의
아버지는 그런 식으로 우리를 바쁘게 돌렸다. 드러시는 와이키키
의 주요 해안에 위치했고, 양옆에는 고층 호텔이 서 있었다. 수천
명의 군인이(우리는 그들을 "자헤드jarhead"라고 불렀다) 매주 베트남에
서 휴가차 왔다. 글렌 시니어는 인명구조원으로 일했다. 로디와
나는 근처 호텔의 정원과 로비로 몰래 숨어들었고, 한 명이 망을
보고 다른 사람은 분수와 소원 우물에 뛰어들어 동전을 건졌다.
그런 후에는 노점에서 차우펀, 말라사다malasadas(포르투갈 도넛), 파

인애플 조각을 사 먹었다.

하지만 드러시에서 가장 재미있는 부분은 그 앞의 파도였다. 여름이 오고, 와이키키의 암초들이 살아나기 시작했다. 로디는 넘버스리스Number Threes, 카이저스보울Kaisers Bowl, 알라모아나를 내게 알려주었다. 하와이로 오기 전에 이름만 들어봤던 서핑 지점들이었다. 사람은 항상 많았고, 무서울 정도로 얕은 알라모아나의 경우에는 특히 더했다. 하지만 아름다운 파도가 일었고, 이쪽 면에서는 무역풍이 바다 쪽으로 불었다. 그런 파도를 타면, 피진의 표현대로, '빅 타임'을 느낄 수 있었다. 물론 제대로 탔을 때 얘기였다.

나는 또 통스Tonggs에서도 서핑하기 시작했다. 와이키키를 포함해 길게 휘어진 시 해안선의 다이아몬드헤드 끝 아래쪽에 자리 잡은 곳이었다. 여기가 바로, 다이아몬드헤드 서핑 대회의 우승자 토미 윙클러가 어머니와 함께 사는 곳이었다. 통스의 파도는 딱히 특별할 게 없어 보였다. 줄지어 선 고층 건물과 방조제 앞에서 파도가 부서지는 왼쪽은 짧고 사람이 많아서 대단한 크기의 파도는 없었다. 하지만 수많은 좋은 서퍼들, 토미와 그 친구들을 포함한 사람들은 그 동네 토박이였고, 그들은 파도가 높은 날에 환하게 피어오를 근처 지점을 기다리라고 권했다. 특히, 오른쪽에는 라이스보울Rice Bowl이라는, 무시무시하게 높이 솟구치는 파도가 있었다. 라이스보울은 선셋비치에 대한 이 마을의 대응이라고들 했다. 노스쇼어에서는 큰 파도가 이는 곳이었다. 나는 어떻게 라이스보울이 밤과 비견되는지 궁금했지만, 물어봐서는 안 될 것 같은 예감이 들었다. 내가 통스에서 만난 애들은 모두 하울리였다. 클리프스와 카이쿠에서 내가 알던 이들은 통스 사람들이 모크라고 부르는 무리였다. 어쩌면, 하울리들은 밤Bomb은 들어본 적도 없을 것이었다(들어본 적 있기는 했지만, 그들은 "브라운"이라고 불렀다). 어쩌면 라이스보울은 하울리 파도라 할 것이었다(그렇지는 않았다). 어쩌면 서던유닛이 내게 클럽 수영 바지를 주고, 내가 오로지 로디와 포드랑만 서핑하기로 자제한다면, 모든 것은 더 간단해질 수도 있었다. 하지만 난 클럽 수영 바지를 받지 못했다.

글렌이 없는 포드는 길을 잃은 것 같았다. 매일 클리프스에서 서핑을 했지만, 이제는 달랐다. 그는 내가 집에 있는지 확인도 하지 않고 우리 마당에서 보드를 꺼내 가곤 했다. 학교에서는 학교 짱에게 따라오는 첫 권리를 행사하는 데도 아무런 관심이 없어 보였다. 소문에 따르면 베어는 피곤한 미소를 지으며 그 직함을 내놓았다고 한다. 포드는 또 너무 수줍어서 여자 친구를 사귈 수도 없었고, 그건 내게는 미친 짓처럼 보였다. 우리의 학창 시절은 끝나가고 있었으니까.

그다음으로 커다란 남쪽 스웰이 닥쳐왔을 때—이제까지 본 것 중 가장 큰 스웰이었다—나는 라이스보울에 있었다. 파도가 통스의 에와 쪽에서 부서져 채널 너머 멀리까지 나갔고, 나는 방조제에서 그 광경을 보았다. 사람들이 말하는 소규모 선셋비치 같았다. 그런 규모의 파도에서는 서핑을 해본 적이 없었다. 하지만 라이스보울에는 두 명이 나가 있었고, 나는 그럭저럭 할 만하다고 생각했다. 바람은 가벼웠고, 채널은 안전해 보였다. 파도는 크고 세게 부서졌지만 상대해볼 만했고, 심지어 정확하기까지 했다. 전체 환경이 밤보다는 훨씬 덜 거칠게 느껴졌다. 나는 패들해서 나갔다. 동료가 있었는지 기억은 나지 않는다.

잠시 동안 모든 게 잘 굴러갔다. 사람들은 나를 호기심 어린 눈으로 보며 내 존재를 의식했다. 그들은 나보다 훨씬 나이가 많았다. 나는 깨끗한 파도 두 개를 잡았지만 둘 다 힘과 속도가 엄청나서 퍼뜩 놀라고 말았다. 나는 화려한 것은 시도하지 않았다. 그저 보드 위에 머무르며, 파도의 얼굴을 따라 조심스레 선을 그려 가면서 어깨로 향했다. 다시 패들해서 나오면서 다른 파도를 바라보았다. 서퍼들이 영향권impact zone⁺ 혹은 구덩이pit라고 부르는 지역 너머 라이스보울의 파도가 정말로 세게 부서진다는 것을 알 수 있었다. 소리 자체만 해도 내 귀에는 새로운 것이었다.

그때 커다란 파도 세트가 닥쳤다. 어렴풋하게나마 각오하지 못했던 범주의 파도들이었다. 벌써 해변에서 멀리 떨어져 서핑을 하고 있다는 생각이 들었지만, 나는 중앙 테이크오프 지점이라고 생각한 곳을 향해 패들해 나아갔다. 암초 위에 있었을 때 위치를 잘못 생각했던 게 분명했다. 라이스보울은 또 다른 개성이 있었고, 이제 그것을 드러내려 했다. 드넓고, 수평선도 점점이 보일 만큼 빨아들이는 힘. 모든 대양이 하나의 바깥 암초로 모여드는 것만 같았다. 그런 세트가 어디서 왔을까? 다른 사람들은 어디 있을까? 그들은 미리 경고를 받고 사라진 것만 같았다. 나는 패들을 빨리하는 편이었다. 보드 위에서 가벼웠고 팔이 길었다. 무릎을 꿇고 패들하면서, 세차게 저어 채널 쪽으로 각도를 바꾸었다. 호흡은 깊고 침착하게 유지하려고 애를 썼다. 세트의 첫 번째 파도가 깃털같이 날릴 때, 나는 여전히 해안에서 멀리 떨어져 있었고 몸에서 서서히 힘이 빠지는 걸 느꼈다. 잘못된 방향으로 왔

⁺   파도가 부서지는 힘의 영향을 받는 지역.

나? 저 멀리 은색 죽음의 산이 처음 모습을 드러냈을 때 해변으로
출발했어야 했나? 애초에 잘못된 곳으로 향하고 있었던 것인가?
이 파도들이 실제로 부서질 바깥 암초까지 오다니? 이제 행로를
바꾸기에는 너무 늦었다. 패들을 계속하는 동안 구역질이 치밀어
입안이 시큼했고, 목구멍은 공포로 바짝 말라버렸으며, 호흡이
짧아졌다.

너덧 파도가 몰려 있는 파도 세트에 닿은 나는 파도 하나를 타
고 올라 허공으로 치솟았다가 각각의 파도에서 해변으로 뿜는 물
보라에 흠뻑 빠져버렸다. 몇 미터 뒤에서 터지는 파도 소리에 배
속까지 떨렸다. 그 안에 휩쓸리면 살아 나올 수 없을 게 분명했
다. 이런 확신이 든 적은 처음이었다. 서핑을 특별하게 만드는 공
포의 선이라는 게 있지만, 여기서는 그것이 극히 무겁게 강조되
었다. 나는 《모비딕Moby-Dick》에 나오는 핍이 된 기분이 들었다. 배
바깥으로 떨어져 구조되었지만, 바다의 무한한 악의와 무심함이
라는 환영에 망가져 정신을 놓은 사환 소년. 나는 열심히 패들하
며 멀리, 통스 쪽의 라이스보울 암초를 멀리 돌아 해변으로 갔다.
머리가 어지럽고 굴욕적인 기분이었다.

그리고 그것이 내가 그다음 주 본토로 돌아갔을 때 지니고 간,
하와이에서의 서핑에 대한 압도적인 기억이었다. 〈하와이콜스〉
의 첫 시즌이 끝나자 우리는 갑자기 짐을 싸서 이사했다. 돌아올
게, 나는 친구들에게 말했다. 편지 써. 로디는 그러겠다고 했지만
하지 않았다. 스티브는 편지를 보냈다. 리사도 보냈다. 하지만 리
사는 고등학교에 입학했다. 나는 그 사실을 받아들이려 했다. 그
녀가 절대 내 것이 될 수 없다는 것을. 끽해야 누나 정도가 되어
줄 것이었다. 나는 로스앤젤레스에서 예전에 다니던 중학교로 돌

아가 9학년을 시작했다. 나는 서핑하고, 서핑했다. 벤투라에서,
말리부에서, 산타모니카에서도, 누군가 친구들과 나를 태워다 줄
수 있는 곳이라면 어디든지. 나는 하와이에서 했던 서핑을 자랑
하고 다녔지만, 라이스보울 얘기는 한 번도 꺼내지 않았다. 어쨌
든 내 얘기에 관심 있는 사람은 없었다.

　우리는 떠난 지 1년 만에 하와이로 돌아왔다. 아빠는 〈코나코
스트Kona Coast〉라는 영화 쪽 일자리를 얻었다. 리처드 분이 주연
한 작품으로 강퍅한 늙은 하울리 어부가 폴리네시아의 음모 같은
것에 휘말린다는 내용이었다. 우리는 이전에 살던 쿨라마누 집을
도로 얻을 수는 없어서, 카할라애비뉴Kahala Avenue 쪽으로 들어온
곳에 있는 비좁은 집을 구했다. 근처에 서핑을 즐길 만한 곳이 별
로 없는 동네였다.

　도착하던 날, 나는 버스를 타고 로디의 집으로 갔다. 카울루쿠
쿠이 가족은 이사했다. 새로운 세입자는 아무런 정보도 주지 않
았다.

　이튿날, 나는 어머니에게 부탁해서 차에 보드를 싣고 다이아몬
드헤드로드까지 태워달라고 했다. 거기서 클리프스로 향하는 길
을 내려갔다. 그러자 기쁘게도 포드가 아직도 그 연청색 보드 위
에서 서핑하는 모습이 보였다. 그는 나를 다시 만나 정말로 기뻐
하는 표정이었다. 이제까지 본 중에서 가장 말이 많았다. 클리프
스는 봄 내내 좋았어. 그는 말했다. 그래, 카울루쿠쿠이네는 이사
갔어. 알래스카로.

　알래스카로?

　그래, 군대에서 글렌네 아버지를 그리로 보냈어. 너무 미친 짓,

아니 너무 잔인한 짓이라서 사실이라고 믿기지가 않았다. 포드도
마찬가지라고 했다. 하지만 실제로 그렇게 되어버렸는걸. 글렌은
하와이 빅아일랜드에서 돌아왔으나 이사를 가느니 차라리 도망
치는 쪽을 택했다. 하지만 로디와 존은 침울하게 아빠와 새엄마
를 따라갔다. 그들은 이제 눈 속에 있는 군사기지에서 산다고 했
다. 머릿속에 잘 그려지지 않는 그림이었다. 그럼 글렌은 어디 있
어? 포드는 이상한 표정을 지었다. 와이키키에. 그는 말했다. 오
다가다 보게 될 거야.

그랬다. 하지만 금방은 아니었다.

와이키키는 나의 주요 서핑 장소가 되었다. 부분적으로는 계절
때문이기도 했고, 부분적으로는 물자 수송 때문이기도 했다. 통
스에서 알라모아나까지 여름 내내 파도가 좋았고, 칼라카우아애
비뉴Kalakaua Avenue에서 이어지는 중심지 카누스Canoes에는 사물함
도 있어서 나는 자물쇠값을 내고 거기에 내 보드를 보관했다. 그
래서 카누스의 야외 로커에 보드를 두고 매일 아침 동틀 녘이면
다이아몬드헤드 주변에서 버스를 타거나, 용돈이 다 떨어지면 조
용히 히치하이크를 했다. 나는 여러 날 동안 사람 많고 호텔이 줄
지어 선 해변에서 파도를 읽는 법을 배웠다.

각각의 지점마다 동네 토박이local들이 있었다. 나는 친구를 좀
사귀었다. 와이키키는 행상인과 관광객들 천지였고, 오락과 범죄
의 온상이었다. 서퍼들도 모두 나름의 호구지책이 있어 보였다.
그들 중 몇몇은 관광객들을 현외舷外 장치가 달린 카누에 실어 파
도를 태워주거나, 거대한 분홍색 패들보드 위에서 서핑 '강습'을
하거나 했다. 다른 사람들은 좀 더 수상한 일을 했다. 어수룩해
보이는 관광객 여자애들이나, 호텔에서 일해서 방 열쇠를 얻어다

줄 수 있는 친구들과 관련된 일. 내가 물속에서 만난 애들은 주로 와이키키 정글이라고 하는 게토에 살았다. 어떤 애들은 하울리로, 보통은 웨이트리스 일을 하는 엄마와 함께 살았다. 대부분 다인종 대가족 출신의 지역민이었다. 파도가 칠 때마다 유명한 서퍼가 있었다. 연구하고 따라해야 할 사람. 나는 함께 서핑하는 모든 이에게 글렌 카울루쿠쿠이를 아느냐고 물어보았다. 그러면 모두 안다고 답했다. 근처에 있던데. 그렇게들 말했다. 어젯밤에도 봤다고 했다. 어디 살아? 잘은 모르겠어.

마침내, 어느 오후 카누스에서 누군가 내게 말을 걸어왔다. "씨펄, 빌." 웃으면서, 내 뒤로 패들해 와서 내 레일[+]을 잡은 사람. 글렌이었다. 그는 전보다 나이 들어 보였고 약간 남루해진 듯했지만, 여전히 당당했고 여전히 글렌다웠다. 그는 내 보드를 쓱 쳐다보았다. "이건 뭐야?"

내 보드는 노즈라이더nose-rider였다. 하버치터Harbour Cheater라고 알려진 새 모델로, 앞코 쪽으로 올라갈 때 더 잘 날아가도록 갑판deck 쪽에 '발판'이 있는 형태였다. 보드는 내가 가장 애지중지하는 재산으로, 방과 후에 몇 시간이나 잡초를 뽑아가며 장만한 것이었다. 보드엔 연노랑색 틴트를 발랐다. 안료를 칠한 건 아니었다. 투명 틴트가 그해의 유행이었다. 심지어 점잖아 보이는 검은 삼각형 하버 스티커도 마음에 들었다. 글렌이 내 보드를 확인하는 동안 나는 숨을 죽였다. 마침내 글렌이 말했다. "근사한데." 진심인 것 같았다. 나는 크나큰 안도감에 불안해하면서 숨을 내쉬었다.

[+]   보드의 양옆 가장자리.

어떻게 살고 있느냐는 내 질문에 그는 어물쩍 말을 피했다. 웨이터로 일하고, 정글에서 살아. 그는 말했다. 학교는 다니지 않는다고 했다. 그는 자기가 일하는 레스토랑을 보여주고 테리야키 스테이크도 하나 슬쩍 주겠다고 했다. 로디는 알래스카에서 잘 지낸다고도 했다. 그들은 모두 '나중에bye'n'bye' 돌아올 것이었지만, 글렌은 이 피진 표현에 평소의 단조로운 느낌보다는 좀 더 어두운 기운을 담았다. 그는 실로 군대를 향한 분노를 감추려고도 하지 않고, 코웃음을 쳤다.

우리는 함께 서핑했고, 나는 글렌의 실력이 몰라보게 좋아진 것을 보고 깜짝 놀랐다. 이제 그는 그저 잘하는 어린 서퍼가 아니었다. 여전히 매끄러웠지만, 이제는 박수갈채를 받는 명선수였다.

하지만 그가 일하는 레스토랑에 가본 적은 없었다. 사실 그를 땅에서도 본 적이 없었다. 우리는 카누스와 퀸스, 파퓰러스와 넘버스리스에서 함께 서핑했다. 그런데도 나는 그가 파도 위에서 실제로 어떻게 하는지 이해하기가 어려웠다. 그는 무척이나 빠르게 서핑하고, 몹시도 거세게 돌고, 너무나 빠르게 옮겨 갔다. 특히 꼭대기에서 회전할 때가 무척 빨랐다. 오르고, 내려오고, 튜브 속에서 속도를 늦췄다가, 안정적이면서도 빠른 속도를 유지한 자세로 쭈그려 앉으며 부서지는 파도의 끝에 맞섰다. 서핑에서는 새로운 사건이 일어나고 있었고, 글렌이 그 선봉에 있었다.

내 생각에 노즈라이딩은 거기 포함되지 않는 것 같았다. 나는 파도 상황이 괜찮으면 한쪽 발가락hang-five 혹은 양쪽 발가락hang-ten을 걸치고, 발을 교차해나가며 보드 끝까지 갔다가 돌아오곤 했다. 그러기에 적합한 가벼운 체구였다. 세계에서 가장 뛰어난 노즈라이더이자 나의 영웅인 데이비드 누우히와David Nuuhiwa도 키

가 크고 말랐다. 하지만 나의 하버치터는 1967년 여름에 사람들
이 많이 탄 급진적인 전문 모델과는 거리가 멀었다. 보드 끝에서
최대한 오랜 시간을 보내기 위해 다른 모든 기능적 측면을 희생
시킨 콘어글리Con Ugly 같은 보드들도 있었다.

　노즈라이딩의 가볍고 여린 성질, 불가능할 것 같은 특이성, 그
리고 기술적인 난점에도 불구하고 나는 점차 흥미를 잃기 시작했
다. 와이키키의 느릿하고 부드러우며, 외현 장치가 있는 배가 오
가고 관광객들로 꽉 막힌 곤죽 속에는 얕은 암초들이 섞여 있었
다. 특히 간조 때 속이 빈 파도들이 형성되는 카이저나 스리스,
카누스 같은 곳들이 그랬다. '속이 빈 파도'란, 부서질 때 엄청난
튜브가 형성되는 파도를 말했다. 나는 그해 여름, 파도들의 회전
하는 푸른 배 속을 몇 번 찾아 들어갔고, 가끔은 일어서서 빠져나
오기도 했다. 모두들 파도에 '갇히는' 경험을 이야기했으나, 튜브
타기에는 계시적 성격이 있었다. 튜브 타기는 언제나 너무 금방
끝났지만, 그 신비로움은 어마어마했고 거기엔 중독성이 있었다.
순간 거울 속으로 걸어 들어가듯 들어가버리는 느낌이었고, 다시
돌아가고 싶은 기분이 들었다. 노즈라이딩이 아니라 튜브가 서핑
의 미래처럼 느껴졌다.

　사람들은 글렌이 약을 한다고 말했다. 그럴 법한 이야기였다.
마리화나나 엘에스디LSD⁺ 같은 약은 어디에나 있었다. 특히 와이
키키가 심했고, 그중에서도 정글이 제일 심했다. 그해는 바로, 샌
프란시스코를 진원지로 하여 퍼져나간 '사랑의 여름Summer of Love'
이 있던 해였다. 거기서부터 사절단이 일정한 속도로 흘러들어오

＋　　강력한 환각제의 일종이다.

는 것 같았고, 그들은 모두 새로운 음악, 언어 표현, 약을 들고 왔
다. 나는 마리화나를 피우는 내 또래의 아이들을 알았다. 나는 너
무 소심해서 직접 해보지는 못했다. 꼬마 친구들과 나는 한두 번,
무너져가는 서퍼들의 오두막에서 열리는 파티에 간 적이 있었다.
플래시라이트가 돌아가고 제퍼슨에어플레인Jefferson Airplane의 음
악이 쿵쿵 울렸다. 큰 아이들이 뒷방에 누워 있을 때, 우리는 맥
주를 훔쳐서 도망쳤다. 우리는 그 정도 모험밖에 할 준비가 되어
있지 않았다. 나는 글렌은 대체 어디에 사는 걸까 궁금했다.

　부모님은 카이무키 중학교에 대해서도 그랬듯이 와이키키에서
의 내 유흥 생활에 대해서는 아무것도 모르는 듯했다. 하지만 나
는 두기 야마시타Dougie Yamashita가 내 서프보드를 훔쳐갔을 땐 부
모님께 거의 이를 뻔했다. 나는 분노와 공포와 좌절감으로 제정
신이 아니었다. 야마시타는 나보다 약간 나이가 많은, 카누스에
단골로 나타나는 펑크족이었다. 그는 나한테 몇 분만 보드를 빌
려달라고 부탁하더니 다시는 돌려주지 않았다. 나는 좀 더 요령
있는 와이키키 애들에게 설득당해서 어른들은 개입시키지 않기
로 했다. 대신에 나는 시피 시프리아노Cippy Cipriano라고 하는 어깨
넓은 애를 고용해 두기를 찾아 내 보드를 가져다달라고 했다. 시
피는 용병이었다. 5달러만 주면 아무 설명이 없어도 다른 애들을
두들겨 패주었다. 그 애가 공짜로 내 사건을 맡아주어서 나는 놀
랐다. 사람들 말로는 두기와 해결해야 할 다른 건들이 있었다고
했다. 어찌 되었든, 내가 사랑하는 노란 치터는 자잘한 긁힌 자국
두어 개만 얻은 채로 곧 내게 되돌아왔다. 두기가 그걸 가져갔을
때 그는 엘에스디에 취한 상태였으므로 그에게 책임을 물어서는
안 된다고 사람들은 말했다. 하지만 나는 그 말을 믿지 않았다.

여전히 분개하기도 했다. 하지만 다음에 만났을 때도, 나는 그에게 맞설 배짱이 없었다. 여기의 가족은 중학교가 아니었다. 내 뒷배를 봐줄 인크라우드가 없었다. 두기의 가족은 거친 애들이 가득한 대가족이었던 것 같고, 그들은 꼬마 하울리 따위는 언제든 기꺼이 밟아줄 것이었다. 그는 나를 무시했고, 나도 그대로 갚아주었다.

인크라우드 애들은 거의 한 명도 보지 못했다. 여전히 더록에 처박혀 있는 스티브는 무리가 다 흩어졌다고 했다. 아무도 마이크의 빈자리를 채우지 못했어. 그는 말했다. 어떤 이유론가 우리는 그의 이미지를 떠올리고는 배가 아프도록 웃어댔다. 마이크에게는 광대 같은 점이 있었다. 나는 주기적으로 리사에게 전화를 걸었지만, 그녀의 목소리가 들리면 부끄러워서 매번 그냥 끊어버렸다.

내가 카이무키 중학교를 다닐 때 아일랜드의 록밴드 뎀Them이 부르는 〈글로리아Gloria〉가 동네 히트곡으로 꽤 인기를 끈 적이 있었다. 우리는 모두 그 노래를 부르며 돌아다녔다. "글-로-리-아. 글로오오오리아." 1967년에 호놀룰루의 라디오에서 흘러나오던 노래는 〈브라운아이드걸Brown-Eyed Girl〉이었다. 뎀의 싱어송라이터인 밴 모리슨Van Morrison이 부른 노래였다. 대히트곡은 아니었지만, 그 가사에 흐르던 게일족의 서정적 느낌은 그 당시 내가 죽도록 좋아하던 것이었고, 음률에 흐르는 듯한 애조哀調나 섬 스타일이라고 할 만한 분위기가 있었다. 잃어버린 청춘을 위한 비가였고, 몇 년 동안 나는 그 노래를 들으면 글렌을 떠올렸다. 그 노래에는 글렌의 도망치는 삶과, 그러면서도 미소가 배어나는 아름다움이 있었다. 그때 내가 머릿속에 그려본 것은, 갈색 눈의 리사를 그리워하는 그의 모습이었다. 두 사람 사이에 어떤 일이 있었는지는 잘 모르지만 나는 두 사람 모두를 우상처럼 숭배했고, 그들이 한때는 "햇빛 속에 웃으며 서 있었어, 무지개의 벽 뒤에 숨어서"라는 노랫말처럼 행복했을 거라고 생각하고 싶었다. 이런 모든 감정을 다른 사람에게 집어넣고, 그들의 연애를 낭만적으로 보는 것이 나다운 생각이었다. 수십 년 뒤에 〈브라운아이드걸〉이 엘리베이터 음악으로, 슈퍼마켓 음악으로 끊임없이 흘러나와 끝내는 참고 들어줄 수 없을 정도가 되어버리는 대중문화의 도착성 또한 전형적이었다. 지구상의 모든 밴드가 그 노래를 다시 부르는 것 같았다. 조지 W. 부시도 대통령일 때 그 노래를 아이팟에 넣고 다녔다.

우리 부모님은 선택을 해야 했다. 〈코나코스트〉는 끝나지 않았지만, 학기가 시작되고 있었다. 부모님은 그즈음 하와이를 알 만큼 알게 되어, 공립학교는 그다지 좋은 선택지가 아니며 특히 내가 들어갈 고등학교는 더 별로임을 깨닫게 되었다. 우리는 본토의 학교가 학기를 시작하기 전에 돌아가야 했다.

거기에 어떤 징조처럼, 나는 서프보드를 또 도둑맞았다. 줄톱으로 잘린 내 번호식 자물쇠가 라커 옆 모래에 떨어져 있었다. 분명히 그 도둑은 우리가 이사 갈 거란 사실을 알았던 것 같다. 이번에는 부모님께 이야기했다. 하지만 시간이 없었고, 어떻게 된 건지 아는 사람도 없었다. 안타깝게도 두기와 시피 모두 멀리 떠났다. 그들의 가족은 아이들의 행선지를 확실히 모른다고 했다. 그리하여 우리는 소중한 소지품 하나를 잃어버린 채로 본토로 돌아왔다.

부모님은 새 하버치터를 살 수 있도록 할부로 돈을 빌려주셨다. 잃어버린 서프보드와 노란 틴트까지 똑같은 모델이었다. 나

는 방과 후에 시간당 1달러를 받으며 이웃집 정원에서 잡초를 뽑
았다. 보드의 가격은 세금 포함 135달러였다. 나는 11월까지는
돈을 다 갚겠거니 했다.

2

바다의 냄새

✦

캘리포니아 1956~1965

어머니와 함께. 샌타모니카, 1953년.

✧

나는 캘리포니아의 라구나비치Laguna Beach에 있었다. 몇 년 전
렌터카를 타고 남쪽으로 뻗은 대로를 지나 퍼시픽해안고속도로
로 접어들고 있었을 때였다. 안개가 자욱했고, 축축했으며, 황량
했다. 오른쪽에는 대양이 있었고, 한밤의 바다 냄새가 깔렸으며,
밤을 맞아 문을 닫은 길가 상점의 불빛은 촉촉이 물기를 머금고
있었다. 피곤했지만 정신이 흐리진 않았다. 어떤 오래되고 쇠락
해 보이는 모텔 앞을 지나갈 때, 문득 끔찍한 외침이 들렸다. 곧
나는 그것의 정체를 알았다. 범죄가 일어나거나 누군가가 비탄에
빠진 것이 아니라, 기억이었다. 하지만 기억 속 비명이 너무나 생
생해서 머리끝이 쭈뼛했다. 그 소리의 주인공은 젊었을 때의 아
버지였다. 그 호텔의 실내 수영장에서 나와 놀다가 아버지의 어
깨가 빠진 것이었다. 내가 처음으로 본 실내 수영장이었고, 아버
지가 아파서 소리 지르는 모습도 그때 처음 보았다. 아버지는 베
이거나 긁히거나 멍이 들어도 욕을 하거나 불평하는 적이 없었
다. 보통은 웃어 넘겼다. 그러니 그때는 무척 아팠던 모양이다.
나는 정말로 겁을 집어먹었다. 아버지는 무력했고 필사적이었다.
어머니가 불려 왔다. 구급차가 왔다. 우리는 라구나의 모텔에서
뭘 하고 있었을까? 모르겠다. 북쪽 근방에 있는 마을인 뉴포트비
치Newport Beach에는 우리 가족의 친구가 있었지만, 라구나에는 없
었다. 나는 기껏해야 네 살이었을 것이다. 형제들이 태어나기 전,
아직 겉보기에는 에덴동산에 살 때였다.

아버지의 어깨는 몇 년마다 한 번씩 탈구되었다. 마지막으로

탈구되었을 때는 밤에 나와 있을 때였다. 아버지는 서핑을 하지 않았는데, 서프보드 위에서 무엇을 하고 있었던 걸까? 아마도 가까운 데서 밀려오는 커다란 파도를 보려고 패들해서 나갔던 듯하다. 그때 파도 세트가 채널로 들어와버렸다. 아버지는 보드를 놓쳤다. 그리고 어깨가 빠졌다. 아버지는 한 번 두 번 아래로 끌려들어갔고, 수면 위에 뜨지 못했다. 어떤 하와이인 서퍼가 아버지를 구했다. 나는 그 자리에 없었다. 그때 나는 일종의 망명 상태, 대학 자퇴생이었다. 병원에서 의사들은 아버지의 어깨를 절개하고 어깨관절막을 치료한 후 주변의 근육을 조였다. 그 뒤로는 탈구된 적이 없었다. 하지만 다시는 머리 위로 팔을 들 수 없었다. 몇십 년 후 차를 타고 라구나를 지나치며 나도 모르게, 당시 네 살이었던 내 딸이 내가 아버지처럼 무력하게 고함치는 것을 듣는 일이 없기를 빌었다.

내가 어릴 적 우리 가족은 해변에서 멀리 떨어진 곳에 살았다. 나는 해변의 아이는 아니었다. 그러면 어떻게 해서 서핑이 내 어린 시절의 놀이터가 되었을까? 파도라는 기타의 거대하고 축축하게 휘몰아치는 진동이 나를 찾아낸 뒷골목을 따라가보자.

베케트라는 가족이 있었다. 바다의 사람들이었다. 뉴포트비치에 살았다는 가족의 친구들이 이 사람들이었다. 로스앤젤레스에서 50마일 떨어진 곳으로, 낚시와 요트가 중심인 오래된 마을이었다. 그 집에는 아이가 여섯이었고, 첫째인 빌Bill은 나와 동갑이었다. 우리 둘이 어린아이였을 때 찍은 가족사진이 있다. 우리는 해변에 엎드린 채 둘 다 모래 장난에 홀딱 빠져 있다. 어머니 말로는 그때는 어른들도 육아에 모두 초보였기에 우리에게 그냥 명

령을 내리곤 했다고 한다. "놀아!" 우리 뒤에서는 믿을 수 없을 만
큼 젊었던 우리의 부모님들이 당시 유행하던 수영복 차림으로 거
닐면서 머리를 뒤로 젖힌 채 웃고 있었다. 아직도 코크 베케트Coke
Becket가 폭포수처럼 요란스레 쿡쿡 웃던 소리가 귀에 선하다. 코
크와 내 어머니는 결혼 전 요세미티 공원에서 직원으로 일할 때,
그리고 왜인지 정확하게는 기억 못 하지만 오리건의 세일럼Salem
에서 비서로 일할 때 함께 어울려 다니던 사이였다.

빌의 아버지인 어른 빌 베케트는 소방관이었다. 그는 뒷마당
에 통발을 수백 개 두고 있다가 바다가 잔잔한 날이면 소형 어선
을 타고 나가 오렌지카운티의 암초 위에 그것들을 놓았다. 어린
빌에게는 금방 네 명의 여동생과 막내 남동생이 생겼다. 베케트
가족은 우리보다 훨씬 독실한 가톨릭 신자였다. 그들은 발보아
반도Balboa Peninsula에 널지붕이 있는 2층짜리 소금통형 집[+]을 샀
다. 바다와 뉴포트만Newport Bay 사이의 좁은 백사장에 꽉 맞게 지
은 집이었다. 그들이 사는 34번가는 바다에서 해협까지 세 블록
정도 이어지는 길이었다. 우리는 매해 여름이면 일주일 정도 집
을 빌렸다. 보통은 만을 향하는 쪽이었는데, 집세가 더 쌌기 때문
이었다.

나는 어릴 적부터 베케트 가족의 집에 머물렀다. 어린 빌과 나
는 게와 조개가 가득 찬 비린내 나는 양동이에서 낚싯줄로 낚시
를 했고, 걔네 아버지에게서 패들판을 빌려 미로 같은 채널을 탐
험하기도 했으며, 나란히 리도Lido섬을 지나 뉴포트만의 트인 물
로 패들해 나가기도 했다. 우리는 작은 범선을 빌려 고속도로 근

[+]   지붕에 경사가 있어, 앞에서 보면 2층이고 뒤에서 보면 1층인 집.

처 마른 모래섬에 정박해두고, 그 땅을 우리 것이라고 우기며 거기 내리려고 하는 다른 아이들과 싸웠다. 어느 늦은 오후, 우리는 배의 돛대보다 낮은 고속도로 다리에서 불어오는 바닷바람에 갇히고 말았다. 미친 듯이 앞뒤로 움직이며 배의 침로를 바꾸려 했으나 그럴 때마다 오히려 상황이 나빠져서 결국에는 마지막으로 갈 수 있었던 개인 정박지에 배를 묶기도 했다.

주로 우리는 34번가에서 이어지는 파도에서 보디서핑을 했다. 거기가 우리의 기지, 완전한 우주였다. 차갑고 푸른 대양, 뜨겁고 하얀 모래, 남쪽에서 밀려오는 스웰.

어린 빌의 방은 크기가 옷장만 했고 침대 하나 제대로 들어갈 공간이 없었다. 그래서 우리는 머리를 반대 방향으로 두고 누워 서로의 얼굴을 발로 차면서 자곤 했다. 우리는 샤워도 함께하고, 심지어 오줌도 같이 쌌는데 변기에 갈기는 오줌 줄기를 엇갈려 칼싸움을 벌이며 킬킬거렸다. 빌은 햇볕에 하얗게 바랜 머리를 짧게 친, 진짜 해변 소년이었다. 발바닥은 나무처럼 단단했고, 여름이면 등은 타르처럼 새카매졌다. 그는 언제든, 우리가 어디에 있든, 공기 냄새만 맡으면 조수가 어떤지를 알았다. 색줄멸이 달리는 때도 알았다. 이 물고기는 산란할 때가 되면 가까운 해안에서 부서지는 쇼어브레이크shorebreak 속에서 몸을 씻었지만, 그건 만조기가 끝나고 한 시간 뒤의 밤에만, 그리고 어떤 달에만, 달이 어떤 모양일 때만이었다. 손전등을 들고 찾다 보면 한 시간 만에 삼베 자루를 가득 채울 수 있었다. 이렇게 잡은 고기는 밀가루를 묻혀 튀기면 별미였다. 뉴포트 부두를 걸으며 빌은 허락도 없이 어부들의 양동이 속을 뒤져보며 부둣가 건달 같은 뻔뻔한 얼굴로 그들을 안심시키곤 했다. "동갈민어 좋네요."

빌은 그의 아버지처럼 침착한 성격에 자부심이 있었다. 그는 냉소적이었고, 거의 공격적일 정도로 느긋했다. 캘리포니아 특유의 모순어법을 구사했다. 어릴 때부터 그는 스스럼없는 농담을 했다. 베케트는 단순하게 바쁜 적이 없었다. 그는 '외팔이 도배공'이나 '나쁜 너구리'보다도 더 바빴다. 그리고 고압적으로 굴기도 했다. 그는 여동생들에게 이것저것 시켰고, 상반된 결과를 얻었다. 개들은 오빠가 왕처럼 이래라저래라 하면 빈정대면서 대꾸했고, 네 명모두 짓궂은 농담을 즐기는 자존심 센 꼬마들이었다. 베케트네 집은 그 집에 거주하는 사람들만으로도 넘쳤지만, 어쨌든 동네 회관역할도 했다. 언제나 이웃들이 들락거렸고, 부엌에서는 타코 접시가 배달되었으며, 뒷마당에서는 누군가 막 잡은 생선을 굽고 있고, 항아리 안에는 살아 있는 바닷가재가 돌아다녔다. 어른들의자리에는 와인과 맥주, 그 밖에 다른 술들이 넘쳤다.

코크 베케트는 아코디언을 연주했고, 가족의 레퍼토리는 훌륭했다. 심지어 어린애들까지도 〈리멤버미remember me〉나 〈쉬즈모어투비피티드he's More to Be Pitied〉 〈센티멘털저니Sentimental Journey〉 〈플리즈돈셀마이대디노모어와인Please Don't Sell My Daddy No More Wine〉같은 노래를 소리 높여 불렀다. 그 가족에게는 연예인의 피가 흘렀다. 코크의 어머니인 아디Ardie는 언덕 어딘가에서 따로 살았는데, 어느 날 오후에 34번가에 나타났지만 우리 할머니처럼 차를타고 온 건 아니었다. 아디, 즉 빌의 할머니는 골목 어귀에 트럭과 말이 끄는 트레일러를 세우고, 말의 등 위에 앉아서 34번가에왔다. 빽빽하게 구슬을 박은 가죽 의상에 깃털 머리 장식까지 한차림이었다. 할머니는 집에서 튀어나온 사람들에게 평온하게 손을 흔들면서 거리를 따라 행진했다. 베케트네 아이들은 할머니를 보고 들떠 반가워했으나, 서커스 같은 입장은 재미있어하지 않았다. 이미 여러 번 보았기 때문이다.

어른 빌은 로스앤젤레스 시내 출신이었다. 전후에 시 남쪽 해변에서 자수성가한 젊은이들 무리라고 해도 무방했다. 그는 인상이 거칠고 강했으며, 말은 느릿느릿했고, 바셋하운드 개를 닮은 눈과 짙게 그을린 피부를 가졌는데, 잘생긴 편이었다. 손재주가 있어서 나무로 바다를 항해할 수 있는 보트를 만들기도 했다. 그는 서핑도 했다. 우쿨렐레도 연주했다. 사실, 그와 코크는 하와이에서 결혼했다. 어른 빌은 오래된 삼나무 서프보드로 테이블을 조각해 이층 거실에 갖다 놓았다. 테이블은 눈물방울 모양이었는데, 납처럼 무거웠다. 꼬마 빌과 나는 그가 대장으로 있는 소방서에 놀러가는 것을 좋아했다. 그는 늘 소방서 뒤에서 보트를 만들거나 태양 아래서 니스를 덧칠하거나 했다.

꼬마 빌은 잔심부름뿐 아니라 진짜 직업이 있었다. 새벽녘이면 부두에서 작은 어선을 타고 일하는 어부들을 위해 미끼를 꿰었다. 냄새나는 멸치를 5.5미터나 되는 철사에 60센티미터 간격으로 고정된 녹슨 가시에다 눌러 끼우는 힘든 일이었다. 600개를 끼우면 2달러 50센트를 받았다. 하지만 도움을 받으면 오전 내에는 끝낼 수 있었기 때문에 나는 빌을 따라갔고, 그날 우리 두 사람의 손에서는 종일 비린내가 났다. 어느 해 여름, 빌은 헨리라고 하는 부두에 있는 가게에서 일을 얻었다. 여행객들에게 단단한 고무보트를 빌려주는 가게였다. 그곳에는 좋은 보트들이 많아서, 빌의 친구들과 내가 재고를 마음대로 쓰는 바람에 거의 짤릴 뻔했다. 보트는 무거운 캔버스로 만들고 끝은 무거운 노란색 고무로 막았다. 무척이나 단단해서, 일어서서 탈 수도 있을 정도였다. 스티로

폼 벨리보드belly board✦도 인기 있었지만, 헨리의 보트가 더 빠르고, 훨씬 조종하기 쉬웠다.

서프보드도 많이 있었지만, 뉴포트에서는 지정 구역에서 이른 아침에만 탈 수 있었다. 최소한 여름에는 그랬다. 좀 더 정확히 말하면, 보드 서핑은 무서웠다. 큰 아이들이나 타는 거지, 우리가 탈 건 아니라고 믿었다. 우리는 마을 주변에서 서퍼들을 보았다. 머리카락이 햇볕에 탈색된 그들은 낡은 스테이션왜건을 몰았고, 격자무늬 펜들턴 셔츠와 흰색 데님을 입었으며, 폐타이어로 만든 밑창을 단 멕시코 샌들인 워라치를 신었다. 그들은 주말이면 반도까지 가 랑데부볼룸Rendezvous Ballroom에서 요란스럽게 논다고 했다. 딕데일앤드델톤스Dick Dale and the Del-Tones✦✦가 유혹적이면서도 전복적인 음악을 연주하는 클럽이었다.

베케트는 헨리 가게에서 일자리를 잃었다. 우리가 허락도 없이 보트를 빌려 갔기 때문이 아니라, 어느 날 오후에 해변에 보트를 깔고 누워만 있는 여행객 아이가 돌아오길 기다리다 지루해졌기 때문이었다. 나가 있는 보트는 그것뿐이었다. 베케트는 접수대를 닫고 싶어 했다. 우리 모두 보트 주변에서 기다렸다. 창백하고 통통한 여행객 아이는 잠든 것 같았다. 마침내 베케트의 친구 중 한 명이 새총을 가져왔다. 베케트가 거기에 조약돌 하나를 장전하고, 가만히 누워 있는 고객의 드러난 옆구리를 노렸다. 소년은 예상 이상으로 훨씬 더 큰 소리를 질렀다. 우리는 도망갔다. 놀랍게도 소년의 어머니가 경찰에 신고했다. 우리는 몸을 숨긴 채 작은

✦   배를 깔고 엎드려 타는 보드.
✦✦ 서프 록 기타리스트와 그의 밴드.

세인트멜스 가톨릭 성당 첫 영성체 수업에서(세 번째 줄 오른쪽에서 세 번째가 저자).
우드랜드힐스, 1960년.

테니스공 같은 베케트의 머리가 경찰차 뒷좌석에 실려 떠나가는 것을 보았다. 헨리가 그 애를 잘랐고, 베케트의 친구들은 그를 전과자Jailbird란 뜻으로 JB라 불렀다. 유명한 소방대장의 아들이어서 감방에서 1분도 있진 않았지만 말이다.

베케트의 친구들은 모두 가톨릭 신자였다. 심지어 가톨릭 학교에 다녔다. 나이 많은 애들은 복사⁺⁺⁺가 되기도 했다. 그들은 자전거를 타고 일요일 미사에 갔고, 자기들이 교회 마당 주인인 양 우쭐대며 돌아다녔다. 나는 일요일에 동네 성당인 세인트멜스St. Mel's에 다닐 때 매번 부모님과 소심하게 갔던 '생각을 하고 그 애들에게 감탄하면서도 한편으론 부끄러웠다. 뉴포트 애들은 성가

⁺⁺⁺ 미사 때 사제를 도와 시종을 드는 사람.

대가 장엄미사를 노래할 때 발코니 뒤로 슬쩍 끼어드는 법을 알려주었고, 우리는 거기서 구경할 수 있었다. 그러려면 제단에 있는 신부님이 회중을 향해 돌아설 때 우리를 보지 못하도록 신도석에 오래 숨어 있어야 했다. 꽤 까다로운 일이었다. 내 패거리들은 복사로 일하는 친구들의 시선을 끌어 웃기려고 안달이 났기 때문이었다. 나는 이런 장난에 열을 올렸지만, 매키라는 빨강머리 아이가 나한테 입 좀 다물라고 속삭이자 창피해졌다. 신부님이 "도미누스 보비스쿰"이라고 읊자, 나는 습관처럼 "엣 쿰 스피리트 투오"라고 따라한 모양이었다. 점점 지루해지자 소년들 둘은 조용히 아래층의 신도들을 향해 걸쭉한 침을 뱉어, 침이 아래로 떨어지면 재빨리 몸을 뒤로 빼서 숨었다. 나는 정말로 충격을 받았다. 이 애들은 지옥을 믿지 않는 걸까? 아이들은 미사 후 바닷가에서 비아냥거리며 자기들에게 믿음이 없다는 사실을 명확히 밝혔다. 하지만 나는 여전히 신을 믿었으므로 그날 아침 내가 본 광경에 겁을 먹었다. 진정으로, 종교적으로 무서웠다. 오히려 가톨릭 학교를 다닌 탓에 어린아이들이 겁 없고 매정한 배교자로 돌아서버린 것만 같았다. 나는 여전히 수녀님들만 봐도 주눅이 드는 공립학교 약골이었다.

나는 뉴포트를 사랑했지만, 샌오노프레San Onofre를 더 사랑했다. 그곳은 남쪽으로 40마일 떨어진 곳으로, 커다란 해군 기지에 둘러싸인 미개발 해변 일대의 작은 땅이었다. 베케트 가족은 주말이면 폭스바겐 버스에 아이들을 가득 쑤셔 넣고 기어를 넣은 후 그곳으로 출발했다. 샌오노프레는 캘리포니아의 초기 서핑 전초기지 중 하나다. 해변에서 빈둥거리는 데 하루를 다 바치는 해변 건달들은 어떤 수를 썼는지는 몰라도 군대를 설득해 그 안으로 들어가선 서핑과 낚시를 하고 전복을 캐려고 야영을 했다. 해변까지 이어지는 비포장도로는 초소로 막혔지만, 샌오노프레 서핑 클럽의 회원들은 안으로 들어가는 것을 허락받았다. 어른 빌은 창립 회원이었다. 해변은 특별할 게 없었다. 좁고 나무 하나없었으며, 물 가장자리 너머는 바위투성이였다. 하지만 그곳에 야영하는 가족들은 뚜렷이 보이는 그 장소를 조심스레 공유했다. 그들 중 대다수는 노는 데 있어서는 박사급이었다. 서프보드, 낚싯대, 스노클링 장비, 오래된 카약, 튜브 등 모든 것이 바다를 향했다. 빛바랜 차양이 달린 소형 밴, 유목流木으로 지은 오두막들이 그늘을 드리워주었다. 낮에 하던 브리지 대회와 해변 공놀이는 해가 지면 모닥불과 민속음악 연주 모임으로 이어졌고, 마티니는 합법적으로 통용되는 화폐였다.

그리고 파도가 있었다. 샌오노프레의 파도는 내가 갔던 60년대 당시에는 한물간 느낌이었다. 너무 느리고 물렁했다. 하지만 현대 서핑의 초기는 보드가 거대한 데다 무겁고 보통은 핀이 없었던 때라, 가급적 돌지 않고 해변을 직진으로 향하며 타는 것이 선호되는(사실상 유일하게 가능한) 기술이었고, 샌오노프레는 그런 스타일의 서핑을 하기에는 캘리포니아에서 가장 좋은 파도가 이는 곳이었을 것이다. 파도타기는 길고 매끄러웠으며 딱 흥미로울 만큼만 바위와 암초의 조합이 다양했다. 제2차 세계대전 후 끊임없이 보드 디자인을 현대화한 서퍼들 다수가 샌오노프레에서 첫 경험을 쌓았다. 호텔과 야단법석의 분위기로 제한 서부 해안의 와이키키라 할 만했다. 그리고 여전히 서핑을 배우기에는 훌륭한 장소였다.

나는 거기서 처음으로, 서서 파도를 탔다. 열 살이던 어느 여름날, 빌린 녹색 보드를 타고서 나를 가르쳐준 사람이 있었는지는 기억이 나지 않는다. 다른 사람들이 있기는 했지만 샌오노프레는 넓은 곳이었다. 나는 혼자 패들해서 나가 머리를 숙이고 버티면서 거품 파도whitewater의 부드러운 은색 선을 통과했다. 나는 다른 서퍼들이 옆에서 파도를 타는 것을 보았다. 원숭이처럼 보고 원숭이처럼 따라 하기. 나는 보드를 해변 쪽으로 돌렸다. 파도는 내가 몇 년 동안 보디서핑을 해왔던 쿵쿵대는 비치브레이크 beachbreak✦와는 전혀 비슷하지 않았다. 하지만 파고가 낮고 바람은 가벼워서 접근하는 스웰을 읽기가 쉬웠다. 나는 넓게 부서지며 봉우리가 평탄한 벽을 찾아서, 그 파도 사이의 곬trough을 향해 열심히 손을 저었다. 보드가 떠올라 파도를 타게 되자, 해변에서 보트나 보디서핑으로 파도를 잡아 탈 때보다는 가속이 덜 극적이고, 덜 격렬하게 느껴졌다. 하지만 어떤 전율, 속력의 감각, 특히 파도를 앞에 두고 수면 위를 뛰는 느낌이 이어지고 또 이어졌다. 이 무거운 관성의 감각은 새로웠다. 나는 비틀거렸다. 옆을 보았더니 파도의 힘이 전혀 줄지 않았던 기억, 앞을 보고 아주 먼 데까지 내 길이 깨끗이 깔려 있는 것을 본 기억, 그리고 아래를 보고 발밑 바위투성이 해저 지반에 붙어 꼼짝할 수 없었던 기억이 아직도 생생하다. 물은 맑아 약간 터키색을 띠었으며, 얕았다. 하지만 내가 안전하게 지나갈 공간은 있었다. 그래서, 나는 그렇게 했다. 그 첫날에, 다시 또다시.

✦   해변이나 모래섬에 부딪혀 부서지는 파도.

하지만 한동안 안타깝게도, 나는 내륙인이었다. 우리가 살았던 우드랜드힐스는 로스앤젤레스카운티Los Angeles County의 북서쪽에 있었다. 샌퍼난도밸리San Fernando Valley의 서쪽 끝에 있는 건조한 언덕, 샌타모니카 산맥 구릉지대의 세계였다. 그곳에는 스모그 낀 베이지색 호수가 있었다. 평소 어울려 다니던 친구들은 바다에 대해선 알지 못했다. 그들의 가족은 펜실베이니아Pennsylvania, 오클라호마Oklahoma, 유타Utah 같은 땅으로 막힌 지역에서 서쪽으로 이주해 왔다. 그들의 아버지는 사무실로 출근했다. 리키 타운센드Ricky Townsend의 아버지인 척Chuck만 예외였다. 그 애 아버지는 샌타파울라Santa Paula 쪽 언덕들에 석유 굴착 장치를 가지고 있었다. 리키와 나는 개 아버지와 함께 거기 가곤 했다. 그는 딱딱한 모자를 쓰고, 더러운 작업복 셔츠를 입었으며, 커다란 작업 장갑을 꼈다. 굴착 장치는 밤낮없이 펌프질하고 쿵쿵거렸으며, 그는 늘 무언가를 수리하고 있었다. 나는 그의 목표가 분유정이 아닌가 생각했다. 검은 황금의 갑작스러운 분출. 그동안 리키와 내가 별로 할 일은 없었다. 굴착 장치에는 탑이 있었는데, 대들보 위에 합판 바닥으로 만든 조종실이 있었다. 타운센드 씨는 우리가 거기에 올라가는 걸 허락해주었다. 그래서 리키와 나는 거기로 올라가 대자로 뻗어 트랜지스터 라디오를 켜놓고 빈 스컬리Vin Scully가 밤늦게까지 다저스 경기를 중계하는 것을 들었다. 코우팩스Koufax와 드리스데일Drysdale이 온 세계를 삼진아웃시키던 전성기였고, 우리는 그것이 정상이라고 생각했다.

우리는 언덕 안쪽의 움푹 파인 곳에 살았다. 우리 동네, 내가 다니던 초등학교는 섬과 같은 고립된 분위기를 가진 곳이었고, 그 지형 때문에 격세유전적인 성격이 한층 강화되었다. 그곳은

작은 마을, 작은 공동空洞 같았고, 외국인을 혐오하는 외골수들이
이끌어나갔다. 존버치협회John Birch Society✦가 강력했다. 우리 부모
님과 그들의 자유주의적이고 세계시민적인 친구들은 소수였다.
샘 요티Sam Yorty의 마을에서 애들라이 스티븐슨Adlai Stevenson을 지
지했으니까(요티는 로스앤젤레스의 시장이었다. 거칠고, 잘 웃고, 무지한,
네브래스카 출신의 공산주의 탄압자). 부모님들은 《I.F. 스톤스위클리
I.F. Stone's Weekly》를 구독했으며, 시민권 운동을 열정적으로 지지했
고, 주택 소유자들이 인종차별을 할 수 있도록 허가하는 지역 투
표 법안에 반대했다. 22조항 반대, 우리 집 잔디밭에 그런 팻말이
꽂혀 있었다. 부모님은 패배했다. 우드랜드힐스 초등학교는 여전
히 100퍼센트 백인이었다.

언덕이 많은 동네에서 제일 좋았던 건 언덕 그 자체였다. 언덕
에는 방울뱀, 들개, 코요테가 가득했다. 우리 소년들은 멀홀랜드
드라이브Mulholland Drive를 지나 멀리 돌아오던 길이었다. 당시만
해도 여전히 흙길이어서, 오래된 사격장과 말 목장이 흔히 보였
다. 우리는 언덕 여기저기에 나무 기지와 바위 기지를 설치했고,
우리 땅이라며 골짜기에 대한 권리를 주장하는가 하면, 아직 주
인 없는 땅을 두고 다른 동네에서 온 사내아이들 무리와 다퉜다.
더 직접적으로 말하면, 언덕은 미끄럼 통로였다. 우리는 자전거
나 마분지, 고무 바퀴가 달린 플렉서블플라이어Flexible Flyers 상표
의 썰매를 타고 그 언덕 사이를 쭉 미끄러져 내려갔다("이 나무에서
저 나무로 소년들은 번개 같은 속도로 미끄러집니다"). 그리고 탈 수 있으
면 스케이트보드를 탔다. 하지만 포장도로조차도 괴상할 정도로

✦   반공동체주의와 제한 정부를 지지하는 보수주의 집단.

가팔랐다. 이바라로드Ybarra Road는 깎아지른 벼랑이어서, 재주 없는 운전자들은 길을 보면 일단 멈췄다가 차를 돌려 우회로를 찾았다.

이 작고, 뻔한 세계 속으로 대담한 남자아이 하나, 스티브 페인터Steve Painter가 들어왔다. 그의 존재를 처음 인지한 건, 내가 동급생 한 명을 두들겨 패는 것을 그 애가 바라보고 있을 때였다. 나는 종종 같은 반 친구들을 집으로 초대해 권투 글러브를 끼워준 다음 몇 라운드 붙곤 했다. 지금 보면 참 이상하겠지만, 그때 우리는 길거리 바로 옆에 붙은 잔디밭 위에서 싸우곤 했다. 그 작은 잔디밭이 나의 링이었다. 요새라면 그런 시합 방식은 결코 받아들여지지 않을 것이다. 하지만 그때는 아무도 우리를 방해하지 않았다. 권투는 소년들의 일과였다. 스티브 페인터는 내가 친구를 넘어뜨리는 것을 보더니 조용히 글러브를 끼라고 했다. 걔는 나보다 별로 크지 않아서 나는 자신 있게 응했다. 그는 내가 무릎을 꿇을 때까지 때렸다. 알고 보니 나보다 세 살 많았다.

스티브는 버지니아 출신이었고, 우리 어머니에게는 "아주머님ma'am", 어른들에게 "선생님sir"이라는 호칭을 썼다. 숱 많고 곱슬거리는 검은 머리에 올리브색 피부를 가졌고, 하키 퍽에 맞아서 생겼다는 흉터가 눈 아래 있었다. 나는 나중에 그 애가 아이스하키를 한다는 것을 알았지만, 그럼에도 여전히 볼의 흉터가 남북전쟁에서 얻은 것일 거라고 상상했다. 7학년이라는 것 말고도(중학생이라니!) 페인터에게는 천부적으로 대장의 기운이 있었고, 그가 2차 성징으로 털이 나고 발가락 사이에 물갈퀴가 있다는 사실에 나는 왠지 모르게 깊은 감명을 받았다. 거기 더해, 그 애가 생각이 많고

욕도 잘한다는 사실이 우리에게는 새로웠다. 또 힘이 센 것은 물론이고 고통에 대해 부러울 정도로 무심했기에, 그는 우리 게임을 지배했으며 특히 풋볼에서 중심이 되었다. 스티브는 곧 우리 작은 동네 무리의 골목대장이 되었고, 피츠버그 출신의 그레그Greg라는 뚱하고 피부가 누리끼리한 소년의 자리를 빼앗았다.

페인터는 나를 즐겨 놀렸고, 육체적으로 괴롭히기까지 했다. 내가 그 무리의 막내였기 때문이다. 그렇지만 나를 잘 보듬어주기도 했다. 그는 타자나 아이스링크Tarzana Ice Rink에서 경기하는 하키 팀에 합류했다. 초기 타잔 영화의 주인공을 맡은 배우인 동네 주민에게서 유래한 이름을 가진 타자나는 동쪽 근방 교외 마을에 있었다. 아이스하키 팀에 들어간 페인터는 나더러 입단 테스트를 받아보라고 설득했다. 하키는 당시 로스앤젤레스에서는 인기 있는 스포츠가 아니었고, 우리 리그에 소속된 많은 팀들의 선수들은 주로 최근에 캐나다나 위스콘신 같은 지역에서 온 사람들이거나, 또는 우리 지역 토박이들보다 스케이트를 훨씬 잘 타는 스칸디나비아 출신이었다. 페인터는 내 실력을 닦아주기 위해 할 수 있는 일들을 했고, 자기네 집 차고에서 내게 퍽을 날렸다. 하지만 나는 하키 선수로는 가망이 없다는 사실을 알았다. 다저스 팀에서 내가 투수가 될 가능성을 포기할 준비는 아직 되지 않았지만, 아이스하키는 끽해 봤자 램스 팀에서 패스를 받는 리시버 정도로 끝날 운명임을 알고 있었다. 나는 오직 한 계절만 얼음 위에서 버텼다.

하지만 그 계절 덕에 나는 아버지가 스케이트 타는 모습을 볼 수 있었다. 아버지는 우리가 토요일 아침 일찍 연습하는 것을 볼 수 있을 때면 링크로 오곤 했고, 한두 번은 그날 처음으로 일반

대중에게 링크를 개방할 때까지 남아 있었다. 우리 집 창고에는 언제부터인지 녹슬고 버려진 아버지의 스케이트가 있었다. 날이 특별히 긴 한스브링커Hans Brinker의 구식 스피드 스케이트였다. 타자나 아이스링크에는 확실히 그런 건 없을 터였다. 아버지는 스케이트를 꺼내 반짝반짝하게 닦더니 내 연습이 끝난 후 함께 깨끗한 얼음을 타러 갔다. 아버지는 허리를 앞으로 숙이고 뒷짐을 진 자세로 자연스럽게 휙 밀고 나가면서 혼자 미소를 지었다. 아버지가 천천히 속도를 올리며 몇 번 손을 휘저어 곧장 앞으로 나가자, 링크가 점점 작게 보였다. 일반 개방 시간에는 분위기와 규칙이 바뀔 때마다 매번 링크의 스피커에서 다른 노래가 나왔다. "연인들만" 스케이트를 타는 시간에는 감상적인 두왑doo-wop,✦ '여자들만' 스케이트를 타는 시간에는 〈빅걸스돈트크라이Big Girls Don't Cry〉가 나오는 식이었다. 이유는 모르겠지만 남자들이 빠르게 스케이트를 타는 시간에는 디온의 〈런어라운드수Runaround Sue〉가 나왔는데, 내가 좋아하는 노래여서 나는 그 3분 동안 아버지를 부추겨 가속 엔진에 다시금 불이 붙게 했다. 아버지는 처음에는 자신 없어 보였지만 곧 팔을 휘두르고 발을 엇갈리며 코너를 돌았다. 아버지처럼 빠르게 스케이트를 타는 사람은 한 번도 본 적이 없는 것 같은 기분이었다. 집으로 오면서 나는 아버지가 어렸을 때 미시간 대회에서 우승했던 이야기를 해달라고 졸랐다. 후에 나는 제2차 세계대전 때문에 주요 경기가 취소되지만 않았더라면 아버지가 올림픽에 출전하고도 남았을 거라고 확신했다. 스케이터로서가 아니더라도, 레이스 경주 선수로라도. 아니면 스키점프 선

✦   알앤비의 코러스를 의미한다.

수로라도.

스티브 페인터는 또 내가 서핑에 입문하도록 도와주기도 했다. 스티브의 관심은 베케트 가족 같은 사람들의 구식 바다 활동과는 별로 관련이 없었다. 그 점에 대해 말하자면, 카울루쿠쿠이 가족과도 비슷하지 않았다. 그의 관심은 몇 년 전 미국을 휩쓴 유행에서 비롯된 것이었다. 그 유행이란 〈기젯Gidget〉류의 영화들과 그속편들,✦ 서프라는 음악, 그리고 서프 패션 같은 것들이었다. 양쪽 해안의 많은 아이들이 보드를 사서 서핑을 시작했다. 특히 《서퍼Surfer》 같은 잡지들은 서프 하위문화의 자화자찬을 위한 주된 경로가 되었다. 페인터와 그의 중학교 친구들은 그 잡지들을 열심히 읽었고, 거기서 발견한 새로운 언어로써 점점 권위를 갖추며 이야기하기 시작했다. 모든 것이 '비첸bitchen'(멋지다는 뜻의 서프 속어)이고, '보스boss'(훌륭하다)였고, 그들이 높이 평가하지 않는 사람은 '쿡kook'(보통 무능한 서퍼를 이르는 모욕적인 표현이다. 하와이어로 배설물을 뜻하는 단어 '쿡kuk'에서 왔다)이었다.

그 당시엔 생각하지 못했지만, 내가 베케트의 집에서는 《서퍼》 잡지를 한 권도 보지 못했다는 건 의미 있는 징후였다. 그들도 그 잡지에 흥미를 가질 수 있었을 것이다. 하기는, 심지어 샌오노프레의 친구가 창간한 잡지가 아닌가. 하지만 분명 그런 것에 75센트를 쓰느니 차라리 그 돈을 더 좋은 데 쓸 수는 있을 것이었다.

대부분의 내륙인들은 스케이트보드를 타다가 서핑으로 넘어

✦   〈기젯〉은 1959년에 나온 영화로, 캘리포니아 서프 문화를 시작했던 10대들의 이야기를 담았다.

갔다. 우드랜드힐스에서는 이 말이 사실이었다. 우리는 모두 스케이트보드를 갖고 있었고, 몇몇 가파른 길은 스케이트장이 되었다. 중요한 건 스피드와 카빙carving,⁺⁺ 킥턴kick turn⁺⁺⁺과 테일스핀tail spin⁺⁺⁺⁺이지, 점프가 아니었다. 물구나무서기는 끝내주는 기술이긴 하지만, 손목이 아팠다. 학교 위편의 운동장은 길고 우묵한 아스팔트 경사지여서 바다 파도의 좋은 축소판이었다. 핸드볼장 뒤편 가장 높은 곳에서는 크고 빠르며 상대적으로 짧은 오른쪽으로 갈 수도 있었고 아니면 반대로, 길고 가파른 데다 완벽하게 좁아지는 100야드 거리의 왼쪽으로 갈 수도 있었다. 주말에 학교의 경사지에서 스케이트보드를 타는 건 얼마나 신나는 일이었는지, 어쩐지 규칙을 위반하는 것으로 느껴질 정도였다. 실제로 그렇긴 했다. 그 안으로 들어가려면 담을 넘어야 했기 때문이다. 경사지, 특히 우리가 알라모아나라고 부르던 왼쪽에서 타는 기쁨은 샌오노프레에서 서서 파도를 탈 때의 전율에 아주 조금 못 미칠 뿐이었다.

우드랜드힐스에서 해변까지 가는 길은 고됐다. 20마일이나 떨어져 있었고, 산 너머였기 때문이다. 페인터와 그의 친구들은 히치하이킹을 할 만한 나이였지만 나는 그렇지 못했다. 바다를 사랑하는 어머니는 차가 생기자마자 우리를 데리고 윌로저스 주립 해양공원Will Rogers Beach State Park에 다녔다. 그때 나는 일고여덟 살쯤 되었을 것이다. 차는 오래된 하늘색 쉐보레였고, 우리는 토팡가Topanga 협곡을 지나서 다녔다. 협곡의 입구에 다다르면 바다 안

++ 스케이트를 타고 긴 커브를 그리는 기술.
+++ 뒷발을 써서 방향을 바꾸는 기술.
++++ 스케이트보드의 뒤편에서 도는 기술.

개가 만든 벽에 부딪히기 일쑤였다. 그러다 퍼시픽 해안 고속도
로로 돌면 어머니는 이렇게 말씀하셨다. "바다 냄새 맡아봐. 좋지
않니?" 나는 웅얼웅얼 대답하거나 아무 대답도 하지 않았다. 나
는 바다 냄새를 좋아한 적이 한 번도 없었다. 아마도 나는 뭔가가
잘못되었던 모양이다. 해안을 감싼 끈적끈적한 생선 냄새가 바닷
가 도로에 다닥다닥 붙은, 납작한 지붕의 집들 아래 말뚝에서 흘
러나왔다. 그 냄새에 코가 저절로 찡그려졌다.

  바다 자체는 다른 이야기였다. 나는 윌로저스에서 파도 속으로
걸어 들어가 철썩철썩 밀려드는 물거품 속으로 잠수해 중앙 모래
섬을 향해 헤엄쳤다. 커다란 파도들이 갈색의 벽을 이루었다가
부서지는 곳이었다. 그 리드미컬한 격렬함은 아무리 봐도 질리지
않았다. 파도는 허기진 거인들처럼 나를 끌어당겼다. 모래섬에서
물을 빼내 어마어마한 높이까지 자신을 한껏 올렸다가 다시 앞으
로 쏠리며 폭발했다. 물 아래에서 느껴지는 격동은 무척 만족스
러웠다. 파도는 책에서 본 무엇보다도, 영화에서 본 무엇보다도,
심지어 디즈니랜드의 놀이기구보다도 더 좋았다. 그 안에 있으면
전류처럼 흐르는 위험이 작위적으로 느껴지지가 않았다. 그 기분
은 진짜였다. 그리고 그것을 조종하는 법을 익힐 수가 있었다. 바
닥에서 기다리는 법, 바깥으로, 파도가 부서지는 지점을 넘어 헤
엄쳐 나오는 법, 그리고 마침내는 몸으로 파도를 타는 법. 보디서
핑 기술은 실제로 뉴포트에서 베케트와 그의 친구들을 보고 따라
하며 배웠지만, 나는 윌로저스의 파도 속에서 더 편안했다.

  그럼에도 그곳은 적당한 서핑 지점이 아니었고, 엄마와 외출하
면서 그런 곳에 갈 기회는 별로 없었다. 하지만 곧이어 아버지가
우드랜드힐스에서 40마일 떨어진 오래된 유전 마을 벤투라에 관

심을 갖게 되었다. 특히 아버지는 벤투라의 해변에서 몇 블록 떨어지지 않은 곳에 있는 오래된 땅콩주택형 셋집을 1만 1,000달러에 살 수 있다는 걸 알았고, 그렇게 했다. 그 후로 나는 주말 대부분을 아얄라스트리트에 있는 그 땅콩주택 근처에서 차가운 바닷바람을 맞으며 잡초를 뽑고 정원을 가꿔야 했다. 그 뒤에도 소소하게 투자가 이어졌지만, 갑자기 주택을 신축하는 것으로 계획이 확 바뀌었다. 지붕 딸린 주차 공간과 새 유행에 맞춰 외관을 단장하여 양쪽이 똑같은 2층짜리 임대용 땅콩주택을 짓는 계획이었다. 당시 벤투라는 해변 마을로서는 별 매력이 없었다. 너무 춥고, 바람이 심하게 불었으며, 어디에서든 너무 멀었다. 하지만 아버지는 미래를 보았다. 고속도로, 요트 정박장, 그리고 인구증가. 아버지는 친구들에게 건물을 유지할 수 있는 공동 벤처 사업을 하자고 권유했다. 그동안 나는 벤투라가 파도만은 축복받은 곳임을 깨닫고 있었다. 나는 벤투라 부두에서 칠리버거를 먹으면서 그런 미래를 보았다.

열한 번째 생일에, 아버지는 나를 샌타모니카의 올림픽 대로 Olympic Boulevard에 있는 데이브스위트Dave Sweet 서프보드 상점에 데려갔다. 중고 선반에서 나는 단단하고 햇볕에 색이 바랜 9피트짜리 보드를 골랐다. 가장자리의 레일은 청록색이었고, 적어도 여덟 개의 다른 재질로 된 나무 핀이 붙어 있었다. 가격은 70달러였다. 나는 150센티미터의 키에 36킬로그램 정도 나갔으며, 팔로 보드를 다 감싸 안을 수도 없었다. 보드를 머리에 이고 거리로 나설 때 사람들의 눈이 의식되고 보드를 떨어뜨릴까 두렵기도 했지만, 그렇게 행복할 수가 없었다.

피네건 가족. 벤투라, 1966년.

파도타기를 배우느라 애쓰다 보니 그렇게 편한 겨울은 아니었
다. 비치보이스Beach Boys의 〈서핑유에스에이Surfin' USA〉("이제 서핑
하러 가요, 모든 이들이 서핑을 배우고 있죠")가 라디오에서 흘러나오긴
했으나, 물에서 멀리 떨어진 우리 동네 학교에서 보드를 가진 아
이는 나뿐이었다. 우리는 대부분의 주말을 벤투라에서 보냈으므
로, 나는 때맞춰 물에 들어갔지만 캘리포니아스트리트는 바위가
많고 물은 아플 정도로 찼다. 나는 웨트슈트를 얻었으나 반바지
에 소매가 없었고, 네오프렌 기술은 아직 초창기였다. 작은 웨트
슈트는 기껏해야 오후의 바람에서 느껴지는 아주 날카로운 냉기
정도나 막아줄 뿐이었다. 아버지는 내가 기가 꺾였던 날의 이야
기를 즐겨 했다. 아버지는 따뜻한 차에 앉아 내가 허우적거리는
것을 보았다고 한다. 크고 복슬복슬한 낚시꾼 스웨터를 입고 파
이프 담배를 문 아버지의 모습이 떠오른다. 나는 발과 무릎에서

피를 흘리면서 비틀비틀 바위 위를 걸어 돌아왔다. 창피를 당하고, 진이 빠져서, 보드를 뚝 떨어뜨렸다. 아버지는 나더러 돌아가서 파도를 세 개만 더 타고 오라고 했다. 나는 싫다고 버텼다. 아버지는 계속 우겼다. 필요하다면 무릎으로 타도 된다고 했다. 나는 버럭 화를 냈다. 하지만 나는 기어이 바깥 바다로 나가 파도를 탔고, 아버지가 하시는 이야기로는 바로 그때 내가 서퍼가 되었다는 것이었다. 그날 아버지가 나를 내쫓지 않았더라면 나는 그만두었을 거라고, 아버지는 그렇게 확신했다.

　7학년이 되자, 나는 언덕으로 둘러싸인 초등학교의 익숙한 환경을 떠나 골짜기 마루 높은 곳에 선 거대하고 이름 모를 중학교로 진학했다. 거기서 나는 서핑이라는 공통의 취미를 즐기는 친구들을 주로 사귀기 시작했다. 리치 우드Rich Wood가 그렇게 사귄 첫 친구였다. 나보다 한 살 많은 리치는 키가 작고, 무뚝뚝하고, 약간 땅딸막하고, 냉소적이었다. 하지만 그에게는 캘리포니아스트리트의 길고 비단 같으며 부드럽게 접히는 파도에 어울리는 작고 우아한 스타일이 있었다. 그리고 그 애는 대리 가족, 즉 우리 가족 속으로 너무나 편안하게 끼어들었다. 내성적이고, 자기 얘기를 거의 하지 않는다는 성격임을 생각해보면 처음에는 좀 놀라웠다. 하지만 그 애의 가족을 만나본 뒤에는 이해가 됐다. 리치의 부모님은 키가 작고 튼튼한, 잘 어울리는 골프 선수 커플로 집에는 거의 붙어 있지 않았다. 리치에게는 터울이 많이 지는 형이 있었는데, 그래서 부모님은 아이들 양육을 다 끝냈다고 생각하고, 플로리다 내륙 어딘가로 가버린 것 같았다. 리치의 형 크레이그가 그분들을 거기까지 차로 모셔다 드렸을지도 모른다. 크레이그는 속도에 미친 근육질 폭주족 같은 부류로, 오만하고 시끄러웠다. 그는 서핑을 한다고 주장하기는 했으나 물속에서 그를 본 적은 한 번도 없었다. 크레이그는 자신의 성기에 파코라는 이름을 붙여주고, 파코가 여성들과 함께한 모험에 대한 이야기를 지껄였다.

"파코가 여자들을 아주 죽여줬지. 카브롱cabrōn!(잘했어!)"

리치가 여자를 사귀기 시작하자, 크레이그는 리치가 데이트하고 돌아오면 손가락 냄새를 맡아봐야 한다고 했다. 그는 꼬마 남동생의 성적 발달을 확인하고 싶어 했다. 리치와 크레이그는 완전히 딴판이었다.

리치와 나는 함께 캘리포니아스트리트를 연구했다. 그는 어디서 서핑을 배웠는지에 대해서는 이상할 정도로 신중했다. 어딘가에서 배운 건 분명했다. 하지만 리치는 어물쩍 넘겼다. "세코스Secos, 카운티라인County Line, 말리부Malibu. 너도 알잖아." 하지만 나는 정말로는 알지 못했다. 잡지와 스티브 페인터에게 주워들은 것 말고는. 어쨌든 우리는 배운 것을 캘리포니아스트리트에서 함께 적용해보았다. 라인업, 토박이들, 조수, 어둡고 미역이 하늘거리는 물 아래 바위의 보이지 않는 줄무늬. 길고 어딘가 까다로운 파도의 모든, 개별 특징들. 그 누구도 우리에게 말을 걸지 않았다. 우리는 간간이 떠오르거나 사람들이 스쳐 가는 테이크오프 지점이 우리 깜냥에 맞는다는 걸 알았으므로, 누구도 방해하지 않고 서핑할 수 있었다. 하지만 우리는 또, 동네에서 제일 잘 타는 아이들의 동작을 광적으로 연구했고, 밤이면 우리 가족이 해변 별장으로 사용했던 땅콩주택에서, 우리 침대에 앉아 토론했다. 우리는 몇몇 이름을 차츰 익혀갔다. 마이크 어럼바이드Mike Arrambide, 보비 칼슨Bobby Carlson, 테리 존스Terry Jones 등. 어럼바

이드는 어떻게 그 중간 구역에서 사이드슬립sideslip◆을 할 수 있을
까? 칼슨이 내려올 때 하는 저 미친 듯한 퀵스텝턴은 뭘까? 정말
로 자세를 바꾼 건가?(오른쪽 발 앞에서 왼쪽 발 앞으로?) 리치와 나는
여전히 기초를 익혀갔다. 깨끗한 테이크오프, 단단한 회전, 빈틈
없는 트리밍trimming,◆◆ 보드의 코 끝으로 나아가기. 캘리포니아스
트리트에는 우리 또래 애들이 별로 없었고, 우리보다 잘하는 애
는 아예 없다는 걸 알았기에, 우리는 그런 어른들에게서 배울 수
밖에 없었다.

　나는 리치가 서핑하는 모습을 보는 것이 더없이 즐거웠다. 리치
의 균형 감각은 확실했고, 가끔은 흠잡을 데 없었다. 손의 표현력
이 풍부했고, 발재간은 세련되었다. 리치는 하얀 안료로 칠한 단
색의 큰 보드를 탔다. 파도가 4피트가 넘으면 리치는 자신감을 조
금 잃고는 덜 호전적으로 되었지만, 작은 파도에서는 장인이 될
자질이 있었다. 나는 그와 함께 서핑하는 것이 자랑스러웠다. 우
리는 작은 마을 벤투라에서는 아웃사이더였지만, 곧 몇몇 단골로
오는 사람들과 물속에서 짧게 인사를 나누는 사이가 되었다.

　부모님은 종종 안개가 끼거나 날이 흐릴 때는 늘 새벽녘에 우
리를 해변까지 태워주었고, 늦은 오후에나 데리러 왔다. 우리는
캘리포니아스트리트를 이제 C스트리트라고 부르게 되었는데, 거
기엔 해변이라고는 없고 그저 바위와, 낮고 무너지는 절벽, 거대
한 기름 저장 탱크, 더러운 들판, 그리고 저 멀리까지 가면 버려
진 놀이공원이 있을 뿐이었다. 더 멀리 가면 나무 덤불 속에 빈민

◆　　낮은 속도로 무게를 앞으로 실은 채 비스듬하게 타는 기술.
◆◆　파도의 얼굴에서 속도를 내기 위해 완벽한 선을 찾는 동작을 가리킨다.

가가 있었는데, 그 말은 그 방향에서 구저분한 행색의 사람이 해
변으로 오는지를 늘 감시해야 한다는 뜻이었다. 수건과 점심 도
시락을 서핑하는 바위 위에 그대로 쌓아두었기 때문이다. 해안
에서 육지로 부는 바닷바람은 점심때쯤 되면 확 튀어 올라 파도
를 망치기 일쑤였다. 그러면 절벽 아래에서 유목을 주워다가 모
닥불을 피우고는 그 주위에 모여 앉아 다시 파도를 탈 수 있을 때
까지 기다리며 긴 오후를 하릴없이 보내야 했다. 한번은, 바람이
특히 몰아치고 축축해지자 폐타이어를 질질 끌고 와서 한 무더기
로 쌓고 불을 붙인 적이 있었다. 열기는 근사했지만 검은 연기가
기둥처럼 피어올라 악취를 풍기면서 마을로 날아가는 바람에 경
찰차까지 출동했고, 우리는 보드를 들고 도망쳐서—쉽지는 않았
다—버려진 놀이공원에 숨어야 했다. 그런 날들이 저물 때면, 리
치와 나는 웨트슈트를 입은 채 집으로 돌아와 야외에서 뜨거운
물로 샤워를 30초씩 번갈아가며 했다. 차가운 물속에 들어간 사
람이 큰 소리로 30초를 센 후, 다른 아이를 물줄기 속에서 끌어냈
다. 뜨거운 물이 다 떨어질 때까지 그랬다.

　　해변의 좁은 땅덩어리, 조수 간만의 차, 그리고 각도를 돌멩이
하나하나까지 속속들이 살피고, 조수와 바람과 스웰이 조합하면
어떻게 되는지 면밀하고 힘들게 연구하는 것은—몇 시즌에 걸쳐
서 해야 하는 장기 연구였다—지역의 파도타기 지점에 나오는
서퍼들이 해야 하는 기본 작업이었다. 한 장소를 꽉 잡는 데는—
진정으로 이해하는 데는—몇 년이 걸렸다. 파도가 아주 복잡한
지점에서는 절대 완수되지 않는 평생의 과업이기도 했다. 아마도
이 사실은 대부분의 사람들이 바다 쪽에 눈길을 돌려 물속의 서

퍼들을 보면서도 알아차리지 못하는 것이리라. 하지만 동시에 우리가 거기 나가서 풀고자 하는 1급 문제이기도 했다. 대체 파도는 무엇을 하고 있나? 그리고 다음에는 무엇을 하게 되나? 우리는 파도를 타기 전에 그들을 읽거나, 아니면 적어도 그 작업을 맡아 신뢰할 수 있는 시작을 해야만 했다.

물속에서 일어나는 일은 대체로 말로 표현할 수가 없다. 언어는 도움이 되지 않는다. 파도의 판단은 본질적이지만, 그걸 어떻게 풀어놓을 것인가? 파도 사이의 곬에 앉아 있어도, 다가오는 스웰이 잡아 탈 수 있는 파도가 될지 안 될지는 꿰뚫어보지 못한다. 패들해서 해변 위로, 바다 방향으로 나아가기 시작한다. 왜? 시간을 잠시 멈출 수 있다면, 다음에 밀려올 파도가 지금 있는 자리에서 10야드 너머나 그 멀리에서 좋은 테이크오프 지점이 될 가능성은 50대 50이라고 설명할 것이다. 이 계산은 다음에 바탕을 두고 있다. 바깥에서 밀려오는 스웰을 마지막으로 두어 번 보았다면, 매번 볼 때마다 이전에 본 스웰의 물마루에 눈길이 닿는다. 지난 한 시간 30분 동안 100개도 넘는 파도가 부서지는 것을 본 것이다. 이 지점에서 300~400번 정도 파도를 타온 경험이 합쳐진다. 거기엔 스웰의 크기, 방향, 풍속, 풍향, 조수, 계절, 모래섬 형태가 이와 아주 유사했던 날이, 열닷새에서 스무날 정도 포함될 것이다. 물이 해저를 건너가는 듯 보이는 모습. 표면의 조직과 물의 빛깔. 이 성분들 아래, 너무나 미묘하고 덧없이 스쳐 가서 표현할 순 없지만 피부 아래서 수없이 감각되는 것들. 이 마지막 요소들은 고대 폴리네시아의 항해사가 탁 트인 바다 위에 나갔을 때 의존했던 감각들과 같았다. 카누의 노 받침대 사이 물을 향해 허리를 숙여 손을 뻗으면, 이 거대한 대양의 어디에 있는지 방향

저자. 린콘, 1967년.

을 알려주던 그런 감각들 말이다.

　물론, 그 순간을 동결할 수는 없다. 그리고 예감에 따라 해류를 거슬러 재빠르게 패들하며 전력으로 헤엄칠 것인가, 아니면 다음 파도는 불리한 점을 이기고 다가올 것이라는 데 도박을 걸고 가 만히 멈춰 떠 있을 것인가 하는 결정은 단숨에 내려야 한다. 그리 고 결정적 요소는 대양과 상관없기도 하다. 기분, 팔 근육 상태, 다른 서퍼들의 배치 같은 것들. 사실, 관중의 역할이 중요할 때도 많다. 다른 서퍼들이 다가오는 파도를 보고 신호를 줄 수 있다. 누군가 스웰 물머리로 패들해서 나아갈 때, 그의 모습이 사라지 기 직전에 그 바깥에서 뭘 보고 있을지를 가늠하기 마련이다. 그 사람이 누군지를 알면, 도움이 된다. 큰 파도를 보고 과장된 반응 을 보이는 편인지, 아니면 그 장소를 잘 아는지. 아니면 위편부터 아래편까지 해안선을 훑으며 뭐가 닥쳐오는지 나보다 더 잘 보는 사람을 찾아보고 광경에 대한 그의 반응을 재본다. 어쩌면 그 사람은 어느 방향으로 움직여야 하는지 신호를 주려고 할지도 모른다. 뭐든 돌진해오는 것 위에 뛰어오르라는 신호. 하지만 대부분, 관중은 그저 민폐이고, 정신을 흩트리며, 직접 파도에 뛰어오르는 동안에는 판단을 왜곡한다.

캘리포니아스트리트에서 리치 우드와 나는 아직 어린 견습생일 뿐이었다. 하지만 우리는 진지하게 작업에 임했고, 대부분은 숙련된 사람들이 놓치지 않고 눈치채고서는 이따금 우리에게 파도를 넘겨주고는 했다. 리치와 나는 필기 노트를 모으고, 서로 관찰하고, 말없이 경쟁했다. 이것 또한 내게는 본질적인 과정이었다. 서핑은 쉽게 들어갈 수 없는 비밀의 화원이었다. 한 지점을 배우던 기억, 파도를 알게 되고 이해하던 기억은 보통 그 벽을 함께 오르려 했던 친구와 떼려야 뗄 수 없었다.

나는 내 오래된 데이브스위트 보드를 강박적으로 보살폈다. 우그러진 부분 모두, 바닷물에 흠뻑 젖기 전에 수면을 무너뜨리거나 갈라버릴지 모르는 부서진 상처들을 하나하나 고쳤다. 캘리포니아스트리트에서는, 특히 조수가 높을 때는 보드에 무리가 갔다. 우그러진 곳을 수선하는 도구의 기초 재료는 폴리에스테르수지, 기폭제, 유리섬유 천, 폴리우레탄 발포 고무 덩어리였지만, 나는 작업대가 가득 차도록 도구들과 설비를 천천히 갖춰나갔다. 톱, 줄칼, 솔, 전동 연삭기, 온갖 규격의 습식과 건식 사포, 마스킹 테이프, 아세톤 등. 열 코팅이나 광택 코팅을 약식으로나마 밤을 새워 하기도 했고, 때워 메운 자국은 몹시 수고를 들여 티 나지 않도록 했다. 내 사랑하는 스위트에 달린, 정교하게 무늬를 넣은 핀은 늘 바위에 부딪혀 찌그러져서, 나는 추운 차고에서 몇 날 며칠 밤을 새우면서 핀을 보호할 수 있도록 바깥쪽 가장자리에 1인치 너비의 유리섬유 '구슬'을 둘렀다. 해변 관광객들이 미쳤다고 할 만큼 서퍼들이 잃어버린 보드를 찾아 발이 상하든 말든 개의치 않고 뾰족한 바위 위를 뛰어다니는 이유는 이와 비슷한 노동의 기억과 그걸 다시는 반복하고 싶지 않다는 욕망 때문이다.

하지만 결국에는 투박한 스위트보다 더 성능이 좋은 보드를 얻는 때가 왔다. 여기엔 스티브 페인터가 끼어들었다. 새 보드가 필요할걸. 그는 말했다. 그리고 래리 펠커에게 가야 해. 페인터와 나는 함께 서핑한 적이 한 번도 없었다. 나는 그래도 토팡가에서 10피트짜리 파도를 격파했다는 그의 이야기에 귀를 기울였다. 토팡가는 말리부 남쪽에서 파도가 부서지는 지점으로, 나는 거기서 서핑한 적은 별로 없었는데 해안에 사람이 너무 많았기 때문이다. 어쨌든 스티브와 그의 친구들은, 적어도 그의 이야기에 따르면, 토팡가 엘리트 집단의 대들보가 되었고, 그곳의 파도는 종종 무척 크고 언제나 탁월하다고 했다. 내 쪽에서 보면, 동네 친구로서 우리의 삐딱한 우정은 어느 여름밤에 끝이 났다. 우리 패거리가 누군가의 집 뒷마당에서 잠을 자고 있을 때, 스티브가 내 입에 소변을 보았던 것이다. 친구들은 끔찍해하면서도 즐거워했다. 지나친 고문이었다. 나는 그와 더는 어울리지 않았다.

하지만 서핑 선배라는 면에서는 나는 여전히 그를 존경했다. 그래서 나는 펠커를 만나러 갔다. 그는 우드랜드힐스에 있는 유일한 서핑 상점 주인이었다. 펠커는 유명한 제작자는 아니었지만 아름다운 보드를 만들었다. 부모님이 비용의 반을 대주기로 하셨다. 내 열세 번째 생일 선물이 될 것이었다. 나는 청회색의 9피트

3인치짜리 보드를 주문했다. 하얀 유리섬유 핀과 입사 세공 나무 꼬리가 달린 보드였다. 배달까지는 몇 달이 걸렸다. 나는 돈을 구하기 위해 잔디를 깎고 잡초를 뽑으러 다녔다.

리치 우드는 어떻게 되었을까? 하나의 문이 열렸고, 하나의 문이 닫혔다. 그때 내가 걱정하지 않았던 게 지금에서야 이상하게 보인다. 근처에 새 학교가 생기자, 나는 주소지에 따라 그곳으로 배정받았다. 리치는 그러지 않았고, 나는 다시는 그 애를 보지 못했다. 우리 가족들은 계속 벤투라에 다녔다. 베케트 가족은 드물게 북쪽 원정을 오면 우리 집을 방문했다. 침실 두 개에 열네 명이 끼어 잤다.

내 새로운 서핑 파트너는 도미닉 마스트리폴리토Domenic Mast-rippolito로, 이름만큼이나 무시무시한 친구였다. 새 학교의 우리 반에서는 비공식적인 왕이나 다름없었다. 도미닉에게는 피트Pete라는 형이 있었는데, 형은 검은 머리에 요란한 반면 도미닉은 금발에다 조용했다. 내가 처음 도미닉의 관심 범위에 든 것도 피트와 그의 거친 친구들, 즉 9학년 형들 때문이었다. 닭싸움광들처럼, 피트와 그 무리는 자기들보다 더 어린 소년들을 싸움에 몰아넣었다. 내가 열두 살이 되었을 때, 그들은 나를 끌어들여서 마른 체구에 뼈드렁니지만 근성만은 대단한 에디 터너Eddie Turner라는 애와 싸움을 붙였다. 결투는 학교 안의 삼면이 막힌 핸드볼장에서 열렸고, 피에 굶주린 관중들이 네 번째 벽을 이루었다. 탈출구는 없었고, 결투는 피에 대한 갈망을 누구도 풀지 못한 채 영원히 계속될 것 같았다. 나는 승산이 낮았지만 어쨌든 우세를 차지했다. 그래서 어떤 무리 속에서는 내 이름이 몇 년 동안 에디 터너와 붙

어 다녔다. 하지만 그는 결국 더 큰 사건, 가령 감옥에 간다든가
하는 일에 휘말렸고, 나는 다시 무명으로 떨어졌다. 도미닉은 나
와 친구가 된 후에 에디 터너 이야기를 꺼내며 놀려댔다. 피트는
그 싸움에 돈을 걸었다가 다 잃었고, 불쌍한 터너는 그 이후로 다
시는 예전과 같아질 수 없었다며.

　도미닉의 친구가 된다는 건 기이한 경험이었다. 그 애는 우리
반에서 가장 운동을 잘했다. 빠르고, 가슴이 쩍 벌어졌고, 힘이 셌
다. 여자애들은 그 애가 가슴 시릴 정도로 잘생겼다고 했다. 나이
가 좀 들어서, 나는 도미닉이 미술 시간에 미켈란젤로의 〈다비드
상〉과 비교되었다는 이야기를 들었다. 그리고 그에게는 그런 유
의 남성적인 아름다움, 영웅이 강림한 듯한 느낌이 있었다. 인기
면에서는 내 수준을 한참 벗어났다는 기분이었다. 하지만 도미닉
도 서핑을 했다. 도미닉은 피트를 통해서 운전면허가 있는 큰 애
들을 사귀었는데, 그 말은 해변에 갈 수 있다는 뜻이었다. 하지만
피트의 무리는 진지하게 서핑을 하지는 않았고, 도미닉은 그들 유
람에 일종의 마스코트로 따라갔을 뿐이었다. 그래서 도미닉이 내
가족과 함께 벤투라에 오기 시작해 C 스트리트의 라인업에서 자기
자리를 찾으려고 할 때 비로소 그의 진짜 서핑 커리어가 시작되는
것만 같았다. 도미닉은 열심히 했다. 리치 우드처럼 춤추듯 타는
재능도 없었고, 나처럼 깡마른 어린애다운 민첩성도 없었다. 오히
려 서프보드 위에서는 몸을 세게 부딪쳐오는 풋볼의 라인배커 같
기도 했다. 하지만 그는 유목을 모아 피운 모닥불 주변에서도, 30
초 안에 뜨거운 물로 샤워를 해야 하는 훈련에서도 자기 자리를
차지했다. 나는 그의 카리스마 옆에서 자기 비하를 전문으로 삼는
코미디언처럼 굴면서 균형을 찾았다. 나는 나 자신을 놀림감으로

만들고, 그 애가 날카롭고 큰 소리로 깔깔 웃으면 보람을 느꼈다. 우리는 몇 년 동안 떨어지지 않고 지냈다.

　내가 처음 하와이로 이사했을 때 매일 편지를 썼던 친구가 바로 도미닉이었다.

　이 모든 것을 회상해보면, 내 어린 시절은 수많은 폭력으로 정의될 수 있을 것이다. 그렇게 치명적이거나 끔찍한 건 없었지만, 지금은 케케묵은 듯 보이는 방식이 그때는 일상의 기본적인 요소였다. 덩치가 큰 아이는 작은 아이들을 괴롭히고, 심지어 고문까지 했다. 나는 불평을 한다거나 하는 건 꿈도 꾸지 않았다. 우리는 거리에서 권투를 했지만, 어른들은 눈길 하나 주지 않았다. 나는 사실 싸움을 그다지 좋아하지 않았다. 확실히 지는 건 싫어했다. 그리고 열네 살 이후로는 심각한 결투에 휘말린 것 같지도 않다. 하지만 내가 소년이었을 때 중산층 미국인(하와이는 말할 것도 없고)에게는 규칙이라는 게 너무 많아서, 한 번도 그런 것을 중요하게 생각해보지 않았다. 당시 텔레비전에는 잔혹한 폭력은 나오지 않았고, 뭐가 되었든 간에 비디오게임이란 것도 없었다. 그러나 우리가 토요일 아침에 보았던 낡은 만화들에서는 즐겁고 행복한 기운이 넘쳤고, 우리는 태평하게 그 익살스러운 공격성을 세계로 끌고 들어왔다. 아주 어렸을 때 글렌이라는 친구가 있었는데, 나는 그 애를 꼬드겨 레슬링에 입문하도록 했다. 레슬링이 마음대로 잘되지 않자, 글렌은 어머니에게 시금치 통조림을 사달라고 해서 힘이 필요할 때 뽀빠이가 그랬듯이 바로 캔을 따서 먹었다. 그리고 우리는 레슬링을 했다. 내가 이겼고, 나는 글렌에게 확실히 힘이 더 세진 것 같다고 말해주었다. 사실은 아니었다.

물론, 모든 게 익살만은 아니었다. 나이 많은 애들이 피 터지게 싸우는 모습을 두어 번 본 적이 있다. 내가 에디 터너와 벌인 주먹다짐보다 더 심각한 난장판이었다. 그런 싸움에는 포르노그래피 같은 매력이 있었다. 그런 싸움은 관람객들에게 어떠한 동정심도 허락하지 않는 잔혹극이었다. 대상으로 삼은 어떤 아이를 무자비하게 추방하는, 압축하여 극적으로 끌어올린 버전이었다. 나의 정치관은—기본적으로는 나의 아버지의 정치관이었다. 약자를 괴롭히는 자에 대한 증오—그 소년기 시절의 공포와 그때 언뜻 보았던 나 자신의 모습에 뿌리를 두고 있다.

있는 그대로의 시신에는 이와는 달리 비사회적인 매혹이 있었다. 리키 타운센드의 부모님 댁에서 읽은 책이 하나 있는데—미술 책이었던 듯하다—거기엔 제2차 세계대전 중 한 병사가 폭격을 맞아 신체가 훼손되는 순간을 담은 사진이 있었다. 그는 여전히 달리고 있었지만, 고통에 겨워 눈을 부릅떴고 사지와 상반신에서는 피가 폭포수처럼 뿜어져 나왔다. 우리 무리는 그 책이 있는 방 안으로 슬쩍 기어 들어갔다. 우리가 금지된 이미지들을 관찰하는 동안 한 아이가 망을 봤다. 몹시 강렬하고, 수치심이 가득한 재밋거리였다. 그래, 죽음의 순간은 이렇구나. 우리는 작은 플라스틱 군인 장난감을 가지고 늘 전쟁놀이를 했다. 하지만 전쟁의 현실은, 우리 아버지들이 알았던 것의 일부라도 우리에겐 와닿지 않았다. 어떤 이유에서인지 어른들이 우리에게 감추는 비밀이었다.

어떤 아버지들은 잔인하게도, 언제든지 자식들을 힘으로 다스릴 준비가 되어 있었다. 우리 아버지는 다행스럽게도 그런 사람은 아니었다. 하지만 체벌은 여전히 집에서든 학교에서든 규칙이었다. 심지어 의무적으로 들어야 했던 토요일 교리 수업에서도 수녀들은 나무로 된 자를, 부들부들 떨면서 앞으로 내민 손 위로 세게 내려쳤다. 학교에서는 남학생 담당 교감이 "찰싹 때리기"라는 체벌을 주었다. 그 벌을 받는 동안에는 오줌을 지려서도 안 되고, 울음을 참으면서 발목을 잡고 있어야 했다. 우리 4학년 담임은 본인이 군인 출신임을 학생들에게 종종 상기시키는 여자였는데, 화가 나면 귀를 어찌나 세게 잡아당기는지 이러다 기형이 되는 게 아닐까 싶을 정도였다. 이번에도, 그렇다고 불평을 할 마음은 들지 않았다. 내가 아는 한 그 누구도 선생님이 잘못하고 있다고는 생각하지 않았다.

집에서는 아버지가 늦게까지 일하시기 때문에 신체적 훈육의 책임은 대체로 어머니에게 있었다. 어머니는 가끔, 특히 운전하는 중에는 입 닥치지 않으면 죽을 줄 알라고 협박하긴 했지만, 회초리를 드신다고 해도 딱히 더 거칠거나 잔혹하지는 않았다. 엉덩이를 때려도 내가 나이가 들어가며 점점 아픔도 덜해졌다. 그래서 어머니는 가는 허리띠를 쓰다가 더 두꺼운 허리띠를 썼고, 그다음에는 철사 옷걸이를 쓰면서 강도를 올렸다. 대든 적은 없었지만 이건 원초적인 권력 다툼이었으므로 나는 심정적으로 꽤 괴로웠고, 어머니도 마찬가지였을 것이다. 그래도 나는 이것조차 정상이라고 생각했다. 어쨌든 아일랜드계 가톨릭 교도로서는 정상이었다. 하지만 내가 열두 살이 되자, 어머니가 더는 나를 울릴 수 없는 때가 되었다. 어머니도 지쳐버렸다. 나는 칭얼대거나 겁을 먹지 않았다. 내 기억에 어머니는 흐느껴 울었다. 그리고 그것으로 끝이었다. 다시는 아무도 나를 때리지 않았다.

그 후로 오래지 않아, 정상이라고 생각했던 것들이 변했다. 케빈은 자기 몫의 매를 다 맞은 것 같지만 콜린은 훨씬 덜 맞았고, 마이클은 전혀 맞지 않았다. 아이를 때리는 것에 대한 사회적 합의가 잠시 동안 미국 내에서 무너졌다. 1946년에 출간된 벤저민 스포크Benjamin Spock 박사의 혁명적인 책《유아와 육아의 상식Baby and Child Care》은 어머니의 육아 지침서였고, 스포크 박사는 어머니의 영웅이었다. 그 책의 인기는 체벌에 관한 대중의 의견을 서서히 바꾸어놓았다. 1960년대의 문화 전쟁이 절정에 올랐을 때, 스포크 박사는 반전 좌익 진영의 저명인사였고, 어느 시점에 이르자 우리 부모님을 비롯한 많은 사람들이 체벌을 중세적인 관행으로 보게 되었다. 나는 낡은 매질이 내게는 좋은 영향을 끼쳤다고, 매를 맞고 더 강해졌다고 종종 말하곤 했고 실제로 반쯤은 그렇게 믿었다. 책임감 있는 소년은 늘 건설적인 입장을 취한다. 확실히 나는 부모님을 탓한 적은 없었다. 하지만 부모님의 행동은, 내가 20세기 중반의 아이로 살았던 환경 속에 잔잔히 흐르던 낮은 등급의 폭력에서 결코 작은 부분이 아니었다는 것을 이제야 깨닫는다.

서핑은 이전에도 그리고 지금도 폭력과 강철처럼 단단하게 이어져 있다. 물속에서 만난 거친 아이들 이야기를 하는 것이 아니다. 아니, 이런 애들은 아주 드물긴 하지만 종종 육지에서도 맞닥뜨려 괜찮은 지점에서 파도를 탈 권리를 빼앗으려 했다. 힘과 기술, 폭력성, 지역에 대한 지식, 그리고 라인업에서 작동하는 위계에 순응하는 태도를 과시하는 것—모든 유명한 지점에는 고정적으로 정해진 순서가 있었다—은 흡사 지배와 종속이라는 개념을 둘러싼 유인원의 춤 같았다. 보통은 육체적 폭력 없이 행해지는 것들이었다. 아니, 내가 의미한 것은 부서지는 파도의 아름다운 폭력이었다. 그것은 불변의 것이었다. 작은 파도와 더 약한 파도 속에서 그것은 온화하고, 자비로우며, 위협적이지 않고, 통제되어 있다. 우리를 밀어붙여 놀도록 하는 것은 거대한 대양의 엔진이었다. 파도가 강력해지면 분위기가 바뀐다. 서퍼들은 힘을 "수액juice"이라고 불렀다. 그리하여 수액은 심각한 파도 속에서 결정적인 요소, 우리가 여기로 나와서 찾으려 하는, 우리 자신을 실험해보려 하는, 무모하게 빠져들고 비겁하게 피하려 하는 것의 정수였다. 이 실체와, 이 강철 끈과 나의 관계는, 시간이 흐름에 따라 점점 생생해지기만 했다.

우리가 호놀룰루에 두 번째로 가서 살게 되었을 때, 1967년 "컴온 베이비, 라이트 마이 파이어"의 여름,✦ 도미닉이 우리를 찾아와서 함께 머물렀다. 우리는 와이키키에서 서핑했다. 나는 그에게 그 장소들을 구경시켜주려 했다. 심지어 라이스보울도 보여주려고 데려갔다. 그는 내가 사우스쇼어의 선셋비치 이야기를 하는 걸 들은 적이 있었다. 어떤 환한 아침, 우리는 통스에서 보드 위에 앉아 채널 저편을 쳐다보았다. 갑자기 깨끗한 파도 세트가 일어서더니 라이스보울에서 부서졌다. 특별히 크게 보이지는 않았다. 그날은 그렇게 스웰이 일지 않았다. 도미닉은 거기까지 패들해 가보자고 했다. 나는 싫다고 했다. 그 장소가 너무 무서웠다. 그는 나 없이 혼자 갔다. 파도 세트가 몇 개 더 밀려왔다. 도미닉 혼자 바다에 있었고, 이전에 그 지점을 본 적이 없다는 것을 감안하면 그는 파도가 부서지기 전에 꽤 안정적으로 올라서서 기다렸

✦   더 도어스의 노래 〈라이트 마이 파이어Light My Fire〉의 한 구절.

다. 도미닉은 넘어지지 않고 파도를 여럿 탔다. 기껏해야 6피트 정도 되었다. 나는 클리프스에서, 심지어 캘리포니아스트리트에서도 더 큰 파도를 탄 적이 있었다. 도미닉과 나는 몇 년 뒤에 훨씬 더 큰 파도를 타게 된다. 진짜 선셋비치에서 탄 적도 여러 번이었다. 하지만 그때 나는 겁에 질려 꼼짝도 못 한 채 그대로 통스의 채널 안에 앉아 있기만 할 따름이었다. 나는 기본 담력 시험에 떨어졌다는 것을 알았다. 패배와 굴욕과 비겁한 회피는 나의 적보다 나 자신의 기억 속에서 더 깊이 타오른다. 적어도 내게는 그랬다.

3

새로운 흐름의 충격

✦

캘리포니아 1968

✦

　서핑의 새로운 흐름은—와이키키에서는 글렌 카울루쿠쿠이
가 그 선봉에 있는 듯했던—쇼트보드 혁명이었다. 운이 좋았는
지, 지하의 움직임이 수면 위로 떠오르기 직전인 그해 겨울에 나
는 그 창시자의 활동을 직접 눈으로 보았다. 그는 밥 맥타비시Bob
McTavish라는 오스트레일리아 사람이었다. 내가 그를 본 것은 린콘
Lincon으로, 도미닉과 내가 그렇게 멀리까지 데려다줄 차를 얻어
타는 데 성공하여 함께 서핑하게 된 벤투라 북쪽의 파도 지점이
었다. 린콘은 이제는 키치하게 "해변의 여왕"이라는 이름으로 알
려졌지만, 당시엔 캘리포니아에서 가장 좋은 파도가 치는 곳으로
만 알려져 있었다. 길고, 가운데가 비었으며, 겨울철에 적합한 성
질을 띠었다. 날씨가 좋았고, 썰물이었으며, 늦은 오후였고, 우리
는 만 안의 바위 위에서 쉬고 있었다. 그때 누군가 소리를 치면서
세컨드포인트에서 하늘을 향해 오르는 강한 파도 세트들을 가리
켰다. 인디케이터indicator라고도 알려진 세컨드포인트에서 그 크
기의 파도에 서핑하는 사람은 많지 않았다. 린콘에서 좋은 파도
는 퍼스트포인트에 있었다. 파도가 작게 이는 날에는 사람들을
피해 세컨드포인트까지 패들해서 나가 질이 떨어지는 파도로 만
족하곤 했다. 큰 파도가 이는 완벽한 날에는 세컨드포인트에서
퍼스트포인트를 지나 만에 이르기까지 800야드를 빠르게 서핑할
수 있다는 이야기가 있긴 했지만, 그때까지 내가 본 적은 없었다.
　이제, 누군가가 그렇게 하고 있었다. 더욱이 그는 마치 레일에
제트엔진이 달린 것처럼 보드로 그렇게 타는 중이었다. 바텀턴

bottom turn[✦]을 할 때마다 스피드가 폭발해서 나의 눈은 따라가기도
힘들었다. 파도를 타는 사람이 대부분 하는 자리에서보다 10야드
는 앞에서 갑자기 휙 보드를 꺾었다. 나는 서핑의 물리적 특성상
원래 자리에서 하는 거라고 알고 있었다. 그는 톱턴^{top turn✦✦}에서
는 상대적으로 가속을 죽였다. 그 결과 그는 보통은 파도타기가
끝나곤 하는 길고 무거운 파도의 연속 지점을 통과할 수 있었다.
내가 눈을 한 번 깜박일 때마다 머릿속에서 어떤 필름 컷을 뛰어
넘은 것 같았고, 서퍼는 원래 있을 거라고 생각한 자리보다 저 멀
리에서 다시 모습을 드러냈다. 서핑 초기 시절에 출간된 책의 묘
사를 읽어보면—잭 런던이나 마크 트웨인 모두 각각 하와이에
방문한 적이 있었으므로 가장 많이 인용되었다—보는 사람이 시
각적으로 인식하지 못할 정도로 빠르고 복잡하며 낯선 동작을 해
내기 위해 온갖 서툰 노력을 하는 내용으로 가득 차 있다. 맥타비
시가 린콘에서 8피트 높이의 파도를 실처럼 죽 이어가는 모습을
봤을 때가 그런 느낌이었다. 그는 마치 또 한 번 한 수 눌러줘야
할 파도 구간인 양 퍼스트포인트의 테이크오프 구역을 통과해 군
중을 지나치고, 격렬한 회전 이후에 다시 격렬한 회전을 이어가
며 만까지 쭉 파도를 탔다.

　서핑에는 진부한 검투의 순간이 별로 없다. 서핑은 그런 종류
의 스포츠가 아니다. 하지만 맥타비시가 모래사장에 내려앉는 순
간 그를 맞으러 사람들이 해변을 내달리던 기억이 난다. 나도 거
기 끼어 있었다. 우리가 주로 보고 싶었던 것은 보드였다. 내가

✦　　파도의 밑 부분에서 파도의 피크 또는 입술로 턴하여 올라가는 기술.

✦✦　파도의 위쪽에서 돌아 밑으로 향하는 회전.

이제까지 본 어떤 서프보드와도 같지 않았다. 당시의 기준으로
는 이국적일 정도로 짧았고, 바닥은 V자 형태였으며, 두 개의 등
뼈는 꼬리로 향하며 일정하게 깊어지면서 보다 확연히 드러났다.
내가 본 것을 설명할 수 있는 용어도 몰랐고―V형 바텀이라는
말도 몰랐다―맥타비시가 누군지도 몰랐다. 키가 작은 그는 싱
긋 웃고 있었으며 힘이 넘쳐 보였다. 그가 우리를 지나치면서 한
말은 오스트레일리아식 "안녕G'day"뿐이었고, 직접 만든 괴물을
겨드랑이에 끼고 총총 뛰어서 세컨드포인트로 돌아갔다.

그 후로는 모든 것이 전과 달라졌다. 몇 달 만에, 서핑 잡지에
V형 바텀을 비롯한 다른 급진적인 디자인들이 가득했다. 그것들
모두 사람들이 그간 수십 년 동안 타왔던 보드보다 극적으로 짧
고, 가벼웠다. 이 혁명은 오스트레일리아와 하와이에서 출현했
다. 선구자인 맥타비시와, 두 명의 다른 미국인 조지 그리너George
Greenough 그리고 딕 브루어Dick Brewer가 그들이었다. 그들의 보드
를 시험한 사람들은 세계 최정상 서퍼들이었다. 그중 가장 유명
한 사람은 미국의 세계 챔피언인 냇 영Nat Young이었다. 당시 이 스
포츠의 중심지였던 캘리포니아에서는 사람들이 일제히 이 새로
운 신앙으로 개종했다. 서핑 자체가, 속도가 빠르고 조작이 용이
해진 보드의 출현과 함께 완전히 바뀌었다. 노즈라이딩은 하룻밤
만에 케케묵은 기술이 되었다(드롭니컷백도 마찬가지였다). 튜브를
통과하는 기술과 파도의 입술*에서 수직으로 뚝 떨어지고 파도의
부서지는 부분에 가능한 한 바짝 붙어 타면서 짧은 직경으로 단
단하게 흐르듯 도는 턴, 이런 것들은 딱히 새로운 개념은 아니었

   ✦   파도의 가장 높은 곳에서 살짝 휘어지는 부분.

지만 모두 진보적인 서핑의 목표로서 새로이 승격되고, 이전에는
본 적 없는 수준까지 실현되고 있었다.

　1968년이었다. 유럽에서는 불안한 청춘들이 많은 위대한 것들
을 재고하거나 날카로운 질문들을 던져댔다. 섹스, 사회, 권위….
그리고 서핑의 작은 세계는 나름의 방식으로 일어서 반란의 순간
에까지 이르렀다. 쇼트보드 혁명은 시대정신과 분리될 수 없었
다. 히피 문화, 애시드록, 환각제, 신동양신비주의, 사이키델릭
미학 등. 평화운동은 전국적으로 유행하는 시기에 접어들었지만,
서퍼들이 일관적으로 태도를 구축하는 정도까지는 발전하지 못
했다(환경 운동은 다른 문제였다). 하지만 비일관적일지언정, 그리고
프랜시스 포드 코폴라 감독에게는 미안하게도, 광범위하게 반전
주의 성향이 있었다. 많은 서퍼들이 병역을 기피했다. 심지어 패
들 한 번 나갈 때마다 사람들이 사진을 찍어댔고 이제는 정부가
징집하려고 하는 유명한 서퍼들까지도 지하로 숨으려 했다.

　봄이 되자, 나는 첫 번째 쇼트보드를 얻었다. 듀이 웨버Dewey
Weber라고 하는 유명한 보드 제작자에게서 산 보드였다. 베니스
비치Venice Beach를 기반으로 하는 웨버는 모든 보드 제작자들과 마
찬가지로 새로운 요구에 맞추려고 발 빠르게 움직였다. 내가 산
모델은 미니페더Mini-Feather라고 하는 것이었다. 둥글고 투박했지
만 당시엔 최신형이었다. 내 것은 7피트짜리였다. 나는 한 손으
로 레일을 잡고 그것을 옮겼다. 힘들게 벌어서 산 두 번째 하버치
터Harbour Cheater는 아직 우그러진 자국 하나 없었지만 차고 서까
래에 올려놓고 다시는 타지 않았다. 열다섯 살에 기초는 탄탄하
게 다졌으므로, 나는 이제 쇼트보드로 전환해야 할 적당한 시기
에 이르러 있었다. 나는 여전히 무척 가벼웠지만, 미니페더를 레

일 위에 올릴 만큼은 힘이 셌고 보드 통제력을 잃지 않고 파도 입술까지 오를 수도 있었다. 작은 보드는 잘 뜨지 않고 패들 속도가 느리므로 내려오는 시점이 늦어야 했는데 그것 또한 해냈다(이전 보드는 갑자기 롱보드라고 불리게 되었는데, 보드 아래서 부서지는 거품의 부피가 더 크고 더 빨리 패들할 수 있어서 물속에서 더 높이 떴다). 나는 이제 운전할 나이가 된 서퍼들과 더 많이 알고 지내게 되었고, 벤투라에서 보내는 가족 주말 모임에 슬슬 빠지기 시작했다. 캘리포니아스트리트는 쇼트보드를 타기에는 약간 느리고 물렁했다. 나는 로스앤젤레스에 더 가까운 남쪽 스웰 지점에서 서핑하기 시작했다. 세코스, 카운티라인, 퍼스트포인트 말리부.

퍼스트포인트 말리부는 서핑 무리들의 중앙 무대였고, 1950년대 후반 《기젯》이 유행하던 시대 이래로 그 자리를 지켜왔다.[+] 그곳은 환경이 정말 좋지 않을 때도 우스울 정도로 사람들이 바글거렸다. 좋은 날에는 파도가 아름다웠고, 모래사장에 이를 때까지 점점 줄어드는 해저 지반을 따라서 쭉 미끄러져 가며 길고 똑바르게, 기계적일 정도로 파도가 부서지는 지점이 만들어졌다. 수많은 인파에도 불구하고 아직도 말리부에서 파도를 타는 최상급 서퍼들이 몇 명 있기는 했지만, 대부분은 도망쳤다. 내가 거기서 처음 서핑했을 때, 논란의 여지없이 그 구역의 왕은 미키 도라 Miki Dora였다. 그는 짙은 피부의 미남으로, 그 파도에 완벽하게 어울리는 미묘한 스타일을 구사하면서도 얼굴을 자주 찌푸리는 독불장군이었다. 그는 자기 앞길을 막아서는 사람들을 치고 지나가

[+]   프레더릭 코너의 소설. 말리부 해안에 사는 10대 소녀와 그의 서핑 친구들을 그린 작품이다. 1959년 샌드라 디와 제임스 대런 주연의 영화로 만들어졌다.

고, 잡지에 우아하게 표현된 문구를 인용하는 생각 없는 서핑 대중들을 경멸했지만, 한편으로는 그를 특징짓는 서프보드 모델인 다캣Da Cat을 바로 옆에서 광고하고 있기도 했다. 하지만 다캣은 롱보드였다. 쇼트보드의 도래와 함께 많은 서핑계의 전설들이 부적합한 부류로 한데 묶여 무례하게 처박혔다. 롱보드로는, 적어도 이론적으로는, 소수의 서퍼들이 파도를 나눠 타는 것이 가능했다. 쇼트보드에 필요한 광적으로 휙휙 도는 스타일이란, 언제나 파도가 부서지는 지점 혹은 그 바로 근처에 있어야 하기에 이제는 파도 하나에 한 명밖에 탈 공간이 없다는 뜻이었다. 결과는 난장판이었다.

이상하게도, 나는 신경 쓰이지 않았다. 나는 이제 주위 대부분의 사람들보다 더 빠르고, 훨씬 더 균형을 잘 잡으며, 더 실력이 뛰어났다. 그들 사이를 누비면서 그들을 파도 쪽에서 밀어내거나 날카롭게 돌며 겁을 주어 쫓아내거나, 또는 파도를 낚아채고, 그리고 트랙을 질주하는 스포츠카처럼 나의 미니페더를 몰아 말리부 안쪽의 완만한 커브들을 거칠게 도는 것도 재미있었다.

쇼트보드는 어디든 사람들로부터 떨어진 곳에서 그 진가를 발휘한다. 첫 번째로, 그리고 가장 큰 기쁨으로 소위 배럴barrel이라고 불리는 튜브 타기가 있다. 쇼트보드는 롱보드보다 파도 안쪽 더 깊이, 더 빠듯하게 들어맞았다. 진정한 배럴은—텅 빈 파도의 안쪽 공간을 멋지게 통과하는 것 — 이전보다 훨씬 자주 탈 수 있게 되었다. 주마비치Zuma Beach, 오일피어스Oil Piers, 옥스나드Oxnard의 헐리우드바이더시Hollywood-by-the-Sea, 속이 비고 세차게 부서지는 파도가 있는 곳이면 어디든, 그 불길한 단계를 가장 좋게 표현하자면 '사람 혼을 홀딱 빼놓는' 이런 곳들에는 새로운 위험이 있기는 해도 그에 따르는 보상이 있다는 법칙이 실현되리라는 행복한 가능성이 생겼다. 파도가 부서질 때 편평한 곳을 향해 해안 쪽으로 각도를 트는 게 아니라, 파도의 얼굴에 가까이 붙도록 각도를 틀면서 배럴을 찾는 기술을 '풀링인pulling in'이라고 하는데, 위험하지 않다고 말할 수 있는 기술은 아니었다. 튜브에서 안전하게 빠져나오지 못하면 위험한데, 대체로는 잘 빠져나오지 못했다. 속이 빈 파도는 보통 얕은 바위 위, 암초, 모래섬에서 부서졌다. 텅 빈 파도의 심장으로 떨어지면—그런 일은 종종 있었다—바닥에 부딪히는 결과가 빚어졌다. 보드가 유도장치 없는 미사일이 될 수도 있었다.

하지만 쇼트보드를 타던 첫 번째 여름, 가장 선명히 기억에 남는 배럴 참사는 다른 종류의 것이었다. 그 사건은 멕시코, K-181이라고 알려진 저 먼 바하Baja 지역 암초 위의 파도가 부서지는 지점에서 일어났다. 나는 그때 베케트네 가족과 함께 거기서 야영 중이었다. 그때 베케트 가족은 오래된 학교 버스를 사서 개조해 오지에 사는 가족의 쓸모에 맞게 간이침대와 부엌 설비를 갖췄다. 파도의 크기는 괜찮았고 유리처럼 투명했다. 빌과 나는 우리가 가진 작은 새 보드의 성능이 어디까지인지 한계를 탐색하고 있었다. 나는 깊고 매끄러운 청록색 배럴 안으로 들어갔고, 앞에 보이는 햇빛, 비스듬한 파도 어깨를 향해 모든 신경을 집중했다. 깔끔하게 빠져나왔다고 생각한 순간, 쿵 소리가 엄청 크게 들리더니 보드가 우뚝 멈췄다. 그리고 나는 앞코 너머로 날아갔다. 내가 빌을 친 것 같았다. 배럴 안에서는, 그가 내 파도 안으로 패들했다가 거기에 휩쓸려서 손을 허우적거리며 빠져나가려고 하는 것이 보이지 않았다. 그는 내가 사라지는 것을 보았기 때문에 내가 아직도 그 안에 있을 거라고 생각하고 조용히 보드에서 내렸다. 다행히 내가 친 건 보드뿐이었다. 그래도 내 핀이 그의 레일을 잘라 외현 장치까지 박힐 뻔했다. 우리 보드는 한데 뒤엉켜 부서진 유리섬유 와 발포고무 덩어리가 돼버렸고, 우리는 그걸 떼어내느라 꽤 고생했다. 손해를 본 건 베케트의 보드뿐이었다. 마음이 무너졌을 테지만 그는 의연하게 받아들였다. 결국 나는 그가 내 앞을 가로막기 전에 신을 마주 보았던 것이리라.

보드 제작자들은 팔지도 못할 롱보드들이 가득한 가게에서 꼼짝 못하게 됐다. 혁명의 전야에 어떤 서퍼들은 새 롱보드를 사야만 했다. 내 친구 두 명도 그런 역경에 빠져 있었다. 그들을 컬리 Curly와 모Moe라고 해보자. 그 애들은 저금을 탈탈 털어 그 보드를 샀건만, 별안간 퇴물이 되었다. 아름답지만 부끄러운 물건, 이제는 자존심 강한 서퍼들이 모이는 곳에서는 내놓기도 민망한 보드. 그때 누군가 우리에게 주택보험에 대해 이야기해주었다. 만약 부모님이 주택보험에 가입되어 있다면, 잃어버린 서프보드에 대한 배상도 청구할 수 있으니 구입가를 돌려받을 수 있다는 것이었다. 컬리와 모는 부모님들이 주택보험에 가입되어 있으리라고 자신했다. 그들의 보드를 훔칠 사람은 아무도 없었다. 그렇다고 누구에게 줘버릴 수도 없었다. 그래서 우리는 혹시나 그걸 버리고 도둑맞았다고 신고하면 쇼트보드를 살 만큼 돈을 벌지 않을까 하는 생각을 했다. 해볼 만한 일이었다. 그래서 우리는 샌타모니카 산으로 차를 타고 가 산불 방지 공터까지 쭉 올라간 다음, 보드 두 개를 직접 지고 덤불숲 깊이까지 들어가는 등산로를 지나 낭떠러지 끝에 이르렀다. 거기서 잠깐 조문을 읽는 의식을 가졌다. 강렬한 감정이 치밀었다. 모의 보드는 흠집 하나 없었다. 스티브 비글러Steve Bigler의 대표 모델로, 갑판에 연청색 틴트를 입혔고, 레일은 단단한 구리였다. 그걸 사서 타는 게 모가 몇 년 동안 품은 가장 깊은 소망이었다는 것을 나는 알고 있었다. 그렇지만 그와 컬리는 각각 낭떠러지 가장자리로 각자 걸어가 유행이 지난 그들의 보드를 허공에 던졌다. 보드는 저 아래 바위에 부딪혔다가, 데굴데굴 구르며 뚝 꺾였다가, 울퉁불퉁한 맨자니타 관목 속에 끔찍한 꼴로 처박혀버렸다.

이 보험 계획이 통했는지는 기억이 나지 않는다. 그렇지만 이 신형이나 다름없던 비글러 보드를 그저 차고에 가만히 놔두기만 했으면 지금은 수천 달러 가치의 물건이 되었으리라는 것만은 안다. 지금 흥미로운 건, 당시 내가 머릿속으로 무슨 생각을 했는가 하는 것이다. 보험 사기를 저지르면서도 나쁜 짓이라고 생각하지 않았다는 걸 지금은 안다. 그 당시 내가 마약 판매를 비롯해 피해자 없는 범죄를 나쁘게 생각하지 않았던 것처럼. 병역기피도 당시 내게는 미래의 일이었지만, 그것이 친구 형들의 삶을 벌써 좌지우지하고 있었기에 나는 열렬히 그들을 지지했다. 베트남전쟁은 잘못된 것이었고, 속속들이 썩은 것이었다. 내 관점에서는 군대, 정부, 경찰 같은 커다란 기관들이 하나로 뭉쳐서 시스템과 인간이라는 억압적인 집체가 되었다. 물론 이러한 것들은 당시의 젊은이들이라면 기본으로 갖고 있는 정치관이었고, 나는 곧 학교의 당국자들을 적군의 범주로 몰아넣었다. 그리고 법에 대한 나의 태연한, 심지어 경멸적이기까지 한 태도는 주로 어린 시절부터 이어진 것이었다. 반항이 큰 영광이던 시절이었고, 일을 저지르고도 빠져나갈 수 있던 시절이었다.

하지만 좀 더 의식적이고, 분석적이며, 느슨하게나마 마르크스주의적인 불만은 10대 중반에 형성된 정치관에 뿌리를 두고 있었다(그리고 다수를 이루는 체제 권력을 지적으로나 정서적으로나 분해하는 작업은—그들이 실제로 어떻게 작동하는지 파악하고, 그들 전체적으로 느끼는 감정을 넘어서는 일은—몇 년이 걸리는 일임을 나중에야 알게 된다). 한편으로 서핑은 갈등에서 벗어날 좋은 피난처가 되어주었다. 그것은 소비적이고, 육체의 기운을 소진하며, 즐거움에 흠뻑 젖은 삶의 이유였다. 또한 막연히 불법적으로 무용無用하다는 면에서, 생산적 노동에 종사하지 않는다는 면에서, 한 사람의 체제에 대한 불만을 깔끔하게 표현해주었다.

나의 사회적 책임감은 어디로 간 걸까? 이제는 딱히 그 증거를 찾아볼 수 없었다. 나는 평화 행진에 참가했다. 나는 여전히 모범생이었지만, 그건 아직 독서를 좋아하고 차선책을 만들어놓고 있다는 것 외에 아무런 사실이 될 수 없었다. 나는 한동안 공부를 열심히 하는 아프리카계 미국인 소녀 두 명에게 수학 과외를 해주었다. 파코이마Pacoima라는 밸리의 동쪽 끝에 자리한 빈민가에 사는 아이들이었다. 나는 그 애들이 내 수업에서 뭔가 배우기는 했을까 궁금하다. 그때 나는 내가 사기꾼 같다고 느꼈다. 또래 애들에게 선생 노릇을 하는 아이. 내 어머니는 아이 넷을 키우면서도 정치적으로 활발한 삶을 어떻게든 유지한 분이어서, 나를 꾀어 시장선거에서 샘 요티의 대항마인 톰 브래들리에게 표를 달라고 우드랜드힐스 내 우리 선거구의 집집마다 찾아다니게 했다. 브래들리가 선거에서 이긴다면 로스앤젤레스의 첫 번째 흑인 시장이 될 수 있었기에 이 선거는 역사적인 것으로 느껴졌다. 브래들리는 우리 선거구에서는 여론조사 결과가 좋았으므로, 우리는 결과를 낙관

했다. 그렇지만 요티가 승리했다. 선거구 개표 결과를 보며 우리가 유세하러 다녔을 때는 브래들리에게 투표하겠다고 말했던 이웃들이 거짓말을 했다는 것을 알았다. 백인 투표자들 사이에서 이런 개표 결과의 반전은 널리 알려진 현상이었다. 그럼에도 나는 분개했고, 조직화된 정치 및 부르주아라 부르게 된 대중에 대한 나의 냉소주의는 깊어졌다.

모두 알다시피 로버트 케네디Robert Kennedy는 1968년 캘리포니아 예비선거가 열린 날 밤에 암살되었다. 나는 그 뉴스를 여자 친구의 침대 발치에서 양반다리를 하고 앉은 채 작은 흑백텔레비전으로 보았다. 그 애의 이름은 셜린Charlene이었다. 우리는 열다섯이었다. 우리가 평소처럼 열정적으로, 그래도 끝까지 가지는 않은 채로 서로를 더듬은 후에, 그 애는 내가 집에 갈 줄 알고 잠들었다. 하지만 나는 케네디가 총에 맞는 장면을 본 뒤에는 텔레비전 앞에 머물렀다. 자정이 넘은 시각이었고, 셜린의 부모님은 친구들과 함께 투표 결과를 보러 외출하고 없었다. 그들은 공화당 활동가였다. 나는 그들이 차로를 지나 집으로 들어오는 소리를 들었다. 나이가 지긋한 셜린의 아버지는 밤에 늘 방으로 들어와 딸에게 잘 자라고 뽀뽀를 한다는 것을 나는 알고 있었고, 창문 밖으로 빠져나와 살금살금 걸어 거리로 나오는 길도 나는 알고 있었다. 그래도 아직 단호하게 마음을 먹지 못하고 아무 생각 없이 가만히 앉아 있었고, 마침내 침실 문이 열렸다. 셜린의 아버지는 속옷만 입은 채로 차분히 텔레비전을 보는 나를 보고 하마터면 심장 발작을 일으킬 수도 있었지만, 다행히 그러지는 않았다. 나는 그가 뭐라고 말하기도 전에 내 옷을 움켜쥐고 창문으로 뛰어내렸다. 셜린의 어머니가 우리 어머니에게 전화를 했다. 내 어

머니는 내게 여러 유의 여자애들에 대한 설교를 심각하게 늘어놓
으며, 사교계에 곧 데뷔할 준비를 하는 셜린과 같은 "착한 여자애
들"의 정숙함을 강조했다. 나는 당황했으나 원망하지는 않았다.
셜린과 나는 무언가 털어놓을 만한 짓을 별로 하지 않았다.

　사실 그 시절에는 우리 집보다 도미닉의 집에서 밤을 보낸 적
이 더 많았다. 마치 뉴포트에 있는 베케트의 집에서 열리던, 영
원히 계속될 것 같던 그 해변 파티처럼, 도미닉의 집은 얌전 빼며
숙제나 해야 하는 우리 부모님의 집보다 훨씬 더 느긋했다. 마스
트리폴리토 가족은 우리 동네와 같은 지역이 근처에 생기기 전부
터, 샌프란시스코의 초기 시대에 되는 대로 지어진 크고 어두운 2
층짜리 집에서 살았다. 길 건너에는 아직도 오렌지 나무들이 서
있었다. 도미닉의 어머니 클라라는 우파 라디오 토크쇼의 초창기
팬이어서, 나는 그의 어머니와 시민권, 전쟁, 배리 골드워터Barry
Goldwater,[*] 공산주의에 대해 열띤 논쟁을 벌였다. 그녀는 윌리엄
F. 버클리William F. Buckley의 텔레비전 쇼, 〈파이어링라인Firing Line〉
을 좋아했다. 나는 내 영웅이자 배우인 로버트 본Robert Vaughn이 나
왔을 때만 그 프로그램을 보았다. 본은 〈맨프롬엉클〉에 출연했을
뿐 아니라, 캘리포니아 주립대학교 로스앤젤레스 캠퍼스에서 박
사 학위를 받은 정치학도이기도 했다. 그는 똑똑한 자유주의자로
서ㅡ최근에는 할리우드의 반공산주의에 대한 비판적 역사학에
관해 쓴 자기 논문을 책으로 출판하기도 했다ㅡ내가 볼 때는 젠
체하며 어려운 어휘만 늘어놓는 버클리를 멋지게 격파해버렸다.

　도미닉의 아버지 빅 돔은 스포츠 말고 다른 것에는 눈곱만큼

---

[*]　공화당 상원의원으로, 1964년 대통령 후보였다.

도 관심이 없었다. 공식적으로는 주류 도매상이었지만, 실제로
는 도박판의 물주였을 것이다. 그는 재택근무를 했기 때문에 특
히 관심이 있는 여러 게임과 경주가 있으면 늘 자기 작업 공간에
갖다놓은 대여섯 개가 넘는 텔레비전과 라디오를 동시에 틀어놓
았다. 그는 목욕 가운 말고는 아무것도 걸치지 않고서, 늘 전화기
를 붙잡고 숫자를 받아 적거나 담배 연기 속에서 눈을 가늘게 뜬
채로 딴 데 정신을 팔고 있었다. 하지만 그는 이따금 우리가 식탁
에서 요란스럽게 진러미gin rummy 같은 가족 게임을 할 때면 밖으
로 나와 같이하곤 했다. 그 가족은 갑자기 돈이 많이 생겨 현금을
빨리 써야 할 때가 있었다. 새 차를 산다든가 등등. 다른 때는 사
정이 우울했고, 돈이 빠듯할 때도 있었다. 빅 돔이 경찰에 체포돼
잠깐 감옥에 갔을 때가 특히 그랬다. 하지만 또다시 분위기는 넉
넉해졌고, 대개가 그랬다. 마스트리폴리토 집 주위에는 길 잃은
사람들이 모여들었다. 달리 갈 곳이 없던 클라라의 알코올중독자
친구들, 달리 갈 곳이 없던 피트의 건달 친구들. 그리고 나. 나는
망상에 빠진 용공분자이기는 했어도 늘 환영받았다. 도미닉의 집
은, 《타임Time》과 《뉴요커New Yorker》가 늘 깨끗하게 쌓여 있고 아
침에 베이컨을 세 조각 이상 먹지 못하게 하는 우리 집과는 완전
히 다른 세계였다.

　아버지는 내가 잡지 기사를 쓰기를 바랐다. 아버지는 사진에
빠져 있었고, 놀랄 정도로 잘 찍었다. 어쩌면 놀랄 일은 아니었
을 것이다. 아버지는 영화 업계에서 일했고, 렌즈와 카메라에 대
해서는 모르는 게 없었으니까. 아버지가 가장 좋아하는 피사체
는 자신의 아이들이었고, 앨범을 우리 사진으로 가득 채웠다. 또

도미닉과 나. 마스트리폴리토 가족 소풍. 1967년경.

나와 도미닉과 베케트가 린콘, 세코스, 주마에서 서핑하는 모습
을 찍었고, 거기서 기사에 대한 착상을 얻었다. 아버지는 내가 서
핑 잡지를 붙들고 산다는 것을 알았다. 내가 글쓰기를 좋아한다
는 것도 알았다. 내가 서핑 잡지에 보낼 글을 쓰면, 아버지가 사
진을 제공할 수 있었다. 서핑 잡지에서는 글 자체에는 관심이 없
다는 것을 설명하려 했다. 그런 잡지에서는 사진만 신경 쓰고, 아
버지는 이번 생에는 그들이 잡지에 실을 만한 사진을 찍지 못하
리라는 것도. 나는 아버지가 노스쇼어로 이사 가 두 번의 겨울 동
안 어디든 널려 있는 최상급 서퍼들을 따라다니면서도 아주아주
운이 좋은 경우가 아니라면, 찍을 수 없다고 말했다. 헛소리, 아
버지는 말했다. 기사가 중요하지. 만약에 그런 게 있기만 하다면,
아버지는 적절한 사진을 줄 수 있었을 것이다.

이런 말싸움을 하면 나는 미칠 것만 같았다. 내 말이 맞는데도 아버지가 고집을 부리고 들으려 하지 않았기 때문이다. 그다음 이유로는, 이런 제안이 내 친구들과 내가 하던 일상적이고 그저 조금 잘하는 서핑과, 잡지 속 사람들의 특별하고 뉴스로서 가치가 있으며 영웅적이기까지 한 위업 사이에 거리가 있다는 걸 오히려 강조하기만 하는 것이라는 점이다. 그렇지만 대부분은 그건 아버지와 나 사이에 벌어진 또 다른, 좀 더 일반적인 말싸움의 확장일 뿐이었다. 아버지는 내가 항상 공책에 뭔가를 끄적이고, 편지를 쓰고, 학교 숙제를 한다는 것을 알았다. 내가 중학교 9학년 때 문예지 편집위원이었다는 것도(캘리포니아 공립학교의 전성기 시절에는 중학교에도 문예지가 있었다), 거기에 내 시와 단편소설이 실렸다는 것도 알았다. 다음으로 내게 필요한 건 정식 출판 매체에 글을 써보는 것이라고, 아버지는 말했다. 그게 뭔지는 중요하지 않았다. 스포츠 뉴스 요약, 광고 카피, 부고 등. 중요한 건 훈련이고, 마감이었다. 아버지는 지역 신문을 생각한 모양이지만, 나는 우드랜드힐스에 신문이 있는지도 몰랐다. 아버지가 정말로 생각한 건 당신의 고향, 에스카나바의 신문이었던 듯하다. 본인이 수습기자로 시작한 곳이었다. 아버지의 언론 경력은 텔레비전과 영화 제작으로 방향을 바꾸었지만, 아버지는 아직도 그 바닥을 잘 알았다. 아니, 잘 안다고 믿었다. 그리고 어쩌면 정말로 잘 알았을지도 모른다. 그저 내가 듣지 않았을 뿐이다. 그 시절 내가 좋아한 작가들은 소설가(스타인벡, 싱클레어 루이스, 노먼 메일러!)와 시인(윌리엄 카를로스 윌리엄스, 앨런 긴즈버그!)이었지, 언론인이 아니었다. 나는 보도국에는 흥미가 없었다. 또한 내가 쓴 글이 아무짝에도 쓸모가 없다는 말을 들으면 나는 몸이 굳어지고 말았다. 그래

서 나는 내 글을 아무 매체에도 보내지 않았고, 고등학교 교지에
도 내지 않았다.

아버지는 대공황 시대에 자란 아이로서 일 중독자로서의 충동
이 있었지만, 한편으로는 꿈을 꾸며 해변에서 조개를 줍는 사람
이기도 했다. 아버지는 항구를 살금살금 돌아다니기를 좋아했다.
아버지에 대한 가장 이른 기억들은 배, 부두, 갈매기로 차 있다.
보트를 타고 빈둥대는 건 아버지가 생각하는 이상적인 행복이었
다. 아버지는 결혼 전에 뉴포트만에 닻을 내린 돛단배에 살았다.
돛대가 하나인 작고 매끈한 나무 범선이었다고 해서, 나는 아버
지가 배의 키를 잡고 서 있는 흑백 스냅 사진을 찾아 찬찬히 보기
도 했다. 입에 파이프를 문 채로 바람이 불어오는 방향, 앞 돛의
가장자리를 열심히 응시하고는 있지만 흥분한 기색을 감추지 못
하는 스물둘, 스물세 살의 아버지. 사연인즉, 어머니의 첫 번째
결혼 조건은 아버지가 배를 타지 않는 것이라 했다. 내가 태어나
기도 전에 지나가버린 옛날이었다.

나는 항해를 향한 아버지의 정열은 물려받지 않았지만 물을 좋
아했고, 아주 어린 시절에는 배를 타는 것을 지루하고 땅에 묶인
잡일에서 벗어나는 수단으로 여겼었다. 카탈리나Catalina섬에서 보
낸 여름날이 기억난다. 우리는 캘-20 보트를 타고 섬까지 26마일
을 갔다. 그 당시 캘리포니아에서 헐값으로 살 수 있는 유리섬유
배로 인기가 많은 모델이었다. 우리는 아발론 항구에 정박했다.
항구에는 무척이나 맑은 물이 흘렀다. 그레이트화이트스티머Great
White Steamer라는 여객선이 본토에서 들어올 때면, 동네 아이들이
헤엄쳐 가서 갑판에 선 관광객들을 보고 동전을 던져달라고 외쳤
다. 나는 그때 여덟아홉 살쯤이었고, 애들 틈에 끼어서 가까이에

떨어지는 동전들을 쫓아 터키색 물속에서 몸을 휙휙 틀었다. 우리 보트로 돌아가 조종실에서 내가 어획한 것을 손에 뱉어냈던 일이 기억난다. 해변에서 핫도그를 사 먹기에 충분한 돈이었다. 심지어 케빈에게도 하나 사줄 수 있었다. 물론 허튼소리지만, 나는 물가에서 게으름뱅이, 심지어 거지로 산다고 해도 정말 행복할 것 같다는 생각을 어렴풋하게나마 했었다. 어쩌면 본인에게도 같은 성향이 있는 것을 아는 아버지였기에 그것을 눈치채고 나를 걱정했던 것인지도 모르겠다.

현실에서 아버지는 한없이 힘든 직업과 재산 거덜 내기로 유명한 취미인 항해 사이에서 균형을 잘 잡았고, 가족을 위해 쓰는 시간도 희생하지 않고 빠듯한 예산에 맞춰 잘해나갔다. 아버지는 약간 폭군 성향이 있었고, 주말에 만약 일이 잘못되기라도 하면 배의 키를 잡은 윌리엄 블라이William Bligh 제독[+]으로 변신하기도 했다. 그리고 '일이 잘못되는 경우'는 정기적으로 찾아왔다. 아버지와 케빈, 그리고 나는 언젠가 리먼 10 모델의 배를 타고 가다가, 보통은 보트를 띄우기에 적합할 만큼 잔잔한 지점인 카핀테리아Carpinteria 해변에서 얼이 빠질 만큼 거대한 파도와 맞닥뜨린 적이 있다. 우리는 배 위에서 뒤로 밀려 나자빠졌다. 반으로 뚝 꺾인 돛대가 바닥에 꽂혀 선체 전체를 뚫고 나갔다. 우리 셋은 소에 받힌 로데오 선수처럼 배의 삭구索具 속에 처박혔다. 물이 밀려 들어오는 동안, 당시에 네댓 살 되었을 케빈은 운동화를 신은 채 곧장 배 바닥으로 잠수하더니 아버지의 은제 라이터 같은 반짝이는 물건을 꺼내 왔다. 잃어버린 보물을 찾아 수면에 떠오를 때마

[+]   선상 반란으로 유명한 바운티호 사건 당시의 선장.

다 그 애의 얼굴에 떠올라 있던 의기양양하고 기쁜 표정이 아직도 눈에 선하다.

나와 서핑을 두고 아버지가 제대로 걱정한 건 특정한 형태의 편집광 증세가 있을까 하는 것이었다. 서핑에 심각하게 몰두하다 보면 반드시 반사회적이고 균형을 잃어버리는 증상이 나타나기 때문이었다. 서핑은 친구들과 하는 활동이기는 했지만―나도 그랬고―클럽 활동, 조직 스포츠로서의 특성은 급속도로 시들어가고 있었다. 나는 이제는 다저스의 투수가 되겠다는 꿈을 버렸듯이, 대회에서 우승하겠다는 꿈도 꾸지 않았다. 새로이 대두된 이상은 문명에서 멀어진 고독, 순수 그리고 완벽한 파도였다. 로빈슨 크루소, 〈파도 속으로The Endless Summer〉++처럼 말이다. 이것은 고전적 의미의 시민사회로부터 멀리 떠나 우리가 훗날 야만인으로 살게 될, 지도에서도 삭제된 변경邊境을 향해 가는 길이었다. 행복한 게으름뱅이의 백일몽만은 아니었다. 이것은 그보다 더 깊은 개념이었다. 몸과 마음을 다해 파도를 좇는 것은 심오하게 자기중심적인 동시에 자아가 없는 행위이며, 역동적인 동시에 금욕적이고, 의무와 관습이라는 의미에서의 성취라는 가치를 거부한다는 면에서 급진적이었다.

나는 어린 나이에 가족으로부터 멀어졌고, 서핑은 나의 탈출구, 결석계였다. 나를 말리부에 태워다 줄 사람이 있을 때는 벤투라에는 갈 수가 없었다. 말리부의 파도가 더 나았기 때문이다. 나는 도미닉의 집에서 자곤 했다. 린콘이나 뉴포트, 세코스에 태워다 줄 사람이 있고 스웰이 밀려오는 때면 가족과 함께 항해하러 갈

++ 1966년 브루스 브라운이 감독한 서핑 영화.

수 없었다. 부모님은 별 반대 없이 내 뜻대로 하게 놔두었는데, 지금 보면 참 기이한 일이다. 하지만 그때는 기이하지 않았다. 적어도 그 당시 우리가 살던 교외 지역은 극단적 자유방임주의 양육 방식의 시대에 접어들고 있었다. 물론, 어떤 시점까지는 나는 나 자신을 돌볼 수 있었고, 부모님께는 챙겨야 할 아이가 셋이나 더 있었다. 내 여동생 콜린이 결국 우리 세대에서는 뱃사람이 되었다.

자연으로 돌아가는 서핑의 고독이라는 이상은 예측할 수 있는 결과였다. 순전한 향수. 내가 일기에 쓴 이야기의 소재는 시간 여행이었고, 되돌아간 공간은 주로 초기 캘리포니아였다. 현대의 서프보드 하나 들고 추마시 인디언들이나 스페인 선교사들의 시대로 돌아간다고 상상해보라. 말리부에서 파도는 똑같이 부서졌을 것이다. 아무도 타지 않은 채로, 수세기 동안, 영겁의 세월 동안. 일단 원주민들이 당신이 서핑하는 모습을 본다면, 그들은 당신을 신으로 숭배하며 공물을 바칠 것이고, 그러면 당신은 남은 평생 동안 완전한 집중 상태에서 커다란 파도를 탈 수 있을 것이다. 도전받지 않는 소유권, 축적된 기술을 얻을 수 있을 것이다. 《서던캘리포니아 서핑 가이드Surfing Guide to Southern California》에는 (내가 봤을 때) 우리가 낙원을 얼마나 간발의 차로 놓쳤는가를 잘 그려낸 사진 두 장이 실려 있다. 하나는 1947년 파도가 10피트 높이로 오르던 날, 판유리 뒤편의 산에서 찍은 린콘의 풍경이었다. "감질날 정도로 사람이 없다는 것에 주목하라"는 불필요한 설명이 붙어 있었다. 다른 사진은 1950년대에 찍은 말리부의 사진이었다. 그 사진에는 8피트 높이의 파도 벽을 가로지르는 외로운 서퍼 한 명이 있었다. 대중들은 그의 존재를 잊은 듯 전경의 모

래밭에서 놀고 있었다. 그 서퍼는 밥 시먼스Bob Simmons로, 현대식
핀이 달린 서프보드를 발명한 영리한 은둔자였다. 그는 1954년
홀로 서핑하던 중 바다에 빠져 죽었다.

하지만 《서던캘리포니아 서핑 가이드》는 향수에 연연하지 않
았다. 그러기에는 그 책은 너무도 낙관적이고 이성적이었다. 책
은 포인트콘셉션Point Conception과 멕시코 국경 사이에 있는 300개
가까운 서핑 지점을 꼼꼼하고도 철저하게, 실용적으로 조목조목
정리했다. 서핑 사진들과 해안의 항공사진과 지도가 가득 그려
져 있었고, 스웰의 방향, 조수의 효과, 해저의 위험 요소, 주차 규
칙에 관한 세부 정보 등이 빡빡하게 들어 있었다. 하지만 그 책의
가장 큰 즐거움은 명확하고 건조한 산문, 파도가 부서지는 다양
한 지점의 성격에 관한 현명한 판단, 사소한 말장난과 내부자들
만이 알아들을 수 있는 농담, 그리고 신중하지만 깊이 있는 열정
이었다. 수십 년 동안 홀로 파도를 타곤 했던 뎀프시 홀더Dempsey
Holder처럼 지역 내의 알려지지 않은 영웅들, 멕시코 국경과 맞닿
아 있어 더 단단해지는 티후아나슬루스Tijuana Sloughs처럼 으스스
할 정도로 심해에서 큰 파도가 밀려오는 장소는 이 안내서의 저
자인 빌 클리어리Bill Cleary와 데이비드 스턴David Stern에게서 조용
하지만 의당 받아야 할 대접을 받았다. 그리고 클리어리와 스턴
은 현대의 대중에 대해 냉소적인 관점을 유지하고 있었다. 6인치
의 잔물결에 올라타려고 다투는 수많은 쿡 무리들의 사진 아래
그들은 이런 설명을 달아놓았다. "서핑은 홀로 뛰어든 사람이 힘
들게 얻은 기술을 장엄한 대양의 거친 힘에 대항해 발휘하는 것,
개인적인 스포츠다. … 말리부, 서쪽 스웰에서."

도미닉의 조부모가 이제는 존재하지 않는 포도밭에서 만들어 헛간에 가득 채워놓았던 와인은, 도미닉네 헛간 안 푸른 플라스틱 퓨렉스 단지에 담긴 채 식초로 변해버렸다. 우리는 주말 밤이면 단지 하나를 마음대로 챙겨 헛간 뒤 어둠 속 배수로 끄트머리에 앉아 찔끔찔끔 마셨다. 뜨뜻한 골짜기의 밤이 흥청망청 들떴다. 나는 도미닉이 정신은 약간 흐릿하지만 자상하신 할아버지를 성대모사 하는 게 좋았다. 할아버지가 제일 좋아하는 감탄사는 무슨 이유인지는 몰라도 "머피, 머피, 머피!"였다. 나도 한번은 부모님의 술장을 털어 각 병에서 1센티미터씩 높이만큼만 우유 팩에다 부은 후 우리의 주류 저장소에 보태려 한 적이 있었다. 내가 진을 섞은 크렘드망트를 버번과 함께 뒤섞어버렸다는 점은 넘어가자. 어쨌든 그렇게 조금씩 하나하나 훔치면 눈에 띄지 않을 테니까. 물론 그렇지는 않았다. 하지만 도미닉과 나는 그렇게 제조한 혼합주를 마시고 고주망태가 되었다. 도미닉네는 감시가 느슨했기 때문에, 그렇게 토하고 숙취에 시달렸어도 들키지 않고 넘어갔다.

그 집에서 음주는 큰 문제로 여겨지지 않았다. 식사 때마다 유럽식으로 와인이 철철 넘쳤다. 여느 때처럼 우리 집과의 대조점은 극명했다. 우리 부모님은 두 분 다 알 만한 이유로 아주 가볍게만, 조심스럽게, 사교적 목적으로만 술을 마셨다. 두 분에게는 술고래 친구가 많았고 그들의 술장은 늘 꽉꽉 채워져 있었지만, 아이들은 와인 한 모금 얻어 마실 수 없었다. 10대 때 부모님의 금주 습관을 대충 알아차린 나는 그것이 부모님이 가진 '고리타분함'의 또 다른 증상이라고 인식했다.

하지만 우리와 그들 사이에 확실히 선을 긋는 것은 마리화나였다. 쿨함과 쿨하지 못함을 가르는 선명한 세대 구분선. 하와이에서 대마초를 처음 접했을 때의 소심했던 태도는 몇 달 후, 내가 고등학교 1학년이 되었을 때 대마초가 우드랜드힐스를 강타하면서 깡그리 사라져버렸다. 우리는 피트의 친구 집에서 처음으로 대마초를 피웠다. 끔찍할 정도로 질이 낮은 대마초였다. 사람들은 "멕시코 걸레초"라고 불렀다. 하지만 그걸 피웠을 때의 기분을 와인의 효과와 비교하자면 무척 황홀했고, 말초신경이 훤히 열리는 것 같았으며, 뇌에 직접적으로 전달되었다. 그다음부터 우리는 굳이 퓨렉스 술 단지를 따 마시지는 않았던 것 같다. 웃음소리는 더 거세지고, 더 미세해졌다. 그저 좋은 정도였던 음악, 우리 삶의 배경이었던 로큰롤은 환락과 계시의 음악으로 바뀌었다. 지미 헨드릭스Jimi Hendrix, 밥 딜런Bob Dylan, 도어스The Doors, 크림Cream 그리고 후기의 비틀즈Beatles, 제니스 조플린Janis Joplin, 롤링스톤스 the Rolling Stones, 폴 버터필드Paul Butterfield. 그들이 만들어낸 음악의 효과와 아름다움은 약으로 100배는 증폭되어서, 입문하지 않은 자들에게는 말로 설명할 수 없는 성스러운 의식이 되었다.

　그리고 마리화나를 피우는 행위의 의식적 측면 모두가—수백만의 소규모 딜러들이 이루는 네트워크로부터 약을 사서, "뚜껑"을 따고, 말아서, 끈끈하게 엮인 범법자 두셋 혹은 네 명이 모여서 무리로 피워도 될 만한 곳(언덕 꼭대기, 해변, 빈 들판)으로 몰래 숨어들어 함께 킥킥대고 흥을 즐기는 것—공동체성을 강하게 지녔다. 더 큰 세계에는 나름의 열정과 영감을 지닌 '반문화counter-culture'라는 것이 있었지만, 좀 더 직접적으로는 우리의 개인적 삶에서 재배치가 일어났다. 여자애들을 포함해 친구들 모두가, "곧이곧대로"였던 사람들이 갑자기 낯설어졌다. 대체 사교계 데뷔가

무엇이란 말인가? 어른들로 말하자면, 서른 살 넘은 사람들은 아
무도 신뢰하지 말라는 그 끔찍한 여피족들의 대사를 믿지 않기도
점점 힘들어졌다. 어떻게 부모, 교사, 코치 들은 모든 순간의 저
항할 수 없는 기묘함을 이해하고, 충분히 인식할 수 있는 것일까?
그들 중 누구도 61번 고속도로에 나가본 적이 없었는데 말이다.[+]

극도로 보수적인 오렌지카운티Orange County에 사는 베케트는 로
스앤젤레스 교외에 사는 우리보다 그 계시를 조금 늦게 받았다.
그는 1년에 20센티미터씩 자랐고, 고등학교 농구 선수였다. 그의
팀 동료들은 모두 머리를 짧게 자른, 신을 두려워하는 무리들이
었다. 내가 뉴포트에 갔을 때, 당시 뉴스를 뒤덮은 악마의 풀, 즉
대마가 그들의 부유층 해변 마을에도 있다고 말해도 그들은 믿지
않았다. 나한테 10달러만 주고 부두까지 태워다 주면 한 시간 안
에 1온스를 구해다 줄 수 있어. 나는 말했다. 그들은 나한테 허풍
떨지 말라고 했고, 나는 한 시간 만에 1온스를 구해다 주었다. 우
리는 리도섬에 있는 포인트가드의 부모님 댁에서 그걸 피웠고,
나는 이튿날 아침에 집에 갔다.

두 달 후, 케빈과 마이클과 함께 쓰는 작은 방에서 자고 있을
때, 창을 똑똑 두드리는 소리가 들렸다. 바깥을 내다보니 베케트
가 있었다. 금요일 밤이었고, 그와 그의 친구들이 주말 동안에 쓸
방을 빌렸다고 베케트는 소곤거렸다. 어른들은 없어. 나는 그와
함께 뉴포트로 돌아가야 했다. 그의 친구들은 차로 아래 세워놓
은 차 안에서 기다리고 있었다. 한밤의 방문, 이런 제안, 그 상황
자체가 유례없는 일이었다. 그러나 나를 잠에서 퍼뜩 깨운 것은

[+]   밥 딜런의 노래 〈하이웨이61Highway 61〉의 한 대목. 신의 명령으로 표현된다.

베케트의 셔츠였다. 야광 셔츠라니. 아주 얇고, 달빛에 비쳐서 빛이 났다. 셔츠 자체가 정말로 그답지 않았고, 그것만으로도 나는 알아야 할 것을 모두 알았다. 확실히 뉴포트하버 고등학교 농구팀에서 기나긴 두 달을 보낸 모양이었다. 농구 선수들이 마약교로 단체 개종했다는 생각을 하니 처음에는 그저 웃겼다. 하지만 이후에 그들 중 몇 명이 낙제하고, 심지어 학교에서 잘리기까지 했으니 뉴포트의 몇몇 10대와 그들의 가족, 그리고 1968년의 전 지구적인 사회적 충격파 간에 일어난 충돌에서 내가 한 역할이 다만 우연에 지나지 않았다고 할지라도, 자랑스럽지는 않았다.

　내가 다니던 학교, 윌리엄하워드태프트 고등학교도 별반 다르지 않았다. 학교는 벌써 쿨투어캄프Kulturkampf(문화투쟁)로 분열되었다. 주된 이유는 베트남전쟁이었다. 전쟁에 반대하는 학생들에게는 팀 스포츠란 효율적이게도 논외의 문제였다. 코치들은 일반적으로, 보수적인 전쟁 찬성파 선생님과 직원들 중에서도 가장 확고한 자들이었다. 그들은 결코 머뭇거리지 않고 공산당이라고 의심되는 학생들을 대놓고 질책했다. 내 영어 선생님은 남자인 제이 선생님과 여자인 볼 선생님 두 분이었는데, 그들은 내게 허먼 멜빌Herman Melville과 윌리엄 셰익스피어William Shakespeare, 조지 엘리엇George Eliot, 어니스트 헤밍웨이Ernest Hemingway, 솔 벨로Saul Bellow, 딜런 토머스Dylan Thomas, 그리고 가장 충격적이게도 제임스 조이스James Joyce를 소개해줌으로써 내 인생을 바꾸어놓았다. 나는 이제 벤투라에 돌아와 콧물처럼 초록빛인 바다, 음낭을 조이는 듯한 바다를 바라보았다.** C스트리트에 있던 오래된 놀이공

** 　제임스 조이스의 《율리시즈》에 나오는 표현이다.

원을 돌아다니는 부랑자들은 이제 《더블린 사람들Dubliners》에서
빠져나온 아들인 것만 같았다. 나는 내 마음속에서 개인적으로
침묵, 추방, 음모를 맹세한 스티븐 디덜러스*가 되었다(안타깝게도
내 주인공은 바다를 무서워했다). 로스앤젤레스는 아일랜드의 핼쑥한
대역이 되었다. 하지만 이 도시는 나름대로의 문화적 수렁과 배
반을 품고 있었다.

  이상하게도, 나는 10학년이 되었을 때 육상 팀에 들어가 장대
높이뛰기 선수로 활동했다. 높이뛰기 선수들은 팀 내에서도 작은
팀을 이루었다. 코치들은 높이뛰기에 대해서는 아는 게 없었고,
좋은 기술을 선보이겠답시고 나섰다가 괜히 목이 꺾일 마음도 없
었다. 그래서 우리는 기본적으로 독학을 했다. 우리는 다른 팀원
들이 해야 하는 지루한 체력 훈련을 면제받았고, 우리의 훈련은
운 나쁘게도 길고 게으른 자유토론 시간을 닮았다는 소리를 많이
들었다. 대기석 역할을 하는 커다란 발포 충전 터키색 소파에 앉
아서 우리가 한 일이라고는 엄청나게 빈둥대는 것뿐이었다. 높이
뛰기는 그 당시에는 영광스러운 종목이었고, 높이뛰기 선수들은
프리마돈나로 여겨졌다. 사실, 화려하고 반권위적인 높이뛰기 선
수들은 코치들과 그들의 충실한 선수들에게 의심스러운 눈길을
받았다. 그도 그럴 것이, 높이뛰기 선수들은 소로를 읽고, 대마초
를 피웠으며, 존 칼로스John Carlos**를 사랑하는 히피들이었다. 나
는 높이뛰기가 좋았다. 장대를 제대로 박았을 때 부드럽게 위로
꺾이며 휘어지는 동작(내게는 어떤 규칙이 있지는 않았지만), 달려온

✦   제임스 조이스의 《율리시즈》의 주인공.
✦✦   미국의 육상 단거리 선수. 1968년 멕시코 올림픽 때 200미터에서 동메달을 따면
서 검은 장갑을 들어 블랙파워에 대한 지지를 보여주었던 세리머니로 유명하다.

쪽으로 장대를 튕기며 도약의 정점에 올라 팔을 뒤로 뻗을 때의, 늘 성에 차지 않을 만큼 짧게만 느껴지는 그 순간. 그러나 다음 해에 나는 육상 팀으로 돌아가지 않았다.

더 중요한 사실은 도미닉이 풋볼 선수로 뛰지 않았다는 것이다. 내게도 그 사실은 중요했다. 10학년이 되자 그와 나 사이는 멀어졌다. 주소지가 달라 각각 다른 고등학교에 진학한 탓이었다. 그는 카노가파크 고등학교에 갔는데, 그 학교 풋볼 선수였던 피트가 빠르고 힘센 동생이 들어왔다며 떠벌리고 다녔기 때문에 도미닉도 팀에 들어가게 되었다. 그는 하프백이었고 게임을 좋아했지만, 연습은 길었으며 훈련 시즌은 여름이었다. 풋볼은 도미닉이 서핑할 수 있는 때가 되자 끝났다. 그래서 그와 나는 서로를 그리워했다. 그 애가 태프트로 전학하겠다고 했을 때 나는 뛸 듯이 기뻤다. 하지만 그 애가 전학하는 주된 이유가 나라는 걸 알고는 불안해졌다. 물론 나라도 그 애를 위해서 똑같이 할 것이었다. 그래도 내가 그를 실망시킬까 봐 두려웠다. 어쨌든 풋볼은 그만두었다고, 도미닉은 말했다. 인생은 짧은데 하루라도 단거리 경주 연습을 하면서 보낼 수는 없는 노릇이었다.

4

하늘에 키스하는 동안 잠깐 실례

❖

마우이 1971

고바타케 셋집 앞에서 캐린 데이비드슨과 함께. 라하이나, 1971년.

❖

"네 문제가 뭔지 알아? 네 동족들을 좋아하지 않는다는 거야."

나에 대한 이 무뚝뚝한 평가는 1971년에 도미닉이 내린 것이 었다. 우리 각자의 정치관은 갈라지고 있는 듯 보였다. 우리는 열 여덟 살이었다. 봄이었다. 우리는 마우이Maui의 서쪽 끝에 있는 곳에서 야영 중이었다. 현무암 바위 아래 풀이 자란 분지에 잠자 리를 마련했다. 작은 판다누스 덤불이, 계단식으로 된 파인애플 밭에서 보이지 않게 우리 야영지를 가려주었다. 여기는 사유지였 고, 우리는 농장 일꾼들에게 들키고 싶지 않았다. 우리는 밤에 밭 을 습격하여 다 익었으나 미처 따지 못한 과일들을 서리하려고 했다. 그때 우리는 늘 다른 사람의 사유지에서 야영을 했던 것 같 다. 여기서 우리는 파도를 기다리고 있었다.

시즌 중에도 늦은 때였지만 호놀루아만Honolua Bay에서 파도 가 부서지기에는 그렇게 늦은 때도 아니었다. 적어도 우리 희망 은 그랬다. 매일 아침 서광이 비치면, 우리는 파일롤로채널Pailolo Channel 건너편, 몰로카이Molokai를 내다보며 북쪽 스웰이여 나타나 라고 힘을 보냈다. 부디 스웰의 어두운 선이 따뜻한 회색 물 위에 격자처럼 비치기를 바라면서. 뭔가 꾸물꾸물 움직이는 듯했지만 단순히 우리의 바람일 수도 있었다. 해돋이 후, 우리는 그 지점을 돌아 만으로 들어가 붉은 절벽에 부딪혀 부서지는 쇼어브레이크 를 관찰했다. 어제보다 더 강해 보이나?

우리의 삶, 도미닉과 나의 삶은 지난 2년 동안 꼬였던 매듭을 푸는 것과 같았다. 우리가 소원해진 대략의 이유는 한 여자 때문

이었다. 캐린^{Caryn}. 내가 처음으로 진지하게 만난 여자 친구. 그녀
와 나는 고등학교 졸업반 때 서로 눈길이 마주쳤다. 고등학교 졸
업 이후에 도미닉과 유럽으로 무전여행을 떠난다는 나의 계획은
캐린과 함께하는 유럽 무전여행으로 바뀌었다. 결국 모두가 갔지
만, 거기서 계획만큼 서로 자주 보지는 못했다. 그 뒤에 나는 대
학으로, 캘리포니아 주립대학 샌타크루즈 캠퍼스로 돌아갔고, 캐
린도 나와 함께 갔다. 도미닉은 이탈리아에 남아 아버지가 태어
난 동부 아펜니노 산맥 근처 마을에서 친척들과 살면서 포도밭에
서 일하고, 이탈리아어를 배웠다(도미닉은 자기 동족들을 그럭저럭 좋
아했다. 나는 그 점이 부러웠다).

　그때 도미닉은 확실히 여러 합리적인 이유로 오아후의 해변 공
원에서 개조한 우유 트럭에 살고 있었다. 낙원에서 기이한 직업
들을 전전하며 입에 풀칠을 했다. 나는 1학년 봄방학을 맞았을 때
였고, 가족들은 다시 호놀룰루에 살고 있었으며, 도미닉과 나는
거기서 재회했다. 우리 둘 다 서핑 잡지를 보고 자란 모든 사람처
럼 어린 시절부터 호놀루아만에서 서핑하는 꿈을 꾸었다. 그러나
어떤 면에서는 우리가 여기서 파도를 기다리고 있다는 것이 꽤
어색하기도 했다. 우리 둘 다 서핑을 그만둔 지 몇 년 되었기 때
문이다.

　내가 열여섯 살이 되었을 때 일어난 일이었다. 깨끗한 결별도
아니었고, 의식적인 결정도 아니었다. 나는 방해가 되는 다른 것
들을 그저 손 놓고 가만히 두었다. 자동차, 자동차 유지비, 자동
차 유지비를 벌기 위한 일자리 등. 도미닉에게도 똑같은 일이 벌
어졌다. 나는 우드랜드힐스의 벤투라 대로에 있는 걸프 주유소에
서 주유원 자리를 얻었다. 주인인 나시르는 성질이 괄괄한 이란

인이었다. 서프보드를 사려는 목적으로만 구한 게 아닌 첫 일자리였다. 도미닉 또한 나시르 밑에서 일했다. 낡은 포드 에코노라인 밴을 샀다. 서핑이 목적일 때는 대단히 훌륭한 차였지만, 우리는 서핑하러 갈 시간이 별로 없었다. 그다음에는 둘 다 잭 케루악Jack Kerouac의 마법에 빠져서 미국 대륙 횡단을 해야겠다고 결정했다. 나는 샌퍼난도밸리 평지의 험한 동네에 있는 초라하고 작은 24시간 영업 주유소에서 야간 근무 일자리를—근무 시간이 더 길고, 돈을 더 많이 주는 일—얻었다. 새벽 5시에 멕시코계 폭주족들이 들이닥쳐 석유를 훔쳐가는 곳이었다. *어이, 저 꼬마 그리고 gringo 좀 털어보자.*⁺ 두 번째로 얻은 일자리는 레스토랑의 주차 요원으로, 졸음을 쫓으려고 '화이트white'(일종의 각성제로 1달러에 열 알이다)를 먹어가며 일했다. 레스토랑의 손님들은 교외 지역의 갱들로 팁을 두둑하게 주었지만, 내 상사는 우리가 손님들 사이에 서서 항상 대기해야 한다고 생각하는 중국인이었다. 그는 내가 책을 읽고 구부정하게 어슬렁거린다면서 못살게 굴더니 결국 나를 해고해버렸다. 도미닉 또한 돈을 모으고 있었다. 학년이 끝났을 때, 우리는 저금한 돈을 합치고 주유소 일도 그만둔 뒤 부모님에게 작별을 고하고(그랬던 것 같다) 도미닉의 밴을 타고서 구불구불한 길을 따라 동쪽으로 떠났다. 우리는 열여섯이었고, 심지어 보드도 없었다.

우리는 남쪽으로는 마자틀란Mazatlan까지, 동쪽으로는 케이프코드Cape Cod까지 갔다. 뉴욕에서는 엘에스디를 했다. 우리는 콜맨 버너에서 요리한 크림오브휫트 시리얼로만 버텼다. 1969년,

⁺ 그링고는 라틴계의 사람들이 백인을 부르는 말이다.

우드스톡의 해였다. 하지만 그리니치빌리지Greenwich Village 주변에
붙은 페스티벌 전단지에는 입장료가 있다고 쓰여 있었다. 그래
서 우리 귀에는 한심하게만 들렸다. 마치 노인들을 위한 주말 공
예 전시회처럼. 그래서 우리는 그저 흘려 넘겼다(원래도 기자로서의
내 직감이 뛰어나다고 할 수 없지만, 당시는 아직 그 직감이란 게 태어나지도
않았을 때였다). 나는 재미라고는 찾아볼 수 없는 일기를 계속 쓰고
있었다. 초짜 사진가인 도미닉은 워커 에반스Walker Evans풍 시기에
접어들어서⁺ 필라델피아 남부의 백인 부랑아나 미시시피 강둑에
서 자는 가출 소녀들을 찍었다. 나중에 세월이 흘렀을 때, 도미닉
의 첫 아내였던 세상 물정 밝은 프랑스 여자는 우리가 여름 내내
그 밴에 나란히 누워서 얌전하게 잤다고 하는 말을 믿으려 들지
않았다. 하지만 우리는 그랬고, 우리의 우정은 매일같이 습격하
는 낯선 것들에 맞서 싸우며 무럭무럭 자랐다. 나는 자조적인 농
담을 하려는 충동을 이제는 많이 느끼지 않았다. 도미닉은 학교
에서 그를 정의했던 인기를 떨쳐버릴 수 있어서 속이 시원한 듯
했다. 우리는 서로에게 완전히 의존했다. 위험과 웃음을 공유했
다. 시카고에서는 무시무시한 남자를 하나 만났는데, 우리는 후
에 그가 찰스 맨슨Charles Manson이었다는 결론을 내렸다. 나는 뉴
올리언스New Orleans의 바에서 처음으로 술을 마셨다. 톰콜린스Tom
Collins 칵테일이었다. 나는 노스다코타North Dakota를 횡단하면서도
운전대 위에 에디스 해밀턴Edirth Hamilton이 번역한 《오디세이The
Odyssey》를 걸쳐놓고 읽었다. 캐나다 쪽 로키산맥에서는 회색곰에

⁺   미국의 사회적 사실주의 사진가로, 대공황 시대의 미국을 생생하게 잡아낸 것으로
유명하다.

게 너무 가까이 갈 뻔했다. 그해 여름에는 서핑을 딱 두 번 했다. 한 번은 멕시코에서 빌린 보드로, 다른 한 번은 플로리다 잭슨빌 비치Jacksonville Beach의 동부 해안의 바닷물에서였다.

이것이 내가 서핑을 그만두었다고 할 때의 뜻이었다. 이전에 깨달았듯이, 서핑을 할 때는 파도와 함께 살고 파도를 호흡한다. 언제나 파도가 하는 일을 안다. 파도를 좋아하면, 학교를 빼먹고 일자리를 잃고 여자 친구를 잃는다. 도미닉과 나는 서핑하는 법을 잊은 적이 없었다. 그런 면에서는 자전거를 타는 것과 비슷했다. 적어도 어릴 때는 그렇다. 우리는 그저 관심사가 다양해진 것뿐이었고 나는, 그러니까 내 쪽에서는 정체기에 접어든 것이었다. 나는 서핑을 시작한 이래로 꾸준히 실력이 늘었고, 열다섯 살일 때는 다른 사람들에게 강력한 경쟁자는 아니었을지 몰라도 어쨌든 잘하는 꼬마 서퍼였다. 나의 빠른 발전은 내가 세상의 다른 부분에 관심을 가지면서 멈췄다. 우리는 유럽에서는 서핑을 하지 않았다. 캘리포니아 북부의 해변 마을인 샌타크루즈는 파도가 좋아서, 나는 물속에 들어가곤 했으나 나 자신의 일정에 따른 것이지 바다의 일정에 맞춘 것은 아니었다. '다른 건 사실 중요하지 않아' 하는 식의 오래된 강박은 일시 중단된 상태였다.

호놀루아만은 바뀌려 하고 있었다. 우리는 밤에 스웰이 치기 시작하는 소리를 듣지 못했다. 무역풍은 바다 쪽으로 불었고, 우르르 굴러오는 파도가 바다 쪽으로 삐쭉 나와 있는 곳의 바위를 쳤다. 하지만 도미닉이, 동이 트자마자 오줌을 싸면서 파도를 보았다. "윌리엄! 파도가 왔다." 그는 오로지 심각한 경우에만, 혹은 농담할 때만 나를 윌리엄이라고 불렀다. 이것은 심각한 경우였다.

전날 밤 식량은 다 떨어졌고, 가장 가까운 마을은 12마일이 넘는 거리에 있는 라하이나Lahaina였다. 우리는 라하이나로 식량을 구하러 갈 계획을 세웠지만, 그 계획은 무한히 연기되었다. 우리는 영양소가 있는 거라면 뭐든지 뒤졌다. 오래된 망고 껍질을 갉아 먹고, 수프 깡통을 긁어 먹고, 이전에는 곰팡이가 슬었다고 먹지 않고 놔두었던 빵을 켁켁거리며 억지로 입에 욱여넣었다. 우리는 보드를 들고 파도 지점으로 뛰어가며 "씨팔!"이라고 외쳤고, 곶을 지나갈 때는 회색이다가 만 안으로 마지막으로 돌아설 때 더 짙어지는 파도 세트 하나하나에 초조하게 환호성을 질렀다.

파도 앞에 도달한 후에도 그것이 얼마나 큰지 가늠할 수가 없었다. 만 자체는 알아보기 힘들었다. 적어도 우리에게는 그저 편평하게만 보였다. 파도 지점에서 수백 미터 떨어진 만 안의 후미진 쪽으로 부서지는 파도가 있었다. 해안에서 바다로 휙 굴러갈 때 너무도 아름다워서 오히려 불편해지는 파도. 하지만 여기는, 린콘의 관점에서 보면 고전적인 파도 지점이 아니었다. 특히 바깥쪽으로, 파도를 탈 수 없을 것처럼 보이는 커다란 구역이 있었다. 그리고 파도 선 쪽으로 삐쭉 나온 바위 벼랑은 높이가 50피트는 될 것 같았다. 바로 그 높은 낭떠러지 바닥에 좁은 해변이 형성되어 있었다. 패들해서 나갈 곳이 뚜렷하게 없는 것은 확실했다. 만의 바닥에 있는 야자나무 숲까지 한참을 내려가 거기서 패들하기에는 너무 마음이 급했으므로, 우리는 가파른 산길을 골라 내려가 파도 지점과 바위 벼랑 사이의 좁은 해변으로 가기로 했다. 파도는 단단해 보였지만 크지는 않았다. 해는 아직 뜨지 않았다. 우리는 해안가 인근에서 부서지는 파도 속을 구르는 깨진 산호초 사이에서 춤을 추며 파도가 잠시 잦아들기를 기다렸다. 휙

튀어 나가 하얀 파도가 줄지어 선 쪽으로 패들해서 나갔다. 파도
지점에서는 각을 만들며 멀어졌지만, 하향해안downcoast[+]에 튀어
나온 바위에는 경계를 늦추지 않았다.

우리는 투명한 물까지 나갈 수 있었다. 우리의 추진력에 밀린
거품 파도가 따귀를 날카롭게 몇 대 갈기자 정신이 번쩍 들었고,
그 주위를 패들해 빙빙 돌며 여전히 희미한 빛 속에서 암초를 보
려고 했다. 테이크오프 지점은 어디지? 우리는 커다란 바위에서
곧장 떨어져 있는 것 같았지만, 수심은 계측하기 힘들었다. 작은
파도 세트들이 굴러오면서 희미한 거품이 우리 주변에서 끓어올
랐고 절벽에 부딪혀 폭발했다. 그때 처음으로 진짜 파도 세트가
도착했다. 파도는 우리에게로 곧장 다가왔다. 그 뜻은 이렇다. 반
마일 멀리서도 보이는 파도들은 처음에 일어서고, 그다음 가까이
오면 비틀거리며 고르지 않게 부서졌다가, 넓으면서 심장이 멎을
만큼 툭 튀어나온 하향해안 쪽 끝에 이르면 길지만 원래대로 무
너질 수 있는 벽이 만들어진다는 것. 부서지기 전에 한참 동안 깃
털을 날리며 날아오르는 거대한 보울 구간이 생긴다.[++] 여기가 극
상의 테이크오프 지점이었다.

우리는 둘 다 퉁방울눈을 한 채 솟아오르는 파도 면으로 밀
고 가면서 각자 처음 밀려오는 파도 세트에 있는 파도를 잡아 탔
다. 파도의 얼굴로 내려올 때는 벅찬 느낌이었고, 가속이 강렬했
다. 원치 않는 무중력의 순간이 있었다. 파도의 얼굴 자체는 매끄
러웠고, 파도 아래로 내려와 길게 끌다가 처음으로 휙 돌았을 때,

[+]   해류가 아래로 흐르는 해안.

[++]   보울은 파도가 해변으로 휘면서 만들어지는 곡선의 구간이다. 앞에서 말한 튜브나
배럴과 유사하다.

파도 선을 잘 볼 수 있는 시간이 있었다. 파도는 앵무조개처럼 흠 잡을 데 없이 테이크오프 구간에서 깨끗하게 가늘어지면서 멀어 져갔다. 파도 아래로 내려올 때 보고 싶은 바로 그런 광경이었다. 우리는 각각 만까지 타고 내려갔다. 암초를 따라 일어서는 파도 는 절벽 쪽으로 날카롭게 휘어졌지만 더 가까이 가지는 않는 듯 했다. 얕은 암석판을 빠르게 지나더니 더 깊은 물에 이르면 속도 를 줄였다가, 다시 속도를 올렸다. 그러는 동안 파도는 점점 유 리 같아지고 작아졌지만, 여전히 바다 쪽을 향해 살짝 솟아 있었 다. 도미닉은 두 번째 파도에 올라타고 있을 것이었다. 내가 파도 안쪽에서 밀고 나올 때, 그가 한 겹 벗겨지는 회색 파도의 갈고리 끝에서 한 손으로 파도의 얼굴을 헤치며 반쯤 웅크리고 있는 것 을 본 기억이 난다.

물론 호놀루아만은 유명한 지점이었다. 그래서 우리가 여기 있 는 것이었다. 하지만 다른 사람은 나타나지 않았고, 태양이 떴을 때도 우리만 서핑하고 있었다. 파도는 크지 않았다. 모여 있는 파 도들은 6피트 정도 높이였다. 서퍼들이 살았던 마우이 해안에서 가장 사람이 많은 곳에서도 스웰은 아직 나타나지 않은 것 같았 다. 파도 예보가 오늘날처럼 대중화되고 컴퓨터로 처리되는 과학 의 시대가 아니었다. 대부분의 사람들은 우리처럼 그냥 일어나서 파도 상태를 눈으로 보았다. 그래도, 이렇게 흠 하나 없이 깔끔한 날에 호놀루아처럼 거대한 파도에서 단둘이 서핑하는 것은 쉽게 마음을 놓을 수 없는 아주 특이한 경험이었다. 몇 시간 동안 우리

◆ 파도가 '벗겨진다peeling'고 할 때는 한 번 부서져서 아래로 흘러내린 파도의 정상 부분이 다시 커브를 그리면서 같은 과정을 처음부터 다시 시작하는 상태를 의미한다.

는 만에서부터 테이크오프 지점까지 윈드밀-패들을 하면서, 파도를 하나도 놓치지 않으려고 안간힘을 썼다. 너무 피곤해서 말도할 수 없었고, 그저 이상한 욕지거리만 던졌을 뿐이었다. "망할, 젠장, 씨팔!" "머피, 머피!" 라인업에 들어섰을 때 파도가 잠깐 멈추면, 우리는 어떻게 올라탈지 연습을 하고 암초에 대해 조사한 사항을 모아보았다. 몇몇 겁나는 지점이 있었고, 특히 파도가 떨어지기 시작할 때는 더 위험했다.

도미닉은 작은 푸른색 트윈핀 보드를 탔다. 보드는 바다와 사랑에 빠진 것 같았다. 그렇지만 도미닉은 아직 그 보드가 몸에 익지 않았고, 속도를 올리면 핀 한쪽이 윙윙 울리는 문제도 있었다. 집에서 제작한 보드로서 트윈핀은 새로운 것이었으며, 느린 파도에서는 뚜렷이 보이지 않는 정렬의 문제가 발생하는 듯했다. 윙윙거리는 소리가 도미닉의 집중력을 흩트렸는데, 소리는 점점 커져서 그가 내 옆을 지나쳐 갈 때면 나도 들을 수 있을 정도였다. 나는 그게 완벽한 옥에 티 같다며 재미있어했지만, 도미닉은 그렇지 않았다. 그는 내게 보드를 바꾸자고 졸라댔다. 나는 끔찍한 윙윙 소리를 들으며 파도를 두어 개 타고 나서 보드를 돌려주었다. 결국에는 도미닉조차 웃어버렸고, 파도를 타는 동안 발밑에서 울리는 치터^{zither}** 의 소리에 맞춰 노래를 불렀다. 그는 언제든 괴상한 것을 받아들이는 감각이 잘 발달되어 있었다. 심지어 그에게는 불완전이라는 감각, 가능성과 우리를 가지고 장난치는 신이 있다는 고전적인 감각에 기반한 철학이 있었다.

** 우리나라의 거문고나 가야금과 비슷한 현악기로, 공명통에 30~45개의 현이 달려 있다.

우리가 호놀루아만에서 야영할 때 어째서 그는 내가 "내 동족"을 좋아하지 않는다는 말을 한 걸까? 그 당시 그는 나에 대해서 비판적이고 무시하는 듯한 말을 많이 했다. 나는 확실히 심술궂고 가식적인 대학생이 되기는 했다. R. D. 랭Laing, 노먼 O. 브라운Norman O. Brown, 그리고 당대에 유행하는 작가들의 책이 가득 담긴 배낭을 서핑-캠핑 여행에 들고 왔다(나는 샌타크루즈 대학에서 브라운에게 문학 수업을 들었다). 어쩌면 프란츠 파농Frantz Fanon을 흉내 낸 강의로 도미닉을 지루하게 했을 것이다(적어도 도미닉은 나를 자기혐오에 빠진 백인 녀석이라고 부르진 않았다). 나는 반자본주의자에게 점점 마음이 약해졌고, 심지어 제3세계 정치학에도 끌렸다. 이 모든 것 때문에 도미닉이 보기에 나는 현실과 거리가 먼 먹물이 되었고, 그는 지치지도 않고 계속 내가 기계치라는 점을 지적했다(실제로 그렇긴 하지만, 딱히 과한 정도는 아니었다). 그는 엔진을 비롯한 기계장치를 척척 다루는 자신의 천재성을 나의 무지함과 비교하는 데서 희열을 느꼈다. 내 생각이지만, 나는 점점 나의 길을 가고, 도미닉도 자기 길을 가게 되면서 그는 경쟁심을, 심지어 어떤 불안감을 느꼈던 게 아닐까 싶다. 또, 어쩌면 상처를 받았을지도 모른다. 하지만 나는 내가 캐린과 사귀게 되면서 그와 내가 오랫동안 세워온 습관과 계획들을 쓰레기통에 던져 버렸는데도 그가 다 이해해주고 불평도 하지 않았다고 생각했었다. 결별은 개 같은 것이다. 그와 캐린은 심지어 친구로 지냈다.

사실, 열아홉 살이 되었는데 학교에 적을 두지 않은 도미닉에게는 병역 문제가 있었다. 그는 캐나다로 잠깐 여행을 가 징집을 피하겠다는 꾀를 냈다. 그리고 당시에 역시 학교를 다니지 않던 캐린은 자발적으로 그와 함께 캘리포니아에서 캐나다까지 히치하이크를 해주겠다고 나섰다. 순진하기 그지없던 나는 열라 착하네, 하고 생각했을 뿐이었다.

마침내 한낮이 되자 다른 사람들도 호놀루아에 모습을 드러내기 시작했다. 절벽 꼭대기에 차들이 보이고, 남자들이 길을 따라 내려왔다. 하지만 인파는 그렇게 많지 않았고, 파도는 변한다고는 해도 전보다 훨씬 더 좋아져 있었다. 나는 초경량에 기묘하게 생긴 수제 보드를 타고 있었다. 기묘한 모양인 이유는 주로 갑판에 크게 우그러진 자국이 가득했기 때문이었다. 무게를 줄이려는 꼼수를 잘못 부려서 샌타크루즈의 동네 유리 업자에게서 너무 가벼운 유리섬유를 깐 바람에, 패들할 때마다 가슴과 무릎이 닿거나 심지어 일어설 때 발을 디디면 영구적으로 움푹 들어간 자국이 남았다. 하지만 대패질한 표면은 매끄럽고 단단했으며, 가운데에 살짝 곡선으로 휘어 들어간 부분인 로커는 미묘하면서도 확실했고, 파인 곳 없이 약간 아래로 향한 레일과 부드럽게 휜 꼬리가 달린 몸체는 깨끗했다. 보드는 빨리 회전했고, 선을 따라 날아갔으며, 배럴에 들어갔을 때는 핀이 버텨주었다. 그런 것들이 중요했다. 이 보드는 호놀루아에서 타기에는 너무 가벼웠다. 특히 오후 들어 파도가 커지고 바람이 거세지니 더 그랬다. 하지만 보드를 힘겹게 몰아 파도를 내려오고, 살짝 울퉁불퉁한 파도 속을 비스듬히 날아서, 높고 비명을 지를 만큼 빠르며 햇빛을 받아 투명한 파도의 갈고리 아래, 얼굴 면 위에 안착을 하노라면, 각각의 장치와 관련한 기술적 난점을 유난히도 의식하게 되었다. 더 일반적으로 말하자면, 나는 이전에는 그렇게 허술한 장비로 이처럼 강력한 파도를 탄 적이 없었고, 물론 거기에 다른 보드가 있었다면 더 좋았겠지만, 그보다 더 영혼을 흔드는 파도는 상상할 수 없었다. 나는 그런 느낌을 더 원했다. 내가 얻을 수 있는 모든 느낌을. 플라톤은 나중에 보아도 될 것이었다.

세 달 후, 나는 대학을 자퇴하고 라하이나로 이사했다. 캘리포니아 주립대학교 샌타크루즈 캠퍼스는 신나는 곳이었지만 쉽게 그만둘 수 있었다. 그곳은 새로운 캠퍼스였고, 학문적 실험의 온상이었다. 학점도 없고, 조직된 스포츠도 없었다. 교수들은 권위적인 인물이라기보다는 공모자였다. 자기 주도 학습이 최대한 권장되었다. 이 모든 것이 내게 잘 맞았지만, 그곳에는 제도적 진지함이 없었다.

캐린은 미심쩍어하긴 했지만 따라왔다. 그녀는 서핑에는 관심이 전혀 없었지만 모험심이 강했고, 나는 그녀가 없으면 살 수도, 숨을 쉴 수도 없었다. 그렇다고 믿었다. 내게는 운이 좋게도 그녀에게는 다른 계획이 없었다. 호놀룰루에서 마우이 해변으로 가는 비행기 삯은 기억하기로는 19달러였다. 그리고 냉혹한 사실은, 그곳에 도착한 우리에게 호놀룰루로 돌아갈 비행기 좌석 하나 살 돈이 없었다는 것이다. 그날 밤 우린 비치타월로 몸을 둘둘 감고 해변에 누워 잤는데, 게들이 우리 몸 위를 기어다녔다. 게는 해를 끼치지 않지만, 그래도 이상하게 무서웠다. 그런 뒤에는 비가 와서 우리는 동이 틀 때까지 바들바들 떨었다. 호놀룰루를 지나칠 때 만난 부모님은 학교를 그만두겠다는 내 결정에 못마땅해하는 심사를 고통스러울 정도로 명확하게 밝혔었다. 이제 캐린도 내 결정에 못마땅한 심사를 명확히 밝히고 있었다. 라하이나의 새벽에. 우리가 사귀었던 1년 반 동안, 나는 내 미친 생각과 변덕으로 그녀를 이리저리 끌고 다녔다. 이제 그녀는 배고픈 노숙 서핑 소녀가 되어야 한다는 건가?

　내가 아는 사람이 있어. 나는 그녀에게 말했다. 정말이었다. 아주 잘 아는 사이는 아니었지만 말이다. 세 달 전, 도미닉과 함께 식량을 구하러 시내로 가는 길에 만난 사람이었는데, 자기가 사는 곳을 가르쳐주었다. 시행착오를 거치며 라하이나의 진창길을 걸어서 그의 집으로 가는 길을 찾아냈다. 캐린은 골목에서 기다렸다. 내가 차 열쇠를 들고 나타나자 캐린은 놀란 것 같았다. 그럴 것 같았다. 하지만 실은 자동차 주인—브라이언 디 살바토레Bryan Di Salvatore라는 이름의, 서퍼이자 학자이며 나보다 살짝 연상인 스물두 살의 놀랍도록 친절한 신사—이 옛 친구처럼 나를 반갑게 맞아주며 우리의 힘든 사정을 듣자마자 자신의 1951년형 포드를 금방 빌려준 것이었다. 이맘때면 파도는 다 시내에 들어와 있어. 그는 말했다. 그리고 그는 시내에서 일하니 차가 필요 없었다. 우리는 일자리를 구하는 동안 차 안에서 지낼 수 있었다. 차의 이름은 라이노체이서Rhino Chaser(코뿔소 추적자)야, 그가 말했다. 바나나 나무 아래 주차해놓은 터키색 짐승이었다.

　캐린이 좀 더 기분이 좋았다면, 활짝 얼굴을 펴고 깔깔 웃으면서 말했을 것이다. "하늘이 도우셨네." 하지만 그녀는 여전히 사기당한 기분에 빠져 있었고, 회의적이었다. 나는 그녀를 차에 태우고 이제는 관광지로 변해버린 옛 포경 마을을 한번 돌았다. 거기에는 할인 식품 판매점이 있어서, 우리는 두 사람이 먹을 한 달치 비상식량을 구했다. 대략 31달러를 쓴 것 같다. 그런 후에는 호텔과 레스토랑을 돌면서 지원서를 냈다. 캐린은 금방 웨이트리스 일자리를 얻었다. 나는 프론트스트리트에 있는 서점에 눈독을 들였다. 호놀루아만까지 타고 나갈 기름값은 없었지만, 그녀가 보면 좋아할 거라고 나는 장담했다.

"왜, 예뻐서?"

그거 말고 다른 이유도 많지, 나는 말했다.

그동안 우리는 밤이면 마을 가까운 어두운 농장 길가에 차를 세워놓고 캐린은 앞좌석에서, 나는 뒷좌석에서 잠을 잤다. 보드는 차 밑에 깔아두었다(나는 한쪽 문을 열어두고, 도둑들이 덤비지 못하도록 뒤집어놓은 핀을 한 손에 붙들고 잤다). 우리는 공립 공원의 시설을 이용했고, 캐린은 웨이트리스 유니폼을 세면대에서 빨았다. 나는 마을에 들어오는 파도를 두어 번 탔다. 그녀는 책을 읽으며 느긋해진 것 같았다. 그래도 섹스는 하지 않는 것을 보면, 여전히 내가 밉상인 것 같았다. 다행스럽게도 나는 서점에 일자리를 구하는 데 성공했다.

이 서점은 이상한 곳이었다. 쇠렌 키에르케고르Søren Kierkegaard의 책 제목을 따 이더/오어Either/Or(《이것이냐, 저것이냐》)라는 이름을 가진 곳이었는데, 더 직접적으로는 로스앤젤레스에 있는 동명 서점의 지점이었다. 주인은 예민한 부부로 경찰을 피해 다니는 수배자였고, 그들의 유일한 직원은 여러 가명을 쓰는 붉은 턱수염의 병역 기피자였다. 그들은 일손을 필요로 하면서도 나를 의심의 눈초리로 바라보았다. 내가 정부 요원처럼 생겼나? 나는 꼬치꼬치 마른 열여덟 살이었고, 부스스하게 어깨까지 머리를 길렀다. 여자 친구는 냉소적이었고, 낡아빠진 플립플랍을 신었으며, 햇볕에 바랜 반바지와 해어진 티셔츠를 입고 다녔다. 그들은 모험을 해보기로 결정했다. 그들에게는 먼저 로스앤젤레스의 본점에서 받아 온 도서 종합 시험지가 있었다. 지원자는 모두 그 시험을 통과해야 했다(소매 서점업은 그 이후로 변해버렸다). 현장 필기시험이었고, 집에 가져가서 보는 것이 아니었다. 캐린은 하루 저녁을 잡아 내가 책 제목과 저자를 암기하도록 훈련했다. 캐린이 나보다 그 시험을 통과할 확률이 훨씬 높다는 생각이 문득 들었다(그녀는 후에 캘리포니아 대학교 로스앤젤레스 캠퍼스 근처의 프랑스어 서점에서 일하게 된다). 사실 캐린은 내가 아는 10대 중에서 가장 책을 많이 읽었다. 내가 라하이나 항구에서 오후의 뙤약볕 아래 서핑을 하고 있을 때, 그녀는 방조제에 웅크리고 앉아 프랑스어로 쓴 프루스트를 읽었다. 그래도, 나는 이더/오어 서점의 시험을 보았고, 일자리를 얻었다.

계산대에 선 첫 날, 브라이언 디 살바토레가 뛰어 들어왔다. 그는 동네를 떠야 한다고 했다. 아이다호에서 다른 주까지 길게 뻗은 지역에서 농장을 하는 옛 친구에게서 편지를 받았는데, 마우이에서의 시간이 다 됐다는 걸 깨달았다고 한다. 그는 알로하 항공권 폴더에 주소를 끼적여주었다. 이제 나는 돈이 생기면 그에게 자동차 비용을 치러야 했고, 그 돈은 로스앤젤레스에 있는 그의 부모님에게 보내서 맡기기로 했다. 그는 1년 전에 차값으로 125불을 냈다고 했다. 그 말과 함께 그는 사라져버렸다.

급료를 받으면 캐린과 나는 기름값은 댈 수 있었지만 아직 집세까지는 무리였다. 우리는 라하이나 서쪽과 북쪽의 해변에서 야영을 했다. 만과 곶이 뱀처럼 이어지는 지역이었다. 긴 계단식 밭에서 투명하고 비 내려 어두운 산맥들까지 쭉 위로 올라가는 사탕수수밭 가장자리에 오래된 사탕수수 오두막들이 줄줄이 서 있었다. 노동자 거주용으로, 붉은 페인트가 벗겨져가는 집이었다. 푸우쿠쿠이Puu Kukui는 서마우이West Maui 산맥에서 가장 높은 봉우리로, 세계에서 두 번째로 비가 많이 오는 곳이라고들 했

다. 우리는 모닥불을 피울 수 있는 후미진 만과, 물이 진처럼 맑
은 해변을 골랐다. 나는 캐린에게 잘 익은 망고와 구아바, 파파
야, 야생 아보카도를 찾는 법을 알려주었다. 우리는 수중 마스크
와 스노클을 구해 암초를 탐색했다. 하와이 토종 물고기 이름이
아직도 몇 개 생각난다. 캐린은 특히 후무후무누쿠누쿠아푸아아
humuhumunukunukuapuaʻa라는 물고기를 좋아했다. 물고기 자체는 별
게 아니라 그걸 좋아한 건 아니고(앞이 뭉툭한 쥐치였다), 이름을 마
음에 들어 했다. 그녀는 잠수했다가 올라오면 스노클을 빼고 묻
곤 했다. "후무후무Humuhumu?" 그 단어는 여러 의미로 발전했다.
나는 태양의 각도를 보고 대답했다. "하나하나Hanahana." 그 말은
하와이어로 '일'이라는 뜻이었다. 우리는 일하러 가야만 했다. 캐
린은 역시 호놀루아만을 좋아했고, 그 덕에 한결 마음이 놓였다.
만은 시내에서 너무 멀어서 매일 야영할 수는 없었지만, 운전하
는 것도 좋았고 반짝거리는 물고기도 좋았다. 그리고 그 장소가
예쁘다는 건 부인할 수 없었다. 가을까지는 적당한 파도가 일지
않았지만, 우리 둘 다 달리 갈 데도 없었다.

　캐린은 본디는 안정에 집착하는 사람이었을 것이다. 베짱이가
아니라 개미파였다(혹은, 조이스를 참조하자면, 우아한 희망을 품는 사람
gracehoper은 아니라고 하는 편이 맞을까?).◆ 그녀의 어머니와 외조부모
님들은 독일계 유태인이었고, 홀로코스트의 생존자였다. 캐린 자
신의 삶은 부모님이 엘에스디에 빠져 갈라서면서 스스로 무너졌
다. 그녀와 나는 당시에는 학교 동급생이었고, 내가 머릿속으로

◆　제임스 조이스의 소설 《개미와 베짱이The Ondt and The gracehoper》에서 따온 표현이
다. 베짱이grasshopper와 gracehoper의 발음이 유사한 데서 오는 언어유희다.

상상한 것은 티모시 리어리Timothy Leary가 주재하는 교외 부부 스와핑 파티였다.** 캐린은 토팡가 자유학교라는 곳으로 사라져버렸다. 우리 쪽 세상에서는 첫 번째 '대안학교'였다. 다음에 우연히 만났을 때 캐린은 열여섯 살이었다. 슬프고 나이보다 속 깊어 보이는 애였다. 반문화가 지배하는 미국에서 정점을 향해 달리고 있던 섹스, 오락형 약물, 개혁 정치에 관한 온갖 어지러운 실험은 이제 캐린에게는 케케묵고 불행한 역사가 되었다. 실제로 캐린의 어머니는 여전히 그 한가운데 휩쓸려 있었다. 당시 그녀의 어머니가 주로 사귀던 남자는 수배 중인 블랙팬서Black Panther 당원이었다.*** 하지만 열여섯 살의 캐린은 그런 흐름과 결별한 지 오래였다. 캐린은 로스앤젤레스 서쪽에서 어머니와 여동생과 함께 점잖은 환경에서 살았고, 공립학교를 다녔다. 캐린은 도자기로 만든 돼지 인형을 모았고, 열광적인 싱어송라이터 로라 나이로Laura Nyro를 좋아했다. 문학과 미술에 깊은 관심이 있었지만 학교 시험 같은 헛짓거리에는 신경도 쓰지 않았다. 나와는 달리, 그녀는 양다리를 걸치는 법 같은 건 없었고, 대학에 갈 수 있는 선택권을 열어놓기 위해 학점을 따놓지도 않았다. 캐린은 내가 아는 가장 똑똑한 사람이었다. 세상의 상식에 밝고, 재미있었으며, 이루 말할 수 없이 아름다웠다. 그녀에게는 어떤 계획도 없는 듯 보였다. 그래서 나는 그녀를 차에 태워 데려갔다. 주로 내 고집만 부리면서.

캐린의 옛날 자유학교 친구가 한 말을 엿들은 적이 있다. 그들은 아직도 자기들이 로스앤젤레스에서 가장 힙하고 똑똑한 애들

** 티모시 리어리는 미국의 심리학자로 환각제의 의료적 효용을 지지했다.
*** 블랙팬서단은 1960~70년대에 활동한, 아프리카계 미국인들의 권익을 위해 싸운 민족 사회주의 무장 운동 단체다.

이라고 생각하고 있었고, 문제는 여우 같고 입이 건 동지인 캐린 데이비드슨이 어떻게 되었느냐는 것이었다. 소문에 따르면 그녀는 "어떤 서퍼 남자"와 도망쳤다고 했다. 그들에게는 말할 것도 없이 "일어날 리 없고 멍청한" 운명이었다.

캐린이 마우이로 오겠다고 동의한 데는 나름의 동기가 하나 있었다. 소문으로는 그녀의 아버지가 거기 있다고 했다. 엘에스디가 그의 삶으로 들어오기 전, 샘은 항공 기술자였다. 그는 직업과 가족을 떠났고, 영적 탐험을 떠나겠다는 것 말고는 별다른 설명도 없이 전화도 편지도 끊어버렸다. 하지만 코코넛 소식통으로 흘러 들어온 말로는 마우이 북쪽 해안에 있는 선불교 사원과 근처의 주립 정신병원을 오간다고 했다. 나는 우리가 섬으로 이주하면 캐린이 아버지를 찾을 수 있을 거라는, 가능성 이상을 언급하지는 않았다.

우리는 해리 고바타케Harry Kobatake라고 하는 미친 노인에게서 시내에 방을 하나 빌렸다. 한 달에 100달러, 복도 아래에 화장실이 하나 있는 찜통이었지만, 바퀴벌레 방역은 해주었다. 우리는 바닥에 화로를 두고 음식을 직접 해 먹었다. 집세는 비쌌지만, 라하이나는 주택 부족에 시달렸다. 그리고 고바타케의 하숙집은 항구로 이어지는 프론트스트리트 바로 건너편이었다. 이 지역에서 제일 좋은 파도 두 개가 부서지는 곳이었다. 브라이언의 말이 맞았다. 시내 전체에서, 혹은 근처에서 여름 파도가 가장 좋았다. 브레이크월이라고 불리는 한 지점에서는 파도가 탈 만해지려면 진짜 스웰이 필요했다. 4피트가 넘는 스웰은, 해안과 평행한 바위 방조제에서부터 쭉 뻗은 울퉁불퉁한 암초와 부딪혀 괜찮은 왼쪽,

오른쪽 파도를 만들어냈다. 하버마우스Harbor Mouth라고 하는 다른 곳은 항구의 입구 채널 서편에서는 파도의 최정점이 늘 엄청나게 일정했다. 한 발로 타도 좋을 만큼 파도가 좋았고, 사람이 많았으며, 남쪽 스웰의 기미가 있을 때마다 손꼽히는 곳이었다. 인파는 대체로 하울리이지, 토박이들은 아니었다. 거기가 나의 주요 지점이었다.

나는 어둠 속에 일어나 보드를 든 채 발꿈치를 들고 살금살금 계단을 내려가 작은 뜰을 총총 뛰어가서 부두로 향했다. 거기에 일등으로 나가고 싶었다. 자주 있는 일이었다. 그해에는 본토에서 서퍼들이 라하이나로 많이들 모였지만, 그들은 파티를 즐기는 무리들이라 새벽에 파도탈 준비를 하는 사람은 반대로 현저히 줄었다. 반면 캐린과 나는 술을 마시지 않는 커플이라 아는 사람이 별로 없었다. 나는 이더/오어의 문을 9시에 닫았다. 캐린은 일이 끝나고 손님들이 손대지 않은 아쿠aku(가다랑어)와 마히마히mahimahi(식용 돌고래 고기)를 알루미늄 호일에 싸서 갖다주었다. 그게 우리의 저녁이었다. 먹고, 책을 읽으며, 겁도 없이 기어 나오는 바퀴벌레를 잡았다. 우리는 천장을 어슬렁거리는 도마뱀들에게 이름을 붙여주었다. 나는 술집을 전전하는 생활에는 너무 무관심해서, 관광객이 하와이에서 음주가 허용되는 법적 나이를 물어봤을 때도 모른다고 얘기할 수밖에 없었다.

하버마우스에서 오른쪽으로 밀려가는 파도는 짧고 속이 비었으며, 파도가 더 크게 치면 더 길어지고 좀 더 복잡해져서 테이크오프 지점은 더 멀리 암초 바깥으로 밀려났다. 그래도, 아주 복잡하다고는 할 수 없었다. 파도를 깊이 이해하는 데 여름 한 철을 바친다면 이해할 수 있는, 그런 파도였다. 그럴 때 나는 5피트 이상 높이 솟는 파도를 사랑했다. 조건이 아주 깨끗하면 외벽이 완벽하게 고른 파도가 얼굴을 보일 때가 있는데, 사람들은 그에 종종 속아서 어디서 테이크오프해야 할지 모른 채 어깨 쪽으로 너무 깊게, 혹은 멀리 움직였다. 깊은 지점이 하나 있었는데, 일찍 잡아서 제대로 올라탈 수 있는 6피트 높이의 파도가 거의 늘 만들어지는 곳이었다. 시각적으로는 아무런 단서가 없음에도 나는 거기가 어딘지 분간할 수 있게 되었다. 하지만 하버마우스의 신호 특성, 어쨌든 그곳이 유명세를 얻게 된 지점은 오른쪽에서 파도가 끝나는 구간이었다(왼쪽으로 파도가 밀려갈 때는 채널에서 도망이라도 가듯 좀 더 길고 모양이 덜 잡혀 있다). 아주 짧고, 두툼하며, 얇고, 꽤 믿을 수 있는 파도 덩어리가 거의 언제나 열려 있었다. 시간을 제대로 잰다면, 그 구간은 내가 이제까지 본 다른 파도들만큼이나 확실한 배럴에 가까웠다. 높이가 2피트밖에 되지 않아도, 그 사이로 비집고 들어가서 마른 몸으로 나올 수 있었다. 내 서핑 경력에서 처음으로 나는 파도 안에서 보는 광경에 익숙해졌고, 은색 커튼 뒤에서 아침 태양을 내다볼 수 있었다. 파도 타는 경로의 반 정도 되는 곳에서 튜브 속으로 들어갈 수 있는 구간이 생겼다. 고바타케의 집까지 다시 총총 뛰어가면 캐린은 아직 바닥에 깔아놓은 요 위에 잠들어 있었다. 내 머릿속은 여덟 번, 혹은 열 번 정도 짧고 날카롭게 엿보았던 영원의 불꽃으로 타올랐다.

나는 일이 끝난 캄캄한 한밤중에 하버마우스에서 서핑하는 것을 좋아하게 되었다. 만조였고, 스웰의 크기가 좋았으며, 달도 도움이 될 수 있었다. 그래도, 완전히 정신 나간 짓이었다. 기본적으로 눈이 먼 채로 서핑을 하는 것이었다. 그렇지만 그렇게 하려고 하는 사람은 나만이 아니었다. 그러나 나는 파도를 무척 잘 안

다고 생각했고, 잠시 후에는 그림자와 조류의 당기는 힘을 보고
어디에 있을지, 어느 방향으로 가야 할지, 무엇을 해야 할지 느낄
수 있다고 믿었다. 내 생각은 종종 틀렸고, 얕은 물에서 잃어버린
보드를 찾아 한참을 허비해야 했다. 그것이 바로 만조여야 하는
이유였다. 하버마우스 안쪽의 초호는 넓고 얕았으며, 날카로운
산호는 잔인한 성게로 덮여 있었다. 나는 암초 사이의 작은 개울
들도 다 알고 있어서 대낮의 빛 속에서는 그리로 따라 내려갈 수
있었다. 심지어 더 물이 빠졌을 때도 물속에서 눈을 뜨고 최대한
잘 떠 있을 수 있도록 가슴 한가득 공기를 불어넣고는 자주색 성
게의 등뼈를 훑으며 잃어버린 보드를 찾아다녔다. 하지만 밤에는
아무것도 보이지 않았다. 그리고 해안지구의 가로등에서 쏟아지
는 불빛 속, 한들한들 춤추는 욕조 물처럼 가는 파도 속에서 초호
위에 까닥까닥 떠 있는 희미한 타원형 보드를 찾으려면, 튜브 속
에서 맛본 것과는 전혀 다른 형태의 영원永遠이 걸렸다. 하지만 포
기라는 선택지는 없었다. 보드는 단 하나뿐이었고, 나는 언제나
그것을 찾아냈다.

서점은 방조제 서쪽 벽 무너질 듯이 오래된 부두의, 방 세 개짜
리 건물이었다. 옆에는 술집이 하나 있었다. 마룻바닥 아래서 바
닷물이 출렁거렸다. 가게 주인 부부는 나에게 업무 인수인계를
한 뒤 지역 경찰로부터 위험신호를 받고 하와이를 떠나 카리브해
로 도망갔다. 그래서 나는 댄이라는 병역기피자 직원과 함께 서
점을 떠맡게 되었다. 규모에 비해 훌륭한 서점이었다. 소설, 시,
역사서, 철학서, 정치서, 종교서, 희곡, 과학서 분야는 생명력 넘
치고 철저했지만, 책은 대부분 오로지 한 권밖에 없었다. 당시 내

가 제일 좋아한 출판사인 뉴디렉션스New Directions나 그로브Grove에
서 나오는 책들은 모두 있는 것 같았다. 없는 책들은 거의 뭐든지
특별 주문으로 받을 수 있었다. 이런 입고 관리는 로스앤젤레스
본점의 도움으로 가능했다.

  그렇지만 우리가 보유한 모든 멋진 책들을 사려는 사람은 아무
도 없었다. 우리가 주로 파는 것은 관광객들을 위한 커피 테이블
용 책들뿐이었다. 산호초와 지역 내 관광지의 환한 사진으로 채
운 50달러짜리 비싼 괴물들. 그다음으로는 2주마다 높이 쌓이는
《롤링스톤》과, 매달 더 높이 쌓이는《서퍼》잡지만이 나갈 뿐이었
다. 이윤은 주로 거기서 났다. 우리의 비교秘敎, 점성학, 자기계발
서(우리는 "자아실현"이라고 부르긴 했지만), 동양 신비주의 분야 책들
도 그럭저럭 나갔다. 뭉텅이로 주문해야 하는 몇몇 저자들은 에
드거 케이시Edgar Cayce✦ 같은 구세대 사기꾼들이었다. 다른 사람들
은 앨런 와츠Alan Watts 같은 새로운 지도자들이었다.✦✦ 궤짝으로 주
문해서 순식간에 팔아버리는 반문화 베스트셀러들도 있었다. 그
중 크라운출판사에서 나온 바바 람 다스Baba Ram Dass(과거에는 리처
드 앨퍼트Richard Alpert 박사라는 이름이었다)의 《지금 여기에Be Here Now》
는 3.33달러라는 신비로운 가격에 팔았다. 그 책은 여러 도표와
함께 의식 고양에 대해 상담해주는 책이었다. 또 다른 주요 인기
도서는 알리시아 베이 로렐Alicia Bay Laurel의《지구에서 살기Living on
the Earth》였다. 판형이 크고, 손으로 그린 일러스트가 있으며, 시골
에서 수세식 화장실 없이 온건하게 무일푼으로 살아가는 사람들

✦   19세기 말 ~20세기 초에 활동했던 미국의 초능력자이자 예언가.
✦✦ 미국의 선 수행자. 뉴에이지 운동에 영향을 준 것으로 유명하다.

을 위한 실용적 안내서였다.

당시 마우이에는 그런 사람들이 많았다. 실제로는 그들 모두가 본토에서 새로 온 사람들이었다. 그들은 좁은 산골짜기 위, 혹은 흙길이나 밀림의 오솔길에서 떨어진 곳에 살았다. 아니면 섬의 동쪽 반을 정의하는 거대한 휴화산 할레아칼라Haleakala의 너른 비탈이나, 바짝 마른 남동 해안을 따라 한적한 해변에 살기도 했다. 몇몇 사람들은 진지하게 공동체 생활과 유기농 열대 농업을 숭배했다. 어떤 사람은 서핑했다. 또한 우리처럼, 시내와 마을을 헤매고 다니는 새 이주민들도 많았다. 혹은 샘Sam처럼 할레아칼라 북쪽 비탈에 있다는 수도원에 사는 사람들도 있었다.

토착민들은 어떻게 된 걸까? 아니, 그들 중 누구도 이더/오어에 오지 않는 것만은 확실했다. 내가 해리 고바타케에게 서점에 일자리를 얻었다고 하니까, 그는 한 번도 들어본 적 없다고 했다. 60년 동안이나 작은 라하이나에 살았는데도 우리 고객들은 모두 관광객, 히피, 서퍼, 히피-서퍼 들이었다. 딱히 그런 생각을 하지 않아도 나는 그네 무리 모두를 싫어하게 되었다. 작은 서점의 계산대 뒤에서 사람들이 문학이나 역사에 관심을 가지도록, 그러니까 기념품이나 부적이나 재래식 변소 말고 다른 데 관심을 가지도록 노력하다 보니 어느샌가 신념이 바뀌어 있었다. 나는 실패자였고, 꼬마 대학생의 오만은 불만으로 굳어지기 시작했다. 나는 조숙한 반-히피 무리들처럼 갑자기 늙어버린 기분이 들었다. 사상적으로 벌써 몇 년 전에 그렇게 되어버린 캐린은 그걸 웃기다고 생각했다.

또한 아름다운 사람들이 동네에, 주로 요트를 타고 나타나기 시작했다. 여기엔 피터 폰다Peter Fonda의 배가 있고, 저기엔 〈카우

걸인더샌드Cowgirl in the Sand〉를 갑판 위에 쩌렁쩌렁 틀어놓고 해 질
녘 라하이나로 항해하는 닐 영Neil Young의 배가 있다는 식이었다.
캐린은 이 호화로운 배들을 따라다니는 늘씬한 열성 팬들에게 위
협을 느꼈다. 그러다가 고바타케의 샛집 건너편 항구에 있는 공
공 화장실에서 그런 불안을 실제로 확인하는 경험을 했다. 누군
가 여자 화장실 변기 칸에서 역사상 가장 시끄럽게, 악취를 풍기
며 일을 보고 있었다. 캐린은 이 여자와 마주치는 당황스러운 상
황을 피하려고 세수를 재빨리 하려 했지만 그러지 못했고, 결국
벌게진 얼굴로 캐린과 마주친 신인 여배우는 어떤 록의 신이 타
고 다니는 배로 도망가버렸다.

　내게 힘이 된 록스타는, 사교적으로 말하면, 지미 헨드릭스였
다. 그가 〈레인보우브리지Rainbow Bridge〉라는, 마우이에서 전해에
열린 콘서트를 다룬 기묘한 영화에 출연했을 때였다. 영화는 거칠
었고, 음향도 엉망이었다. 헨드릭스와 그의 밴드는 무역풍이 울부
짖는 덤불 무성한 들판에서 연주했다. 대략 시네마-베리테cinema-
verite적으로 묘사된, 헨드릭스와 뉴욕 출신의 하늘하늘한 흑인 여
자 사이의 로맨스도 있었다. 여자는 마우이 히피 공동체 계열을
'쌀쌀맞게 멀리 두고' 연기했고, 헨드릭스는 그보다도 더 멀었다.
불분명하게 내던지는 듯한 대사에 나는 그저 웃어버렸다. 배런이
라는 이름의 수동적 공격성이 있는 공동체 지도자가 너무 짜증 나
게 하는 바람에 헨드릭스는 라이플로 그 녀석을 위협해 발코니에
서 뛰어내리게 해야 했다. 영화는 저예산 영화다운 시퀀스로 마무
리했다. 금성에서 온 우주 형제가 할레아칼라의 분화구에 착륙한
다는 내용이었다. 나는 그 결말을 순수한 풍자로 받아들였다. 하
지만 사람들이 서점과 다른 데서 이 '금성인들'을 두고 하는 이야

기를 들을수록, 내 해석은 소수 의견이었음을 깨닫게 되었다.

우리, 캐린과 나는 우리의 작은 임시 공동체와 완전히 척을 지지는 않았다. 나는 캐린을 또 다른 영화, 본격 서핑 영화로 끌고 갔다. 본격 서핑 영화는 본질적으로 서핑을 하지 않는 사람들에게는 아무런 의미가 없다. 라하이나의 쓰러져가는 낡은 극장인 퀸시어터Queen Theatre에서, 이따금 약에 취한 관객들을 대상으로 그런 영화들을 상영했는데, 늘 매진이었다. 나는 이 중 어떤 영화에 나온 몇몇 장면을 기억한다(제목은 기억나지 않는다). 한 장면은 거대한 반자이파이프라인에 대한 것으로, 연출자들은 자체 음악 없이 챔버스 형제의 느릿느릿한 기념가 〈타임해즈컴투데이The Time Has Come Today〉를 한껏 소리 높여 연주했다. 이 영화관에 온 사람들은 모두 일어서서 화면을 보고 못 믿겠다는 듯 야유를 보냈다. 우리 같은 사람들은, 사람들이 그런 종말의 파도 속으로 진입하는 모습을 보고 있자니 전율이 느껴졌다. 하지만 캐린도 눈을 휘둥그레 뜨고 일어서는 모습을 보고 나는 좀 놀랐다.

그리고 냇 영과 데이비드 누우히와가 우리 지역의 지점 중 하나인 브레이크월에서 훨씬 온화한 선율에 맞춰 서핑하는 장면이 있었다. 누우히와는 몇 년 전에 세계에서 가장 노즈라이딩을 잘하는 서퍼로 꼽혔었고, 영은 몇 년 동안 가장 위대한 쇼트보드 서퍼였다. 그들이 둘 다 쇼트보드를 타고, 둘 다 절대적인 장인의 솜씨로 함께 서핑하는 모습을 보는 것은 눈물이 쏟아질 정도로 감동적이었다. 구체제의 마지막 황태자와 건장하고 혁명적인 오스트레일리아인이 우리가 모두 잘 아는 파도 속에서 햇볕에 젖은 이중주를 연주하고 있었다. 나는 캐린이 누우히와와 영이 등장하는 장면의 의미를 이해할까 싶었지만, 그녀는 그 후에 이어지는 장면만은 확실히 파악한 것 같았다. 감독은 누군가의 허접한 충고를 받았는지, 우스운 지상 장면을 삽입하려고 했다. 본격 서핑 영화에서는 언제나 나쁜 생각이다. 얼굴이 우그러지는 나일론스타킹을 뒤집어쓰고 달리는 악당이 나오는 장면이었다. 관객들은 끙 불만을 터트렸고, 누군가 외쳤다. "씨팔, 홉 우Hop Wo잖아!" 홉 우는 퉁명스럽고 인색하기로 유명한 라하이나의 가게 주인이었다. 나일론스타킹을 뒤집어쓴 남자와 상당히 닮았다. 캐린은 서핑 무리들과 함께 웃음을 터뜨렸다. "씨팔, 홉 우잖아"는 우리 사이에 복잡하고 다정한 후렴구가 되었다.

나는 돈이 생기자마자 브라이언 디 살바토레에게 125달러를 보냈다. 그에게서 직접 답장은 오지 않았지만, 맥스Max라는 우아한 여자가 서점에 들러서 종종 그의 소식을 전해주었다. 그는 아이다호에 갔다가, 그다음엔 영국으로, 그다음에는 모로코로 갔다고 했다. 맥스는 속을 알 수 없는 여자였다. 낮은 목소리에 흥미롭다는 듯이 사람을 똑바로 바라보는 버릇이 있는 그녀는 마치 패션모델처럼 보이시한 아름다움이 있었다. 그녀는 라하이나의 수준을 넘어섰다. 몬테카를로 같은 데 있어야 할 사람 같았다. 그녀와 브라이언은 확실히 사귀는 사이인 듯했으나 그가 없는데도 그녀는 꽤 명랑해 보였다. 나는 그녀가 브라이언의 옛날 차를 보고 무슨 생각을 했을지 궁금했다. 내가 부추기는 통에 캐린은 트렁크 위에 거대한 꽃을 색칠해놓았다. 잘 그린 꽃이긴 했지만 그래도 이제 더는 라이노체이서라고 부를 수 있는 차가 아니었다. 나는 반反히피가 되고 있기는 했지만, 여전히 히피의 성향을 조금은 지니고 있었다.

부모님에게서는 별로 연락이 없었다. 내가 학교를 그만둘 때 부모님이 반대하며 했던 말이 내 머릿속에 울렸다. 아버지는 대학 중퇴자의 90퍼센트가 다시는 대학으로 돌아가 학위를 따지 못한다고 말했다. "통계가 그래!" 부모님은 또 내 병역 문제를 걱정하셨던 것 같다. 그럴 만한 일이었다. 부모님이 몰랐던 건, 나는 아예 병적에 등록도 하지 않았다는 사실이다. 시민으로서 나의 의무감은 한 번도 강한 적이 없었고, 군대에 관해서는 아예 존재하지도 않았다. 만약 정부가 나를 찾으러 왔다면, 이더/오어 서점의 주인들과 함께 카리브해로 도망치는 신세가 되었을지도 모른다. 그렇지만 나는 그런 생각은 한 번도 해본 적이 없었다. 또한 우리 식구들은 캐린과 내가 호놀룰루에 있을 때 각방을 써야 한다고 주장했다. 더없는 모욕이었다.

고바타케의 하숙집 옆방에는 대마초를 피우는 시끄러운 무리가 있었는데, 복도에서 스케이트보드를 타거나 시끄러운 음악을 듣거나 그보다 더 시끄러운 섹스를 일삼았다. 그들은 슬라이앤드더패밀리스톤Sly and the Family Stone✦의 노래를 끊임없이 틀어댔다. 나는 그 밴드의 앨범을 다시는 즐길 수 없었다. 나는 종종 책을 손에 든 채로 방에서 뛰어나가 시끄러운 난봉꾼을 이글이글한 눈으로 째려봄으로써 캐린을 창피하게 했다. 사실, 그때 나는 캐린이 부끄러워한다는 것도 몰랐다. 그녀는 몇 년이 흐른 뒤에야 말해주었다. 심지어 자기 일기를 보여주기까지 했다. 거기에서 나는 "우리의 열렬한 학자님이 미친 머리를 복도로 삐죽 내밀었다"고 묘사되어 있고, 그 탓에 그녀는 "끝없이 얼굴을 찡그려댔다"고

✦ 샌프란시스코 출신의 밴드.

했다. 나는 남에게 미움 받는 것 따위는 아무렇지도 않았지만, 캐린은 아니었다. 내가 또 한번 알아채지 못한, 그녀가 불편해했던 점이었다.

고바타케의 하숙집에 사는 사람들은 모두 식료품 할인 쿠폰을 받았다. 사실 거기 살았던 사람은 모두 갖고 있는 것 같았다. "매달 정해진 때에 분홍이들이 왔다." 캐린이 쓴 말의 뜻은 현재, 혹은 이전 거주자들 앞으로 매달 분홍색의 정부 수표가 수십 장 온다는 뜻이었다. 마우이에서 사는 느슨한 무리들 사이에는 할인 쿠폰에 대중들이 의존한다고 해서 딱히 복지 제도가 잘되어 있다는 인식 같은 건 퍼져 있지 않았다. 쿠폰은 그저 또 다른 일거리로 여겨질 뿐이었다. 기이할 정도로 합법적이고 편하지만 확고하게 사소한 일거리. 후에 나는 영국과 오스트레일리아에서 몸은 성하지만 실업수당으로 살아가는 젊은이들 틈에 끼어 산 적이 있었다(그 오스트레일리아 사람 중 몇 명은 서퍼였다. 그들은 자신들이 받는 수표를 기본 생계 수단이자, 일종의 권리로 여겼다).

둘 다 휴무이던 어느 날, 캐린과 나는 올로왈루Olowalu라고 하는 곳에 가볍게 파도를 타러 나갔다. 라하이나 남동쪽, 옆으로 도로가 나란히 달리는 평평한 해변으로부터 뻗어나간, 모양 없는 작은 암초가 있는 곳이었다. 캐린은 서핑을 배우는 데 아무런 흥미가 없었고, 나는 그게 합리적이라고 생각했다. 성숙한 나이에, 즉 열네 살이 넘어서 서핑을 시작하려고 하는 사람은 내 경험상 능숙해질 가능성이 거의 없었고, 대부분 고생하고 괴로워하다가 그만두곤 했다. 하지만 다른 사람의 감독하에 조건만 맞으면 재미있게 즐기는 건 가능했다. 오늘 나는 캐린에게 내 보드로 느리고 작은 파도를 타보라고 권했다. 나는 그 옆에서 수영하면서 그녀가 바다로 나갈 수 있게 몰고 가고, 자리 잡게 올려주고, 파도로 밀어주었다. 캐린도 즐거워하며 보드 위에 배를 깔고 누워 한참 파도를 타면서, 꺄악꺄악 소리를 지르고 야단이었다. 나는 바위에 발을 베이지 않으려고 노력했다. 물은 얕았는데, 딱히 깨끗해 보이지도 않았고 냄새도 별로였다. 주위에 다른 사람은 없었고, 키헤이로 가는 길 위를 쌩쌩 내달리는 차뿐이었다. 그러다 캐린이 파도타기를 마치고, 파도가 다시 해안 쪽 초호 속으로 지나가며 스르륵 내려설 때, 그녀 너머로 등지느러미 네댓 개가 보였다. 해안을 도는 상어 떼였다.

흑기흉상어처럼 보였다. 가장 공격적인 토종은 아니었지만 분명 반가운 광경은 아니었다. 덩치가 큰 것 같지는 않았는데, 사실 내가 서 있는 자리에서는 구분하기가 힘들었다. 상어들은 해변 바로 옆에 있었다. 나는 30야드 떨어진 곳까지 나와 있었다. 캐린은 해변에서 고작 몇 미터밖에 떨어져 있지 않았지만 상어를 보지 못한 게 분명했다. 물을 튀기면서, 보드를 돌려 바다로 다시 나오려고 했다. 나는 머리를 숙이고 팔은 크게 젓지 않으면서 그녀가 있는 방향으로 되도록 열심히 헤엄쳐 갔다. 캐린은 무슨 말을 하고 있었지만 귀에 피가 쏠리는 소리에 목소리가 삼켜졌다. 그녀 가까이에 갔을 때 상어 떼가 빙빙 도는 게 보였다. 상어 떼는 여전히 해변 가까이에 붙어 있다가 이제 다시 우리 쪽으로 돌아왔다. 나는 허리 높이의 물속에서 일어서서 상어의 몸통을 보려고 했지만 물이 너무 탁했다. 나는 상어 떼가 우리 옆을 지날 때까지 얼굴을 돌리고 있었다. 뭐가 되었든 내 표정을 캐린에게 들키고 싶지 않았다. 캐린은 내가 자기 몸을 해변 쪽으로 돌려서 빨리 가도록 밀어붙이자 놀랐던 것 같다. 그때까지는 물 밖으로 나갈 때 돌을 밟지 않으려고 엄청 조심했지만, 그것도 무시해버렸다. 그래도 그녀가 무슨 말을 했는지 하나도 기억나지 않는다. 나는 보드를 돌려서 그녀가 상어 떼를 보지 못하게 시야를 가렸고, 상어가 빨리 돌지 않을 거라는 전제 아래 한참 떨어진 해변에 닿으려고 했다. 상어 떼는 돌아오지 않았다. 적어도 우리가 초호를 건너 모래섬에 올라설 때까지는. 나는 그 후로는 돌아보지 않았다.

캐린과 나는 어색한 영역에 접어들었다. 나는 옛 애인과 깊은 관계를 맺고 있었다, 바로 서핑이라는 애인이다. 호놀루아만에 가을이 찾아와 큰 파도가 치기만을 손꼽아 기다리고 있었다. 준비하고, 준비하고, 매일 서핑했다. 캐린은 내가 이런 상태였던 걸 본 적이 한 번도 없었지만, 질투하는 것처럼 보이지는 않았다. 사실, 그녀는 나의 이상적인 호놀루아 보드의 기술적인 영역에 대해 신중한 질문을 던지기 시작했다. 너무 뜬금없는 질문들이어서, 결국 그녀는 자신의 계획을 고백할 수밖에 없었다. 캐린은 내 생일 선물로 새 보드를 사주려고 했던 것이다. 식료품 할인 쿠폰을 받을 만큼 변변찮은 수입에 작은 선물이 아니었다. 그렇게 나는 호놀루아를 기다렸고, 그녀는 그것을 받아들였다. 하지만, 또 다시 묻자면, 대체 그녀는 마우이에서 무엇을 하고 있단 말인가? 그녀는 웨이트리스를 그만두고 이제는 라하이나 외곽, 카아나팔리Kaanapali라는 끔찍한 신축 리조트에서 아이스크림을 퍼 담고 있었다. 우리는 그녀의 아버지를 찾으려고 노력했다. 카훌루이Kahului에서 파이아Paia까지 차를 타고 가 수도원과 외래 진료 병원 근처에서 캐묻고 다녔지만 우리가 가진 얄팍한 실마리를 따라가기란 불가능했다. 나는 캐린에게 정말로 아버지를 찾으려는 마음이 있기는 한지 점점 궁금해졌다. 최소한 그녀는 고통스럽기는 할 것이었다. 라하이나는 매력이 있었다. 마우이 서쪽 해안과 시골 지방보다는 좀 더 섬세했다. 오래된 중국식 사찰, 재미있는 기인들, 햇볕 속에서 익어가는 오래된 산호 벽돌 감옥의 잔해. 캐린은 그런 것에 민감했다. 심지어 다른 서핑 이주자들 중에서 새 친구도 사귀었다. 그녀가 "금발의 태양 아이들 무리" 라고 부르는 사람들이었다. 하지만 우리 사이의 어색함은 그녀의 욕망과 나의 욕망을 진지하게 구분하지 않은 우리의 실패와 함께 이미 시작되었다. 아니, 사실은 나의 실패였다.

　우리는 합쳐졌다가, 융합되었고, 우리 심장 사이의 경계는 녹아버렸다. 적어도 내 마음속에서는 그랬다. 고등학교 때 사귀기 시작한 이래로 계속 그랬다. 신체적으로 보면 우리는 어울리지 않는 짝이었다. 나는 그녀보다 30센티미터나 컸다. 캐린의 어머니 잉게Inge는 우리를 머트Mutt와 제프Jeff라고 불렀다.✦ 하지만 우리는 한 몸처럼 느꼈다. 나는 우리의 분리를 가슴 깊숙이 겪었다. 우리가 아직 고등학생이던 시절, 잉게의 밤이 중년의 긴 난교 파티처럼 느껴졌던 때, 캐린과 나는 그 집에 같이 사는 청교도 청년이었다. 구식일 정도로 일부일처를 지켰고, 서로에게 완전히 헌신했다. 그들의 아파트는 그때도 정상적인 가정은 아니었다. 아이들이 마음대로 섹스를 할 수는 있었지만 모험심이 없다는 것이 안타까운 그런 곳이었다. 그때까지 내 청소년기의 연애 생활에는 10대 애들이 나쁜 짓을 하지 못하게 술수를 쓰고(실패할 때도 있었지만) 감시하고 가끔은 불같이 화를 내던 아버지들만 있을 뿐이

✦　미국 신문 만화의 주인공으로, 키다리와 작다리 같은 느낌의 이름이다.

어서, 그런 자유에 익숙해지기까지는 한참 걸렸다. 우리 부모님은 거기에 절대로 익숙해지지 못하는 분들이어서, 내가 캐린이랑 사귄 후 밤 늦도록 집에 오지 않으면 펄쩍 뛰곤 했다. 그리고 그런 일이 자주 있었다. 부모님의 분노에 나는 놀랐다. 몇 년 동안 나는 캐린이 비웃음을 섞어 엄숙하게 불렀듯이 "신이 내린 자유인" 같은 느낌이었다. 그런데 이제 와 열일곱 살에 갑자기 통금이 생겨? 내가 직접 부루퉁하게 내린 진단은 이러했다. 부모의 섹스 공포.

그때 캐린과 나는 교통사고를 당했다. 우리가 해안을 따라 가고 있을 때, 과속으로 달리던 음주운전자가 내 밴을 추돌했다. 밴은 끝장났다. 우리는 둘 다 무사했다. 배상금을 적게나마 받아서, 우리는 그 돈으로 헐값의 전세 비행기 표를 사서 졸업식은 제치고 유럽으로 튀었다. 이렇게 갑작스러운 퇴장이 부모님의 결심을 굳힌 듯했다. 이런 행동이 부모님에게 잔인할 수도 있다는 생각은 한 번도 해보지 못했다. 우리 부모님들은 맏이의 졸업식을 고대하고 있지 않았을까? 그렇다고 해도 부모님은 아무 말 하지 않았다. 잉게로 말하자면, 우리가 막 나가려 할 때 잠에서 깨서 흥분했지만, 내게서 딸을 잘 돌보겠다는 약속을 받아냈다.

하지만 나는 그 약속을 지키지 못했다. 캐린과 나는 싸우기 시작했고, 사실 잘 싸우지도 못했다. 더욱이 길 위에서 나는 폭군으로 돌변해 서유럽을 무자비한 속도로 돌면서 크래커와 신선한 공기로 연명하고, 별 아래서 잤다. 언제나 새로운 장소, 더 나은 장소가 있었고, 우리는 거기 가야만 했다. 나는 캐린을 끌고 록페스티벌(배스), 서핑타운(비아리츠), 내가 제일 좋아하는 작가들이 살았던 곳(과 무덤)을 도는 힘든 순례를 했다. 나보다 덜 풋내기였던 캐린은 서둘러야 할 이유를 알지 못했다. 그녀는 마른 꽃을 일기장에 눌러놓고, 박물관에 갔으며, 벌써 프랑스어와 독일어를 능숙하게 하는가 하면, 우리가 만나는 모든 언어를 익히기 시작했다. 마침내 내가 "터키의 영향"을 더 보고 싶다는 불타는 욕망을 드러냈을 때, 캐린은 자기는 그리스 서쪽의 섬 코르푸Corfu에 가고 싶다는 의견을 명확히 밝혔다. 오토만 제국†의 첨탑을 찾으러 가고 싶거든 혼자 가, 그녀는 말했다. 그래서 나는 우리가 야영했던, 산을 등진 외딴 해변에 그녀를 혼자 남겨두고 떠났다. 우리 둘 다 내가 정말로 그렇게 하리라고는 믿지 않았다. 그렇지만 나는 일단 낯선 영토를 적은 비용으로 재빨리 움직이는 데 능숙해져 있었기에 일주일도 되지 않아 터키에 들어섰고, 이제는 국경을 넘어 인도까지 가보겠다는 마음이 강렬히 타올랐다. 충동, 새로운 동지들, 그리고 새로운 땅이 그 당시 나의 마약이었다. 나는 이런 것들이 청소년의 신경계에 경이로운 작용을 일으킨다는 것을 깨달았다. 터키의 영향은 반 시간 정도는 나를 매료시켰다. 타밀Tamil의 영향도 아마 그 정도 지속될 것이었다.

　이런 어리석은 짓은 흑해 남부의 텅 빈 해변에서 지저분하게 멈추었다. 갈색이고, 안개에 잠겼으며, 바람에 무너져버리는 평범한 파도가 오데사Odessa 쪽에서 굴러왔다. 나는 풀이 우거진 언덕에서 비틀거렸다. 내가 도대체 무슨 짓을 한 거지? 내 진정한 사랑을 그리스 오지에 홀로 두고 와버렸다. 그녀를 길바닥에 버린 것이다. 세상에, 고작 열일곱 살인 애를. 우리 둘 다 그랬다. 새로운 장면, 새로운 모험에 대한 나의 열정은 야영 준비도 하지

---

†　　오스만 제국.

않고 터키 관목 속에 그저 앉아 있을 때 쓰디쓴 연기가 되어 사라
졌다. 개들이 짖고, 어둠이 떨어졌으며, 빛나는 로드무비의 기죽
지 않는 주인공이었던 나는 갑작스레 한심한 놈팡이가 돼버렸다.
낙오자 남자 친구, 나이 많은 도망자, 샤워를 해야만 하는 겁쟁이
꼬맹이.

이튿날 아침 나는 다시 유럽으로 향했다. 유럽은 떠날 때보다
들어갈 때가 더 어렵다는 걸 그때 깨달았다. 콜레라에 대한 공포
가 있었고, 그리스와 불가리아의 경계는 닫혀 있다고 했다. 나는
보스포루스 해협을 따라 걸으며, 호텔 옥상에서 자면서(방보다 쌌
다), 이스탄불을 헤매었다. 루마니아로 가려고 했으나 차우셰스
쿠의 경비병들이 내가 퇴폐적인 기생충인 걸 알고 비자를 내주지
않았다. 그다음에는 경찰들이 내가 머문 여관을 습격했다. 경찰
은 영국인 세 명을 체포했고, 그들은 다음 날 해시시 소지로 기소
되어 각각 7년 형을 받았다. 나는 다른 옥상으로 이사했다. 나는
용감하고 허풍 어린 엽서를 썼다. 어이, 사진으로는 블루 모스크의
아름다움이 다 전달이 안 되네.

캐린 생각을 하면 미칠 것만 같았다. 그녀는 친구가 있는 독일
로 가는 길을 찾아볼 거라고 말했지만, 나는 계속 최악의 경우를
상상했다. 나는 그랜드바자Grand Bazaar에서 그녀에게 줄 싸구려 가
방을 샀다. 나는 다른 외국인 방랑자들과 친구가 되었다. 마침내
나는 감정을 주체하지 못하고 집에 전화했다. 전화 연결이 되는
데만도 하루 종일이 걸려서, 휑뎅그렁하고 오래된 우체국에서 계
속 어슬렁거려야 했다. 마침내 연결이 되었지만 통화 음질이 엉
망이었다. 어머니의 목소리는 쉰 살은 더 먹은 듯 끔찍하게 연약
했다. 나는 무슨 일이 있었는지 계속 물었다. 나는 어머니에게 이

저자. 이스탄불. 1970년.

스탄불에 있다고 말했지만, 통화가 끊길 때까지도 캐린의 소식은 묻지 못했다. 내가 몇 주 동안이나 캐린을 보지 못했다는 말은 하지 않았다. 이제 우체국은 문을 닫았다. 나는 카드와 편지를 많이 썼지만, 그해 여름 집에 전화를 건 것은 그 한 번이 다였다.

마침내 나는 궁지에 몰린 처지의 다른 서양인들과 팀을 짜서, 불가리아 국경 수비대에게 뇌물을 주고 발칸반도Balkan Peninsula를 지나 알프스를 넘었다. 그리고 뮌헨에 있는 아메리칸익스프레스 게시판의 도움으로 도시 남쪽 야영장에 있던 캐린을 찾았다. 캐린은 괜찮아 보였다. 약간 야위었다. 그녀가 어떻게 지냈는지 묻기가 너무 두려웠다. 그래. 나는 말했다. 터키의 영향력을 실컷 느끼고 왔어. 그녀는 가방을 받아주었다. 우리는 도보 여행을 이어갔다. 스위스, 슈바르츠발트. 라인 강변에 있는 캐린 어머니의 고향을 찾아갔을 때는 참으로 이상했다. 거기서, 늙은 사람들이

캐린을 그녀의 어머니로 오해했고, 그다음에는 전직 나치 친위대
라며 이웃들에 대해서 쑥덕쑥덕 험담을 늘어놓았다. 파리에서는
첫날 밤을 부아드볼로뉴^{Bois de Boulogne}에서 노숙했다. 암스테르담
에서 우리는 지미 헨드릭스가 로테르담^{Rotterdam}에서 연주한다는
소식을 들었다. 우리는 거기 갈 계획을 세웠다. 그렇지만 쇼는 취
소되었고, 닷새 후 헨드릭스는 죽었다(그가 나온 마우이 필름은 바로
그 몇 주 전에 촬영한 것이었다). 재니스 조플린과 짐 모리슨, 내 인생
의 두 영웅은 그때 이미 고인이 되어 있었다.

우리는 캘리포니아로 돌아가 샌타크루즈의 내 작은 기숙사 방
에서 불법으로 함께 살았다. 기묘한 살림이었다. 나는 그녀를 위
해 학교 식당에서 음식을 훔쳐다 주었지만, 캠퍼스에서 그렇게
불법적으로 사는 히피 1학년 커플이 우리만은 아니었다. 내 쪽에
서는 이런 삶이, 최소한 잠시는, 이상적이었다. 나는 책과 위대
한 선생님들에게 푹 잠겼고, 절대 멀리 떠나지 않을 내 연인과 삼
나무 숲을 맨발로 걸어 다니며 아리스토텔레스에 대해 토론했다.
캐린은 수업을 청강했고, 여기저기 히치하이크로 돌아다니면서
(로스앤젤레스, 그와 밀접한 캐나다), 자기도 진학할 계획을 세우기 시
작했다. 그때 나는 마우이라는 찬란하고 신통한 생각을 해냈고,
캐린을 끌고 거기까지 간 것이었다.

우리는 첫 달 동안은 필연적으로 꼭 붙어 다녔다. 고바타케가
집세를 올리려고 했지만—아니면 우리가 자기 닭고기를 훔쳤다
며 누명을 씌워서 벌금을 물리거나, 또는 집세를 더 낼 것 같은
호구를 찾아냈다고 생각할 때면 우리를 쫓아내려 했지만—우리
는 함께 맞서 싸웠다. 우리가 아는 사람들이 정색을 하고 금성인
들에 대한 이야기를 할 때도, 우리에게는 서로가 있었다. 우리는

혼란스럽고 어리석은 신비주의자들의 세계에서 회의주의자 동료였고, 합리주의자였으며, 책을 읽는 사람들이었다. 그럼에도 불구하고, 뭘 두고 그랬는지는 콕 집어 말하기 어렵지만, 말싸움이 격해지고 통제할 수 없어지면 한 사람이 어두운 밤에 바깥으로 뛰쳐나가는 경우도 있었다. 화해의 섹스는 절묘하게 좋았지만, 그건 우리가 했던 모든 섹스의 시작일 뿐이었다.

캐린이 임신하자 어색함이 깊어졌다. 우리는 아이를 가지는 것에 대한 의논은 해본 적이 없었다. 우리도 아직 아이였다. 나는 또한 내가 불멸의 존재라고, 남몰래 믿고 있었다. 그런 것들엔 적절한 때가 있을 것이었다. 지금부터 여러 삶을 지난 후에. 캐린은 낙태했다. 그 당시에는 낙태를 하고 와일루쿠의 병원에서 하루나 이틀 정도 입원해야 했다. 수술을 끝낸 그녀는 무척 상태가 안 좋아 보였고, 병동 침대에 몸을 웅크리고 누워 있었다. 얼굴은 침울했고, 눈은 상처를 받은 듯했다. 그것이—이제야 깨달은 것이지만 그때는 전혀 깨닫지 못했었다—우리 관계의 끝이었다.

내게 여전히 남은 히피족 성향 중 하나는, 심지어 반유토피아적 반동의 시대에도 드러나지 않았던 코뮌주의자라는 것이었다. 나는, 제대로 정의 내리지는 못하겠지만, 어떤 혼이 담긴 장소에서 몇몇 친구들과 모여 모두 함께, 행복하게, 영원히 살기를 바랐다. 마우이는 그때쯤 되자 더 멍청해지고 더 관광객 중심의 장소가 되어서 이런 계획에는 완전히 맞지 않았지만, 어쨌든 나는 도미닉과 베케트를 포함한 친구들을 꾀여 라하이나에서 우리와 함께 머물자고 했다. 마침내 도착한 그들은 고바타케의 하숙집 바닥에서 몇 주 동안이나 끼어서 지냈다. 이후에 내가 정말 멍청하게도 일종의 가족 동아리를 재구성하려고 했다는 게 명확해졌다. 나는 아주 어린 나이에 실질적으로 집을 떠나버렸고, 몇 년 동안 스스로 세상으로부터 보호받을 수 있는 쉼터를 지어야 한다는 충동을 나 자신도 알지 못하는 채로 품고 있었다. 심지어 캐린과 생물학적 가족을 시작하는 것도 거부한 채 반대의 충동 아래 지구를 돌아다녀놓고서 말이다. 그런데도 라하이나에서 더 큰 집단이 모여 살기에 적합한 셋방을 찾으려는 진정한 노력마저 하지 않았다. 아마도 공동주택은 사실상 실현될 수 없으리라는 것을 알았기 때문인 듯하다. 캐린과 나는 너무 불안했다. 게다가 여자는 캐린뿐이었다.

도미닉도 이것이 제대로 되지 않으리라는 것을 알았던 게 분명하다. 그가 우리와 함께 지낼 때, 그해 봄에 있었던 그와 캐린의 병역기피 여행에서 무슨 일이 벌어졌음이 분명해졌다. 즉 나한테 분명해졌다. 이미 두 사람은 모두 알고 있었다. 나는 자세히 묻지 않았다. 겁이 나고 분노했지만, 늘 태연한 표정을 지으려 했다. 어쩌면 우리는 삼자동거에 합의한 것인지도 몰랐다. 우리 모두 영화 〈질과 짐Jules and Jim〉+을 보지 않았나? "우린 여자도 함께 나눌 수 있지. 우리는 와인도 함께 나눌 수 있지"라던 그레이트풀 데드의 노래를 따라 부르지 않았나? 도미닉은 가능성을 이해하는 세네카적인 태도로 정중히 절을 하고, 오아후로 돌아갔다. 그곳에서 그는 〈하와이파이브-오Hawaii Five-0〉라는 텔레비전 시리즈를 제작하는 우리 아버지 밑에서 일했다.

도미닉은 다이아몬드헤드로드의 세트에서 정원을 관리했다. 덥고, 힘든 일이었다. 하지만 그와 우리 아버지는 서로를 이해하

+   한 여자와 두 남자의 사랑을 그린 프랑수아 트뤼포의 영화.

는 듯했다. 나는 영화 산업에는 격렬하게 무관심했다. 도미닉은 나의 반감을 공유하지 않았다. 도미닉의 노동 의욕을 항상 칭찬했던 우리 아버지는 그가 할리우드의 빡빡하고 폐쇄적인 기술 조합에 발을 디딜 수 있도록 도와주고자 했다. 도미닉은 그 도움을 기쁘게 받아들였다. 그는 결국 로스앤젤레스로 돌아가 영화 편집자가 되었고, 카메라 감독이 되었으며, 나중에는 감독이 되었다. 세월이 흘러 결혼식에서 영화 〈대부Godfather〉와 같은 순간을 맞았을 때, 그의 아버지인 빅 돔은 눈물 고인 눈으로 우리 아버지에게 감사 인사를 전했다. 아들이 자기 업을 물려받지 않아서 기뻤던 게 아닐까 싶다. 젊은 시절의 도미닉은 오아후로 돌아갔을 때 이런 직업의 기회를 보았던 것일까? 나는 의심했다. 나는 그가 복잡한 감정을 안고 돌아가는 모습을 직접 목격했다. 그 감정에는 호놀루아만에 파도가 치기도 전에 마우이를 떠나는 자신의 참을성에 대한 감탄 또한 섞여 있었다.

여기서 로스앤젤레스에 대해, 그리로 돌아가는 것에 대해서 할 말이 있다. 전에 로스앤젤레스에 살았던 우리 젊은 친구들 사이에서는 로스앤젤레스가 살아 있는 죽음에 버금간다는 신조가 있었다. 아일랜드가 자기 배에서 나온 새끼들을 먹는 암퇘지라면, 로스앤젤레스는 도시의 존 웨인 게이시John Wayne Gacy나 다름없었다.** 오염된 공기, 생각 없는 성장, 그리고 나쁜 가치라는 유독한 비치타월로 자기 아이들을 질식해 죽이는 존재. 우리가 무엇을 찾든—아름다움, 지혜, 사람 없는 해안—그건 로스앤젤레스에 없었다. 혹은 그럴 거라고 우리는 믿었다(후에 나는 나의 학부 문

** 1972년부터 1978년까지 소년과 성인 남자 서른셋을 죽인 미국의 연쇄살인범.

학 수업의 영웅이었던 토머스 핀천Thomas Pynchon이 1960년대 후반, 무시무

시한 사우스베이South Bay의 맨해튼비치Manhattan Beach에서 살면서 그의 지저

분하고 빛바랜 활력에서 영감을 찾았다는 것을 알자, 갑자기 그 도시를 다른

시각으로 보게 되었다. 나는 나의 근시안적인 행태와 진부함에 갑자기 멈춰버

린 기분이 들었다. 그러다가 다시, 그의 사우스베이 연구가 궁극적으로 생산

해낸 그 소설을 혐오하게 됐다). 서퍼 대부분을, 심지어 젊은이들까지

도 감염시킨 지속적인 향수병은—어제가 언제나 더 나았고 그제

가 어제보다 더 나았다는 개념—서던캘리포니아의 디스토피아

적 시각과 관련이 있었다. 그리고 그곳이 결국에는 현대 서핑의

수도이자, 새로이 태동하는 서핑 산업의 본부였다. 그렇지만 우

리는 이 향수를 어딜 가든 품고 다녔다. 라하이나에서 나의 상상

력은 언젠가 이 마을에 거대한 강이, 포경선이 올라와 신선한 물

을 받아 갈 만큼 큰 강이 있었다는 이야기에 사로잡혔다. 그럴 듯

한 얘기였다. 산까지 쭉 오르는 푸우쿠쿠이Puu Kukui가 세계에서

두 번째로 비가 많이 오는 지점이라면, 그 낙수는 다 어디로 흐르

겠는가? 물론, 마우이 서부 전체에서 사탕수수를 재배하는 회사

가 지어놓은 관개로로 물길의 방향이 바뀌었을 것이다. 결과적으

로 현대 라하이나는 바짝 마르고, 먼지가 풀풀 날리며, 부자연스

럽게 더웠다.

베케트가 우리에게 합류했을 때쯤, 캐린과 나는 싸우다 지쳐

서 실질적으로 파탄 직전이었다. 캐린은 마을 북쪽에 있는 오래

된 사탕 공장 옆, 다 무너져가는 직원 숙소에 자기만의 방을 얻었

다. 라하이나는 성비 불균형이 심했다. 적어도 새로 온 애들 사이

에서는 그랬다. 남자가 여자보다 훨씬 많았기 때문에 나는 아이

스크림 가게에서 일하는 예쁘고 조그만 검은 머리의 하울리 여자

애가 이제 혼자 살게 되었다는 소식이 마을 주변의 남자 녀석들
에게 쫙 돌았을 것이라고 확신했다. 심지어 이더/오어의 병역기
피자 직원, 멍청하게 실실 웃고 다니는 댄도 그녀에게 접근하기
시작했다. 나는 〈차 안에서 살다Living in a Car〉라는 제목의 폭풍 같
은 열대의 심상이 가득한 서사시를 썼다. 그리고 이제는 인생 최
전성기를 남자들만 사는 막사에서 보내면서 풍선 섹스 인형과 사
랑에 빠진 필리핀계 하와이 사탕수수 농장 일꾼에 대한 단편소설
을 쓰고 있었다. 내 상황이 그렇게까지 음울한 건 아니었지만, 행
복해지는 않았다.

　　마음이 여린 캐린은 여전히 내게 새 보드를 사주고 싶어 했다.
그래서 나는 제작자로 레슬리 포츠Leslie Potts를 골랐다. 그는 호놀
루아만을 장악하고 있는 권력자로, 튼튼하고 말투가 부드러운 서
핑의 마법사인 동시에 블루스록을 연주하는 기타리스트였다. 나
는 그에게 내가 원하는 걸 말하려 했지만—가볍고 민첩하고 빠
를 것—혀가 묶인 듯 말이 나오지 않았다. 어쨌든 그는 관심이 없
었다. 그는 내가 하버마우스에서 서핑하는 것을 보았다. 게다가
그는 호놀루아의 모든 기분, 요구, 극상의 가능성을 다 알고 있
다. 그는 내게 두껍고, 유행과 맞지 않을 정도로 넓은 6피트 10인
치짜리 보드를 제작해주기로 했다. 내려오는 지점을 조정하기 쉽
고, 짧은 직경의 회전을 날카롭게 해주며, 바람처럼 나아갈 보드.
내가 고른 모양과 길이는 아니었지만, 나는 포츠를 믿었다. 그는
마우이에서 모두가 인정하는 가장 훌륭한 서퍼였고, 사람들은 그
가 마음만 먹으면 서핑만치나 제작도 잘 할 수 있다고들 했다. 놀
랍게도, 그는 제 시간에 내 보드를 배달해주었다. 보드는 마술을

부린 것 같았다. 오목하게 들어간 부분의 호를 보면 형태를 잡은 블랭크가 살아 있는 듯 보였다.✦

유리섬유는 좀 더 내 맘대로 할 수 있었다. 포트의 유리섬유 기술자는 마이크Mike라는 안경 쓴 조용한 남자였다. 나는 바닥에는 유리섬유 6온스를 한 겹 바르고, 갑판은 레일까지 겹쳐서 6온스와 4온스를 합쳐서 발라달라고 했다. 호놀루아만의 보드치고는 멍청할 정도로 가벼운 편이었다. 잃어버린 보드가 절벽에 부딪혔을 때는 끔찍한 벌을 받겠지만, 나는 발포 수지의 부피를 보충하고 싶었다. 마이크는 나의 지시를 따라주었다. 나는 벌꿀색 안료를 단색으로 갑판과 레일에 바르고, 바닥은 투명하게 해달라고 주문했다. 스티커는 붙이지 않았다. 포츠는 철저히 비주류였다.

베케트와 나는 매일 북서 해안을 확인했다. 지금은 초가을이었다. 북태평양이 서서히 요동치고 있었다. 어떤 사람들은 혹등고래가 오는 11월 전에는 호놀루아 스웰은 일지 않는다고 말했다. 우리는 그들의 말이 틀리기를 기도했다. 베케트는 마우이 사람처럼 파리한 낯빛이 되었다. 이제까지 본 중에서 가장 창백한 얼굴이었다. 그는 최근 2년을 힘겹게 보냈다. 멕시코에서 신나게 놀다가 잘못되어서 아메바성 이질에 걸렸고, 결국 그의 고등학교 시절과 농구 선수 생활이 끝나게 되었다. 최근에는 신장 수술을 받아서 몇 달 동안 침대 신세를 져야만 했다. 이제는 나갈 준비가 됐어. 그는 이렇게 말했지만, 병색이 확연했다. 우리는 라하이나 근처에서 서핑했고, 그는 천천히 체력을 회복했다. 그는 자기 키

✦   서프보드에서 블랭크란 별다른 무늬가 없는 보드를 말한다.

보다 2인치 정도밖에 크지 않은 작은 핀테일pin tail** 보드를 탔다. 그는 앞으로 몸을 내밀고 손을 뚝 떨어뜨리는 스타일을 개발했는데, 새로웠어도 효과는 있어 보였다. 그가 하와이에 잠깐 휴가차 왔는지, 아예 머물 작정인지는 확실하지 않았다. 베케트 본인의 표현에 따르면 모아놓은 셰켈이 좀 있었는지,*** 일거리를 찾지는 않았다. 하지만 섬 생활이 기질적으로 딱 맞는 것만은 분명했다. 그는 어릴 적 뉴포트에 살 때 그랬듯이 라하이나 부두를 따라 거닐면서 어부들의 양동이를 들여다보았다. 이 마을에는 요트와 열성 팬들이 적당히 있었고, 이 두 가지는 베케트가 좋아하는 것이었다. 더 일반적으로는 통돼지를 굽고 우쿨렐레를 연주하는 하와이 교외의 바다 중심적인 리듬이, 샌오노프레 출신의 아이였다가 지금은 재미있는 분야에서는 박사급인 베케트에게 자연히 어필한 것 같았다. 우리 나머지 사람들처럼, 베케트도 서던캘리포니아에서 영적인 도망을 친 것이었다. 오렌지카운티는 로스앤젤레스보다 더 빠르고 더 천박하게 성장해갔다. 도미닉은 베케트가 그의 아버지처럼 결국엔 소방관이 될 거라고 말하곤 했다. 사실 베케트는 아버지에게서 목공 재능을 물려받았고, 결국엔 그것이 그의 직업이 되었다.

호놀루아에서는 빈약하나마 파도가 부서지기 시작했다. 베케트와 나는 보드를 죽을 것처럼 꼭 붙들고 멍청할 정도로 절벽에 바짝 붙어서 서핑을 했다. 나는 포츠가 만든 보드에 적응하기 시작했다. 내가 할 수 있는 한 가장 세차게 돌아도 매끄럽게 꺾이

** 꼬리 부분이 핀처럼 뾰족한 형태의 보드.
*** 셰켈은 이스라엘의 화폐 단위다.

는 보드였다. 실로 파도 바닥에서 어찌나 날카롭게 도는지 작은
파도에서는 레일을 빨리 바꿀 수가 없었고—레일을 바꾼다는 건
레일 안쪽, 발가락을 디딘 레일에서 발꿈치 쪽으로 무게중심을
바꾼다는 뜻이었다—예기치 않게 휙 날아가 고꾸라지고는 했다.
큰 파도용 보드는 아니었다. 모양이 너무 둥글고 달걀형이었다.
하지만 빠르고, 널찍하며, 강력한 파도를 위해 만들어진 보드임
은 명백했다.

　어느 날, 나는 《서프》 잡지에서 가슴 설레게 하는 것을 보았다.
파이프라인에서 파도를 타는 글렌 카울루쿠쿠이의 사진이었다.
몇 년 동안 아무런 소식도 듣지 못했건만, 이제 여기에서 반짝이
는, 무척이나 심각한 파도를 타는 그의 모습을 윤곽만으로도 금
방 알아볼 수 있었다. 그의 표정은 보이지 않았지만, 거기에 예전
의 역설적인 표정이나 장난스러운 양가성은 떠올라 있지 않으리
라고 나는 확신했다. 파도는 대단히 컸다. 그에 비견할 만한 파도
를 탄 서퍼는 거의 없었다. 아무도 그것을 그처럼 가볍게 대할 수
없었다. 그 사진은 글렌이 성장했으며, 살아남았고, 이제는 아주
높은 수준의 서핑을 한다는 뜻이었다. 다물어지는 파이프라인 야
수의 아가리 속에 선 그의 자세는 세련되고 자긍심이 넘쳤다. 거
의 아이카우라 할 만했다. 몇 년 후, 나는 다른 잡지에서 그의 사
진을 한 번 더 보았다. 그때도 그의 모습은 윤곽뿐이었다. 이번에
는 남아프리카의 포인트브레이크pointbreak✦인 제프리스만Jeffreys Bay
에서 파도를 타고 있었다. 근사한 사진이었다. 바다를 보고 끝없
는 벽 위를 힘차게 긁으면서도, 고전적으로 침착하며, 표정에서

✦　물속의 바위 끝에 파도를 일으키기에 적합한 지점.

는 빛이 났다. 숨은 의미가 짙게 내비치는 사진이었다. 역광을 받은 파도 속에서 보이는 글렌의 옆모습은 아프리카인 같았고, 그때는 아직도 남아프리카의 아파르트헤이트(인종분리) 제도가 있던 나쁜 시절이었다. 사진 밑에 붙은 이야기에 따르면, 에디 아이카우가 낀 하와이 서핑 팀은 경기에 참가하러 더번에 갔다가 백인 전용 호텔에서 입장을 금지당했다. 나는 파이프라인 사진을 캐린에게 보여주었고, 그녀는 내 설명을 들으며 이미지를 면밀히 관찰했다. "아름다운 사람이네." 그녀는 마침내 말했다. 고마워.

10월의 어느 때, 호놀루아에서 파도가 본격적으로 시작됐다. 환경은 우리가 봄에 서핑하던 때와 같았다. 재잘대는 소리와 함께 파도가 연이어 부서지는 구간이 있는 긴 외벽이 세워지고, 그 다음엔 중심 테이크오프에서 크게 굴러가는 구간이 생겼다가, 암초를 따라 푸른 화물 열차가 포효하며 만 깊은 곳까지 달려갔다. 다시 한번, 막 찍어낸 책의 초판처럼 강렬한 빛깔의 중심에 있는 찬란한 파도였다. 이전에 한 번도 보지 못한 대양의 빛깔, 오로지 이 순간, 이 파도만을 위해서 만들어져 다시는 보지 못할 색깔이었다. 이 장소에서 영리하게 서핑하려면 확실히 오랜 연구와 몇 년의 수련 기간이 필요할 터였다. 하지만 호놀루아 지역 조합은 더 이상 지원을 받지 않았다. 그 지점에는 벌써 추종자 무리의 수가 넘쳤다. 그들은 마우이 전역에서 왔고, 스웰이 크게 일면 오아후에서도 왔다. 호놀루아의 무리들은 라하이나의 라인업에 선 사람들보다 얼굴색이 짙었다. 사실 이 동네 단골들은 일단 겨울이 시작되면 많이 오는 편은 아니었다. 서핑에는 보다 고급 기술이 필요했다. 때때로, 특히 스웰이 솟구칠 때면 뛰어난 서퍼들은 홍분해서 자신을 한계까지 밀어붙이며, 파도를 하나하나 넘고 자기들끼리 서로 밀고 가면서 물속에서 미친 듯이 굴곤 했다. 거친 무리들이었다. 누구도 신참들에게 파도를 양보하지 않았다. 하지만 만만한 애들을 성공적으로 골라내는 것은 개싸움 같은 순수한 공격성에 의한 것이라기보다는, 파도 세트의 리듬 속으로 들어가 무리 속에서 이음매를 찾아내는 문제에 가까웠다. 그 현장의 전반적인 분위기가 열정적인 순례자들이 넘치는 종교 사원 같았다. 사람들이 두 손을 휘두르며 입에 거품을 문 채 자기들 말로 떠들거나, 혹은 수도원의 원숭이들이 우리에게 구아바 폭탄을 던지지 않을까 하는 생각이 들 지경이었다.

일급 서퍼들은 대단했다. 잡지에서 본 유명한 이들이 몇 명 있었고, 지역의 유명 인사도 몇 명 있었다. 그해 가을 레슬리 포츠를 물속에서 본 건 딱 한 번뿐이었다. 그는 내 것과 똑같은 모양의 넓은 화이트보드를 타고 있었다. 파도는 중간 크기였고, 바람은 가벼웠으며, 꽤 붐볐는데, 포츠는 주요 테이크오프 지점에 있는 무리로부터 떨어져 있었다. 그는 대신에 안쪽에 웅크리고 있다가 고급 개인 해상 레이더 같은 능력을 써서 불가능해 보이는 순간에 파도 세트로 돌진하더니 암초를 쭉 미끄러져 가 이제껏 누구도 본 적 없는 깨끗하고 빠른 파도를 여럿 잡았다. 그의 서핑은 미묘하고 확실했으며, 딱 맞는 순간을 보았을 때만 격렬하게 강렬한 기술을 발휘했다. 결코 모든 파도에서 일어나는 일은 아니었다. 암초에 대한 그의 지식은 백과사전급이었고, 그는 가장 얕은 안쪽의 판석 위에서 만들어지는 나선형의 배럴 속으로 끼어 들어갔다. 나는 그를 잘 보려고 만의 맨 아래로 내려갔다. 쇼를 구경하기 위해 절벽 위로 나온 군중은 심지어 포츠를 볼 수도 없었다. 요컨대 그는 저 아래 모퉁이에서, 홀로 서핑하고 있었다.

내 새 보드는 잘 작동했다. 포츠를 보고 있노라니, 나는 그가 그 보드 모양을 잡을 때 무슨 구상을 했는지 알 수 있었다. 나는 그렇게 정확하게 서핑해본 적은 한 번도 없었지만, 호놀루아의 경마장 같은 파도에서 가능하리라고 생각했던 것보다는 좀 더 둥글게 선을 그리고, 더 날카롭게 커브를 틀며, 입술 아래로 더 높이 오를 수 있었다. 또, 세차게 서핑하고 보드를 높이 쳐들어서, 라인업에 있는 다른 사람들에게 내가 그저 서핑하는 것을 구경하러 온 것이 아님을 알렸다. 순서대로 기다리자면 길었고, 나는 첫 줄에는 결코 닿을 수 없을 것 같아 둘째 줄에 자리를 잡았다. 어떤 날에는 누구보다도 많은 파도를 잡았고, 모르는 사람들이 내가 아래로 내려오면 폭소를 터뜨렸다. 더 세게 해보라고 격려를 하는 것이었다. 열다섯 살 때 이후로 내 서핑이 진전 없이 평탄한 시기에 접어들었다면, 이제는 다시 상승 일로였다. 이제 작은 말리부의 파도에서는 그로밋grommet(꼬마 서퍼)이었을 때보다 더 잘 탈 수 없겠지만, 호놀루아만의 크기, 속도, 영혼의 만족도는 그 크기의 순위로만 보면 내가 이제까지 알았던 캘리포니아의 어느 곳, 심지어 린콘보다도 더 컸다. 일단 파도가 훨씬 더 위협적이었고, 그만큼 더 보람이 있었다. 그리고 그에 대한 내 집착은 지상에서의 나의 삶이 얼마나 형편없었는지를 감안하면 시의적절했다.

캐린은 유리섬유 기술자인 마이크와 눈이 맞았다. 믿을 수가 없었다. 캐린은 나더러 그를 마이클로 부르라고 했다. 그는 내 생각보다 더 친절하고 영리하다고, 캐린은 말했다. 그들은 심지어 그의 똥색 밴을 타고 호놀루아만에도 함께 나타났다. 그가 패들해서 나갈 때, 캐린은 절벽에 앉아 있었다. 바람이 불었고, 파도

는 컸다. 요란하고 다들 흥분에 취한 그런 날이었다. 나는 넋을
놓고 흥에 젖어 파도를 잡으려 하고 있었다. 이제 나는 그 '마이
클'이 조심스럽게 만 위로 올라오는 모습을 고깝게 바라보았다.
파도 세트가 하나 굴러 들어왔고, 그는 수평선으로 향했다. 나는
그가 쿡이라는 사실을 깨달았다. 그걸 보고 기분이 좀 나아졌다.
나는 다시 내 일로 돌아가, 가운데 보울 속에 스크럼을 짜고 있는
사람들과 싸우면서 무대 중앙으로 나아가려고 했다. 어쩌면, 자
기가 준 보드를 탄 내가 근사하게 서핑하는 모습을 보면—적어
도 능숙하게 타는 것이라도 보면—캐린이 제정신을 찾고 나를
다시 받아줄지도 몰랐다. 마우이 서편에서는 못 보려야 못 볼 수
없는 끝내주는 묘기를 보여준 후에, 나는 절벽에 앉아 있을 그녀
를 찾았다. 그러나 똥색 밴은 가고 없었다. 마이클은 어쨌든 살아
서 해안까지 돌아간 모양이었다. 그건 정말 말도 안 되고 부당하
게 보였다.

동네는 단조로웠다. 온 섬이 일주일 동안 단조로웠다. 나는 그
날 휴무였다. 베케트는 엘에스디를 좀 가지고 있었다. 우리는 동
이 트기 전에 조금 들이켰고^{drop}(엘에스디를 흡입하는 행위를 가리킬 때
쓰는 이상하고 기운 처지는 단축 표현이었다), 그다음에는 고바타케의
뒷마당에 피운 모닥불 주위에 서서 새벽을 기다렸다. 고바타케
영감은 잠을 언제 자나 싶었다. 그는 쇠꼬챙이로 불을 쑤석거렸
고, 마당의 벨벳 같은 어둠 속에서 불에 비친 그의 얼굴은 황금색
타원으로 떠올랐다. 베케트가 영감의 아내를 깨우는 수탉을 두고
농담하자, 노인은 쿡쿡 웃었다. 어쩌면 구레나룻을 길게 기른 우
리의 교활한 주인은 그렇게 나쁜 사람이 아닌지도 몰랐다. 우리

는 한때 라이노체이서라고 불렸으나 지금은 꽃 그림이 그려진 차를 타고 북쪽으로 향했다.

우리 계획은 시골로 여행하는 것이었다. 이 미친 동네를 떠나 우리의 광기가 가라앉을 때까지. 카아나팔리를 지날 때, 첫 햇살이 유달리 부드럽게 채널 건너편 몰로카이 고지대의 옛 전쟁터에 떨어지는 것이 보였다. 공기 중에는 옅은 붉은빛 안개가 서렸다. 어쩌면 사탕수수를 태운 불기가 남은 것일 수도 있고, 아니면 본섬에서 떠오르는 화산 연기일 수도 있었다. 마우이 사람들은 이것을 보그^{vog}라고 불렀다. 작명이 어찌나 허접한지 우리는 배가 아플 때까지 웃어댔다. 그러다 베케트가 나필리^{Napili} 너머 대양의 표면 위에 이상한 코듀로이 천 같은 패턴이 나타났다며 그곳을 가리켰다. 그날 아침의 다른 모든 것들처럼 그 자체로도 이상했지만, 전혀 예상치 못한 현상이라는 점이 가장 기이했다. 그것은 실상 마우이 서쪽 끝을 지나가는 거대한 북쪽 스웰이었다. 그 흔적은 라하이나에서는 전혀 보이지 않았다. 나는 숨을 제대로 쉴 수가 없었다. 전율을 느껴서인지, 아니면 겁을 먹어서인지 알 수 없었다. 나는 차를 자동 서핑 파일럿 모드에 맞추어놓았다. 차는 재빠르게 붉은 먼짓길을 달려 파인애플 밭을 지나 호놀루아 위의 절벽으로 달려갔다.

스웰이 각도를 더 동쪽으로 틀었더라면 만을 우회할 뻔했다. 하지만 스웰은 이제 내가 한 번도 파도가 부서지는 것을 본 적이 없는 지점으로 파도 세트를 데리고 와서는 우리가 곧잘 서핑하곤 했던 경기장 전체, 만의 북쪽을 거품 파도로 가득 채우며 그 주변을 거대하게 빙빙 돌았다. 주위에는 아무도 없었다. 우리끼리 의논을 했는지는 모르겠다. 우리는 보드를 차 지붕 위에 실었다. 둘 다 파도가 있을 때면 서핑에만 집중했다. 우리는 보드에 왁스를 바르고 라인업을 관찰했다. 가망이 없었다. 혼돈 그 자체였고, 위치를 잡을 수가 없었으며, 파도 얼굴을 따라 모든 위치가 동시에 부서졌다. 이제 우리는 무겁게 뛰어갔다. 아니, 올라갔다는 표현이 맞을 것이다. 어느 시점에 이르자 우리는 포기하고 다시 길을 따라 터벅터벅 내려왔다. 우리 둘 다 불안하게 킬킬거리던 모습이 그려진다. 아래의 좁은 해변에서는 으르렁거리는 포효가 연신 들려왔는데, 오페라처럼 불길했다. 분명코 이전에는 한 번도 들어본 적이 없는 소리였다. 그나마 내 안에 남아 있는 이성으로 나는 나쁜 소식이 좋은 소식임을 알았다. 우리는 절대 해낼 수 없을 것이었다. 우리는 우리 앞에 쌓인 여러 겹의 거품 파도 벽에게 패배했음을 재빨리 인정하고 모래섬으로 도로 올라가야 할 것이었다.

우리는 해변의 위쪽 끝, 거대한 바위들 사이의 바람이 불지 않는 곳에서 준비에 착수했다. 보통이라면 입수하기에 현명한 곳이 아니었지만, 우리는 되도록 다른 쪽의 험한 절벽에서 멀리 떨어지고 싶었다. 해안 위쪽 측면에는 파도가 좋은 날이면 보드와 몸을 부딪히기 십상인 동굴이 있었는데, 지금은 거의 멈추지 않고 계속되는 파도에 구타당하고 있었다. 우리는 패들을 시작하며 바위를 따라 회오리 속으로 재빨리 들어갔다가, 배수구에 빨려 들어가는 개미처럼 시계 반대 방향으로 휩쓸려 가서 거품 파도가 이루는 거대한 벽의 너른 평원으로 들어갔다. 보드를 꽉 붙들려고 애쓰다가 나는 베케트의 흔적을 놓쳐버렸다. 살아남겠다는 생각만 들었다. 나는 빙그르 돌아 옆에 일어선 거품 파도의 벽을 잡고서 절벽 위의 해변으로 올라서고 싶었다. 해야 할 일이 별안간 단순해졌다. 동굴에서 벗어나. 익사하지 마. 하지만 거품 파도 자체는 나타나지 않았다. 커다랗고 거품 많은 파도의 어깨에서 패들했지만, 만의 반대편 옆으로 휩쓸리며 절벽을 지나쳤다. 파도 세트 사이에 소강상태가 온 듯했다. 나는 계속 열린 대양을 향해 패들했다. 나쁜 소식이 좋은 소식으로 바뀌었고, 그건 다시 나쁜 생각이 되었다. 나는 해낼 것만 같았다. 베케트도 모든 죄악에도 결국은 성공해냈다. 우리는 저 바깥에서 패들하며 햇빛 속으로 들어가, 여전히 만 안쪽에서 종말을 앞두고 축제를 벌이듯 모여드는 스웰을 손으로 저었다.

　대양 안 보드 위에 앉아서 우리가 나눈 대화는 구경꾼이 들었다면 횡설수설하는 것으로 알았을 것이다. 구경꾼이 있기나 했다면 말이다. 그러나 우리에게는 토막토막 끊긴 그 대화가 완벽하게 논리적이었다. 나는 두 손 가득 바닷물을 떠서 하늘을 향해 들어 올렸다가 아침 햇살 속에 흘러내리게 놔두며 이렇게 말했다. "물? 물?" 베케트는 대답했다. "네 말 뜻 알겠다." 나는 이전에 엘에스디를 여섯 번인가 여덟 번 한 적이 있었고, 보통은 그 뒤에 무척 고생했다. 약을 들이키면 잠시 동안 나는 분자적인 열정에만 집중하게 되었다. 이런 것들이 매일의 지각 작용에서 비스듬히 서 있을 때는 괜찮았다. 일상의 명랑한 허세, 임의성을 드러내 밝혀주니까. 어쨌든 환각의 가장 위대한 약속이란 이런 것이리라. 그렇지만 개인의 심리 드라마, 실제의 감정에 갇히면서 왜곡되어버리면 훨씬 재미가 떨어졌다. 도미닉은 언젠가 안면을 익힌 간호사에게 나를 데려가서, 항정신병제인 소라진thorazine을 혈관 가득 주입해준 적이 있었다. 내가 고등학교 때 마리화나를 피우고 부모님을 속인 것에 죄책감을 느낀 나머지 정신 못 차리던 직후였다. 캐린은 호레이스 월폴Horace Walpole을 인용해서 이렇게 말하곤 했다. 삶은 생각하는 자에게는 희극이고, 느끼는 자에게는 비극이다. 그 말은 엘에스디와 관련한 나의 문제에서 정곡을 찔렀다. 뇌 부분은 짜릿했다. 감정적인 부분은 그렇지 못했다.

이렇게 거대한 스웰이 오면, 마우이의 서핑 정보망은 내가 처음 호놀루아에서 파도를 탔을 때보다 더 빨리 움직인다. 그때 도미닉과 나는 거기서 야영을 하면서 그럭저럭 괜찮은 크기의 새 스웰을 잡았지만, 아침 내내 아무도 나타나지 않았었다. 이번에는 베케트와 내가 나가 있는 동안 절벽 위에 차들이 모습을 드러내기 시작했다. 우리가 남에게 어떻게 보일지 알았다. 중대한 실수를 저질러버린 멍청이 둘. 파도 너머에서 까닥까닥 떠다니며 너무 겁먹어서 움직이지도 못했다. 파도는 너무 흩어져서 탈 수가 없었다. 어쩌면 후에 깨끗해질지도 몰랐다. 하지만 나의 공포는 평소처럼 미친 듯이 계산하는 유의 것이 아니었다. 내 생각이 대류권과 전리권 사이에서 통통 튀는 동안, 이따금씩 코리올리의 힘이[+] 우회로를 타고 우리 앞에서 오르내리는 수면으로 떨어질 때면, 그 공포가 왔다가 사라졌다. 나는 다시 해변으로 가고 싶기는 했지만 생각을 그렇게 오래 붙들고 있을 수 없었다. 나는 육지를 향하는 녹색 특급 열차를 탈 수 있을 것 같다는 모호한 생각만 품고 그 지점으로 슬금슬금 나아갔다. 베케트는 내가 퇴각하는 모습을 당황스럽고도 걱정을 띤 얼굴로 바라보았다.

포츠가 제작한 나의 보드는 큰 파도용이 아니었지만, 패들은 빨랐다. 나는 곧 그 지점을 쓸고 돌며 호놀루아 상향해안[upcoast][++]

[+]   전향력. 회전하는 좌표계가 느끼는 가상의 힘. 즉 주변의 물체는 직선 운동을 하지만 관측자 본인이 회전하고 있으므로 모든 다른 물체의 운동이 회전한다고 느끼는 효과다.

[++]   해류가 위로 흐르는 해안.

의 절벽에 부딪혀 역류하는 파도에 십자로 갈라지는, 너른 녹색
벽 앞에 이르렀다. 그때쯤 되자 사람들이 파도 좋은 날에 서핑하
는 장소에서 바깥 바다로 쭉 나온 셈이 되었지만, 나 자신은 한
번도 거기서 서핑해본 적이 없었다. 거기는 늘 하던 지점이 아니
었고, 스웰이 처음으로 만에 들어오는 외측 지점이었다. 절벽에
부딪혀 역류하는 파도가 커다란 녹색의 부서지지 않은 얼굴 위를
유령처럼 가로지르며 으르렁거리는 소리로 내게 말을 걸어왔다.
거기가 내 문이었다. 해안 쪽으로 향하는 거대한 물벽을 돌아갈
수 있는, 어두운 물로 이루어진 작은 티피tepee***였다. 거기에는
작은 보드로도 큰 파도를 일찍 잡을 수 있을 만큼 가파른 구멍이
만들어졌다. 나는 몸을 돌려 그걸 쫓았다. 우리는 내가 그리던 지
점에서 만났다. 큰 파도가 나를 불안하게 들어 올리는 동안, 나는
깨끗하게 작은 파도를 잡아 두 발로 풀쩍 일어서서는 파도 선반
을 타고 커다란 얼굴을 향해 멋지게, 일찍 내려갔다. 모순은 거기
서 끝나지 않았다. 아마도 그때까지 내가 타본 것 중에서 가장 큰
파도였겠지만—확실하진 않다, 엘에스디를 한 상태였으므로—
내 보드의 코 너머도 보이지 않는 상태에서 짧게 회전하면서 마
치 그것이 작은 파도인 양 탔다. 나는 완전히 회전의 느낌에 빠
져버렸다. '환각'이라고 해도 그렇게 강한 표현이 아닐 것이었다.
유달리 빠른 속도로 스케이트보드를 타는 것과 비슷한 기분이었
다. 실제로, 외측 지점과 고전적인 테이크오프 보울을 이으며 쭉
파도를 타고 가는 것은 들어는 봤어도 실제로는 경험해보지 못했
다. 어쩌면 그걸 해낼 수 있는 파도를 만난 것이었다. 그대로, 나

*** 미국 원주민의 원뿔형 천막.

는 보드에 발을 디딘 채 보울에, 보통의 테이크오프 지점에서 바로 이어지는 무척 큰 보울 구간에 다다랐다. 하지만 나는 해변으로 향하는 파도선을 타는 데는 실패했다. 나를 계속 보내줄 바닥까지 밀고 내려가지 못했던 것이다. 대신 나는 여전히 보드 코너머도 보지 못하는 상태에서 얼굴 쪽으로 꺾어 돌아 입술 아래로 들어갔다. 나는 허공으로 날아갔고, 보드는 슬프게도 발에서 떨어져 우리는 어설프게도 공기 중으로 함께 날아갔다.

호흡은 제대로 했던 모양이었다. 파도가 한참이나 나를 사악하게 두들겨댔지만, 내 몸은 겁에 질려 물을 들이마시지 않았다. 나는 머리 위의 파도를 몇 번 탔고, 깊이 가라앉았다가 내 몸이 더 얕은 물로 떠내려가는 것을 느꼈다. 곧 다시 나는 절벽의 하향해 안가 쪽에 있는 바위에 부딪혔다. 나는 아무데든 손으로 잡아서 물 밖으로 기어 나왔지만, 몇 미터 가지 못하고 앉아 정강이와 발을 살펴보니 심하게 다쳐서 피를 흘리고 있었다. 걸터앉은 나를 파도가 쓸고 지나갔다. 놀랍게도 나는 몇 번의 파도를 더 버티면서 같은 동작을 반복했다. 절벽 위로 더 높이 올라가 마른 바위를 밟아야 한다는 것을 이해하지 못했던 것 같다. 세 번째로 힘겹게 몸을 일으켜 올라갔을 때, 한 남자가 도와주러 절벽을 내려와서는 겨드랑이를 잡아 부축해 고지대로 데려갔다. 나는 너무 피곤하고 방향감각도 상실해서 말조차 할 수 없었다. 나는 손짓으로 감사의 마음을 표했다. 또, 말없이 몸짓으로 보드는 어디에 있느냐고 물었다. "동굴로 들어가버렸어요." 남자가 말했다.

나는 낮잠을 자기로 결심했다. 절벽에 올라 사람들의 시선은 아랑곳하지 않은 채 차 뒷좌석으로 들어가 누웠다. 잠이 오지 않았다. 나는 점점 더 방향감각을 잃고 차에서 튀어 나왔다. 나는 베케트를 찾아보았다. 그는 여전히 저기서 홀로, 몰로카이까지 반쯤 가 있었다. 나는 태양이 언제나 잔잔한 만의 가장 안쪽까지 내려가서 그를 기다리기로 했다. 캐린과 나는 거기서 소풍을 하곤 했다. 거기로 가려면 길에서부터 개울 바닥 정글을 지나가야 했다. 하지만 나는 운전하기로 했다. 어쨌든 그 낡은 차를 가지고 정글을 통과해서 해변으로 갔다. 하지만 해변도 안전해 보이지 않았다. 키 큰 코코야자들이 있어서, 코코넛이 떨어지면 위험했다. 나는 가슴까지 차는 물속으로 첨벙첨벙 걸어 들어갔지만, 여전히 코코넛은 위협적이었다. 나는 카아나팔리의 아이스크림 가게에서 일하는 캐린을 만나러 가기로 했다.

그녀는 나를 보고 놀란 듯했다. 나는 여전히 손짓으로 대화했다. 그녀는 가게에 휴식을 요청하고, 나를 데리고 작은 원형 탁자로 갔다. 그녀는 물을 채운 아이스크림 잔을 내 앞에 놓아주었다. 아침 해는 그 찬란한 빛을 아이스크림 잔에 모았다. 그 빛을 바라보고 있노라니, 푸우쿠쿠이⁺가 하늘에 거꾸로 떠다니는 것만 같았다. 나는 머릿속으로 캐린에게 말했다. 호놀루아만의 물은 더이상 맑지 않아. 우리가 여름에 거기서 스노클링할 때와는 달라. 이제는 모두 휘저어져서 흙탕물이 되어버렸어. 그녀는 이해한다는 듯 내 손을 잡았다. 나는 여전히 머릿속으로 그녀에게 말했다. 우리는 네 아버지를 찾을 거야. 그녀는 내 손을 꼭 쥐었다. 그때 나는 베케트를 위험 속에 놔두고 왔다는 것을 기억해냈다. 내 보드를 다시 찾을 수 없으리라는 것도. 목소리를 되찾은 나는 가야 한다고 말했다. 그녀도 마찬가지였다. 그녀는 작업대 쪽으로 고

⁺　하와이에 있는 산봉우리.

개를 끄덕였다. "하나하나."

"후무후무."

나는 다시 호놀루아로 떠났다. 길 양쪽, 카아나팔리 입구에서 레슬리 포츠가 히치하이크를 하고 있었다. 나는 차를 세웠다. 그는 서프보드와 기타를 들고 있었다. 내 상상인 것 같지는 않았다. 그는 보드를 조수석 쪽에 밀어 넣고, 자신은 바로 내 뒤에 앉았다. 나는 계속 운전했다. 그는 기타로 블루스 한 소절을 짧게 연주했다. 우리는 바다에 줄지어 이는 파도를 바라보았다. 스웰에서부터 나와 남쪽으로 행진하는 파도들. 포츠는 조용히 휘파람을 불었다. 그는 몇 마디를 흥얼거리고, 가사 몇 소절을 읊었다. 노래할 때의 목소리는 구슬프고 숨소리가 섞여 있어서, 컨트리 블루스에 잘 어울렸다. "보드는 어때?"

"동굴로 들어갔어요."

"이런. 나오긴 했어?"

"몰라요."

그는 더 따지지 않았다.

호놀루아로 돌아왔을 때, 열두어 명의 남자들이 물속에 들어가 있고 다른 열두어 명이 왁스를 또 바르고 있는 게 보였다. 파도는 아까보다 훨씬 정돈돼 있었다. 그리고 여전히 컸다. 나는 차를 세우고 해변 길로 서둘러 갔다. 저 아래 바위 위에, 보드를 옆에 두고 앉아 있는 사람은 베케트였다. 나는 내려가보았다. 그는 나를 보고 안심한 듯했다. 내 생각처럼 버려두고 갔다고 화를 내지는 않았다. 다른 감정이 있다면, 그는 부끄러워하는 것 같았고 다른 생각에 몰두한 듯 보였다. 그래서 나는 그의 시선을 따라 그 옆의 바위 위에 얹힌 망가진 보드를 보았다. 물론 내 것이었다. 나는 그리로 가보았다. 꼬리가 부서지고, 핀은 꺾였다. 우그러진 자국은 셀 수도 없었다. 유리섬유가 한 겹 벗겨져 코 아래쪽에 매달려 있었다. 전부 고칠 수 있어, 베케트가 웅얼거렸다. 반으로 꺾이지 않은 게 놀라워. 나는 놀랍지 않았다. 손상 부위를 살피는데, 머리가 약간 어지럽고 속이 메스꺼웠다. 보드는 다시 이전으로 돌아갈 수 없었다. 베케트는 나의 주의를 라인업으로 돌렸다. 이 지역의 영웅들이 묘기를 시작하고 있었다. 스웰은 줄어들었고, 파도는 늘었다. 베케트의 보드는 멀쩡했기에, 그는 도로 패들해 나갔다.

 나는 그 쇼를 좁은 해변에서 구경했다. 거기에서는 가장 나쁜 자리였지만, 수면과 눈높이를 맞추는 게 좋았다. 파도의 포효가 뇌를 채워주는 위치였다. 더 많은 사람들이 패들해 나갔다. 파도는 점점 좋아지고 있었다. 베케트가 다시 숨을 헐떡이며 고함을 지르며 들어왔다. 미친 파도였다. 나는 그에게 보드를 빌려달라고 했다. 그는 마지못해 넘겨주었다. 나는 줄지어 선 거품 파도를 뚫고 힘겹게 나갔지만, 뭔가 할 일이 있다는 것에 안도감이 들었다. 물은 이전보다 분자 수준에서는 흥미가 떨어졌다. 이제 나는 탈 수 있는 파도를 원했다. 사람이 적은 지점까지 패들해서 올라갔다. 가볍게 물안개가 끼었다. 사방에서 부딪고 쳐대서, 물이 기화된 것이었다. 그리고 바람이 불지 않아서, 대양의 수면은 매끈하게 반짝거렸다. 색깔은 약간 흐린 회백색이었지만, 파도가 뒷걸음질 치면 터키색 투광 조명이 켜진 듯 파도의 내장까지 훤히 비추었다. 나는 가만히 앉아 있지를 못하고 계속해서 패들하며 라인업 지점을 천천히 돌았다. 마침내 파도 하나가 내게 왔을 때, 나는 그것을 잡아 탔다. 첫 번째 회전을 할 때 투광 조명이 들어왔다. 나는 앞을 내다보려고, 저 선 아래서 파도가 무엇을 준비해두었는지 보고 계획을 세우려 했으나 터키색 빛에 둘러싸여버렸다. 나는 심연의 환희를 살짝 느꼈다. 고개를 들었다. 은색으로 반짝거리는 천장이 있었다. 공기 방석을 타고 있는 것만 같은 기분이었다. 그때 빛이 꺼졌다.

베케트는 절벽에 부딪히기 전에 자기 보드를 구했다. 이제 됐어, 내가 해변을 향해 가려고 발버둥칠 때 그가 말했다. 이제 그만. 그는 내 파도를 보았다. 내가 똑바로 선 채로 튜브를 향해 사라졌다고, 그가 말했다. 십자가에 매달린 사람처럼 팔을 벌리고, 얼굴은 하늘을 향했다고. 내가 성공할 가망은 거의 없었다. 그렇지만 잠시 커튼을 헤치고 다시 나타났었어. 그가 말했다. 그러다 무력하게 공중에서 돌았다. "헝겊 인형"이라고 그는 표현했다. 나는 그렇게 넘어진 것을 기억하지 못했다. 내가 기억하는 것이라곤 환희뿐이었다. 나는 바위 위에 누워서 몸을 떨고 있었다. 엘에스디에는 각성 성분이 들었지. 그가 말했다. 그래서 추운 거야. 그는 도로 바다로 나가 몇 시간 동안 있었다. 나는 천천히 몸을 동그랗게 말고 두 팔로 무릎을 감쌌다. 무언가 나의 등뼈를 구부려 내 머리를 가슴 안으로 밀어 넣는 것만 같았다. 모든 것이 즉시 끝나고 있어, 나는 생각했다. 그리고 여느 때와는 달리 내 생각이 맞았다.

캐린은 아버지를 찾았다. 이듬해, 샌프란시스코에서였다. 우리는 둘 다 문명화된 대학 구역을 찾아 마우이에서 도망쳤다. 나는 샌타크루즈로 돌아갔고, 그녀는 근처에 살았다. 우리는 이제 연인이 아니었다. 이별로 인한 내 슬픔은 바닥이 없는 것만 같았다.

나는 언제나 합리적이지 못했다. 그래도 캐린은 샘을 찾은 뒤에 내게 연락을 해주었고, 우리는 함께 그를 만나러 돌아갔다. 그는 6번가Sixth Street의 호텔에서 살고 있었다. 밑바닥 인생. 우리는 계단을 올라가며 이야기를 나누었다. 복도에서는 오줌, 마른 땀, 곰팡이, 커리 냄새가 났다. 캐린이 문을 두드렸다. 대답이 없었다. 그녀는 아버지를 불렀다. "아빠? 나예요. 캐린." 몇 분 동안 침묵이 흐른 후에 샘이 문을 열었다. 그는 당혹해했고 건강이 나빠 보였다. 키가 작고, 머리가 뻣뻣하며, 슬픈 눈을 가진 남자였다. 그는 딸을 보고도 미소를 짓지도, 손을 뻗지도 않았다. 식품점 봉투에 그려진 체스판이 병뚜껑과 담배꽁초로 만든 말과 함께 침대 위에 놓여 있었다. 혼자 체스를 두고 있던 것 같았다. 나는 두 사람만 있게 놔두고 왔다. 나는 비극적인 창고 거리를 걸으며 뒷골목에 잠들어 있는 술주정뱅이 노숙자들을 지나쳤다. 존스 호텔, 오크트리 호텔 그리고 로즈. 마우이에서는 수도원에 있던 사람인데, 여기가 샘의 세계일 리 없었다. 후에 우리는 눅눅한 카페테리아로 갔다. 샘과 나는 체스를 두었다. 캐린은 얼굴에 슬픔의 가면을 쓴 채로 우리의 경기를 구경했다. 나는 말의 움직임만 생각하려고 했다. 샘은 조심스레 수를 놓았다. 몇 마디 말을 던질 때는 계산해서 잘 골랐다. 아무도 울지 않았고 가시 돋친 말도 하지 않았다. 그럴 때도 있겠지, 나는 짐작했다. 하지만 그때 나는 거기 있지 않아야 했다. 그래도 나는 정신병을 겪고 온갖 고생을 다한 샘이 어른의 삶에 대해 무언가 얘기해야 하지 않을까 하고 생각했다. 가령, 어째서 우리는 나이가 들수록 늘 개념으로서 서서히 쇠퇴하는 것처럼 보이는 걸까?

이 질문에 대해서는 교수들도 그다지 도움이 되지 않았다. 나는 노먼 O. 브라운에게 경외심을 느꼈다. 그는 상냥하면서도 무시무시할 정도로 현학적인 고전학자였다가 프로이트, 마르크스, 예수, 니체, 블레이크, 조이스와 같은 하찮은 인물들을 섭렵하며 사회철학자가 되었다. 그는 그들의 작품들과 격렬히 씨름하며, '신성한 광기'와 '다중 도착', 그리고 타나토스를 이기는 에로스에게 승리를 선언했다. 그동안 그는 캠퍼스 근처의 농가 주택에서 가족과 함께 살았다. 샌타크루즈 캠퍼스에 다니는 사람이라면 누구나 그를 노비Nobby라고 불렀다. 그렇지만 나는 그 별명이 목에 걸려 입 밖으로 나오질 않았다. 브라운은 나의 복학을 환영하지 않았다. 언제나처럼 예의 바르게, 그는 나를 다시 봐서 실망했다고 말했다. 하와이에 서핑하러 가려고 자퇴를 했다는 건 그에게는 억압에 대한 승리, 디오니소스와 에로스를 지지하는 한 표, 문명에 대한 반대를 표상했다. 그런데 결국 그저 대중 신경증일 뿐이었다니. 나는 억압된 자의 귀환에 대해 가볍게 농담했고, 우리는 다시 공부로 돌아갔다.

하지만 캐린이 없으니 모든 게 다르게 느껴졌다. 더 거칠고, 들쭉날쭉하게. 그녀는 아버지에게 버림받았다고 느꼈고, 그럴 만한 이유가 있었다. 나는 좀 더 확실히 파악할 수 없는 이유로 대충 버림받았다고 느꼈다. 존재론적 정신분석학자 R. D. 랭은—그는 브라운처럼 일반적 통념을 지닌 급진적 비평가이며, 정신 질환을 비정상적인 세계에 대한 정상적인 대응으로, 일종의 '샤먼적' 여행으로 보고자 했다—초기 저작 중 하나에서 "존재론적으로 안전한" 사람에 대해서 묘사했다. 그게 나는 아니지, 하고 나는 생각했다. 나는 열정적으로 읽고 썼다. 내 일기에는 고뇌,

자기 비난, 야망, 나를 자극한 우연히 들은 연설, 좋아하는 작가의 작품을 필사한 긴 문단들이 가득했다. 믿음직하게 나를 진정시켜주는 몇 안 되는 것 중 하나가 서핑이었다.

5

탐색

◇

남태평양 1978

브라이언 디 살바토레, 비티 사바이이나에아 그리고 나.
서사모아 사바이이섬 실라이루아, 1978년.

❖

이것을 끝없는 겨울이라 부르자. 여름은 서핑의 유명한 도해법 iconography 중 일부이다. 도해법이 많이들 그렇듯이, 이도 잘못된 생각이다. 적도의 북쪽, 남쪽 할 것 없이 대부분의 장소에서 대부분의 서퍼들은 겨울을 위해 산다. 고위도 지역에서는 보통 큰 폭풍이 이는 때다. 폭풍은 가장 좋은 파도를 밀어 보낸다. 도해법으로 말하자면, 와이키키나 말리부 같은 예외가 있기는 하나 보통 여름은 서퍼들이 무기력해지는 시기다. 오랫동안 내가 흥미를 느낀 예외는 북동 오스트레일리아의 여름 사이클론이다. 하지만 내가 1978년 이른 봄에 보드 하나와 텐트, 손때가 묻도록 공부한 폴리네시아 환초 해도海圖 더미를 들고 로스앤젤레스를 떠날 때, 나는 겨울을 따라가고 있었다.

떠나기는 쉽지 않았다. 나는 사랑하는 일이 있었다. 여자 친구도 있었다. 내 일터는 철로였다. 나는 1974년부터 서던퍼시픽 Southern Pacific 철도회사, 왓슨빌과 샐리너스 사이의 지선 화물차와 샌프란시스코와 로스앤젤레스를 오가는 본선에서 제동수로 일했다. 제동에 대한 모든 것에서 나는 과도하게 기쁨을 느꼈다. 우리가 지나쳤던 시골, 함께 일했던 사람들, 우리가 말했던 고리타분한 옛날 언어, 일이 강요한 정신적·신체적 시험들, 거대한 쇳덩이 그 자체, 급료. 나는 운 좋게도, 강철로 마감한 장화의 앞코처럼 안전하고 바위처럼 단단한 성인기에 진입한 것 같았다. 직장을 얻으면서, 나는 영문학 학위가 있다는 말을 하지 못했다. 우리가 취급한 해안 열차들은 주로 농업용이었기 때문에—샐리너스

밸리Salinas Valley에서 생산한 농산품을 운송한다―그 일은 계절에
따라 기복이 있었다. 특히 나처럼 연차가 낮은 철도 노동자는 더
했다. 나는 휴경기인 겨울을 이용하여 다른 학위를 취득했고, 역
시 회사가 알 필요는 없다고 생각해서 알리지 않았다. 회사는 대
학 졸업자들이 철도 노동자가 될 수 있다고 믿지 않았다. 젊은 철
도인들을 데려와서 끌고 가는 데 회사는 시간과 수고를 많이 투
자했고, 노땅들은 종종 경력이 10년도 안 되는 젊은이들은 그 누
구라도 기차 기술자로 제 몫을 할 수 없다는 말을 하곤 했다. 그
래서 회사는 마흔 정도 되는 남자들을 찾았다. 제동은 더럽고 위
험한 일이었으므로, 대학 졸업자들은 더 깨끗하고 안전한 일로
옮기려 할 수도 있었다. 내가 그만둬서 이런 선입견을 더 굳히고
싶지 않았다. 나는 만족스러울 만큼 수익이 높은 일자리를 결코
구할 수 없다고 믿었다.

　하지만 나는 은행에 5,000달러를 저축해두었다. 이제껏 내가
모은 돈을 훌쩍 넘었다. 나는 스물다섯이었고, 남쪽 바다에는 가
본 적이 없었다. 이제 진지하게 서핑 여행, 끝이 없는 파도 사냥
을 떠날 때였다. 그런 여행이 이상할 정도로 꼭 필수적으로 여
겨졌다. 나는 마젤란이나 프랜시스 드레이크Francis Drake✦처럼 영
원히 서쪽으로 가고 싶었다. 그게 나의 생각이었다. 사실, 아무
리 힘들다 해도, 박힌 말뚝을 뽑고 떠나는 게 머무는 것보다 쉬웠
다. 그걸 변명 삼아 나는 어디서 어떻게 살 것인가 하는 세속적이
지만 무시무시한 결정을 미룰 수 있었다. 나는 디스코로 따분해
지고 에너지 위기를 겪는 미국이라는, 신념 과잉에 흥분이라고

✦　16세기 영국의 해적, 탐험가, 군인.

는 없는 세계에서 사라질 것이었다. 어쩌면 다른 사람이 될 것이었다. 적도 너머 지구 반대편으로 가면 다른 사람이 될 수도 있을 것이었다. 내 취향에 좀 더 맞는 누군가.

나는 가족들에게 오래 떠나 있겠다고 말했다. 아무도 반대하지 않았다. 나는 괌까지 가는 편도 비행기 표를 샀다. 하와이와 캐롤라인 제도를 경유하는 비행편이었다. 어머니는 나를 공항까지 배웅해주시면서, 예기치 못하게 열정적으로 축복을 해주었다. "구르는 돌이 되거라Be a rolling stone." 어머니는 내 얼굴을 잡고 뭔가 찾아보려는 듯 눈을 들여다보았다. 어머니는 무엇을 보았을까? 평생 철도원에 머물 게 아니라는 것을 알고 안심하지 않았을까, 나는 확신한다. 그 일은 나의 기지였고, 나를 계절마다 서부 해안으로 끌어당겼지만, 나는 여전히 안절부절못하는 낭만주의자였다. 나는 소설과 시, 비평문을 왕성하게 써냈지만 거의 아무것도 출판하지 못했다. 나는 어슬렁거리고 다니면서 성에 차는 곳에 잠시 동안만 살았다. 몬태나, 노르웨이, 런던. 그러니 나는 정말로는, 어머니의 표현에 따르면 "이끼를 모으"지는 못했다. 두 명의 여자와 같이 살았지만, 캐린 이후로는 마음과 영혼을 다 바친다는 느낌을 받은 적이 없었다.

나중에야, 훨씬 나중에야, 내가 구르는 돌 노릇을 너무 열심히 하고 있었다는 사실을 깨달았다. 어머니의 표현으로도 그랬다. 어머니와 아버지는 내가 집을 비운 지 3년째가 되자, 부르지도 않았는데 갑작스레 케이프타운Cape Town으로 날아왔다. 그곳에선 남빙양[++]이 겨울 스웰을 잔뜩 뽑아 보냈고, 나는 고등학교에서 교사

[++] 남극해.

자리를 얻었다. 부모님은 일주일간 머물렀다. 결코 내가 텐트를 접고 미국으로 돌아와야 한다는 뜻을 비치지는 않았다. 하지만 내가 여행한 지 4년째가 되자, 부모님은 나를 잡아오라고 동생 케빈을 보냈다. 적어도 나는 그 애의 방문을 그렇게 해석했다. 그와 나는 함께 아프리카 북부를 여행했다. 그렇지만 이것은 한참 나중의 이야기다.

탈 수 있는 파도를 찾아 남쪽 바다를 다니려니, 파트너가 필요했다. 브라이언 디 살바토레가 생각이 있다고 말했다. 내가 마우이를 떠난 후, 우리는 우연히 다시 연락하게 되었다. 내가 샌타크루즈에서 대학을 다닐 때 학교 아파트에서 이사하며 짐을 챙기던 중에 그의 부모님 주소를 갈겨놓은 알로하 항공권 폴더가 나온 것이었다. 나는 그가 중고차 대금을 받았는지 궁금해서 편지를 썼다. 그는 아이다호 북부의 주소에서 답장을 보냈다. 그래, 현금은 잘 받았다고 했다. 우리는 서로 연락을 주고받았다. 그는 트럭을 몰고—장거리 세미트레일러—소설을 쓰고 있다고 했다. 캘리포니아에 사는 부모님 댁에 오면서, 그는 샌타크루즈에 들렀다. 그는 맥스를 데리고 왔다. 맥스는 새너제이San Jose 언덕 너머, 나와 가까운 곳에 살고 있는 듯했다. 현재 동거하는 남자 친구는 성공적인 포르노 감독이라고, 브라이언이 말했다. 그 말이 맞아. 맥스가 말했다. 어떻게 그럴 수 있는지 모르겠지만, 그녀는 마우이에 있을 때보다 더 사악하게 재미있고 매력적으로 보였다.

나는 그들을 데리고 샌로렌조강San Lorenzo River 하구까지 갔다. 그 전해 겨울에 비가 많이 내린 후 희귀한 모래섬이 형성되어, 근사한 파도를 만들어냈다. 나는 파도가 지속되는 몇 달 동안은 날

마다 들렀다. 하지만 그 환경을 브라이언에게 묘사하려고 하자,
맥스가 무례하게 말을 잘랐다. 그녀는 신이 난 서퍼의 말투를 놀
랍도록 비슷하게 흉내 내며 내 말을 대신 끝맺었다. 내가 쓰려고
했던 진부한 표현을 정확히 맞히면서. "파도의 얼굴이 차고 문만
큼 높아!" "배럴 안에 딱 들어맞을 수도 있었을걸." 맥스는 마우이
에서 서퍼들과 시간을 꽤 보낸 듯했다. "2분짜리 남자들." 그녀는
그들을 멸시하듯 이렇게 불렀다. 그리고 그는 우리가 지금보다
더 나은 대화를 할 수 있어야 한다고 믿었다. 브라이언과 나는 서
핑 얘기는 나중에 하기로 했다.

　우리는 서핑과 책, 글쓰기에 대해 이야기했다. 나는 소설 작업
도 하고 있었다. 우리는 서로 원고를 바꿔 보기 시작했다. 브라이
언의 소설은 친구들 무리에 대한 이야기였다. 로스앤젤레스의 내
륙쪽 교외 마을인 몬트로즈Montrose에 사는 고등학생 서퍼들이었
다. 한 문단이 30페이지나 되었는데, 오로지 몬트로즈에서 벤투
라 북쪽의 해변까지 차를 타고 갈 때 나눈 말만 쓰여 있었다. 내
레이션도 없고, 배경 지시도 없고, 인용 표시도 없었다. 나는 그
부분이 무척 훌륭하다고 생각했다. 분절되고 저속한 대화가 충격
적일 정도로 정확하고, 교활하게 시적이고, 무척 웃겼다. 서사의
흐름은 보이지 않았지만, 매력적이었다. 이건 새로운 미국 문학
이라고, 나는 생각했다. 브라이언은 몬트로즈 출신이었다. 기계
제작자인 아버지는 제2차 세계대전 당시 군인으로 복무하며 유럽
에서 어머니를 만났다. 어머니는 영국인이었다. 브라이언은 장학
금을 받고 예일 대학교에 갔고, 거기에서 영문학을 전공하고 교
지에 글을 기고했다. 잭 케루악이 책 한 권에 서명해서 그에게 준
적이 있었고, 그는 1969년에 치러진 잭 케루악의 장례식에도 갔

다. 나는 그런 경험에 감탄했지만, 브라이언은 가볍게 말하고 대수롭지 않게 넘겼다. 졸업 후 그는 마우이에서 살면서 옛날 몬트로즈 친구들과 함께 서핑했고, 호텔 식당에서 요리사로 일했다. 라하이나에서는 그의 취향을 이해하는 사람이 거의 없었다고 해도 무방하다. 사람들이 서프보드를 인도의 신 비슈누Vishnu의 이미지와 대충 그린 돌고래 모양으로 장식할 때, 그는 자기 보드의 갑판에 말보로맨의 사진을 붙였다. 그는 컨트리음악, 민중 미국 연설, 멜빌 선집을 좋아했다. 노동 계급의 아들로서, 그는 복지 제도를 경멸했다. 심지어 일을 하지 않는 동안에도 실업수당을 신청하지 않았다. 반면, 여자들은 만장일치로 그에게 접근하고 싶어서 안달이었다. 검은 고수머리, 짙은 턱수염, 애쓰지 않아도 고전적인 남성미를 풍기는 분위기. 맥스는 그가 진짜배기 갈색 눈을 한 잘생긴 남자라고 인정했다. 또한—더 매력적인 면은—웃기고 너그러우며, 남과 섞이지 않는 느낌이 있었다.

그가 해안으로 이사 오기로 한 후에 우리는 처음으로 샌타크루즈에서 서핑했다. 그는 구피풋goofyfoot이었다. 왼발을 뒤로 놓고 탄다는 뜻이었다. 그건 서핑에서는 왼손잡이에 상응하는 표현이었다. 오른쪽 파도로 가면 구피풋은 백핸드를 치는 것이었다. 파도를 등지게 된다. 왼쪽 파도로 가면 포어핸드, 앞으로 서게 된다. 나 같은 레귤러풋regularfoot이라면 오른쪽 파도가 앞이 되고, 왼쪽 파도가 뒤가 되었다. 서핑은 앞쪽으로 탈 때가 특히 쉬웠다. 나는 브라이언이 호놀루아만에서 서핑한 적이 없다는 말을 듣고 놀랐다. 파도가 오른쪽으로 가기 때문은 아니었다. 호놀루아만에서 서핑하는 구피풋도 많았다. 하지만 사람이 많아서 그는 멀리했다고 했다. 그와 그의 친구들은 라하이나에서 몇 킬로미터 떨어진 레인보우스라고 하는 시골에서 서핑했다. 레인보우스. 그리고 지금 마우이 얘기를 하고 있노라니, 나는 내가 생각 없이 사람들 많은 장소를 따라다니는 사람 같았다. 거기 살면서 유명한 호놀루아처럼 오로지 뻔하게 탈 수 있는 파도에만 집중하고, 필요하다면 주요 테이크오프 보울을 차지하려고 다른 사람들과 기꺼이 몸싸움을 하고, 그 찬란한 환경에서 파도를 뒤지는 자기 패배적 한심함은 다 잊어버리는 사람. 심지어 옛날부터 1급 서퍼였던 레스 포츠는 그런 전투는 천박하다며 그만둔 것처럼 보이기까지 했다. 번잡한 서핑 마을인 샌타크루즈에서 브라이언과 내가 빈 파도를 찾으려면 북쪽 해안까지 올라가야 했다.

우리는 핑계만 있으면 차를 타고 한참 여행했다. 샌타크루즈의 학생 파티에서 브라이언은 갑자기 내가 라스드럼Rathdrum을 봐야 할 때가 되었다고 선언했다. 자기가 살았던 아이다호 인근의 작은 마을이었다. 우리는 곧장 파티장을 떠나 열흘 동안 거길 돌면서 몬태나와 콜로라도에 사는 브라이언의 대학 친구들을 찾아갔다. 브라이언은 꾀죄죄한 아이다호에 충실해서 콧방귀를 뀌었다. "몬태나는 혼자서도 발기할 동네야." 그 말은 사실이었다. 하지만 우리는 결국 나중에 거기까지 가서 살게 된다. 미슬라Missoula의 대학원에서 스키를 배우고, 나는 술을 배웠다. 브라이언은 석사 학위를 딴 후, 괌 대학교University of Guam에서 영어를 가르치는 일자리를 얻었다. 서태평양의 미국 군사 전초기지 중에서 제일 유명한 괌은 태풍으로 연간 일정한 바람이 부는 곳이라고 생각했다. 근무지로는 브라이언에게 적격이라고 나는 생각했다. 소박한 혹독함, 순전한 비현실성. 또한 듣자 하니 좋은 파도가 친다고 했다. 그런 소식들은 편지와 사진으로 곧 진실임을 확인할 수 있었

다. 브라이언은 넋이 나갈 때까지 서핑했다. 브라이언이 괌에서
지낸 지 2년 째 되던 해, 나는 미술라에서 석사 학위 과정을 마치
는 동안에 끝없는 겨울 여행을 가자고 제안했다. 브라이언도 돈
을 모으고 있었다. 돈을 내놓을게, 그가 말했다. 나는 괌으로 가
는 길에 캐롤라인 제도를 들러볼 수 있었다. 그런 다음 우리는 남
쪽으로 향하면 되었다.

우리 둘 다 스페인어 실력을 다시 길러야겠어. 그가 말했다.

나는 이유를 알 수 없었다. 남태평양에는 스페인어를 하는 나
라가 하나도 없었다.

그거 잘됐네. 그가 말했다. 다른 사람은 아무도 이해하지 못하
는 언어가 필요할 거야. 도박 같은 걸 할 때는 몰래 얘기해야 하
니까.

나는 정신 나갔냐고 말했다.

하지만 그는 그렇지 않았다. 우리는 결국 스페인어를 정기적으
로 사용하게 되었다. 그것이 우리의 비밀 언어였다. 통가 사람들
은 아무도 이해하지 못했다.

내 여자 친구의 이름은 샤론Sharon이었다. 그녀는 나보다 일곱
살 많았다. 당시 그녀는 샌타크루즈 대학교에서 학생들을 가르치
고 있었다. 우리는 헤어졌다 만났다 했지만 4년을 사귀었고, 아
마도 겉으로 보기보단 깊은 애착이 있는 관계였을 것이다. 중세
학도인 그녀는 열정이 넘치고 모험심이 많았으며, 로스앤젤레스
의 주류 판매점 딸이었다. 고음에서 저음으로 떨어지는 웃음소리
는 그녀의 자신감을 드러냈으며, 눈은 명랑했고, 나를 포함해 수
많은 사람들이 경탄할 만큼 다방면에 걸친 지적 매력이 있었다.

하지만 그 모든 재치 있는 대화 아래, 몸에 찰싹 감기는 자두 같은 눈망울의 자신감 아래에는, 본인의 표현대로라면 불안감이 분자까지 스며든 연약하고 상처받은 사람이 있었다. 영리한 백수인 전 남편을 포함해서, 사연은 파란만장했다. 그녀와 나는 오래 헤어져 있어도 버텼으며, 딱히 한 사람만 사귀자고 약속하지도 않았다. 그녀는 재니스 조플린의 말을 즐겨 인용했다. "자기, 할 수 있을 때 즐겨." 우리는 그녀가 박사 학위를 끝내면 재회하자는 모호한 계획을 세웠지만 금방 끝날 것 같지는 않았다. 나는 그녀와의 관계에서 불확실한 입장을 취한 것 같지만, 떠나겠다는 내 결심에 그녀가 반대할 일말의 권리도 주지 않았다.

나는 그 여행에 주문 제작한 보드를 가지고 갔다. 7피트 6인치 크기의 싱글핀 보드였다. 내가 보통 타던 보드보다 더 길고, 더 두꺼우며, 훨씬 더 무거웠다. 하지만 이 보드는 높이 떠서 빨리 패들해야만 했다. 익숙하지 않고, 암초에 둘러싸인 해류에 빠져들 테니까. 무엇보다도 이 보드는 꺾이지 않았다. 우리가 가는 곳에서는 보드가 부서지면 교체하기가 불가능했다. 나는 보드에 줄을 묶어놓았다, 그나마 내게는 일종의 양보였다. 보드 줄board leash은 몇 년 동안 꽤 유행했고, 샌타크루즈에서는 서퍼들 사이에 선명한 선을 긋는 것이기도 했다. 줄을 달면 멍청하고 서툰 서핑을 조장한다고 믿는 순수주의자들과, 스티머레인Steamer Lane 같은 곳에서 잃어버린 보드가 절벽에 부딪혀 부서지도록 굳이 놔두는 것이 멍청이의 정의라고 생각하는 얼리어답터들. 나는 순수주의자였고, 줄을 쓴 적이 없었다. 하지만 나라도 피지Fiji의 클라우드브레이크에서 남태평양용 보드를 잃어버리고 다시 보지 못할 위험을 감수할 여유는 없었다. 우리가 떠나기 몇 달 전부터 나는

그 보드를 탔고, 스티머레인에서 파도가 크게 이는 날에도 보드
가 파도를 잘 다루는 것에 흡족해했다. 샌프란시스코의 오션비치
에서 무서운 늦겨울 파도 구간을 타는 동안 내 줄이 뚝 끊어지는
바람에, 나는 어두워질 때까지 커다란 파도 속에서 한참 동안 추
위와 싸우며 수영해야 했다. 그 후에는 여분으로 더 굵은 줄을 두
개 샀다.

  호놀룰루가 나의 첫 번째 기착지였다. 지나치게 흥분한 마음
속에서, 오아후는 모든 징후와 전조였다. 도미닉도 우연히 일 때
문에 거기 있었다. 이제는 전업으로 텔레비전 광고 촬영을 했고,
특히 열대 해양 액션 영상 전문이었다. 캐린과 내가 깨지고, 그와
캐린이 사귀게 된 시기에도 우리 우정은 간신히 살아남았다. 두
사람도 오래가지 않았지만, 나는 그 모든 일들이 너무 괴로워서
1,000쪽짜리 소설도 썼다. 종말론적 산문시로, 스무 살 때 최종고
를 런던에서 빌린 수동 타자기로 쳐서 끝내버렸다(이 초기 걸작을
끝까지 읽어본 사람은 브라이언뿐일 것이다). 도미닉과 나는 그 후로 서
핑 여행을 두 번 같이 갔다. 그중 한 번은 중앙 바하캘리포니아^{Baja}
^{California}로 갔는데, 여행 내내 그는 나를 촬영하면서, 생각나는 게
있으면 뭐든 카메라를 똑바로 보고 말하라고 시켰다. 이것은 우
리가 어쩌면 천재일지도 모른다는 생각의 마지막 숨 같은 것이었
다. 내가 순수한 즉흥 대사로 스크린을 붙들어놓을 수도 있다는
그의 감동적인 믿음. 나는 그렇게 할 수 없었다. 도미닉은 월급
받는 일을 하느라, 그 프로젝트는 뒤로 치워버렸다.
  이제, 계절에 늦은 스웰이 닥쳐온 오아후에서 다시 만난 우
리는 호루라기 소리를 들은 개처럼 서핑의 집단 무의식이 내리

는 명령을 순순히 따라서 모든 것을 그만두고 노스쇼어로 향했다. 그때쯤 되자 큰 파도가 치는 유명한 해변에서도 이름이 알려진 지점에서는 거의 서핑을 해보았다. 열아홉 번째 생일에는 처음 파이프라인에서 서핑했고, 오래지 않아 호놀루아에서 파도가 크게 오르던 날에는 오락가락하는 정신으로 베케트와 같이 탔다. 특히 선셋비치에서 잊지 못할 파도를 몇 개 탔다. 우리가 어렸을 때 들었던 대로, 선셋비치는 기본적으로 뚜렷한 라이스보울이라고 할 수 있나? 그렇지는 않았다. 선셋은 너른 파도 평원이었고, 서쪽에는 포효하며 갈라지는 파도가 있었다. 당황스러울 만큼 다양한 높이의 피크가 다른 각도로 흔들리며, 두껍고 아름다운 파도가 일고 주기적으로 공포스러운 사건이 벌어졌다. 선셋은 실질적으로, 가끔 들르는 방문객은 이해하기 어려운 곳이었다.

　도미닉과 함께한 그 봄날, 선셋의 파도는 크고 깨끗했고, 나는 그 어느 때보다도 자신감이 넘쳤다. 줄이 도움이 되었을 것이었다. 크고 두꺼운 보드는 확실히 도움이 되었다. 그런데 그때, 10피트짜리 파도 세트가 서쪽에서 밀려와 나를 안에서 덮치며 줄을 가져가버리자, 나의 자신감은 엄중한 시험에 들게 되었다. 나는 영향권 안에 갇혀버렸다. 머리 위로 쏟아지는 파도를 맞으며 나는 보드를 내팽개치고 깊이 잠수했다. 잔인하도록 두들겨 맞으면서도 침착함을 유지하려 애썼다. 발목에 묶은 줄이 끊어질 듯이 세게 당겨졌다. 대여섯 번의 파도가 밀려간 후에, 나는 내 보드가 아직도 가까이에 떠 있는 것을 보고 고통스러울 정도로 기뻤다. 하지만 감아 들일 시간이 없었다. 얕은 물까지 쓸려 내려가, 내 보드를 다시 찾았을 땐 머리가 멍했고, 호흡이 고르지 못했다. 도미닉이 모래섬 위에 앉은 나를 찾아왔을 때도 나는 여전히 진이

빠져서 아무 말도 하지 못했다. 그 시련이 마치 세례처럼 느껴졌
다. 서핑 경력 15년 만에 가장 심하게 두들겨 맞았다. 나는 공포
에 질렸다.

　　그다음 조짐은 호놀룰루에서 러셀Russell이라는 아이가 깜짝 출
현한 것이었다. 그와 도미닉은 1970년대 초에 룸메이트였다. 도
미닉과 우리 가족이 〈하와이파이브-오〉를 찍던 시절이었다. 러셀
은 그때는 본섬의 작은 사탕수수 마을에서 온 눈 큰 촌놈이었지
만, 그사이에 케임브리지에서 공부하며 유럽에서 시간을 보냈고,
거기서 영국 억양과 상당히 세속적이고 현학적인 지식을 얻어 왔
다. 이런 변신에는 어떤 오만한 점도 없었다. 그는 여전히 눈이
크고 부드럽게 말했지만, 그저 책을 폭 넓게 읽고 널리 여행했을
뿐이었다. 러셀과 나는 이틀 정도 함께 밤을 보내면서 영국과 시,
유럽 정치에 대해 끊임없이 이야기했다. 그 대화가 끝에 이르렀
을 때 나는 내가 도미닉에게 철저하게 심술궂게 굴었다는 사실을
깨달았다. 도미닉에게 한마디도 끼어들 틈을 주지 않았던 것이
다. 내가 불안해하며 은근히 미안함을 비치자, 도미닉은 무뚝뚝
하게 수긍했다. "나는 러셀이 어떻게 지내나 근황을 따라잡고 싶
었어. 성 정체성이 어떻게 된 건가 싶어서." 도미닉은 말했다. "어
쩌면 다음엔 알아낼 수도 있겠지." 러셀의 사회적 영향력이 변했
다는 것도 사실이었다. 나는 사르트르의 양성애적 퇴폐주의와 심
지어 상황주의에 관한 생각들을 나누는 데 여념이 없어서, 그렇
게 명백한 개인적 화제에 대해서는 이야기할 생각도 하지 못했
다. 도미닉이 나의 과한 지식 자랑을 참아주는 데도 한계가 있다
는 것을 나는 눈치챘다. 이제 나는 사모아로 가서 어른이 되어야
할 때였다.

하지만 한 가지 징조가 더 있었다. 어떤 온화하게 푸른 아침, 나는 클리프스에서 패들했다. 거기에는 한 번도 떠난 적이 없는 듯 보이는 글렌 카울루쿠쿠이가 있었다. 10년이나 지났건만, 그는 명랑한 욕을 섞어 내 이름을 부르며 곧바로 다가와서는 내 손을 잡았다. 그는 좀 더 나이 들어 보였다. 어깨가 더 넓어졌고, 머리카락은 더 짧고 진해졌으며, 콧수염을 길렀다. 하지만 웃음기 있는 눈빛만은 여전했다. 그와 로디와 존은 이제 모두 카우아이에 살고 있다고 그는 말했다. "우리 모두 여전히 실컷 서핑하고 있어." 로디는 이제 경기는 하지 않지만—그는 호텔에서 일한다고 했다—그의 서핑은 줄곧 향상되고 있다고 글렌은 말했다. 로디는 이제 그 가족에서 가장 훌륭한 서퍼였다. 글렌 본인은, 나도 잡지에서 보아서 알고 있었지만, 프로 선수로 원정 경기를 다니느라 바쁜 와중에도 매 겨울마다 노스쇼어에서 시간을 보냈다. "나는 선수야." 그는 간결하게 말했다. 우리는 작고 유리 같으며 사람 없는 클리프스에서 서핑을 시작했고, 나는 글렌이 내 파도의 어깨에서 멈춰 나를 빤히 관찰한 후에 이렇게 단언해줘서 기뻤다. "어이, 네 서핑 아직 살아 있네." 하지만 그의 서핑은 부드럽고 가슴까지 오는 높이의 클리프스에서도 찬란했다. 속도, 회전의 순수함은 영화에서밖에 본 적 없는 수준이었다. 그런데도 전혀 무리하는 것처럼 보이지 않았다. 놀고 있는 것 같았다. 열심히, 정중하게, 명랑하게. 글렌이 그렇게 서핑하는 모습을 보는 것은 내게는 일종의 에피파니epiphany였다. 그에 관한 에피파니이기도 했다. 내 소년 시절의 영웅이 자라서 남자가 되었다는 것. 그러나 또한 서핑에 대한 것이기도 했다. 평생의 업으로서의 깊이, 아니 잠재적 깊이. 나는 그에게 남태평양으로 갈 것이라고 말했다. 그는 의아하다는 듯 나

를 빤히 보더니 행운을 빈다고 했다. 우리는 다시 한번 손을 맞잡
았다. 내가 그를 본 것은 그때가 마지막이었다.

캐롤라인제도의 푸른 점인 폰페이Pohnpei에서는 파도를 만나지
못했다. 그 당시 캐롤라인 제도는 미국령이었지만, 지금은 미크
로네시아의 독립연방국가의 일부다. 나는 길고 더운 날, 풀숲을
돌아다니면서 내 해도에서 괜찮아 보이는 암초 길을 찾아보았지
만 기운 빠지게도 하나같이 해변에서 멀었고, 바람은 언제나 글
렀으며, 스웰은 늘 이상했다. 임의의 열대 지역에서 탈 만한 파도
를 찾아낼 확률에 대해 나 자신을 속였던 게 아닐까 하는 고민에
빠졌다(공교롭게도, 빛을 발하는 오른쪽 파도가 나중에 폰페이의 북서쪽 모
퉁이에서 발견되었다. 그런 파도가 치기엔 알맞지 않은 계절에 나는 거기 있
었다). 나는 소득 없는 시도 사이에는 책을 읽었다. 클로드 레비스
트로스Claude Levi-Strauss의 《슬픈 열대Tristes Tropiques》. 첫 문장이 멋
진 책이었다. "나는 여행과 탐험가들을 싫어한다." 그는 구조인류
학의 선구자인 자신의 직업에 대해 계속 말을 이어간다. "우리는
이제까지 알려지지 않은 신화와 새로운 결혼 규칙, 가문 간의 경
쟁을 기록하겠다는 목적 아래 여섯 달 동안 여행하며 고생과 구
역질 나는 지루함을 참아야 한다(며칠이 걸릴 수도 있고, 몇 시간이 걸
릴 수도 있다)." 미크로네시아, 파도에 흠뻑 젖은 작은 모퉁이에 처
박혀 있던 나에게는 이 말이 불길하도록 익숙하게 들렸다. 심지
어 평범하기 짝이 없는 파도를, 새로운 결혼 규칙에 버금가는 서
핑을 찾아나서는 데만도 몇 달이 걸리는 걸까?

인류학으로 말하자면, 나는 폰페이에서 어떻게 술에 취할 것

인가를 두고 지역 전통과 현대성의 충돌을 발견했다. 그리고 나중에야 알게 되었지만, 이것은 태평양 어딜 가든 벗어날 수 없는 주제였다. 저녁이면 남자들은 느리고, 정중하고, 공동체적 의식을 수행하듯 코코넛 껍데기에 도수 낮은 토종 술인 사카우sakau를 따라 마셨다. 다른 섬에서는 보통 흔하게 카바kava 같은 다른 이름으로 부르는 술이었다. 혹은 수입한 알코올을 마셨다. 수입 알코올은 증류주가 되었든 맥주가 되었든 돈이 들었고, 식민주의, 싸움, 술집, 가산 탕진, 가정 폭력과 연결되었다. 나는 원칙적으로는 사카우 무리들과 어울렸지만, 그 사악하고 회색이 도는 분홍빛에 약품 맛이 나는 술이 고약하다는 것을 알았다. 그걸 마시면 입안이 얼얼했고, 여덟 잔이나 열 잔 정도 마신 후에는 뇌가 한쪽으로 기울어서, 나는 그 동네의 전통 오락인 장기를 이해할 수 있게 되었다. 아니, 이해할 수 있다고 믿었다. 장기는 담배꽁초와 작은 원통형 산호 조약돌로 하는 게임으로, 사방에서 쏟아지는 훈수를 받으며 빨리 진행되었다. 그중 몇 개는 영어로도 전달되었다. "이게 뭐야, 크리스마스?" "미친 녀석!" 나는 실제로 대국을 해볼 만큼의 용기는 얻지 못했지만, 열정적인 훈수꾼은 되었다.

우리는 누군가의 뒷마당, 무너져가는 초가 정자 아래서 갓도 없이 기둥에 매달아놓은 전구 불빛을 맞으며 술을 마셨다. 사카우 잔에 깊이 빠진 나의 동행들은 혼잣말을 중얼거리며 고개를 숙이는 바람에 침이 엄청 조심스럽게 줄줄 흘러 흙바닥으로 떨어졌다. 이런 낭만적인 환경에서 나는 여자를 하나 만났다. 로지타Rosita. 그녀는 모킬아톨Mokil Atoll 출신의 거칠고 예쁜 열아홉 살이었다. 자기 말에 따르면 어떤 여자애를 칼로 찌르는 바람에 퇴학당했다고 했다. 하지만 그녀는 전혀 그렇게 대담한 성격이 아니었다. 적어도, 자기가 내 호텔로 슬쩍 들어오는 걸 남에게 들키지 않도록 무척 조심했다. 지금 막 시작한 이 여행에서 나의 비밀스러운 야심 중 하나는 이국의 섬 출신 여성들과 사귀는 것으로, 어린 로지타는 기분 좋은 시작으로 보였다("이게 뭐야, 크리스마스?"). 그녀는 전통적인 형태의 타파 문양* 문신을 양쪽 허벅지에 했고, 한쪽 어깻죽지에는 제2차 세계대전쯤 미국 해병들 사이에서 유행했을 것 같은 두루마리를 걸친 하트 디자인을 새겼다고 했다. 섹스는 내가 어떻게 해야 그녀를 만족시키는지 알아내려고 애쓸수록 우스꽝스러울 정도로 끔찍해졌다. 적어도 내가 쾌락을 이해하는 방식으로는 그 어떤 방법도 통하지 않는 것 같았다. 하지만 내가 폰페이를 떠날 때 녹색 치마와 하얀 블라우스를 입은 그녀는 울음을 터뜨렸다. 나는 여자들에 대한 나의 비밀스러운 야심은 속속들이 진부하다는 것을 깨달았다. 얼마 후에는 재미도 없을지 모른다는 것을 알아차렸다.

내가 듣기로 괌Guam은 속어로 '포기하고 딸딸이나 쳐Give Up And Masturbate'의 약자라고 했다. 그 어원은 거짓이었지만, 그 장소만은 인상적일 정도로 황량했다. 헤로인 중독이 대표적인 오락이었고, 쇼핑과 싸움, 강도질(헤로인 습관에 돈을 대는 전통적인 방법), 텔레비전, 방화, 스트립바가 그 뒤를 따랐다. 뜨뜻한 터키색 바다로 둘러싸인 섬에서는 아무도 해변을 이용하지 않는 것만 같았다. 나무라곤 거의 없었다. 북위 13도에서는 재앙에 가까운 실수였다. 사람들 말로는 섬의 나무들이 태풍에 날아갔다고 했다. 혹

◆ 남태평양의 전통적 문양으로, 정사각형을 여럿 배치한 기하학적인 구도가 특징이다.

은 제2차 세계대전 당시에, 미군 부대가 침식을 막으려고 탕안탕안tangan tangan 씨앗을 비행기로 섬 전체에 뿌린 이후에 망가졌다고 했다. 탕안탕안은 키가 크고 빽빽이 자라는 무채색의 덤불이었다. 태평양 토착종은 아니었지만, 괌에서는 잘 자랐다. 섬 길을 따라 여행하면 회갈색 탕안탕안이 길게 늘어선 벽 사이를 통과해야 했다. 지역 건축물들은 대부분 나지막한 콘크리트 건물이었다. 태풍에도 살아남기 위해 지어진 양식이었다. 섬의 경제는 저가 일본인 관광객과 방대한 미군 기지의 주둔으로 지탱되고 있었다. 브라이언에게 나의 《세계 연감World Almanac》에는 괌의 주요 수출품이 코프라copra(말린 코코넛)라고 적혀 있다고 말하자 그는 웃었다. "괌 사람들 대부분은 코프라는 텔레비전 프로그램이라고 생각해. 〈코프라〉 몇 시야? 8시 30분, 아니면 9시?"

브라이언은 신나게 즐기는 것 같았다. 그에게는 쾌활하면서도 진지한 여자 친구 다이앤Diane이 있었다. 그녀는 학교 선생님으로, 혼자서 아이를 키우는 여자였다. 그는 함께 서핑하고, 서핑이 끝난 후에는 같이 술을 마실 명랑한 친구 무리도 있었다. 그의 친구들 대부분이 미국 본토에서 온 선생님들이었다. 그의 학생들은 거의 모두 섬 아이들이었다. 토착 카모로인, 필리핀인, 다른 미크로네시아인 아이들은 헐렁한 반바지에 구제 알로하셔츠를 입고 1년 내내 언어와 문학의 마술을 보라고 권하는 교수를 어떻게 이해해야 할지 알아내야만 했다. 그리고 이 교수는 학기말 시험으로, 선생과 가장 닮은 유명인을 고르는 객관식 문제를 냈다. 하지만 모든 선택지의 답이 똑같았다. "클린트 이스트우드."

내가 괌에 머무는 동안 파도는 무단이탈 상태였다. "보드 위에 싼 오줌처럼 편평해"가 브라이언의 표현이었다. 소문으로 듣거나 사진으로 본 위대한 지점들—보트바진Boat Basin, 메리초Meritzo—
모두 몇 주 동안 끝까지 물결 하나 일지 않았다. 더욱 심각한 것은
브라이언이 나를 보고도 딱히 반가워하는 것 같지 않았다는 것이
다. 우리 계획에 대해서 엇갈린 마음을 품게 된 걸까? 나는 근처
에서 어정거리며 그가 곰 생활을 청산하기를 기다렸다. 내가 그의
낡은 시멘트 벽 아파트에서 혼자 속 끓이며 시간을 보내는 동안,
그는 다이앤과 그녀의 아들을 데리고 놀러 다녔다. 나는 다이앤과
내가 브라이언의 영혼을 두고 고요한 전투에 얽혀 있다는 결론을
내렸다. 브라이언의 의도는 무엇일까? 그는 내게 속마음을 털어
놓지는 않았지만, 애쓰고 있는 것만은 확실했다. 그는 또한 로스
앤젤레스에 있는 어머니에게서 격렬한 압박을 받고 있었다. 어머
니는 아들이 직장을 그만둘 계획이라고 하자, 반대하는 기색을 역
력히 드러냈다. 이렇게 백수건달이나 하자고 예일에 다닌 거니?
나는 사실 그의 어머니를 잘 몰랐지만, 브라이언의 어머니는 늘
영국 북서부 방식으로 무시무시하고, 무뚝뚝하며, 아주 빡빡한 분
이었다. 금지옥엽 키운 미국인 아들의 고도로 발달된 유머 감각은
그녀에게 전혀 옳지 않은 듯했다. 나는 그녀와 나도 브라이언의
영혼을 두고 고요한 전투에 얽혀 있다는 결론을 내렸다.

　나는 또한 반골 유전자는 미묘하고도 성공적으로 전달되었다
는 결론을 내리고, 거기에 한 대 휘갈겨 맞은 듯한 기분을 느끼고
있었다. 나의 가장 하찮은 점들이 브라이언을 질리게 한 것 같았
다. 나는 캘리포니아를 떠날 때부터 면도를 그만두었다. 그는 나
의 지저분한 턱수염이 못마땅하다는 뜻을 명백히 밝혔다. 그런
후에는 내가 악취 억제제를 써야 할 필요가 있다고 말했다. 나는
그런 친절한 충고가 쓰라렸다. 여자 친구들이 좋게 말해주기도

했고, 우리가 자란 물병자리의 시대 때문이기도 해서, 나는 늘 내게서는 달콤한 냄새가 자연스레 풍긴다고 생각했다. 샤론과 통화하는 중에, 나는 이 개인적 모욕에 대해 언급하며, 상냥하게 재확인해주기를 바랐건만, 긴 침묵만이 돌아왔다. 뭐, 그녀는 마침내 말했다. 친구 말이 맞을지도 모르겠네. 그래서 나는 이제 내가 어떤 음모에 빠졌다고 생각했다. 나의 서핑 파트너와 나의 여자 친구가 둘 다, 어쩌면 합의해서, 나의 고삐를 잡아당기려고, 야생의 아이를 길들이려고, 그들이 한때 사랑했던 상쾌한 냄새를 풍기는 자유로운 영혼을 부수기로 한 것이다. 다음으로는 내게 외투를 입히고 넥타이를 매어주고는 사무실에 일하러 가라고 하겠지.

나는 확실히 꽤 건달이 되어가고 있었다. 브라이언의 선생 친구들 사이에서는 많이들 논의되는 질병이었다. 하지만 더 야단스러운 편집증을 나 혼자 몰래 숨기고 있었다. 진실은, 내가 이 끝없는 여행을 떠날 때 샤론이 대단하게도 열린 마음으로 받아들였다는 것이었다. 그러나 내가 미성숙하고 고집스러웠다는 사실이(그리고 샤론은 나보다 나이가 많았고 나의 자아도취를 잘 봐주었다) 내가 신체적으로 아직 소년이라는 뜻은 아니었다. 그들 말이 의심의 여지없이 옳았다. 나는 지독한 냄새를 풍겼다.

꼼에서 개처럼 살던 시절에는 쓰고 있던 소설이 있어 계속 바빴다. 주인공들은 모두 캘리포니아의 철로에서 일했다. 내가 잘 아는 배경이었지만, 플롯은 소위 철로를 떠나 모로코 해안 어딘가에서 길을 잃었다(샤론과 나는 영국에서 긴 겨울을 보낸 후 모로코로 여행한 적이 있었다). 브라이언은 내가 쓴 걸 읽어보더니 뒤죽박죽이라고 말했다. 그의 말이 맞았다. 그리고 내가 어디서부터 잘못 갔는지 두 번 정도 긴 얘기를 나눈 후에, 나는 모든 것을 집어치워야겠다

는 확신을 얻었다. 철로는 여전히 내가 쓰고 싶은 세계였지만, 나
는 새 주인공이 필요했다. 그리고 나는 여전히 내 작품의 모든 독
자보다 브라이언을 신뢰했다. 이 '끝없는 겨울' 계획에 그가 책임
감을 느끼는 정도에 대해서는 의심이 들었지만, 어쨌든 거기엔 적
어도 나 자신의 공포와 불안이 반쯤 투사돼 있기도 했다.

결국 우리는 떠났다. 아니, 떠나려고 했다. 우리는 에어나우루
Air Nauru에서 서사모아Western Samoa까지 가는 싼 표를 샀다. 알고 보
니 이 항공사는 나우루Nauru라고 하는 미크로네시아 소왕국 왕이
제멋대로 운영하는 회사였다. 우리가 탑승 대기하는데, 왕이 우
리 비행기를 차지해버렸고, 매표원은 일주일 후에 다시 오라고
했다. 나는 브라이언이 창피해할 정도로 불평을 했고, 에어나우
루의 대리인은 헛물을 켜고도 아직 공항을 떠나지 않은 승객들에
게 재빨리 호텔과 식사 쿠폰을 나누어주기 시작했다. 우리는 마
침내 괌 힐튼에 일주일 머물렀다. 호텔에 공짜로 투숙한 다른 에
어나우루 난민들은 계속 나한테 술을 사주려 했고, 브라이언은
이 사건이 우리 사이의 본질적인 차이를 잘 보여준다고 생각했
다. 그래도 이 이야기의 교훈은 말할 때마다 매번 달라졌다. 어떨
때는 그의 수동성에 대해서고, 다른 때는 나를 향한 불쾌함에 대
해서였다. 우리는 집으로 돌아가는 사람들을 위해 프랭키 아발론
Frankie Avalon✦처럼 꾸미고 호텔 방 안에서 우리 보드 위에 균형을
잡고 서서 희미한 조명 아래 서로의 사진을 찍었다. 잘 봐요, 여
러분. 우리 월드 서핑 투어의 첫 정거장이오. 브라이언과 다이앤
은 일주일을 더 함께 지냈다. 그런 후에 우리는 떠났다.

✦   미국의 가수. 〈비너스〉라는 곡이 유명하다.

몇 주뿐이었지만 우리는 반평생 동안 남태평양을 떠돌아다닌 기분이었다. 우리는 지역 버스와 밴, 페리, 카누와 화물차, 지붕 없는 보트, 경비행기와 요트, 택시, 말을 타고 여행했다. 우리는 걸었다. 히치하이크를 했다. 패들했다. 수영했다. 좀 더 걸었다. 지도와 해도 위에 고개를 숙이고, 먼 암초와 채널, 갑, 하구를 찾아보려 했다. 우리는 풀이 무성히 자란 등산로와 우뚝 솟은 바위, 코코야자를 지나 그럴 듯한 표적 지점까지 올라가보았지만 종종 정글, 잘못된 지도, 험준한 길, 망그로브 늪, 대양의 해류, 카바[✦✦]를 만나 물러나곤 했다. 어부들은 우리를 도왔다. 마을 사람들은 우리를 받아주었다. 우리가 겨드랑이에 이상한 판자를 끼고 숲속 깊숙이 있는 타로 밭을 터벅터벅 지나가면 사람들은 낫을 휘두르다 말고 입을 벌린 채 우리를 구경했다. 어린아이들은 어디든 우리를 따라다니면서 외치는 것 같았다. "팔라기! 팔라기!(백인들! 백인들!)" 사생활이라는 건 어느새 빛바랜 기억, 우리가 두고 온 미국의 사치품이 되었다. 우리는 호기심거리, 사절단, 오락이었다. 아무도 우리가 대체 뭘 쫓아다니는지 이해하지 못했다.

서핑 잡지를 가져올걸, 하고 생각했다. 우리 가방 속에서 굴러다니는 비 맞은 페이퍼백 책은 시각 보조 자료로서는 아무런 쓸모가 없었다(톨스토이는 서핑하지 않았다).

서사모아에서 우리는 본섬인 우폴루Upolu의 남쪽 해안에서 강력하고 자주 바뀌는 오른쪽 파도를 발견했다. 파도 자체는 잠재력이 크다고 생각했으나 거의 매일 불어오는 남동 무역풍에는 취약했다. 브라이언은 그 지점에 낙하 속도식으로 '마하 2'라는 이

✦✦ 폴리네시아의 후추나무속 관목.

름을 붙였다. 거기에는 무시무시하고 예측할 수 없으며 넓게 흔들리는 파도 세트와 얕은 암초가 있었고, 해안으로부터 1야드 남짓 떨어진 곳에서 파도가 부서져서, 나는 빨리 패들할 수 있는 보드를 가져와 다행이라고 생각했다. 우리는 그 파도에 머무르지 않고, 서쪽으로 다음 섬인 사바이이Savai'i까지 밀고 갔다. 거기 해안에서는 바람이 더 가벼웠고, 살라일루아Sala'ilua라는 마을 앞에서 왼쪽으로 부서지는 파도가 있었다.

남쪽 나라에서 겨울을 보내는 동안, 도전은 단순했지만 거대했다. 거대한 겨울 스웰이 남쪽에서, '노호하는 40도대Roaring Forties'✦보다 더 위쪽인 뉴질랜드에서 밀려왔고, 탁월풍으로 무역풍이 원래의 방향에서 불어왔다. 서핑에서는 이런 기후 조건은 좋지 않았다. 해안으로 부는 바람은 파도를 아수라장으로 만들었다. 반으로 갈라놓거나, 부서지게 하거나, 라인업에서 잔물결을 일으켰다. 그래서 우리는 남쪽 스웰이 암초나 해안을 만나면 휘거나 감싸고 돌면서 동쪽이나 서쪽으로 방향을 바꾸어 탁월풍에서 부서지는 곳을 찾았다. 대체로 무역풍은 남동쪽에서 불어오므로 동쪽으로 휘기가 쉬웠다. 바다에서 부는 바람들은, 내 말뜻이 명확히 전해질지는 모르겠지만, 파도를 찬란한 화관처럼 엮었다. 바람은 파도를 다듬고 일으켜 세운 후, 중요한 순간에 한 박자를 늦추었으며, 부서질 때는 안이 텅 비도록 했다. 그러면 잔물결이 거의, 혹은 전혀 일지 않았다. 하지만 스웰은 모퉁이를 돌면 힘을 잃고 크기가 줄었다. 변덕스러운 바람이 부는 가파른 해안은 일반적인 패턴을 바꾸어놓았지만, 기본적으로 우리는 남쪽 스웰이 완전

✦   남반구에서 풍랑이 몰아치는 남위 40도대를 말한다.

히 가라앉지 않고 무역풍 안으로 휘어들 수 있도록 완벽하게 각
이 진 암초를 찾아다녔다. 그런 암초가 단지 꿈과 이론이 아니고
실제로 존재한다고 해도, 우리의 목적에 부합하려면 심해에 채널
과 함께 있어야 했고, 딱 맞는 각도로 꺾여 있어야만 했다. 그래
야 암초에 부서지는 파도에 탈 수 있는 어깨가 생기고, 우리가 파
도를 탄 후에 도로 패들해 나갈 곳이 있을 것이었다. 꽤 까다로운
주문이었다.

　사바이이의 왼쪽 파도는 일정했지만 딱히 튀지는 않았다. 우
리는 그 파도를 우오uo라고 불렀다. 우오는 사모아 말로 친구라
는 뜻이었다. 무역풍이 주로, 오후에조차 홀로 왼쪽 파도를 일으
켰다. 운 없게도, 남쪽 스웰의 예봉銳鋒은 우리가 서핑하는 작은
만을 증기선처럼 지나면서 매일 파도를 떨어뜨리긴 했지만 딱히
크지는 않았다. 파도가 큰 날에도 머리 높이 정도였다. 우오는 믿
을 만한 테이크오프 봉우리와 긴 벽이 있는 기대할 만한 조건이
었다. 하지만 거의 모든 파도가 갈고리(파도에서 가장 가파른 부분)
의 앞에서 부서지는 빠르고 혼란스러운 구간으로 망쳐지기 일쑤
였다. 그러면 파도를 타봤자 결국 실망하면서 끝날 뿐이었다. 간
조 때는 특별히 빨라서, 들고 나는 물의 성격이 고약해졌다. 화산
암봉을 덮은 매끄럽고 둥근, 햄 크기의 돌멩이들이 노출되어서,
미끄러지기라도 하면 욕을 하며 발목을 접지르기 십상이었으며,
보드를 망가뜨리지 않고 떨어지려면 체조 수준의 묘기를 해야 하
는, 우스꽝스러운 장면을 연출했다. 우리 보드는 바위에 부딪히
면 크게 빈 소리를 냈다. 설상가상으로, 파도가 부서지는 부분 서
쪽 초호에 변소가 아슬아슬한 기둥 위에 얹혀 있어 간조에는 악
취가 심하게 풍겼다. 브라이언은 그 변소가 장티푸스 예방 운동

에 쓸 좋은 로고가 될 거라고 생각했다. 우리의 부드러운 하얀 발에 차곡차곡 쌓이는 베이고 긁힌 자국 속에서 감염이 꽃폈다.

이 지점에서 서핑한 사람이 우리가 처음이었던가? 어쩌면. 이렇게 커다란 섬에서 서핑하는 게?(대략 가로 65킬로미터, 세로 40킬로미터의 섬에서?) 어쩌면 아닐 것이다. 하지만 우리는 알 길이 없었다. 내가 우리 계획에 대해 글렌 카울루쿠쿠이에게 얘기했을 때 그가 그렇게 빤히 나를 쳐다보았던 이유는, 바로 사람이 서핑하지 않는 해안에서 좋은 파도를 찾는 어려움과 불가능성을 알고 있기 때문이었다. 하지만 이제 브라이언과 나는 우오의 수수께끼와 변덕을 찾는 데 완전히 푹 빠져버렸다. 잘 알려진 지점, 지도에 나와 있는 지점 어디서 테이크오프하고 무엇을 기대해야 할지, 예시로라도 보여줄 수 있는, 지역민들과 함께 서핑하는 것은 이와는 완전히 다른 일이었다. 우리는 스스로 만들어내고 있었다. 새로운 브레이크 지점들을 밝혀내고 시행착오를 거쳐 이해했다. 암초의 수많은 기이한 면모에서 고개를 들고 그것을 찬찬히 생각해보면, 그렇게 찬란한 고립 속에서 서핑한다는 것은 신나기 그지없는 일이었다.

그리고, 주님의 은혜일까, 불량한 파도 구간의 끝이 느슨해지고, 우오가 자신의 잠재성을 깨닫게 되는 만조 때는 쓸 만한 파도 구간이 두어 군데 있었다. 동네 날씨가 은총을 입었는지 바람이 산 주위를 돌아 물러나면서 바다 쪽으로 불기 시작한 어떤 비 오는 날의 막바지에 그런 파도가 밀려왔다. 구름은 낮고 어둡게 드리웠으며, 물은 탁한 회색이었다. 브라이언은 음울한 어둠 속에서 몸부림치는 야자수와 온도를 제외하고는 아일랜드 북서부 같은 느낌이라고 말했다. 그는 정면을 보고 서서—왼쪽으로 향하는 구피풋—길고 빠르게 연속적으로 파도를 타며 닫힌 구간을 높은 선을 그리면서 통과하는 것을 깨끗이 이어나갔다. 파도는 어깨 높이였고, 맥박처럼 요동쳤다. 바람이 불어 다가오는 파도 세트를 더 극적으로 만들었고, 파도가 부서지는 순간 파도의 얼굴 높이에 옅은 푸른빛이 어렸다. 우리는 어두워진 다음에도 서핑을 하다가 굵지만 뜨뜻하고 부드러운 빗방울을 맞으며 살라일루아로 걸어서 돌아왔다.

마을에는 호텔이 없었다(우리가 아는 한 사바이이섬 전체에 호텔이 없었다). 우리는 사바이이나에아Savaiinaea라고 하는 가족의 집에서 민박했다. 그들은 벽이 트인 초가지붕 전통 가옥을 여러 채 갖고 있었다. 민박이라는 것은 민감한 일이었다. 우리는 어느 날 오후 덤프트럭의 짐칸에 타고 한참을 달려 살라일루아Sala'ilua에 도착했다. 낡은 고무 샌들을 충전재로 재활용한 침대가 장착된 트럭은 지붕 없는 버스도 겸하고 있었다. 우리의 보드는 토란과 물고기가 든 바구니들 사이에 쑤셔넣어졌다. 트럭은 우리를 햇볕 속에 놓아 말리는 녹색 카카오 콩이 가득한 크리켓 경기장 옆에 떨구어주었다. 마을은 말끔했다. 모든 집이 초가지붕이었고, 빵나무들이 널찍하게 거리를 두고 심어져 있었으며, 무척 조용했다. 어딘가 수줍게 느껴지는 마을이었다. 파도라고는 볼 수 없었다. 우리는 사모아의 수도, 아피아에서 사바이이나에아 가족의 사촌을 만났고, 그가 써준 소개장을 들고 왔다. 아이들이 고함을 치는 소리가 들리더니 안전할 만큼 거리를 두고 애들이 삼삼오오 모여들었다. 마침내 검은 라발라바lavalava⁺를 입은 사모아 청년이 다가왔

─────────

폴리네시아의 전통 의상으로 허리에 두르는 옷.

다. 우리는 더듬더듬 목적을 말했고, 그는 우리를 시나 사바이이나에아^{Sina Savaiinaea}에게로 데려갔다. 그녀는 30대의 잘생긴 여자였다. 시나는 주변에 모여들어 숨죽이며 기다리는 관중들은 무시한 채 우리 편지를 읽었다. 그녀는 우리 겨드랑이에 낀 길고 더러운 캔버스 가방들을 흘끔 보았지만―그 안에는 서핑보드가 들어 있었다―틈도 주지 않고 말했다. "환영합니다." 그 순간 그녀는 장막을 열고 1,000와트짜리 환한 미소를 켠 것처럼 보였다.

시나와 그 남편 투푸가^{Tupuga}, 그리고 그 집의 세 딸들은 당혹스러울 정도로 우리를 환대했다. 푸짐한 한 상 다음에 또 한 상이 나오고, 차 한 잔을 마시면 또 차 한 잔이 나왔다. 우리의 땀에 전 티셔츠는 사라졌다가 아침이면 깨끗하게 세탁돼 다림질까지 된 모습으로 나타났다. 담배를 피우는 브라이언의 말로는 재떨이를 하루에 열 번은 비우는 것 같다고 했다. 우리는 여기 와서 배운 이곳의 기본적인 예절을 지키려 했다. 한 발이 다른 사람을 가리키는 자세로는 앉아서는 안 되고, 무언가를 주면 거절해선 안 되며, 손님이 올 때마다 악수하며 "탈로파^{Talofa}"라고 인사해야 했다. 하지만 아무것도 모르는 손님으로서 마냥 응석을 부리며 특권을 누리는 우리의 역할을 벗어날 길이 없었다. 우리는 심지어 배낭을 멘 군주처럼 우리가 가져온 모기장 안에서 잤다. 대화는 놀랍도록 범세계적이었다. 살라일루아의 성인 남성들은 모두 전 세계를 여행하고 일한 것 같았다. 뉴질랜드, 유럽, 미국(사모아 사람들은 인구수에 비해 전 세계에 흩어져 사는 동포들이 많았다. 자국보다 해외에 사람들이 더 많다고 할 정도였다). 이전에 국제연합^{United Nation}에 갔다 온 적이 있는 마타이^{matai} 족장도 있었다. 루르드^{Lourdes}◆까지 순례를 다녀왔다는, 등판에 성조기가 커다랗게 찍힌 청재킷을 입은 남자도 있었다.

그렇지만 사바이이는 그 자체로 하나의 세계, 시간을 벗어난 완전한 세계처럼 느껴졌다. 텔레비전도 없었다. 전화도 본 적이 없었다(휴대전화와 인터넷이 나오기 한참 전인 시대였다). 작은 구멍가게들에는 주로 중국산 수입품들이 있었다. 삽, 손전등, 골든디어 담배, 롱마치 트랜지스터라디오. 하지만 일상은 대체로 손수 해결했다. 사람들은 매일의 끼니를 위해 농사짓고, 낚시하고, 사냥했다. 그들은 직접 집과 보트를 짓고, 그물, 깔개, 바구니, 부채를 만들었다. 끊임없이 즉흥적으로 지어냈다. 나는 거기에 매료되었다. 나는 세계가 모두 로스앤젤레스로 변하기 전에 좀 더 보고 싶다는 무지한 야망을 품고서 미국을 떠났었다. 물론 그런 일이 일어날 위험은 없었지만, 폴리네시아 시골에 도착하고 보니 산업 문명에 대한 나의 모호한 불만이 더 예리하게 벼려졌다.

어떤 각도에서 보면, 사모아의 모든 것—대양, 숲, 사람들—에는 일종의 고귀한 빛이 감돌았다. 이 빛은 그림처럼 완벽한 해변이나 풀로 엮은 집처럼 낡아빠진 이상향이라는 개념이나, 내가 옛날에 읽었던 이야기책다운 꿈과는 아무런 상관이 없었다. 우미 왕과 그의 형제들에 관한 책을 읽던 나의 시절은 이미 오래전에 지나갔다. 나는 젖가슴을 드러낸 처녀들이 사는 곳이라는 망상 같은 것도 갖고 있지 않았고, 그렇게 쓸 만한 가치가 없는 것들에 대한 꿈은 전혀 품지 않았다. 또한, 우리가 만난 사모아의 10대들을 관찰해보니, 여기서는 신경증 전 단계인 사춘기를 거치는 듯했다. 마거릿 미드Margaret Mead에게는 심심한 사과를 전한다(그 문

---

* 프랑스의 유명한 순례지로 근처에 유명한 마리아 동굴이 있다.

제에 대해서는 고갱도 타히티에 실망한 적이 있다. 그는 자기가 거기 너무 늦게 갔다는 것을 인정했다). 아니, 사모아는 철저히 기독교화되어 있고, 문자 습득률도 높았다. 전 지구적 대중문화가 여느 때와 같은 독성을 지니고 번창했다. 모든 꼬마들의 영웅은 브루스 리Bruce Lee 인 듯했다. 그해의 피할 수 없는 노래는 보니 엠Boney M이 커버한 〈리버스오브바빌론Rivers of Babylon〉이었다. 내가 매혹된 점은, 단순히 사람들이 여전히 육지와 바다에 가까이 붙어서 무척이나 공동체적으로 살아간다는 것이었다. 나의 서구적 눈에는, 그들은 우아한 자질과 상상할 수 있는 완전함의 모범 같았다.

시나의 오빠인 비티는 키가 작고 체격이 좋은 30대 후반의 남자였다. 삐쭉삐쭉한 머리카락, 긴 구레나룻, 수줍은 미소의 그는 겸손함 속에 재빨리 돌아가는 머리와 멋진 창의성을 감추고 있었다. 그는 뉴질랜드에 산 적이 있었고, 핼러비콘드비프 공장Hellaby Corned Beef Factory, 바이크로프트비스킷 공장Bycroft Biscuit Factory, 뉴질랜드밀크앤드버터 공장New Zealand Milk and Butter Factory에서 일했다. 그때는 집에 돈도 보낼 수 있었지만, 이곳이 더 행복하다고 말했다. "거기서는 카디건을 반드시 입어야 해요. 출근 버스를 기다리는 동안 얼굴 앞에 피어오르는 입김이 보이죠." 우리가 머물던 동안 매일 아침 비티는 집에서 제작한 1인용 외현 카누를 타고 수평선 너머까지 나가곤 했다. 시나의 설명에 따르면 그는 그 카누를 일주일도 걸리지 않아 뚝딱 깎아냈다고 했다. 재료로 쓴 파타우 나무도 혼자 힘으로 베어냈다고 했다. 오후에 비티는 배 한 가득 가다랑어를 싣고 마을로 돌아왔다. 밤이면 등불을 들고 물이 빠진 암초로 나가 칼로 물고기들을 꿰어 왔다. 현금이 필요할 때는 살라일루아 뒤의 산에 있는 가족 코프라 농장에 올라가 트럭

한가득 실어 시장에 내다 팔았다(사모아는 괌과는 달리 정말로 코프라를 수출했다). 멧돼지가 토란 밭으로 들어오면, 사냥을 나갔다.

언젠가 비티에게 멧돼지 사냥에 대해 물어보았다. 그와 브라이언과 나는 살라일루아 근처의 정글 속, 작고 사방이 트인 팔레 fale(초가 원두막)에 앉아서 집에서 만든 맥주를 오래된 진 병에 담아 마시고 있었다.

"횃불과 라이플을 들고, 개 몇 마리를 데려가서 돼지의 흔적을 밟은 후 놈이 오기를 기다렸어요. 바람이 부는 방향으로." 비티는 말했다.

해 질 녘이었다. 맥주는 애플 사이더처럼 달짜근했지만, 스코치위스키처럼 독했다.

"가끔은 덤불을 뚫고 달리며 뒤를 쫓아야 해요. 산을 올라갔다 내려갔다 하죠." 비티는 정글을 헤치는 흉내를 내면서 웃었다.

"어두워져요. 그럼 돼지를 죽인 후에도 거기서 기다려야 해요. 밤새. 달랑 라발라바 하나만 걸치고. 그걸 머리까지 뒤집어쓰는데 모기가 얼마나 심한지. 너무 심해요. 비가 오죠. 홀딱 젖어요. 그럼 돼지가 또 한 마리 와요. 내 주변을 돌면서 기다리죠. 내가 자기네 형제를 죽였으니까. 개들은 쉬지 않고 짖어대요. 돼지는 90킬로그램은 나갈 거예요. 나는 돼지를 둘로 가르죠. 아침이 되면 돼지를 들고 갈 긴 막대기를 찾아서, 양 끝에 하나씩 꿰죠. 하지만 걸어가기엔 너무 먼 길이에요. 너무 멀어요. 손님도 멧돼지 사냥 가고 싶어요?"

나는 브라이언이라면 신나서 갈 것 같다고 생각했다. 우리는 비티가 제조한 우유를 마셨다.

이제 비티는 음악이 있었으면 하는 눈치였다. "손님들 자기네 나라 노래 한 곡 좀 뽑아보시죠."

브라이언은 행크 윌리엄스Hank Williams의 곡을 아카펠라로 부르며 화답했다.

나에겐 끝내주는 포드 차와 2달러가 있다네
그리고 언덕 너머에 갈 만한 곳을 알지

관객들―팔레 옆에서 정원에서 기른 코코아를 빨던 아이들 무리―은 정신이 나갔다. 그들은 자기들끼리 멍청하게 고함을 지르고 박수 치고 웃어댔다. 브라이언의 목소리는 명랑하게 정글에 울려 퍼졌다. 비티는 활짝 미소만 지었다. 이제는 내 차례였다.

하지만 그때, 길고 구슬픈, 고둥 부는 소리가 울려 나를 구했다. "통금 시간이에요." 나는 말했다. "서핑 안 되면, 노래 안 해요."

통금 시간은 하루에 두 번 있었다. 통금은 한 시간 모자라게 지속되었으며, 사람들은 그것을 진지하게 지켰다. 두 번째 고둥 소리나 교회 종이 울리기 전까지는 아무도 걷지도 않고 아무도 일하지 않았다. 우리는 다른 설명들을 들었다. 활동을 중지하는 건 족장을 향한 존경심을 표하려는 것이라고도 했고, 기도 시간이어서라고도 했다. 하지만 파아사모아Fa'a Samoa, 사모아 전통 방식의 힘에 대한 일반적인 메시지만은 명확했다. 일요일은 종일 통금이 발효되었다. 파도가 좋아 보이는 날이 두어 번 있어서, 나는 그 금지 명령을 받아들이기가 힘들었다. 솔직히 슬쩍 빠져나가 해변에서 멀리 떨어진 곳까지 가서 조용히 몇 번 파도를 타면, 누구의 심기도 거슬리지 않을 것이었다.

브라이언은 이런 불경한 제안을 한다고 나를 놀리면서 재미있어했던 것 같다. "네가 우상파괴자라도 되는 줄 아냐?"

아니, 아니었다. 그저 파도를 더 타고 싶을 뿐이었다.

소라고등의 음률이 다시 한번 나무 위에 떠돌았다. 내가 노래할 차례였다. 나는 눈을 감고, 깊은 기억을 더듬어 미리 생각하지 않고, 《십이야Twelfth Night》에 나오는 광대의 노래 첫 다섯 소절을 불렀다. 기이한 선곡이었고, 확실히 음이 맞지 않았지만 어쨌든 나는 노래를 해냈다. 구슬픈 철학적 후렴구("비라는 건 매일 오니까"), 결혼에 대한 원만한 성찰("우쭐대면 절대 번영할 수 없다네"), 그리고 그 후에 따라온 박수갈채는 시끌벅적했지만 진심 같았다.

살라일루아에는 두 번째 파도가 밀려왔다. 그 파도는 부둣가의 반쯤 무너진 당구장 바로 동쪽에서 부서졌다. 우리는 오랜 시간을 들여 그것을 연구했다. 이 파도는 총알처럼 빠르게 왼쪽으로 부서졌다. 길고, 속이 비었으며, 탁월풍을 확실히 맞아 거의 직선으로 바다 쪽으로 흘러가는 파도였다. 마을 뒤편의 가파른 산마루가 무역풍의 진로를 바로 서쪽으로 휘어버렸고, 앞바다의 협곡은 어쨌든 깨진 암초판과 결합하여 스웰을 돌려서 바람 속으로 밀어 넣었다. 결과는 아름답지만, 치명적으로 보이는 파도였고, 올라타기에는 너무 빠르고 얕아 보였다. 파도는 해수면 아래에서 짧고 깊은 고랑으로 부서져서, 파도 자체가 드러난 산호초 선반 위로 만들어졌다가 폭발했다. 해변으로 밀려오는 파도가 더 커질수록 질이 좋아졌다. 적어도 어이없을 정도로 빠른 구간을 지나치게 가속하지 않고 조심스레 서핑할 수 있게 되었다. 나는 파도를 더 잘 관찰하려고, 물이 빠졌을 때 해저 지반까지 나가보았다. 초호는 성게와 인공 위험물들로 가득했다. 투명한 줄로 만든 물고기와 게 덫이 장대 사이에 걸려 있었다. 바람에 쓸리는 터키색 파도 세트가 연이어 포효하며 흘러갔다. 가장 큰 파도는 바위 위 5피트 높이에서 부서졌다. 안 되겠군, 으흠. 우리는 그 지점에 '하마터면Almost'이라는 이름을 붙였다.

우오는 다른 곳과 비교하자면 허술하고 약했다. 그저 새로운 결혼 규약이었다.

살라일루아에서 보낸 마지막 밤에, 시나는 진수성찬을 마련했다. 우리는 한 주 내내 잘 먹었다. 갓 잡은 생선, 닭고기, 코코넛 크랩, 조개, 파파야 수프, 얌, 열두 가지 방식으로 다르게 요리한 토란(시금치, 바나나, 코코넛 크림을 넣었다). 이제는 돼지고기 소시지와 화덕을 피워 구웠을 설탕 바른 바나나 빵이 나왔다. 또 톡 쏘는 맛의 검정과 녹색의 해산물도 있었는데—이름은 잊어버렸다—당황스럽게도 목을 간질여서 숨이 막힐 것만 같았다. 브라이언과 나는 진심을 담아 감사 연설을 하고, 선물을 건넸다. 시나에게는 유리 접시, 아이들에게는 풍선, 비티에게는 슐리츠 맥주잔, 시나의 아버지에게는 담배, 어머니에게는 자개 빗을 주었다.

마을을 통과하는 버스는 새벽 4시에 왔다. 시나는 우리를 깨워서 커피와 비스킷을 주었고, 비티와 부인, 그 아이들 중 하나가 무리와 함께 길가에 서서 버스를 기다려주었다. 구름이 끼었으나 별들이 빛났다. 큰 박쥐가 머리 위로 낮게 날았다. 날개에 붙은 가죽 덮개가 퍼덕이는 소리가 들렸다. 남십자성이 반짝였다. 버스가 도착하며 땡그랑거리는 음악 소리가 열린 문으로 쏟아져 나왔다. 지붕 위에 올라탄 말 없는 소년이 우리의 보드를 받았다.

우리는 사모아에서 질리도록 괴짜들을 만났다. 티아Tia라는 이름의 청년은 먼 해변으로 우리를 데려갔는데, 나중에 보니 파도가 전혀 없었다. 위로를 하겠다며, 그는 작은 만이나 노두, 암초를 하나하나 지나칠 때마다 그에 얽힌 얘기를 꼼꼼하게 해주었다. 형제 살해와 부친 살해 사건이 있었고, 세례 받은 악마들이 생생하게 등장하는 이야기가 있었다. 집단 자살 사건도 있었다. 온 마을이 자산을 제물로 바쳤다. 나는 깊은 인상을 받았다. 해변의 돌멩이 하나하나가 신성한 문학 속에 자리를 잡은 듯했다. 그때 티아가 말했다. "너희가 3년 뒤에 다시 오면, 이 해변은 진짜 근사한 곳이 되어 있을 거야. 내가 뉴질랜드 은행에 넣어둔 돈이 있는데, 그걸로 다이너마이트를 좀 사서 여길 근사하게 만들 거거든."

우리는 장로교 목사인 리Lee와 그의 아내 마거릿Margaret과 어울렸다. 그들은 뉴질랜드 출신이었지만 최근에는 나이지리아에서 9년 동안 지냈다고 했다. 이제 그들은 아피아의 교회 뒤에서 어린 자식 셋을 데리고 살았다. 리는 우리에게 구경을 시켜주겠다며 열을 올렸다. 그는 딱 붙는 빨간 반바지를 입었고, 커다란 회색 의치를 했다. 턱에는 보조개가 깊이 파였으며, 알이 두꺼운 안경을 썼고, 깜짝 놀랄 만큼 몸에 털이 많았다. 실제로는 사모아에 대해 아는 게 별로 없었고, 우리에 대한 관심도 급격히 수그러들었다. 하지만 마거릿은 흐트러진 분위기를 바로잡고 계속 우리와 외출하거나 집에 초대해주었다. 리에게는 발로valo라는 친구가 있었다. 젊고 건장한 발로는 이두박근에 '러브미텐더LOVE ME TENDER' 문신을 새겼다. 리는 발로에게 푹 빠져서 계속 바라보았고, 발로가 근처에 없을 때는 그의 이야기를 했다. 해변에서는 아쉽다는 듯 "발로와 같이 왔으면 아무도 우리를 갈라놓을 수 없는 작은 모퉁이를 찾아냈을 텐데"라고 말했다. 나는 통통하고 다정한 마거릿에게 안타까운 마음이 들었다. 리가 마거릿에게 비꼬듯 딱딱거리면 마거릿은 그저 소녀처럼 안경 뒤의 눈을 크게 뜨고 우리를 보며 미소 지었다. 발로는 브라이언에게 로스먼Rothman이 자기가 제일 좋아하는 담배라고 말했는데, 그 상표명에 비밀 메시지가 숨겨져 있기 때문이라는 것이었다. "좋아, 톰, 내 엉덩이를 꽉 잡아, 이제 쏴!Right on, Tom, hold my ass, now shoot!" 다음 소풍 날짜가 다가왔을 때, 우리는 핑계를 지어내려고 스페인어로 말했다.

우리는 아피아 외곽, 오락의 낙원이라고 하는 곳에 머물렀다. 부분적으로는 괜찮은 방갈로들이 몇 채 있는 모텔 같은 곳이 있었지만 주로 그 이름에 걸맞게 동네 유흥가였고, 그곳을 소유하고 운영하는 자는 살라 수이바이Sala Suivai라고 하는 의원이었다. 거기에는 관람석이 곡선으로 가장자리를 두르고 무대가 주변보다 낮은 야외극장이 있었다. 어떤 밤에는 거기서 영화를 상영하기도 했다. 주말에는 댄스 밴드들이 연주했다. 한번은 권투 경기장을 세웠고, 들뜬 관중들은 지역의 과학자들이 덤벼드는 것을 구경했다. 우리에게 주의를 기울이는 사람은 없었다. 발에는 붕대를 감고, 술집 근처 탁자에 항해 해도를 쭉 늘어놓은 팔라기들. 그렇게 무시당하는 것, 그것에 어린 도시성은 꽤 신선한 기분이었다.

항해 해도를 이용해 탈 수 있는 파도를 찾아내는 건 아무리 잘해도 성공률이 너무 낮았다. 우리는 장애가 될 수 있는 암초나 저먼 남쪽 육지의 '그늘'에 가려지지 않는 남향 섬의 해안을 찾아다녔다. 얕은 물의 수심이 1~2패덤fathom✦ 정도 지나면 바다 쪽으

✦ 수심의 단위.

로 뚝 떨어지는 지점과 협만과 암초 길을 찾았다. 스웰이 갑자기 심해에서부터 파도가 부서지는 지점으로 올라와 더 힘차고, 속이 더 넓게 비어 있는 파도를 만드는 장소들이었다. 유망해 보이는 암초나 해변이 있어도 각도가 중요했다. 파도가 부서지려면 그것들이 이루는 대략의 선은 남쪽으로 향하는 열린 바다에서 급격히 꺾어지거나 곡선으로 연결되어야 했다. 그래야 파도가 휘거나 벗겨지거나 바람 안으로 돌아 들어갈 가능성이 있었다. 우리는 간격이 긴 스웰에 집중할 수 있는 앞바다의 협곡, 혹은 파도가 더 얕은 물속으로 굴절되는 협곡 벽을 찾아보았다. 많은 해안선이—대부분의 해안선이—이런저런 이유로 제외되었다. 하지만 추상적이지만 서핑할 잠재력이 있는 장소들이 꽤 많이 남았고, 가볼 만한 가치가 있는 지점을 정하는 건 결국에는 꽤 훌륭한 추론 작업이었다. 지역에 대한 지식은 없었다. 우리의 해도는 완벽하지 않았고, 축척은 언제나 너무 커서 실제 암석이나 암초와 차이가 너무 컸다. 우리는 꾸물꾸물 몰려드는 숫자의 의미를 그려보려고 애썼다. 그 숫자들이 한 자릿수로 떨어지면 탁한 노란색의 마른 땅으로 둘러싸인 연푸른 리본 같은 바닷물이 어떻게 된다는 뜻인지. 내가 아는 장소의 해도, 특히 파도가 있다는 걸 아는 장소의 해도를 보는 건 쉬웠다. 제대로 맞아떨어지는 환경이라면, 이 지점들이 좋은 이유가 바로 그것이었다. 2차원의 해도가 갑자기, 탈 수 있는 파도가 치는 3차원의 광경으로 변모했다. 대여섯 가지 요소를 해도에서 따로따로 분리할 수 있어야 했다. 하지만 본 적도 없는 장소의 해도를 연구한다는 것은? 눈 감고 하늘을 나는 것이나 같았다. 구글어스는 수십 년이 지나야 나올 것이었다. 우리는 위대한 대양학자인 윌러드 배스컴Willard Bascom을 믿을 수밖에 없었다. 그는 《파도와 해변Waves and Beaches》에 이렇게 썼다. "먼 파도wave들이 자신의 에너지를 포기한 곳, 체계적인 물의 동작이 격렬한 진동에 굴복한 곳이 바로 연안의 파도surf이다. 대양에서 가장 흥미로운 부분이다."

우리는 다음으로는 타히티Tahiti로, 아니면 미국령 사모아로 가겠다는 계획을 세웠다. 양쪽 다 서퍼들이 있고, 유명한 서핑 지점도 있었다. 대신 우리는 아무것도 모르는 통가Tonga로 갔다.

부두의 술집에서 통가의 수도인 누쿠알로파Nuku'alofa로 가는 화물선의 사무장으로 일하는 오스트레일리아 남자를 우연히 만났을 때 내린 충동적인 결정이었다. 우리는 한밤에 제정신도 아닌 상태로 그 배에 올랐다. 배는 새벽에 아피아를 떠났다.

선장은 그날 아침에야 우리가 승선했다는 사실을 알았다. 선장은 사무장에게 고스란히 분노를 퍼부었지만 우리에게까지는 돌아오지 않았다. 우리와 같이 있을 때 그는 무척 사근사근하게 굴었다. 그의 이름은 브렛 힐더Brett Hilder로, 귀족 작위가 있었다. 백발수염의 끝을 뾰족하고 깔끔하게 다듬었고, 제복이 멋지게 어울렸다. 그는 우리에게 함교를 구경시켜주었다. 선실 벽에 붙은 통가왕의 그림 마음에 드나? 힐더 선장이 직접 그린 것이었다. 그 전제군주는 자신의 그림이 너무나 마음에 들어서, 그 위에 손수 서명을 해주었다. 미치너의 《남태평양 이야기Tales of the South Pacific》 읽어봤나? 그 단편들의 원형은 힐더 선장에게서 온 것이었다. 그래서 그 책이 그에게 헌정된 것이 아닌가(그렇다고 한다). 하지만 어떤 남태평양 새들이 헤로도토스Herodotus의 《역사Histories》, 그리고 성경의 예언서에 나오게 된 이유를 알고는 있는지? 우리는 이제 곧 알아내기 직전이었다. 우연히도, 쿡 선장은 통가에 대해 친근한 섬이라고 떠들어댔다. 오직 이틀 차이로 그와 선원들이 깜짝 놀랄 만한 잔치를 놓쳐버리고 길을 떠났다는 이유 때문이었다.

브라이언과 나도 통가가 그럭저럭 친근한 곳임을 깨달았다. 하지만 파도가 주로 약을 올렸다. 누쿠알로파에서 20마일 떨어진, 단단하고 비스듬하게 기울어진 에우아Eua라는 섬에서 나는 우리가 진짜 발견을 앞두었다고 생각했다. 에우아의 동쪽 해안은 모두 높은 절벽이었고, 육지 쪽으로 바람이 불었지만, 남서쪽 해안을 쓸고 가는 스웰은 꽤 희망적이었다. 무척 거대해 보였다. 통가의 본섬인 통가타푸Tongatapu에서 떠나는 페리를 타고, 바다에 줄지어 인 파도들을 보자 심장이 쿵쿵 뛰었다. 에우아는 울퉁불퉁하고 길도 몇 없었다. 우리는 말을 빌려 험한 길을 올랐다가 내려가고 무성한 덤불을 지나면서 가망이 있어 보이는 해안선을 살폈다. 우리 눈에 보이는 모든 곳이 엉망이었다. 바위투성이에 바람에 무너지고 닫혀버려서 탈 수 없는 파도였다. 우리는 계속 북쪽으로 슬금슬금 갔다. 북서쪽 해안의 일부는 흙길이어서 훨씬 편했지만, 스웰이 일정하게 떨어졌다. 길 끝에서, 우리는 마침내 탈 만한 파도를 찾아냈다. 우필레이Ufilei라는 이름의, 야자수가 쭉 서 있는 작은 만에서였다.

거친 곳이었다. 우리는 대략 4피트 너비의 암초 사이로 패들해 나갔다. 만의 남쪽 끝에서는 물 위로 드러난 현무암 판에 부딪혀, 짧게 위로 솟는 왼쪽 파도가 폭발하는 장관이 펼쳐졌다. 파도는 깊은 물에서 너무 빠르게 올라서, 부서질 때에도 파도의 얼굴은 여전히 대양 같은 남색빛이었다. 우리는 라인업 쪽으로 슬금슬금 다가갔다. 파도가 너무 빠르고 두꺼워서 평범한 스웰보다도 해

수면으로 더 갑작스레 떨어지는 것처럼 보였다. 나는 실제로 네 댓 개의 파도를 잡았다. 매번 파도 얼굴로 내려가는 동작이 중요 했다. 허공으로 올라가면 보드 위에서 균형을 잡기 위해 두 팔을 위로 쭉 뻗어야 했다. 나는 쓰러지지 않았다. 파도에 진입하고 비 명이 나올 것 같은 바텀턴을 한 후에는, 파도가 점점 작아지며 깊 은 물속으로 들어갔다. 테이크오프의 긴박감이 무시무시했다. 더 큰 파도들은 머리 위까지 솟았다. 하지만 위험 대 보상의 비율을 따진다면, 수면 위로 드러난 현무암 판에 가까이 붙어서 서핑하 는 건 어리석었다. 여러 달 후, 우리가 오스트레일리아의 해변에 갔을 때 우필레이에서 서핑해보았다고 하는 남자를 만났다. 그는 캘리포니아 출신의 유명한 보드 제작자이자 선원, 그리고 영화감 독인 조지 그리너George Greenough였다. 쇼트보드의 창시자 중 한 명이었다. 그의 계산에 따르면, 우필레이에서 5피트 높이의 파도 는 7피트 굵기라고 했다. 기괴한 계산이었지만―대체 사람이 어 떻게 부서지는 파도의 정확한 굵기를 측정할 수 있는지 알다가도 모를 일이다―그 지점의 기괴한 격렬함을 잘 묘사해주는 표현이 었다. 한 시간 정도 후에, 우리는 그 파도를 구간으로 지정했다.

하지만 열쇠 구멍으로 되돌아가기란 힘겨웠다. 그 작은 틈에 서 너무 많은 물이 초호로 흘러나와서, 급류를 타고 패들해 올라 가려는 것과 비슷했다. 나는 포기하고 몇 미터 북쪽으로 돌아, 일 렬로 늘어선 거품 파도를 잡고 1인치 깊이의 암초에 여기저기 부 딪히고 긁히면서 나아갔다. 브라이언은 머리를 숙이고 곧장 급류 속으로 들어가는 편을 택했으나, 성공하지 못하고 진이 빠져버 렸다. 나는 초호의 수영장 같은 고요 속에서 소리를 지르며 훈수 를 두었으나, 그는 딱히 바라는 것 같지 않았다. 그는 열을 내며 발버둥을 쳤다. 나는 구경했다. 해는 가라앉았다. 그가 결국 어떤 길을 택했는지는 기억나지 않지만, 마침내 암초를 건너왔을 때 그가 얼마나 기진맥진한 꼴이었는가는 선명히 떠오른다. 그는 내 게 말 한마디 건네지 않았다. 나는 그가 난파선 생존자처럼 해변 을 기어 올라가서 쉴 거라고 생각했지만, 그는 물에서 튀어나오 더니 보드를 겨드랑이 아래에 끼고 단번에 성큼성큼 걸어가버렸 다. 우리는 5마일 떨어진 게스트하우스에 묵고 있었다. 거기서 그 를 다시 만났을 때 그는 여전히 분통을 터뜨리고 있었다.

게스트하우스에서 일하는 여자들은 점을 보고 있었다. 졸린 눈 에 이가 깨지고 줄무늬 셔츠를 입은 10대 소녀 투포Tupo가 카드 를 돌렸다. 잭 카드들이 위에 나왔다. 투포의 설명에 따르면 잭 카드는 남편감이 되는 네 부족을 뜻하는 것이라 했다. 팔라기, 통 가인, 일본인, 사모아인. 매번 투포는 카드를 뒤집으며 잭과 맞는 그림이 나오면 의미심장하게 톡톡 두드리며 선언했다. "봤죠!" 다 른 여자애들은 등유 등 주위에 웅크리고 앉아 눈을 휘둥그레 뜨 고 숨을 죽인 채로 귀를 기울였다. 모두 약간 시큼한 버터 같은 냄새를 풍겼다.

투포는 내게 이렇게 설명했다. "뚱뚱하고 게으른 여자들은 통 가인 남편감을 얻게 돼요. 오로지 요리와 빨래만 시키는 남자죠. 날씬하고 아름답고 일을 잘하는 여자들은 팔라기랑 결혼해요. 시 계를 차고 다니고 여자를 차에 태우고 영화도 보러 가고, 모든 걸 보고, 보고, 보는 남자들요. 일본인과 결혼하는 여자들은 일본 땅 에 가서 아주 잘살아요. 담배도 피우고, 가끔 걸레질만 하면 되는 데, 남편들은 여자들이 게으른 모습을 싫어해서 화가 나면 어느

날 집에 와서 칼로 베어버리죠. 사모아인들과 결혼하는 여자들은
사모아에 가서 우리 통가인들처럼 살아요. 텔레비전을 볼 수 있
다는 것이 다를 뿐이죠."

여자애 한 명이 한숨을 쉬었다. "파고파고Pago Pago에선 텔레비
전 봐. 엄청 멋져!"

투포는 한 달 안에 내가 가족에게서 돈이 든 편지를 받게 될 거
라고 예언했다. 또, 내가 팔라기 여자와 결혼하겠지만, 통가에 나
를 위해 눈물지을 여자를 남겨놓을 거라고 했다.

게스트하우스에서 여자애들과 어울려 농담하고, 등유 등불 빛
가득한 저녁을 보내면서, 나는 적어도 여러 나라에서 온 여자와
자보겠다는 내 야심은 일찌감치 포기했다는 것을 새삼 깨달았다.
폴리네시아의 시골은 가볍게 하룻밤 상대를 구할 만한 곳이 아니
었다. 헤픈 타히티 시골 여자에 대한 옛날 선원들의 이야기나, 기
억으로 채색된 영화 속에서 말론 브란도가 연기한 플레처 크리스
천*과 함께 스크린을 활활 태우던 섬의 공주 같은 건 모두 헛소리
였지만, 제임스 쿡 선장의 선원들은 실제로 통가에게서 음탕한 면
을 보았다고, 후에 듣기는 했다(토니 호로위츠Tony Horowitz의 〈푸른 위
도Blue Latitudes〉에 나오는 이야기다). 쿡의 선원 중 한 명은 그 지역 여
자들을 "극도로 순종적"이라고 묘사했다. 쇠못 하나를 교환하는
대가로 손님과 기꺼이 자려고 한다는 뜻이었다. 그리고 17세기에
항해를 했던 네덜란드 외과 의사는 통가에서는 여자들이 "부끄러
움도 모른 채 선원들의 바지 앞섶을 더듬고, 성교를 원한다는 뜻
을 명확히 표시한다"라고 썼다. 맙소사, 그런 묘사는 우리가 만난

+   영화 〈바운티호의 반란〉에 나오는 인물.

열성적 기독교인 여자들과는 멀고도 멀었다. 그들 중 대부분은 그렇지 않아도 성가신 옷 위 배 부분에 타오발라ta'ovala라고 하는 빳빳한 돗자리 같은 것을 꽉 달아맸다. 우리가 괴상한 임무를 수행하며 지나온 곳들은 작고, 보수적인 사회였다. 우리가 마주친 많은 여자들은 서로 추파를 던지고 시시덕거리는 데는 무척이나 능했지만 경계만은 명확했고, 반드시 존중해야 했다. 나는 또다시 눈물짓는 사람을 남기고 떠나고 싶진 않았다. 또한 여자들의 삼촌들에게 치도곤을 당하고 싶지도 않았다.

"좋아 보이는데." 브라이언이 말했다. "너 정말로 자유분방한 가톨릭 신부처럼 보여."

그는 내 턱수염에 대해 얘기하는 것이었다. 이제는 꽤 지저분하게 자랐다. 하지만 물론, 그가 한 말은 그 이상이었으리라고 나는 생각했다. 우리는 서로의 신경을 건드리기 시작했다. 낯선 세계를 통과하며 우리는 둘만 틀어박힐 수 있는, 공유된 이해로 가득 찬 하나의 세계를 함께 만들어나갔다. 하지만 그 안은 너무 비좁아서 커다란 에고 둘은 계속 어깨다툼을 벌여야 했다. 우리는 서로에게 너무 의존했고, 끊임없이 함께 있어야 했으며, 작은 차이 하나에도 짜증을 부리고 화를 냈다. 나는 나도 모르게 일기장에 《안나 카레니나Anna Karenina》의 한 대목, 오블론스키와 레빈, 그리고 그들의 긴장된 우정에 관한 부분을 베껴놓았다. 브라이언은 나를 보고 비꼬듯이 미소 짓고 있었나? 나는 그렇다고 생각했고, 신부 어쩌고 하는 농담을 마음에 담아두었다.

이런 긴장감은 그가 무슨 일인가 꾸민다는 것을 알았기 때문이었다. 브라이언은 보수적인 교양인이었고, 새로운 건 무엇이든 의

심했다. 대학에서 한창 학생 반전 운동의 기세가 높았을 때, 그는 동급생들의 분노와 약간 멀찍이 거리를 두었고, 한번은 항의 행진에 팻말을 들고 참가하기도 했으나 거기에는 미적지근한 구호가 쓰여 있을 뿐이었다. war is space—go mets(전쟁은 우주다, 메츠 파이팅). 그는 여전히 "세계 평화"라는 어구는 웃길 정도로 멍청하다고 생각했다. 나는 좀 더 진지했다. 고등학교 때는 베트남전쟁에 반대하는 행진을 했고, 전쟁은 그만둬야 한다고 열렬히 믿었다. 나는 카페에서 나오는 조앤 바에즈, 필 오크스 같은 저항 음악을 들으며 자랐다. 그리고 그 음악들은 여전히 내 마음속 비밀 공간을 차지하고 있었다. 브라이언은 그런 것들을 싫어했다. 그 음악이 표상하는 감상적이고, 교외 생활을 의미하며, 자족적인 특성들을. 나는 그가 톰 레러Tom Lehrer를 인용하는 걸 들은 적은 없었지만, 그가 레러의 음흉한 가사를 좋아하리라는 건 거의 확실했다. 레러는 내가 샌타크루즈에 다닐 때 약간 알던 사이였다.[*]

우리는 포크송 군대
우리 모두가 신경 쓰네
우리 모두가 가난, 전쟁, 불의를 싫어해
나머지 너희 재미없는 애들과는 달리

나는 자유주의 정교政敎를 반대하는 브라이언의 완강한 태도를 존경했다. 나는 또한 철로에서 제동수로 일하는 동안에 연약하고 위선적인 말에 대한 노동자의 날카로운 시각을 얻었다.

---

[*]   톰 레러는 미국의 음악가이자 수학자로, 풍자적인 노래들로 유명하다.

하지만 남태평양을 전전하는 동안, 내 안에 뭔가 다른 것이 일어났다. 브라이언의 관점으로 보면 수염보다도 더 곤란한 것이었다. 나는 자기 변혁에 관심이 생겼다. 나는 우리가 옮겨 가며 함께 살아온 섬사람들의 세계관을 이해하려고 애썼다. 그리고 괌에 가기 전부터 그렇게 해왔다. 폰페이에서 사람들이 사카우 잔을 둘러싸고 느긋하게 살아가며, 산호돌이 가득한 소세계에 깊이 빠져들었을 때부터였다. 나는 여기에 배우러 왔다고 생각했다. 그저 멀리 떨어진 장소와 사람들에 관한 몇몇 가지를 배우는 것만은 아니었다. 나는 존재의 새로운 방식을 배우고 싶었다. 바뀌고 싶었고, 존재적으로 덜 고립된 느낌을 받고 싶었으며, 뼛속까지, 사람들 말대로 이 세계에서 편안해지고 싶었다. 이건 구제 불능의 뉴에이지식 소원이었고, 브라이언에게는 이 말을 꺼낸 적이 없었다. 하지만 어딜 가든 지역 표현과 민담을 열심히 배우려고 하는 태도와 자급자족하는 농부와 어부들에 대한 진심 어린 찬탄, 우리가 만난 수많은 사람들과 친밀감을 쉽게 형성하는 사교성에서 내 생각이 드러났다. 낯선 사람과 그런 관계를 맺을 수 있는 능력은 이전에도 있었지만 이제는 새로이 강렬해졌으며, 나는 브라이언이 내게서 버림받은 느낌이 들거나 나를 역겨워하는 것은 아닌가 궁금했다.

그리고 우리가 각자 다르게 씨름하는 자기혐오도 있었다. 많은 이들, 특히 젊은이들이 우리가 적어도 겉으로 보기에는 끝없이 등을 돌려온 편안한 삶, 그 기회를 대놓고 갈망하는 흙먼지 풀풀 나는 곳에서는 부유한 백인 미국인이라는 것이, 음, 단순히 괜찮다고 할 수가 없었다. 당연하게도, 우리는 글러먹은 녀석들이고, 우리도 그 사실을 알았다. 겸손해야 했다. 하지만 우리는 이

의무를 여러 다른 방식으로 해석했다. 브라이언의 보수적인 본능
은 사모아 족장 체제의 무거운 가부장제에 전율을 느꼈다. 반면,
나의 낭만주의는 사회적 상호작용을 타락 전의 온기와 영적 건강
으로 채웠다.

그런 환경에서 서핑이란 신이 보내준 뜻밖의 선물이었다. 그것
은 우리의 프로젝트, 우리가 아침에 일어나는 이유였다. 브라이
언의 말에 따르면, 아피아에서 일련의 서양 배낭 여행자들을 지
나치면서 나는 이렇게 투덜거렸다고 한다. "저들은 망할 관광객
일 뿐이야"라고. 나는 그런 말을 한 기억은 없지만, 실제로 그런
기분이기는 했다. 우리는 우리 자신과 아주 아주 아주 비슷하게
보이는 팔라기들을 수없이 보았고, 거기에는 뭔가 음란한 데가
있었다. 하지만 적어도 우리에게는 목적이, 목표가 있었다. 그것
이 다른 사람에게는 아무리 덧없고, 의미 없으며, 나른하고, 멍청
하게 보일지라도.

우리는 통가타푸에서 서퍼 한 명을 만났다. 브래드Brad라는 이
름의 미국인이었다. 사실, 그는 누쿠알로파의 북서쪽에 있는 해
변 호스텔에 묵으며 우리가 거기 와 있다는 소문을 들었고, 어느
날 말을 타고 나타났다. 그는 스물세 살이었으며 머리카락이 무
척 짧았다. 그는 약간 선교사처럼 보였다. 근처 마을에 살고 있으
며, 거기서 오순절 교회를 건축하는 일을 돕고 지역 여성과 약혼
했다고 했다. 그는 캘리포니아 샌타바버라 출신으로, 카우아이를
거쳐 통가에 온 지 여덟 달째였다. 그의 기이하고 신중한 매너는
내게는 무척 익숙했다. 나는 그가 수많은 서퍼들이 거쳐온 것과
똑같은 길을 지나왔으리라고 추측했다. 캘리포니아의 해변 마을

에서부터 하와이의 외섬을 향하며 그 길에서 과하게 환각제를 삼
켰을 테고, 그 후에는 약에 취한 채로 주님과 구세주의 발치에 다
다랐으리라. 사람들은 그런 자들을 예수쟁이라고 불렀다.

하지만 브래드는 설교하지 않았다. 그는 그저 서핑 얘기를 하고
자 했을 뿐이었다. 우리는 그가 통가에서 처음으로 본 서퍼였다.

우리는 딱 한 가지만 물었다. 파도가 있었어요?

아, 그럼요. 그는 말했다. 그렇고말고요.

하지만 올해 이 시기는 아니었다.

그는 북쪽 스웰 지점, 히히포반도Hihifo Peninsula 위로 올라가 북
쪽 끝에 있는 하아타푸Haʻatafu를 알고 있었다. 북태평양에서 장기
간에 걸쳐 오는 스웰이 11월부터 3월, 4월까지 부서지는 지점이
었다. 오른쪽으로 치는 파도가 몇 있었고 모두 암초 사이의 틈으
로 지나갔기 때문에, 브래드는 카우아이의 가장 훌륭한 지점과
비견할 만하다고 했다. 사실 그 정도면 높은 기준이었다. 그는 이
암초 사이를 홀로 서핑했다. 이런 시기에는, 그는 말했다―그때
는 6월이었다―남쪽에서 두루마리처럼 말리는 왼쪽 파도가 몇
있었지만, 작고 유별나게 얕아요.

나는 곧장 하아타푸로 가보자고 우겼다. 걷기에는 먼 거리였
다. 브래드가 우리를 숲속 깊은 곳, 길의 흔적이 시작되는 곳까지
데려다주었고, 그 지점으로 향하는 길을 알려주었다. 해변에 이
르니 늦은 오후가 되었다. 암초는 해안에서 멀리 떨어진 넓은 초
호 건너편에 있었으며, 태양은 잘게 친 물결처럼 보이는 것 뒤에
서 번쩍였다. 하지만 섬광이 너무 강렬해서 실제로는 무엇도 분
간하기 힘들었다. 나는 더 잘 보려고 패들해서 나가려 했다. 브라
이언은 주저했다. 바람이 육지 쪽으로 불었다. 해가 지고 있었다.

이것저것 따질 시간이 없었다. 나는 슬리퍼를 덤불 밑에 쑤셔놓고 발로 차며 패들해서 나갔다.

브라이언의 판단이 옳았다. 그럴 가치가 없었다. 파도는 끔찍했다. 그리고 실로 유별나게 얕았다. 하지만 최악은 급류였다. 히히포반도의 길이는 5마일이었고, 나는 그 끝에 가까이 있어서 표류물처럼 바다를 향해 양옆으로 쓸려 나갔다. 초호 안으로 돌아가려고 발버둥 치면서 자세를 잡기 위해 산호 머리를 잡았지만, 질질 끌려가면서 이리저리 쓸렸다. 생각할 시간이 없긴 했지만, 두려웠다. 파도를 잡지 못한 채 연안의 파도 지대를 빠져나오니 내가 출발한 해안에 가까이 다가갈 가능성이 전혀 없었다. 해안에는 나지막하고 지형이 고약한 산호 절벽이 줄지어 있었다. 나는 마침내 땅거미가 질 무렵이 되어서야 동쪽으로 멀리 떨어진 작은 만 안쪽의 육지에 도착했다. 그런 다음엔 어둠 속에서 맨발로 숲속을 걸어가야만 했다. 길고 불편한 고투였다. 브라이언은 당연히 정신이 나가 있었다. 우리가 주기적으로 갈등하는 지점이었다. 나는 그가 걱정이 너무 많다고 생각했다. 그는 내가 멍청하고 무모하다고 생각했다. 둘 다 틀리지는 않았다.

어떤 사람이 통가의 왕에게 해양 석유와 가스에서 나올 수 있는 수십억 달러를 깔고 앉아 있는 셈이라고 꼬드겼다. 미국 회사 파커오일앤드드릴링Parker Oil and Drilling은 너그럽게도 왕이 자원을 찾을 수 있도록 돕겠다고 합의했고, 몇 안 되는 회사 직원들과 그들의 가족들이 우리가 있는 짓다 만 해변 호스텔에 같이 묵었다. '굿사마리안Good samaritan'이라고 부르는 곳이었다. 그 주인은 앙드레Andre라는 이름의 프랑스인이었다. 그는 여행자용 작은 팔레

fale를 여섯 채 남짓 지어놓았고, 더 많은 집을 짓고 있었다. 그리고 메뉴는 몇 개 없지만 무척 훌륭한(기본적으로 갓 잡은 생선을 내놓았지만), 파격적이고 작은 야외 레스토랑도 하나 소유했다. 앙드레 본인이 요리사였다. 앙드레의 식당에는 자리가 많지 않았다. 나는 파커오일에서 일하는 테카Teka와 같은 탁자에 앉게 되었다. 테카는 날카롭게 생긴 날씬한 열아홉 살 여자로 텍사스 출신이었다. 테카의 아버지는 왕 밑에서 뭔가 중요한 일을 한다고 했다. 테카는 헌츠빌Huntsville에 있는 샘휴스턴 주립대학교Sam Houston State University를 다녔지만 성적 불량으로 막 퇴학당해서, 가족들이 살고 자신도 모델로 일하는 싱가포르로 돌아가는 길이라고 했다.

테카는 브라이언과 내게 일종의 인류학적 흥미를 느꼈다. 우리는 이제 매일 하아타푸에서 서핑했다. 바람이 가벼울 때는 일찍 나와서 쫄쫄 굶으며 햇빛에 구워지다가 오후에야 굿사마리안으로 돌아갔다. 파도는 의기소침할 만큼 작았지만 형태가 좋았고 위험했다. 내 손과 발이 산호에 베여 살라드휘스salade russe*처럼 되었고, 브라이언은 등을 크게 긁혀서 내가 하루에 두 번 붕대를 갈아주어야 했다. 우리가 서핑하는 암초 틈 사이의 물은 너무 얕아서, 내 소중한 보드 코가 바닥에 부딪혀 부서지기까지 했다. 내가 빵열매 나무 그늘 속에 설치한 임시 받침대 위에서 우그러진 데를 정교하게 메우는 동안 테카는 구경했다.

브라이언과 나는 캘리포니아, 플로리다, 하와이에서 어슬렁거리는 다른 '해변 건달'과 완전히 똑같다고, 테카는 단언했다. 목적도 없고 미래도 신경 쓰지 않았다. 우리 같은 유형은 "특히 와

✦   주사위 모양으로 자른 야채를 마요네즈를 뿌려 섞은 샐러드.

이키키 해변에서" 많이 찾아볼 수 있다고 그녀는 말했다. "지진이 나도, 너희는 집이나 차 걱정은 안 할걸. 그냥, '우와! 신선한 경험이네!' 해버리겠지. 너희가 신경 쓰는 건 완벽한 파도 같은 걸 찾는 것뿐이잖아. 내 말은, 그걸 찾으면 뭐할 건데? 대여섯 번 탄 다음에는 뭐할 건데?"

좋은 질문이었다. 우리는 그에 답을 해야만 하는 시점이 오기를 바랐다. 그동안에는 우리가 정말 전형적인 건달인지 따지지 않고, 테카가 아는 사람 중에 우리보다 더 가치 있는 목표를 가진 사람이 있는지나 알고 싶었다. 어머니, 테카는 말했다. 그녀의 어머니는 "책을 한 권, 실제로는 세 권" 쓸 작정이었다. 이번 여름, 테카의 어머니도 같은 호스텔에 묵었다. 그녀는 늦게 일어났고, 정오에는 술에 취해 있었다. 그녀의 주된 직업은 일광욕, 화장, 딸과 함께 마리화나 피우기, 하루에도 여러 번 '의상' 갈아입기였다. 하지만 어느 저녁, 그녀는 내게 말했다. "오늘 내 책에 너를 넣어줄게. 책 제목은 '너를 사랑해'야." 그러니 쓰고 있는 책이 있기는 한 것이었다. 브라이언이나 내가 따질 수 있는 것 이상이었다. 테카에게는 다른 모범이 되는 사람도 있었다. 그녀의 남자친구였다. 테카 말에 따르면, 그는 헌츠빌에서 디스코텍 지배인을 하고 있었지만, 언젠가는 반드시 "남성 의류점을 소유하고 경영하겠다"는 목표를 세웠다는 것이다.

파커오일의 현장 관리인 중 한 사람은 덩치가 크고 알이 두꺼운 안경을 쓴 텍사스 남자로, 이름은 진^{Gene}이었다. 얼굴이 칠면조 목덜미처럼 늘어졌고, 골초 같은 무시무시한 목소리에 열일곱 살짜리 동네 여자애와 사귀었다. 진은 예순 살에 가까웠다. 그의 여자 친구는 매력적이었지만, 행복하진 않았다. 나는 그 애가 어느 파커 회사 간부의 아내에게 자신은 반은 피지인인 고아이며, 그래서 균일성을 추구하는 통가 사회에서는 따돌림을 당한다고 말하는 것을 들었다. 그러다가 매춘으로 돌아섰다고 그녀는 말했다. 이제는 진에게서 벗어나고 싶어서 필사적이었다. "도와주세요! 도와주세요!" 그녀는 간청했다.

간부의 아내는 충격을 받은 얼굴이었다. 부인이 소녀에게 뭐라고 하는지는 못 들었지만, 그녀가 진에게 다가갔을 때 나도 그 자리에 있었다. 부인은 소심하게 진에게 대화를 청하면서, 그의 어린 애인이 반은 피지인이라는 사실을 들었다는 말을 꺼냈다.

진은 퉁명스럽게 말했다. "걔가 부인에게 무슨 말을 했든 상관 안 해요. 걔는 검둥이니까."

브래드는 그 밤에 말을 타고 왔다. 나는 그에게 경찰이 파커오일의 직원들을 법으로 다스릴 수 있을지 믿어도 되느냐고 물었다. 그는 생각에 잠긴 눈빛으로 한참 나를 바라보더니 고개를 저었다. "그들은 왕을 등에 업고 있어요." 그는 말했다. 만약 고발을 한다면 체포되는 것은 진의 절박한 여자 친구 쪽일 것이었다.

나는 브래드에게 통가에서의 삶에 대해 물었다. 그는 이 지역을 떠난 적이 거의 없다고 말했다. 작고 침침한 마을인 누쿠알로파는 환한 빛처럼 보일 지경에 이르렀다. 그는 반도 저 먼 곳, 숲속에 있는 그의 마을에서 유일한 팔라기였다. 그의 이웃들과 미래의 장인은 서핑이라는 말에 아연실색했다고 그는 말했다. "그 사람들은 내가 이 허술한 물건을 가지고 덤불로 들어가 바다로 향하는 걸 봐요. 그런 다음 나는 몇 시간 후 빈손으로 돌아오죠. 그 사람들은 내가 솜씨가 젬병인 어부라고 생각합니다. 내가 하는 일은 떠다니는 것뿐이라고 생각하는 거죠."

이 온화하고 별 매력 없는 애가 하아타푸에서 몇 달씩이나 혼자 서핑을 해왔다는 걸 생각하니 놀라웠다. 북서쪽 사이클론 스웰이 올 때면, 그는 '더블-오버헤드'로 탔다고 말했다. 즉 자기 키의 두 배가 되는 파도를 탔다는 뜻이었다. 짜릿한 소식이었다. 또, 하아타푸의 초특급 얕은 바닥을 생각하면 무시무시한 생각이기도 했다. 바닥에 세게 부딪힌 적이 있었어요? 나는 물어보았다. 그는 나를 약간 곁눈질로 보았다. 그 뜻은, 매번 그러잖아요, 친구. 자기도 파도 타봤으면서. 하지만 그가 심하게 다친 적이 있었다면, 암초와 도와줄 수 있는 사람의 거리는 어마어마했을 것이었다. 가장 가까운 마을까지는 파도가, 산호초가, 포효하는 거센 급류가, 너른 초호가, 절벽이, 그리고 적어도 1마일은 될 듯한 정글이 있었고, 자주 오지 않는 버스를 끝끝내 기다려 한 시간 동안 타고 시내에 간들 의료 시설 자체도 허술할 것이었다. 이 모든 것을 말할 필요도 없었다.

저 먼 통가 시골에 녹아든 브래드의 삶은, 물론 내가 남태평양에서 하고 싶은 일을 훨씬 웃돌았다. 내가 평화유지군에 입대하거나, 동네 여자애와 결혼하거나, 아니면 둘 다 하지 않는 한. 나 스스로도 비웃고 남을 일이었다. 브래드는 그런 경험이 있었기에, 존재적으로 고립되었다는 느낌을 덜 수 있었던 걸까? 나는 직접 물어볼 만큼 그를 잘 알지는 못했다.

나는 그 나라의 투포 4세가 궁금해졌다. 소문에 따르면 그는 몸무게가 200킬로그램에 육박하는 절대군주였다. 하지만 내가 그에 대해 묻자 브래드의 얼굴이 창백해졌다. 그는 내가 왕에 대한 얘기를 털어놓아도 안전한 사람인지 확신할 만큼 나를 잘 알지 못했다. 나는 그에게 통가에 있는 큰 박쥐는 모두 왕의 공공 재산인지, 오로지 왕만이 박쥐를 사냥할 권리가 있는지, 그래서 밤이면 박쥐 떼가 숲을 새까맣게 덮는다는 게 사실인지를 물었다. 에우아의 어부가 왕과 박쥐에 대한 얘기를 내게 해주었다. 브래드는 그 이야기를 확인해주지도 않았고, 부인하려고도 하지 않았다. 그는 성경 공부가 있어서 가봐야겠다고 할 뿐이었다. 그는 말 위에 올라타고는 달빛 속에서 해변을 따라 내려가버렸다.

나는 누쿠알로파에서 벽에 쓴 낙서를 보았다. "모든 외적 진보는 범죄를 양산한다." 우체국에서 나는 아버지에게 전보를 보내려 했다. 아버지의 쉰 살 생신이었다. 하지만 전보가 진짜로 갔는지는 알 수 없었다. 접수대 뒤에 앉은 남자는 스토클리 카마이클 Stokely Carmichael⁺처럼 생겼는데, 얼굴 전체에 작은 색깔 우표들을 붙이고 있었다. 그는 친절했지만, 자신감이라고는 하나도 보이지 않는 어설픈 동작으로 고물 타자기를 두드렸다. 괌에서 온 이후 한 달이 넘는 시간 동안, 가족이든 다른 누구에게든 아무런 소식도 듣지 못했다. 그들이 우리에게 연락할 길이 없었다. 집에 있는 사람들이 우리가 어느 나라에 있는지 알기나 할까? 나는 부모님과 샤론에게 수도 없이 편지를 썼지만, 도착하는 데만도 몇 주일은 걸릴 것이었다. 전화를 걸겠다는 생각은 아예 떠오르지도 않았다. 무엇보다도 너무 비쌌다.

나는 짓다 만 콘크리트 벽돌집들이 죽 늘어선 길을 따라 어슬렁거렸다. 공사는 아마도 다음번에 오스트레일리아에서 가족들이 송금해줄 때까지 일시 중단한 듯했다. 나는 묘지를 지나쳤다.

✦   블랙 파워 운동에 참여한 정치인, 활동가.

얄팍한 갈색 맥주병이 어느 무덤 주변의 모래밭에 주둥이부터 거
꾸로 꽂혀 있었다. 뉴질랜드산 스타인라거 병이었다. 스타인라거
병은 사모아와 통가 어디든 있었다. 지역의 과일 음료를 그 병에
담아서 라벨을 새로 붙였다. 정원과 운동장의 경계를 표시하는
데도 맥주병을 썼다. 통가의 공동묘지에는, 늦은 오후면 부모님
의 묘를 가꾸는 늙은 여자들이 있었다. 산호모래의 둔덕을 다듬
어 똑바른 관 모양을 만들거나 나뭇잎을 쓸거나 빛바랜 조화 화
관을 손으로 닦거나 열대 알후추를 표백된 흰 모래 위에 주황색
과 녹색의 잊을 수 없는 문양으로 재배열했다.

　간접적인 슬픔이 내 몸속에 흘렀다. 그리고 어떤 다른 고통도
같이 느껴졌다. 콕 집어 향수라고는 할 수 없었다. 알려진 세계의
끝을 벗어나 항해해왔다는 느낌이었다. 사실 그건 괜찮았다. 세
계는 수많은 다른 방식으로 지도에 그려질 수 있다. 세속적인 미
국인에게 온 지구는 괜찮은 신문들의 외신란으로 다 다룰 수 있
었다. 〈뉴욕타임스〉〈워싱턴포스트〉〈월스트리트저널〉. 그리고
대형 주간지도 아직 있던 시대였다. 지구상의 모든 곳이 다른 사
람이 관할하는 구역의 일부였다. 브라이언은 나보다 그 지도를
먼저 이해하고 예일 대학교에 가버렸다. 하지만 브렛 힐더 선장
의 함교에서 《뉴스위크》 과월호를 발견하고 조지 윌George Will[+]의
칼럼을 읽었을 때는 웃음을 터뜨렸다. 그의 워싱턴 정치인 특유
의 분위기와 지역주의는 도저히 뚫을 수가 없었다. 사실 우리는
(조지 윌의 권한이 미치는 곳은 고사하고) 결코 어떤 통신원의 구역도
될 수 없는 세계를 헤매고 있는 것이었다. 그곳에는 뉴스가 가득

[+]　미국의 유명한 저널리스트이자 정치 평론가.

했지만, 불투명하고 신비로웠으며, 귀를 기울이며 면밀히 바라보고 그 무게를 느끼는 사람에게만 중요한 소식들이었다.

에우아에서 돌아오는 페리에서 나는 소년 셋과 함께 선실 지붕 위에 올라탔다. 소년들은 누쿠알로파에 있는 극장 세 곳에서 상영하는 쿵푸, 카우보이, 형사 영화를 돈이 떨어질 때까지 죄다 볼 계획을 세우고 있었다. 마르고 잘 웃는 열네 살 소년 하나는 내게 자기가 "게을러서" 학교를 그만두었다고 말했다. 그는 일본 만화책을 가져와서 페리 지붕 위에서 돌려 보았다. 그 책은 여러 장르를 괴상하게 섞은 내용이었다. 귀여운 어린이 그림체에, 털이 북슬북슬한 팔로 전쟁을 벌이는 이야기인 동시에, 의사와 간호사가 나오는 일일 연속극에, 만화적 포르노그래피를 섞은 것이었다. 페리의 선원 하나는 포르노 장면이 나올 때마다 얼굴을 찌푸리더니 그 페이지를 찢어서 구긴 후 바다에 던져버렸다. 소년들은 웃음을 터뜨렸다. 마침내 선원은 못마땅하다는 듯 크게 소리를 지르더니 책을 통째로 바다에 던져버렸고, 소년들은 더 크게 웃었다. 나는 찢기고 구겨진 페이지가 유리 같은 석호 위에 둥둥 떠다니는 것을 보았다. 나는 눈을 감았다. 지도가 그려지지 않은 세계들, 태어나지 않은 언어의 무게를 느꼈다. 이것이 내가 찾아다닌 것이었다. 이국적인 것이 아니라, 무엇이 무엇인지 더 폭넓게 이해하는 것.

이름 모를 무덤, 모래 아래 묻혀서 잊히지 않는 노인들의 슬픔에 내 가슴이 옥죄어왔다. 이 모든 것을 비웃어봤자 공허한 일이 될 뿐이었다. 그래도, 뭔가가 나를 손짓하며 부르고 있었다. 어쩌면 그것이 피지일 수도 있었다.

피지에서의 우리의 첫 번째 탐사는 여러 면에서 실패였다. 먼저, 우리는 수도인 수바Suva에서 동쪽으로 갔는데, 수바 자체가 본섬인 비티레부Viti Levu의 물이 많은 쪽에 있었다. 그러니까 우리는 그냥 진흙 속으로 더 걸어 들어갔다는 뜻이었다. 우리의 해도에는 잘 꺾여 들어간 만이 있는 주된 강어귀와 각도가 적절해서 남동쪽 비티레부로 들어오는 스웰을 막지 않는 보초堡礁가 나와 있었다. 사실 만이 있기는 했고, 스웰도 슬쩍 기어 들어오긴 했는데, 파도는 길고 흙탕물이었으며 다 부서져버린 상태였다. 하지만 그걸 알아내기까지 이틀이 걸렸다. 부분적으로는 우리가 술을 잘못 가져와서였다.

브라이언과 나는 먼 마을에 갈 때는 빈손으로 가서는 안 된다는 사실을 배웠다. 아이들에게 줄 볼펜이나 풍선은 선택 사항이지만, 족장이나 해안의 땅 주인에게 줘야 하는 물건은 마음대로 생략할 수 없었다. 가장 좋은 선물, 전통적인 공물은 카바Kava가 만들어지는 뿌리를 한 아름 안고 가는 것이었다. 피지에서는 그것을 와카waka라고 불렀다. 우리는 수바를 떠날 때 버스 정류장 근처의 농장에서 그걸 한 묶음 살 계획을 세웠다. 하지만 갑자기 우리가 타려고 했던 이른 아침 버스가 떠나버려서 우리는 허둥지둥 아무 가게에나 들어가 프리게이트 오버프루프 럼을 5분의 1갤런들이 병으로 샀다. 럼이라면 환영받을 거라고 생각했고, 우리 추측은 맞았다. 문제는 누쿠이Nukui, 우리가 확인하고 싶은 만 근처의 마을에 다다랐을 때—외현에 동력 장치가 있는 카누를 한참 타고서 맹그로브가 빽빽이 들어선 늪의 미로를 헤치고 가야 했다—우두머리인 티모치Timoci가 우리를 따뜻하게 맞아주며 럼을 당장 따더니, 마침 옆에 있던 남자들 무리에게 잔을 돌렸다.

우리는 15분 만에 그 병을 말끔히 비워버렸다. 그래도 아직 이른 오후였다. 우리는 이제 무릎으로 기고 있었다. 우리는 그날 해변까지 가지도 못했다.

카바는 훨씬 더 교양 있는 음료다. 재료를 빻아 준비해놓고, 보통 일몰 후에만 마신다. 보통 남자로만 구성된 무리가 바닥에 책상다리를 하고 앉아 거대한 나무 그릇을 둘러싼다. 피지에서는 이 나무 그릇을 타노아tanoa라고 한다. 그다음에는 코코넛 잔을 돌린다. 피지에서는 사람들이 허허롭게 세 번 박수를 치면, 술을 마시는 사람이 손뼉을 한 번 치고 "불라Bula"(안녕, 혹은 삶)라고 말한 후 빌로bilo라고 하는 그 잔을 받아 든다. 잔을 다 비우면, 술을 마신 사람은 손뼉을 한 번 치며 "마사maca"('matha'라고 발음해야 한다. 마르다, 비었다는 뜻이다)라고 말하고 나서 모두가 세 번 함께 박수를 친다. 의식은 예닐곱 시간 이어지며 수많은 빌로를 비운다. 기타를 연주하고, 이야기를 낭송하며, 가끔은 무척 훌륭한 소프라노 하모니 부분이 있는 찬송가를 부르기도 한다.

단번에 부서지는 누쿠이 해변의 파도는 적어도 아이들을 우리 보드에 태워 거품 파도 속에 집어넣을 수 있을 만큼은 되었다. 아이들 중 몇 명은 정말로 빨리 배웠다. 어떤 남자애들 무리는 기다리지 못하고, 코코야자 통나무 두 개를 물속으로 끌고 가서 실제로 그걸로 파도를 잡았다. 더 작은 남자애들은 발에 코코넛 껍데기를 실로 묶고 모래사장을 위 아래로 뛰어다니면서 따각따각 발굽 소리를 냈다. 누쿠이의 어린이들은 집에서 만든 장난감이 무척 많았다. 구슬치기처럼 절대 끝나지 않는 게임에 쓰는 둥그런 도토리 같은 열매, 빙빙 돌 때 휘파람 소리가 나는 끈 달린 양철 깡통 팽이. 막대기 위에 코코야자 이파리를 비틀어 감아 고정시킨 우아한 바람개비. 카바를 많이도 들이킨 어떤 저녁에 오두막 천장을 나도 모르게 응시하다가 이 같은 독창적인 물건들 가운데 아동용 고무장화 한 켤레가 대들보 위에 얹혀 있는 것을 보았다. 그 장화는 먼지가 많이 끼어 있었고, 어렴풋하게나마 카우보이 스타일로 재단이 되어 있었다. 그 모습이 예기치 않게 나의 가슴을 찔렀다. 산업화된 공산물의 세계와 카우보이 놀이를 하던 나의 소년 시절 양쪽 모두에서 온 부적이었다.

카누를 타고 맹그로브 숲을 이리저리 누비고 나아가 버스가 서는 정박장에서, 나는 통통한 10대 소녀 맞은편에 앉았다. 소녀의 티셔츠에는 텔레비전 앞에서 술 취해 뻗은 고양이 그림이 그려져 있었다. 그 위는 '행복이란 술에 취한 고양이 같은 것happiness is a tight pussy'이라는 문구가 쓰여 있었다. 그 애 어머니를 포함해 아무도 그 농담을 이해하지 못했을 거라고 추측했다.✦ 이제 강 삼각주 위의 낮은 회색 하늘이―우리는 누쿠이에서는 단 한 번도 해를 보지 못했다―열리면서 우리를 차가운 비로 적셨다. 우리는 폰초poncho를 꺼내 배낭 위에 폈다. 우리는 피지에서 길을 잘못 든게 틀림없다고 확신했다. 이곳에는 300개의 섬이 있었다.

수바는 북적대는 도시, 남태평양에서 가장 큰 다우림 도시다. 너르고 푸른 항구 위, 언덕 많은 반도 위에 걸터앉은 곳이었다. 우리는 하버뷰Harbourview라는, 반은 매음굴이고 반은 숙소인 친근한 싸구려 클럽에 머물렀다. 주인 가족은 인도인이었다. 피지 인구의 반은(상업 계급의 대부분은) 민족적으로 인도인이었다. 세상에

✦ '꽉 조인 음부'라는 뜻으로도 해석될 수 있다.

알려진 모든 국가 출신의 선원들이 밤이면 하버뷰의 바 안으로 비틀비틀 들어와 전통적인 주먹 싸움을 벌이고, 술집 여자들을 2층으로 데려갔다. 우리는 하룻밤에 몇 달러만 내고 간이침대가 꽉꽉 들어찬 갑갑한 방에서 잠을 자고 장비를 보관했다. 수바 시내에는 관광객, 외국인 거주자, 유람선 승객이 가득했다. 우리는 이곳을 잠깐 지나는 길이던 오스트레일리아 아가씨들과 각자 짧게 어울렸다.

우리 계획은 서쪽으로 갔다가 스웰이 지나는 구역 중 유망해 보이는 섬들을 찾아 다시 남쪽으로 돌아가는 것이었다. 수바는 크루즈 요트에 있어서는 인기 있는 단기 체류지였으므로 우리는 로열수바요트클럽Royal Suva Yacht Club에 가서 선원 구인 공고문을 붙인 게시판을 뒤졌다. 뭔가 들어오기를 기다리는 동안, 나는 매일 수바 시립도서관에서 시간을 보내기 시작했다. 부두에 있는 근사하고 바람이 잘 통하는 식민지풍 건물이었다. 넓은 마호가니 책상에서, 나는 철도를 소재로 한 내 소설을, 주인공들을 바꾸어 새롭게 시작하기로 하고 천천히 써나갔다.

수바에 정박한 서핑 요트가 두 척 있었다. 한 척은 타히티 여자 친구를 사귀는 미국인 소유였다. 그는 서쪽으로 가는 중이었지만, 그의 보트 카펠라Capella는 작았다. 다른 배는 앨리어스Alias라고 하는 55피트짜리 오스트레일리아 케치ketch(돛대가 두 대인 범선)였다. 선체는 녹이 슬어 줄이 가 있었고, 전체적으로 소금기 가득하고 거친 날씨를 버텨온 인상을 풍겼다. 활 모양으로 된 배의 앞 난간에는 너덜너덜해진 부품과 자전거, 서프보드가 매어져 있었다. 나는 이 배가 여든 살은 되었을 거라고 생각했다. 알고 보니 2년밖에 되지 않은 배였다. 어떤 서퍼 공동체가 서부 오

스트레일리아의 퍼스^{Perth} 근처에서 아무런 지식 없이 훔친 나무
와 부품과 주워 모은 도구로 만들었다고 했다. 그 무리의 여자들
은 웨이트리스로 일하며 일꾼들을 먹여 살렸다. 선체는 페로시멘
트^{ferrocement}였다.✦ 키가 크고, 햇볕에 심하게 그을렸으며, 고수머
리인 믹^{Mick}이라는 인물이 우리에게 그 배의 사연을 이야기해주
었다. 앨리어스는 첫 항해에서 살아남지 못할 뻔했다고 했다. 초
보 선원들이 바람을 기다리다 못해 배를 너무 남쪽으로 끌고 가
'노호하는 40도대'까지 들어가는 바람에 강풍에 두들겨 맞았다.
"돛대만큼 바다가 높이 솟았어." 믹이 말했다. "한 번 쓰러졌다니
까. 우리는 모두 아래로 내려가 기도했지. 우리 모두 죽는 줄 알
았어." 그들이 절뚝절뚝 남부 오스트레일리아로 들어갔을 때, 무
리 중 반이 앞으로는 절대 항해하지 않겠다며 해산해버렸다. 네
사람―두 커플―만이 남았다. 이제 믹의 여자 친구인 제인^{Jane}은
만삭이었기에, 앨리어스는 제인이 몸을 풀기 전까지는 어디도 가
지 않을 것이었다.

　어느 날 아침 우연히 들러보니, 앨리어스의 해상 무전기가 지
지직거리며 충격적인 뉴스를 드문드문 내보내고 있었다. 나는 무
슨 말인지 놓쳤지만, 믹은 그렇지 않았다. 그는 총을 맞은 듯 고
함을 질렀다. "그레이엄^{Graham}!" 그레이엄은 배에 탄 다른 서퍼였
다. 그는 사자 같은 금발 더벅머리에 가려진 반짝이는 눈을 가늘
게 뜨고 계단에 모습을 드러냈다. "왼쪽으로 300야드 이어지는
완벽한 파도래." 믹이 말했다. "방금 그렇게 들었어. 게리^{Gary}인 것
같은데, 여기로 자기 항해사를 부르더라고." 후에 믹은 자기 말

　✦　두 층 이상의 쇠그물과 지름이 작은 보강 철근을 매입한 시멘트 모르타르의 얇은 판.

뜻이 무엇인지 설명해주었다. 게리라는 미국인이 선장인, 세 번째 서핑 보트가 피지에 있다는 것이었다. 게리는 카펠라호와 함께 여행했지만, 몇 주 전에 홀로 앞서 나갔다고 했다. 무전 호출은 확실히 서쪽 어딘가에서 뭔가를 발견했다는 내용이었다. 믹은 호출을 받은 상대에게 정보를 받아내러 갔다. 상대편은 통통하고 조심성이 강한 짐Jim이라는 남자였고, 그는 키가 크고 결의가 굳은 오스트레일리아 사람이 꼬치꼬치 캐묻자 못마땅한 듯했다. 결과적으로는, 그는 게리가 피지 북서쪽 야사와Yasawa 제도 근처에서 항해하고 있다는 사실을 알려주었다. 파도도 거기서 발견한 모양이었다. 야사와에 속한 섬들은 마마누카스Mamanucas라고 하는 제도와 나디워터스Nadi Waters라고 하는 비티레부 서쪽에 거대한 산호초로 둘러싼 지역에 가로막혀서 남쪽 스웰이 오지 않았다.

공지 사항이 하나 올라왔다: 요트 선원 모집. 내가 이력서를 쓰고 있는 동안, 역시 게시판을 확인하던 젊은 영국인이 자기가 바로 그 문제의 배에서 방금 나온 사람이라고 말했다. "하지 말아요, 친구." 그는 말했다. 그 선장이 미치광이라는 것이었다. 미국인. 선원 전체가 짧은 도항 후에 여기 수바에서 배를 버렸고, 그 선장은 이전에도 같은 일을 여러 번 반복했다고 했다. "일단 바다에 나가면, 쉬지 않고 소리 지르며 욕을 해요." 영국인이 말했다. 그는 설득력 있게도 몸을 살짝 떨기까지 했다. "낙원에서 고통스러워하는 뉴욕 사람을 또 하나 봤다고 생각하면 돼요."

우리는 결국 서쪽으로 가는 버스를 타고 수바를 떠났다. 비티레부 남쪽 해안은 작은 마을과 어촌으로 빽빽했다. 습지를 떠나자 우림은 물러나고 작은 사탕수수 농장들이 나타났다. 볕이 좋은 만에 들어찬 관광 리조트 간판들이 보였다. 파도가 있을까 싶어 목을 쭉 빼고 보았지만 딱히 기운 날 만한 건 없어 보였다. 스웰이 있었지만 암초가 너무 멀리까지 뻗어 있었고, 무역풍은 여전히 육지 방향으로 불었다.

파도를 확실히 찾을 수 있는 것 같은 곳이 있다면, 비티레부의 남서쪽 모퉁이였다. 그 지역은 불행하게도 우리가 모은 해도에서는 빈틈으로 남아 있었다. 내가 해도를 얻은 캘리포니아의 선구 잡화점에서, 점원은 이 해도는 기이하게도 제2차 세계대전 이후 기밀로 분류되어 있었다고 말했다. 일본군의 공격을 걱정한 연합군은—당시 피지는 뉴질랜드와 오스트레일리아를 습격할 전초기지가 될 수 있는 곳이었다—나디워터스로 배가 진입할 수 있는 입구를 나타낸 지도들이 무료로 배부되기를 원치 않았다. 그래서 우리는 평소보다 더 추리력을 발휘했다. 그래도 어떤 육상 지도를 보든, 우리가 서부 비티레부의 물이 다 빠져나가는 시가토카강Sigatoka River의 입구를 확인해보고 거기서부터 서쪽을 탐험해봐야 한다는 건 확실했다.

시가토카강 입구는 해변에서 괴상하게 이어진 땅이었다. 먼저, 거대한 사구들이 있었다. 나는 열대지방에서는 그런 것들을 본 적이 없었다. 우리가 근처에서 만난 마을 사람들도 만장일치로 입을 모아 말했다. 그 사구들은 자연적인 것이 아니라고. 실로 유령이 서렸을 것만 같은 곳이었다. 그리고 모래 사구에서 부서지는 파도라는 것도 내 경험상 열대지방에서는 처음이었다. 크고 차갑고 안개가 낀 해변이었다. 그런 건 오리건이나 노스캘리포니아에나 있을 지역이었지, 피지에는 어울리지 않았다. 물은 차가웠는데, 거대한 시가토카강이 해변의 동쪽 끝으로 흘러나왔기 때문이었다. 그리고 커다란 강은 산에서 나오는 서늘한 갈색의 반쯤 썩은 물만이 아니라 죽은 동물들, 흙탕물 범벅이 된 갈대 깔개, 비닐 봉투, 그리고 다른 쓰레기까지도 싣고 왔다. 이 모든 것들은 라인업 부근의 물속에서 빙빙 돌며 둥둥 떠다녔다. 하지만 파도는 괜찮았다. 특히 아침에는. 붙잡기 힘들 만큼 빠르고 강한 A-프레임$^{A-frame}$+이었다. 돼지 사체를 제쳐두면, 우리가 남태평양에서 타본 것 중 가장 좋은 파도였다. 파도 근처에는 마을도 없었다. 앞서 말했듯이 귀신에 홀린 사구들만 있었으니까. 그래서 우리는 서쪽으로 걸어가 높은 사구 뒤의 도랑 속에서 작은 나무 덤불을 찾아냈다. 무역풍이든 한 군데로밖에 접근할 수 없는 침입자든 잘 막아줄 장소였다. 우리는 거기에서 야영했다.

우리가 가지고 온 텐트는 너무 작아서 두 사람이 편안하게 잘 수 없었다. 어차피 나는 밖에서 자는 걸 선호했다. 하지만 우리가 야영하는 도랑에는 특이할 정도로 야생 생물이 바글거렸다. 쥐, 게, 뱀, 지네. 그 밖에 뭐가 더 있는지는 알고 싶지도 않았다. 나는 해먹을 위에 걸고 거기서 푹 잤다. 식량을 조달하려고 우리는 내륙까지 걸어서 야두아^{Yadua}라는 마을로 갔다. 가즈 상표의 파란 프로판 가스통으로 작은 요리용 고리를 만들어 차를 끓였다. 오트밀이나 간 쇠고기 요리 같은 더 거한 요리를 할 때는 불을 피웠다. 어느 날 밤, 세찬 비가 내려 나는 텐트 안으로 쫓겨 들어갈 수밖에 없었다. 나는 브라이언에게 붙어서 자는 게 싫었고, 브라이언도 그걸 좋아하지 않았다. 서광이 비치자마자 기어 나왔다. 폭우로 물이 흘러넘치는 바람에 파도 속에 쓰레기들이 전보다 가득

+   물머리가 삼각형으로 부서지는 형태의 파도.

앨리어스 위에서. 피지 수바 항구. 1978년.

끼었지만, 스웰은 깨끗하고 밤새 불어 있었다.

강어귀까지 내려가서 보니, 바다로 흘러 들어가는 괜찮은 채널이 있었다. 우리는 그걸 이용해서 패들해 나가기로 했다. 하지만 파도가 커지자—6피트가 넘었다—바깥 모래섬에서는 파도가 부서지기 시작했고, 회갈색 물 너머 사구에서 피어오른 눅눅한 안개—기이한 시가토카의 미기후微氣候가 빚어낸, 완벽할 정도로 축축한 산물—가 떠돌자 저기 바깥에는 더 큰 게 숨어 있을지도 모른다는 느낌을 주었다. 우리를 잔디처럼 밀어버릴 준비가 된 거대한 파도 세트. 현실은 그렇지 않았으므로, 나는 왼쪽으로 갔다가 평생 잊지 못할 만큼 호되게 두들겨 맞은 후, 파도를 타고 채널에서 멀어져갔다. 나는 혼잣말로 오른쪽으로 부서지는 파도만 타야 한다고 되뇌었으나, 크고 달콤한 왼쪽 벽이 나타나면 나도 모르게 거부할 의지력을 잃어버렸다. 그 장소에 상어가 많다

는 얘기는 했던가? 야두아의 어부들은 우리가 그 바다에 들어간
다는 얘기를 듣자 혐오감과 경계심 사이에 위치한 어떤 느낌으로
정신 나갔다는 식으로 말했다. 그 해변은 상어 소굴이었다. 물속
에 떠다니는 생선 내장을 보며 우리는 이미 짐작하고 있었다. 하
지만 시가토카에서 내가 걱정해야 할 항목 중에서도 상어 공격은
저 아래 있는 3순위일 뿐이었다. 거친 파도에 휩쓸려 익사할지 모
른다는 것이 첫째였고, 오염된 물로 끔찍한 병에 걸릴지도 모른
다는 것이 둘째였다.

　우리가 거기서 야영하는 동안 브라이언은 서른 살이 되었다.
그는 이 얘기를 나중에야 해주었다. 나는 약간 어안이 벙벙했다.
굳이 감추기에는 이상한 비밀이었다. 아니, 어쩌면 '비밀'이라는
말 자체가 잘못되었다. 사실은 그저 침묵, 일종의 사생활 보호,
어떤 명확하고 관습적인 감상의 거부였고, 그 자체로 브라이언
다웠다. 우리 우정이 무척이나 강렬했지만, 그리고 지금은 지속적
으로 같이 다니는 사이긴 했지만, 나는 언제나 가장 기본적인 방
식으로 차단된 기분이었다. 그가 습관적으로 경계하는 듯 보이는
건 특별히 나를 향해서일까, 아니면 일반적인 세계관 때문일까?
나를 포함한 많은 사람들이 매력적이라고 여겼던 구시대적 남성
성에는 작지 않은 외로움이 따랐다. 그때 브라이언은 이보다 서
른 번째 생일을 잘 보낼 수 있는 방법이 생각나지 않았다고 말해
서 나를 두 번 놀라게 했다. 익숙히 알던 세계에서 멀어져 남쪽
바다, 지도에 나오지 않는 지역에서 좋은 파도를 탄다는 것을 말
하는 거였다.

　브라이언은 정말로 행복했던 걸까? 나는 딱히 그렇지 않았다.
나는 우리의 탐사에 열중했고, 결연하게 밀어붙였으며, 좋은 파

도들이 몰려오면 그걸로 깊이 만족했다. 나는 또한 깊게 몰입할 수 있는 산업 시대 이전 촌락 생활의 풍요로움을 표현할 뿐 아니라, 통가나 서사모아보다 (오스트레일리아인들까지 포함해서) 사회적으로 더 복잡하고 정치가 더 활발하며, 흥미로운 여자들이 더 많은 피지에 더 관심이 많았다. 그래도 여전히 나는 종종 불안했고, 괴로운 자기 의심에 무너졌다. 나는 브라이언이 자기를 보듯이 그렇게 나를 볼 수 없었고, 그래서 길을 잃어버린 느낌이었다. ·

내가 보기에 브라이언은 더위를 먹어 정신이 나간 것 같았다. 여기 있는 게 좋다고 말했지만, 그렇게 보이지 않았다. 사소하게 귀찮은 일들도, 우리가 만난 온갖 무해한 사람들도 모두 지나치게 거슬려하는 것 같았다. 그는 어깨를 구부정하게 움츠리고 미간을 찌푸리며 뒷짐을 진 채로 왔다 갔다 하거나, 한숨을 짓고 과장되고 또렷하게 다양한 사람들과 물건들의 멍청한 면에 대해 말하곤 했다. 시가토카 시내에서 해변까지 걸어갈 수 있다고 말했던 버스 운전사 있잖아? 자기가 어느 쪽 도로에서 달리는지도 모르는 것처럼 바다에 대해 쥐뿔도 아는 게 없었다니까. 하버뷰 주인인 사팔뜨기 여자? 사기꾼에다 민폐만 끼쳐. 나는 브라이언이 점점 무서워졌다. 확실히 그 때문에 나도 불안해졌다.

우리는 야두아에서 다른 남자들과 어울려 카바를 마시기 시작했다. 그들은 이 군락지의 변두리에 있는 오두막에 살았다. 퀸스로드Queens Road라고 하는 포장도로 근처에 있어서 전통적인 자급형 부락이라기보다는 작은 고속도로 마을에 더 가까운 느낌을 주었다. 하지만 그래도 카바 의식은 다른 곳과 비슷하게 진행되었다. 의식은 오후 늦게 시작됐다. 우리는 파도가 바람에 쓸려 흩어진 후에 그리로 향하곤 했다. 가끔은 한밤에 비틀비틀 야영지로 돌아가기도 했다. 카바 오두막에 자주 모이는 단골들은 사구의 서쪽에 위치한 만에 보트를 묶어놓는 어부들이었지만, 야두아에서 다른 남자들도 왔다. 주변에 있는 여자라고는 와카^Waqa라는 남자의 아내뿐이었다. 그녀는 술을 준비하고 내놓는 일을 도왔다. 사람들은 야영하는 팔라기들에게—피지어로는 카이발라기 kaivalagis라고 했다—호기심을 보였지만, 또한 놀랍도록 쿨한 태도로 우리를 대한다는 생각이 들었다. 우리 스스로 여유 있게 설명하게 놔두거나, 아니면 개의치 않았다.

나는 사람들이 잡담을 나누는 광경을 구경하는 게 좋았다. 종종 피지어로만 말했기 때문에 하나도 이해하지 못할 때도 그랬다. 그들은 상냥하고 정교한 사회적 표현 양식을 어마어마하게 보유한 듯했다. 그들은 입과 손, 눈—보통의 의사소통 도구—뿐 아니라, 턱과 눈썹, 어깨 등 모든 것을 썼다. 사람들이 듣는 모습을 보는 건 더 좋았다. 이전에 본 적 없는 사랑스럽고 널리 공유된 방식이 있었다. 머리를 옆으로 약간 젖히고 움직이기, 새들이 하는 것처럼 조금씩 목을 옆으로 갸우뚱하기. 나는 그것을 극도의 관용을 나타내는 몸짓으로 읽었다. 청자는 다른 화자, 다른 인상을 받아들이기 위해 최대한 평정심을 발휘하여 정신을 계속해서 다른 각도로 재설정하고 있었다. 우리 카이발라기들이 있기 때문에 이런 척추와 정신의 재설정에 눈에 띄게 속도가 붙은 게 아닌가 하는 생각도 들었으나 그건 편집증적인 착각인지도 몰랐.

반면 브라이언은 신경질을 어찌나 부리면서 나의 평정심을 흐트러놓던지, 고개를 끄덕이는 것조차 참을 수 없을 정도였다. 어느 날 밤, 카바에 취한 객기로 나는 브라이언 주위에서 달걀 위를 걷듯 조심하는 건 이제 질렸다고 선언해버렸다. 그는 놀라더니,

내 주변에서 달걀 위를 걷듯 조심하는 데 질렸다고 선언했다. 우리는 유쾌한 기분으로 불룩해진 달 아래를 걸어 야영지로 돌아왔다. 나는 브라이언의 텐트에 전갈이 바글거렸으면 좋겠다고 말했다. 그는 내가 해먹에서 떨어졌으면 좋겠다고 말했다. 어쨌든 그 표현은 이제 달걀이 아니라, 달걀 껍데기 위를 걷는 것이었다.

지도 위의 야사와 제도를 쳐다볼수록—미국인 요트족들이 파도를 찾아냈다고 하는 제도였다—그 생각이 더 멍청하게 느껴졌다. 그곳은 남쪽 스웰이 막혀 있었다. 땅땅. 그래도 우리는 비티 레부 북서부의 항구, 라우토카Lautoka까지 올라갔다. 거기에는 야사와 제도까지 가는 배가 있었다. 우리는 부두에서 머뭇거리면서 페리 가격을 알아보고 이런저런 질문을 했다. 무슨 소리를 들어도 우리 마음은 바뀌지 않았다. 거기 서프보드를 가지고 나가는 건 멍청한 짓이었다. 우리는 서부 피지에서 서핑을 하겠다는 생각 자체를 버리고, 패배감에 젖어 수바로 돌아가는 새벽 버스를 예약했다. 하지만 우리는 정류장까지밖에 가지 못했다. 브라이언에게 복통이 생겼고, 점점 심해졌다. 종일 버스를 타고 가는 건 무리였다. 우리는 묵던 호텔로 돌아갔다. 브라이언은 침대에 도로 누웠다. 나는 라우토카 부근을 거닐었다.

그날 오후, 나는 거리에서 낯선 무언가를 보았다. 금발. 바로 젊은 백인 여자였다. 나는 여자를 따라 카페까지 들어가 나를 소개했다. 린Lynn이라는 이름의 뉴질랜드 출신인 그녀는 잡담할 상대가 생겼다고 기뻐했다. 커피를 마시면서, 그녀는 자신의 남자친구를 포함해 두 명의 미국 남자 및 타히티 여자와 함께 요트 여행 중이라고 말했다.

어디를 향해했죠? 나는 물었다.

그들은 몇 주 동안 사람이 없는 작은 무인도에 정박했다고 말했다. "남자들이 서핑하려고요."

아.

여자는 자기가 비밀을 누설했다는 것을 알았다. 하지만 그런 실수를 즐기는 듯 보였다. 그녀의 남자 친구는 미국령 사모아에서 학교 선생으로 일한다고 했다. 존 리터John Ritter라는 사람이라고 했다.

그 사람 알아요. 나는 대답했다. 사실 괌에서 다른 서퍼 강사가 파고파고에 가면 리터를 찾아보라고 말해주었지만, 우리는 거기까지 가지 못했다. 정말 잘됐네요. 나는 말했다. 저 좀 만나게 해주세요.

여자는 그렇게 해주었다.

리터는 내가 린과 함께 나타나자 화들짝 놀랐고, 그가 괌에서 알던 서퍼들의 이름을 내가 줄줄 읊으며 우리 호텔에 가서 브라이언을 만나야 한다고 우기자 놀란 기색이 역력했다. 리터는 말투가 부드럽고 신중한 20대 후반의 청년이었다. 덥수룩한 머리칼은 햇볕에 탔고, 테이프를 감아 이은 할머니 안경을 쓰고 있었다. 그는 린에게 떨떠름한 기분을 숨기려고도 하지 않았다. 하지만 그는 기왕 이렇게 된 것 어쩔 수 없다는 결론을 내렸는지, 와서 맥주 한잔하자는 말에 동의했다.

그의 말에 따르면, 야사와 제도에는 파도가 없었다. 그건 미끼였다. 파도가 있는 곳은 마마누카Mamanuca 제도라는 것인데, 그게 훨씬 더 그럴 듯했다. 사실, 그곳은 나디워터스의 남쪽 가장자리의 말로로Malolo 보초에 있어서, 마마누카 섬들을 보호했다. 그 섬

은 타바루아^{Tavarua}라고 불렀다. 대략 비티레부 서쪽으로 5마일 떨
어진 곳이었다. 파도가 섬의 서쪽 전체를 돌아 감싸고 무역풍 속
으로 도로 들어가며 부서졌다. 리터는 냅킨에 약도를 그려주었
다. 변덕스러울 수 있어. 그는 말했다. 스웰이 제대로 와야 해. 그
는 더 말해주고 싶은 것 같지는 않았다.

　이튿날, 우리가 탐험하러 갈 준비를 하고 있을 때, 나는 잃어
버렸던 해도를 찾아냈다. 해도는 괴이하게도 관광 안내서 선반
에 꽂혀 있었다. 금지된 해도가. 해변 아래 리조트에서 출발하여
요트 위에서 보내는 "사흘간의 마법과도 같은 산호초 크루즈 여
행"을 홍보하는 식탁 매트 크기의 광고판 배경으로 쓰이고 있었
던 것이다. 두꺼운 갈색 종이 위에 찍힌 광고는 해적 시대의 보물
지도 같은 느낌을 주도록 가장자리를 너덜너덜한 두루마리 모양
으로 그렸다. 해도는 분명히 누군가가 전쟁 전에 도서관에서 들
고 나온 진짜였지만, 우리 수집품에서는 빠져 있었다. 거기에는
타바루아가 있었고, 섬에서 북서쪽으로 이어지는 긴 보초 위에는
그 물결을 따라 "맹목적 스웰" "파도가 무겁게 부서진다" "물이 넘
친다"라는 글이 쓰여 있었다. 비티레부에서 타바루아에 가장 가
까운 마을은 나빌라^{Nabila}라고 했다.

　우리는 거기서 버스를 탔다. 마을은 포장도로에서 몇 킬로미터
떨어져 있었다. 불에 타 갈색이 된 언덕 아래로 소형 사탕수수 운
반용 철도가 지나갔다. 맹그로브는 파도 없는 해변을 따라 지루
하도록 풍성히 자랐다. 버스는 빵나무 아래에 섰다. "나빌라." 운
전수가 말했다. 읍락은 덥고, 조용했으며, 졸렸다. 주변에는 아무
도 없는 듯했다. 우리는 마을 뒤에 솟은 커다란 언덕을 올라, 초
가지붕에 흙벽이 있는 오두막들 사이를 천천히, 구불구불 지나갔

다. 집 안에서 깜짝 놀란 표정의 아이들이 총총히 뛰어나왔다. 관광객을 많이 보지 못한 모양이었다. 길에선 먼지가 풀풀 날렸고, 무척 더웠다. 몇십 미터 위로 오르자, 경치를 보기 좋은 장소가 나왔다. 우리는 몸을 돌려 해협 건너 작은 섬에 쌍안경을 맞췄다. 파도가 똑바로 내다보였다. 서쪽에서 온 파도는 180도 가까이 에워싸여 있었다. 길고, 점점 끝이 가늘어지며—아주 길고, 아주 정확하게 가늘어지는—왼쪽으로 부서지는 파도였다. 연회색 바다 위에 선 파도의 벽은 진회색이었다. 바로 이거야. 라인업은 지상의 것이 아닌 것처럼 대칭적이었다. 부서지는 파도는 무척 균일하게 벗겨져서 마치 스틸 사진 같았다. 구간으로 나뉘지도 않는 듯했다. 바로 이거야. 쌍안경으로 6피트짜리 파도 세트를 들여다보면서 나는 숨 쉬는 것도 잊었다. 맙소사, 바로 이거야.

우리를 나빌라까지 데려다준 어부들은 서프보드를 한 번도 본 적이 없었다. 심지어 사진도, 그림도 본 적이 없었다. 그들은 우리가 그걸로 파도를 탄다는 말을 믿지 않았다. 그들은 우리 보드가 작은 비행기 날개라고 짐작했다. 그걸 낚시에 쓰는 건가? 타바루아에 가서 선외 엔진을 켜고 산호초가 점점이 박힌 북동 해변의 채널을 통해 쭉 나아갔을 때, 우리는 전날보다 스웰이 뚝 떨어진 것을 볼 수 있었다. 이제는 파도가 너무 작아서 탈 수 없을 것 같았다. 하지만 우리와 같이 온 사람들은 우리가 서핑하는 모습을 보지 못하면 자기네 의심이 맞았다고 확신할 것이므로, 나는 서둘러 패들하여 나갔다. 산호초 위의 물은 괴상할 정도로 얕아서 수심이 1피트도 되지 않았으며, 무릎 높이의 파도는 약한 데다 너무 빨라서 서핑하기 힘들었다. 하지만 나는 어찌어찌 하나를 잡아 탔고, 내가 풀쩍 뛰어 발로 일어서자 해변에서 함성과 휘파람 소리가 들려왔다. 나는 몇 미터 타고 가다 다시 엎드렸다. 우리가 언덕에서 본 스웰은 죽고 없었다.

다만 짧은 시범을 보려고 남아 있었을 뿐이었던 우리 친구들은 조수가 내려가면서 그만 갇혀버렸다. 그들은 배를 나무에 묶더니 곧 모래섬 위에 얹히도록 그냥 놔두었다. 그들은 모두 네 명이었고, 민족적으로는 인도인이었다. 밥Bob이 두목이었다. 건장하고, 말주변이 좋은 중년 남자인 그는 피터Peter를 윽박지르며 이런저런 일을 시켰다. 피터는 밥의 조카로 스물아홉 살이었다. 그리고 여덟 살 소년 아틸란Atiljan과 마르고 조용하며 흰 콧수염을 기른, 무척 늙은 남자가 있었다. 밥과 피터는 우리에게 지시 사항을 많이도 주었다. 먼저, 뱀. 줄무늬바다뱀은 무척 독성이 강한데, 밤이면 담수를 찾아 수백 마리가 해변으로 몰려온다고 했다. "뱀이랑 같이 놀다간 큰코다칠걸." 피터가 말했다. 그는 해변으로 내려가 뱀 한 마리를 금방 찾아내더니 머리 뒤를 잡고 높이 쳐들었다. 거의 1.2미터나 되는 몸에 흑백 줄무늬가 있고 물갈퀴 같은 꼬리가 달려 있었다. 피터는 그 뱀을 물속에 살살 다시 놓아주었다. 우리는 이 뱀(라티카우다 콜루브리나Laticauda colubrina)이 피지어로는 다다쿨라치dadakulachi라고 불리며, 별명은 '세 발짝 뱀'이라는 말을 들었다. 뱀이 물 수도 있으니 그 정도는 떨어져 있어야 한다는 것이었다. 세계에서 여섯 번째로 치명적인 뱀이라고 했고, 송곳니에서 신경과 근육을 마비시키는 혼합 독을 발사한다고 했다. 좋은 소식은 뱀의 아가리가 무척 작다는 것이었다. 피터는 뱀을 다루는 방법이나, 패들해서 지나갈 때 어떻게 주먹을 쥐어야 하는지를 알려주었다. 그러면 뱀은 손가락 사이를 물 수 없었다.

타바루아. 피지, 1978년.

발가락 사이는?

피터는 어깨를 으쓱했다. 이 뱀들은 보통은 그렇게까지 공격적이진 않아.

밥은 동쪽 해변의 숲속 가장자리에 마른 나무를 세 무더기로 높이 쌓았다. 그는 봉화용이라고 말했다. 어부들은 비티레부에 사는 가족들과 의사소통하려고 봉화를 이용했다. 불이 하나 켜지면 무사하다는 뜻이었다. 물이 험해서 밤을 여기서 지내고 간다는 뜻이었다. 두 개를 피우면 괜찮지 않고 도움이 필요하다는 뜻이었다. "엔진이 작동하지 않을 수도 있으니까." 불을 셋 피우면 비상사태라는 뜻이었다. 우리 중 누가 심하게 다치면, 밤에 불을 세 군데 피워야 했다. 그러면 '날씨가 아무리 나빠도' 배가 와준다.

그들은 우리에게 야생 파파야가 자라는 곳, 물이 들어오면 먹기 좋은 물고기가 해변 가까이로 도망쳐 오는 지점을 알려주었

다. 이제 물이 들어오는 중이고 곧 있으면 완전히 찰 테니 우리는
산호초를 건너갈 수 있을 것 같았지만, 밥은 바람이 너무 세다고
말했다. 그날 밤은 그냥 보내야 할 것이었다. 그는 나빌라의 가족
들이 그들의 향방을 알 수 있도록 봉화를 하나 피웠다. 피터는 손
낚싯대를 낚시터로 가지고 와서 재빠르게 회색 숭어 열댓 마리
를 줄줄이 잡았다. 우리는 꼬치에 생선을 꿰어 구운 후 손으로 먹
었고, 녹색 코코넛 밀크로 속을 시원하게 씻어냈다. 밥은 우리 장
비를 점검했다. 우리가 아직 쓰지도 않은 낚시 용품을 보고는 심
드렁해진 듯했다. 그는 우리한테 더 튼튼한 줄과 더 나은 낚싯바
늘을 주라고 피터에게 명령했다. 우리 위에서 바람이 코코야자를
강타했다. 태양은 서쪽 마마누카 섬들 사이로 떨어졌다.

　정글 가장자리에 있는 우리 야영지는 파도를 향하고 있었지만
무역풍은 맞지 않는 자리였고, 나빌라 사람들이 타바루아에서 유
일하게 인공적이라고 하는 구조물이 있었다. 바로 생선 건조대였
다. 건조대는 여섯 개의 짧은 나무 막대기를 모래에 꽂고, 땅에서
2피트 정도 띄운 높이에 짚을 엮어 만든 그물을 걸어놓은 것이었
다. 크기와 모양은 싱글베드만 했다. 나는 짚그물의 강도를 확인
해보았다. 꽤 튼튼해 보였다. 밥은 찬성한다는 뜻으로 고개를 끄
덕였다. 거기라면 잘 만해, 그는 말했다. 뱀은 물속에서는 빠르지
만 육지에서는 어설퍼서 그 막대를 타고 올라올 수 없었다. 브라
이언은 텐트에서 잘 계획이었다. 그는 텐트를 세워서 지퍼를 꽉
잠갔고, 혹시라도 방충망 지퍼가 열려 있는 걸 본다면 날카로운
말뚝과 밥의 손도끼와 우리 깡통 따개로 고문당할 줄 알라고 몸짓
으로 똑똑히 알려주었다. 인기 있는 피지 관광 기념품, 식인 시대
에 썼다고 알려진 머리 포크도 가만히 있지는 않을 거라고 했다.

달이 떴다. 피터는 불을 바라보고 있다가, 머리카락을 짧고 이상하게 자른 건 최근에 아버지를 여의었기 때문이라고 말했다. 피터는 명랑하고 순진할 정도로 속마음을 허물없이 털어놓았다. 키가 크고 치아가 많이 드러났으며 면도는 하지 않았다. 그의 개인사는 복잡하게만 들렸다. 그는 여자 친구와 어떻게 할지 아직 마음을 정하지 못했다고 했다. "내가 그 여자를 떠나면, 걔는 결혼해야만 해요." 그는 말했다. "집에 있을 수 없어요. 여기 사람들 알잖아요. 섹스 없이는 살 수 없는 사람들, 알잖아요." 밥은 피터에게 가서 배 좀 확인해보고 오라고 명령했다. 피터는 풀쩍 일어나더니 옷을 던져버렸다. 밥은 말했다. "이것 봐, 망할 자식. 이 친구는 네 더러운 물건 같은 거 보고 싶어 하지 않는다고!" 피터는 어둠 속으로 총총 사라졌다.

밥은 내 보드 가방 안으로 굴러 들어갔다. 피터는 브라이언의 가방을 침낭처럼 써서 위 뚜껑을 후드처럼 머리 위에 덮었다. 노인은 불을 지켰다. 그가 마른 야자 잎사귀를 넣을 때마다 피터는 잠에서 깨더니 문고판 책을 하나 꺼내 불빛으로 비추며 몇 줄씩 읽곤 했다. 그가 가지고 온 책은 힌두어로 쓰인 추리소설로, 지나치게 화려한 표지는 닳아 있었다. 어린 아틸란은 자기가 만든 잎사귀 둥지 속에서 잤다. 노인은 잠들지 않았다. 그는 조용히 기도하며 노래했다. 그의 노래와 기도문이 내 꿈에 엮어 들었다. 노인의 얼굴은 몹시 야위었고, 광대뼈는 날카롭게 튀어나왔다. 불꽃이 휙 일 때마다 그가 동쪽, 어둠 바깥, 채널 너머 나빌라를 바라보는 모습이 보였다.

닷새째 되던 날, 아니, 어쩌면 엿새째 되던 날 우리는 서핑을 했다. 파도는 여전히 무척 작았지만, 그때쯤 되자 서핑에 너무 굶주려 있어서 스웰의 기미가 보이기만 해도 우리는 허겁지겁 나갔다. 허벅지 높이까지 오는 파도가 암초를 따라 쌩 흘러갔다. 대부분은 너무 빨라서 파도를 탈 수도 없었다. 하지만 우리가 탄 몇 안 되는 파도는 엄청났다. 그 파도는 새총 효과를 냈다. 서둘러 파도 물머리에서 돌면서 웬만큼 속도를 내기만 하면 파도의 갈고리를 놓치지 않았고, 제대로 줄을 맞추면 파도가 보드의 꼬리를 들어 그 줄을 따라 또다시 밀어 보냈다. 파도의 입술이 연속적으로 등 뒤로 넘어갔다. 보통은 잠깐 스쳐 지나가는 중요한 순간이었지만 그때만은 터무니없게도 30초 이상 지속되는 듯했다. 물은 점점 얕아지고 얕아져서 심지어 가장 잘 탔을 때조차도 잘 끝나지 않았다. 하지만 속도의 흐름만은 꿈속 같았다. 그렇게 기계적으로 벗겨지는 파도는 본 적이 없었다.

조수가 최고조에 오르자 무척 기이한 일이 일어났다. 바람이 그치고 이미 극도로 맑았던 물이 더더욱 맑아졌다. 한낮이었고, 머리 바로 위에 오른 태양으로 물은 투명해져 있었다. 마치 허공의 쿠션 위에 떠다니며 산호초 위에 걸려 있는 듯했다. 어쩌다 산호 머리가 발에 차이지 않는다면 깊이를 가늠할 수도 없을 정도였다. 다가오는 파도는 환영 같았다. 그 파도와 하늘과 바다와 그 뒤의 바닥까지도 똑바로 들여다보였다. 나는 그런 파도를 하나 잡아 일어섰지만, 파도는 곧 사라지고 말았다. 나는 그 선을 따라 휙 날아갔지만 눈앞에 보이는 거라곤 발밑에서 흘러가는 환한 산호초뿐이었다. 마치 허공에서 서핑하는 것 같았다. 파도는 너무 작고 맑아서 파도의 얼굴과 파도 앞의 평면, 파도 뒤의 평면을 구분할 수가 없었다. 그저 온통 맑은 물뿐이었다. 나는 느낌으로만 서핑해야 했다. 정말로 꿈을 꾸는 것 같았다. 파도에 속도가 붙는 것을 느꼈을 때, 속력을 더 높이기 위해 몸을 웅크렸고, 갑자기 나는 다시 볼 수 있었다. 허리 높이의 파도 물마루가 거기 아래서 보았을 때는 수평선보다 높았기 때문이었다.

무역풍이 혹 불어오고, 수면이 자르르 물결쳤으며, 극도의 선명함은 사라졌다.

파고가 뚝 떨어지고, 우리는 다시 해변으로 밀려왔다.

우리의 손, 발, 무릎, 팔뚝과 브라이언의 등은 산호초에 쓸려서 핏자국이 선명했다. 심지어 중간급의 파도라고 해도 그걸 타는 것은 불가능해 보였다.

나는 작은 무지 노트에 응급처치 지시 사항을 여덟 쪽이나 손으로 빽빽하게 적어두었다. 감염, 골절, 충격, 화상, 중독, 머리 부상, 일사병, 심지어 총상까지도. 야전 치료법의 기초를 꼼꼼한 목록으로 여기저기 밑줄을 그어가며 꼼꼼히 적어놓았다. 이전에 훈련을 받은 적도 없었고, 내가 아는 한 브라이언도 마찬가지였다. 하지만 나는 그에게 지시 사항이 어디 있는지를 보여주었다. 누쿠알로파 그림과 내 철도 소설 사이에. 그리고 가끔은 그 내용을 기억 속에 집어넣으려고 혼자 소리 내어 다시 읽기도 했다. 별로 남아 있는 건 없었다. 익사 위험, 부목 고정, 지혈, 의식 잃은 환자—나의 원시적인 마음 안에서는 이런 것들을 너무 생생히 그리면 오히려 재수가 없을 것 같았다. 브라이언은 맹장염처럼 흔한 병만 걸려도 여기서는 우리 둘 다 금방 끝장날 거라고 말했다. 심지어 봉화에 불을 붙이려면 밤이 될 때까지 기다려야 했다. 맞는 말이네, 나는 생각했다. 하지만 또다시, 나쁜 일을 상상하고 말았다.

섬을 걸어서 한 바퀴 도는 데는 서두르지 않으면 25분이나 걸렸다. 브라이언은 어느 날 아침 해변에 뱀들이 지나가며 갓 만든 길들을 세어보았다. 117개. 밥의 말대로 뱀들은 육지에서는 서툴렀다. 만조선과 정글 사이의 백사장 10야드를 가는 데만도 몇 분이 걸렸다. 눈에는 쉽게 띄었고, 정말로 공격적이지 않았다. 한밤에 야영장에서 멀리 갈 때면 손전등을 써야 뱀을 밟지 않고 피할 수 있었다. 하지만 내가 주로 다다쿨라치와 가까이 마주치는 곳은 물속이었다. 수면이든 심연이든, 산호초 위든 초호 속이든 뱀이 바글거렸다.

산호초 위에는 모든 것이 넘쳐났다. 성게, 장어, 문어, 그리고 깎아서 어림해봐도 물고기 800만 종이 있었다. 나는 매일 만조가 되면 마스크와 스노클만 끼고 물갈퀴나 창 없이 헤엄쳐 나가서는 기이하도록 아름다운 생물체들 무리를 따라 얕은 산호초 골짜기를 지나고, 거대한 선홍색 부채나 둔감해 보이는 초록색의 머리 혹, 무서워 보이는 산호 뿔 주위를 돌았다. 몇몇 익숙한 얼굴들은 알아볼 수 있었다. 비늘돔, 노랑촉수, 쥐치(후무후무!), 참바리. 놀래기는 수백 종류가 있는 듯했다. 극락어, 고비, 복어도 있었다. 은빛어름, 옥돔, 검은쥐치, 도미, 베도라치, 감성돔, 깃대돔. 참꼬치와 작은 장완흉상어도 보았다. 그렇지만 타바루아 앞 해변에서 바쁘게 돌아다니는 수많은 물고기 대부분의 이름을 몰랐고, 그래서 더 신비로워 보였다. 몇몇은 무의미할 정도로 아름다워서, 나는 스노클 속에서 끙 하고 신음했다.

우리의 낚시는 처참했다. 남자들이 주고 간 낚싯바늘과 낚싯줄을 가지고 있고 좋은 자리와 파도를 알고 있어도, 한 마리도 잡을 수 없을 것 같았다. 나는 문어 한 마리를 산호초에서 떼어내 쿵쿵 내려친 후 담수를 펑펑 써가면서 완전히 죽을 때까지 삶았다. 그래도 너무 질겨서 먹을 수가 없었다(소금을 뿌려야 했다는 것은 나중에야 알았다. 물론 소금이 있었어야 말이지만). 우리는 대체로 뭍과 물에서 나는 것들로 근근이 연명했다. 우리는 익은 파파야를 찾는 족족 따서 먹었다. 나는 초록 코코넛을 찾아 가장 낮고, 바람을 맞아 휘어진 야자나무에 올랐지만, 더 높고 곧은 나무에서는 속절없이 실패했다. 얼굴에 노란 줄무늬가 있는 통통한 박쥐들이 너무나 많았다. 우리는 그 박쥐를 어떻게 잡아야 할지 전혀 감을 잡지 못했다. 다양한 종류의 게가 있었지만 그중 가장 먹기 좋게 생긴 것들이 인간의 배설물을 능숙하게 파내서 먹어 치우는 것을 보고는 질려버렸다.

어쨌든 우리는 만약의 경우를 대비해 식량을 챙겨 왔다. 돼지고기와 콩 통조림, 쇠고기 스튜, 간 쇠고기, 포장 수프, 라면, 크래커, 잼 등. 물도 충분히 있었다. 섬에는 식수가 없었다. 다다쿨라 치는 이슬이나 덤불 속 작은 웅덩이의 흙탕물을 마시는 듯했다. 우리는 단 걸 가져오지 않은 걸 후회했다. 떠나온 세계에서 좋아하던 음식들을 회상했다. 프라이드치킨, 커다란 미국식 햄버거. 심지어 수바의 염소 차우멘도 기억 속에서는 맛있었다. 미술라, 몬태나에서 우리 둘 중 하나라도 다녔던 모든 술집을 일일이 나열해보았더니 모두 쉰셋이었다. 우리가 무인도 만화에 나오는 인물을 닮아가고 있다는 느낌이 들었다. "내 부탁 좀 들어줘. 제발, '앙트르 뉘(우리끼리 얘기지만)'라는 말은 그만해." 밤이면 머리 위로 날아가는 비행기와 나디워터스를 지나 라우토카로 향하는 배를 보았다. 모두 환히 불을 밝히고 있었다. 우리는 화물 숭배자들처럼 전등이라는 것을 보고 들떴다. 나는 특히 의자가 그리웠다.

밥 무리는 약속대로 일주일 후 돌아왔다. 우리는 보드와 장비 대부분을 섬에 두고 라우토카의 상업 마을인 나디로 가서 공급품을 더 구입한 후, 이튿날 오후 타바루아로 돌아왔다.

처음으로 보는 단단한 스웰은 그다음 주, 8월 첫째 주에 닥쳤다. 머리 높이까지 파도가 이는 나날이었다. 머리 위까지 파도가 솟는 나날도 있었다. 몽상적이면서도 짜릿한 파도들이 기억 속에서 함께 달렸다. 내 일기에 따르면, 8월 24일, 파도는 키 두 배 높이까지 올랐다.

파도에는 수천 가지의 기분이 있었지만, 보통 커질수록 좋았다. 그리고 6피트가 된 그것은, 우리 둘 다 이제껏 본 것 중 최고의 파도였다. 규모가 커지면, 속도가 붙은 파도의 갈고리가 기계적인 규칙성을 띠며 영혼을 얻었다. 그 포효, 반짝이는 깊이, 기둥으로 받친 천장은 반복적으로 일어나는 기적 같았고, 수면 위의 장식무늬 창살과 파도 벽에 진 골 사이에 흐르는 힘은 섬세하면서도, 이제는 그 세세한 부분까지 선명히 보였다. 파도마다 한 번만 즐길 수 있는 풍요로움이 퍼져나갔다. 가끔은 바람이 동쪽으로 휙 불어와 갈고리 속으로 파고들며 거센 잔물결을 파도 얼굴로 밀어 보낼 때도 있었다. 특히 채널 바로 앞 100야드에서는 그랬다. 바람이 남쪽이나 남서쪽으로 불면 섬의 서쪽을 돌게 되고, 바람이 산호초의 남쪽 가장자리를 반 마일 정도 감싸면서 우리에게 다가올 때면 섬의 남쪽을 돌면서 파도를 다 엉망으로 헝클어버렸다. 하지만 바람이 라인업 쪽으로 마지막으로 꺾어 들어올 때면 모든 걸 갑자기 깨끗이 정리했다. 질질 끄는 바람은 파도

의 새총 효과를 두 배로 높이면서, 보드 아래로 쓱 미끄러져 들어
와 속삭였다. 가.

우리는 천천히 어떻게 테이크오프를 하면 좋을지 감을 잡았다.
삼각도법을 이용하면 유난히 키 큰 나무들이 라인업을 표시해주
는 역할을 했다. 가장 좋은 테이크오프 지점으로 보이는 곳 가까
이 있는 커다란 산호 머리*에는 믿을 수 있는 보일boil**이 있었
다. 해류는 느슨한 것부터 격렬한 것까지 다양했고, 조수의 흐름
에 따라서 산호초 위아래 양쪽으로 다 흘렀다. 파도가 점점 커지
면, 깊은 물속에서 산호초에 부딪혀 부서지는 힘이 문제가 될 만
큼 약해졌다. 하지만 그래도 빨리 들어가는 게 여전히 중요했다.
아무리 최적의 지점이라고 할지라도 파도를 잡아 타는 것은 속
도를 줄이지 않는 기차 위로 뛰어오르는 것과 같았다. 패들을 깊
이 하는 것, 세차게 팔을 저어 거친 물을 헤치며 산호초에서 멀어
지다가 파도가 보드를 들어 올릴 때 왼쪽으로 각도를 꺾으면 도
움이 되었다. 그런 후에는 파도의 얼굴 아래쪽을 특별히 세게 파
고들면서 재빨리 펌프하며 파도의 배 부분에서 속도를 내야만 했
다. 이 모든 일들을 선을 잡기 전에, 즉 파도가 펼쳐질 때 정교하
게 맞춰지는 첫 번째 진로를 완전히 정하기 전에 해야만 했다. 파
도가 더 커지고 일정해지면, 어떤 파도를 계속 타고 가야 할지 선
택하는 것 자체가 도전이었다. 내가 그때 씨름하는 건 아드레날
린 과다 분출이었다. 밀려오는 파도 세트 속 첫 파도로 패들해 갈
때, 그 뒤에 줄지어 쌓여 있는 파도들, 그리고 벌써 저 먼 산호초

---

* 산호의 일부분으로, 산호초들이 뭉쳐 둥근 돌출형을 이룬 지형.

** 스웰이 해저에서 약간 튀어나온 부분을 지날 때 파도 얼굴에 생기는 원형의 무늬. 여
기서는 그렇게 돌출된 부분을 말하는 듯하다.

에 부딪혀 벗겨지는 다음 파도를 볼 때면, 나도 모르게 숨을 들이 마셨고, 심장이 쿵쿵 뛰며 마음이 요동쳤다. 뭘 하지? 나는 평생 서핑하는 동안 그런 풍요를 마주친 적은 없었다.

파도가 왼쪽으로 부서질 때면, 레귤러풋인 내게는 꽤 역설적으로 느껴졌다. 상대적으로 오른쪽으로 부서지는 파도와 비교하면, 그 자세로는 왼쪽 파도는 반 정도밖에 성공할 수 없었다. 하지만 나는 백핸드 기술이 늘었다. 이전에는 한 번도 생각해본 적 없었지만 레일에 무게를 싣지 않아야 한다는, 비밀스레 전해지는 과제는 끝없이 위로 솟는 파도의 입술 아래를 끝없는 비명과 함께 나아가면서 갑자기 해결되었다. 나는 바텀턴에서 바로 전환하면서 레일을 바꾸기 시작했고, 나의 바깥쪽 레일, 즉 발가락이 놓인 쪽의 레일은 파도의 얼굴을 쭉 따라 올라가는 동안 물 위에 바짝 붙여놓다가, 순간 신호가 오는 대로 아래로 내려갈 수 있도록 준비했다. 그래야 바다로 불어오는 바람이 보드 아래로 들어가 내가 원하는 것 이상으로 높이 날아가버리는 일이 없었다. 내 보드는 서프보드가 이럴 수 있나 싶을 정도로 빨리 나갔다. 여기서는 충격을 받을지 모르니 각오해야 한다고 본능이 소리쳐 알려주는 중요한 위치에서도, 나는 어느 정도는 마음을 느긋이 먹는 법을 익혔다. 다시 한번, 이런 파도에서는 마지막 1초가 아주, 아주 긴 순간처럼 계속될 수 있었다.

브라이언은 몸 앞쪽으로 서 있었다. 그는 파도에서 내려갈 때, 모든 것이 자기에게 닥쳐오는 광경을 보았다. 그는 몸을 비틀어 어깨 너머를 보려 하지 않았다. 그렇게 하면 왼손으로 파도의 얼굴 위를 쭉 쓸고 갈 수 있었다. 그는 서두르지 않으려 했다. 나라면 그래야 하지 않겠나 생각이 드는 순간에도. 속도를 높여 일어서야 하는 파도의 첫 부분에서도 가끔은 떨어져 나가기도 했다. 테이크오프 직후 물머리 근처에서 두어 번 힘들게 펌프pump하면,＊ 빠져나가 쭉 나갈 수 있는데도. 하지만 브라이언은 내 말을 고깝게 여기지 않았고, 그가 하는 공격은 무척이나 멋있어서 비난할 여지가 없었다. 파도가 최대 속도로 그의 주변에서 몰아치며 긴 호를 그리며 올랐다 떨어지는데도 진입에 무심했고, 그는 투우사처럼 침착했다. 브라이언은 아직도 마우이의 레인보우스에서 서핑하는 것과 다름없다고 나는 생각했다. 미친 듯한 대중과는 멀리 떨어져 자신만의 독특한 선을 그었다. 하지만 나는 높은 고도까지 오르는 호놀루아식으로 서핑했다. 파도가 그것을 바란다고 생각했기 때문이었다.

한참 길게 탄 후에 도로 패들해서 나가는 것은 담력 시험이었다. 기분이 한껏 고조되었으나 체력이 완전히 고갈된 상태에서, 파도들이 또 한 번 밀려오는데도 타지 않고 차분하게 구경만 하고 있을 수는 없었다. 나는 그간 자리 잡은 회로에 따라, 파도 구간의 끝에 있는 것이라고 해도 잡아 탈 수밖에 없었다. 파도가 더 올 거라는 생각에, 10분만 지나면 산호초로부터 훨씬 먼 자리에서 테이크오프 지점을 찾을 수 있는 좋은 파도들을 또 한 번 보겠다는 생각에, 여전히 내 의식을 지배하는 결핍의 심리 속에서는 제동이 걸리지 않았다. 내가 머뭇거리고 끙끙대고 숨을 몰아쉴 때마다 브라이언은 봐주지 않고 웃어버렸다.

우리의 대화는 바뀌었다. 보통은 급하고, 시시콜콜 다 얘기해야 한다는 식이었다. 심지어 타바루아에서 파도를 기다리는 길

＊　위아래로 날카롭게 턴을 하는 동작. 보통 속도를 높인다.

고 나른한 날에도 그랬다. 하지만 저기 바깥 라인업에서는, 일
단 스웰이 부풀어 오르기 시작하면, 경외심이라는 감정이 거대
한 웅덩이가 되어 우리 주변에 모이는 것 같았고 우리는 조용해
졌다. 아니, 교회에 있는 듯 간단한 주문과 중얼거림만이 남을 뿐
이었다. 할 말이 너무 많았고, 감정이 너무 벅차서, 아무 말도 할
수 없었다. "이거 봐"라는 말 한마디도 허세처럼 느껴졌다. "맙소
사, 이번 걸 봐"라는 말을 서투르게 줄여서 한 말일 뿐이었다. 파
도가 언어를 망쳐버렸다는 게 아니다. 파도가 언어를 흩어놓았다
는 것이 더 맞는 말이다. 어느 구름 낀 오후, 남서풍이 다가오는
파도의 얼굴 위에 당초문⁺처럼 작게 인 잔물결을 써 내려갔을 때,
나는 고딕 문자로 쓰인 긴 독일어 단어들이 따뜻한 회색 벽 위로
서로 어울리지 않게 행진해오는 것을 보았다. Arbeiterpartei(노
동당), Oberkommando(최고사령관), Weltanschauung(세계관),
Götterdämmerung(신들의 황혼). 나는 해먹에 누워 존 톨란드John
Toland가 쓴 히틀러 전기를 읽었다. 브라이언은 나보다 먼저 읽
었다. 나는 그에게 내 눈앞의 광경을 말해주었다. "Blitzkrieg(전
격전)." 그는 중얼거렸다. "Molotov-Ribbentrop(몰로토프-리벤트로
프 조약)."⁺⁺

어느 날 저녁, 해가 떨어지고 한참이 지나 첫 별이 벌써 나왔을
때, 나는 파도 하나에 올라탔다. 그 파도는 우뚝 일어서서 산호초
를 감아 돌아 탁 트인 바다를 향했다. 어떻게 이럴 수 있나 싶었
다. 벽의 바닥에는 진한, 유리병 같은 녹색의 빛이 어렸고, 머리

⁺   덩굴무늬.
⁺⁺   독일과 소련 사이에 맺은 상호불가침 조약.

위에는 흰 빛이 파닥거렸다. 그 외의 모든 것은—바람에 물결 지는 파도의 얼굴, 앞의 채널, 하늘—청흑색 그늘 속에 잠겼다. 파도가 휘어지자, 그리고 더 휘어지자, 나도 모르게 비티레부 북쪽으로, 해가 뜨는 산맥 쪽으로 서핑하고 있었다. **이럴 리가 없어.** 내 마음이 말했다. **계속 가.** 파도는 신앙의 시험 혹은 맑은 정신의 시험처럼 느껴졌다. 혹은 내가 받을 자격이 없는 거대한 선물 같았다. 물리학 법칙이 느슨해진 것만 같았다. 속이 빈 파도가 심해로 포효하며 흘러 들어갔다. 이럴 리 없어. 해저에서 올라오는 빛을 받아 하얀 차양이 드리워진 파도는 마치 폭주하는 기관차, 마술적 사실주의의 폭발 같았다. 나는 그것과 함께 달렸다. 마침내 파도는 뒤로 휘어지며 산호초를 찾아 점점 끝이 줄어들며 채널 안으로 들어왔다. 나는 브라이언에게 이 이야기는 하지 않았다. 그는 믿지 않을 것이었다. 그 파도는 다른 세상의 것 같았다.

서퍼들은 완벽에 대한 페티시가 있다. 완벽한 파도 등등. 그런 것은 없다. 파도는 장미나 다이아몬드처럼 자연 속에서 정적인 사물이 아니다. 파도는 폭풍의 작용과 대양의 반작용으로 형성된 긴 연쇄의 끝에서 일어나는 빠르고 격렬한 사건이다. 가장 대칭적으로 부서지는 파도라고 해도 변덕이 있고, 아주 특정하고 국지적인 성격이 있어서 조수와 바람, 스웰 속에서 일어나는 모든 변화에 따라 달라진다. 파도가 가장 잘 부서지는 곳의 가장 좋은 날은 플라톤적인 면이 있었다. 그런 날은 서퍼들이 바라는 파도의 모범을 구현하기 시작한다. 하지만 그것이 끝이다. 바로 그 시작이. 브라이언은 완벽에는 아무런 흥미가 없었다. 내게는 그렇게 보였다. 그리고 그의 무관심은 내가 아는 서퍼들 중에서도 희귀할 정도의 현실성과 완숙함, 파도란 무엇인지에 대한 철학적 감상을 표상했다. 나 자신도 완벽함이라는 터무니없는 괴물에는 별 흥미가 없었다. 하지만 브라이언보다는 많았다.

또 다른 그날의 마지막 파도. 이번 파도는 우리가 타바루아에서 만난 것 중에서도 가장 긴 단일 구간의 끝에서 만들어진 것이었다. 연안 파도는 컸다. 아마도 8월 24일이었을 것이다. 내 일기에 따르면 키 높이의 두 배까지 파도가 솟았다. 우리는 오로지 만조에서만 서핑을 한다는 합의된 원칙을 폐기했다. 그 파도는 간조에서도, 지금 우리가 보듯이 파도가 꽤 크다는 점을 감안하면 수위가 낮은데도 탈 만했다. 나는 거의 종일 거기 나가 있던 참이었다. 파고가 대략 중간 정도라 가장 강한 터키색 파도들이 그럭저럭 충분히 여백을 두고 산호초를 쓸고 갈 때부터 가장 높이 들어오는 밀물과 가장 높이 솟구치는 스웰을 지났다. 그런 때면 가장 큰 파도 세트들은 넓게 옆으로 흔들렸고, 저 멀리 깊은 물속에서 부서져버리는 바람에 이따금 산호초를 놓치고 5초에서 10초 동안 곧바로 구르며 부서지는 파도의 갈고리도 없이 크고 견고한 거품의 벽을 어깨로 밀고 나아갔다. 마침내 파도들은 산호초에 다시 닿았고, 벽들이 일어서며 다시 울부짖었다. 나는 밀려오는 파도 세트 두 개 정도에는 겁을 먹기도 했다. 특히 심하게 얻어맞아서가 아니라, 혹은 물속에 특별히 오래 끌려 들어가서가 아니라, 단순히 그 파도들이 차곡차곡 사다리꼴로 쌓여 심각한 크기까지 커졌을 뿐 아니라, 파도 뒤의 다른 영역에서 무언가를 발견할지 모른다는 불쾌한 환상이 짧게 스쳐 갔기 때문이었다. 하지만 나는 그 파도를 넘고 싶어서 이미 근질근질해져 있었다. 어쩌면 우리는 이 장소에서 무슨 일이 일어날지 전혀 몰랐다. 이 모든 기쁨과 행운의 대가를 곧 치러야 하는 게 아닐까? 그때 타바루아에서 처음으로 파도가 두려워졌다. 내 공포는 불필요했다. 너무 무거운 건 오지 않았다. 대신, 그날 확연히 눈에 띄는 단계를 네댓 번 거치면서 나는 수많은 파도를 잡아 탈 수 있어서, 행운에 흠뻑 젖은 기분, 그 어느 때보다도 파도의 리듬과 깊게 연결된 느낌이었다.

  그리고 그 마지막 파도가 왔다. 물이 빠지고 있었다. 브라이언은 벌써 안으로 들어갔다. 스웰도 줄어들었다. 바람은 시간을 따라 가벼운 북서풍—육지 쪽으로 부는 바람—이 되는 바람에, 상태가 엉망이 되고, 바다 표면은 열대라기보다 벤투라와 더 비슷하게 단단해 보이는 군청색으로 바뀌었다. 아주 견고해 보이는 파도 세트가 저 멀리 산호초 위에 비치는 빛과 천둥소리를 배경으로 나타났다. 나는 인내심이라는 수단을 익혔으므로, 두 개 정도는 패들로 지나쳐버리고, 세 번째 파도를 탔다. 울퉁불퉁하긴 했으나 모양이 아름답게 잡힌 파도였고, 바닷바람이 금방 흐트러뜨릴 수 있었기에 나는 서둘렀다. 결국은 그렇게 되고 말았다. 그 파도는 대부분의 파도보다 더 세차게 빙 돌며 흔들렸고, 앞의 긴 벽은 동시에 산호초에 부딪히며 평소보다 더 빠르게 벗겨지는 것 같았다. 이 파도를 고르지 말걸 하고 생각했으나, 빠져나가거나 심지어 물속으로 뛰어들기에도 너무 늦었다는 걸 이내 깨달았다. 이전에 파도를 탄 이후로 조수가 2피트는 낮아져서 산호초 머리가 갑자기 여기저기서 돋아났기 때문이었다. 설상가상, 파도는 산호초를 따라 흐르면서 더 높아지는 것 같았다. 이제는 머리 위로 몇 피트 높게 올랐고, 파도의 얼굴은 깨끗하지 않았다. 이상한 작은 구간들이 생기면서 샹들리에가 떨어지고, 날아왔다.✦ 하

✦ 샹들리에는 파도가 빈 터널을 만드는 배럴에서 떨어지는 물을 의미한다.

지만 속도가 극도로 빨랐고, 나는 파도의 얼굴에서 낮게 타고 있었기에, 이제 파도는 산호초 바닥을 훑으며 물을 다 빨아들였다. 다시 한번 계속 가는 수밖에는 다른 출구도, 다른 선택도 없었다. 페달이 바닥에 부딪혀 부서질 만큼. 주요 구간이 속사포처럼 밀려들자 나는 눈이 먼 채로 서핑했고, 본능적으로 반응할 수밖에 없는 일들이 너무나 빠르게 일어난 뒤에는 채널로 경쾌하게 미끄러져 들어갔다. 몸을 바들바들 떨면서 보드 위에 누웠다. 그런 다음 간신히 힘을 짜내 해류를 거스르며 패들해 나왔다. 해변으로 올라왔지만 우리 야영지까지 채 반도 가지 못했다. 땅거미가 어둑어둑하게 내릴 때, 진이 완전히 빠져버린 나는 모래 위에 무릎을 꿇고 있다가 어느새 내가 흐느끼고 있다는 것을 깨닫고 놀라고 말았다.

늘 우리끼리만 서핑한 것은 아니었다. 존 리터와 그의 친구들이 돌아와서 채널 바깥에 닻을 내렸다. 하지만 그때는 스웰이 없었기에 그들은 다시 서핑하지 않고 떠나버렸다. 앨리어스호와 카펠라호도 왔고, 그들은 파도를 만났다. 브라이언과 나는 사실 앨리어스호 위에서 조종사나 다름없는 역할을 했다. 우리는 마침내 라우토카에서 수바까지 가는 버스를 탔고, 몇 달 만에 처음으로 우체국에 가서 집에서 온 편지를 받았다. 우리가 사랑하는 이들은 평행 우주 속에서 잘 지내는 것 같았다. 그런 후에, 믹이 좋은 파도를 만날 수 있는 장소에 대해 대체로 정확한 좌표를 갖고 있다는 것을 알고서는 다시 시멘트 케치선을 타고 서쪽으로 갔다. 앨리어스호는 타바루아에 닻을 내렸고, 우리는 섬의 야영 생활로 돌아갔다. 이튿날 스웰이 들이닥치자 구피풋이었던 믹과 그레이엄 둘 다 깜짝 놀라 정신을 못 차렸다. 그들의 서핑은 우스웠다. 특히 그레이엄은 귀여운 서퍼였다. 스웰이 잦아들자, 그들은 나디로 갔다. 카펠라호도 떠났다. 요트들이 떠나자마자 더 많은 파도들이 가벼운 남서풍을 타고 도착했고, 길게 끄는 파도가 보드 밑으로 파고 들어와 속삭였다. 가.

우리는 갔다.

그해 타바루아를 떠날 때쯤, 우리는 그 파도에 대해 아는 서퍼가 아홉 명쯤 된다고 짐작했다. 그 숫자에는 두 명의 오스트레일리아 선원들이 포함되어 있었고, 추정하건대 리터와 게리는 거기서 처음으로 서핑한 사람들이었다. 좁은 서핑계에서 파도는 주요한 발견이었다. 그 세계의 희소성의 논리 안에서는, 비밀로 해두는 것이 본질적이었다. 우리는 모두 침묵 서약을 했다. 브라이언과 나는 "다 키네da kine"라고 하는 습관이 붙었다. 하와이 피진으로 "그 이름이 뭐가 되었든"이라는 뜻이었다. 우리끼리 있을 때도 타바루아라는 말 대신에 그 표현을 썼다. 우리는 결국 앨리어스호에서 믹 그리고 그레이엄과 늘 같이 항해했고, 타바루아섬을 매직아일랜드Magic Island라고 불렀다. 딱히 기발하지 않은 이름이라고 나는 생각했다(하지만 그 후에도 더 나쁜 일들이 닥쳤다).

섬에서 자라는 넝쿨에서 작고 환한 적흑색의 씨앗을 한 줌 땄다. 우리가 떠난 뒤 어느 날 밤, 앨리어스호가 나디 근처의 리조트에 정박해 있는 동안 우리는 코가 삐뚤어지도록 술을 마시고 취했다. 아침에 깨어보니 오른쪽 귀에 새로운 구멍이 뚫려 있었고, 구멍에는 반짝이는 씨앗 중 하나가 낚싯바늘에 꿰인 채로 걸려 있었다. 며칠 만에 귀에 심각한 염증이 생겼다. 나는 나머지 씨앗을 샤론에게 주며 실에 꿰어 목걸이로 만들어보라고 했다.

그녀는 그대로 했지만, 나중에 말하기를 그 목걸이를 건 적은 없
다고 했다. 씨앗이 피부에 쓸려 생채기를 냈기 때문이다.

6

행운의 나라

❖

오스트레일리아 1978~1979

브라이언 디 살바토레와 뜨내기 노동자인 조.
오스트레일리아 쿠버페디의 앨리스스프링스 사이, 1979년.

✦

    누가 우리에게 내 이전 은사가 쓴 기사가 실린 잡지《아웃사이드Outside》한 권을 보내주었다. 몬태나Montana에서 스키를 타고 술을 마시며 떠들썩하게 놀았던, 잃어버린 일주일에 관한 기사였다. 나도 그 주말을 기억하기는 하나 다른 식으로 기억한다. 누가 되었든 우리 대학원의 흥청망청함에 관심을 보이는 이는 놀랄 것이다. 어쩌면 미국의 오락에 대한 나의 이해는 그곳과 멀리 떨어져 있었던 탓에 약해졌는지도 몰랐다. 그 기사에서는 내가 지금 "오스트레일리아에서 시험받지 않는 삶"을 살고 있다고 언급했다. 오스트레일리아라는 부분 말고는 금시초문이었다.

    브라이언과 나는 뉴사우스웨일스New South Wales 경계 근처, 퀸즐랜드Queensland의 키라Kirra라고 하는 해변 마을에 상륙했다. 우리는 브리스베인Brisbane 근처에서 1964년형 팔콘 스테이션 웨건을 300달러에 사서 그 차의 자랑스러운 주인이 되었고, 차에서 잠을 자면서 시드니Sydney에서 누사Noosa에 이르기까지 동해안을 따라 서핑했다. 그 모든 안락함과 편의 시설이 있는 서구 사회로 돌아와 알려진 장소들에서 서핑할 수 있다니 아찔했다. 심지어 표지판도 있지 않은가. 서핑 해안. 차로 다닐 수 있다는 것이 너무 좋았다. 먹을거리와 기름도 샀다. 그래도 우리는 거의 빈털터리였다. 그래서 우리는 마지막 남은 돈을 긁어 모아 보니뷰플랫Bonnie View Flats이라는 어울리지 않는 이름의✦ 무너지기 직전인 단지 뒤

✦   보니뷰Bonnie View는 전망이 좋다는 뜻이다.

편에 있는 곰팡이 핀 방갈로를 빌렸다. 우리 이웃 대부분은 직업이 없는 서스데이아일랜드Thursday Island 사람**이었고—파푸아뉴기니 근처, 토레스 해협 제도 출신의 멜라네시아 사람들—몇 집에서는 전망이 좋기도 할 것이었다. 우리 집은 그렇지 않았다. 하지만 해변이 바로 길 건너였고, 우리도 키라를 되는 대로 고른 건 아니었다. 그곳에는 전설적인 파도가 쳤다. 그리고 남반구의 여름이 이미 시작되었으며, 그와 함께 북동 사이클론이 일으킨 스웰이 오리라는 기대가 있었다.

브라이언은 남쪽 이웃 마을인 쿨랑가타Coolangatta에 있는 멕시코 식당에서 요리사로 일하게 되었다. 그는 식당 주인들에게 자신이 반은 멕시코인이라고 했지만, 그들이 이름을 묻자 더듬거렸다. 그는 로드리게스라고 해야 할 때 맥나이트라고 해버렸다. 어떤 이름으로도 적법한 노동 비자는 없었다. 그렇지만 주인들은 어쨌든 고용했다. 나는 등골이 휘는 일을 두어 개 찾았다. 그중 하나는 도랑 파기로, 일용직으로는 최악의 막노동이라는 명성에 딱 들어맞는 일이었다. 그런 후에는 트윈타운스서비스클럽Twin Towns Services Club이라는 식당에서 설거지 일을 얻었다. 그곳은 뉴사우스웨일스 경계 바로 너머에 있는 커다란 카지노로, 우리 집에서 걸어서 15분 거리에 있었다. 나는 내 이름을 피츠패트릭이라고 말했다. 지배인이 고용 조건으로 턱수염을 밀고 오라고 해서 그렇게 했다. 그날 밤 브라이언이 집에 왔을 때, 그는 나를 한 번 쓱 보더니 비명을 질렀다. 진짜로 실망한 것 같았다. 브라이언은 내 얼굴 반쪽이 타서 일그러진 것 같다고 했다. 턱수염이 있던

** 토레스 해협 북퀸즐랜드 북동쪽에 있는 섬 이름.

자리는 창백하고, 다른 부분은 진갈색이었다.

자, 자. 나는 말했다. 다시 자랄 거야.

첫 월급은 서프보드를 사느라 날려버렸다. 키라는 서핑의 중심지인 골드코스트Gold Coast에 있었고, 거기선 사방 어딜 봐도 싸구려 보드가 널려 있었다. 나는 두 대를 샀다. 하나는 핫버터드Hot Buttered 상표의 스쿼시테일squashtail✦인데, 방향 전환이 아주 날카로웠고 필요할 때면 기이할 정도로 빨랐다. 서프보드계의 스포츠카라 할 만한 제품으로, 투박한 여행용 보드를 몇 달이나 탄 뒤라 아주 기분 좋은 변화였다. 브라이언도 훨씬 더 작은 새 보드를 샀다. 1년 내내 탈 수 있는 동네의 서핑 지점은 두란바Duranbah라고 했다. 트위드강Tweed River 어귀 바로 북쪽에 있는 탁 트인 비치브레이크로, 내가 일하는 카지노에서 무척 가까웠다. 두란바에는 항상 파도가 이는 것 같았다. 가끔 질척하기도 했으나 곤죽 속 여기저기에 보석이 흩어져 있었다. 내 스물여섯 번째 생일날, 나는 환하게 오른쪽으로 부서지는 근사한 배럴을 만났고, 마른 몸으로 걸어나왔다.

포인트브레이크들에는—키라, 그린마운트Greenmount, 스내퍼록스Snapper Rocks, 벌리 헤드Burleigh Heads, 세계 서핑 지도에 골드코스트를 남긴 그 지점들—크리스마스 이후에 불이 들어온다고 사람들은 말했다. 사실 그 지점에서 파도가 부서지는 건 복싱데이인 12월 26일이라고, 서핑하지 않는 이웃에게서 확인을 받았다. 그렇게 구체적이라니 허무맹랑하다며 우리는 웃어버렸지만, 그래도 파도를 고대했다.

✦ 보드의 뒤쪽 끝이 완만하게 각진 형태.

그러는 사이 나는 오스트레일리아에 홀딱 반해버렸다. 그때까지는 한 번도 흥미를 느껴본 적이 없는 나라였다. 멀리서 볼 때 그 나라는 늘 심심함이 말기인 듯했다. 하지만 자세히 들여다보면, 잘난 척하는 사람들과 권위에 대한 존경심이라고는 없이 건방지게 말하는 남자들의 나라였다. 가령 카지노에서 같이 설거지하는 이들은—사람들은 우리를 딕시 배셔dixie basher**라고 불렀다—이상하도록 자존심이 높은 무리였다. 커다란 식당 주방에서 우리는 가장 직급이 낮았다. 모두 여자뿐인 접시 닦이보다 아래였다. 우리는 (우리가 아이다호idaho라고 부른) 감자 껍질을 까고, 쓰레기를 정리하고, 가장 더러운 것들을 닦고, 늦은 밤에는 뜨거운 물을 뿌려가며 기름진 바닥을 청소했다. 그렇지만 월급은 꽤 두둑했고(수입의 반을 저축할 수 있었다), 그리고 직원 자격으로 건물 꼭대기의 카지노 개인 회원만 입장할 수 있는 바에 출입할 권리를 받았다. 우리는 일이 끝나면 피곤하고 푹 익어버렸지만 거기로 우르르 몰려가 골드코스트의 손 큰 도박사로 통하는 이들 사이에서 맥주잔을 돌렸다. 한두 번, 우리 동료들은 거기서 카지노 사장을 보기도 했다. 동료들은 그를 부자 개새끼라고 불렀고, 그는 부자라는 사실에 적절히 억울해하면서 다음 잔을 샀다.

나는 한 번도 노동의 품위가 그처럼 용맹하게 지켜지는 것을 본 적이 없었다. 철도 일을 할 때도 마찬가지였다. 오스트레일리아는 내가 이제껏 가본 곳 중에서도 가장 민주적인 국가라는 지위를 쉽게 차지했다. 사람들은 이곳을 행운의 나라Lucky Country라

** 딕시dixie는 오스트레일리아 군대 속어로 알루미늄 식기를 말하고, 배싱bashing은 두드린다는 뜻이다.

고 불렀다. 이 별칭은 사회비평가인 도널드 혼Donald Horne이 지어
낸 것이었다. 1964년에 출간된 동명의 책은 오스트레일리아 정치
·경제·문화의 용렬함을 비난하면서, "오스트레일리아는 행운의
나라이고, 그 행운을 나눠 받는 2급 국민들이 주로 지배한다"라고
주장했다. 그 문구는 시간이 지날수록 그 의미를 잃었고, 이제는
해맑은 국가적 모토로만 널리 받아들여졌다. 어쨌든 나로서는 좋
은 일이었다.

　　다른 곳에서는 보통 계급 표시가 되는 특질들이 놀랍도록 뒤죽
박죽이었다. 나와 함께 냄비를 닦는 빌리 매카시Billy McCarthy는 건
장하고 유려한 마흔 살 남자로, 결혼해서 애가 둘 있었다. 어느
날 맥주를 마시면서 물어보니, 시드니에서는 전문 색소폰 연주
자였고 낮에는 향수 공장에서 감독으로 일한다는 것을 알게 되었
다. 그는 부모를 따라 골드코스트로 왔고, 친구와 함께 잔디를 깎
고 창문을 닦는 사업에 뛰어들었다. 후에는 분재 화분을 키워 벼
룩시장에 팔거나 야자수를 화분에 심어 가게에 배달하는 사업도
했다. 여전히 묘목 업자로 일하지만, 그래도 일정한 식당 수입은
필요했다. 그는 골프도 쳤는데, 가끔 그 상대는 카지노의 나이트
클럽이나 다른 지역의 공연장에서 연주하는 음악가들이었다. 빌
리가 부엌 심부름꾼으로 일하면서 부끄러워하는지는 모르겠지만
나는 전혀 눈치채지 못했다. 그는 열심히 일했고, 명랑했으며, 정
치적으로 보수적이었다. 늘 휘파람으로 유행가를 불렀으며, 농담
을 툭툭 뱉었다. 그는 힘들이지 않고도 내가 환영받는다는 기분
을 느끼게 해주었다. 한번은 일하러 갔을 때, 그가 이렇게 말하는
것을 들은 적이 있다. "저기 저 친구 오네. 누구도 총을 쏠 수도,
쫓아낼 수도, 전기의자에 앉힐 수도 없는 친구 말이야."

반면, 주방장은 나를 "피치Fitzie"라고 불렀고, 나는 늘 제대로 대답을 못해 의심을 샀다. 주방장이 부엌의 대장이었다. 한번은 내가 요란하게 장식한 생선 요리가 나가는 걸 보고 허튼소리를 지껄이자, 그는 나를 노려보면서 말했다. "나한테 그런 날새우 들이댈 생각하지마, 친구Don't come the raw prawn with me, cobber."✦ 내가 도를 넘었는지는 알 수 없었다. 하지만 맥카시나 다른 냄비 닦는 동료들은 그 대화를 듣고 재미있어 죽으려 했다. 그들은 나를 "날새우"라고 부르기 시작했다.

동네 토박이 서퍼들은 우릴 그다지 반기는 기색이 아니었다. 서퍼만 해도 1,000명은 되었다. 능력치는 높았고, 파도를 차지하려는 경쟁은 심했다. 어디가 되었든, 파도 지점마다 무리가, 스타가, 터줏대감이 있기 마련이다. 하지만 골드코스트 해변 마을에는 이미 완전히 자리 잡은 클럽과 패거리와 일족들이 있었다. 쿨랑가타, 키라, 벌리Burleigh. 또 관광객들과 당일치기 여행객들도 떼로 몰려들었고, 브라이언과 나는 달리 자리를 잡을 때까지는 서핑 인생의 하위 계층에 속하게 될 것 같았다. 우리가 정기적으로 함께 서핑하는 이들은 동료 외국인들이었다. 우리가 포메라니언 피터Peter the Pom라고 부르는 영국 남자 아디Adi는 발리 출신이었다. 피터는 카지노의 요리사이자 견실한 서퍼로, 그 지역 여성과 결혼했다. 그들은 스내퍼록스Snapper Rocks의 파도가 내려다보이는 레인보우만Rainbow Bay의 아파트에 살았다. 아디도 동네 여자와 결혼했다. 재능 있는 서퍼인 그는 웨이터로 일해서 월급을 집에

✦   오스트레일리아 속어로 '날새우를 들이대다come the raw prawn with'는 거짓말이나 헛소리를 하지 말라는 뜻이다.

부쳤다. 어느 날 밤 나는 아디와 그 사촌인 축Chook을 데리고 〈카 워시Car Wash〉를 보러 자동차 극장에 갔다. 축은 머리를 허리까지 길게 늘어뜨렸고, 내가 이제까지 만난 성인 남자 중에서 가장 말랐다. '축'이란 치킨을 가리키는 오스트레일리아 속어였다. 그와 아디는 스파클링 와인을 마시고서 취했고, 영화를 보면서는 제목을 〈워시카〉라고 부르며 배가 아플 때까지 웃어댔다. 그들은 자기들이 니그로Negro라고 부르는 아프리카계 미국인들이 지구상에서 가장 웃긴 사람들이라고 생각했다.

카지노는 직원들에게 근사한 크리스마스 파티를 열어주었고, 나는 졸업 무도회에 가기보다는 차라리 감옥에 가는 편을 택할 히피 서퍼가 되느라 놓치고 말았던 고등학교 시절의 고통스러운 부분을 되살릴 기회를 얻었다. 주방에서 일하는 젊은 여자들— 웨이트리스, 접시 닦이, 제빵사—은 모두 파티로 들떴다. 그들이 자기 드레스와 데이트 상대, 머리, 악단, 파티 후 계획을 점검하며 어지러울 정도로 떠드는 소리가 들렸다. 어느샌가 나도 무척이나 가고 싶은 마음이 들었다. 예쁜 웨이트리스의 팔짱을 끼고 있노라면 더욱. 하지만 나에게는 격식 차리는 데 필요한 턱시도는 고사하고 긴팔 셔츠조차 없었다. 더 중요한 사실은 그 여자들에게 나는 존재하지 않는 것이나 다름없었다는 점이다. 그들의 연인은 모두 고등학교 동창인 지역 청년들이었다. 나는 나의 작고 초라한 방갈로의 방에서 소설 작업을 하며 파티의 밤을 보냈다. 외국인이라는 사실, 언제나 바깥에 있어야 한다는 게 얼마나 싫었던지. 내 수치심과 자기혐오감은 너무나 강렬해서 좀처럼 가라앉지 않았다.

샤론과 나는 편지를 주고받았다. 많이. 그녀의 편지는 보통 위

로가 되었지만, 나는 그녀에게 모든 것을 말할 수는 없었다. 그녀
도 확실히 나만큼이나 신중하게 굴었다. 내 외로움의 진정한 매
개변수는 나 혼자 처리해야 할 문제였다.

브라이언과 나는 시드니에서 발행하는 서핑 잡지인《트랙스
Tracks》에 기사를 내고 싶었다.《트랙스》는 번드르르하고 깨끗하
게 똑 떨어지는 미국의 서핑 잡지들과는 달랐다. 그건 신문의 형
태를 띤 타블로이드였다. 편집 방향으로 볼 때, 무례하고 위트가
넘쳤으며, 공격적이었다. 실제로 미국 전성기 시절의《롤링스톤》
같았다. 오스트레일리아 청년 잡지의 주류인 모양인지 거대한 잡
지 뭉텅이가 2주마다 신문 가판대에 나타났다. 우리의 생각은 오
스트레일리아에 서핑을 도입하는 것을 놀려먹는 것이었다.《트랙
스》와 그 독자들은 벌써 미국인들을 미워했다. 예의를 챙길 때는
우리를 세포seppo, 셉틱탱크septic tank(오수 정화조)의 준말로 불렀다.
양크Yank와 운이 맞는 속어적 표현이었다. 더 흔하게는 우리는 그
냥 머저리dickhead로 불렀다. 우리는 우리가 그들의 신경을 거슬릴
수 있다는 걸 알았다. 잡지 기자들이 한번 해보라고 우리를 불렀다.
목표는 지나치게 쉬울 정도였다. 서핑은 오스트레일리아에서
는 완전히 주류였다. 모든 클럽과 대회, 학교 팀, 주차장과 온수
샤워가 잘 갖춰져 있어 뚜렷이 보이는 서핑 해안. 그리고 서핑의
대중적 매력은 확실히《트랙스》 같은 틈새시장을 노리는 잡지가
전국에서 팔리는 종합 청년 잡지들보다도 두 배씩 팔리는 유일한
이유였다. 하지만 문화적으로는 비명이 절로 나올 만큼 한심했
다. 브라이언과 나는 대부분의 해안 마을과 해안경비대가 서퍼들
을 혐오하고 괴롭히는 서던캘리포니아 지역에서 자라났다. 내가

다닌 고등학교는 우리를 지지하기도 전에 퇴학시켰을 것이었다.
서퍼들은 나쁜 소년이었고, 범법자였고, 폭도였다. 말하자면, 우
리는 멋졌다. 서핑은 길들여진, 권위자들의 허가를 받는 '스포츠'
가 아니었다. 브라이언과 나는 우리가 《트랙스》에 그런 점을 잘
이용해서 선전할 수 있을 거라고 생각했다.

　힘든 부분은 글이었다. 우리 둘 다 공동 저술을 해본 적이 없었
고, 우리가 감수성을 공유하고 있을 거라는 추정은 사정없이 엇나
가버렸다. 우리는 기사를 쓰자는 생각에는 동의했지만, 브라이언
은 내 초고를 참을 수 없어했고, 나는 그의 글을 멸시했다. 어째서
나는 그렇게 평범하고 뻔한 글을 쓰고 있단 말인가? 어째서 그는
그렇게 현란하고 도를 넘는 글을 쓰고 있단 말인가? 브라이언은
언제나 어른이 될까? 나는 평범함을 열망하는 건가? 나는 나 자
신의 이름을 그가 만들어내는 자화자찬식 소년 작품에 올리고 싶
지 않았다. … 등등. 나는 열에 받쳐서, 우리가 말다툼하던 원고를
구겨서 그에게 던졌다. 그는 나한테 주먹을 날릴 뻔했다고 나중에
밝히긴 했지만, 그때는 그냥 쿵쿵대며 나갔을 뿐이었다.

　그 시점에 우리는 서로 알고 지낸 지 8년 정도 되었지만, 《트랙
스》에 실을 이 토막 기사에서는 서로 마음이 맞는 줄이 실질적으
로 하나도 없었다. 이 단순한 사실로 인해 나는 우리의 문학적 차
이가 언제 이렇게 선명히 드러났는지 의아했다. 라하이나에서 우
리가 처음 만났을 때, 우리를 서로 끌어당겼던 것은 우리가 같은
책을 좋아한다는 사실이었다. 사실상, 내가 브라이언에게 한 첫
번째 말은 "그 책으로 뭘 할 거야?"였다. 그는 한 손에 《율리시스》
를 들고 우체국 주차장을 걸어가던 중이었고, 랜덤하우스 문고판
표지에 찍힌 커다란 "U"자의 익숙한 끄트머리가 내 눈길을 끌었

다. 우리는 햇볕 속에 서서 조이스 얘기를, 그다음에는 비트 시인들 얘기를 한두 시간 정도 했다. 그동안 도미닉은 그늘 속에서 짜증스럽게 기다려주었다. 그러니 우리가 다시 만나는 것은 필연적인 듯했다. 물론, 우리의 취향이 완전히 같은 적은 한 번도 없었다. 나는 좀 더 헌신적인 조이스 팬이었다. 나는 후에 1년 동안 노먼 O. 브라운과 함께 《피네건의 경야Finnegans Wake》도 공부했다. 브라이언이라면 자위적 계몽주의 연습이라며 절대 듣지 않을 과목이었다. 또, 그는 서부 소설을 포함해서 장르 소설을 좋아하는 취향도 있었으나, 나한테는 없었다. 나는 핀천을 좋아했다. 브라이언은 핀천의 산문은 끔찍하다고 생각했다. 이런 것들 등등이었다. 하지만 우리는 늘 서로 새로운 작가들을 소개해주었으며, 종종 그들의 작품에서 똑같은 장점을 찾아내기도 했다. 브라이언은 일반 독서 대중보다 몇 년 앞서 나가는 경향이 있었다. 그는 코맥 매카시Cormac McCarthy의 작품을 대부분의 평론가들이 그 이름을 들어보기 몇 년 전부터 상찬했다. 나는 그의 안내를 따라가는 게 즐거웠다. 오스트레일리아에서 우리는 패트릭 화이트Patrick White와 토머스 키넬리Thomas Kenneally를 열심히 팠고, 콜린 매컬로 Colleen McCullough에게는 콧방귀를 뀌었다. 그러니 어째서 브라이언이 서평하는 오스트레일리아 사람에 대해 쓴 모든 문장이 거슬렸을까? 혹은 어째서 그 반대였을까?

우리는 분명, 다른 방향으로 향하고 있었다. 나는 10대의 서정적 초현실주의자, 딜런 토머스Dylan Thomas 같은 언어-술주정뱅이로 시작해서, 천천히 깨어나려 하고 있었다. 나는 이제 투명성과 정확성에 더 관심이 있었고, 과시적인 독창성에는 애정이 식었다. 브라이언은 여전히 단어의 음악성에 매료되어 있었다. 한때 그는 정교한 어구는 발을 구를 정도로 놀라운 기쁨이라고 표현한 적이 있었다. 그는 순수하게 포착한 방언, 정신 나간 속어적 유머, 선명한 육체성, 그리고 한 방 먹이는 은유를 사랑했고, 게으른 상투적 표현에 지나지 않는 것은 싫어했다.

나는 그 기사를 포기하는 쪽에 투표했다. 적어도 필자로 브라이언의 이름만 싣자고 했다. 하지만 브라이언은 우리 둘의 이름을 모두 넣어야 한다고 고집했다. 그래서 우리는 그의 기사를 내가 이름을 싣기로 동의할 수 있는 지점까지 도로 감아 올라갔다. 우리는 실명을 썼는데, 그 점은 운이 좋았다. 이 기사가 예기치 못하게 반향을 불러일으켰기 때문이었다. 우리가 직장에서 쓰는 가짜 이름밖에 몰랐던 포메라니언 피터는 실제로 나한테 그 기사를 읽어보았냐고 물어보기까지 했다. 어떤 동네 남자들은 이 미국 새끼들의 생생한 모욕에 심각하게 기분이 상했다고 말했다. 브라이언과 나는 누가 추궁한다고 해도 우리가 쓴 글이 아니라고 부인하기로 조용히 결정했다. 우리는 정말로 독자들의 부아를 돋우길 바랐다. 그렇다고 해서 골드코스트에서 쫓겨나고 싶지는 않았다. 《트랙스》는 훌륭하게 모욕적인 항의 편지를 싣는 전통이 있었고, 우리는 우리 몫을 받았다. 나는 "너희 개자식들이 불에 타 죽는다고 해도 침도 안 뱉어줄 거다"라는 편지가 마음에 들었다. 브라이언은 "너희 귓구멍을 똥구멍에 대고, 어깨에 똥을 싸라"라는 편지를 좋아했다.

나는 여자를 하나 만났다. 수^{Sue}. 그녀는 내가 "투밥$^{\text{two-bob}}$[+] 시

[+]   오스트레일리아의 옛 화폐 단위로 2센트라는 뜻이다.

계처럼 미쳤다"고 말했다. 딴에는 칭찬으로 한 말이었다. 나는 그
녀를 무척 좋아했다. 수다스럽고, 가슴이 컸으며, 눈이 반짝이는
여자인 그녀에게는 아이가 셋 있었다. 지역의 로커이자 헤로인
중독자인 그녀의 남편은 감옥에 있었다. 우리는 그가 석방될 날
을 두려워하며 살았다. 수와 그 아이들은 서퍼스파라다이스Surfers
Paradise라고 하는(주류 중의 주류인 건 말할 것도 없고) 고지대 해변 마
을에 살았다. 그녀는 인생을 즐기면서 사는 사람이었다. 전위 음
악, 미술, 코미디, 오스트레일리아 역사, 그리고 애버리진 원주
민에 관한 모든 것을 좋아했다. 그녀는 골드코스트 소문을 많이
도 알고 있었다. 어떤 머저리 서핑 스타가 자기 동료들을 경찰에
넘겼는지, 어떤 머저리 서핑 스타가 자기 후원자의 아내와 놀아
났는지, 또한 해변 뒤 유칼립투스 숲이 있는 아름다운 고지대도
알고 있었다. 소 떼가 풀을 뜯고, 캥거루들이 뛰어다니며 꾀죄죄
한 귀농인들이 애보리진 몽환시를 대마로 재현하며 사는 곳이었
다.** 파도가 평탄한 날이면 우리는 거기 올라가 몇 날 며칠을 보
냈다. 여덟 살에서 열네 살에 이르는 수의 아이들은 내게 무척 재
미있는 콜라주를 만들어주었다. 귀여운 코알라들이 골드코스트
를 한가로이 거니는 모습을 미심쩍은 눈으로 관찰하는 광경이었
다. 그러다 나는 한밤에 전화 한 통을 받았다. 그녀의 남편이 석방
되었다는 소식이었다. 경고를 받은 수는 아이들을 덜커덩거리는
고물 차에 싣고 벌써 서퍼스파라다이스에서 수백 킬로미터 떨어
진 곳으로 가버렸다. "신부의 잠옷처럼 후다닥 튀었어Off like a bride's

** 애보리진 몽환시란 오스트레일리아 애보리진 원주민들의 신화에 나오는 고대의
신성한 시대로, 오스트레일리아 신화의 자연 정령들이 태어난 시대를 말한다.

nighte."[+] 그녀는 말했다. "더운 날 새우 양동이처럼 후다닥." 심각한 상황치고는 목소리가 명랑했다. 멜버른에 사는 어머니 집으로 가는 길이라고 했다. 1,000마일 넘게 떨어진 곳이었다. 수는 나와 헤어지겠다고 했다. 나는 그녀의 남편을 조심해야만 했다.

수가 딱히 이런 경우에 딱 맞는 예라고 할 수는 없지만, 많은 오스트레일리아 여자들이 오스트레일리아 남자에게 물린 듯했다. "오커스Ockers." 유명 텔레비전 쇼에서 유래한 오스트레일리아 남자의 별명이었다. 맥주를 너무 많이 마시고, 동료들이나 풋볼을 우선시하고, 여자들을 함부로 대했다. 이런 일반화가 진실인지, 공정한지 나는 판단할 수 없었지만, 브라이언과 나도 키라 토박이 사람들에게 우리 또한 이곳의 거주민임을 명확히 할 만큼 오래 살게 되자 점점 대중이 느끼는 성적 환멸의 순진무구한 수혜자 같은 기분이 들기 시작했다. 전형적인 오커에 비해 우리는 섬세하고 현대적인 남자들이었다. 골드코스트에 사는 여자들은 우리에게 시간을 내주었다. 우리가 여자들에게 야비하게 굴 때조차도 지역 남자들에 비하면 꽤 향상된 듯 보였다. 나는 수가 그리웠고, 그녀의 남편을 계속 만나지 않아서 좋았지만, 가슴 아팠던 꿔다놓은 보릿자루 같은 시절이 지나간 것은 다행스러웠다.

나는 새 일자리를 얻었다. 쿨랑가타의 퀸즐랜드호텔의 바에서 하는 일로, 주중에는 평범한 술집이었지만 주말 밤에는 패치Patch라는 로큰롤 클럽이 되는 곳이었다(수와 나는 거기서 보 디들리Bo Diddley[++]를 보았다). 나는 피터라는 고참 바텐더의 면밀한 감시를 받

[+] '재빨리 자리를 뜨다'라는 뜻의 오스트레일리아 속어다.
[++] 앨러스 맥대니엘이라는 본명의 미국 리듬앤블루스 가수.

으며 맥주를 제대로 받는 법을 배웠다. 피터는 내가 뭐라도 잘못 하면 고객이 바로 맥주를(잔은 아니지만) 내 얼굴에 던져버리고 새로 받아달라고 할 거라고 말했다. 처벌되는 실수의 목록은 길었다. 거품이 너무 많아도 안 되고, 너무 적어도 안 되며, 김이 너무 빠져도 안 되고, 미적지근해도 안 되며, 너무 양이 적어도 안 되고, 잔에서 비눗기가 느껴져서도 안 됐다. 이런 경고를 받자 의도한 효과가 발생했다. 나는 겁을 먹고 조심해서 맥주를 받았다. 주중에는 밤이 천천히 편안하게 지나갔다. 오래된 펍 뒤 바깥의 크고 어둡고 외양간 같은 건물에 있는 패치에서 보내는 금요일과 토요일 밤은 광기 그 자체였다. 비명을 질러대는 손님들이 바에 일렬로 늘어섰고, 귀가 터질 듯한 펑크록이 울려댔으며, 럼앤코크를 1만 잔은 팔았다. 여름 관광 시즌이 시작되었다. 일이 끝난 뒤 나는 고요에 감사하며, 키라로 향하는 해변 길을 걸었다. 커다란 파도가 친다고 하는 지점 꼭대기에 이르면 부두 바닥 너머의 출렁이는 암흑을 들여다보았다. 우리가 이제까지 탔던 골드코스트의 파도는 다정하고, 따뜻하고, 부드러웠으며, 약간 질척였다. 사람들은 키라에 파도가 부서지면, 추진력을 받은 로켓처럼 미친 듯이 내려치는 힘으로 부서지는 포인트브레이크가 된다고 했다. 잘 그려지지 않는 광경이었다.

첫 번째 사이클론 스웰은, 물론 바로 복싱데이에 닥쳐왔다. 키라는 깨어났다. 잘 그려지지 않던 광경은 다른 곳에 눈 돌릴 수 없는 광경이 되었다. 하지만 파도는 기이하고 서툰 짐승으로, 캘리포니아의 포인트브레이크와는 달랐다. 모래 섞인 물이 부두 끄트머리 주변에 많이 몰려들어서 해안을 따라 급류를 이루었다.

첫날 아침엔 구름이 끼어 흐렸고, 대양의 수면은 회색과 갈색, 눈
이 멀 듯한 은색이었다. 파도 세트는 이전보다 작아 보였고, 부두
가로대 위로 목적 없이 떠 있다가 갑자기 필요 이상으로 일어서
크고 짙어지더니, 딸꾹질처럼 흔들리다 마침내 연결될 수 있는
파도 구간들을 격렬하게 풀어놓기 시작했다. 몇몇 파도는 힘과
맞아떨어졌다. 파도가 부서질 때, 파도의 입술은 더 멀리까지 뻗
어나갔다. 이 파도가 모래 바닥 위에서 부서지고 있다니 믿을 수
가 없었다. 그런 건 이제껏 한 번도 본 적이 없었다. 인파는 새벽
에도 심했고, 급속도로 더 심해졌다. 오스트레일리아 사람들 표
현으로는, 우리도 거기 한몫했다.

　나는 그날 세 번 정도 파도를 잡았던 것 같다. 아무도 내게 관
심을 두지 않았다. 하향해안의 해류는 결국 그곳 전체를 패들링
경연장으로 만들었다. 아무도 말하지 않았다. 패들링 자체가 너
무나 힘들었고, 잠깐 쉬거나 주의를 기울이지 않으면 몇 미터씩
금방 떨어졌다. 나는 몸 상태가 좋았지만, 지역 내 상위 서퍼들
은 음란할 정도로 몸이 좋았고, 이것이 그들 삶의 목표였다. 물머
리 가까이, 테이크오프 가까이 가면 해류가 더 강해졌다. 파도 세
트가 다가오면, 정확하지만 뻔하지 않은 각도를 타고 상류로 힘
껏 헤엄쳐야 했고, 물이 가로대 위까지 넘어 들어올 때, 피트$^{pit+}$에
나 혼자 들어가려면 팔을 휘두르며 으르렁대는 무리들과 적당히
거리를 두어야만 했다. 그런 후에는 길게 커브를 돌며 마지막으
로 몇 번 세게 저은 후, 파도가 높이 솟기 전에 잡아챘다. 그리고
테이크오프에 막혔을 때는 세계에서 가장 빠른 파도를 타고 미친

✦　크고 강한 파도의 배럴, 가운데 텅 빈 부분을 말한다.

듯이 속도를 높여서 타야만 했다. 하지만 파도에 올라타면, 그럴 가치가 있다고 느껴졌다. 무엇을 주어도 그 가치가 있다고 느꼈다. 이것은 내가 진지해질 수 있는 파도라는 생각이 들었다.

여기에는 호놀루아만급의 탁 트인 커다란 대양이라든가 얼굴이 넓은 아름다움은 없었다. 훨씬 더 조밀하고, 더 밧줄처럼 꼬인 파도였다. 첫 100야드는 원형극장 같은 느낌이 있었다. 부두에 줄지어 선 관중, 해변 길을 따라 설치된 가드레일, 길 뒤로 솟은 가파른 푸른 절벽, 가끔은 키라 호텔 앞의 주차장, 절벽 아래 처박힌 커다랗고 평범한 술집. 그 너머에는 열린 해안으로, 스웰이 크고 각도가 잘 맞으면, 아무도 보지 않는 텅 비고 황홀한 경주로를 달리듯 200야드는 더 나아갈 수 있었다. 기계적인 파도가 아니었다. 결점도, 다양성도, 느린 부분도, 클로즈아웃도 있었다. 부두에 부딪혀 떨어지거나, 가로대 안에서 치는 격렬한 작은 파도들이 종종 바다 쪽으로 도로 밀려오며 파도 세트 안에 있는 세 번째나 네 번째 파도를 망쳐버렸다. 하지만 더 선명한 파도는 압축되는 성질이 있어서, 가끔은 말 그대로 넋을 놓게 했다. 가장 무거운 파도는 실질적으로 더 짧아진 것처럼 보였고, 힘을 한껏 모아서 중앙 가로대를 넘어 폭발하기 시작했다. 버터박스Butter Box 구간이라고 알려진 얕은 직선 파도였다. 모래바닥이고 탈 수 있을 듯한 파도였지만, 무척이나 위협적으로 보였다. 그 안으로 빨리 들어가야 하지만, 파도의 얼굴에서 낮은 자세를 유지하며, 두꺼운 입술이 수평으로 뻗으면 몸을 웅크리고 들어갈 준비를 하고 있어야 했다. 그런 다음에는 어쨌든 사악하게 가속이 붙어도 보드에 붙어 있어야 했다. 버터박스 구간은 구식의 서핑 욕설에 새

로운 의미를 주었다. "갖다 대Pull in !"✦ 성공할 수 있는 방법은 그뿐
이었다. 배럴을 통과하며, 갖다 댄다.

　나는 전면의 튜브에서는 탈 만큼 타보았다. 라하이나 하버마
우스Harbor Mouth의 믿을 만한 안쪽 구간에서부터 스톡턴애비뉴
Stockton Avenue라고 하는 샌타크루즈의 질척하고 변칙적인 파도까
지. 스톡턴에서는 파고가 3피트였을 때 보드를 반으로 부러뜨리
고도 운 좋게 얕은 암초에 걸려 다치지 않고 무사히 살아 나왔다.
하지만 스톡턴의 파도는 짧고 괴상했다, 즉 한 가지 재주만을 가
진 조랑말 같았다. 키라는 그곳만큼이나 속이 비었고, 포인트브
레이크였다. 린콘과 호놀루아만큼 길었고, 그 둘 어느 쪽보다도
속이 비었다. 그리고 바닥은 다시 말하지만 산호나 자갈이 아니
라 모래였다. 내 경험상 훌륭한 포인트브레이크에서는 볼 수 없
는 환경이었다. 모래는 딱히 부드럽지 않다는 것을 나는 알게 되
었다. 한번은 버터박스에서 세게 부딪혔다가 뇌진탕을 입은 적
이 있었다. 내가 지금 어느 나라에 있는지도 제대로 말할 수 없
다. 또 한번은, 역시 버터박스에서, 그렇게 큰 파도도 아니었는데
구간 중간쯤에서 줄이 너무 팽팽하게 감기는 바람에 숨을 제대로
쉴 수가 없었다. 또 다른 때에는 같은 구간에서, 줄이 레일에 걸
려 찢어졌고 내가 제일 아끼는 보드의 꼬리 반이 떨어져 나갔다.
그리하여, 모래는 확실히 축복이기도 했지만, 파도의 폭력성은
그대로 남아 있었다. 언제나처럼 그 강렬한 매력과는 분리할 수
없는 것이었다. 그 강철 끈.

　키라의 서열은 짜증 날 정도로 길었고, 맨 위에 있는 자들은 전

✦　배럴에 진입하기 위해서 서프보드를 올리는 동작을 말한다.

◆

키라 토박이인 폴 스테이시가 키라의 버터박스 안으로 돌진하고 있다.

국, 세계 챔피언이었다. 우리가 처음 거기서 서핑을 시작했을 무렵에는 마이클 피터슨Michael Peterson이라는, 두 번이나 오스트레일리아 챔피언을 차지한 사람이 라인업을 지배했다. 그는 어둡고, 뚱하고, 건장한 인물로, 짙은 콧수염을 길렀으며, 눈빛은 미친 사람 같았다. 그는 원하는 파도는 언제든 탈 수 있었고, 다리를 힘 있게 넓게 벌리고 야만스럽게 내려치며 악마처럼 탔다. 어느 날 아침, 그가 나를 쏘아보는 눈길이 느껴졌다. 우리는 테이크오프 지점에 가까이 있었고, 나는 평소처럼 옆의 무리를 뚫고 다음에 닥쳐오는 파도를 타려고 열심히 패들하고 있었지만, 피터슨은 패들을 멈췄다. "바비!" 그는 외쳤다. 나는 아니라고 고개를 흔들며 계속 갔다. 그는 마치 유령을 본 듯한 모습이었다. "바비 아니야? 감옥에 있을 때 내 동료랑 똑같이 생겼는데. 석방된지 알았지. 바비!" 그 사건 후에, 나는 종종 피터슨이 물속에서 나를 쳐다

보는 눈길을 느꼈다. 나는 그가 좀 무서웠지만 우리는 아는 사이처럼 고개를 끄덕여 인사했고, 다른 애들이 나와 전설적인 피터슨이 사소한 인사를 주고받는다는 것을 눈치채자 내 주위의 서열은 느슨해졌다. 나는 그 틈을 기쁘게 받아들였다. 다른 사람들처럼 나도 더 많은 파도를 원했다.

브라이언과 나는 키라에서 될 수 있는 한 가까이 사는 이점을 누렸다. 방이 남아 있지 않은 키라 호텔을 제외하면 가장 가까운 곳이었다. 나는 일이 끝난 후 집에 걸어가면서 매일 밤 부두를 확인했고, 스웰이 이는 것 같은 흔적이 보이면, 동이 트기 전에 거기 도착했다. 나중에야 알게 된 일이지만, 위대한 서핑 시즌이라고 사람들은 말했다. 기억 속에 남는 최고의 시즌. 1월과 2월에는 적어도 매주 한 번은 단단한 스웰이 밀려왔다. 한번은 사이클론 케리가 솔로몬 제도를 강타하고, 그다음에 몇 주 동안이나 산호해Coral Sea를 떠다니며 강력한 북동 스웰을 일으키는 것처럼 보였다. 이른 아침에 외출을 하면 가끔 한두 시간 정도 상대적으로 적은 사람들과 함께 신선한 파도를 타는 수확을 거둘 수 있었다. 동트기 전에 자주 오는 무리가 있었는데, 그들 모두가 특별히 잘 나가는 서퍼들은 아니었다. 서툴고 사근사근하며 턱수염을 기른 친구들로, 큰 파도를 타고 거의 회전을 못 하며 풀쩍 뛰어 일어서서 줄을 설 때는 항상 이렇게 외치곤 했다. "여자 의사를 만났어." 나는 그 노래의 다음 가사를 우연히 알게 되었다. "그녀는 그 아픔을 공짜로 치료해주었지." 정말이었다.✦

✦   그레이엄파커앤드더루머스의 노래다.

사람 많고 오른쪽 파도가 유명한 키라는 브라이언이 좋아하는 유의 파도는 아니었다. 그는 충실하게 그곳의 파도를 탔고, 무리에서 사람이 덜 붐비는 이른 구간, 쭉 이어진 모래섬에서 자기 파도를 잡아 탈 수 있는 굴절점을 찾아냈다. 하지만 그는 나와 같은 식으로는 개싸움에 끼어들지 않았고, 좋은 날에 버터박스의 소용돌이에(우리는 단순히 '거친 구간'이라고 불렀다) 또다시 나타나는 성배를 좇으려 하지도 않았다. 그는 나만큼이나 오스트레일리아를 좋아하는 것처럼 보였다. 오스트레일리아 사람들의 어찌할 수 없는 뻔뻔함, 두둑한 월급, 풍성한 속어, 햇살, 여자들. 하지만 그는 글을 쓰지 않았는데, 그건 걱정스러운 점이었다. 그는 아이다호주 경계에 있는 작은 마을을 배경으로 하는 소설을 괌에서 이미 마쳤다. 나는 그 소설이 무척 멋지다고, 고등학교 시절의 서핑 친구들을 주제로 한 성장소설보다 낫다고 생각했다. 그는 그 소설을 뉴욕에 있는 문학 에이전시에 보냈다. 나는 감히 엄두도 내보지 못한 어른의 마무리 동작이었다(당시 내 소설 두 편은 오로지 친구들에게만 보여준 뒤 서랍 속에 고이 들어 있었다). 원고는 아직 출판사를 찾지 못했다. 브라이언은 시간이 걸린다고, 기가 죽지는 않았다고 말했지만, 휴지기에 들어선 듯했다.

그는 우리 방갈로의 현관 옆에 세워둔 낡은 버들고리 의자에 앉아 소설, 전기 등의 책을 탐욕스럽게 읽었다. 나는 쿨랑가타의 고물상에서 권당 1페니에 파는 《뉴요커》 과월호가 높이 쌓여 있는 것을 보고, 수백 권을 산 후 브라이언에게 크리스마스 선물로 주었다. 그는 책 더미를 의자 한 옆에 쌓아두고 꼼꼼하게 읽어나갔다. 이 잡지는 키라에서 우리의 모래시계가 되었다. 100권 처리, 앞으로 200권. 그동안 나는 내 철도 소설의 줄거리를 마침내 찾아서, 쳐 내려갔다. 우리는 수가 기증하고 간 고물 타자기를 같이 썼다. 브라이언은 우리의 '오즈의 모험'에 대해 고향에 있는 친구들에게 길고 기발한 편지들을 썼고, 그중 몇몇은 논픽션이었다. 이따금 그는 내가 재미있어할 만한 문단을 큰 소리로 읽어주었다. 그중 내 마음에 박히긴 했으나 재미있다고 여기지 않았던 것은, 우리 둘을 신체적으로 희한한 두 명의 여행 서퍼로 묘사한 편지였다. 그는 자기는 너무 뚱뚱하고 나는 삐쩍 말랐다고 썼다. 내가 말랐다는 건 사실이고, 그는 약간 통통하긴 했으나, 내 허영심은 이 확장된 자기 비하에 분개했다. 나의 반응이 이상했던 건 부분적으로는 내가 충동적으로 나 자신을 농담과 이야깃거리의 소재로 삼으면서 브라이언과의 사이에 생긴 긴장감을 누그러뜨리려고 늘 노력했기 때문이었다. 나는 도미닉과 있을 때는 한층 더 노력했다. 하지만 나의 신체는 겉으로 보기에는 적어도 약하다거나, 혹은 이런 말을 써도 될지 모르겠지만 남자답지 못하다고 암시하는 조롱이 들어올 수 있는 구역이 아니었다. 브라이언은 태도가 더 나았다. 그는 학생들에게 조금도 닮지 않은 클린트 이스트우드 외에는 아무런 선택지도 주지 않았다. 물론, 이런 진부한 유머 때문에 여자들은 그에게 매력을 느꼈다.

육체에 대해 말하자면, 골드코스트는 서핑을 통해 몸을 망가뜨리는 법을 알려준다는 면에서는 좋은 야외 실전 수업이었다. 유전적으로 아무런 준비가 되지 않은 열대의 태양 아래서 많은 시간을 보내는 오스트레일리아 사람들을 돌아보고 있노라면―대부분은 북유럽 혈통이었다―나는 내 자신의 음울한 의학적 미래를 볼 수 있었다. 서퍼 하나 건너 하나씩, 심지어 10대 아이들도 군날개(햇볕으로 인한 백내장)가 생겨 푸른 눈에 구름이 낀 것 같았다. 중년의 딱지 앉은 귀와 자주색 코, 무섭게 못이 박힌 팔은 좋은 경고였다. 앞으로 기저세포상피성암에 걸릴지도 모른다는(편평상피세포암이 아니라면, 흑색종이 아니라면) 뜻이었다. 나도 벌써 양쪽 눈에 군날개가 생겼다. 내가 어떤 예방 조치를 취하지 않아서도 아니었고, 혹은 더 추운 장소에서 서핑하는 편이 반드시 덜 해로운 것도 아니었다. 얼어붙을 듯한 샌타크루즈 바다에서 몇 년씩 보낸 후에 나는 뼈돌출증이 생겼다. 귓속 관에서 뼈가 자라나는 것으로 '서퍼의 귀'라고도 부르는 증상이었다. 이제는 끊임없이 바닷물과 접촉하다 보니 고통스럽게도 염증이 생겼고, 결국에는 수술을 세 번이나 해야 했다. 그런 다음에는 보통 서핑으로 입은 부상들이 평범하게 찾아왔다. 생채기, 벤 자국, 암초 발진, 부러진 코, 찢겨 나간 발목 연골. 당시에 나는 이 어떤 것에도 관심이 없었다. 내가 내 몸에게 원하는 것은 패들을 더 빨리 하고, 서핑을 더 잘하게 되는 것뿐이었다.

나는 진정으로 키라에서 '패들하는 기계'가 되었다. 내 팔은 지칠 때가 되면 기본적으로 멈췄다. 해안을 따라 흐르는 해류를 알아두는 것도 도움이 되었다. 해류는 일정했지만 변덕, 약점, 소용돌이가 있었다. 가끔은 조수가 달라질 때마다 깊고 느린 파도의 곬이 살짝 밖으로 드러나기도 했다. 또 패턴은 스웰의 크기와 방향, 모래의 움직임에 따라 달라졌다. 이런 변덕을 잘 이용하는 사람들은 상대적으로 무척 적었고, 우리는 서로 안면을 텄다. 우리는 팔을 젓는 횟수까지 세어가며 심하게 경쟁했고, 말은 거의 나누지 않았지만, 필요와 존경을 어느 정도 조합함으로써 거친 파도를 나누는 방식을 저절로 배웠다. 나는 더 많은 파도를 얻었다.

그리고 그 파도를 어떻게 해야 하는지도 배우기 시작했다.

타바루아에서 했던 서핑과는 많은 면에서 반대였다. 거기는 텅비고 꼼꼼한 파도가 에덴동산 같은 풍요로움 속에서 왼쪽으로 부서졌다. 여기는 오스트레일리아의 마이애미비치Miami Beach로, 사람이 바글바글했고, 파도는 모래 바닥에서 오른쪽으로 부서졌다. 그렇지만 둘 다 빠르고 정교하게 보드 모서리를 움직여야 했고, 면밀히 연구하면 보상을 주는 길고 벅차고 최상급인 파도였다. 키라 서핑의 핵심은, 파도 얼굴 가까이에서 타면서―"갖다 대면서"―거친 구간을 전속력으로 진입했다가, 일단 안에 들어서면 파도가 나를 뱉어내더라도 믿어보자는 마음으로 배럴 안에서 침착함을 유지하는 것이었다. 보통은 그런 일이 없었으나 나를 두번, 심지어는 세 번까지 약 올린 파도도 있었다. 저 앞에 빠르게 속도를 내는 햇빛 구멍이 생기고, 파도는 나를 앞질러 갔다가 멈춘 후, 다시 나를 향해 되감겼다가, 카메라 렌즈의 조리개가 열리듯 파도의 입술 부분이 빙글빙글 돌았다. 내가 마침내 구멍에서 빠져나오자, 파도는 다시 뒤집히며 똑같은 동작을 반복했다. 아름다운 절망으로 물러갔다가 한층 더 아름다운 희망으로 돌아오기. 내 생애에서 가장 길게, 튜브에서 타본 경험이었다.

이것은 영토 분쟁을 야기하기도 했다. 이제까지 깊은 튜브에서 날아 나왔다면, 최선의 행동은 아무것도 하지 않는 것이었다. 계속 서핑할 뿐이다. 그런 일 정도는 늘 일어나는 것처럼 행동할 뿐이다. 불가능하다고까지는 못해도 까다로운 일이었다. 감정을 분출하여 가벼운 의식을 치르는 것은 실제로 물리적으로 꼭 필요했다. 어쩌면, 심술궂은 주먹질이나 터치다운 스타일로 팔을 휘두르지 않더라도, 뭔가 희귀하고 무척이나 짜릿한 일이 방금 일어났다는 사실을 인정해버리고 싶은 마음. 키라에서의 어느 좋은 날, 파도 세트는 평소보다 넓게 옆으로 흔들리고 살짝 더 깊게 부서졌으며 물은 더 푸른색이었다. 나는 동굴 모양이 아니라 직사각형 모양의 튜브 안으로 보드를 갖다 대다가 바로 앞의 천장이 부서지는 것을 보았다. 즉 샹들리에로 떨어지고 있었다. 나는 고개를 수그리고 몸을 낮춘 후, 도끼가 내려쳐지기를 기대하면서도 내 진로를 유지하며 삐걱거리는 소리와 함께 뚫고 나갔다. 겁을 먹기는 했지만 위로 솟아올라 침착하려고 애쓰면서 튜브를 빠져나오니, 파도의 어깨 쪽으로 패들하는 사람들 사이에 끼어 있는 브라이언이 보였다. 몇몇이 야유하는 소리가 들렸으나, 그에게서는 아무런 소리도 들리지 않았다. 후에, 나는 그에게 파도를 보았느냐고 물었다. 그는 보았다고 했다. 정말로 보았다고. 그러면서 내가 너무 지나치게 차지했다고 했다. 너는 기도하는 것처럼 두 손을 들고 있었어. 그는 말했다. 아주 한심했어. 그건 기도한 게 아니야. 나는 말했다. 그저 가볍게 고마움을 표시한 거지. 두 손을 깍지 꼈을 뿐 들진 않았다고. 나는 창피했다. 또한 화도 났다. 그런 걸 신경 쓴다는 건 유치했지만, 내 환희에 대한 그의 경멸은 비열한 듯했다. 그래도 나는 파도가 얼마나 대단하든 나 혼자 차지하지 않겠다고 맹세했다.

대단하다는 건, 물론 상대적이었다. 바로 그렇게 스웰이 크게 치던 날, 어쩌면 같은 날 오후, 나를 북쪽에 있는 옆 마을 빌링가 Bilinga까지 반쯤은 보내버렸던, 너무 멀리까지 실어 보내서 다시 패들해서 돌아온다는 것이 멍청하게 보일 정도로 특별히 긴 서핑 후에, 걸어서 돌아오던 길이었다. 키라까지는 걸어서 가기로 결심했고, 그 지점 가까운 곳으로 힘들게 올라가려 했다. 해변에는

나뿐이었다. 스웰이 솟구치고 있었고, 바닷바람이 불었으며, 파
도는 이제 멈추지 않을 것처럼 보였다. 저 멀리 바깥에서는 빨간
수영복을 입은 작은 서퍼가 커다란 푸른 배럴로 들어갔다가, 나
왔다가, 사라졌다가, 다시 나오는 것이 보였다. 이제까지 한 번도
본 적이 없는 남자였다. 그는 이제까지 내가 거의 본 적이 없는
속도로 서핑하고 있었다. 그는 계속 그 동작을 반복했다. 사라졌
다가, 나왔다가. 그는 보드의 잘못된 자리에, 너무 앞으로 쏠려서
타고 있는 듯 보였지만, 어쨌든 어이가 없을 정도로 짧은 시간에
거기서 돌더니 배럴 안으로 들어갈 수 있도록 약간 자세를 고쳤
다. 그는 계속 전진했다. 그가 가까이 왔을 때 보이는 자세는 태
연하면서도, 거의 도전적이었다. 그는 배럴을 이리저리 빠져나가
면서도 그 무엇도 자기 것이라 주장하지 않았다. 내가 그때까지
본 가장 잘 타는 사람이었고, 스스로 그럴 자격이 있는 사람처럼
행동했다. 나는 그가 지금 보여주는 기술의 반도 이해할 수가 없
었다. 튜브 안에서 노즈턴을 해? 내가 처음으로 쇼트보드가 움직
이는 걸 보았을 때가 떠올랐다. 린콘에서의 밥 맥타비시. 내가 몰
랐던 건 이 빨간 수영복을 입은 애가 새로이 왕관을 쓴 세계 챔피
언이라는 사실이었다. 웨인 래빗 바솔로뮤Wayne "Rabbit" Bartholomew.
그는 이 지역 출신으로, 국제 대회를 마치고 막 집으로 온 참이었
다. 체구는 작았지만 큰 파도를 타도 두려워하지 않았다. 괴상할
정도로 재능 있는 그는 서핑계의 믹 재거Mick Jagger로, 심각한 상황
에서도 록스타 같은 태도를 취한다며 잡지에서 끊임없이 칭송했
다. 그는 키라에서 서핑하며 자랐고, 내가 본 그 파도타기는 어쩌
다 우리가 세계 최고의 서퍼가 되었다면 해낼 수 있는 정도의 것
이라는 면에서 거장급 기술이었다.

여름 관광 시즌은 패치에서는 이제 점차 시들해지고 있었다. 브라이언과 나는 여행을 이어나갈 만큼 돈을 모았다. 우리는 차로 오스트레일리아 일주를 하고 싶어서 좀이 쑤셨다. 하지만 우리의 차는 그렇지 못했다. 워터펌프가 깜빡거려서 차가 과열되기 십상이었다. 브라이언은 고물상에서 여분의 펌프를 찾아냈다. 우리는 펌프를 설치하고, 직장에 사표를 내고 작별 인사를 한 뒤에, 30분 만에 보니뷰플랫을 떠났다. 문을 닫을 때 브라이언은 잠깐 멈칫하더니 미리 구상해놓은 듯 태연한 태도로 말했다. "한 시대가 끝났네." 길을 떠나 10마일 남짓 갔을 때, 팔콘의 온도계가 '고온'까지 올라갔다. 나는 온도계에 마스킹테이프를 붙여서 나쁜 소식을 막아버렸다. 그런 다음 테이프에 썼다. "괜찮을 거야." 오스트레일리아의 비공식 국민 좌우명이었다.

시드니에서 우리는 앨리어스호를 만났다. 믹과 제인, 그리고 피지에서 태어난 그들의 아기를 태운 배는 캐슬크래그Castlecrag 근처 항구의 조용한 구석에 정박해 있었다. 그레이엄과 여자 친구는 일하러 가고 없었다. 새우와 맥주를 먹으면서 믹은 자신들이 짠 돈 버는 계획을 설명했다. 시드니에는 돈 많은 여피 서퍼가 많이 있어. 그가 말했다. 그 계획은 그런 사람들로 이루어진 작은 무리를 설득해서 앨리어스로 매직아일랜드까지 가는 서프사파리surf safari에 수천 달러를 내게 한다는 것이었다. 어디로 가는지는 그들에게 말해주지 않는다. 다만, "세계에서 가장 완벽한 파도"라고만 한다고 했다. 첫 번째 여행이 성공한다면, 승객들은 부유한 친구들에게 이야기할 것이고, 따라서 배를 빌려주는 사업은 입소문을 탈 것이었다. 기본적으로 비밀은 지켜질 것이었다. 관건은 첫 번째 집단을 설득해서 돈을 토해놓고 나디로 가는 비행기에

올라타게 하는 것이었다. 사진이 큰 도움이 될 것이었다. 그와 그
레이엄은 타바루아에서는 서핑에만 너무 몰두하는 바람에 괜찮
은 사진을 건진 게 없었다. 혹시 좋은 사진 갖고 있나?

브라이언과 나는 우리도 서핑하느라 너무 바빠서 사진 몇 장이
있긴 하지만 좋은 건 없다고 말했고, 그 말은 진실이었다. 또한
우리가 이런 계획이 성공하기를 바라는 마음이 없다는 것도 사실
이었다.

우리는 남동 오스트레일리아에서 멜버른까지 서핑하고 야영
하면서 계속 남쪽으로 향했다. 시드니에서는 친정어머니와 함께
사는 수와 아이들(그 남편은 이제 완전히 그림에서 빠진 것 같았다)을 만
났다. 그 가족이 한집에서 살았기에, 우리는 수의 여동생 집에 머
물렀다. 여동생은 대학생으로, 도시의 빈민가, 불 지른 퇴거 가옥
에서 펑크록밴드 애들과 같이 살고 있었다. 밤이면 우리는 펑크
족들과 함께 술을 마시며 춤을 추고, 그들이 어디선가 주워 온 낡
아빠진 텔레비전으로 옛날 영화(《요크 상사》)를 보았다. 낮이면 우
리는 수의 어머니와 함께 마라톤으로 진행되는 국제크리켓 경기,
오스트레일리아 대 파키스탄의 시합에 가서 오이 샌드위치를 먹
고 핌스컵을 마셨다. 브라이언은 늦은 밤에 될 대로 되라는 심경
에 빠져서 펑크족들이 자기 머리를 밀어버리도록 놔두었다. 그들
은 브라이언의 검은 고수머리를 장식으로 두르거나 구멍을 많이
뚫은 귀에 걸쳤고, 브라이언은 술이 깨자마자 구슬프게 자신의
새 예명이 시드 템퍼릿Sid Temperate이라고 말했다.[*]

---

[*]   시드는 펑크록 섹스피스톨스의 베이스기타 연주자 시드 비셔스를 가리키며,
Temperate에는 절주/금주라는 뜻이 있다.

우리는 세계에서 가장 긴 해안절벽인 그레이트오스트레일리안바이트Great Australian Bight와 세계에서 가장 큰 석회석 평야인 눌아보플레인Nullarbor Plain을 향해 서쪽으로 갔다. 덥고, 환하고, 나무가 없고, 사람도 없는 지역이었다. 우리는 흙길의 소금 평야와 모래 언덕을 지나 캑터스Cactus라고 알려진 외떨어지고 파리가 웽웽 날아다니는 서핑 지점에서 야영했다. 물이 차고 깊은 남대양의 푸른색 바다였다. 바위투성이 갑에 부딪혀 부서지며 왼쪽으로 흐르는 파도가 둘 있었는데, 하나는 캑터스, 다른 하나는 캐슬스Castles라고 불렀다. 그리고 수백 미터 떨어진 서쪽에서 오른쪽으로 부서지는 무거운 파도는 케이브스Caves라고 불렀다. 하루하루 지날수록 스웰은 단단해졌다. 어떤 날에는 단단한 것 이상이었다. 중앙 대사막에서 인 바람은 뜨겁고 먼지가 가득했으며, 바다 쪽으로 불었다. 브라이언은 왼쪽 바람을 탔다. 나는 이제는 빅토리아의 해변 마을인 토쿼이Torquay에서 산 새 보드, 6피트 9인치의 연청색 둥근 핀테일을 탔다. 남태평양에서 내내 탔던 보드는 아쉬운 마음이 없진 않았지만 이 핀테일을 발견한 가게에 팔아달라 맡겨두고 왔다. 나는 뉴질랜드에서 만들어진 이 핀테일이 새 전천후 보드 역할을 해주길 바랐다. 가볍고 빠르며, 케이브스의 파도가 많이 치는 날에는 사이드슬립sideslip**을 하지 않고도 파도를 타고 내려갈 수 있도록 조절할 수 있을 것 같았다.

캑터스에 있는 다른 서퍼들은 여행객들과 이주민들이 환경에 맞게 뒤섞여 있었다. 이주민들은 모두 오스트레일리아의 다른, 더 사람이 많은 지역에서 왔다. 거대하지만 사람이 별로 붐비지

** 낮은 속도에 무게를 앞으로 싣는 조종법.

않는 파도를 딱 보면 알아차리고, 오지에서 사는 것을 거리끼지
않는 사람들. 그들은 서핑하거나, 실업수당으로 먹고살거나, 낚
시하거나, 페농Penong에서 할 만할 일을 찾았다. 페농은 내륙으로
13마일 떨어진 포장 고속도로 위에 있는 트럭 휴게소였다. 어떤
사람들은 폐품을 모아 만든 오두막에 살았다. 당연히 이런 사람
들이 라인업을 지배했으나, 여전히 인파는 별로 없었고, 우리는
그들이 파도에 대해 놀랍도록 너그럽다는 사실을 알아냈다. 어떤
이들은 수다스럽기까지 했다. 한 사람은 내게 경고의 의미로 자
기 동료인 무스Moose의 이야기를 해주었다. 그는 어느 날 뜨내기
야영객에 밀려 보드 위에서 넘어지고 말았다. 무스는 웃으면서
일어섰지만, 패들해서 나오더니 자기 트럭을 타고 자기를 공격한
야영객의 텐트를 차로 몇 번 앞뒤로 밀어버린 후 여전히 미소를
띤 채로 라인업으로 돌아갔다고 했다. 나는 무스가 탄 파도에 끼
어들지 않으려고 조심했다.

　매드맨Madman이라고 하는 또 다른 토박이도 한 명 있었다. 그는
머리를 짧게 친, 에너지가 남달리 넘치는 사람으로, 파도가 8피트
까지 솟구치고 뾰족하게 튀어나온 바위 끝이 많은 널따란 케이브
스에서 가장 끝내주는 테이크오프 지점을 찾아 앞뒤로 휘젓고 다
녔다. 내 정보원에 따르면, 매드맨은 여기서 파도가 좋던 날에 줄
을 한 번 끊어먹었지만, 성격이 너무 과격해서 보드를 고치는 대
신 끊어진 줄을 입에 물고 그 상태로 보드에 붙어서 계속 서핑했
다고 했다. 매드맨은 나중에 별다른 이유도 없이 나를 보고 씩 웃
었는데, 그 덕에 나는 문제의 치아가 빠지고 없다는 것을 확인할
수 있었다.

　눌아버Nullarbor 해안의 다른 부분처럼 캑터스도 커다란 백상아

리로 유명했다. 사람들은 그 상어를 화이트포인터white pointer라고 불렀다. 내가 물에서 만난 어떤 남자는 5년 전 우리가 그때 앉아 있던 바로 그 지점에서 화이트포인터에게 공격을 받았다고 했다. 그는 매드맨이나 무스와 달리 온화한 사람이었기에 나는 그의 말을 믿고 싶었다. 상어는 보드만 물고 갔을 뿐이지만, 보드의 부러진 조각, 날카로운 유리섬유 날이 그를 찌르고 베는 바람에 상처를 입었다고 했다. 다행히 한겨울에 일어난 사건이라 웨트슈트를 입은 덕에 목숨만은 건졌다. 그렇다고는 해도 150바늘이나 꿰맸고 열여덟 달이나 물에 들어갈 수 없었다. 그는 번개가 같은 자리에 두 번 내려치는 법은 없으니, 이제는 여기서 두려움 없이 서핑한다고 했다. 그의 얘기를 들은 후에는 아무리 애를 써도, 내가 같은 업보의 안전지대에 있다는 기분은 들지 않았다.

캑터스는 살고 싶은 곳으로는 매력이 없었지만, 내가 마주친 서핑-망명자들을 떠올리게 하는 면이 있었다. 하와이, 오리건, 빅서, 시골의 남서부 빅토리아. 사람들은 파도를 찾아와 거기 머물렀다. 그들은 그 장소를 익히고, 살아남을 길을 찾았다. 어떤 사람들은 시간이 지나면서 지역공동체에서 명망을 얻는 구성원이 되기도 했다. 다른 이들은 여전히 변두리에 남았다. 나는 파도가 너무 커다란 열정을 명령해서 파도를 타는 것 말고는 다른 야망은 다 포기할 수도 있는 그런 서핑 지점들, 특히 호놀루아만 같은 데서도 서핑을 했다. 파도가 부서질 때마다 영원히 타고 싶어지는 곳. 질이 좋고 사람이 없는 파도가 치는 다른 아름다운 지점들도 있었다. 생활비가 싸고, 언뜻 보면 편안해 보이는 장소들. 어쩌면 결국에는 그런 곳에 다다르게 될지도 몰라, 하고 나는 생각했다. 그다음으로는 타바루아가 있었다. 브라이언과 나는 여전히 그 이름을 말한 적이 없다. 그곳은 시간의 바깥에 존재하고 있었다. 나는 피지로 돌아가 산다는 생각은 결코 해본 적이 없었다.

하지만 나는 내가 인생을 어떻게 쓰고 있는지 의구심을 품게 되었다. 그때쯤 되자 우리는 떠돌아다닌 지 너무 오래되어 이 여행을 설명할 수 있는 모든 가능한 답으로부터 닻을 올리고 떨어져 나간 느낌이었다. 확실히 이제는 휴가가 아니었다. 대체 내가 무엇으로부터 휴가를 얻었단 말인가? 나는 철도 회사에서 1년 휴직하긴 했지만 키라에 있는 사이 그 기간이 끝나버렸다. 공식적으로 철도 회사 직원의 지위를, 그리고 나의 소중한 경력 인정 날짜—1974년 11월 8일—를 내놓는 것이 감정적으로 힘들었다. 의외였다. 나는 여전히 그렇게 만족스럽고 보수가 두둑한 일은 찾지 못할 거라고 믿었다. 내가 달의 어두운 면을 목적 없이 헤매며 내 청춘을 낭비하는 동안, 나의 옛 친구, 동급생, 동료 들은 삶과 경력을 쌓고 저 미국에서 성인이 되었다. 이전의 나는 유용한 사람이 되고 싶었다. 어쨌든 일하고, 글을 쓰고, 가르치고, 위대한 것들을 성취하고 싶었다. 그런 꿈들은 어떻게 되었지? 그래, 나는 위대한 서핑 여행을 떠나야만 한다는 충동을, 거의 그런 소명을 받은 기분이었다. 하지만 그게 이렇게나 길어야 할 필요가 정말로 있었을까?

우리의 다음 계획은 발리에 가는 것이었다. 거대한 파도, 저렴한 물가. 샤론은 몇 달 후면 우리를 아시아에서 만날 수 있다고 편지를 보냈다. 어쩌면 내가 여기서 해야 할 일이 무엇인지 그녀는 알지도 몰랐다. 그러나 샤론은 서핑을 하지 않았다. 사실상, 바다를 두려워했다. 내가 하고 있는 게 서핑이기는 할까? 나는 본

능적으로 파도를 쫓아다녔고, 파도가 좋을 때는 적절히 신이 났
으며, 새로운 지점이라는 수수께끼를 푸는 데 완전히 골몰했다.
그래도, 정의상 최고의 순간들은 무척 드물었고 뜸했다. 대부분
의 기간은 딱히 대단할 게 없었다. 일관적인 것은 왕성한 파도 구
간 이후에 따라오는 어떤 평온함이었다. 이 파도 이후의 분위기
는 신체적인 것이었으나, 눈에 띄는 정서도 있었다. 이따금은 온
화한 환희였다. 더 자주는 유쾌한 우울이었다. 특별히 강렬한 튜
브를 만나거나 보드에서 넘어져 떨어진 후에는 울고 싶은 거친
충동으로 충전되었고, 이 기분은 몇 시간이나 지속되었다. 진심
어린 섹스 후에 따라오는 강렬한 감정과 같았다.

　좋은 날에는, 나는 제대로 살고 있는 것 같다는 생각을 여전
히 했다. 새로운 장소들이 가진 특징들이 나를 움켜쥐고 끌어안
았다. 길게 뻗은 새로운 해안, 차갑고 아름다운 새벽. 세계는 이
해할 수 없이 거대했으며, 여전히 볼거리가 많았다. 그렇다, 나
는 외국인으로, 언제나 무지한 상태로, 사물의 바깥에 살아가는
것에 진력이 났지만, 가정적인 삶에, 매일 같은 사람들과 같은 장
소를 보고, 다소간 같은 생각을 하며 살아갈 준비가 되진 않았다.
나는 여정의 돌발성, 불확실성, 우연한 만남에 굴복하고 싶었다.
그리고 나는 대체로 이방인, 관찰자가 되는 게 좋았고, 자주 놀라
는 것도 좋았다. 빅토리아에서 남오스트레일리아로 횡단하여 갈
때, 낮은 구름 아래 높다랗게 줄지어 선 진녹색 노포크 소나무 사
이를 지나치면서, 우리는 시골의 경마장을 보고 차를 세운 적이
있었다. 우리는 관객석으로 슬쩍 끼어 들어가 난간 너머로 근사
한 경마, 그리고 화사한 색깔의 실크 셔츠를 입고 안장에 꼭 붙은
기수들을 구경했다. 경마장 술집 뒤편에서 우리는 럭비공을 하나

발견하곤 옛날에 풋볼 경기를 할 때처럼 패스하며 달리기 시작했
다. 공을 괴상하게 나선형으로 빙글빙글 던지거나 두 팔을 쫙 뻗
쳐 잡으면 주위에 모였던 맨발의 아이들이 환호를 보냈다. 우리
의 오스트레일리아 비자는 기간 만료가 다가오고 있었고, 적어도
나는 그곳을 떠나기가 아쉬웠다.

  브라이언과 나에게는 각자 나름의 사는 방식이 있었고, 그 때
문에 둘 사이가 힘들기도 했다. 같이 사는 친구보다는 편지를 주
고받는 친구 사이가 훨씬 편했다. 우리는 아웅다웅했고, 몇 달에
한 번씩은 대판 싸웠다. 나는 일상을 벗어난 것, 습관의 궤도를
벗어난 짓을 하면 위험한 기분이 든다는 사실에 분개했다. 바람
이 해안 기슭에 평행으로 불고 파도가 별로 좋지 않던 캑터스의
어느 날 아침, 나는 일찍 일어나 해안선을 따라 서쪽으로 산책을
나갔다. 떠오르는 빛이 석회암 조수 웅덩이 속에서 반짝였다. 어
디에나 있는 오지의 파리들은 아마도 시간 때문인지, 아니면 바
람 때문인지 그날은 한 마리도 없었다. 나는 결국 한참을 걷고 말
았지만, 사람은 한 명도 보지 못했다. 야영지로 다시 돌아갔을 때
는 아침나절이었고 브라이언은 뿔이 나 있었다. 대체 어딜 다녀
온 거야? 그는 나 없이 아침을 다 짓고 먹어버렸다. 내 오트밀은
딱딱하게 굳어버렸다. 설명하고 싶은 기분이 아니었다. 사과 한
개를 우물우물 씹었다. 그는 계속 투덜거렸다. 나는 폭발했다. 내
가 언제 어딜 가든 네가 이래라저래라 할 수 있어? 재수 없게도,
씹다 만 사과가 입안 가득 들어 있어서, 텐트에 사방팔방 튀고 말
았다. 어느 정도는 일부러 그러기도 했다. 브라이언은 역겹다는
듯 나가버렸다. 고맙게도, 그는 사과 다툼(혹은 뱉은 사과) 얘기는
다시 꺼내지 않았다. 서사모아에서 내가 그에게 다시는 나한테

이래라저래라 하지 말라고 소리치며 다툴 때만큼이나 심했다. 후에 브라이언이 한 말로는, 그때 우리의 남태평양 여행을 끝내버릴까 진지하게 생각했다고 한다. 그것도 벌써 2주 전의 일이었다.

우리는 노던테리토리Northern Territory의 네버네버Never Never로 출발했다. 골드코스트에 우리가 처음 그렇게 한다고 우물쭈물 얘기했을 때, 오스트레일리아 사람들은 우리에게 중앙 지대를 횡단할 생각은 하지 말라고 경고했다. 특히 못 믿을 차는 절대 타선 안 된다고 했다. "수풀 속 무장강도Bush Rangers"들이 거기 누워 기다리고 있다고. 중간 기착지 사이는 차 타고 여러 날 가야만 한다고. 지도를 보면 그 말이 과장이긴 했지만, 우리는 여분의 휘발유를 담을 통과 물통, 여분의 호스 몇 개를 샀다. 우리 차는 말할 것도 없이 미덥지 못했다. 날마다 과열되었고, 가끔은 시동도 걸리지 않았다. 우리는 오로지 내리막길에서만 차를 세웠는데, 아무리 완만하더라도 밀어서 시동을 걸어야 할 때가 있기 때문이었다. 라디에이터에서 김이 솟고 식식거려서 주유소에 차를 세우면, 주유원들은 보통 유온계를 측정해보려고 했다. 그들은 운전석 차창에 머리를 들이밀었다. "차는 괜찮을걸요"라는 말은 언제나 비웃음을 샀다.

우리는 캑터스에서 비포장도로를 따라 북쪽으로 향했다. 얼마나 유명한 길인지 200마일을 가는데, 차라고는 딱 한 대, 소를 실은 트럭만 보았다. 빨래판처럼 고랑이 진 도로를 지나노라니, 뒷좌석 차창이 심하게 덜그럭거리다 못해 문 안으로 떨어져버리고 말았다. 우리는 창문을 다시 올려 제자리에 고정하려 했으나, 이런저런 시도를 해보아도 10분 이상 고정되지 못했다. 우리는 열린 창문으로 쏟아지는 하얀 소금 먼지, 후에는 붉은 가는 먼지를 다 마시며 계속 운전했다. 입과 코에 반다나를 둘러매고 폐농에서 크라운 라거 맥주로 "에스키^{esky}"—싸구려 스티로폼 아이스박스—를 채워놓은 데 감사했다. 오지의 마을 사이 거리는 이따금 "티니^{tinny}"로 측정되었다. 그 거리를 가로지르는 데 드는 맥주 캔의 수 말이다. 북쪽으로 향하는 주도로에까지 이르려면 적어도 수십 티니가 걸렸고, 먼지도 그 정도 마셔야 했다. 주도로에 다다랐을 때 킹운야^{Kingoonya}라고 하는 마을에 도착했다. 쓰러져가는 가로변 식당에서는 세계에서 제일 반가운 스테이크버거를 오스트레일리아에서 가장 아름다운 웨이트리스가 가져다주었다.

중앙 지대를 통과하는 주도로조차도 험했다. 600마일을 넘게 달리는 동안 포장도로라고는 하나도 보지 못했다. 우리는 명아주 관목 덤불 속에서 불이 나 옆으로 쓰러진 차를 불안할 정도로 많이 보고는 밤에 '루-바$^{roo-bar}$'—캥거루와 충돌하는 것을 막아주는 가로대—없이 운전하는 것은 재난을 자초하는 꼴이라고 누누이 들었던 충고를 따르기로 했다. 낮에는 길에서든 사막에서든 캥거루 뛰어다니는 건 볼 만큼 보았다. 그래서 우리는 밤에는 야영을 했다. 어느 날 아침 갈라새, 즉 분홍과 회색의 앵무새 같은 새들이 어마어마한 떼로 모여들어 우리 머리 위를 빙빙 도는 동안, 우리는 아등바등하며 팔콘을 밀어서 시동을 걸었다.

우리는 조^{Joe}라는 뜨내기 노동자를 하나 태워줬는데, 그는 배낭 하나만 둘러메고 50마일을 걷던 참이었다. 조는 햇볕에 쪼그라들기라도 한 것처럼 작았고, 주름이 자글자글했으며, 젊지 않았다. 그가 명랑한 사람이라고 할 수는 없겠지만, 그는 종일 자기가 일했던 시추공, 강의 범람으로 이루어진 호수, 양치기 목장에 대

해서 종알댔다. 그리고 꼼꼼하게도 우리의 맥주를 벌컥벌컥 마셨
다. 나는 그에게 미친 파도에 대해 물어보았다. 그는 절대로 익숙
해질 수 없는 것들이라고 말했다. 그런 후에 그는 동쪽으로 이어
지는 희미한 오솔길에 내려달라고 부탁했다. 우리는 그의 물병을
채워주고 5달러를 주었다.

우리는 노선테리토리로 들어갔다. 간Ghan이라고 하는, 먼지에
목 막혀 죽을 것 같은 작은 마을에서 나는 차의 지붕에 묶어놓은
더러운 보드 가방 안을 들여다보았다. 내 새 핀테일이 있었다. 연
청색으로 반짝반짝하는 보드는 너무나 멋지고 미끈해서 일종의
환영 같았다. 그것은 다른 세계, 상상할 수 없는 신선함을 불러일
으켰다. 우리의 계획은 북쪽 해안 마을 다윈Darwin까지 차를 타고
가서 거기서 차를 팔아버린 후 인도네시아로 갈 길을 찾는 것이
었다.

우리가 키라를 떠나기 전 브라이언은 미처 《뉴요커》 더미를 다
팔아버리지 못해서, 50권 정도 남은 재고가 앞좌석 아래에 처박
혀 있었다. 우리는 이따금 그걸 꺼내 소리 내어 읽기도 했다. 단
편소설, 시, 비평, 유머, 에세이, 긴 기사. 이들 중 읽지 않은 것들
은, 우리 중 한 사람 혹은 두 사람은 이전에 읽은 것이지만, 이런
오지에서 소리 내어 들으니 달랐다. 이것은 일종의 시험이었다.
이런 글들이 이렇게 가혹하고 헛소리는 용납하지 않는 사막의 빛
에서도 버틸 수 있을까? 어떤 글들은 꽤 괜찮게 견뎌냈다. 문체
는 여전히 강했고, 이야기는 여전히 재미있었다. 하지만 가식과
군살은 무자비한 관찰 아래서 형광빛을 발했으며, 어떤 작가들은
갑자기 온실의 꽃으로 자라나 허식만 차리는 사람처럼 보이기도
했다. 그들은 의도와 상관없이 유쾌했다.

우리는 우리의 일에만 무척 골몰한 느낌이었다. 서쪽 우리 고향에서 했던 긴 자동차 여행과 비슷했지만, 포장도로가 더 적었고 맥주는 더 많았다. 노먼 메일러Norman Mailer의 《달의 불A Fire on the Moon》은 우리의 오지 시험에서 떨어졌고, 그 때문에 나는 실망했다. 나의 영웅 중 한 명이었기 때문이다. 그가 패트릭 화이트Patrick White의 《보스Voss》에 반대했다는 것도 도움이 되지 않았다. 《보스》는 19세기에 오스트레일리아 중앙 지대 횡단 모험을 떠난 프러시아 자연주의자에 관한 무척이나 설득력 있는 소설이었는데도 그랬다. 우리는 농담 따먹기를 하고, 책을 읽고, 웜뱃◆에게 싸구려 녹색 플라스틱 물총을 쏴서 맞혔다. 나는 브라이언의 운전 방식이 마음에 들었다. 그는 장거리 트럭 운전수의 자세로 꼿꼿하게 운전했다. 직진할 때는 왼손을 자기 다리 위에 두었다. 그는 책을 읽을 때도 장거리 운전을 할 때와 비슷하게 느긋한 집중력으로 임했다. 우리 사이에 토론거리가 떨어지는 때는 거의 없었다. 믹과 제인이 우리가 시드니에서 나오는 길에 우리를 보고 웃은 적이 있었다. 우리는 파도를 찾아서 그들과 함께 올롱공Wollongong까지 나란히 달렸다. 목적지에 도착하자, 그들은 우리를 한 시간 동안 쭉 지켜보고 있었다고 했다. 우리 둘, 특히 나는 쉬지도 않고 몸짓을 하며 이야기했다. 우리는 차를 타고 가는 길에, 《폭풍의 눈The Eye of the Storm》을 막 읽고서 패트릭 화이트에 대한 초기 가설을 세우고 있었다. 앨리어스에서도 마찬가지로, 우리 둘이 서로에게 끊임없이 지껄여대서 오스트레일리아 사람들은 남몰래 재미있어했다고, 그들은 말했다.

◆   오소리와 비슷하게 생긴 오스트레일리아 토착 유대류.

앨리스스프링스Alice Springs 북쪽에서 우리는 두 명의 히치하이커, 테스Tess와 먼여Manja를 태웠다. 그들은 애덜레이드Adelaide에서 온 대학원생으로, 다윈에서 열리는 여성 학회에 가는 중이라고 했다. 그들은 붉은 먼지가 날아다니며 팔콘 구석구석에 쌓이는데도 개의치 않는다고 했다. 그들은 두건을 썼고, 우리는 그들과 함께 닷새 동안 여행했다. 테스는 남성용 체크무늬 셔츠를 입은 밴텀급의 여자였다. 체구가 작고, 창백하고, 명석한 부치인 테스는 검은 머리를 짧게 잘랐고 심술궂고 건조한 농담을 잘했다. 이제는 겨우 나아가는 상태인 팔콘에게 무리가 될 한낮의 더위를 피해 들어간 주유소나 여기저기 있는 술집에서 만나는 쾌활하고 의심 없는 남자들이 주로 그 농담의 대상이 되었다. 테스는 브라이언과 나, 그리고 우리의 물총을 보고도 비교적 편안하게 대했다. 심지어 우리는 베트남전 참전용사로, 참회하지도 않았고 정신적인 부상을 입었다는 거짓말까지 했다. "안됐네요." 그녀는 부드럽게 말했다. 우리는 서핑으로 생긴 상처를 전쟁에서 입은 상처라고 말했다. "망할, 그거 꽤 아팠겠네요. 우리한테 맥주나 사줘요."

먼여는 키가 크고 목소리가 부드러웠으며, 눈빛이 따뜻하고, 날씬했다. 그녀는 적절한 곳에서 잘 웃었다. 적어도 너그럽게 웃어주었다. 진지하게 정치적이지만, 소심한 오스트레일리아 방식대로 가볍게만 내보였다. 밤이면 먼여와 나는 빠져나와 우리의 침낭을 놓을 조용한 장소를 찾았다. 그녀는 내게 자기의 어린 시절에 대해 이야기해주었다. 그녀는 머리강Murray의 농장에서 자랐다. 거기서는 사냥꾼들이 캥거루와 왈라비를 쏘았고, 아직 주머니 속에 살아 있는 새끼를 발견하면 농장 아이들에게 애완동물로 주었다고 했다. 그것들은 좋은 애완동물이었다. 온순하고, 충실하며, 똑똑했다. 그녀는 어린 왈라비에게 모자를 씌우고 코트를 입혔으며, 둘은 손을 잡고 폴짝폴짝 뛰어 읍내로 가곤 했다.

우리의 목가적인 삶은 다윈에서는 엉망진창이 되어버렸다. 테스와 먼여는 머물 집이 있었다. 금남구역인 일종의 페미니스트 공동체였다. 테스는 나를 쫓아버려서 속이 후련해 보였다. 내가 이미 존재하던 평화로운 생활을 방해한 것 같았다. 먼여가 일부러 언급하지 않았던 무언가였다. 브라이언과 나는 마을 바깥의 야영지에 머물렀다. 다윈에는 별로 볼 게 없었다. 몇 년 전 불어닥친 사이클론으로 마을이 납작해져버렸다. 재건축은 천천히 진행되었다. 시내는 소문으로는 해변에 있다고 했지만, 우리가 찾을 수 있는 것이라고는 진흙과 관목과 유독해 보이는 얕은 물뿐이었다. 덥고 단조롭고 무척 지저분한 곳이었다. 하지만 덴파사 Denpasar까지 일주일에 한 번 가는 저가 항공기가 내리는 공항이 있었다. 우리는 200달러를 받고 유고슬라비아 출신 보크사이트 광부들 무리에게 차를 팔아버렸다. 어떤 기적으로, 그들이 차를 점검하러 왔을 때는 시동이 잘 걸렸다. 우리는 그 광부들이 "현재는"의 의미를 완전히 파악하고 있는지 알 수 없어서 야영지를 바꾸었다.

나는 먼여를 갈망했다. 우리는 사이클론에도 살아남은 오래된 호텔에서 재회할 수 있었다. 갑자기 나는 오스트레일리아를 떠나기 싫어졌다. 내가 가버리면 오스트레일리아는 더 나은 곳이 될 거라고, 먼여는 말했다.

그녀 말이 맞았다. 나는 그날 밤 초대도 없이 공동체에 불쑥 찾아갔다. 아무도 문에 나와보지 않았다. 나는 멋대로 들어갔다. 뒷마당에서는 흥청망청하는 소리가 들렸다. 나는 뒷문까지 나아갔다. 콘크리트 단상 위, 환한 포치의 등불 아래, 먼여는 머리카락을 자르는 중이었다. 긴 금발 머리채가 벌써 땅에 떨어져 있었다. 테스는 명랑하게 나머지를 쓱싹쓱싹 잘라내고 있었다. 먼여의 새로운 짧은 머리는 연한 갈색이었고, 그녀의 머리통은 아기처럼 둥글고 연약해 보였다. 여자 네댓 명이 그녀의 변신에 갈채를 보냈다. 그녀는 바보같이 씩 웃으면서 맥주를 마시고 있었다. 투히스 맥주임을 나는 알아보았고, 그동안 내 목구멍에서는 절망이 피어올랐다. 내가 무슨 소리를 냈던 게 분명했다. 먼여가 비명을 질렀다. 다른 여자들은 고함을 쳤다. 짧은 몸싸움과 밀치기, 고함소리가 있었다. 나는 먼여가 나와 함께 떠날지도 모른다고 어렴풋이 생각했다. 나는 경찰과 함께 나가야 했다.

　몇 주 후 발리에서 나는 먼여가 보낸 편지를 받았다. 그녀는 경찰에 신고해서 미안하다고 사과했다. 경찰들은 파시스트지만 나를 학대하지는 않았길 바란다고 했다. 그런 일은 없었다. 사실은, 경찰들은 친절한 오스트레일리아 남자들이었고, 남성이라는 유대감에 따라 저속한 맹세를 시킨 뒤 나를 풀어주었다. 나와의 사고 때문에 남자와는 아무런 관계도 맺지 않겠다는 자신의 결심이 더 강해졌다고, 그녀는 썼다. 나는 그녀의 영역을 존중하지 않았고, 그건 너무 뻔한 짓이었다. 나는 반론할 수 없었다. 하지만 그녀를 여전히 좋아했다. 그녀가 인도네시아에 오겠다고 썼더라면 공항에 마중도 나갔을 것이다.

7

에티오피아를 선택하다

◆

아시아, 아프리카 1979~1981

브라이언, 나, 에콰도르에서 온 호세. 자바 그라자간, 1979년.

✧

브라이언은 발리를 혐오했다. 그는 《트랙스》에 실을 기사를 쓰며—그 기사에는 전통에 따라 우리 두 사람의 이름이 다 들어가기는 했으나, 나는 가벼운 편집에만 관여했다—발리가 아직도 인파 없는 파도와 온순한 힌두교도 원주민들이 있는 때 묻지 않은 낙원이라는, 오스트레일리아 서퍼들 사이에 널리 퍼진 개념을 비웃었다. 사실, 브라이언은 그곳을 서퍼와 관광객들이 바글대는 곳이라고 썼다. "성별 불문하고 윗도리와 아랫도리를 갖추지 않은 유럽인들을 볼 수" 있으며, "전 세계에서 온 서퍼들의 거짓말을 들을 수" 있고, "보드 짐꾼을 고용해서 식민주의의 아찔한 전율을 경험할 수" 있는 데다가 "실제로는 파라마타Parramatta 출신이면서 크로눌라Cronulla 출신이라고 말할 수 있는" 곳이었다. 파라마타보다는 크로눌라가 좀 더 근사한 시드니 교외였다.

나는 발리에 사람이 바글거리며, 단체 관광과 인도네시아의 빈곤이 충돌하는 모습이 그로테스크하다는 데는 동의했지만, 그럼에도 그곳은 내게 맞았다. 우리는 쿠타비치Kuta Beach의 싸고 깨끗한 로스멘losmen(게스트하우스)에 묵었고, 실질적으로 거저나 다름없는 돈으로 맛있는 음식을 먹었으며, 매일 서핑했다. 나는 지역 수도인 덴파사의 한 대학교 도서관에서 글을 쓰기 좋은 자리를 발견해 매일 아침 버스를 타고 거기까지 갔다. 덥고 시끄러운 섬에서는 시원하고 조용한 은신처였다. 소설 집필은 이전처럼 그럭저럭 무난하게 되어가고 있었다. 한낮이면 작은 터키색 수레를 끄는 노점상이 도서관 바깥에 나타나, 내게 이제 작업을 끝낼 시간이라는 신호를 주었다. 그는 대학 사무실의 열린 창문을 통해서 쌀과 수프, 달콤한 간식, 그리고 사테이^{satay}✦를 건넸다. 나는 그의 나시고랭^{nasi goreng}을 좋아했다. 오후에 스웰이 오면, 브라이언과 나는 부킷반도^{Bukit Peninsula}로 향했다. 거대한 왼쪽 파도가 석회암 절벽에 부서지는 곳이었다. 쿠타 주변, 동쪽 해변 사누르^{Sanur}에 있는 리조트 지역 안에서도, 바람이 남서쪽으로 불면 아주 작은 스웰에서도 좋은 파도가 일었다.

내 마음에 가장 깊게 박힌 지점은 울루와투^{Uluwatu}라고 불리는 이미 유명한 왼쪽 파도가 쓸고 가는 곳이었다. 부킷의 남서쪽 끄트머리에 튀어나온 지점이었다. 거기에는 단단한 회색 산호로 지어진 11세기 힌두교 사원이 파도 바로 동쪽의 높은 골짜기 가장자리에 얹혀 있었다. 파고가 높을 때 출렁거리는 바다 동굴을 통해 물에 들어갈 수 있었다. 울루와투에는 큰 파도가 일었고, 바람이 가볍게 바다 쪽으로 부는 더 좋은 날에는 길고 푸른 파도의 벽이 생겨 내가 이제껏 어디에서도 보지 못한 일을 해냈다. 스웰이 밀려오는 선을 따라 조심스럽게 분리된 곳에서는, 파도들은 서핑하는 곳 저 앞에서 부드럽게 깃털처럼 날렸다. 수백 미터 앞에서, 해변에서 수백 미터 떨어진 곳에서. 파도 안쪽의 암초에서는 바다 쪽으로 뻗어나가는 해저 지반이 이어져 있는 것 같았고, 그 지형은 큰 파도를 일으킬 만큼은 얕았으나 적어도 우리가 타는 스웰에서는 부서질 만큼이 되지 못했다. 그 때문에 처음에는 불안했지만, 그다음에는 확 무너져버리지 않는 거대한 파도 위에서 몇 번 소리를 지르며 탔다. 저 멀리서 깃털처럼 흩날리는 파도 구간의

✦   땅콩소스를 바른 꼬치.

광경은 파도가 부서지는 부분에서 솟구쳐 오르는 기쁨을 더 돋워주었다. 만의 바깥에서 낯설게 흩날리는 물안개는 안쪽으로 들어오면 단단한 파도의 구간이 된다는 믿음이 생겼기 때문이었다.

울루와투 안쪽은 레이스트랙Racetrack이라는 그다지 독창적이지 않은 이름으로 불렸다. 얕고 유속이 무척 빠른 곳으로, 산호가 날카로워서 발과 팔과 등에 날카로운 발톱 자국을 남겼다. 어느 오후, 나는 거기서 엄청나게 겁을 먹었다. 울루와투는 심지어 1979년에도 인파가 꽤 많았을 법한데, 파도가 훌륭해진 이후에 오히려 사람들이 줄어든 것은 수수께끼였다. 그래도 우리 같은 사람 다섯 정도는 나와 있었다. 파고는 낮았다. 파도는 크고 빨랐다. 나는 절벽에서 스무 명에서 서른 명 정도 되는 남자들이 눈을 가늘게 뜨고 떨어지는 태양을 바라보는 모습을 보았다. 그걸 보고 나는 스스로 물을 수밖에 없었다. 어째서 저렇게 구경만 하고 서핑은 하지 않는 거지? 나는 괜찮은 파도 두 개를 잡아 탔지만 그다음에 온 파도는 내가 무시하고 묻지 않았던 질문에 대한 답이 되었다. 그 파도는 내 키를 훌쩍 넘었고, 얼굴 부분이 어둡고 짙었다. 테스토스테론이 하늘까지 치솟은 나는 레이스트랙 안으로 몸을 낮추고 세차게 들어가버리는 실수를 저질렀다. 모든 물이 암초에서 싹빠져나갔다. 파고가 너무 낮아서 이런 크기에서는 서핑을 할 수 없었다. 그래서 모든 사람이 떠난 것이었다. 나는 빠져나올 수 없었다. 그러기엔 너무 늦었다. 다이빙으로 뛰어내릴 수도 없었다. 물이 없었다. 내 인생에서 가장 깊은 백핸드배럴이었다. 무척 어둡고 무척 요란했다. 나는 즐길 수가 없었다. 사실상, 내가 실제로 성공할 수 있다고 해도, 이상하게도 그 역설을 뼈저리게 느끼면서 나는 지구상 어디든 좋으니 다른 곳에 있기를 바랐다. 그것은 일

본 선禪 용어로 사토리satori, 길고 끈질긴 연습 끝에 번개처럼 강타
한 깨달음의 순간이었어야 했다. 그러나 대신에, 완전히 정당화될
수 있는 공포가 내 심장과 머리를 채웠기에 비참한 기분이었다. 나
는 파도에 탔지만 순전히 멍청한 행운 덕분에 심각한 부상은 간신
히 피했다. 보드를 들며 배럴 안으로 들어가는 것은 생존할 확률이
낮은 동작이었다. 하지만 어리석음 때문에 나는 튜브 안으로 들어
섰다. 다시 그럴 기회가 생긴다면 절대 그러지 않을 것이었다.

쿠타에는 어찌나 서퍼들이 많은지, 파도 강박증 환자들의 세계
회의에 참석한 것만 같았다. 그들이 모두 거짓말을 하고 있는 건
지는 모르지만, 해변이나 거리 모퉁이에서, 술집과 카페와 로스
멘 마당에서, 하루 한시도 빼놓지 않고 사람들은 서핑 이야기를
해댔다. 한때 나와 브라이언을 비웃었던 맥스는 이 무리들과 신
나게 놀고 다녔다. 하지만 나는 이상하게도 그런 점에 감동을 받
았다. 한 무리의 남자들이 벽에 기대어놓은 보드들의 윤곽—보
드의 배출점, 보드의 로커—에 대해 이야기하거나, 서퍼들이 땅
에 주저앉아서 다른 나라, 다른 장소에서 온 남자들에게 자기네
지역의 파도 브레이크 형태를 그려서 보여주는 광경은 얼마나 강
렬했는지, 듣는 사람이 퍼스Perth의 암초가 어떻게 서쪽 스웰을 잡
는지 정확히 모른다면 이 이야기들은 전혀 말이 되지 않았다. 그
들은 굳이 누가 볼까 싶게 꼼꼼하게 표를 그리며 파도에 흠뻑 빠
져 있었다. 이런 이상한 열정 중 일부는 향수병으로 꺼져버리거
나, 단순하게는 서핑을 하거나 특정한 암초를 연구하며 수많은
시간을 보내면 잦아들었다. 하지만 그것이 좋은 부분은 한편으로
는 약을 하면 더 불이 붙는다는 점이었다. 발리의 서퍼들은 서핑
을 하지 않는 서양의 배낭 여행객 무리와 함께 엄청난 양의 해시

시와 대마를 피웠다. 브라이언과 나는 드물게도 약을 절제하는 케이스였다. 대학 시절에 대마초를 피워보았지만, 어느 순간 불안해지기 시작했다. 나는 5년 정도 어떤 약도 하지 않았다. 브라이언은 알코올 이외의 모든 것은 "가짜 약"이라고 부르곤 했다.

나는 여행 기사를 써서 잡지들의 관심을 끌어보려고 애쓰기 시작했다. 첫 번째 과제는 《오프듀티Off Duty》라는 미국 군사 잡지의 홍콩란에 발표되었다. 그때까지는 그 잡지를 본 적이 없었지만(아직까지도 보지 않았다) 고료로 150달러를 준다니 근사해 보였다. 잡지에서는 발리에서 마사지를 받는 이야기를 원했다. 여자 마사지사들은 분홍색 플라스틱 바구니에 아로마오일을 담고 쿠타 어디에나 다녔다. 나는 너무 소심해서 해변에 있는 사람에게는 다가갈 용기가 없었다. 해변에는 종일 10여 명의 마사지사들이 창백한 몸뚱이를 문질러댔다. 하지만 내가 관심사를 꺼내자마자, 우리 로스멘을 운영하는 가족들은 팔에 근육이 불거진 늙은 여자를 데려다주었다. 여자가 가학적인 즐거움을 띤 눈으로 나를 바라보면서 마당의 간이침대 위에 엎드리라고 명령하자, 게스트하우스의 아이들은 웃음을 터뜨렸다. 여자가 억센 손을 내 등 근육에 파묻자 나는 실제로 겁이 났다. 철로에서 일할 때 레드우드시티에서 녹슨 차량 연결 레버를 당기다가 위쪽 등 근육이 찢어진 적이 있었는데 제대로 치료받지 못했었다. 나는 이 마초적인 마사지사가 쓰린 부분을 찢어서 덧나게 하는 광경을 상상했다. 나는 불편한 마음으로 그런 일화가 있으면 적어도 좋은 기사거리가 되지 않을까 생각했다. 상처에는 이미 달곰쌉쌀한 역사가 있었다. 그 부상을 입었을 때 내 동료 철도원들은 회사에서 돈을 받지도 말고 서류에 서명도 하지 말라고 충고했다. 이게 내가 100만 달러를 벌 수 있는 사다리가 되어줄지도 모른다고 했다. 설비에 결함이 있었다면 철도 회사를 고소하고 부자가 되어 젊은 나이에 은퇴할 수도 있었다. 나는 그런 생각은 경멸스럽다고 생각해서, 며칠 후 등의 상태가 좋아지자 수표를 현금으로 바꾸고 합의서에 서명한 후 일터로 돌아갔다. 물론 등은 이튿날부터 다시 아프기 시작했고, 그 후로는 계속 아팠다. 그렇지만 그 마사지사는 내게 상처를 주지 않았다. 여자 마사지사의 손가락은 뒤엉킨 근육을 찾아서 탐색하더니 한참 부드럽게 풀어주었다. 그날 아픔은 멈췄고, 오래된 저림은 몇 주 동안은 재발하지 않았다.

언젠가 나는 병에 걸렸다. 열, 두통, 어지럼증, 오한, 마른기침이 이어졌다. 몸이 너무 약해져서 서핑할 수 없었고, 상태가 너무 좋지 않아 일하러 갈 수도 없었다. 이틀이 지난 후 나는 몸을 억지로 일으켜 미니버스 뒷자리에 누워 사누르로 가서는 큰 호텔에 묵고 있는 독일인 의사를 찾아냈다. 그는 내가 파라티푸스paratyphoid에 걸렸다며, 티푸스만큼 심한 건 아니라고 말했다. 길거리 음식을 사 먹다가 생긴 건지도 모른다고 했다. 의사는 내게 항생제를 주었다. 죽지는 않을 거라고도 했다. 나는 그 전에는 병에 거의 걸리지 않았기 때문에 참고할 만한 쇠약의 경험이 없었다. 나는 안절부절못하는 발작, 오한, 불안감, 자기 경멸에 빠져들었다. 이제는 더욱 필사적으로 내가 인생을 낭비했다는 생각을 하게 되었다. 나는 부모님 말을 들을걸, 생각했다(패트릭 화이트 왈 "부모들이란 인생 제1의 아마추어다."). 어머니는 내가 네이더 돌격대가 되길 바랐다. 기업 비리를 폭로하는 랠프 네이더Ralph Nader✦를

✦   미국의 변호사이자 저술가로 소비자 권리 보호 운동으로 유명하다.

위해 일하는 이상적인 젊은 변호사들을 가리키는 말이었다. 어
째서 그렇게 하지 않았을까? 아버지는 내가 언론인이 되길 바랐
다. 아버지의 영웅은 에드워드 R. 머로Edward R. Murrow[++]였다. 젊었
을 때 아버지는 뉴욕에서 머로와 그의 동료 밑에서 사환으로 일
한 적이 있었다. 어째서 아버지 말을 듣지 않았을까? 브라이언은
방을 왔다 갔다 하며 자기혐오에 빠져 허우적대는 나를 미심쩍은
눈으로 보는 듯했다. 아니. 그가 말했다. 파도는 별로 좋지 않았
어. 발리는 여전히 글러먹었어. 요샌 어디에서 자는 거야? 브라
이언은 어떤 여자를 만났다. 이탈리아인인 것 같다고 나는 짐작
했다.

　우리는 편지를 받기는 했다. 쿠타 해변의 우체국에 유치 우편
이라는 방법으로. 하지만 샤론에게서는 몇 주 동안 소식이 없었
다. 어느 날 아침, 몸이 조금 나아진 것 같자 나는 천천히 우체국
까지 걸어갔다. 가족들과 친구들이 보낸 엽서와 편지는 있었지만
여전히 샤론은 깜깜 무소식이었다. 전보를 보낼까 생각했지만,
한 무리의 관광객들이 '국제전화'라는 안내문이 붙은 오래된 벽
걸이 전화에 모여 있는 것을 알아차렸다. 전화라니, 그 생각을 왜
못했을까? 나는 샤론에게 전화했다. 우리는 1년 동안 오로지 두
세 번밖에 이야기를 나누지 못했다. 그녀의 목소리는 다른 인생
에서 온 음악 같았다. 나는 황홀해졌다. 샤론과 나는 편지를 많이
도 주고받았지만, 그녀가 내 귓가에 실시간으로 속삭이자 드넓고
섬세하게 균형을 잡아놓았던 우리 사이의 거리는 무너지고 말았
다. 내가 아팠다고 말하자 그녀는 놀랐다. 나는 건강해질 것이었

++　미국의 방송인, 조지프 매카시에 대한 신랄한 비난으로 유명하다.

다. 그녀는 6월 그믐에 나를 싱가포르에서 만나겠다고 했다. 이건 중요한 소식이었다. 지금은 5월 중순이었다.

　나는 몸을 회복했다.

　인도네시아는 넓은 곳이었다. 인도양의 스웰에 노출된 해안만 1,000마일이 넘었다. 그래도 서퍼들에게 널리 탐사된 곳은 발리뿐이었다. 브라이언과 나는 어디서든 파도를 찾을 준비가 되어 있었다. 자바섬의 남동쪽 끝에는 그라자간Grajagan이라고 알려진 전설의 황무지가 남아 있었다. 미국인 마크 보이움Mike Boyum이 1970년대 중반 거기에 야영지를 짓기는 했지만, 최근에 그 사람 소식은 들은 바가 없었다. 거기서부터 시작하면 합리적일 듯했다. 우리는 오스트레일리아에서 사온 보드 중 남은 건 다 팔아버렸다. 발리에서 만난 무리 중에서 우리는 공모자 두 명을 찾아냈다. 마이크Mike라고 하는, 캘리포니아 출신의 인도네시아계 미국인 사진가와 호세Jose라고 하는 에콰도르 출신 금발의 구피풋 서퍼였다.

　힘든 탐사였다. 우리는 해안에서 멀리 떨어진 이스트자바East Java의 마을 반유왕이Banyuwangi에서 물품을 구입했다. 매번 물건 거래를 할 때마다 격하게 흥정하는 것이 이 지역의 규칙인 것 같았다. 적어도 오랑 푸티orang putih, 백인에게는 그랬다. 우리는 처음에는 마이크의 바하사인도네시아Bahasa Indonesia 구사력이 무척 좋은 줄 알았지만, 압박을 받는 상황에서는 무너졌다. 흥정을 주로 맡은 사람은 나였다(엉망진창으로 말해도 상관없다면 바하사인도네시아어는 무척 쉬운 언어였다. 동사 시제가 없고, 나라 대부분 지역에서는—적어도 그때는—그 언어를 제1언어로 하는 사람은 없었기 때문에 외국인들

을 위해 땅을 고르는 데 도움이 되었다). 그라자간 마을 안 해변에서는
파도까지 10마일 정도 떨어진 만을 건너갈 배가 필요했다. 땀을
뻘뻘 흘리면서 더욱 힘들게 몇 시간 동안 흥정했다. 마을 사람들
은 이전에는 서퍼였다고 말했지만, 지난 1년간 서핑을 해본 사람
은 아무도 없었다. 내가 일기장에 계약서를 썼고, 코수아Kosua라
는 어부와 내가 서명했다. 그들은 우리를 2만 루피(32달러)에 바다
를 건네주고 일주일 후에 돌아오기로 했다. 그들은 담수 여덟 통
을 공급해준다고 했다. 우리는 이튿날 아침 5시에 떠날 것이었다.

우리가 타고 가는 배는 울루와투에서 낚시하는 정교하고 알록
달록한 작은 주쿵jukung, 현외 장치가 붙은 배 같은 게 아니었다.
우리의 배는 선폭이 넓고, 바닥이 무거운 짐승으로, 돛 한 쪼가리
가 아니라, 이상하게 긴 프로펠러 축이 달린 크고 요란스러우며
케케묵은 선외 장치 모터가 붙은 배였다. 선원 열 명이 탈 수 있
었다. 우리 항해가 시작되고 4분 뒤에, 배는 마을 앞 파도에 전복
되었다. 다친 사람은 없었지만 모두 화가 났고, 많은 물건이 물에
젖었다. 코수아는 재협상을 원했다. 그는 이 여행이 우리가 말한
것보다 더 위험하다고 따지려 했다. 나는 그가 배를 내보낼 때마
다 일부러 모래섬에 부딪고 협상하려 했을 가능성이 농후하다고
생각했다. 그래서 흥정하느라 하루 정도 더 끌었더니 파도가 잦
아들었다. 그때 우리는 떠났다.

그 지역에서는 플렝쿵Plengkung이라는 이름으로 알려진 그라자
간 서핑 지점은 저 멀리 자바 호랑이의 마지막 보루라고 하는 빽
빽한 정글 숲의 길 없는 곳에 있었다. 코수아는 우리를 보이움
의 야영장으로 쓰였던 무너져가는 구조물에서 반 마일 정도 떨어
진 해안의 작은 만에 내려주었다. 파고는 낮았고, 넓게 드러난 암

초에선 대단해 보이는 파도들이 부서지고 있었다. 코수아가 배를 타고 멀어지는 동안, 우리는 더위 속에서 장비를 나르기 시작했다. 물통은 끔찍하게 무거웠다. 나는 고작 모래 위로 질질 끄는 게 전부였다. 마이크는 그 정도도 하지 못했다. 브라이언은 한 번에 두 개씩 날랐다. 나는 브라이언의 힘이 세다는 건 알고 있었지만, 어이가 없었다. 더 인상적인 것도 있었다. 야영장에 도착한 후, 모두 그늘 속에 널브러져 물을 찾아 헐떡이고 있을 때, 브라이언이 통을 열더니 물맛을 보고는 뱉어냈다. 그는 조용히 말했다. "벤진Benzine이야." 인상적인 건 그의 침착함이었다. 그는 플라스틱 깡통들을 쭉 살폈다. 여덟 통 중 여섯 통이 마실 수 없는 물이었다. 이전에 연료를 담았고 그 이후에 제대로 씻지 않은 것이었다. 브라이언은 식수로 적합한 물 두 통을 나무둥치에 가져다 놓았다. "엄격하게 배급해야 할 것 같아." 그가 말했다. "내가 책임지고 했으면 좋겠어?"

마이크와 호세는 충격을 받은 듯했다. 그들은 아무 말이 없었다. 내가 말했다. "그럼."

그로자간의 불행은 모두 그렇게 흘러갔다. 망치고, 재수 없고, 끝없이 목마르고. 마이크와 호세는 반쯤 근육이 마비된 듯했다. 상대적으로 브라이언과 나는 익숙해져서 수완이 생겼다. 반유왕이에서는 이런 패턴으로 돌아갔다. 두 사람이 기가 죽으면, 우리가 일을 나누어 처리했다. 브라이언과 나는 함께 여행한 지 이제 1년이 넘었으므로, 우리가 서로에게 얼마나 완전히 의지할 수 있는지 알고 기분이 좋았다. 심지어 결점을 보충하는 기분이었다. 물의 분배라는 문제는 한 방울까지 공정하게 나누어질 것이었다.

보이움은 대나무 집을 몇 채 지어놓았지만, 하나만 남겨놓고 다 무너져버렸다. 우리는 무너지지 않은 한 채에 조심스럽게 들어가 갔다. 호랑이는 보지 못했지만 밤이면 큰 짐승 소리가 들렸다. 그중에는 반텡banteng이라고 하는 야생 소와 성난 소리를 내며 우리 숙소 나무 밑동을 파헤치는 멧돼지도 있었다. 노숙한다는 건 있을 수도 없는 일이었다.

우리의 불운은 첫 서핑 구간에도 이어졌다. 브라이언은 보드에서 떨어졌다가 머리 옆쪽을 붙들고 일어서서 나왔다. 얼굴은 고통으로 하얗게 질려 있었다. 우리는 고막이 터진 게 아닌가 생각했다. 그는 그 주의 나머지 날 동안 물에 들어가지 못했다.

나는 그에게 파도가 보이는 것만큼 좋지는 않다고 확인해주었다. 그리고 실제로도 좋지 않았다. 파도는 어마어마했다. 길고, 길며, 긴, 빠르고, 텅 빈 왼쪽 파도. 작은 날에는 6피트 높이였고, 스웰이 요동치면 8피트가 넘었다. 지금 생각해보면 호세와 나는 잘못된 곳에서 서핑했던 것 같다. 라인을 따라 움직여 물머리까지 올라가는 것은 내게는 당연했다. 파도를 잡을 수 있는 첫 번째 장소까지. 그라자간에서는 파도가 크고 구간이 나뉘었으며 물머리 부분이 물렁했지만 나는 그리로 올라갔고, 호세는 내 뒤를 따랐다. 나는 파도에서 좀 더 짜릿한 부분을 더 아래까지 연결시킬 수 있을 거라고 생각했다. 하지만 나는 거의 성공하지 못했다. 언제나 편평한 지점, 서핑을 이어갈 수 없는 구간. 나는 암초를 완전히 잘못 읽었다. 안쪽으로 내려가서, 서핑에 성공할 수 있는 테이크오프가 더 깨끗하고 더 잘 벗겨지는 파도로 이어지는 그 자리에서 모퉁이를 찾아야 한다는 생각은 들지 않았다. 파도가 가장 크게 이는 날에는, 호세는 끼어들고 싶지 않아했고, 모기장 밖으로 거의 나오지 않는 마이크는 내게 파도가 진짜로 거대한 곳까지 패들해서 올라가도 될 것 같다고 자신감을 주었다. 심지어 자기가 가지고 온 작은 하얀 웨트슈트도 입고 가라고 꼬드겼다. 터키색 물과 내 갈색 팔이 좋은 대조가 될 거라고, 그는 말했다. 나는 내 판단과는 달리 괴물 같은 파도를 하나 잡아 탔으나 나의 믿을 만한 뉴질랜드 핀테일로는 타고 내려갈 수가 없었다. 마이크는 자기가 사진을 찍었다고 했으나, 나는 보지 못했다.

사실 그가 카메라로 찍고 있었다는 사실을 확실히 알게 된 것은 딱 한 번, 그로부터 한두 해 지나서였다. 누군가 내게 어떤 미국 서프 잡지에 한 페이지를 다 차지한 마이크의 사진을 보여주었을 때였다. 텅 비고 파고가 낮은 그라자간에 내가 핀테일을 겨드랑이에 끼고 전면에 서 있었다. 파도는 평소처럼 장대해보였다.

좌절은 서핑에서는 큰 부분이다. 우리 모두가 잊기 쉬운 부분이었다. 멍청한 구간, 놓쳐버린 파도, 바람에 날린 파도, 끝없어 보이는 잠잠함. 하지만 그라자간에서 크고 깨끗하며 텅 빈 파도가 일었던 한 주 동안 좌절이 내 서핑의 주요 주제였다는 사실은 다른 서퍼들에게는 너무 허무맹랑한 얘기처럼 들려서 나는 그걸 아직도 잊지 않고 있다. 브라이언도 그 말을 믿지 않았다.

부모님이 작업하는 텔레비전 영화 〈지옥에서의 휴가Vacation in Hell〉에서 나눠준 야구 모자 두 개를 내게 보내주었다. 사람들은 그 뜻이 뭐냐고 내게 묻곤 했다. 나의 바하사인도네시아어로는 딱 맞는 번역을 찾기 힘들었다. 브라이언은 이렇게 말하곤 했다. "지금 보고 있잖아요, 친구."

우리가 헤어질 때 마이크는—그와 호세는 곧바로 발리로 돌아갔다—엄숙하게 우리에게 충고했다. "인도네시아는 치명적인 덫

이야." 그 말은 멜로드라마 대사 같았지만, 서프보드를 들고 자바섬, 수마트라섬을 통과하는 여행을 초저가로 한다는 건 쉽지 않았다. 우리가 타는 버스와 밴은 불편하고 모욕적일 만큼 사람이 많았다. 운전사들이 말 그대로 승객들에게서 이윤을 쥐어짜냈기 때문이다. 그래도 나는 소년 차장들의 영웅적인 면모, 머리가 날릴 속도로 달려가는데도 문간에 매달릴 수 있는 그들의 균형, 민첩성, 힘이 이루어낸 믿기지 않는 위업, 차비를 두고 벌이는 속사포 같은 흥정 기술을 존경했다. 그리고 어떤 경우에는 고객들을 적어도 반쯤은 만족시키는 그들의 명민한 홍보 능력까지도. 맨발에 누더기를 걸친 이 똑똑한 친구들에 대면 미국인 철도 회사 직원들은 건성건성 일하는 듯이 보일 것이다. 그들이라면 신발 코가 강철로 된 장화를 신고, 상세한 작업 지시서에 따라 늘 조심스럽게 자동차와 화물차를 내렸을 것이었다.

우리는 자바섬 일대를 가로지르는 기차를 탔다. 바람을 맞으려고 창문 밖으로 몸을 내민 나는 기차에서 인도네시아를 바라보며 이 국가의 주요 산업은 정화인 듯 보인다는 생각을 문득 했다. 선로가 건너는 모든 시내, 강, 둑, 논두렁에서 농부들과 마을 사람들이 차분하게 쭈그리고 앉아 있었다. 세계에서 제일 크고, 가장 그림 같은 변소 여행으로, 팔리에서 파라티푸스로 고생한 후에는 먹고 마시는 것에 좀 더 주의해야겠다고 맹세한 것을 새삼 떠올렸다. 그래도 나는 여전히 길거리 음식을 사 먹었고, 우리는 여전히 잠수했다. 어쨌든 난 플렝쿵에서 말라리아에 걸렸다. 그런데 그때는 그걸 아직 몰랐다. 반면, 브라이언의 고막은 실제로 터졌다고 자카르타의 의사가 말했다. 의사는 물약을 주면서 곧 나을 거라고 했다.

　동남아시아의 시골은 강렬한 열대성을 띠고 있고, 겉모습으로는 폴리네시아의 시골을 닮았다. 그러나 두 지역의 특징은 확연한 것 이상이었다. 여기서는 드넓은 문명이, 벼 기반의 농업으로 형성된 풍요로움을 바탕으로 일어났다. 여기, 불가해하게 복잡한 카스트 계급 사회에서 수억 명이 복닥복닥 살았다. 나는 반쯤 형식을 갖춰 사람들을 인터뷰하는 데 재미를 붙였다. 딱히 특정한 프로젝트를 염두에 두지 않고 하기에는 이상한 일이었다. 그렇지만 나는 호기심이 들었고, 질문받는 것을 기뻐하는 듯한 사람들이 종종 있었다. 그들의 가족력, 수입, 전망, 희망…. 족자카르타Jogjakarta 근처에서 벼농사를 짓는 농부는 육군 대위로 퇴역한 사람으로, 내게 자기 경력과 농장의 운영비, 장남의 대학 성적 등을 자세히 설명했다. 하지만 내가 들은 모든 얘기에는 1965년에서 1966년에 걸쳐 두꺼운 너울이 드리워져 있었다. 50만 명이 넘는 인도네시아인들이 군부와 무슬림 사제들이 벌인 대량 학살에서 희생된 것이다. 희생자는 주로 공산주의자와 공산주의자로 몰린 사람들이었지만, 중국 화교와 기독교인들도 죽거나 재산을 몰수당했다. 피바다에서 탄생한 수하르토 독재 정권은 여전히 권력을 잡고 있었고, 대량 학살은 억압된 역사로 학교에서 가르치지도 않고 공론화되지도 않았다. 서부 수마트라의 항구 도시인 파당Padang의 페달 택시 운전사 한 명은 내게 좌익으로 의심받아 감옥에서 보낸 시절에 대해 조용히 이야기해주었다. 그는 대숙청 이전에는 교수였다고 했다. 또 그는, 자기는 미국인들을 좋아했지만 미국 정부는 학살을 지원하고 지지했다고 했다.

　수마트라는 자바에서 온 우리에게는 기분 전환이 되었다. 산이 더 많고, 사람은 더 적으며, 더 번창했고, 갑갑한 느낌이 덜했다.

적어도 우리가 지난 지역에서는 그랬다. 우리는 모험심 강한 오스트레일리아 니보더kneeboarder✦가 남태평양에서 준 보물지도를 갖고 있었다. 그녀는 수마트라 서쪽의 섬 풀라우니아스Pulau Nias에서 대단한 파도를 탄 적이 있다고 말했다. 그곳은 더는 비밀 지점이 아니었지만, 주된 걸림돌이 아직 남아 있었다. 어떤 사진을 찍어도 출판할 수 없었다. 우리는 파당에서 작고 단출한 디젤 동력 페리를 탔다. 니아스에서 200마일 정도의 거리로, 출항 첫날 밤에 폭풍우가 강타했다. 우리는 완전한 암흑 속에서 뒹굴었다. 이따금, 섬뜩하게도, 배는 방향 조절력을 상실한 것 같았다. 파도가 갑판 위를 쓸고 갔다. 유일한 선실은 조타수를 위한 작고 더러운 합판 오두막이었다. 승객들은 대부분 뱃멀미를 했다. 하지만 사람들은 놀라울 정도로 강했다. 비명 지르는 사람 하나 없었다. 모두가 기도했다. 아무도 배 밖으로 넘어가지 않았으니 운이 좋았다. 낡은 배가 가라앉지 않았으니 운이 좋았다. 우리는 희뿌연 회색 아침에 니아스 남쪽 끝단에 있는 작은 항구인 텔루크달람Teluk Dalam으로 통통 들어갔다. 텔루크달람은 조지프 콘래드Joseph Conrad의 소설에 나와도 어색할 만한 것이 하나도 없는 곳이라는 생각이 들었다. 니아스의 인구는 50만 명이었지만, 전기가 들어오지 않았다.

파도는 서쪽으로 10마일 떨어진 라군드리Lagundri라는 마을에서 쳤다. 니보더의 말이 맞았다. 깔끔한 오른쪽 파도였다. 한 점에서 부서지긴 했으나, 정말로는 암초에서 부서지는 리프브레이크reefbreak라고 할 만했다. 파도가 해안선을 따라가지 않기 때문이

✦　무릎 꿇는 자세로 쇼트보드를 타는 사람.

었다. 파도는 눈에 띄게 일어서서 암초에 부딪히면 자로 잰 듯 똑바른 벽을 이루었다가 구간이 나뉘지 않은 채로 8야드 정도 해안가에서 떨어진 곳에서 벗겨졌다. 그러고는 깊은 물에 부딪기 전에 바람 속으로 아름답게 배럴을 만들었다. 그 지점에 옹기종기 늘어선 키 큰 코코야자 나무들은 파도를 더 잘 보고 싶은 듯 물 위로 휘어졌다. 정말로 근사한 광경이었다. 라군드리만은 말굽 모양에 수심이 깊었다. 대략 그 기점에서 1마일 떨어져 있고, 해안과 야자나무 숲으로 분리된 마을은 어부들이 사는 작은 집이 점잖게 모인 곳이었지만 딱 한 집, 정교하게 솟은 지붕에 장식적으로 건축된 3층짜리 목조 주택만이 위풍당당하게 서 있었다. 여기가 로스멘이었다. 거기 머무는 네댓 명의 서퍼들은 모두 오스트레일리아 사람이었다. 이 다른 서퍼들이 우리가 나타난 것을 보고 실망했는지는 모르겠지만, 그 기분을 잘 숨겼다. 우리는 2층 발코니에 우리 모기장을 걸었다.

그 발코니에서 브라이언은 급히 떠나야 한다고 말했다. 그가 그 말을 했을 때가 기억난다. 나는 저스틴 캐플런Justin Kaplan이 쓴 마크 트웨인Mark Twain 전기를 읽고 있었다. 어딘가에서 무언가와 바꿔 온 것이었다. 더운 오후였다. 밖에 나가기 전에 늦은 오후의 최악의 열기가 빠져나가기를 기다리던 중이었다. 완전히 놀라운 소식은 아니었다. 브라이언은 다이앤이 여름방학일 때 그녀와 유럽에서 만나기로 했다고 중얼거린 적이 있었다.

그렇다고는 해도, 여전히 아쉬웠다. 나는 책에서 눈을 뗄 수가 없었다.

나 때문이 아니라고, 내가 물어보자 그는 말했다. 그는 그저 지쳤을 뿐이었다. 그리고 고향이 그립다고 했다. 여행에 지쳤다고 했다. 다이앤이 그에게 최후통첩을 보냈지만, 그는 진작 떠날 준비가 되어 있었다. 그는 싱가포르나 방콕에서 저가 비행기 표를 찾아볼 생각이었고, 아마도 7월 중순쯤 떠나게 될 거라고 말했다. 앞으로 예닐곱 주가 남아 있었다.

우리는 서핑했다. 첫째 주에는 스웰이 놀랄 정도로 일정했다. 파도는 점점 좋아지기만 하는 듯했다. 어떤 조수에도 탈 수 있었다. 파도가 흩어져 무너지지 않을 것만 같았다. 만의 바닥으로부터 해안에 이르는 작은 역류가 있었기에 어떤 환경에서도 수면을 깨끗하게 유지할 수 있었다. 패들해서 나가는 것은 어이없을 정도로 쉬웠다. 파도 너머 지점까지 걸어가서 암초 안의 구멍으로 슬쩍 들어가면 머리가 젖지 않은 채로 라인업에 도착할 수 있었다. 세계적으로도 최상급인 오른쪽 파도라는 것만 빼면, 여기는 명백히 키라와 정반대였다. 싸워야 하는 악마 같은 급류가 없었다. 500마일 안에 있는 서퍼 모두가 동시에 나온다고 해도, 여전히 사람이 붐비지는 않을 것이었다. 그리고 키라의 본질적 특질이 숨 막히는 압축에 있다면, 니아스의 파도는 순수한 확장처럼 느껴졌다. 그 파도는 더 멀리 위로 올라, 더 빨리 진입해, 더 높은 선을 타고, 더 깊이 들어가도록 했다. 테이크오프는 가팔랐지만 곧았다. 그저 암초의 암붕을 넘어서 파도가 끌어갈 때 올라타기만 하면 되었다. 주벽에서는 크게 회전할 만한 시간이 없었다. 높은 선을 따라가다 열리는 파도에 시간을 잘 맞춰 타기만 하면 멋진 튜브가 생기는 높고 빠른 파도였다. 위에서 아래로 말리는 배럴은 아니었지만—아몬드형 배럴이라고 알려진 것이었다—보드를 꺾을 만큼 충분히 세게 부서졌다. 파도는 타바루아에서처럼 극단적으로 길지는 않았지만 위험할 만큼 얕지도 않았다. 그리고 니아스의 파도에는 특별한 꾸밈음이 있었다. 주벽의 마지막 10야드는 깊은 물과 부딪기 직전에 특히 크게 일어섰다. 그 파도의 얼굴 면은 딱히 별 다른 이유 없이 파도의 나머지 부분보다 몇 피트 높았다. 이 거대한 녹색의 내리막길은—특히 위쪽 3분의 1정도는—고속의 화려한 동작으로 내려와달라고 사람을 유혹했다. 기억할 만한 기교, 감사와 장악력을 모두 증명했다.

나는 그럭저럭 니아스에서 서퍼로 기량이 정상에 올랐으나, 당시에는 그 사실을 몰랐다. 나는 스물여섯이었고, 아마 이제까지 중에 제일 강했을 테고, 그 언제보다도 빨랐다. 나는 안성맞춤의 보드로 안성맞춤의 파도에 올라탔다. 서핑을 끊임없이 해온 기간이 1년이 넘었다. 내게 일어난 파도 위에서는 거의 무엇이든 할 수 있을 것 같은 기분이었다. 그 주의 후반, 파도가 더 커졌을 때, 나는 힘을 두 배로 늘려 더 거침없이 파도를 탔다. 특히 파도 구간의 끝이 특별히 높아서 내가 이제껏 시도해보지 않은 높이의 물머리에서부터 비스듬하게 타고 떨어질 수 있었고, 나는 대체로 내 보드로 깨끗이 내려왔다. 나는 그런 정도의 파도에서 그렇게 느슨하게 서핑한 것은 처음이라는 것을 깊이 깨달았다. 불멸의 생을 얻은 기분이었다.

건기이긴 했으나, 이틀 동안 폭풍우가 몰아쳐 마을이 범람하고 갈색 담수로 만이 가득 차 파도는 다 죽어버린 것만 같았던 때가 있었다.

찌뿌듯한 기분으로 잠자리에 들었는데, 깨어보니 열이 났다. 나는 파라티푸스가 재발한 거라고 생각했다. 더 그럴 법한 병은 말라리아였다. 불멸의 기분은 점점 사라졌다. 어쩌면 인도네시아는 치명적인 덫이었는지도 몰랐다. 오스트레일리아 서퍼 세 명이 1975년 라군드리에서 파도를 찾아냈는데, 그중 한 명인 존 기젤John Giesel은 말라리아를 반복해서 앓다가 아홉 달 뒤에, 소문으로는 폐렴에 걸려 죽고 말았다. 당시 그는 스물세 살이었다. 그라자간에서 첫 번째로 서핑한 두 사람 중 하나는 밥 라버티Bob Laverty라는 미국인이었는데—다른 한 사람은 마이크 보이움의 형제였다—발리로 돌아간 후 며칠 만에 죽고 말았다. 그는 울루와투에서 익사했다. 마이크 보이움은 인도네시아에서는 살아남았지만, 코카인 밀수에 관여했다가 바누아투에서 감옥에 갔고, 후에 필리핀에서 가명으로 살던 중 거기서 찾아낸 거대한 파도를 타다 죽었다.

나 역시 지쳤고, 고향이 그리웠고, 여행에 진력이 났다. 브라이언과 함께 아시아를 떠나고 싶은 마음까지는 들지 않았지만, 내가 여기 온 정확한 이유를 기억하기가 힘들었다. 서핑이 있었지만 라군드리보다 나아질 것 같지도 않았다. 나는 그저 미국으로 돌아갈 그림을 그려볼 수가 없을 뿐이었다. 나는 《로드 짐Lord Jim》의 한 문단을 따라 했다. "우리는 바다 너머에서 우리의 명성, 우리의 돈, 혹은 그저 한 조각의 빵을 얻으며 지구상에 있는 수천 군데의 우리 영토, 잘 알려진 곳과 미지의 곳을 돌아다녔다. 하지만 내가 보기에 우리 각자에게 집에 간다는 것은 핑계를 만들어내야 할 일과 같았던 게 아닌가 싶다." 나는 아직 그런 설명을 할 준비가 되지 않았다. 먼저, 이 소설을 끝내지 않고서는 미국에 돌아갈 수 없었다. 나는 끊임없이 소설 생각을 했고, 플롯을 짜고, 재고하고, 자기 비난을 하고, 더 많은 노력을 하라며 스스로 채찍질하면서 일기장을 채워나갔지만, 발리에서부터는 한 장도 새로 쓰지 못했다. 어디에 처박혀서 일로 돌아간단 말인가? 글쓰기가 나의 존재 양식을 간신히 정당화해주는 것 같았다. 내가 변태적인 욕망으로 선택해버린 이 극단적인 무명의 상태를. 하지만 돈 걱정도 슬슬 들었다. 우리는 하루에 몇 달러로 살아가고 있었지만 싱가포르나 방콕 같은 도시에선 얘기가 다를 것이었다. 브라이언은 집에 갈 만큼 돈이 있었다. 동남아시아에서 돈이 떨어진다는 건 암울한 상황이 될 수도 있다는 뜻이었다. 샤론이 돈을 많이 모았을 거라는 생각도 딱히 들지 않았다. 빠듯하게 지내야 할 것이었다.

하지만 내가 라군드리에서 돈 때문에 칭얼댄다는 건 희극적이고, 또한 역겨운 짓임을 나도 알고 있었다. 아시아 트레일Asia Trail의 잔잔한 역설이 멀지 않았기 때문이었다. 아시아 트레일이란 유럽에서 발리로 들어오는 구불구불한 육로로, 1960년대 이후 수천 명의 서양 배낭여행객들이 그 길을 터벅터벅 걸어왔다. 1979년에는 이란 혁명으로 여러 갈래로 나뉘었고, 소련의 아프가니스탄 침공으로 빈곤이 만연하고 약에 취한 또 하나의 샹그릴라가 여행 경로에서 빠졌다. 그렇지만 수마트라 북부의 토바호Lake Toba에 주요 기착지가 있는 경로에는 니아스로 빠지는 작은 지류도 있었다. 이건 아직은 서핑과는 별로 상관없었다. 겉보기에는 지역 문화 때문에 존재하는 것 같았다. 이 지역은 상대적으로 고립된 상태에서 발달하여 고대 거석을 품고 있었다. 특히 오모세부아omo sebua라고 알려진 경질 목재 건축물과 전승 무용, 노예무역 시절 당시의 네덜란드 갈레온선을 본떠 지은 구릉 정상의 마을이 있는 곳이었다. 그리고 참으로 괴상한 유럽 히피들과 관광객들이 라군드리를 통과하는 해안 도로를 떠돌아다녔다. 마을 사람들은 그들을 모두, 특히 너저분한 배낭여행객들을 미심쩍은 눈초리로 쳐다 보았다. 이유를 짐작하기는 어렵지 않았다. 여기에, 세계를 지배 하는 엘리트 출신의 거대하고 괴상한 인간이 왔다. 니아스 주민 들이 힘들게 1년 일해서 버는 돈보다도 더 많은 돈을 비행기 여행 하루에 써버릴 사람. 그저 상상할 수 없을 정도로 부유하고 깨끗 한 곳을 떠나 이처럼 절망적으로 가난하고 비위생적인 곳으로 오 는 즐거움을 위해서. 여기에서 그는 거대한 배낭을 메고 눈먼 사 람처럼 힘들게 길을 나아간다. 길을 잃고 아무것도 모르는 채로 당나귀처럼 땀을 흘리며. 그는 아시아를 땅에서부터 보길 바랐 다. 정신이 박힌 사람이라면 에어컨 나오는 리조트의 힐튼 호텔 같은 높이에서 보는 것을 더 선호할 텐데 말이다. 가난한 배낭여 행객을 적도의 정글 속에서 이질, 일사병, 그보다 더 심한 질병들 과 싸우고 고통받으면서 7,000마일을 오게 한 복잡한 야망과 혐 오는— '관광객'이 아니라 '여행객'이 되도록 한 어떤 동기든— 어쩌면 풀어낼 수 없는 수수께끼였겠지만, 그가 돈이 거의 없어 서 굳이 속일 가치도 없다는 사실은 널리 알려져 있었다.

　브라이언과 나는 물론 같은 경제적 계층이었다. 그리고 가난한 갈색 세계에서 부유한 오랑푸티orang putih가 된다는 건 여전히 구 제불능으로 글러먹은 짓이었다. 즉 우리는 글러먹었다.

　라군드리에서 로스멘을 운영하는 가족은 회교도로, 기독교가 지배적인 니아스에서는 특이하다 할 수 있었다. 근처 마을에선 교회들이 열성적인 찬송으로 뒤흔들렸다. 정글 길에서는 손도끼 를 든 키 작고 웃음기 없는 남자들이 코코넛이 든 거대한 자루를 허리춤에 끼워 넣고 다녔다. 수마트라 출신인 우리 주인들은 사 근사근하고, 상대적으로 코스모폴리탄적이었다. 그들은 우리에

게 밤에는 마을 경계 너머로 가지 말라고 경고했다. 지역 기독교
는 엄격할 정도로 명목뿐이라고, 그들은 말했다. 이 섬이 바깥 세
계로부터 고립된 제2차 세계대전 기간 동안 교회의 신도들은 식
민지 이전의 관습으로 재빨리 돌아가서 그들 사이에서 살던 네덜
란드와 독일 선교사들을 잡아먹었다고 했다. 이 소름 끼치는 소
문이 사실인지는 확인할 길이 없었다.

　열과 오한이 번갈아가며 찾아왔다. 두통은 늘 이어졌다. 나는
가장 인기 있는 말라리아 예방약인 클로로퀴네를 먹고 있었지
만 그 약은 수많은 풍토병에는 효과가 없다는 사실을 전혀 몰랐
다. 인도네시아 마을 사람들은 무슨 종류인지 특정하지도 않고
알약을 달라고 요청하곤 했다. 비타민, 아스피린, 항생제 등. 알
약에 대한 보편적 믿음이 있는 것만 같았다. 처음에 나는 아픈 친
척이나 친구에게 주거나, 병을 대비해서 비축하려고 그러는 줄
알았지만, 완벽하게 건강하게 보이는 사람도 뭐든 건네주면 아
무 질문도 하지 않고 꿀꺽 삼키는 것을 보았다. 그렇게 불길하지
만 않았다면 웃겼을 것이다. 이제 내가 아프고 보니, 사람들은 나
를 홀로 놔두었다. 아기들은 울어댔다. 나는 도널드 바셀미^{Donald}
^{Barthelme} 단편집을 뭉그적뭉그적 읽었다. 글줄들이 내 머릿속에
들어와 박혔다. "봄바 더 정글보이에게 전화를 걸어? 그의 대답
을 받아?" 피하려야 피할 수 없는 보니 엠의 형편없는 곡 〈리버스
오브바빌론〉이 마을 10대의 카세트 녹음기에서 지지직거렸다.

　나는 브라이언과 오스트레일리아 사람들이 시시덕거리는 소리
를 들었다. 브라이언이 판을 주름잡고 있었다. 그는 오스트레일
리아 사람들에게 수마트라 커피를 코로 불어보라고 시켰다. 그가
말하는 소리가 들렸다. "아, 그래. 서핑 지점이 미국에서는 시내

에서 너무 멀리 있다면, 우리는 그냥 공병대를 불러서 옮겨달라고 하면 돼. 이틀이나 사흘 걸리는데, 엄청 많은 트럭이 고속도로를 완전히 막아버리거든. 가끔은 만을 싹 다 옮기기도 하고, 다른 때는 그냥 암초랑 파도 정도. 그게 길을 따라오는 광경을 봐야 하는데, 그 와중에도 사람들이 계속 서핑하고 있거든. 진짜 진짜 천천히 가야 해. 무지 대단한 작전이지."

브라이언이 떠난다면 말로 다 하지 못할 만큼 그리울 것이었다. 브라이언은 나 때문에 떠나는 건 아니라고 했지만, 나는 적어도 일정 부분은 나 때문이라는 것을 알고 있었다. 지금은 거의 힘들이지 않고도 같이 잘 지냈고 몇 달 동안 다투지도 않았지만, 우리 파트너 관계의 저류에 흐르는 역학은 바뀌지 않았다. 나는 뭐가 되었든 그것을 좇았다. 그리고 나의 뻔뻔함과, 브라이언이 자기의 수동성이라고 부르는 성격의 화학작용은 그에게는 아무런 도움도 되지 않았다. 그는 나우루 항공과 괌 힐튼 호텔을 예약한 이후로는 아무것도 하지 않았다. 그는 자기가 운전이나 하려고 따라왔다는 사실을 좋아하지 않았다. 그는 떠나야만 했다. 하지만 그가 없다면 이 길고 이상한 여행은 어떻게 될 것인가? 그와 나는 다른 사람이 이해하지 못하는 언어를 말했다. "오, 우와, 새로운 경험이네." 통가에서 만난 테카의 말에 따르면, 지진이 일어난 후에, 누군가 우리 차를 훔쳐갔을 때도 우리는 그런 말을 할 거라고 했다. 하지만 우리는 실제로는 보다 작은 낭패를 당했을 때 그런 말을 했다. 물이 새는 페리호에서 끔찍한 밤을 보냈을 때나, 더러운 물통 때문에 몇 날 며칠 갈증을 해결하지 못했을 때. 〈라디오 에티오피아Radio Ethiopia〉— 그것은 들어줄 수 없는 패티 스미스Patti Smith의 노래, 간접적으로 전달된 랭보식 비유였다.

하지만 그 말은 모든 이국적인 척하는 힙스터적 자세를 상징하는
것이기도 했다. 살아본 건 물론이고 가본 적도 없는 곳들의 이름
을 뉴욕 한가운데서 불쑥 언급하기. 우리는 어렴풋하게 위협받기
는 해도 그 모든 것들에 우월감을 느꼈다. 거기 사람들은 예술 분
야에서 일하길 원하는, 브라이언이 가끔 "망한 성공suckcess"이
라고 부르는 것을 성취한 자들이었다. 이제 브라이언도 미국으
로 돌아간다. 나는 에티오피아에 머무를 것이었다. 말은 하지 않
았지만 부러웠다.

나는 점점 기운이 났고 약간씩 걷기 시작했다. 정글의 길에서
늙은 남자를 만났는데, 그는 손을 뻗어 말없이 내 배를 두드렸다.
그 나름의 아침 인사였다.

"잠 베라파Jam berapa?" 몇 시죠? 아이들은 시계도 차지 않은 손
목을 가리키며 이런 질문을 하길 좋아했다.

"잠 카레트Jam karet." 들쑥날쑥이야Rubber time. 상투적인 농담 같
은 대답으로, 인도네시아에서 시간이란 유연한 개념이라는 뜻이
었다.

내가 만난 사람들은 종종 따져 묻곤 했다. "디마나Dimana?" 어디
가는 거예요? "잘란, 잘란, 사자Jalan, jalan, saja." 걷는 거예요, 걷는
거, 그냥.

인도네시아 사람들은 모두 내가 결혼했는지 궁금해했다. 딱 잘
라 대답하는 건 무례했다. "티닥Tidak"—아니요. 그건 너무 무뚝
뚝했다. 결혼을 멸시하는 것 같았다. 이렇게 말하는 편이 나았다.
"벨룸Belum"—아직은요.

나는 샤론이 니아스를 어떻게 생각할지 궁금했다. 그녀는 모
로코에서도 기가 죽지 않고 돌아서 가더라도 카스바casbah⁺를 기

꺼이 구경하려 했다. 나는 라군드리의 사람들에게 싱가포르에 가지만 몇 달 후에 돌아온다는 말을 하고 다니기 시작했다. 사람들은 갖고 싶은 걸 주문했다. 남성용 은제 세이코 자동 시계, 미카사 배구공, 로스멘에 놓을 방명록 등. 나는 가져오면 좋겠다 싶은 물건들의 목록을 만들었다. 위스키, 덕트테이프, 말린 과일, 견과류, 분유, 오트밀. 단백질을 더 가져와도 환영받을 것이었다. 육류와, 이상한 일이지만, 신선한 생선은 라군드리에서는 희귀품이었다. 우리의 식사는 주로 쌀과 푸성귀였고, 박테리아와 싸우는데 좋다는 매운 칠리를 곁들였다. 다른 모든 사람들처럼 우리는 손으로 밥을 먹었다. 자바에서 만난 어떤 어부는 손가락으로 밥을 집는 가장 좋은 방법을 가르쳐주었다. 처음 세 손가락으로 여물통을 만들고 엄지손가락 뒤편을 삽처럼 쓰는 것이었다. 효과가 있었다. 하지만 나는 더 많은 음식, 더 많은 비타민이 필요했다. 내 보드용 반바지는 엉덩이 부분이 너덜너덜해졌다.

태양이 도로 나왔다. 만의 흙탕물이 맑아졌다.

나는 오토바이 뒷자리를 얻어 타고 텔루크달람까지 갔다. 거기 시내에 발전기와 아이스박스가 있는 가게가 있다는 말을 들은 적이 있었다. 나는 그 가게를 찾아서 빈탕 맥주 큰 병 두 개를 아이스박스에 넣었다. 빈탕은 인도네시아판 하이네켄이라고 할 수 있었다. 나는 마을 주변을 돌아다니면서, 샤론에게 만날 계획을 재확인하는 전보를 쳤다. 그런 후에 맥주가 차가워지자, 톱밥에 넣어서 라군드리로 도로 달려왔다. 나는 2층 발코니에 있는 브라이언에게 여전히 얼음같이 차가운 맥주를 선물했다. 그가 기뻐서

✦　북아프리카의 성채, 거주지.

눈물을 흘리는 줄 알았다. 내가 그럴 뻔했으니까. 내 인생에서 그보다 맛있는 맥주는 없었다. 심지어 우리는 아무 말도 하지 못 할 정도였다.

모든 것이 작별의 기운을 품고 있었다. 브라이언은 내게 "손주들이 볼" 사진을 찍어달라고 부탁했다. 그는 보드를 들고 해변에서서 일몰을 향해 짐짓 영웅처럼 표정을 지었다. 그는 동네 사람들이나 외국인들이나 할 것 없이 모두 보통으로 입는 사롱sarong을 입고 있었다. 하지만 브라이언이 보통으로 입던 옷은 아니었다.

파도는 다시 좋아졌다. 하지만 늘 늦은 오후, 해 질 녘의 황금 시간인 것 같았다. 우리의 마지막 저녁, 서로 의논은 하지 않았지만, 브라이언과 나는 함께 하나의 파도를 탔다. 우리가 결코 하지 않던 일이었다. 우리는 잠시 동안 파도를 타다가 허리를 펴고 내려왔다가 엎드린 자세로 나란히 거품 파도를 타고 암초를 건넜다. 얕은 물속으로 미끄러져 들어올 때 우리는 서로 주먹을 맞부딪쳤다.

인도네시아에서 세 달을 보낸 후라, 싱가포르는 충격이었다. 무척이나 정돈되고 부유했으며 깨끗했다. 공항에서 만난 샤론은 브라이언과 내가 택시 기사들과 길거리 짐꾼들에게 공격적으로 대하는 것을 보고 충격을 받았다. 나는 우리가 포스트 인도네시아 스트레스 증후군을 겪고 있으며 우리와 흥정하려고 하지 않는 사람들을 어떻게 대해야 하는지 모른다고 설명하려고 했다. 그 말은 사실이었지만, 샤론은 딱히 납득하는 눈치가 아니었다.

우리의 호텔 방에는 에어컨이 있었다. 샤론은 보수적인 잠옷을 가져왔다. 앞에 빅토리아 시대풍으로 단추가 조르르 달린 세련된 흰 잠옷이었다. 그저 위로 걷어 올려서도 벗을 수가 있었지만, 단추는 천재적인 생각이었다.

브라이언은 친구들을 만나러 홍콩에 갔고, 우리는 태국만Gulf of Thailand에 있는 코사무이Ko Samui로 슬쩍 건너가 해변에 있는 방갈로에 묵었다. 조용하고, 사랑스러웠으며, 불교적이었고, 쌌다(나중에 들어보니, 거기에 호텔 수백 개가 생겼다고 한다. 그 당시에는 어부와 코코넛 농부만이 살았다). 파도도 없고 전기도 들어오지 않았지만 스노클링하기에 좋았다. 노스캘리포니아에서 막 떠나온 샤론은 동남아시아 시골에 약간 얼떨떨한 것 같았다. 혹독한 더위, 인정사정 없는 벌레들, 창조물의 편안함이라고는 없는 생활. 그래도 그녀는 기운찼다. 박사 과정을 마쳤다는 것만으로도 안도했고, 학계의 무리로 날아들 수 있어서 행복해했다. 우리가 처음 만났을 때, 그녀는 초서Chaucer 전문가였지만, 논문은 최근 미국 소설에 나타나는 사무라이 캐릭터를 주제로 했다. "관용이 미치는 위도는 넓어." 그녀는 필립 K. 딕Philip K. Dick을 즐겨 인용했다. 여기서는 유연한 논문 지도 교수들을 가리키기도 하고, 다른 곳에서는 고대의 성적 관행을 가리키기도 했지만, 가장 자주 쓰는 건 익숙하지 못한 것들을 이해하려는 일반의 철학적 노력을 가리킬 때였다. 그녀 스스로 적응력과 산업사회 이전의 생활에 대해 일종의 낭만적 관심사를 깊이 비축해놓고 있었다. 그런 낭만적 관심사는 나도 잘 아는 것이었지만, 내 안에서는 이미 시들어 사라지고 없다는 것을 깨달았다. 나는 샤론이 와줘서 무척 기쁘고 매우 감사했다. 그녀는 태국 북부의 언덕 마을에 갔다가, 그다음에는 버마Burma — 랭군Rangoon, 만달레이Mandalay — 도 너무 가보고 싶다고 했다. 그리고 수마트라와 니아스도 괜찮다고 했다. 그녀의 피부에서 짙은 안개 같은 창백함이 사라지기 시작했다. 그녀의 웃음이 다시 차올랐다. 높은 음으로 시작했다가 떨어지는 웃음. 목에서 끊는 소리를 내다가 극적으로 끝나 사람을 애태우는 웃음이.

솔직히 말하자면, 나는 뭔가 길을 잃은 기분이었다. 인도네시아 시절 이후, 코사무이에는 번거로움이 없으며 불평하지 않아도 될 만큼 사생활이 지켜진다는 것이 오히려 신경에 거슬렸다. 서로에게 집중할 시간과 공간이 너무 많다 싶을 정도였다. 나는 다른 형태의 동반자 관계에 익숙해진 것이었다. 그 시점에는 깊이 익숙해지고 말았다. 그리고 끊임없이 파도를 쫓는 것에, 적어도 그것을 향해 뚜벅뚜벅 걸어가는 것에.

그리하여 이것이 나의 새로운 삶이었다. 우리는 둘 다 조심스러웠다. 그렇게 말할 수 있을지 모르겠지만 너무 예의를 차렸다. 하지만 우리는 싱가포르에서 위스키 한 병을 들고 왔다가 깨버린 뒤엔 조금 무모해졌다. 나는 확실히 바뀌었다. 더 마르고 피부색도 짙어졌지만 단순히 신체적 변화라고만 할 수는 없었다. 나는 좀 더 계산해서 행동했고, 심지어 내성적이 되었는데, 샤론은 이를 불편하게 여겼다. 한편 그녀는 내가 언짢아할 만한 발언들을 했다. "여기 사람들은 아이들을 특히 사랑하나 봐." 그녀는 어느 날 흙길을 지나가는 가족을 보고 이렇게 말했다. 다정한, 적어도 악의가 없는 말이기는 했으나, 나는 가슴이 아렸다. 샤론은 보통의 태국 사람을 말한 것 같지만, 그녀가 만난 건 4500만 국민 중에 고작 세 명뿐이었다. 이건 단순히 스타일상의 문제일 수 있어. 나는 스스로를 다독였다. 나는 오랫동안 다른 언어로 이야기하지 않았나. 더 간결하고, 더 역설적이며, 남성적이고 멍청하게 보이지 않으려고 영구적으로 경계하는 방식의 언어. 나는 음란한 천박함이 있는 그 방언에 유창했다. 나는 그저 새롭게 공유하는 언어를 배울, 아니 다시 배울 필요가 있었다. 샤론은 술이 몇 잔 들어가자 내가 어째서 자기에게 그렇게 까다롭게 구는지 따져 물었다. "과하게 비판적"이라는 말이 그녀가 하고 싶은 표현일 것이었다. 브라이언이 취했을 때 내가 그렇게 참을성이 없었나? 그 대답은 아니라는 것이었다. 그래서 나는 아니꼬운 생각이 들 때도 혀를 꾹 깨물었다. 애매하게 불편한 기분을 느껴봤자 도움이 되지 않았다. 나는 싱가포르에서 다시 한번 짧게 열병에 걸렸고, 의사는 말라리아라고 했다. 증상이 금방 지나간 걸 보니, 병은 가벼웠던 것 같았다. 샤론은 나한테 쌀과 국수를 더 먹으라고 강조했다. 내 몸에는 밧줄 같은 근육뿐이었다. 인간의 몸에는 지방을 비축할 필요가 있다. 그리고 무척 사랑스러운 일이라는 것을 나는 깨달았다. 누가 그처럼 나를 돌봐주고, 바라봐준다는 것이.

우리는 방콕으로 가서 브라이언과 재회한 후 스테이션 호텔이라는 크고 지저분한 곳에 묵었다. 도시는 덥고 혼란스러웠으며, 흥미롭고 진을 빼게 했다. 환한 색깔의 수상 택시들이 운하 위아래, 근사한 불교 사찰, 훌륭한 거리의 사테이, 약간 유럽풍의 궁전을 누비고 다녔다. 우리 호텔에서는 서양인들과 아시아인들 사이에서 어마어마한 양의 마약 소비와 하찮은 마약 거래가 이루어지는 것 같았다. 방콕의 어떤 구역에서는 범죄의 지하세계가 여럿 존재하고 있다는 것이 뚜렷했다. 나는 《트랙스》에서 두 건의 과제를 받았다. 발리를 넘어 인도네시아에 대한 기사로, 나는 한참을 작업했다. 브라이언이 내가 쓴 원고를 가볍게 편집해주었기에 그의 이름도 필자란에 실릴 예정이었다. 오스트레일리아 젊은이들은 기대가 컸다. 하지만 그들이 우리를 언제 찾아주든 원고료는 너무 짧고, 나는 점점 돈이 걱정되었다. 놀랍게도 노동자의 천국 오스트레일리아에서 세금 환급을 받았기에 1,000달러가 약간 넘는 돈이 있을 뿐이었다. 샤론은 그보다도 적었다. 수마트라의 시볼라에서 아기 천사 같은 얼굴의 독일인 도박사가 1달러당 60센트를 줄 테니 내 여행자 수표를 사고 싶다고 한 적이 있었다. 그냥 도둑맞았다고 신고하면, 전액 배상을 받을 수 있다고 그는 말했다. 그 제안을 더 진지하게 생각해볼 걸 그랬나 하는 생각이 들었다. 스테이션 호텔에는 우리가 갔던 어느 곳보다 면적당 아시아 트레일 도박사가 훨씬 많았다. 어쩌면 여기서도 여행자 수표를 팔 수 있을지 몰랐다. 브라이언과 샤론은 둘 다 그 생각에 반대했다. 위험하고 잘못된 일이었으며, 내가 도를 넘는다고 했다. 물론 모두 사실이었다. 하지만 오즈Oz(오스트레일리아)에서 불법체류 노동자로 아슬아슬하게 일했지만 잘되지 않았나?

뉴스는 태국-캄보디아 국경에서 벌어지는 인도주의의 위기에 대한 소식으로 가득했다. 베트남 군대는 그해 초 크메르 루주Khmer Rouge를 권좌에서 몰아냈고, 많은 피난민이 국경으로 몰렸다. 크메르 루주는 덤불숲으로 돌아와 같은 지역에 군대를 배치하고 베트남군과 싸웠으며, 국민의 참상은 늘어갔다. 나는 지도와 뉴스 소식을 파고들며 구호 협회의 자원봉사자로 거기에 가려면 얼마나 걸릴까 생각을 해보았다. 차로 고작 하루면 갈 수 있는 거리였다. 카페에서 만난 프랑스 출신 젊은 여성 둘은 그리로 가는 중이라고 했다. 한 명은 사진기자였고, 다른 한 사람은 간호사였다. 그 일을 한들 내가 돈을 벌 수는 없을 것이었고, 나는 아직 그 생각을 샤론에게 털어놓지는 않았지만, 그녀도 로버트 스톤Robert Stone의 《고참병Dog Soldiers》을 읽은 적은 있었다. 사실 그녀의 논문에도 언급된 작품이다. 이 문학적 사건은 베트남이 배경이거나 적어도 그것의 끝없는 여진이었다. 이 계략과 몽상의 한가운데에서 나는 마음을 정하고 동네 아메리칸익스프레스 영업소로 가서 내 여행자 수표를 잃어버렸다고 신고했다. 내 거짓 신고를 받은 직원은 의심스러워하는 듯 보였고, 내 입은 두려움으로 말라갔지만 결국에는 독일인 도박사 말이 맞았다. 나는 하루나 이틀 만에 전액 환불받았다. 그래도 나는 이제 장물이 되어버린 원래 수표를 어떻게 해야 할지 여전히 알지 못했다. 아메리칸 익스프레스를 대상으로 사기를 친 것 자체는 내게는 괜찮은 일, 로빈 후드 같은 행위로 보였다. 다른 사람들을 등쳐먹는 회사를 등쳐먹는 것이었으니까. 실로, 나의 문학적 우상들이 한 대담한 행동들에 비하면 소심했다. 딘 모리아티Dean Moriarty⁺는 흥분을 느끼고 싶어서 자동차들을 훔쳤다! 윌리엄 버로스William Burroughs는 또 어떻고! 브라이언과 샤론은 내가 범죄 계획을 말해주었을 때도 별로 감명을 느끼지 않았다. 그들은 내게 방콕 감옥에 갇히기 싫으면 옛날 수표는 변기에 넣고 물을 내려버리라고 했다.

어쨌든 이 모든 일들은 다음 날 밤에 다 사라져버렸다. 나는 결국 방콕 감옥 대신에 방콕 병원에 가게 되었다. 작고 근사한 정원식 병원으로 내 친구들이 찾을 수 있는 가장 좋은 병원이었다. 그날 밤, 그리고 다음 날 밤의 기억은 물에 젖어 축축했다. 나는 고열에 시달려 헛소리를 하기 시작했고, 너무나 쇠약해져서 입원을 해야겠다는 결정에 저항하는 건 물론이고 호텔 방을 걸을 수도 없었다는 것만 기억난다. 그들이 데려갔던 장소가 근사해서 겁

⁺　잭 케루악의 《길 위에서》에 나오는 인물.

을 먹었던 것도 기억난다. 보아하니 외교관들을 위한 진료소 같
았다. 그렇지만 입 다물라는 단호한 말을 들었다. 의사는 독일인
이었다. 여자 의사는 내 피가 "말라리아로 검어졌다"고 한 후, 바
로 비행기를 타고 미국으로 가야 한다고 했다. 그 시점에서 내 친
구들은 망설였다. 나는 그런 극단적인 조치에 절대적으로 반대한
다는 뜻은 똑똑히 밝힐 수 있었고, 그들은 내 뜻을 거스르는 것을
내켜하지 않았다. 내 생존 확률과 아시아에서 40년을 보낸 박사
가 보아온 모든 말라리아 발병 건에 대한 토론이 벌어졌다. 그들
은 나를 비행기에 태우지 않았다.

　어두운 날들이 왔다. 거칠고 아픈 열은 몸이 덜덜 떨리는 오한
으로 바뀌었다. 나는 놀랍도록 살이 빠져서 61킬로그램까지 떨어
졌다(키가 188센티미터였다). 나이 지긋한 의사는—이름은 에팅거
박사였다—엄격하지만 친절했다. 의사는 내가 운 좋은 젊은이라
고 하며 살아날 거라고 했다. 몸집이 자그마한 간호사들이 내 양
쪽 엉덩이에 거대한 주사를 놓았다. 나는 기력이 너무 없어서 일
주일 동안 자리에서 일어나지도 못했다. 편집증과 우울감이 내
뇌를 무력으로 합병해버렸다. 낼 수 없는 의료비 청구서가 쌓이
고 있다는 생각을 하면 참을 수가 없었다. 브라이언과 샤론은 매
일 찾아와서 내가 볼 수 있는 조용한 잔디밭과 울타리 너머 방콕
에 관한 이야기로 나를 즐겁게 해주려 했다. 하지만 나는 웃기는
커녕 미소 짓기도 힘들었다. 정신적으로 길을 잃은 기분이었고,
인생을 낭비하고 있다는 의심이 점점 자라나 양심과 함께 돌아왔
다. 아버지가 나타나서 확고하고 포괄적인 충고를 해주기를 바랐
다. 그러면 그 충고를 토시 하나 빼놓지 않고 따를 텐데. 부모님
에게 내가 아프다는 것을 알리고 싶었던 건 아니었다. 그리고 부

모님은 몰랐다.

그러다 브라이언이 찾아오지 않기 시작했다. 샤론은 그 이유를 모호하게 얼버무렸다. 그는 어떤 사람들과 만난다고 했다. 나는 두 사람이 같이 자는 사이가 되었다는 결론을 내렸다. 나는 몇 번이고 스테이션 호텔에서 있었던 어떤 사고를 마음속으로 곱씹어 보았다. 브라이언은 우리 방에 앉아 있었다. 샤론은 샤워를 하고 있었다. 그녀는 벌거벗은 채로 욕실에서 느긋이 걸어 나오고 브라이언은 소리를 지르며 눈을 가렸다. 그녀는 웃으면서 그를 내숭쟁이라고 놀리고, 그는 신음하면서 제발 뭘 좀 걸치라고 하면서 여전히 눈을 가렸다. 당시에는 나는 그저 웃긴 사건이라고 여겼다. 그녀는 자신이 알몸일 때의 모습이 근사하다는 것을 알았고, 그에게 충격을 주면서 흥분을 느꼈다. 두 사람은 좋은 친구였고, 브라이언의 마초적인 경박함 아래에는 일종의 새침함과 엄격한 경계심이 있다는 것을 샤론도 알고 있었다. 그래서 브라이언을 놀리면서 재미있어 했던 것이었다. 그게 다였다. 두 사람 사이에 성적 긴장감은 없다고, 나는 생각했다.

하지만 어쩌면 내가 틀렸을지도 몰랐다. 어쩌면 내가 이기적인 멍청이처럼 행동했기 때문일 것이다. 내가 파도를 쫓아다니는 동안 그녀를 내버려두었기 때문에 내게 복수를 하고 있었는지도 몰랐다. 한번은 내가 브라이언과 여행한다고 화가 머리끝까지 난 샤론은 이런 말로 내게 충격을 안긴 적이 있었다. "그냥 둘이 떡 치고 그걸로 끝내버리는 게 어때?" 황당무계한 말이었고, 그런 식의 멍청하고 일차적인 해석은 그녀답지 않았다. 그러나 내가 정말로는 그녀를 얼마나 잘 알고 있을까? 같은 문제에서, 나는 그를 얼마나 잘 알고 있을까? 나는 샤론이 그런 말을 했다고 브라이언에게 말한 적은 없지만, 했더라면 그가 뭐라 대답할지 상상할 수 있었다. "좋네, 톰." 나 혼자만 이해하는 것 같지만, 주제가 남성 동성애일 때 그기 흔히 하는 농담이었다. 하지만 나는 이전에도 친구에 대해 잘못된 판단을 내리고 성적으로 배신당한 적이 있지 않았나.

밤이 최악이었다. 나는 고야의 〈검은 그림Pinturas Negras〉의 열대 버전에 갇힌 느낌이었다. 시체를 먹는 귀신들이 내 침대 주위를 둘러싸고, 그들의 그림자들이 벽에 어렸다. 내 두통이 세계를 채웠다. 나는 잠들 수 없었다. 이성적으로는 브라이언과 샤론이 나를 여기 데려온 것이 옳은 일임을 알았다. 어쩌면 그들이 내 삶을 구했을 것이다. 나는 치료를 잘 받고 있었다. 그렇지만 비용은 내가 낼 수 있는 수준을 훨씬 넘었고, 내가 집에 갈 비행기 표만 살 수 있게 해줘도 운이 좋을 것이었다(병원에서? 미국 대사관에서?). 나는 불명예스러운 꼴로 미국에 돌아가게 되리라. 무일푼에, 망가진 몸으로, 실패자로.

어느 늦은 밤, 면회 시간이 한참 지나 브라이언이 내 침대 맡에 나타났다. 그는 커다란 쇼핑백을 들고 있었다. 그는 한마디도 하지 않았다. 그는 봉투를 거꾸로 들어 안에 있는 물건을 내 무릎 위로 쏟아놓았다. 태국의 화폐 단위, 더러운 바트 지폐를 두툼하게 묶어놓은 돈뭉치. 꽤 큰 액수였다. 다는 아니더라도 병원비를 충당할 수는 있을 거라고 브라이언은 말했다. 그는 지쳐 보였지만 의기양양했고, 화가 나 있었으며, 약간 미친 듯했다.

사연을 모두 듣지는 못했지만 샤론에게 요점은 들었다. 브라이언은 내 상황이 절박한 것을 알고, 우리 방에서 내 가방을 다 뒤진 후, 내가 잃어버렸다고 신고한 수표를 찾아냈다(나는 섬망에 빠져 그 수표가 존재한다는 사실조차 잊고 말았다). 그런 후에 그는 나가서 달러당 60센트에 중국 갱단에게 팔았다. 직접적 거래는 아니었다. 그는 돈을 손에 쥘 때까지는 물건을 넘겨주지 않겠다고 버텼다. 그 모든 일들을 하느라 며칠이 걸렸고, 모든 흥정을 끝내는 흥정을 해냈다. 처음부터 끝까지 모두 브라이언답지 않은 일이지만, 그는 이겼다. 우리 둘의 역할이 완전히 바뀐 것이었다. 그는 큰 위험을 무릅쓰고 나를 병원에서 해방시켰고, 그 과정에서 자기 자신을 내게서 해방시켰다.

샤론과 나는 결국 니아스까지 갔다. 하지만 그때는 몬순 계절이었고, 비 때문에 파도는 엉망이 되었다. 그래도 라군드리에는 서퍼가 열다섯 정도 있었는데, 나는 도착하자마자 그 이유를 깨달았다. 황홀한 파도를 담은 황홀한 사진들이 미국의 서핑 잡지에 실렸던 것이었다. 반쯤 은밀했던 시대는 이제 끝나버렸다. 열다섯 명이 왔으면 곧 쉰 명이 올 것이었다. 어린이를 포함해 많은 마을 사람들은 아픈 듯 보였다. 풍토병 말라리아가 퍼졌다고 로스멘 주인들이 말했다. 아무 약이나 달라는 사람들이 이제는 그렇게 재미있지가 않았다. 나는 새로운 말라리아 예방약을 하나—사실은 둘—먹고 있었고, 방콕에서 몇 달 전 몸집 작은 간호사들이 놓았던 큰 주사 때문에 아직도 어정어정 걸었다. 좋은 파도가 치던 날도 며칠 있었다. 나는 다시 서핑할 힘을 얻었다는 것을 깨달았다. 배구공, 방명록, 시계를 주었더니 사람들은 감사하며 받았다. 하지만 이런 작은 교환의 징표들은 이제 내게는 섬뜩할 정도로 중요성을 잃은 듯이 여겨졌다.

우리는 언제나 서쪽으로 슬금슬금 밀고 나갔다. 우리는 말레이시아에서 인도로 가는 배를 잡아타서 갑판 위에서 잤다. 남서 스리랑카의 정글에서는 한 달에 29달러를 내고 작은 집에 세를 들었다. 샤론은 보아하니 자기 박사 학위 논문에서 작은 논문들을 뽑아내고 있었다. 나는 다시 내 소설 작업을 시작했다. 우리는 중국식 자전거를 샀고, 매일 아침이면 보드를 겨드랑이에 낀 채 자전거를 타고 해변으로 향하는 길을 내려갔다. 거의 매일 괜찮은 파도가 부서지는 곳이었다. 전기도 없었고, 우물에서 물을 길어 왔다. 지켜보지 않으면 원숭이들이 과일을 훔쳐 갔다. 샤론은 우리 집주인 여자 찬디마Chandima에게서 맛있는 커리 만드는 법을 배웠다. 길 건너편에는 미친 여자가 한 명 살고 있었다. 여자는 밤이고 낮이고 할 것 없이 고함을 지르고 큰 소리로 개처럼 울었다. 벌레들—모기, 개미, 지네, 파리—은 가차없이 덤볐다. 언덕 아래 불교 사원에서는 젊은 수도승들이 테이프로 녹음한 음악을 뺑뺑 틀어대고 새벽까지 워낭을 시끄럽게 울려댔다. 나는 타밀에 대해 부정적인 이야기를 너무나 많이 들었지만,—우리는 신하레즈Sinhalese 구역에서 살았다—이것도 내전 이전의 일이었다.

샤론이 나의 위대한 여행 계획에 과연 흥미라도 있었는지, 그게 뭔지 알고는 있었는지 지금에서야 궁금하다. 너무 많은 지름길을 거치지 않고 세계를 돌겠다는 나의 야망은 한 번도 언급하지 않았지만 진부했다. 이제 와서 보니 내가 미술라를 떠나던 날 아침에, 친구에게 했던 말이 기억난다. 우리는 침침하고 눈 덮인 산에 둘러 싸여, 그녀가 당시 일했던 카페 바깥 보도에 서 있었다. 그날 나는 서쪽, 해안으로 향하는 중이라고 말했다. 내가 다시 돌아올 때는—감상적인 효과를 위해 잠시 간격—동쪽에서 올 것이라고 했다. 그녀는 고개를 갸웃하더니 웃음을 터뜨리며 어디

할 테면 해보라고 했다.

샤론은 아프리카에 관심이 있어서, 우리의 생각은 여전히 잘 맞아떨어졌다. 우리는 계속 서쪽으로 여행했다. 케냐나 탄자니아로 가는 배를 찾아보았지만, 두 나라 모두 스리랑카에서는 받을 수 없는 비자를 요구했다. 우리는 결국 남아프리카공화국으로 비행기를 타고 갔다. 요하네스버그Johannesburg에서는 오래된 스테이션웨건을 사서 더반Durban 해변으로 향했다. 우리는 차로 야영하며 네이탈Natal과 트랜스케이Transkei를 거쳐 케이프타운으로 갔다. 나는 서핑도 했다. 그해는 1980년, 아직 아파르트헤이트apartheid의 전성기였다. 나는 우연히 마주치는 사람들과 비공식적인 인터뷰를 이어갔다. 여기서 그들은 무척 괴상한 면모를 드러냈다. 예의 바른 흑인 노동자들과 시골 사람들은 이해할 수 없을 정도로 말을 얼버무렸다. 동료 백인 야영객들은 가장 느긋하면서도 깊은 인종차별 의식을 내비쳤다. 샤론과 나는 가파른 학습 곡선을 타며 고디머Gordimer, 쿳시Coetzee, 퍼가드Fugard, 브레이텐바흐Breytenbach, 브링크Brink를 읽었다.✦ 뭐, 금서로 지정되지 않은 그들의 작품을. 서퍼는 모두 백인이었고, 딱히 놀랄 일도 아니었다. 방랑의 다음 구간으로 가면서 우리는 대담한 생각을 해냈다. 북쪽으로 방향을 휙 돌리자는 것이었다. 육로를 통해 "케이프타운에서 카이로로." 그러나 돈이 떨어지고 있었다.

케이프타운에서 우리는 지역 내 흑인 학교들이 만성적인 교사 부족난을 겪고 있다는 것과, 새 학기가 막 시작되었다는 소문을 들었다. 누가 우리에게 시영 학교의 목록을 주었다. 내가 간 두

✦ 모두 남아프리카공화국의 유명한 작가들이다.

번째 학교, 그래시파크Grassy Park 중고등학교의 교장인 조지 반 덴 히버George Van den Heever라고 하는 찬바람 쌩쌩 부는 남자가 즉석에서 나를 채용했다. 나는 영어와 지리, 종교 지도인지 뭔지 하는 과목을 가르치기로 했다. 내 학생들은 교복을 입었으며, 연령은 열두 살에서부터 스물세 살까지 다양했는데, 얼빠진 백인 미국인 교사가 스리랑카에서 산 갈색 플라스틱 구두와 그날 아침 울워스 백화점에서 산 3달러짜리 줄무늬 넥타이를 매고 교실에 들어와 자기들 앞에 서자 어안이 벙벙한 듯했다. 하지만 그들은 의심을 꾹 눌러 삼키고 나를 "선생님"이라고 부르며, 대부분 협조적이고 친절하게 대했다.

샤론과 나는 희망봉Cape of Good Hope의 인도양 쪽에 있는 폴스만 False Bay을 내려다보는, 축축하고 낡은 터키색 아파트에 방을 빌렸다. 케이프반도Cape Penisula는 남극을 가리키는 길고 가는 손가락 모양의 반도였다. 반도의 바닥—북쪽 끝—은 장관을 이루는 높다란 산지 위에 자리 잡았고, 케이프타운 시내는 그 주위를 감싸고 있었다. 산지의 북쪽 면은 테이블마운틴Table Mountain이라고 하며, 시내 중심을 내려다보았다. 케이프타운의 흑인들은 일제히 시내에서 몰려나 케이프플라츠Cape Flats라는 동쪽의 덤불 무성한 황무지로 쫓겨났다. 아파르트헤이트의 과격하고 가차 없는 사회공학을 실행하는 특징적 행위였다. 그래시파크는 플라츠의 '유색' 주민들이 사는 동네였다. 가난하고 범죄가 만연한 공동체지만 주변의 빈민촌보다는 훨씬 덜 비참했다. 우리는 법에 따라 '백인 구역'에 살았다. 그래시파크는 폴스만 해안에서 몇 킬로미터 떨어져 있을 뿐이어서, 오가기가 나쁘지 않았다. 우리의 축축한 집 앞 바깥에는 넓고 모양 없는 비치브레이크가 있었고, 과제를 채점하거나 수업안을 짜느라 너무 바쁘지 않으면 나는 거기서 파도를 탔다.

일은 점점 내 전부를 차지했다. 샤론도 교사직을 고려하고 있었으나, 관청과 서류 문제가 있었다. 그러다 샤론의 어머니가 병환이 위중하다는 소식이 날아왔다. 샤론은 물건을 가방 하나에 던져 넣고 로스앤젤레스로 날아갔다. 나는 그녀와 함께 가겠다고 웅얼거렸으나 진지하게 생각하지는 않았다. 샤론이 싱가포르에 온 지도 1년이 지났다. 우리는 함께 좋은 리듬을 발견했다. 호기심은 겹쳤고, 싸운 적도 별로 없었다. 하지만 나에겐 계획이 있었다. 소설, 세계 일주, 서핑해보고 싶은 곳들, 그리고 지금은 그래시파크에서 가르치는 것. 샤론의 목표는 그보다는 급하지 않았고, 분명하지도 않았다. 평소처럼 나는 편협하고 생각이 모자랐기에 샤론에게 무엇을 원하는지 묻지 않았다. 우리는 미래 얘기는 거의 하지 않았다. 이제 그녀는 거의 서른다섯 살이 되었다. 사실, 우리는 어울리지 않았다. 나는 어쨌든 몇 년 동안 그녀에게 흥미로운 존재가 될 수는 있었지만, 그녀가 원하는 존재는 아니었다. 반면, 나는 그녀를 당연하게 여겼다. 샤론이 케이프타운을 떠날 때 우리는 계획도 세우지 않았고, 맹세도 하지 않았다.

가르치는 일에 그처럼 전념할 수밖에 없었던 이유 중 하나는 우리가 받은 교과서로는 가르칠 수가 없었기 때문이었다. 그 책들은 인종차별적인 선전과 잘못된 정보로 가득했다. 가령, 지리학 교육 과정에는 남아프리카의 이웃 나라들을 평화로운 포르투갈 식민지로 묘사하는 단원이 있었다. 심지어 나조차도 사실상 모잠비크와 앙골라는 오랫동안 국가 해방을 두고 피의 전쟁을 벌여 포르투갈은 몇 년 전에 쫓아냈고, 이제는 둘 다 절박한 내전을 벌이고 있어서 남아프리카는 반란군을 무장시키고 훈련시킨다는 것도 알고 있었다. 남아프리카의 도시지리학 교육 과정은 그 나름대로 더 나빴다. 가령, 주거 지역의 인종분리를 마치 평화롭게 진화한 자연법칙인 양 다루었다. '백인' 전용으로 지정된 시내 주거지로부터 폭력적인 대량 퇴출이 있었기에 존재하는 공동체에서 이렇게 체제에 복종하는 허구를 사실처럼 제시하는 건 확실히 부적절한 일이었다. 그래서 나는 연구에 파묻혀서 재빨리 이것과 다른 주제들을 익혀나갔다. 해보니 당초의 기대보다 더 힘든 일이었다. 많은 적절한 교과서가 금지당했다. 나는 금지 대상 자료를 대출은 못하지만 검토는 가능한 케이프타운 대학교의 특별 구역에 접근할 수는 있었지만, 지역정치학과 역사에 관해서는 여전히 불쌍하게도 따라잡으려고 허우적대는 실정이었다.

학생들은 딱히 내 전문성이나 전문 지식이 부족한 것에는 관심이 없었다. 그들은 거의 모두가 정치적 화제로 끌려 들어가는 것을 거부했다. 무관심 때문인지 나를 경계해서인지는 알 수 없었다. 예외는 내가 만난 3학년 학생들 정도였는데, 겉으로 보기에는 종교 수업이었다. 학생들 주장에 따라서, 우리는 유일한 교과서인 성경 진도를 나가지 않고, 자유 토론으로 수업 시간을 보냈다. 학생들이 가장 좋아하는 주제는 직업, 컴퓨터, 혼전 성관계에 대한 찬반이었다. 정치 얘기를 꺼리지 않는 졸업반 학생 중에는 뚱하게 생각이 깊고 세상사에 밝은 세실 프린슬루Cecil Prinsloo라는 소년이 있었다. 그는 어쨌든 수업 시간에 내가 정부에서 정해준 교과 과정 이상의 무언가를 가르치려고 노력한다는 것을 알아주었다. 세실은 수업 후에도 이야기를 하고 싶다면서 남기 시작했고 나의 배경과 관점에 관해 꼬치꼬치 물었으며, 남아프리카의 상황을 파악하려는 나의 하찮은 시도를 시험했다. 교과 과정을 잘 피해서 가보려는 나의 노력에 유일하게 저항한 쪽은 학생들이 아니라 보수적인 동료들이었다. 그들도 내가 학생들이 궁극에는 치러야 하는 표준화된 시험 대비용 수업을 하지 않는다는 소문을 들었고, 이건 받아들일 수 없는 일이라는 뜻을 내게 똑똑히 전했다. 나는 어떻게 해야 할지 알지 못했다. 운 좋게도, 내가 가르치는 시험 과목을 듣는 학생 중에 그해에 표준화된 국가 시험을 앞둔 사람은 없었다. 모두 1년이나 2년 정도 남은 학생들이었다. 그리하여 내가 유해한 교과 과정을 내팽개쳤다고 해도 학생들이 바로 학업에서 위험에 처하는 건 아니었다. 나는 곧 파면당할 가능성이 무척 높았고, 따라서 타협하려고 해보았다. 내게는 직업 안정성이란 것이 없었다. 그저 교장의 호의뿐이었다. 그리고 교장 본인도 무척 보수적이었다. 그러나 나는 정말로, 정말로 교직을 그만두고 싶지 않았다.

4월의 어느 날 아침, 모든 것이 바뀌었다. 학생들이 갑작스럽게 수업을 거부하고 교육에서의 아파르트헤이트에 항의하기 시작한 것이다. 갑작스럽다고 한 것은 내가 그 사건에 얼이 빠졌기 때문이다. 사실상, 수업 거부 자체는 오랫동안 조심스럽게 계획되었다. 학교에는 깃발이 덕지덕지 붙었다. 시궁창 교육을 타도하라. 정치범을 모두 석방하라. 학생들은 행진하고, 노래하고, 주먹을 쳐들며 해방 운동을 주장하는 선창과 응답을 줄루어로 외쳤다.

"아만들라Amandla!"(힘!)

"응가웨투NGAWETHU!"(국민들에게!)

학교 운동장에서 열린 대규모 집회에서 세실 프린슬루는 군중

그래시파크 고등학교의 학생들. 케이프타운, 1980년.

을 향해 말했다. "이건 학교를 거부하는 것이 아닙니다." 그는 모든 단어를 강조했다. "이건 세뇌를 거부하는 것입니다."

케이프플라츠의 다른 고등학교들도 수업 거부 중이었고, 시위는 빠르게 전국으로 퍼져갔다. 몇 주 만에 20만 명의 학생들이 수업에 참석하지 않고 아파르트헤이트의 종결을 요구했다. 그래시파크 고등학교에서는 학생들이 매일 학교에 와서 동조하는 선생님들의 도움을 받아 대안 교과 과정을 짰다. 나도 동조하는 선생들 틈에 끼어 있었다. 이제 혁명에 뜻이 있는 학생들이 주도권을 잡았고, 이전에는 일탈이었던 내 교과 과정 변경은 더는 근무 태만처럼 보이지 않았으며, 나는 이제 잘릴 것을 두려워하지 않았다. 미국의 〈권리장전Bill of Rights〉을 가르치는 내 수업에는 학생들이 꽉꽉 들어찼다. 혼돈에 빠졌으나 한껏 흥도 오른 시기였다.

 하지만 홍은 생명력이 짧았다. 사실상 몇 주밖에 가지 않았다. 관계 당국은 곤경에 빠져 있었다. 수상인 P.W. 보타Botha는 엄포를 놓고 협박했으나 국가의 거대한 억압 기계는 천천히 돌아가는 것만 같았다. 하지만 일단 돌아가자, 분위기는 급속도로 어두워졌다. 우리 학교 출신을 포함한 학생 대표와 혁명에 뜻을 둔 선생님들이 사라지기 시작했다. 그중에는 내 옆 교실에서 가르치던 동료 선생님 매슈 클뢰테Matthew Cloete 같은 사람도 있었다. 몇몇은 은신했고, 몇몇은 체제의 감옥으로 끌려갔다. 기소 없는 구금이라고 했고, 알려진 구금자들만 수백 명대로 빠르게 치솟았다.

 충돌은 급증했다. 케이프타운에서는 6월 중순에 총파업으로 절정에 달했다. 이틀 동안 수십 만 명의 흑인 노동자들이 집에만 있었다. 공장과 사업체들은 문을 닫아야만 했다. 이제 무장한 채로 기동력을 완전히 갖춘 경찰은 불법 모임을 공격했고, 모든 흑인 모임은 '폭력과 집회에 관한 법률Riotous Assemblies Act' 아래에서는 실질적으로 불법이었다. 방화와 약탈이 시작되었고, 경찰은 사망도 불사하고 발포할 것이라고 선언했다. 케이프플라츠는 전장이 되었다. 병원들에서는 신체가 훼손되고 부상당한 환자만 수백에 달한다고 보고했다. 언론에서는 사망자가 42명이라고 발표했다. 사상자 중 다수가 어린이였다. 학교는 이제 모두 폐쇄되었고, 그래시파크로 가는 모든 도로도 마찬가지였다. 정보는 얻기 힘들었다. 도로가 다시 열리자, 나는 차를 몰고 그래시파크로 갔다. 플라츠의 몇몇 지역에서는 대규모 파괴가 자행되었지만 우리 학교는 무사했다. 나는 학생 세 명과 마주쳤다. 학생들 말로는 폭력 사태 내내 집에만 있었다고 했다. 우리 학생 중 누구도 다친 것 같진 않았고, 그것이 기적처럼 느껴졌다.

3주 후, 수업이 재개되었다. 아직 전체 학생의 반밖에 등교하지 않았고, 교장이 끊임없이 깨우쳐주듯이, 이제부턴 과외로 해야 할 공부가 너무나 많았다.

내 세계가 급작스레 공립고등학교와 거기 다니는 몇 십 명의 10대들로 축소되어버린 동안 서핑은 했느냐고? 약간 했다. 케이프타운의 대서양 측면에는 쓸 만한 파도가 쳤지만, 물이 놀라울 정도로 찼다. 부모님이 내 웨트슈트를 보내주었다. 겨울이 시작되자 무거운 스웰이 남쪽 대양에서부터 굴러왔다. 대부분 더 좋은 지점은 바위가 많은 만이었고, 몇몇 곳은 바로 시내, 부유한 아파트 단지 옆이었다. 다른 지점은 더 산이 많고 바람이 휩쓸고 가는 케이프타운 훨씬 아래쪽에 있었다. 내가 제일 좋아하는 지점은 노르드획Noordhoek이라고 하는 조용한 시골, 오른쪽에서 파도가 치는 곳이었다. 파도는 장엄하게 펼쳐진 텅 빈 해안의 북쪽 끝에서 부서졌다. 안쪽에는 남동풍을 막아주는 근사한 벽이 있는 A자 모양의 봉우리였다. 물은 종종 빛나는 청록색이었다. 가끔은 오롯이 나 혼자 서핑을 하곤 했다. 어느 날 오후, 언덕을 도로 올라 차로 가는데, 차 안에 개코원숭이가 한가득이었다. 창문을 열어놓고 간 것이었다. 원숭이들은 편안하게 들어앉아 쉽게 겁먹지 않았다. 결국에는 보드를 칼과 곤봉, 방패처럼 써야만 했고, 원숭이들은 이를 드러내며 무시무시하게 공격하는 척 흉내 내다가 어슬렁어슬렁 도망가버렸다.

하지만 내가 파도를 기다리던 지점은 이스턴케이프Eastern Cape 주에 있는 장소로, 케이프타운에서 인도양 쪽으로 400마일가량 떨어진 곳이었다. 제프리스만Jeffrey's Bay이라고 하는 지역이었는데, 서프보드를 타고 일주할 생각이라면 거기서 멈추지 않고서는 완전하다 할 수 없었다. 나를 포함해 여러 젊은 서퍼들의 직업 목표를 비틀어놓은 1964년도 영화 〈끝없는 여름The Endless Summer〉은 제프리스만 근처에서 절정에 다다른다. 미국인 서퍼 두 명이 케이프세인트프랜시스Cape St. Francis에서 "완벽한 파도"를 발견하는 장면이었다. 알고 보니 영화에 나오는 그 지점은 성격이 변덕스러워 파도를 탈 수 없는 날이 많았지만, 제프리스만 자체는 진짜였다. 최고급의 긴 오른쪽 지점으로, 겨울에는 스웰이 무더기로 몰려오고 바다 쪽 바람이 종종 불었다. 나는 늘 기상 조건을 주시하려 했고, 특별히 날씨가 좋다는 느낌이 없으면 케이프타운에서 시험 삼아 두어 번 짧게 해보았다. 그러다 8월이 되자, 나는 일주일 동안 날씨가 괜찮다고 하는 일기도를 보았다. 노호하는 40도대에 커다란 저기압 소용돌이가 두 개 있었다. 제프리스만의 창문 역할을 하는 지점에서 오른쪽으로 돌아가며 파도를 일으키는 폭풍우 같았다.

그리고 정말이었다. 파도가 일주일 내내 용솟음쳤고 하루는 무척 크게 솟아서, 여러 명이 시도했지만 실패하고 딱 한 사람만이 성공했다. 성공한 사람도 파도를 한 번만 탔다. 제프리스만은 쓰러져가는 작은 어촌 마을로, 여름 별장용 토벽집 몇 채가 알로에 사이 여기저기에 흩어져 있었다. 나는 마을 동쪽 모래 언덕 위에 있는 낡은 집에 묵었다. 네댓 명의 오스트레일리아 사람들도 거기 묵고 있어서, 오스트레일리아 서퍼들과 편안히 어울리는 생활로 돌아간 기분이었다. 거대한 파도는 더 먼 동쪽, 해안 바로 아래에서 일었다. 주변에는 사람들이 거의 없어서, 물속에 있는 서퍼는 열 명 이상 되지 않았다. 그리고 파도가 크고 탈 수 있는 너비가 넓었으므로, 우리는 보통 그 지점의 위아래에 흩어져 있었다. 두 번의 아침, 나는 가장 먼저 바다에 나가서 동네 사람들이 이용하는 걸 본 구멍으로 슬쩍 빠져나가 그 지점의 꼭대기 가까이에 이를 수 있었다. 얼음같이 차가운 바닷바람이 자주 불었고, 해가 뜰 때는 파도가 저 바깥, 눈이 멀 듯한 바다까지 접근했다. 하지만 일단 하나를 잡아 타면, 파도는 물 안쪽으로 진한 녹색이 도는 그림자를 던져서, 보드에서 일어날 때는 모든 것이 환히 밝아졌다.

놀랄 정도로 긴 파도였다. 타바루아보다 더 길었다. 그리고 오른쪽, 내가 앞을 보는 쪽의 파도였다. 두 지점은 딱히 비슷하지 않았다. 제프리스만에는 바위가 많았지만, 특별히 얕았다. 얼굴이 넓은 파도로, 갈고리 쪽으로 컷백하는 것을 포함해 직경을 길게 하여 턴을 하기에 넓은 캔버스가 되었다. 빠르고 강력했지만, 딱히 속이 빈 파도는 아니었다. 키라에서처럼 뼈가 으스러질 듯한 구간은 없었다. 어떤 파도에서는 평평한 구간이 있거나 기묘하게 혹처럼 솟거나 질척질척해졌다. 다른 파도들은 별안간 부서지는 클로즈아웃이었다. 하지만 보통은 수백 미터를 연속적으로 벗겨지며 굴러가는 벽이었다. 나의 연청색 뉴질랜드산 핀테일은 그 파도를 사랑했다. 심지어 사람 키 두 배만 한 파도에서 바람을 맞으며 떨어질 때도 잽싸게 미끄러져 가버리는 법이 없었다. 그 주에 일어난 가장 큰 파도는 아무도 원하지 않았다. 적어도 파도가 활발한 날에도 벽이 거대하고 위협적인 주요 테이크오프 지점에서는 아니었다. 너 할거야? 아니, 네가 가! 그리고 그 순간은, 아무도 올라타지 않는 야수처럼 지나갈 것이었다. 서퍼들이 길게 선 줄 저 아래, 좀 덜 무서운 시점에서는 누군가 뛰어 올라탈 수도 있었다. 1년도 전에 처음 니아스로 여행한 이후 타 본 것 중에 서는 가장 훌륭한 파도였다. 웨트슈트를 입고 서핑하는 건 다른 경험이었고, 유명한 제프리스는 적도 지방의 유명하지 않은 지점 이었던 라군드리와는 전혀 비슷하지 않았지만 기술적으로 나의 보드와 나는 우리가 떠난 바로 그곳을 다시 찾은 것만 같았다. 오 른쪽에 일어나는 커다란 파도의 벽, 절벽에서 튀어나온 바위 위 로 밀어닥치는 힘. 보드 위로 뛰어올라 파도에 진입할 방향을 정 한 후 속도를 높이고 달려가서 탄다. 기뻐서 비명을 지르지 않도 록 자제해야 했다.

저녁이면 우리는 다트를 던지고 당구를 치고 맥주를 마시고 파 도에 대해 이야기했다. 게스트하우스 주인은 나이가 지긋한 남자 로, 식민지 해방으로 동아프리카에서 남쪽으로 쫓겨난 후에도 식 민지 시대 얘기를 지겹게 떠벌리는 영국인이었다. 그는 진을 즐 겨 마셨고, 자기가 나무에서 끌어내린 모든 아프리카인들에 대해 서 늘어놓기를 좋아했으며, 몇 가지 유용한 기술을 가르쳐주었 다. 부츠 광내기와 빗자루를 쓰는 법 같은 것들이었다. 나는 그의 얘기를 차마 들어줄 수가 없었다. 하지만 오스트레일리아 사람들 은 그를 별로 꺼리지 않았고, 나는 오스트레일리아에 대해 제일 못마땅하게 여겼던 점을 새삼 떠올렸다. 내가 그전에 일했던 카 지노 부엌에서는 다른 설거지 직원들이 모두 '워그wog'들을 멸시 하는 어조로 말했었다. 남유럽인들을 포함한 인류의 너른 범주를 가리키는 말이었다. 그 당시는 '보트피플boat people'이라고 하는 난 민들이 동남아시아에서 쏟아져 들어왔고, 내가 오즈에서 들었던 거의 모든 논의에 만연한 주제였던 신랄한 인종차별주의는 정말 이지 깜짝 놀랄 정도였다.

나중에 일어난 일이지만, 나는 이듬해인 1981년 겨울에 제프
리스만에 돌아가서 다시 좋은 파도를 탔다. 그때는 남아프리카에
온 지 열여덟 달째로, 내 예상보다 훨씬 오래 체류 중이었다. 그
래도 나는 남아프리카에서는 함께 서핑할 사람을 전혀 찾지 못했
다. 케이프타운에서 서퍼 몇 명을 알게 되었지만, 파도에 점수를
매기는 그들의 익숙한 강박증이 아파르트헤이트라는 환경 아래
서는 어렴풋이 당황스럽게, 거의 수치스럽게 느껴졌다. 흑인이든
백인이든 남아프리카인들이 자신들의 특별한 상황에 개별적으로
대처하는 방식을 내가 판단할 권리는 없었지만, 케이프플라츠에
서 일하면서 제도화된 불의와 국가의 공포정치가 작동하는 방식
을 비교적 가까이에서 본 경험은 내게 깊은 영향을 미쳤다. 그리
하여 나는 여러 가지 중에서도 나 자신에게 짜증이 났다. 단순하
게 정치에서 도망칠 길은 없었고, 내가 만난 서퍼들 누구와도 공
통의 정치적 배경을 찾을 수 없었다. 그래서 나는 홀로 파도를 쫓
았다.

부모님은 내가 청하지도 않았는데 갑작스레 예고를 하더니 곧
케이프타운에 오셨다. 나는 부모님이 오시는 걸 원하지 않았다.
학교 일이 유난히 바빴지만, 그것 때문만은 아니었다. 나는 만성
적으로 향수병에 걸려 있었고, 샤론도 가고 없는 지금은 특히 더
했기에 어머니와 아버지를 만나면—얼굴을 보고 목소리, 특히
어머니의 웃음소리를 들으면—이 외로운 외국인 노동자의 길에
남아 내가 선택한 교직과 소설이라는 프로젝트를 완수하겠다는
결심이 부서질 것만 같았다.
    또, 내가 지금 살고 있는 세계와 내가 부모님의 세계라고 상상

했던 것 사이의 인지부조화가 있었다. 나에게 그들의 삶에 관한 명백한 시각 같은 게 있었다는 뜻은 아니다. 부모님은 편지를 꼬박꼬박 보냈고, 나도 마찬가지였다. 그래서 내 가족들의 주요 과업, 사고, 관심사 들을 대략적으로, 아니 세세한 부분까지 알았다. 형제자매들도 이제 대학생이어서 편지를 보냈다. 하지만 제작한 영화, 보낸 휴가, 구입한 요트에 대한 부모님의 보고는 특히 먼 행성에서 도착한 것만 같았다. 아버지는 몇 년 전부터 직업적으로 아슬아슬한 줄타기를 하고 있었다. 아버지와 어머니는 자체적으로 당신들만의 제작사를 설립했지만, 곧 준비한 프로그램이 취소되고 계약이 깨지고 투자가 사라졌다. 상황이 얼마나 심각한지 이해했던 건 부모님이 베르너 에어하트Werner Erhard라고 하는 권위적인 사기꾼이 여는 신불교적 '심신 수양 훈련' 세미나에 참석한다는 걸 발견했을 때였다. 그 발견에 나는 겁을 먹었고, 이런 말은 부끄럽지만, 혐오스럽기까지 했다. 그만큼 두 분이 절박하다는 뜻이었고, 지독하도록 로스앤젤레스적이었다. (사실 '심신 수양 훈련'은 뉴욕과 이스라엘, 샌프란시스코, 그 밖에 수많은 곳에서 유행했다. 심지어 케이프타운의 백인들에게도!) 하지만 지금은 부모님이 뉴에이지적으로 바닥을 친 일도 아주 오래전에 일어난 사건인 것만 같았다. 그 세월 동안, 부모님의 회사는 번창했고 지평은 넓어졌다. 부모님은 자랑할 만한 영화를 만들고 좋아하는 사람들과 일했다. 이건 물론 무조건 환영할 일이었다. 문제는, 내가 타지에 너무 오래 나가 있어서, 부모님의 삶이 과하게 반들거리고 외국적으로 들리는 반면에 케이프타운에서의 내 삶은 너무 파격적이고 소박하다는 것이었다. 나는 한껏 멋을 부린 제트셋족 같은 모습이 된 부모님이 초라한 학교 선생으로 살아가는 나의 힘겨운 일상에 실

망하는 모습을 볼 준비가 되지 않았다. 물론 부모님이 이해해주
리라는 건 확신했다. 하지만 그걸로 그만이었다. 떨어져 지난 지
가 2년 반이었다. 그렇지만 부모님에게 가달라고 부탁할 용기도
없었다.

그렇게 하지 않은 건 다행이었다. 부모님을 다시 만나니 아무
런 갈등 없이 좋기만 했다. 부모님도 나를 보고 기뻐하시는 듯했
다. 어머니는 연신 내 손을 잡으면서 두 손 사이에 끼고 조몰락거
렸다. 두 분 다 내 기억보다 더 젊어 보였고, 눈이 맑고 꼿꼿했다.
그리고 멋을 부린 면은 하나도 없었다. 나는 부모님께 케이프타
운 주변을 구경시켜드렸다. 부모님은 케이프더치Cape Dutch의 박공
건물과 백인 전용white persons only 표지판, 판자촌 지역과 포도밭에
매혹된 듯했다. 그 시점에 나는 테이블마운틴의 동쪽 비탈 쪽, 대
학가 근처 방에 살고 있었다. 같은 집에 사는 사람 둘과 함께 우
리는 산을 올랐다. 짧은 하이킹이 아니었다. 거기서는 테이블만
Table Bay, 로벤Robben섬이 내려다보였다. 넬슨 만델라Nelson Mandela
와 그들의 동지가 감옥에 갇혀 있었지만 잊히지 않은 곳이다(그들
의 말과 사진은 엄격히 금지되었다). 그리고 우리는 서쪽 비탈을 타고
해변으로 내려갔다.

우리 식구들은 그래시파크 고등학교를 가보겠다고 우겼다. 내
학생들도 내가 부모님을 모시고 와야 한다고 두 배로 우겼다. 그
래서 우리는 내가 수업이 없는 날 학교로 갔다. 교장은 열정적으
로 맞아주었다. 그는 미국인들을 좋아했다. 교장이 부모님에게 학
교 구경을 시켜주는 동안, 나는 학생들에게 들러봐야 한다는 뜻을
확실히 했다. 학생들은 시간표에 따라 늘 무리로 움직였다. 우리
가 교실에 들어갈 때마다 학생들은 모두 벌떡 일어서서 우리를 빤

히 보며 외쳤다. "안녕하십니까, 피네건 씨, 피네건 부인." 나는 어찌해야 할지 몰라서 줄을 오르락내리락하며 학생들을 하나하나 소개했다. 에이미, 재스민, 마리우스, 필립, 데지레, 마이런, 나탈리, 오스카, 마렐디아, 숀. 지나갈 때마다 아이들은 씩 웃거나 얼굴을 붉혔다. 이렇게 네댓 반을 돌자, 교장은 이렇게 천재적인 기억력은 처음 보았다며 칭찬했지만, 이건 사실 내가 이 학생들과 얼마나 깊은 관계를 맺고 있는지, 부모님께 그렇게 힘들이지 않고 보여줄 수 있는 쉬운 방법이었다. 내 교실, 새 건물 16번 교실은 무도회를 준비하는 졸업반 학생들 한 무리가 차지하고 있었다. 거기에는 거대한 커리 단지가 있었고, 케이프말레이Cape Malay의 전통 요리가 잔뜩 준비되었다. 브레디bredy,* 사모사samoosa,** 소사티sosaty,*** 프릭카델frikkadel,**** 건포도와 시나몬을 넣은 노란 밥, 구운 닭 요리, 보보티boboty,***** 비르야니buriyani ****** 등이었다. 학교는 이제 끝날 때여서, 다른 선생님들도 초대되었다. 동료 중에서 가장 어린 준 찰스June Charles —아직 열여덟 살이었지만 고등학교에서 가르쳤다—가 아버지를 데리고 다니며 낯설고 맛있는 음식들을 안내했다. 그동안 어머니는 특히 수학 교사 브라이언 더블린Brian Dublin과 죽이 척척 맞았고, 베레모와 턱수염을 보니 체 게바라가 생각난다면서 아는 사람처럼 칭찬했다. 브라이언은 진지하고 헌신적인 활동가로, 나도 그를 존경하고 있었다.

✦　남아프리카식 스튜로 보통 양고기와 칠리, 기타 향신료를 넣는다.
✦✦　튀긴 만두 같은 음식.
✦✦✦　남아프리카의 고기 꼬치 요리.
✦✦✦✦ 굽거나 튀긴 미트볼과 비슷한 음식.
✦✦✦✦✦ 다진 고기 위에 달걀을 얹어 구운 음식.
✦✦✦✦✦✦ 향신료와 고기를 섞은 쌀 요리.

부모님이 나를 자랑스러워한다는 생각이 들었다. 그래, 어머니가 어릴 적 내게 품었던 야심처럼 평화유지군은 아니었고, 네이더 돌격대도 아니었다. 하지만 나는 남아프리카의 억압받는 흑인 아이들을 돕는 아들이 되었고, 그것도 나쁘지는 않았다. 부모님은 특히 내가 시작한 임시 직업 상담 프로젝트를 마음에 들어했다. 나의 가장 큰 팬, 교장이 자세하게 설명해드린 것이었다. 그 프로젝트는 처음에는 졸업반 학생들과 대화를 나누다 점차 커져갔다. 학생들은 직업에 관한 커다란 꿈을 안고 부풀어 있었지만, 대학이나 장학금에는 아무런 정보가 없는 듯했다. 우리는 남아프리카 전역의 대학과 기술학교에 편지를 써서 입학 안내서와 광고문, 지원서를 한 아름 받았다. 그중에는 재정 지원에 관한 것은 물론 이전에는 백인 전용 기관이었지만 이제는 흑인 학생도 받는다는 '허가서' 같은 고무적인 소식도 있었다. 이 자료들이 도서관 책장 한 면을 채웠고, 졸업반 학생뿐 아니라 다른 학년들까지 와서 찾는 인기 도서가 되었다. 졸업반 학생들과 나는 지원 계획과 전략을 세웠고, 내게는 꽤 유망해 보였다. 내가 몰랐던 건 우리가 필요로 했던 '허가'는 흑인 사회에서는 첨예한 논쟁거리로, 실로 해방 운동 쪽에서는 거부하는 대상이라는 사실이었지만 누구도 내게 이야기해주지 않았다. 실상, 내가 몰랐던 건 그 이상이었다. 가령, 우리 졸업반 중에서는 최종 시험을 치고 나서 케이프타운 대학교를 포함해 그들이 관심 있는 대학에 입학할 만한 자격에 맞는 학생이 별로 없었다. 물론, 졸업하는 학생들은 직업의 세계나 고등 교육의 세계로 진출할 수 있는 네트워크가 벌써 존재하고 있었지만, 내게는 보이지 않았다. 급기야 나는 내 직업 상담 프로그램이 거대한 미국식 바보짓이며, 어떤 경우에는 학생들에

게 거짓 희망을 주거나 내가 전혀 몰랐던 거부 운동에 반대하라
고 꼬드기는 결과가 되어 오히려 파괴적이라는 사실을 깨닫게 되
었다.

하지만 부모님은 나보다도 더 영문을 모르셨기에, 내 작업이 대
단하다고 생각했다. 그건 서글픈 방식으로 기분 좋은 일이었다.

대체로 브라이언 더블린이나 세실 프린슬루, 결국에는 나를 신
뢰하기로 결정한 다른 사람들 덕에 나는 나의 무지—진보적인
기초 교육—를 돌아보게 되었다. 나와 주로 대화하던 사람은 다
른 고등학교의 졸업반 학생이었다. 이름은 맨디 생어^{Mandy Sanger}
였다. 세실의 친구인 여학생으로, 지역 내 수업 거부 운동의 지도
부에 속한 한 명이었다. 맨디는 자족적 진보주의의 환상을 깨주
는 데 특별한 기쁨을 느꼈다. 학년이 올라가면서, 학생 총파업의
너덜너덜하고 격렬한 종말 이후로는 모든 사람이 투쟁이라고 불
렀던 사건이 남긴 좌절과 위축밖에 보지 못했지만, 맨디는 우리
가 배운 교훈을 똑바로 전했다. 헌신은 깊어지고, 전국 조직은 강
화되었다. "올해는 한 걸음 앞으로 성큼 나아간 해였어요. 학생만
이 아니라." 맨디는 말했다. 아직 열여덟 살이었지만, 멀리 내다
보는 안목을 갖고 있었다.

졸업식도, 종업식도 없었다. 학생들은 학년말시험이 끝나자 내
게 방학 잘 보내라고 인사한 후 내년에도 보고 싶다고 말해주었
다. 하지만 나는 그다음에는 가르칠 계획이 없었다. 나는 '초절약'
하면 여행을 다시 이어갈 수 있을 만큼 돈을 모았지만, 옛날부터
쓰던 철도 소설을 결국에는 마친 후에야 떠나기로 결정했다. 거
기에 달려들기 전에 요하네스버그에서 친구들과 크리스마스를

보낼 계획을 세웠다. 나의 고물 차는 그렇게 긴 주행을 감당할 수가 없어서 나는 히치하이크를 해야만 했다. 놀랍게도, 맨디가 같이 가자고 청했다. 맨디는 설명하진 않았지만 요하네스버그에 볼일이 있다고 했다. 나는 어떻게 거절해야 할지 알 수 없었다. 이 여행은 며칠이나 걸릴 것이었다. 우리는 경찰들을 피하고, 초원에서 야영하고, 말다툼하고, 웃고, 햇볕에 타고, 바람에 쓸리고, 남아프리카 야생에서 다채로운 것들을 만났다. 크리스마스가 지난 후, 우리는 더반까지 히치하이크했다. 맨디는 거기서 학생 운동 관련 업무가 있었지만, 역시 말하지 않았다. 전화, 우편은 아무 소용이 없었다. 공안부라고 하는 부서에서 전화를 도청하고 우편을 열어본다고 했다. 저항 활동가들은 직접 접선해야만 한다는 것이었다. 더반을 지나친 후에는 해변까지 히치하이크했다. 트랜스케이Transkei에서는 해변에서 야영했다. 나는 서프보드를 빌려주고 맨디에게 약한 파도에서 타보라고 권했다. 맨디는 쉼 없이 욕을 했다. 하지만 운동신경이 있는 사람이라서, 곧 도움 없이 일어설 수 있었다.

맨디는 내 계획에 관심이 있었다. 내가 영원히 여기저기 여행하며 다닐 것인지. 그럴 리가. 나는 말했다. 나는 곧 미국으로 돌아갈 것이었다. 하지만 나는 맨디의 조언을 구했다. 남아프리카의 상황을 미국 독자들이 알 수 있도록 내가 쓸 수 있는 유용한 소재가 있을까? 나도 이미 아는 바였지만, 맨디는 외국인들이 투쟁을 돕는 방법에 대해 아주 완고하고 실용주의적인 관점을 갖고 있었고, 나도 이제는 '아파르트헤이트'에 관한 소름 끼치는 이야기로 우리 동료 시민들을 즐겁게 해준다는 착상 자체가 부적절하고, 더 나쁘다는 생각을 충분히 깨달았다. 확실히, 내 독자들이

해줄 수 있는 일 자체가 없었다. 명분이 그렇게 발전할 리가 없을 것이었다. 어쩌면 나는 그저 젠장, 내가 실제로 잘 아는 주제에 대해 쓰는 편이 나을 것이었다. 서핑. 우리는 케이프타운에서 케이프타운까지 히치하이크로 왕복하는 여행 동안 이런 질문을 간간이 논의했다. 맨디는 미국인에 관한 자신의 관점을 내가 캘리포니아에서 철로 제동수로 살았던 이야기를 해서 복잡하게 꼬았다고 불평했다. 보통 맨디는 미국인이라 하면 광분해서 다짜고짜 세계의 모든 진보 운동을 파괴하고 다니는 자본주의자 괴물로 생각했다. 그때였다. 트랜스케이의 햇볕에 잠긴 지점에서 코사족Xhosa 어부들이 대나무 막대로 갈리조엔galjoen(흑돔)을 낚는 광경을 보고 있을 때, 맨디는 내게 미국으로 돌아가서 내가 유용하게 쓸 수 있는 것이 뭔지 알아보라고 격려했다. 나는 아마도 서핑 외에 다른 주제로도 글을 쓸 수 있을 것이었다. "저도 한 명의 어엿한 서퍼로서 다른 서퍼에게 하는 말이에요!"

나는 소설로 돌아갔다. 끝내는 데까지는 그 후로도 여덟 달이나 걸렸다. 내가 쓰는 유의 소설에 대한 흥미가 바래가는 기분이었다. 남아프리카가 나를 바꾸어놓았고, 나를 정치와 언론, 권력의 문제로 돌려놓았다. 부모님이 케이프타운에 있는 동안 유일하게 시큼한 맛을 남겼던 건 아버지가 내게 무엇을 쓰고 있는지 물었을 때였다. 아버지는 내가 아직도 기본적으로는 아마추어라는 이야기를 듣고 짜증이 났던 모양이다. 학년 말에, 나는 더 이상 다른 본업은 갖지 않겠다고 맹세했다. 생계를 위해서 글을 쓰리라. 땅땅. 나는 에세이나 짧은 특집 기사를 써서 미국 잡지에 기고했다. 꽉꽉 채운 공책이 한 더미 있었지만, 남아프리카에 대해

선 아무것도 쓰지 않았다. 집에 가고 싶은 갈망이 차올랐다. 그게 어디가 되었든. 나는 브라이언이 보낸 편지 속 한 줄에 매달렸다. 그는 미술라로 돌아갔다고 했다. 그곳 소프트볼 팀에 네가 들어 갈 자리가 있어, 그는 이렇게 썼다. 소프트볼 팀의 자리.

샤론과 나는 마침내, 확실히 헤어졌다. 샤론의 어머니가 돌아 가셨고, 샤론은 짐바브웨에서 일했다. 신체장애를 입은 옛 게릴 라들을 위한 학교를 운영하는 일이었다. 오랫동안 지속된 짐바브 웨의 국가해방전쟁은 최근에야 끝났고, '사회주의 건설'이 시작 되었다. 우리 결별이 확정된 것은 모두 샤론이 주도한 것이었다. 나는 권리도 없으면서 언짢은 기분이었다. 우리 사이는 벌써 유 효기간이 지나 무너져 있었는데도.

남동생 케빈이 케이프타운에 나타났다. 내가 오라고 부추겼다. 그래도 여전히 나는 부모님이 나를 잡아 오라고 동생을 보낸 게 아닌가 하는 망상에 사로잡혀 있었다. 그렇다고 해도 타이밍은 적절했다. 나는 마침내 떠날 준비가 되었다. 어쩌면 케빈과 나는 케이프타운에서 카이로로 가야 할지도 몰랐다. 나의 서핑 오디세 이는 끝났다. 나는 파란 핀테일을 미국까지 부치려고 해보았다. 내가 무척이나 좋아하는 보드였으니까. 하지만 보드를 보내려면 돈이 들었고, 나는 한 푼도 아쉬운 형편이라 그냥 팔아버렸다. 낡 은 스테이션왜건은 제대로 굴러가지 않았다. 우리는 그걸, 낡은 정도는 똑같지만 어쨌든 더 튼튼한 로버와 교환했다.

케이프타운 주변을 돌며 작별인사를 할 때 맨디에게 전화했 다. 그 애 어머니가 전화를 받았는데, 내가 통화할 수 있느냐고 물었더니 갑자기 눈물을 터뜨렸다. 경찰 공안부에서 맨디를 억류 했다는 것이었다. 어머니는 맨디가 지금 어디에 갇혀 있는지도 몰랐다. 우리가 남아프리카를 떠날 때도 맨디는 여전히 감옥에 있었다.

케빈과 나는 북쪽으로 차를 몰고 가며 야영했고, 나미비아, 보츠와나, 짐바브웨를 지났다. 거대한 사냥감들을 많이 보았다. 케빈은 열정적이고 열심이었으며, 성가신 심부름을 할 때와는 달랐기에 그건 안심이었다. 동생은 모르는 게 없는 것 같았다. 아프리카 역사, 정치. 어쩌다 그렇게 된 거지? 케빈은 대학에서 역사를 전공했고, 예술 학위를 땄다. 당시는 영화 제작 분야에서 일하고 있었다. 나보다 술도 셌다. 우리는 짐바브웨에서 차를 샤론에게 남기고 갔다. 나한테는 비참한 현장이었다. 샤론은 벌써 다음 연인이 생겼으니까. 전직 게릴라였지만 지금은 육군 장교인 은데벨레족Ndebele 젊은이였다.

우리는 MV 음텐데레MV Mtendere라고 하는 사람 많은 옛날 배를 타고 말라위Malawi 호수를 따라 여행하며 계속 북쪽으로 향했다. 버려진 마을에 들르기도 하고, 갑판 위에서 자기도 했다. 잠비아, 탄자니아, 잔지바르. 우리는 지역 버스를 타고 마사이Masai 지역에 다다랐다가 응고롱고로Ngorongoro 분화구 가장자리에서 야영했다. 그런 후에는 킬리만자로Kilimanjaro 발치의 버스 정류장에서 소매치기를 당해 여권을 잃어버려서 케냐로 넘어갈 수가 없었다. 우리는 다에스살람Dar Es Salaam으로 다시 갔다. 나는 피곤해죽을 지경이었다. 이제 서양으로 돌아갈 준비가 됐어, 나는 선언했다. 케빈은 안심한 듯 보였다. 그 애는 캘리포니아에서 다시 펼칠 삶이 있었으니까. 우리는 케이프타운에서 카이로로 간다는 계획을 포기하고, 북쪽으로 가는 가장 싼 비행기 표를 샀다. 모스크바Moscow를 경유하여 코펜하겐Copenhagen까지 가는 아에로플로트Aeroflot.

나는 서유럽을 홀로 통과했다. 친구들의 소파에서 자면서, 몸을 편하게 해주는 모든 것에 감사했다. 런던에서 뉴욕까지 가는 비행기를 탔다. 미국적인 것 하나하나가 기뻤다. 때는 늦가을이었다. 동생 마이클은 뉴욕 대학교에 다녔다. 나는 동생의 기숙사 방바닥에서 잤다. 마이클은 프랑스 문학 전공이었고, 칵테일 라운지에서 놀랄 만큼 섬세하게 피아노를 쳤다. 언제 이렇게 되었을까? 나는 미술라까지 히치하이크를 했다. 길고 춥고 장대한 여행이었다. 트럭이 나를 주간 고속도로 위에 내려주었고, 나는 비틀비틀 시내까지 걸어갔다. 이런 말이 소용이 있는지는 모르겠지만, 나는 약속대로 동쪽에서부터 가고 있었다.

8

퇴락에 대항하여

◇

샌프란시스코 1983~1986

저자. 샌프란시스코 오션비치의 노리에가스트리트, 1985년.

✧

대양은 지나친 아첨을 받고 안하무인이 된

흉포한 독재자처럼 양심 없는 기질을 가졌지.

— 조지프 콘래드, 《바다의 거울The Mirror of the Sea》

샌프란시스코로 이사할 때까지 못해도 2년 동안 나는 서핑을
내 인생의 가장자리에 성공적으로 가둬두고 있었다. 1983년, 초
가을이었다. 전해 여름은 이스트빌리지East Village의 바퀴벌레 들
끓는 지하 바닥에서 자면서, 시나리오를 쓰며 지냈다. 내 철도 소
설은 아직도 출판사들 사이에서 이리저리 튕겨 다니는 중이었다.
몇몇 관심 있는 편집자들은 일반 독자가 읽을 수 있게 기술적 언
어, 철도 전문 용어를 풀어 쓰길 바랐으나, 나는 바로 거기에 시
가 있다고, 내가 포착하길 바란 장소와 직장의 잡힐 듯 잡히지 않
는 천재성이 있다고 생각했다. 나는 그들의 말을 넘겨버렸다. 사
실상, 어떤 목적이든 그 원고로 다시 파고들고 싶지가 않았다. 내
가 무엇을 발견하게 될지 두려웠다. 부적절한 표현들, 오만함. 그
럼에도 역시 청소년이 쓴 것 같은 소설.

나는 산탄처럼 사방을 튀어 다녔다. 집세를 낼 수가 없을 때
면 몬태나에 있는 브라이언의 집에, 로스앤젤레스의 부모님 집
에, 말리부에 있는 도미닉의 집에 머물렀다. 콘래드적 의미로 미
국에 돌아오기로 한 이유에 대한 내 설명은 딱히 의기양양하지
도, 그렇다고 무력하지도 않았다. 립 밴 윙클rip van winkle 같은 순
간들이 있었다.* 나는 전화 자동 응답기에 익숙하지 않았지만, 이

제는 모든 사람이 갖고 있었다. 하지만 나는 돌아와서 정말로 기뻤고, 다시 열심히 일하고 싶었다. 미술라는 근사했고, 모든 것이 내가 기억한 그대로였다. 브라이언은 거기서 자리를 잡고 열심히 글을 썼으며, 다시 미국의 분위기에 적응했다. 그래도 서핑은 하지 않았다. 그는 반들반들 윤이 났고, 자신감이 넘쳤으며, 더 나이가 들었다. 더 높은 위도의 지역이 그에게 잘 맞았다. 그 밖의 다른 사람들은 내가 지난 몇 년 동안 어디에 있었는지 이해하지 못했다. 그와 나는 여전히 밤새 얘기할 수 있었다. 스물아홉 번째 생일에 블랙풋강Blackfoot river 위의 산맥으로 사슴 사냥을 갔다. 그래도 거기 머물 수는 없었다. 무언가가 내게, 나는 도시 사람이라고 속삭였다. 의심의 여지없이, 어떤 실리적인 야심의 정령이었을 것이다. 심지어 로스앤젤레스도 고려해보았다. 하지만 내 오랜 편견이 너무 강력했다. 나는 프리랜서로 일했다. 뉴욕에 있어도 시나리오를 포함한 일거리는 찔끔찔끔 떨어져서 간신히 집세를 내는 정도였다. 그리고 남아프리카에서 보낸 시절 때문에 아직도 정신이 너덜너덜했다. 그렇지만 미국 독자들이 읽을 정치에 관한 글을 쓰는 것에, 심지어 남아프리카에 관한 글을 쓰는 것에 거리낌을 느끼는 시기는 지나갔다.

나는 멋진 여자 친구를 새로 사귀었다. 캐롤라인Caroline. 짐바브웨 출신이었다. 캐롤라인이 미대생으로 공부하던 케이프타운에서 처음 만났다. 이제는 샌프란시스코 아트인스티튜트San Francisco Art Institute의 대학원생이었다. 캐롤라인은 뉴욕으로 와서 그 지하실에서 같이 살았다. 우리가 나눈 첫 공간이었다. 캐롤라

✦　워싱턴 어빙의 소설로, 잠깐 잠든 사이에 세월이 흘러버린 주인공이 등장한다.

인은 로어피프스애비뉴lower Fifth Avenue의 한 식당에서 안내원으로
일했다. 우리는 그해 여름 한 번도 맨해튼을 떠나지 않았다. 우리
동네는 약물 중독자와 마약상, 매춘부가 많기로 유명했다. 덥고
지저분했으며, 우리는 자주 싸웠다. 우리는 둘 다 꽉 막히고 성마
른 사람이었다. 하지만 캐롤라인이 학교로 돌아가자, 나는 그녀
를 따랐다.

샌프란시스코가 캘리포니아에서 가장 좋은 파도가 치는 곳이
라는 사실은 오랜 세월 동안 비밀이었다. 남쪽으로 70마일 떨어
진 샌타크루즈는 내가 거기서 대학을 다닐 때 이미 사람이 많은
서핑의 중심지였지만, 샌타크루즈에서 서핑하는 수천 명의 사람
중에서 오직 몇몇만이 샌프란시스코로 올라왔다. 내가 캔들스틱
파크Candlestick Park와 가까운 베이쇼어야드Bayshore Yard에서 철도 일
을 할 때, 도시의 주요 지점인 오션비치에서 몇 차례 서핑을 한
적은 있었다. 그래서 나는 알고는 있었다. 그래도 여전히 거기로
이사 가면 어떤 상황에 처하게 될지는 깨닫지 못했다. 나는 책 한
권을 쓰기로 계약했다. 케이프타운에서 가르친 경험에 대한 책이
었다. 우리는 아우터리치먼드Outer Richmond라고 하는, 모양 없고
안개가 자욱하며 주로 아시아인들이 모여 사는 동네에 아파트를
빌렸다. 내가 사무실로 쓰는 방은 라임그린색 벽지로 발라놓았
다. 책상에 앉으면 오션비치의 북쪽 끝이 보였다.

거기 위에서부터 보면 평상시에는 오션비치는 합리적으로 보
였다. 4마일 길이로 완벽하게 쭉 뻗었고 스웰이 많이 일었으며,
괜찮아 보이는 모래섬도 많았다. 주로 많이 부는 바람은 차가운
북서 바닷바람, 표준적인 캘리포니아 오후의 바닷바람이었다. 하

지만 행복한 예외도 많이 있었다. 아침, 가을, 겨울. 그때는 파도
가 유리 같거나, 뭍바람이 불었다. 4마일 전체에 비치브레이크,
즉 방해물이 되는 땅이나 구조물이 없었다. 암초도, 강어귀도, 부
두도. 파도의 모양과 위치는 주로 계속 바뀌는 모래섬의 형성에
달려 있었다. 모든 파도는 너무 복잡해서 자세히 그릴 수 없었지
만, 서핑 가능 지점에서도 특히 예측 불가능한 종족이었다. 그리
고 오션비치는 주로 북태평양 깊은 바다에서부터 밀려오는 스웰
이 특이할 정도로 많이 들어왔다. 북쪽으로 바로 모퉁이를 돌면
있는 골든게이트를 통해서 400제곱마일이 넘는 샌프란시스코만
에 바닷물이 가득 들어왔다가 나가면서 생기는 거대한 조류 때문
에 모래섬이 쓸려나가는 곳이었다. 내가 본 어떤 서핑 지점보다
예측하기가 복잡했다. 이 지역이 책이라면, 대륙철학이라든가 이
론물리학처럼 기가 꺾일 정도로 어려운 책일 것이었다. 거기에다
복잡한 걸 넘어서 오션비치는 크기까지 했다. 캘리포니아 규모
로 크다기보다 하와이 규모로 컸다. 그리고 물이 찼고, 지도에 나
타나 있지 않았으며, 일단 그 사이에 들어가면 자주 말도 안 되는
바다가 되었다.

　나는 북쪽 끝에서 서핑을 시작했다. 바람을 막아 비교적 온화
하게 파도가 치는 켈리스코브Kelly's Cove라는 지점이었다. 켈리스
는 깊은 지점이 있었고, 바깥에서는 종잡을 수 없게 묽어지기도
했지만, 주기적으로 모래섬 옆으로 재빨리 부서지는 짙은 녹색
쐐기꼴 파도들을 만들어냈다. 파도는 아름답지 않았지만, 배짱이
있었다. 파도의 기괴한 습성을 해독할 수만 있다면, 이따금은 높
이 솟는 백도어backdoor*로 배럴을 탈 수도 있었다. 켈리는 전체 오

선비치에서도 가장 인기 있는 지점이었지만, 사람은 별로 많지 않았다. 남쪽으로 가면, VFW라고 알려진 일직선 해안이 좀 더 넓고 파도가 더 컸으며, 모래섬이 더 다양하게 배열되어 있었다. VFW는 골든게이트파크의 서쪽 끝이었다. 해변 위에는 그라피티로 가득 덮인 방조제가 서 있었다.

오션비치의 다음 3마일은 선셋디스트릭트Sunset District와 맞대고 있었다. 리치먼드와 비슷했지만 더 더러웠다. 전시戰時 노동자 주택처럼 모래섬 위에 서둘러 지은 낮은 건물들이 졸린 듯이 비탈길에 격자무늬로 늘어선 거리들. 해안 거리는 울퉁불퉁한 제방으로 축축한 보도 터널이 뚫려 있고, 그 위로는 그레이트하이웨이Great Highway라고 하는 우그러진 해안 도로가 지나갔다. 드물게 찾아오는 따뜻한 날들을 제외하면 해변은 대체로 한적했다. 위노스Winos는 몇 안 되는 양지바른 곳에 뻗어 있었다. 노숙자들은 바람과 추위가 그들을 몰아내기 전에 잠깐이나마 거기서 야영했다. 만조 때는 고무장화를 신은 한국인 어부들이 릴낚시 장비와 씨름하고 있었다. 남쪽으로 이동하면, 파도는 일반적으로 더욱 커졌고, 해변에서 멀리까지 모래섬을 이루며 더 위협적으로 변했다. 물에서, 특히 파도가 클 때 바라보면, 내륙에 늘어선 거리가 라인업을 할 때 표지가 되어주었다. 사람들 말로는 거기가 자기 자리라고 했다. 선셋에서는 북쪽에서 남쪽까지 알파벳 순서로 이름이 붙여졌다. 어빙Irving, 주다Judah, 커크햄Kirkham, 로튼Lawton, 모라가Moraga, 노리에가Noriega, 오르테가Ortega, 파체코Pacheco, 퀸타라Quintara, 리베라Rivera, 산티아고Santiago, 타라발Taraval, 우요아Ulloa,

---

◆   부서지는 파도의 정상 뒤에서 배럴에 진입하는 것.

빈센테Vicente, 와워나Wawona, 그리고 다음에는 괴짜스럽게도, 슬로트Sloat. 우리는 오션비치에서 서핑한다고 말하지 않았다. 주다나 타라발, 슬로트에서 서핑한다고 했다. 슬로트 대로의 남쪽에는 시립 동물원이 있었고, 그 너머로 모래 절벽이 솟기 시작해서 도시의 해안 거리 — 오션비치 — 가 끝났다.

나는 거기서 맞은 첫 가을에는 거의 늘 물에 들어갔다. 이제는 중고로 산 7피트 싱글핀 보드를 탔다. 무늬 없는 바닐라 보드로, 뻣뻣하지만 활용도가 높았고, 파도를 잘 잡았으며, 안정적이고 빨랐다. 나는 오래된 주문 제작 웨트슈트를 입었다. 이제는 해어지고 물이 새는 옷, 내가 잘나가던 제동수로 일하던 시절의 유물이었다. 나는 피크가 괜찮게 일어서는 모래섬 몇 군데를 찾았다. 모래가 움직여서 가기 전에 적어도 며칠 동안 어떤 조수와 스웰 각도에서는 파도가 괜찮았다. 나는 그 보드에 익숙해지기 시작했다. 얼굴이 크게 열린 파도에는 잘 맞았고, 뭍바람을 갈랐으며, 속도에 잘 반응했다. 하지만 덕다이브duckdive++하기는 힘들었다. 파도는 짙었고, 그러므로 다가오는 거품 파도를 탈출해서 갈 정도로 깊이 가라앉기가 어려웠다. 오션비치에서 패들해서 나가는 건 늘 시련에 가까웠다. 거기서 파도를 타는 사람이 적은 또 하나의 이유였다. 게다가 내 보드는 부피가 넓어 패들하기가 쉽지 않았다. 나는 물속에서 나가는 길을 짧게 하려고 애썼다. 하지만 나는 서핑 후에 일이 더 잘 풀렸다. 얼음 같은 물속에서 힘을 쏟아내고 뜨거운 물 아래서 몸을 녹이면 신체적으로 더 조용해지고 책상에 앉아서 꼼지락거리지 않고 일할 수 있었다. 잠도 더 잘

++　물 아래로 보드 앞코를 밀고 잠수해서 들어가며 파도를 뚫고 가는 기술.

왔다. 그해 겨울의 첫 대형 스웰이 다가오기 전이었다.

그곳에는 토박이 서퍼들의 작은 무리가 있었다. 그들은 도시의
다른 지역에서는 거의 보이지 않았다. 사실 샌프란시스코에서 나
고 자란 사람들은 샌프란시스코에는 서핑이 없다고 말할 것이다.
물론 파도는 있지만, 서핑하기에는 바다가 너무 차갑고 폭풍이
친다는 말을 나는 적어도 한 번 이상은 들었다. 솔직히 말해, 서
핑하는 법을 '배우기'에는 너무 거칠었다. 초심자가 할 만한 가장
가까운 브레이크는 시 외곽에 있었다. 그리고 오션비치 단골 중
에서는 하와이나 오스트레일리아, 서던캘리포니아 등 다른 곳에
서 파도를 배웠다가 어른이 되어 이 도시로 이주한 사람들이 있
었다. 이런 신참들은 전문 서퍼인 경우가 많았고, 이제는 나도 거
기에 포함돼 있었다. 이들은 어쨌든 이 고장에서, 대부분 선셋 지
역에서 자란 서퍼들과는 어떤 식으로든 구분이 되었다.

하지만 두 무리 모두 왁스와 웨트슈트는 와이즈서프보드Wise
Surfboard에서 샀다. 해변에서 몇 블록 떨어진 와워나에 있는, 밝고
지붕이 높은 곳이었다. 멕시코 음식점과 기독교 계열 탁아소 옆
에 있는 이 가게는 시내에서는 유일한 서핑 상점이었다. 한편에
는 반짝반짝 빛나는 새 보드들이 길게 줄지어 있고, 뒤편에는 웨
트슈트가 걸린 옷걸이들이 있었다. 함께 서핑할 사람을 찾으려면
일단 와이즈부터 가야 했다.

상점 주인인 밥 와이즈Bob Wise는 40대 초반 정도의 나이에 몸
이 탄탄했으며, 제임스 브라운의 냉소적인 팬이었다. 그는 카운
터 뒤에서 이 오션비치와 거기서 서핑하는 이들의 기묘한 점을
끝도 없이 늘어놓곤 했다. 낡디낡은 이야기 모음집을 주제로 하

는 일종의 서핑 이야기 주크박스였다. 에드윈 세일럼Edwin Salem이 허리까지 차는 물속에서 삼나무 둥치를 밀고 오는 파도를 마주하게 되었을 때, 송진으로 붙인 통이 날아가 피위Peewee의 이마에 불꽃이 튀었을 때. 평상시 가게는 느리게 돌아갔지만, 예외적으로 북쪽에서 온 부유한 마약 재배상들이 현금을 가득 넣고 와서 친구들에게 이렇게 떠벌릴 때도 있었다. "보드 하나 살래? 내가 하나 사줄게. 바비도 보드 갖고 싶어 할 거 같냐? 그럼 걔 것도 사."

어느 날 오후, 내가 가게에 들어가니 와이즈는 손님 두 명을 접대하며 한창 얘기 중이었다. "그래서, 의사 선생이 자기 창문 밖에서 파도를 보고 나한테 전화해서 이러는 거야. '어이, 나가자.' 그래서 내가 계속 물었지. '하지만 파도가 어떤데?' 그랬더니 의사가 이러는 거야. '흥미로워.' 그래서 그리로 갔고 함께 바다에 나갔는데, 완전히 엉망진창인 거지. 그런데 의사가 그러더라고. '뭘 기대했어?' 알고 보니까 의사가 흥미롭다고 한 건 끔찍하다 못해 처참하다는 뜻이었어."

와이즈가 말하는 사람은 마크 레네커Mark Renneker였다. 레네커는 샌프란시스코에서 오가는 서핑 농담의 인기 주인공이자 이 지역에서 집착하는 대상이었다. 그는 가정의학 내과 의사로 와이즈의 가게에서 몇 블록 떨어진 곳인 타라발의 해안 거리에 살았다. 나는 실제로 샌타크루즈에서 대학교에 다닐 때부터 마크를 알았다. 그는 의학대학원을 다니려고 샌프란시스코에 왔고, 내게도 몇 년 동안 이사 오라고 부추기며 파도의 질이 얼마나 훌륭한지 극찬하는 편지를 쓰고, 근사한 파도를 담은 사진을 단순히 '평균적'이라고 표현하며 보내주었다. 그의 말이 농담인지 아닌지 나는 알 수 없었다.

시내에 온 지금, 나는 종종 마크와 함께 서핑했다. 그는 오션비치에 미쳐 있었고, 특이할 정도로 철저히 연구했다. 그는 서핑에 관한 모든 것을 특이할 정도로 철저히 연구했다. 1969년 이후 그가 파도 타러 나갈 때마다 세심하게 기록하고 있었다는 것을 나는 발견했다. 서핑한 곳, 파도 크기, 스웰 방향, 환경 묘사, 어떤 서프보드를 탔는지, 동반자는 누구였는지, 기억할 만한 시간이나 관찰, 또는 해마다 비교한 데이터. 그의 기록 공책에 따르면 1964년 이후로 그가 가장 오래 서핑하지 않은 기간은 3주였다. 1971년, 애리조나의 대학교에 잠깐 근무했을 때였다. 그런 경우를 빼면 며칠이 넘도록 쉬는 일은 거의 없었고, 몇 주 동안은 매일 서핑하기도 했다. 괴상할 만큼 전념하는 사람에게만 열려 있는 취미이기는 해도, 그는 광신자 중의 광신자였다.

그는 화가인 여자 친구 제시카와 함께 그레이트하이웨이에 위치한 카키색 3층 건물 맨 위층에 살았다. 그들의 아파트 건너편, 해변으로 향하는 터널 옆에는 표지판이 붙어 있었다. 파도와 심각한 저류로 익사 사고가 매년 발생하고 있습니다. 물속에 들어가지 마십시오—미합중국 공원 경찰. 마크와 제시카의 차고에는 서프보드가 서까래까지 가득 차 있었다. 적어도 열 개는 되었고, 대부분 여전히 활발하게 사용되는 것들이었다. 하지만 내가 둘러보니, 수집가용 물건도 하나 있었다. 분홍색 레일이 있고 갑판이 노란 7피트 싱글핀. 오스트레일리아 출신 4연속 챔피언인 마크 리처즈Mark Richards가 형태를 잡고 처음에 탄 보드. "이건 잭 클라우스의 옛날 골프 클럽을 갖고 있는 거나 마찬가지지." 마크가 말했다. 리처즈의 물건은 서핑 잡지를 읽는 사람이라면 즉각 알아볼 수밖에 없었다. 마크 레네커는 몇 년 동안이나 그 보드를 탄 적이 없었다. 다른 다섯 개의 보드는 꼬리 쪽으로 계단참에 세워져 있었다. 어째서 그렇게나 많은 보드가 필요한 걸까? 물론 다른 환경에 따라 골라 타려는 것이었다. 특히, 더 큰 파도가 밀려오면 장비 선택이 중요했다. 보드 디자인 연구에 열을 올렸던 그는 아끼는 7피트 4인치 보드 반쪽 두 개를 '참고용'이라며 여전히 보관하고 있었다. 오아후의 노스쇼어에서 만들어졌고, 슬로트에서 파도가 크게 친 날 부러진 것이었다. 커다란 파도는 마크를 지배하는 열정이었다.

와이즈의 상점 벽에는 사진 액자가 하나 걸려 있었다. '의사'가 거대하고 거의 수직인 진흙색 오션비치 파도 벽으로 들어가는 사진이었다. 얼굴 면이 그의 키의 적어도 다섯 배는 되었다. 캘리포니아에서는 누구든 그런 크기의 파도를 타는 것을 본 적이 없었다. 누가 그렇게 하는 사진을 본 기억도 없었다. 파도는 와이메아의 해 질 녘, 노스쇼어급이었다. 다만 수온은 10도 정도일 것이었다. 그러면 너무 차가워서 표면은 뚫기 힘들고, 떨어지는 파도의 입술은 콘크리트처럼 느껴진다. 그리고 그 지점은 유명하고 지도에 나온 암초가 아니라, 변덕스럽고 격렬하면서도 이름은 없는 비치브레이크였다. 나는 오션비치에서 그렇게 큰 파도를 볼 일이 없길 바랐다. 반면에, 그 지역 사람들이 마크에 왜 그렇게 집착하는지 설명하는 데 꽤 도움이 되었다.

마크는 못 알아볼 수가 없는 사람이었다. 193센티미터의 키, 날씬한 체형, 떡 벌어진 어깨, 지저분한 갈색 턱수염과 등을 반쯤 덮는 머리카락. 그는 원기가 왕성하고 위압적이었으며, 경적과 포효의 중간쯤 되는 소리로 크게 웃었다. 그렇게 키가 큰 사람

치고는 놀라울 정도로 우쭐거리지 않았다. 그는 마치 발레 댄서처럼 움직였다. 패들해서 나가기 전에는 물 가장자리에서 일련의 요가 동작을 하는 의식을 거행했다. 좋아하는 사람들과 있을 때는 끝없이 수다스러웠다. 언제나 자세하고 활기차게 설명할 만한 일들은 늘 일어났다. 파도, 바람, 모래섬, 산티아고의 라인업 표지. 마크가 물에 들어가 있을 때는 모두가 알았다. "너 서핑 영화의 법칙 알아?" 어느 날 아침 평범한 파도 속에서 그는 나를 향해 고함쳤다.

나는 몰랐다.

"밤에 서핑 영화, 하다못해 서핑 영사 사진이라도 본 다음 날에는 파도가 절대 치지 않는다는 거야!"

우리는 전날 밤 마크가 제시카와 함께 포르투갈에 갔던 서핑 여행의 영사 사진을 보았다.

그날 아침 늦게, 우리는 그의 서재에 앉아 커피를 마시며 몸을 데웠다. 마크의 책상에서는 대양이 내다보였다. 그의 책장에는 의학 서적(《암 역학과 예방》), 자연 안내서(《멕시코의 새》), 대양과 날씨에 대한 책, 수백 권의 추리소설이 있었다. 벽에는 마크와 친구들이 서핑하는 사진들이 〈더퍼포머스The Performers〉 〈더글래스월The Glass Wall〉 같은 오래된 서핑 영화의 빛바랜 포스터들과 함께 걸려 있었다. 수십 년 전부터 시작해서 수천 호에 이르는 서핑 잡지 세트는 조심스럽게 쌓여 목록으로 구분되었다. 일기예보 라디오에서는 최근 부표 자료를 요란스럽게 떠들어댔다. 내가 앉아서 오래된 서핑 잡지를 넘겨 보는 동안, 마크는 전화로 밥 와이즈와 이야기했다.

마크는 전화를 끊더니 와이즈가 지금 그의 가게에 내게 꼭 필요한 새 보드를 갖다 놓았다고 알렸다.

나는 내가 새 보드가 필요한지조차 몰랐다.

마크는 믿을 수가 없었다. 어떻게 달랑 서프보드 하나로 만족할 수가 있어? 우그러지고 오래된 싱글핀 하나로!

나는 설명할 수 없었다. 그냥 그렇죠.

그게 우리의 습관이 되었다. 마크는 내가 서핑에 대해서 진지하지 않은 것처럼 느껴지거나 무덤덤하게 발을 반만 걸친 것처럼 보이면 울컥했다. 너는 커다란 사파리를 돌고 온, 멋진 파도를 찾아 세계 여행을 하고 온 사람 아냐? 그랬다. 그리고 그는 얌전히 남아서 의학대학원에 진학한 사람이었다. 그렇다고 해서 서핑이 그의 존재의 중심인 것처럼 내게도 그래야만 하는 건 아니었다. 우리가 함께하는 이 스포츠에 대한 나의 양가적인 태도에 그는 소름이 끼친다고 했다. 이건 이단이었다. 애초에 서핑은 '스포츠'가 아니었다. '통로'였다. 그리고 거기에 더 많이 쏟아부을수록, 더 많이 얻게 된다. 그 자신이 바로 그 살아 있는 증거 아닌가.

나는 딱히 반박하지 않았다. 서핑을 스포츠라고 부르는 건 거의 모든 단계에서 옳지 않았다. 그리고 마크는 내게 서핑 강박증 중에서도 괜찮은 면을 상징하는, 덩치만 큰 어린애처럼 보였다. 하지만 나는 그런 세이렌의 노래, 끊임없는 요구는 경계했다. 나는 심지어 그런 면을 필요 이상으로 생각하는 것도 내키지 않았다. 그래서 나는 새 보드를 갖고 싶지 않았다. 어쨌든 돈이 없었다.

마크는 짜증 난다는 듯 한숨지었다. 그는 컴퓨터 키보드를 탁탁 두드렸다. "웃기는 녀석이야." 그는 마침내 말했다.

나는 서핑에 사악할 정도로 많은 시간과 심혈을 기울였다는 것

을 알았다. 1981년, 어떤 서핑 잡지에 에디터들이 뽑은 세계 10대
파도의 목록이 실렸다. 나는 내가 그중 아홉 군데에서 서핑했다
는 걸 알고 화들짝 놀랐다. 유일한 예외는 페루의 긴 왼쪽 파도였
다. 그 목록에는 내가 깊이 관련된 여러 브레이크들이 포함되었
다. 키라, 호놀루아만, 제프리스. 나는 거기서 그런 이름들을 보
았다고 딱히 기쁘진 않았다. 그곳들은 유명한 지점들이었지만,
내게는 개인적인 문제처럼 여겨졌다. 나는 내가 탄 최고의 파도
들이 언급되지 않고 지나가는 편이 좋았다. 그래야 세계가 모를
테니까. 브라이언과 나는 아직도 미신적으로 타바루아라는 단어
는 말하지도 않고 쓰지도 않았다. 우리는 그저 "다 키네(그 이름이
뭐가 되었든)"라고만 했고, 때가 되면 언젠가 돌아갈 것이라고 생각
했다.

　캐롤라인에게는 멋진 점이 많이 있었지만, 그중 하나는 서핑
에 대한 회의주의였다. 우리가 처음 만나고 몇 달이 되었을 때,
케이프타운 남쪽 어딘가에서 함께 파도를 보았다. 캐롤라인은 내
가 아는지도 몰랐던 언어로 내가 주절주절 떠들기 시작하자 몸
서리를 쳤다. "그 단어가 문제가 아니라, 당신이 그런 단어를 쓰
는 것도 들어본 적이 없는 말들이었어. 날리gnarly[+]라든가, 석아웃
suckout[++]이라든가 펑크독funkdog이라는 말을 쓴 적 없잖아." 캐롤라
인은 일단 충격에서 회복되자 말했다. "무슨 소리 같아. 툴툴대고
울부짖고 끔찍하게 으르렁거리는 소리." 캐롤라인은 그 뒤로 툴
툴거림과 울부짖음과 으르렁거리는 소리 같아도 서퍼들끼리 주

[+]　　파도가 거대하다는 걸 가리키는 말.
[++]　　파도가 빨아들이는 것.

고받는 고립된 암호와 은어에 점차 익숙해지긴 했지만, 우리가 해변에서 몇 시간이나 바다를 연구한 뒤 패들해서 나가자는 뜻으로 왜 "해치워버리자Let's get it over with"라고 하는지는 아직도 이해하지 못했다. 캐롤라인이 별로 내키지 않아 하는 마음은 이해했다. 축축한 웨트슈트, 얼음 같은 물, 거칠고 형편없는 파도. 그러나 그녀의 암울한 거리낌은 이해할 수가 없었다.

샌타크루즈에서 캐롤라인은 그걸 한눈에 볼 기회를 잡았다. 우리는 스티머레인Steamer Lane이라고 하는 인기 있는 브레이크의 절벽 위에 서 있었다. 서퍼들이 파도를 타고 우리가 서 있는 지점을 지나치면, 우리는 거의 바로 위에서, 그다음에는 뒤에서 파도를 볼 수 있었다. 몇 초 동안 우리는 파도를 탄 사람들이 직접 볼 수 있는 것보다 더 높은 곳에서 잘 볼 수 있었고, 서핑에 대한 캐롤라인의 생각은 그 시점에서 바뀌었다. 그전까지 파도는 그저 순수하게 돌진하는 2차원적 사물이었다고 캐롤라인은 말했다. 하늘을 배경으로 일어서는 무엇. 갑자기 그녀는 파도가 사실은 가파른 면이 있는 역동적인 피라미드라는 걸 볼 수 있게 되었다. 두께, 넓게 기울어진 등, 무척 빨리 변하고 무너지고 솟아오르고 다시 무너지는 복잡한 3차원의 구성물. 거품 파도는 사람이 졸도할 수 있을 정도로 혼란스러웠다. 푸른 물결은 매끄러워서 사람을 초대하는 것만 같았다. 부서지는 파도의 입술 부분은 잡힐 듯 잡히지 않으면서 폭포처럼 흘러내리는 엔진이며, 가끔은 은신처가 된다는 것도 알았다. 그 정도만 되어도 서핑 구경이 흥미로워지더라고. 캐롤라인은 말했다.

캐롤라인이 바다의 사람이 될 위험은 없었다. 그녀는 사방이 육지로 둘러싸인 나라, 짐바브웨에서 태어나고 자랐다. 나는 가끔 그녀의 다양한 미국적 열정(자기 고양, 자긍심, 조잡한 형태의 애국심)에 대한 냉정하고 비판적인 자세가 당시 로디시아Rhodesia였던 나라의 내전 한가운데서 자라났다고 생각했다. 그녀는 내가 아는 그 어떤 사람보다 인간 본성에 대해 환상을 덜 품는 사람이었다. 후에 깨달았지만, 전쟁이 그녀의 사고에 영향을 주었다는 추측은 틀렸다. 그녀는 그저 평범하지 않게 감각이 좋고, 깊고 쉽게 당황하는 겸손한 성격일 뿐이었다. 그녀에게 중요한 건 그림 제작뿐이었다. 특히, 에칭 작품. 그녀의 동판 작업 과정은 정교하고 엄청나게 노동집약적이어서, 거의 중세적이었다. 미술학교의 동급생들은 그녀의 장인 정신, 기술적 지식, 강박증, 그녀의 눈에 경의를 품은 듯했다. 나는 확실히 그랬다. 그녀는 종종 밤을 새웠다. 캐롤라인은 키가 크고 허리가 길고 창백했다. 라파엘전파Raphael前派 그림 속 인물 같은 고요함이 있어서, 마치 에드워드 번존스Edward Burne-Jones의 그림에서부터 바로 남루하고 포스트펑크적인 샌프란시스코로 걸어 나온 것만 같았다. 좋아하는 사람들과 있을 때는 명랑했고 심지어 야하기까지 해서, 영국과 아프리카의 비속어를 재치 있게 덕지덕지 칠해서 내뱉곤 했다. 그녀는 자위를 나타내는 구자라티어Gujarati 표현을 알고 있었고, 그것을 사용할 만한 상황을 놀랄 만큼 많이 찾아냈다. 무티야 마르Muthiya maar!

늦은 오후에 우리는 집 북쪽의 언덕들로 산책을 가곤 했다. 언덕 위의 공원은 랜즈엔드Lands End라는 이름으로 알려졌고, 언덕에서 서쪽으로 보면 대양이 보이고 북쪽으로 보면 골든게이트가 보였다. 사이프러스, 유칼립투스, 그리고 키가 크고 옹이가 많이 진 몬터레이소나무들이 차가운 바닷바람을 막아주었다. 그 위에는 오래된 공립 골프장이 있었는데, 사람이 붐비는 적이 없었다. 누

✧
캐롤라인과 함께. 샌프란시스코, 1985년.

군가 내게 한 손으로도 다 움켜쥐고 다닐 수 있는 녹슨 클럽 서너 개를 주어서 산책길이나 우리 집 근처 몇 개 골프 코스에서 재미 삼아 골프를 시작했다. 골프에 대해선 아는 게 하나도 없었고 클럽하우스를 본 적도 없었지만, 짙은 그늘이 지는 티 위에 놓인 공을 치면 공이 푸르른 페어웨이를 따라 굴러가는 게 좋았다. 그동안 태양은 낮게 떠서 언덕들을 빛내다 곧 태평양 속으로 떨어졌다. 캐롤라인은 헐렁한 스웨터에 직접 만든 리본을 단 긴 치마를 입었다. 그녀의 눈은 어마어마하게 컸고, 웃음소리는 황혼 속에서 가슴 떨리게 흘렀다.

나는 점점 가정적인 사람이 되었다. 캐롤라인이 요청했기 때문이 아니라—그녀는 외국인 미대생이었고, 스물네 살이었으며, 정착에는 그다지 관심을 보이지 않았다—나의 조심스러운 선택, 안정과 편의를 향한 작고도 작은 양보였다. 나는 살면서 처음으

로, 서른한 살에 당좌 예금계좌를 열었다. 나는 미국 세금을 다
시, 행복하게 내기 시작했다. 그렇게 하는 것은 내가 정말로 돌아
왔다는 뜻이었다. 나는 아메리칸익스프레스 카드를 받았고, 구슬
프게도 모범적인 고객이 되겠다는 맹세를 했다. 방콕에서 회사를
속여 갈취한 행위에 대한 나만의 미약하고 비밀스러운 배상 프로
그램이었다. 고등학교를 졸업한 뒤 13년 동안 한 곳에 가장 오래
산 기간이 열다섯 달이었음을 깨달았다. 케이프타운에 있을 때였
다. 이제 충분했다. 이동은 할 만큼 했다. 나는 공들여 손으로 책
을 쓰고 있었지만, 돈이 있었다면 컴퓨터를 샀을 것이었다. 다른
사람들을 모두, 적어도 베이에어리어에서는, 그렇게 하는 것 같
았다. 나는 미국 정치, 특히 국제 정책에 대한 첨예한 시각을 키
웠다. 나는 보스턴에 있는 한 잡지에서 산디니스타Sandinista 민족
해방전선 계열 시인의 프로필을 작성해야 하니 니카라과로 가라
는 업무를 받았다. 돌아온 뒤 나는 그 나라의 전쟁에 우리가 돈을
대고 있다는 사실에 역겨움을 느꼈다. 나는 니카라과에 대한 짧
은 기사를 《뉴요커》에 보냈고, 그다음 주에 기사가 실렸을 때는
짜릿한 전류가 흐르는 기분이었다.

　주로, 내 머리는 남아프리카에 있었다. 나는 일기와 기억의 기
록, 거기 살 때는 틈이 나지 않기도 했고 대부분 금지되어서 읽지
못했던 책과 정기간행물, 그리고 케이프타운에 사는 친구들과 주
고받은 편지들의 두꺼운 무더기에 파묻혀 살았다. 맨디는 내가
그곳을 떠난 지 얼마 지나지 않아 석방되었지만, 이미 시험도 놓
치고 대학교 1년은 낙제해버렸다. 편지 속에서 맨디는 명랑하게
느껴졌다. 그녀는 나와 레이건 치하의 미국에 사는 모든 사람들
에게 동정을 보냈다. 베이에어리어에는 남아프리카인들이 적잖

이 살았다. 그들 중 몇 명은 학자, 몇 명은 헌신적인 반아파르트 헤이트 활동가였으며, 나는 그들과 함께 어울릴 수 있음에 감사했다. 나는 대중 연설도 약간씩 하게 되었다. 대학이나 고등학교에서. 나는 괴로울 정도로 떨었고, 아파르트헤이트와 같은 명백하게 부당한 주제에 대해서 말할 때 언론과 활동 사이 어디에다 선을 그어야 할지 자신이 없었다. 나는 글도 썼다. 책에 대한 내 첫 번째 계획은 아홉 개의 장을 쓰는 것이었다. 결국에는 91개의 장이 되었다. 내 서재의 라임그린색 벽에는 고기 포장용 방습지를 발랐고, 그 위에는 노트와 목록, 순서도들을 다시 붙여서 거기 있을지도 모르는 책을 찾아보려 안간힘을 썼다.

첫 번째 초겨울 스웰이 닥쳐오기 시작하자, 오션비치에서 패들해서 나가는 것이 급격히 힘들어졌다. 대부분의 서핑 지점은 추천 경로가 있었다. 라인업을 할 수 있는 해변 말이다. 대부분은 파도가 부서지지 않는 채널이 있다. 오션비치는 채널이 있었지만, 잠잠히 있는 법이 없었다. 원하는 만큼 강둑에 서서 파도가 어디서 부서지는지 끈질기게 해도를 만들고 확실한 경로를 고안해낸 후―밀려 들어오는 물은 어쨌든 바다로 돌아가야만 했고, 그 과정에 채널을 파기 마련이었으며, 그때 부서지는 파도는 별로 없기 마련이었다―거기서 패들해서 나간다고 해봤자, 환경이 금방 바뀌어서 가까운 앞바다에서 부서지는 파도 너머로는 갈 수도 없었다.

파도가 작게 치는 날에 끈기는 보통 보람이 있었다. 물 가장자리에서 으르렁거리며 밀려오는 차가운 거품 파도 벽이 예닐곱 개 모여 사다리를 만든 것을 내다보고 있을 때면, 이런 바다에 패들

해서 나간다는 생각에 광기의 냄새가 훅 끼치는 것 같았다. 폭포
를 헤엄쳐서 올라가겠다는 것같이 불가능한 계획처럼 보였다. 그
런 데서 서핑을 시작하려면 말 그대로 맹신이 필요했다. 얼음 같
은 급류에 몸을 던지고, 바다를 헤쳐 나아갔다. 다가오는 파도는
레인을 굴러오는 볼링공 같은 소리를 내고, 다음 순간 핀이 쓰러
지듯이 우르르 떨어지면서 숙인 머리와 어깨 위로 굴러오면, 순
간 아이스크림을 먹을 때처럼 머리가 띵 울렸다. 긴장감이 가득
한 몇 분이 길게 흘러갔다. 약간 진전이 있을 때도 있고, 없을 때
도 있었다. 기운차고 가혹한 파도가 오고 또 왔다. 계속 밀려드는
거품 파도의 벽에 최소한으로 저항하며 파도가 잡아채고 뒤로 빨
아들일 때도 그냥 지나가도록 해야 했다. 평온하게 마시던 숨은
가빠졌고, 곧 헉헉거림이 되었으며, 정신은 더 짧은 주기로 돌아
가며 똑같이 허무맹랑한 질문을 반복했다. 끈기가 보람이 있나?
기록이 되나? 그동안, 이런 목적도 없고 반쯤은 히스테리에 빠진
활동 아래에서 머리는 파도 속에 깔린 패턴을 탐지하려고 애썼
다. 어딘가, 해변 위, 혹은 아래, 혹은 어딘가 이 옆의 얕은 지점
너머에서 파도는 더 약해질지도 몰랐다. 어딘가, 조류가 좀 더 유
리한 방향으로 흐르고 있을지도 몰랐다. 가장 쓸 만한 경로는 어
느 지점에서나 보아도 명백했다. 강둑에서 보아도, 하늘에 떠 있
는 펠리컨의 관점에서 보아도. 그러나 가끔은 눈에 보이는 세계
보다 물 아래서 더 시간을 보내면서 파도 사이로 한 번 보글보글
숨만 내뱉으러 얼굴을 내밀 뿐이므로, 저 아래의 소용돌이에서
보면 그 경로는 잔인할 정도로 상상 속에서 춤을 출 뿐이었다. 터
무니없이 복잡한 문제에 대한 이론적 해답이었다.

　사실, 오션비치의 배치에는 기본 구조가 있었다. 파도가 5피트

에서 6피트 가까이 되는 날, 특히 VTW 남쪽에서는 파도가 먼저 부서지는 바깥 모래섬에서 서핑할 수 있었다. 바깥 모래섬으로 가려면 보통은 안쪽 모래섬을 건너가야 했고, 거기야말로 파도가 가장 가차 없이, 가장 세게 부서지는 곳이었다. 쇼어브레이크에서 패들해서 나가지 못하고 쓸려 오는 사람들을 종종 볼 수 있는데, 그들은 안쪽 모래섬에 막힌 것이었다. 두 모래섬 사이에는 보통 곬이 있었다. 잠깐 한숨 돌리고, 시야를 맑게 하려 코를 풀고, 팔에 다시 감각이 돌아오게 하고, 바깥 모래섬으로 건너갈 코스를 짤 수 있는 깊은 물.

하지만 파도의 곬에 도착하는 게 언제나 기쁘지만은 않았다. 안쪽 모래섬을 건너가는 건 가끔 나를 한계까지 밀어붙였다. 너무 빨리 포기하지 않는다면 그저 쓸려 들어갈 것이지만, 어떤 지점을 넘어 밀어붙인다면 그 선택권은 사라졌다. 진지하게 임하기 시작하면, 보통은 보드를 완전히 버리고 줄에만 의존했다. 나는 그저 바닥을 짚어가며 모래를 한 주먹 가득 집고, 버리고, 또 집으면서, 파도 사이를 한 숨씩 뱉으면서 갔다. 아니, 됐다. 이거 너무 버거워. 해변으로 돌아가야겠어. 가끔 이렇게 생각할 때가 있었다. 하지만 그때도 항상 너무 늦었다. 한겨울 날 오션비치 안쪽 모래섬의 영향권 안으로 격렬히 밀려오는 파도 속에서 한 사람의 소원이나 의지는 별로 의미가 없었다. 돌아가는 건 불가능했다. 파도가 괴물 같은 힘으로 자기 쪽으로 빨아들였다. 운 좋게도, 가장 무시무시하고 가장 강력한 파도, 진정으로 심술궂은 파도는 일단 한번 덮치고 지나간 후에는 언제나 깊은 물의 파도 곬으로 도로 뱉어내는 듯 보였다. 그래서 내가 이 파도 곬을 점점 더 무서워하게 된 것이었다. 나는 갑자기 서핑에 모든 흥미를 잃었지만, 해안으로 향할 수가 없었다. 실로, 나는 이제 더 큰 파도의 더 넓은 평원을 가로질러야 하는 또 다른 시험에 들게 된 것이었다.

바깥 모래섬의 파도는 아무리 크다고 할지라도 일반적으로는, 안쪽의 얕은 물 폭탄보다는 부드럽다고 생각하는 것이 마음을 다잡는 데 도움이 되었다. 그래도, 나는 이제 바깥의 채널을 찾아야만 했다. 그 말인즉, 고개를 빼고 파도 곬을 지나가는 스웰의 정상에서 수평선을 읽어야 한다는 뜻이었다. 반 마일 바깥, 청회색 물의 희미하고 아른아른한 움직임 속에 어떤 중요한 패턴이 있다는 말인가? 그 너머의 높이 솟은 부분에는? 광대하고 기복이 있는 바깥 모래섬을 따라서 어떤 에너지가 집중되는가? 나는 어느 방향으로 가야 하나? 언제 속도를 내서 헤엄치기 시작해야 하나? 지금? 2분 후? 무섭게 쿵쿵 울리는 깊은 물은 어떻게 피해야 하나? 파도의 곬 사이에서 보내는 이런 긴 순간 속 공포는 아이였을 때 거대한 라이스보울에서 느꼈던 농축된 공포와 비슷하지 않았다. 이건 좀 더 넓게 퍼지고 메스꺼우며 불확실한 감정이었다. 익사는 사물의 가장자리에서 떠다니는 그저 모호하고 있을 수 없는 가능성, 원치 않은 궁극의 결과였다. 차가운 초록의 괴물, 그 이상은 아니었다. 내가 만약 온전하게 바깥 모래섬까지 건너간다면, 그때는 서핑할 때가 되고 탈 수 있는 파도를 찾을 수 있을 것이었다. 결국, 바로 그것이 우리가 여기에 나온 이유였다.

파도의 심술궂은 성격에 대해 한마디. 대부분의 서퍼―확실히 나―는 파도에 으스스한 이중성이 있다고 생각한다. 서핑에 열중한다면, 파도는 살아 있는 것처럼 보인다. 각각은 분명히 대별되는 복잡한 개성이 있었고, 기분이 휙휙 바뀌었기 때문에 본능적으로, 거의 즉각적으로 반응해야만 했다. 너무 많은 사람들이 파도타기를 사랑을 나누는 행위에 비유한다. 그러나 파도는 물론 살아 있지도 않고, 자각할 수도 없다. 손을 뻗어 안고 싶은 연인은 경고 없이 살인자로 변신할 수 있다. 인간적인 존재가 아니다. 안쪽 모래섬에서 부서지며 할복하는 죽음의 파도는 잔인한 게 아니다. 그렇게 생각하는 건 반사적인 의인화일 뿐이다. 파도의 사랑은 일방통행이다.

오션비치의 파도는 패들해서 나갈 때의 고생을 감내해야 할 가치가 있었나? 어떤 날에는 확실히 그랬다. 하지만 그것도 소수의 사람에게 해당될 뿐이었다. 처벌을 받아들이는 인내심, 배짱, 모래섬을 읽는 능력, 큰 파도를 탈 수 있는 능력, 패들해 나가는 힘 모두가 그날의 운에 달려 있었다. 아름다운 파도도 있었다. 크게 굴러오는 오른쪽 파도, 길게 벽을 이루는 왼쪽 파도. 하지만 그렇게 일관적이고 확실히 보이는 피크는 거의 없었고, 그렇기 때문에 어디서 기다려야 할지 알기가 어려웠다. 물 밖에 나와 있는 다른 사람들이 있다면, 의견과 라인업 표지를 교환할 수 있었다. 오션비치의 신참으로서 나는 어떤 단서라도 덥석 받아먹고 다녔다. 당황스러울 정도로 배울 게 많았다. 동지는 있다는 것만으로도 위안이 되었다. 하지만 나는 더 커다란 파도가 밀려오면 다수에 끼어 있는 게 안전하다는 생각, 일종의 '친구 시스템'은 일반적으로 유용하지 않다는 것을 알았다. 최소한 내 경험상, 상황이 버거워지면, 도움을 줄 사람은 고사하고 주변에 아무도 없었다. 특히 오션비치처럼 트여 있고 경계가 딱 떨어지지 않는 브레이크에서는 곤란한 상황에 처할 때면 확실히 혼자였다. 그렇지만 나는 아직 커다란 파도를 본 적이 없었다. 처음 두 달 동안, 내가 타본 것 중 가장 컸던 파도도 동네 사람들이라면 10피트짜리라고 했을 것이었다.

파도의 크기는 서퍼들 사이에서는 주구장창 등장하는 화제였
다. 파도의 높이를 측정하는 데 있어 널리 인정된 방식은 없다.
즉 어떤 방식도 서퍼들이 널리 인정하지 않는다는 뜻이다. 그리
하여, 논란은 본질적으로 우스꽝스럽다. 누가 더 큰 파도를 탔는
지 허풍을 떨면서 남성 중심적인 코미디가 벌어지곤 하지만, 난
늘 거기 끼지 않으려고 노력해왔다. 파도의 높이를 묘사할 때면
나는 늘 사람을 기준으로 삼는 시각적인 방식에 의존한다. 허리
높이, 머리 높이, 머리를 넘는 높이. 머리 두 배 높이라고 한다면,
파도의 얼굴이 사람 키의 두 배라는 뜻이다. 그 외 기타 등등. 하
지만 사람이 타고 있지 않은 파도, 사람 눈을 속이는 파도가 대부
분이었고, 이런 파도들은 단위를 더 합리적으로 묘사할 수 있었
다. 단순히 파도의 얼굴 면에 눈대중해서 물머리부터 바닥까지
측정해보면 대충 정직한 숫자가 나왔다. 물론 그 연습을 위해서
는 부서지는 바다의 파도를 납작한 2차원의 물체로 보아야 했다.
하지만 나를 포함한 거의 모든 서퍼가 그 숫자를 아주 멸시했다.
왜? 과소평가가 남성적이기 때문이었다.

사실, 얼마나 큰 크기부터 파도라고 부를 것인가 하는 문제는
오로지 몇몇 상황에서만 등장할 뿐 다른 상황에서는 중요하지 않
았다. 가령, 나는 브라이언하고는 파도의 크기를 두고 말다툼을
벌인 적은 물론이거니와 논의를 해본 기억도 없다. 파도가 작거
나 크거나, 약하거나 강하거나, 평범하거나 장대하거나, 무시무
시하거나 그렇지 않거나, 파도는 어느 정도는 이 모든 것이었다.
거기에 숫자를 붙이는 건 아무런 정보도 더하지 못했다. 파도 예

보는 그걸 못 본 사람을 위해서 제작되는 것일 뿐이다. 관습적인 짤막한 속기(3에서 5)가 더 간편했고, 늘 완전히 믿어서는 안 된다는 것을 암시했다. 조잡한 묘사는 이해할 수 있었다. 하지만 그건 나와 브라이언 사이의 대화였다. 오션비치에서는 파도의 크기를 판단하는 게 진지한 일로 받아들여졌다. 큰 파도가 이는 지점은 사람들에게 그런 효과가 있다. 사람들에게서 진지한 태도를 끌어내고 불안감을 확대한다.

실제로, 과소평가는 오아후의 노스쇼어에서 무척이나 침착하게 실행된다. 거기서는 작은 성당 크기의 파도가 밀려와도 그 지역 사람이라면 8피트라고 해버린다. 이 모든 일들에 담긴 비과학적인 임의성은 대부분의 서퍼들 사이에서는, 어디 살든 9피트짜리 파도나 13피트짜리 파도 같은 건 없다는 사실을 보면 명백하다(그런 말을 하는 사람은 누가 되었든 해변에서 비웃음을 산다). 해양학자이자 큰 파도를 쫓는 서퍼인 리키 그리그Ricky Grigg는 호놀룰루에 살 당시 와이메아만에 사는 친구에게 전화를 해 파도 예보를 받곤 했다. 친구의 부인은 부엌에서 직접 파도를 내다볼 수 있었는데, 그녀는 서퍼들의 불합리한 파도 측정 체계를 결코 이해하지 못했지만 냉장고를 차곡차곡 쌓은 높이가 파도의 높이와 동일할 것임을 알고 꽤 정확하게 추정할 수 있었다고 한다. 그래서 그리그는 부인에게 물었다. "오늘은 냉장고 몇 대인가요?"

파도의 크기는 결국에는 지역 사람들이 합의할 문제가 되곤 했다. 어떤 파도는 하와이에서는 6피트짜리라고 온전하게 전해진다고 해도, 서던캘리포니아에서는 10피트짜리라고 할 것이었다. 플로리다에서는 12피트짜리가 될 수도 있고, 15피트짜리가 될 수도 있었다. 내가 당시 살았던 샌프란시스코에서는 머리 두 배 높이의 파도는 딱히 제대로 된 이유 없이 8피트라고 인정되었다. 머리 세 배 높이 파도는 10피트였다. 서퍼 신장의 네 배가 되는 파도는 12피트였다. 다섯 배는 15피트 정도였다. 그걸 넘어서는 체계는—이런 걸 체계라고 부를 수 있는지는 모르겠지만—붕괴되었다. 큰 파도를 즐겨 탄 구세대 서퍼인 버지 트렌트Buzzy Trent는 이렇게 말했다고 한다. "큰 파도는 높이가 아니라 공포의 정도로 재는 것이다." 그가 정말로 그 말을 했다면, 정곡을 찌른 것이다. 부서지는 파도의 힘은 조금씩 높이로 증가하는 게 아니라, 높이의 제곱으로 늘어간다. 그리하여 10피트 파도는 8피트 파도보다 약간 더 강력한 정도가 아니다. 8에서 10으로 살짝 뛰는 게 아니라, 64에서 100으로 뛰면서 50퍼센트 정도 더 강력해지는 것이었다. 모든 서퍼들이 이 공식을 들었든 아니든 직접 부딪쳐 깨닫는 잔혹한 사실이었다. 그 점으로 말하자면 같은 높이의 두 파도라도 부피와 세기는 어마어마하게 다를 수 있었다. 그리고 거기에는 인간적 요소도 있었다. 오래된 격언을 들어보자. "큰 파도는 높이로 재는 것이 아니라 허풍의 정도로 재는 것이다."

내가 소년이었을 때, 큰 파도는 큰 문제였다. 그리그와 트렌트를 포함해 와이메아, 마카하, 선셋비치에서 서핑했던 유명한 무리가 있었다. 그들은 엘리펀트건elephant gun, 나중에는 간단하게 건gun이라고 불린 길고, 무겁고, 특수 제조한 보드를 탔다. 잡지나 서핑 영화에서는 그들의 위업을 찬양했다. 서퍼들이라면 누구나 아는 무시무시한 경고성 이야기들이 있었다. 1943년 노스쇼어 개척자 두 명, 우디 브라운Woody Brown과 디키 크로스Dickie Cross가 선셋에서 솟아오르는 스웰 위로 패들해서 나갔을 때였다. 파도 세트가 점점 커지면서 그들은 더 먼 바다까지 패들해서 나갈 수밖에 없었고, 해안으로 돌아오는 건 불가능하다는 것을 알았다. 선셋에서는 파도가 동시에 무너지고 있었다. 결국 그들은 깊은 물 채널은 아직 열려 있을 것이라는 희망을 품고 3마일 떨어진 와이메아만까지 패들해서 나가기로 결정했다. 하지만 그렇지 않았고 해는 지고 있었다. 크로스는 필사적으로 해안을 향해 헤엄쳤다. 그는 당시 열일곱 살이었다. 그의 시체는 발견되지 않았다. 우디 브라운은 익사 직전에 나체로 해변에 떠밀려 왔다. 그리그와 트렌트, 1950~1960년대 무리들의 공적은 서핑 대중, 나와 같은 그렘린gremlin✦에게는 신화적 무용담이었다. 그들이 세계 최고의 서퍼는 아니었으나, 무척 매력적이었다. 어렸을 때 나는 우주 비행사를 좋아했지만, 큰 파도를 쫓는 단출한 패거리들이 한층 더 근사한 집단이었다.

그들의 전성기는 쇼트보드 혁명이 일어날 즈음에 흐지부지 사라졌다. 사람들은 여전히 거대한 파도를 타고 있었지만 한계에 부딪힌 듯했다. 또 잡아서 탈 수 있는 파도의 크기도 상한선에 다다랐다. 우리가 소위 25피트라고 부르는 파도보다 더 큰 건 너무 빨리 움직이는 듯했다. 어쨌든 그만한 크기의 파도에 관심을 가지는 서퍼는 무척 적었다. 최고의 서핑 연구자인 매트 워슈Matt Warshaw는—그는 《서핑 백과사전The Encyclopedia of Surfing》과 《서핑의 역사The History of Surfing》를 쓰기도 했다. 둘 다 장대하고 권위 있는 책이다—25피트짜리 파도를 탈 준비가 되어 있는 서퍼들의 수를 2만 명 중 한 명으로 잡았다. 다른 사람들은 그보다 훨씬 적게 잡았다. 오스트레일리아의 위대한 챔피언이자, 워슈가 20세기 가장

✦　기계에 이상을 일으키는 말썽꾸러기 작은 존재들.

영향력 있는 서퍼로 뽑았고, 전성기 때는 짐승animal이라는 별명으로 불린 젠체하는 서퍼였던 냇 영은 20피트가 넘는 파도를 타는 데는 별로 관심이 없었다. 1967년, 서핑 영화에서 영은 이렇게 말했다. "나는 딱 한 번, 딱 한 번의 파도에서 그렇게 해봤어요. 다시는 그렇게 하고 싶지 않아요. 심장과 내장이 수직 갱도로 뚝 떨어지는데도 즐거워할 수 있다면, 그런 친구들과 그들의 용기를 존경하죠. 다만 나는 그렇게 얼이 빠질 정도로 겁이 난 상태에서 나를 잘 표현할 수 있을 것 같진 않다는 겁니다."

나는 영의 말에, 다른 사람들의 말에 99.99퍼센트 동의했다. 나도 노스쇼어에서 큰 파도 전문가 몇몇과 함께 파도를 타보았지만, 그들은 돌연변이, 신비주의자, 우리와는 다른 길을 가는 순례자로서, 다른 재료로 만들어진 존재 같았다. 그들은 생명을 위협하는 위험을 맞닥뜨린 순간에도 초인적으로, 이상하게도 정상적 반응(공포, 싸울 것인가 도망칠 것인가)에는 면역이 있는 것 같았다. 사실상, 넓게 보면 중간급의 무거운 파도들도 있었다. 세상의 끝이 아니며, 종말이 올 것같이 크지도 않은 파도들. 우리 모두는 커다란 스웰이 닥쳐올 때마다 어둡고 극도로 개인적인 공포의 선과 타협하곤 했다. 나의 상한선은 20년 동안 조금씩 뒤로 물러났다. 나는 선셋, 울루와투, 그라자간 바깥, 샌타크루즈에서도 꽤 큰 파도를 타본 적이 있었다. 스티머레인의 미들피크도 폭탄이 터지듯 거대한 파도를 만들 수 있었다. 또한 나는 커다란 호놀루아, 10피트짜리 니아스에서 아드레날린이 불안정하게 높아진 상태에서도 두려워하지 않고 공격적으로 서핑했다. 파도가 작은 날일 때만 하긴 했어도, 정말 무시무시하고 위험한 파도가 이는 파이프라인에서도 몇 번씩 서핑한 적이 있었다. 하지만 나는 '건'을 가진 적은 없었고, 갖고 싶지도 않았다.

마크는 드물고 색다르게도 히피답고 의사다운 방식으로, 완전히 초인적인 허세꾼이었다. 그는 한 번도 큰 파도를 무서워해 본 적이 없다고 말했다. 실상 그는 커다란 파도에 대한 일반적 공포는 근거가 없다고 주장했다. 심장병으로 죽는 사람이 더 많다는 사실에도 불구하고 사람들이 심장병보다 암을 더 두려워하듯이, 큰 파도보다 작고 사람 많은 파도에서 서퍼들이 더 많이 죽는데도, 서퍼들은 작은 파도보다는 큰 파도를 더 무서워한다는 것이었다. 나는 이 이론은 헛소리라고 생각했다. 큰 파도는 격렬하고 무서운 데다 한번 걸리면 끝장이다. 일반적으로 말해서 파도가 클수록 더 무섭고 더 격렬했다. 의인화해서 말하자면, 큰 파도는 필사적으로 우리를 물에 빠뜨려 죽이려 한다. 그런 파도를 타려는 사람 자체가 적다는 것이, 많은 사람이 죽지 않은 유일한 이유일 뿐이다.

서핑하는 사람이면 누구나 시도하는 파도의 크기에 한계가 있는 만큼, 커다란 파도가 치는 곳에 사는 서퍼라면 누구나 시간이 지날수록 서로의 한계를 알게 된다. 샌프란시스코에 살 때는, 마크의 범위에 접근한 다른 서퍼는 유일하게 빌 버거슨Bill Bergerson뿐이었다. 그의 직업은 목수였고, 모두 그를 피위Peewee라는 의외의 별명으로 불렀다. 그가 누군가의 남동생이었을 때 남은 별명이었다. 피위는 조용하고, 열심이고, 유달리 침착한 서퍼로, 아마도 샌프란시스코가 낳은 최고의 순수 서퍼일 것이었다. 하지만 큰 파도에 대한 그의 관심은 마구잡이는 아니었다. 그는 오션비치에 파도가 크게 친다고 해서 매일 나가 서핑하진 않았다. 그는 합리적이게도, 깨끗한 날에만 패들해 나갔다. 반면 마크는 거의 광기에 가까울 정도로 아무도 나갈 생각을 하지 않는 날에도 나가서 웃으면서 돌아왔다. 그런 식의 행동이 마음에 거슬리는 사람들도 있었을 것이다.

하지만 마크는 피학성을 즐기면서 커다란 파도를 맞아 훈련했다. 어느 날 아침, 나는 퀸타라의 강둑에 서서 마크가 패들해 나가는 것을 보게 되었다. 파도는 8피트가 조금 넘었고, 울퉁불퉁했으며, 가혹하고, 바닷바람이 불었다. 보이는 채널은 없었다. 심지어 파도 사이의 곬조차 확연히 드러나지 않았다. 내다보는 건 불가능했고, 파도는 어쨌든 그런 노력을 들일 가치가 없어 보였지만, 마크는 여전히 거기 있었다. 격렬한 거품 파도의 세계 속 검은 웨트슈트를 입은 작은 형체가 층층이 밀려오는 거품 벽 속으로 뛰어들었다. 그가 앞으로 나아가는 듯 보일 때마다, 매번 지난번 것보다 더 큰 새로운 파도 세트가 수평선 위에 나타나 저 멀리에서 부서졌고—가장 큰 파도들은 해안에서부터 200야드 떨어진 곳에서 부서지고 있었다—그를 영향권으로 도로 밀어냈다. 내 옆에서 마크를 보고 있는 사람은 팀 보드킨Tim Bodkin이라는 수문 지질학자이자 서퍼이자 마크의 이웃이었다. 보드킨은 마크의 수난을 보고 무척 신이 났다. "포기해, 의사 선생!" 그는 바람 속으로 계속 소리를 질렀고, 그러다가 웃어버렸다. "저 친구 절대 성공 못 해. 그냥 인정하진 않겠지만." 가끔 우리 둘 다 그의 모습을 놓치곤 했다. 파도는 마크가 보드 위로 올라가 패들할 기회조차 주지 않았다. 대부분 그는 물속에 잠겼거나, 그 아래로 잠수해서 보드를 질질 끌며 해저를 따라 바다로 나아가고 있었다. 30분 후, 나는 슬슬 걱정이 되었다. 물은 차고, 파도는 강했다. 보드킨은 마크의 고난을 보고 재미있어하느라 내 걱정을 함께 나누지 않았다. 마침내, 45분쯤 지나 짧게나마 바다가 잠잠해졌다. 마크는 보드 위로 엉거주춤 올라타더니 격하게 패들했고 3분 만에 바깥 바다로 나가서는 5야드 앞에 있는 다음 파도 세트의 물머리를 돌아넘어갔다. 일단 안전하게 파도를 넘어서자, 그는 보드 위에 앉아서 잠깐 휴식을 취했다. 바람 부는 파란 바다 위에서 까딱이는 검은 점. 보드킨은 넌더리를 치더니 나를 제방 위에 놔두고 혼자 가버렸다.

마크는 종종 동이 트자마자 내게 전화를 하곤 했다. 차츰 그의 전화가 두려워졌다. 거대한 회색 파도와 빠져 죽을지도 모른다는 병적인 공포로 가득 찬 꿈들은 어둠 속 전화의 비명으로 절정에 다다랐다. 새벽녘 전화선 너머로 전해지는 그의 목소리는 한낮의 세계에서 온 듯 언제나 밝고 시끄러웠다.

"응? 어때 보여?"

그의 집에서는 오션비치 남쪽 끝을 볼 수 있었다. 나는 북쪽 끝을 볼 수 있었다. 그는 예보를 원했다. 나는 몸을 부르르 떨며 창을 향해 비틀비틀 걸어가 흐릿한 망원경으로 차갑고 거친 바다를 내다보았다.

"그게, 아슬아슬하네."

"그래? 부딪혀보자!"

다른 서퍼들도 그런 전화를 받았다. 마크가 수제자라며 아끼는 아르헨티나 출신의 상냥한 대학생인 에드윈 세일럼은 전화가 언제 올릴지 몰라서 밤새 전전긍긍하며 깨어 있다가 마침내 벨이 울리면 공포에 사로잡힌다는 이야기를 내게 털어놓았다. "의사는 파도가 커서 아무도 같이 나갈 사람이 없다는 걸 알 때만 전화를 하시거든요. 저는 보통 같이 나가니까요."

나도 보통 같이 나가곤 했다. 아직 결정되지 않은 어느 시점까지는.

이른 11월의 맑고 서늘한 어떤 날, 마크와 나는 슬로트에서 패들해서 나갔다. 작은 북쪽 스웰이 밀려오는 첫날로, 파도는 혼란스러웠다. 덩어리지고 거칠고 일관성이 없었다. 마크는 파도가 잔잔해지고 깨끗해지기 전에, 북서풍이 밀려올 거라고 나를 설득했다. 그가 라디오에서 날씨 예보를 들어보니 벌써 파랄론^{Farallon} 섬에는 초속 25노트로 바람이 불고 있다는 것이었다. 이 바람이 여기에 오면 파도를 완전히 부수어버릴 테니, 이번이 이 스웰을 탈 수 있는 유일한 기회일지도 모른다는 것이었다. 그래, 시야에 보이는 서퍼라고는 우리밖에 없었지만, 그건 다른 사람들이 나중에 밖으로 빠지는 조수에서는 파도 상태가 나아지리라 기대하기 때문이었다. 그들은 북서풍에 대해서는 몰랐다.

"아니면 그 사람들은 직업이 있겠지." 나는 툴툴댔다.

"직업?" 마크는 웃음을 터뜨렸다. "그게 바로 그들의 첫 번째 실수야."

늦은 아침이었고, 아직 거의 바람이 없었다. 나의 손은 냉기로 타는 듯이 차가웠다. 바깥에 나갈 때도 겨드랑이에 손을 넣어 데울 틈이 없었다. 북쪽에서 굴러오는 격렬한 조류가 있었고, 그 말은 우리가 해안에서 떨어져 같은 자리에만 있으려고 해도 계속 패들을 해야 한다는 뜻이었다. 또, 조류가 있다는 건 우리가 오로지 남쪽으로 실어가는 오른쪽 파도만 찾아야 한다는 뜻이었다. 나는 숨쉬기가 너무 힘들어서, 직업에 관한 말을 걸고넘어질 수도 없었다. 마크는 서핑을 둘러싸고 다양한 책략과 최대한의 융통성을 발휘하여 업무 일정을 짰다. 그는 늘 스웰과 조수, 바람을 피해서 진료 예약을 다시 정했다. 그래서 마크는 꽤 일이 많았지만, 그의 말에 따르면 무척 보람도 있다고 했다. 그는 집세를 내는 데 아무런 문제가 없었다. 나는 같이 서핑을 하기에 편리한 인물이었는데, 내 일정이 융통성이 있기 때문이었다. 관습적인 정규직에 대한 그의 경멸은 사실상 농담에 가까웠고, 나를 약 올리려는 것뿐이었다. 그는 그러기를 좋아했다.

결혼과 아이에 대한 마크의 경멸은 심지어 더 날카로웠다. "결혼하는 남자들의 법칙, 큰 파도를 타려는 의지가 즉시 한 등급 낮아지지." 그는 이렇게 말하곤 했다. "애가 하나 태어날 때마다 또 한 단계 낮아져. 애가 셋 있는 남자는 4피트짜리 파도에도 못 나가!"

나중에 보니 파도는 해변에서 보는 것보다 조금 나았고, 우리는 둘 다 괜찮은 크기의 파도에서 연이어 짧고 빠르게 탔다. 파도는 덩어리져서, 기이하게도 뜻밖의 빠른 공백이 생겼다. 마크는 한 번에 부서지는 굵은 근육 같은 파도 위를 날아서 빠져나오며 더 긴 보드가 필요하다고 주절거렸다. 그는 6피트 3인치짜리 보드를 탔다. 파도의 포효가 잦아드는 순간, 우리는 해변의 제방 넘어 시립 동물원에서 원숭이가 지르는 소리를 들을 수 있었다. 하지만 샌프란시스코는 사실 지구 반대편에 있는 것이나 마찬가지였다. 겨울의 오션비치는 로키산맥의 어느 곳처럼 원초적이고 흉악한 황야였다. 우리 쪽에서는 해변 고속도로를 달리는 차들을 볼 수 있었지만, 지나가는 차에 탄 사람들이 우리를 볼 리는 없었다. 그들 중 다수는 질문을 받는다고 해도 의심의 여지없이 샌프란시스코에는 서핑이 없다고 말할 것이었다.

마크는 커다랗게 감싸오는 왼쪽 파도에 사족을 못 썼다. 그는
차를 타고 몇 초 만에 우요아까지 가는 길에 올라서 있었다. 나는
역시 왼쪽인 다음 파도에 올라타 훨씬 먼 북쪽으로 실려 갔다. 다
시 패들해서 나가면, 우리는 둘 다 우리 남쪽에서 부서지는 파도
세트에 더 먼 북쪽까지 쓸려 갔다. 우리는 이제 하향 조류에 너무
깊이 빠져버려서 슬로트를 포기하고 타라발로 가기로 했다. 하
지만 타라발의 모래섬 위에서 부서지는 피크는 변덕스럽고 엉성
해서, 우리는 파도를 잡으려는 시도를 그만두었다. 더 나은 피크
는 산티아고에서 부서졌다. 마크가 어떤 생각을 해냈다. 조류와
의 싸움을 포기하자. 들어오는 조류에서 이 정도로 심하면, 슬로
트부터 켈리까지는 특급열차로 바뀔 것이었다. 북쪽으로 가는 걸
타자. 마크가 말했다. 뭐든 찾아내면 서핑하는 거야. 나는 진이
다 빠졌으므로 순순히 동의했다. 우리는 남쪽으로 패들해 가는
걸 그만두었고, 곧 해변이 스쳐 지나가기 시작했다. 바보 같고,
불행한 기분이었다. 테이크오프 지점까지 가려고 애써서 거기 머
무르는 게 아니라, 모래섬이 우리에게 다가오도록 손 놓고 있어
야 하다니. 물이 모래섬을 깎으며 흘러서, 파도가 부서질 준비를
하는 모래섬 바깥 가장자리에서 위치를 유지하기란 쉽지 않았지
만, 밀려드는 꾸불꾸불한 조류는 우리를 온갖 지점, 온갖 각도로,
싫든 좋든 데리고 갔다.

이런 식의 통제되는 둥 마는 둥 하는 실험을 좋아하는 마크는
우리가 가로지르는 모래섬을 평가했다. 여기는 작년에 높이 솟은
파도가 부서졌던 곳이야. 아웃사이드 퀸타라Outside Quintara. 여기는
파체코에서 파도가 엄청나게 커지는 날에 라인업하는 데야. 저기

산의 십자가 보여? 교회 위에 고정하면 돼. 노리에가에서 재미있는 게 시작되었던 것을 볼 수 있지. "이렇게 밀려드는 스웰에서는, 파도는 바깥쪽에서 부서지는 것도 아니고 안쪽에서 부서지는 것도 아니야. 안쪽 모래섬은 여기서는 밖으로 휘니까, 파도는 가운데에서 부서지면서 양쪽 방향으로 벗겨지지."

노리에가의 모래섬에 대해서는 마크의 말이 맞았다. 파도는 더는 우리가 떠다니는 바깥 모래섬에서 부서지지 않았다. 우리는 넓고 파도가 없는 들판을 천천히 뱅글뱅글 돌았다. 해달 한 마리가 우리 앞에서 톡 튀어나와 배영을 했다. 해달의 머리는 작고 반짝이는 적갈색이었으며, 까만 눈은 커다랬다. 오션비치에서는 해달이 흔하지 않았다. 우리의 괴상할 정도로 수동적인 행동에 불려 나온 것만 같았다.

해류는 이제 우리를 바다 멀리로 데려가는 중이었다. 나는 해변으로 패들해서 가자고 제안했다. 마크는 내키지 않은 티를 내면서 우리의 부유浮游 실험을 단축하자는 말에 동의했다.

안쪽 모래섬에서 주다를 향해 계속 전진할 때, 놀라운 힘으로 부서지는 짧고 진한 파도를 발견했다. 나는 빠르고 가파르게 떨어지는 파도가 마음에 들었고, 아드레날린 수치를 높이는 곳은 오른쪽 파도를 세 개 잡아 탔지만, 오만한 실수로 바로 돌진해버렸다. 내 보드가 순간 파도의 입술에 박혔다. 그때 나는 허공으로 튕겨나갔다. 나는 보드에서 벗어나려고 했으나 곧바로 다이빙할 엄두는 내지 못했다. 안쪽 모래섬은 얕았다. 나는 어색하게 물을 치고, 한쪽 어깨로 부드럽게 바닥에 부딪혔다. 보드가 내 팔을 스치면서 얼굴 위로 휙 지나가는 게 느껴졌다. 바로 다음 순간, 파도가 내 위에 내려앉았다. 나는 심하게 내동댕이쳐졌지만 마침내 위로 떠올라서 숨을 헐떡였다. 웨트슈트 안으로 모래가 몇 킬로그램은 들어간 것 같았다. 운이 좋았다. 부상을 당할 수도 있었다. 엉금엉금 빠져나올 때 머리가 울리고 코에선 피가 흘렀다.

마크는 보다 조심스럽게 서핑하기 시작했다. "파도가 얕은 모래섬 위를 훑고 갈 때가 목 부러뜨리기 딱 좋은 때야." 그는 말했다. 역설이었다. 가장 극단적인 위험을 무릅쓰는 것으로 유명한 사람이 동시에 그처럼 신중하다니. 하지만 마크가 내가 아는 어떤 서퍼보다도 가장 높은 확률로 파도를 이용한다는 것도(즉 파도에서 멀쩡히 자기 발로 빠져나온다는 것도) 사실이었다. 그는 그저 자기가 살아나올 확률이 높지 않은 파도에서는 테이크오프하지 않는 것이고, 일단 한 파도에 전념하면, 부주의하거나 경솔한 동작은 하지 않았다.

마크가 오른쪽 파도를 타고, 내가 긴 왼쪽 파도를 타고 난 후에 우리는 다시 만났다. 패들해서 나오는데, 마크가 선언했다. "11월은 대단하고 어리석지." 그 말뜻은 11월에 오션비치의 파도는 종종 크기는 하지만 잘 정돈된 경우는 드물다는 뜻이었다. 하지만 그가 더 말하기도 전에 우리는 헤어져서 다가오는 파도 세트를 피하기 위해 돌진해야 했다. 몇 분 후, 그는 말을 이었다. "네가 기상도에서 본 것과 실제로 해변에 오는 것 사이의 일치도는 사실상 아직 성립하지 않아."

사실, 오션비치에는 그 계절의 첫 북쪽 스웰과 서쪽 스웰이 첫 번째 뭍바람과 만나는 근사한 가을날들이 있었다. 그런 바람들은 하이시에라High Sierras에서 첫눈이 온 이후에 불기 시작했다. 물론 오션비치의 여름이라면 반드시 몇 달 동안 안개가 자욱하고 바다에서 오물 찌꺼기가 밀려오므로, 그와 비교되는 가을 파도가 좋아 보일 수밖에 없었다. 하지만 그 계절의 첫 대형 스웰은 사실 11월에야 도달하고, 그 후에야 모래섬들이 스웰을 탈 수 있는 파도로 바꿀 준비가 되었다. 겨울은 파도가 최상인 때였다. 12월과 1월에는 겨울 폭풍으로 생긴 거대한 스웰과 지역 해변, 날씨 상황이 결합되어 종종 멋진 파도가 일었다.

추울 수는 있었다. 수온은 4도 아래로 떨어졌고, 겨울 아침의 공기는 영하였다. 나는 네오프렌 부츠와 장갑, 그리고 후드에 돈을 써볼까 생각했다. 어떤 이들은 이미 늘 착용하는 것들이었다. 줄이 끊어져 한참 수영하면 저체온증에 걸릴 수 있었다. 손발에 감각이 없어지는 건 이미 시달렸다. 가끔은 파도 때문에 손을 쓰는 능력이 지워져버려서, 낯선 사람에게 차 문을 열고 시동을 걸어달라고 부탁해야 했다. 시간의 흐름 그 자체도 왜곡된 느낌이 들었다. 추운 물, 거센 바람, 큰 파도 속에서 긴 구간을 두어 번 보내고 나면, 이틀이 2주 같았다.

우리는 이제 모래섬이 엉망진창인 VFW에 접근하는 중이었다. 벌써 3마일 가까이 떠다니고 있었다. 하지만 이제 조수가 벌써 높았다. 해류는 느슨해진 듯 보였다. 우리는 적어도 두 시간 동안 물에 나와 있었다. 손에는 감각이 없었고, 차가운 고무 날개 아래로 아무리 문질러봤자 다시 살릴 수가 없었다. 나는 떠날 준비가 되었다.

우리는 걷기보다는 슬로트까지 차를 얻어 타기로 했다. 제방을 올라 고속도로로 갔을 때, 마크가 갑자기 뒤를 돌아보더니 의기양양하게 말했다. "느껴져? 바닷바람이 분다!" 그의 말이 맞았다. 일직선으로 보이는 날카롭고 어두운 바람이 벌써 바깥 모래섬의 파도로 이동하면서 파도의 물머리를 찢어놓고 있었다. "다른 녀석들은 망했네." 마크는 환성을 질렀다.

나의 오랜 친구 베케트와 도미닉은 둘 다 서핑을 놓아버린 듯했다. 베케트는 뉴포트로 돌아가서 건설업을 운영하며 배를 만들고 요트를 배달했다. 주변 사람들이 딸들을 숨겨야 할 만큼 잘생기고, 약이나 술에 취하지 않은 멀쩡한 정신으로 콘서트를 다니는 남자들의 쾌락주의를 이념으로 삼는 베케트의 브랜드는 특허를 낼 준비가 되었다고, 나는 생각했다. 그의 이웃들이 "차라리 항해나 할걸"이라고 인쇄된 스티커를 차 뒤 유리에 붙이고 다니는 동안, 그는 "차라리 쿤닐링구스를 하는 편이 낫겠군"이라는 문구의 범퍼 스티커를 붙인 작업용 픽업트럭을 타고 오렌지카운티를 누볐다. 그의 사무실에 갔을 때, 벽에 걸어놓은 내 사진 액자를 보고 나는 화들짝 놀랐다. 잡지에서 오려낸 사진은 그라자간에서 찍은 것으로, 내가 보드를 겨드랑이에 끼고 암초 가장자리에 서 있고, 뒤에서 빛을 받은 훌륭한 왼쪽 파도가 텅 빈 채로 포효하고 있었다. 베케트는 그 밑에 사진 설명을 달아놓았다. "비실비실한 녀석들도 서핑은 한다." 비쩍 마른 나의 발목을 가리키는 것이었다. "네가 왜 세계를 돌아다녀야만 했는지 나는 알지." 내가 사진을 찬찬히 바라보는 동안 그가 말했다. "이 나라에서는 그만큼 비참해질 수 있는 일을 찾을 수 없어서."

그렇게 흥미 없는 이론은 아니었고, 내가 자기혐오에 빠져 있다는 도미닉의 생각과도 크게 다르지 않았다. 반면, 도미닉은 그간 세상에서 자기 자리를 찾았다. 그는 고급 텔레비전 광고를 감독했다. 그는 똑같이 성공한 프랑스 광고 감독과 결혼했다. 그들은 파리에 아파트를, 베벌리힐스에 주택을, 말리부에 콘도를 두었다. 도미닉의 아내는 아이들을 키웠다. 도미닉과 베케트는 아직도 서핑을 했다. 아니, 적어도 보드를 가지고는 있었다. 그래도 둘 다 어떤 지역에서든 딱히 전력을 다하는 토박이라고 할 수는 없었다. 독기 품은 대중이 넘치는 서던캘리포니아에서는 더욱이 할 마음이 안 든다는 것을, 나는 알았다. 일단 샌프란시스코에 정착하고 오션비치에서 수련 생활에 들어가자, 나는 옛날 서핑 파트너들에게 내가 운 좋게 만난, 거대하고 한적한 파도 이야기를 할 생각이 전혀 들지 않았다. 굳이 비밀로 하려던 건 아니었다. 그저 그들이 관심이 없으리라는 것을 알았을 따름이었다. 이따금씩 만난 달콤한 파도치고는 벌이 너무 가혹했다. 너무 차갑고, 울퉁불퉁하고, 혹독했다.

　어머니는 대체로 샌프란시스코에 의구심이 있었다. 로스앤젤레스에서 그런 사람은 특이했다. 그곳 사람들은 전통적으로 북쪽 형제 도시에 대해 흐물흐물할 정도로 감상적이었다. 바그다드 바이더베이Baghdad by the Bay,* 토니 베넷Tony Bennett의 잃어버린 마음 등등. 어머니는 샌프란시스코가 잠깐 다녀올 만한 곳이기는 해도, 너무 거만하고 어느 정도는 진부하다고 여겼다. 특히, 히피 전성기 이후로는 더 심했다. 한번은 어머니가 샌프란시스코를 "젊은 사람들을 위한 '늙은이들의' 집"이라고 부르는 걸 들은 적도 있었다. 케빈과 내가 둘 다 거기 살고 있다는 걸 감안하면, 약간 찔리는 농담이었다. 케빈은 이제 영화계를 떠나 법학대학원을 다니고 있었다. 동생은 시내, 텐더로인Tenderloin이라는 동네에 살았다. 우리 중 누구도 딱히 해이하게 살고 있진 않았지만, 우리 모두 명절

　✦　샌프란시스코의 별칭.

에 집에 가보니 로스앤젤레스가 일종의 신랄한 기백, 연예 산업에 야망을 품은 만성적 광기로 웅웅거린다는 것을 알 수 있었다. 내가 거기 살 때는 무시해버렸지만, 지금은 안전하게 감상할 수 있는 것들이었다. 베이에어리어에는 그런 게 없었다. 적어도 실리콘밸리Silicon Valley 외곽은 그랬다. 거기에는 나의 흥미를 끄는 게 없었지만, 그곳은 뛰어난 지능으로 보글보글 활기를 띠고 있었다.

나는 어머니가 다시 일을 하신다는 건 알았지만, 그럼에도 전혀 실감하지 못했다. 그러다 지금 환한 미소를 띠고 언변이 유창한 영화 제작자 퍼트리셔 피네건이 워싱턴의 한 호텔 연회장에서 직접 제작한 영화로 상을 받는 장면을 보고서야 깨달았다. 저 사람이 나의 어머니였나? 어머니는 비영리 제작사에서 자원봉사로 시작했지만 금방 자리를 잡았고, 어머니와 아버지는 당신들만의 회사를 시작했다. 처음에는 스타트업 회사들처럼 고전했지만, 몇 년 만에 어머니는 아버지를 그 주의 영화들을 담당하는 라인 프로듀서로 고용했다. 어머니는 이야기를 알아보는 눈이 날카로웠고, 작가, 감독, 배우, 방송국 임원 들과 잘—편하게, 생산적으로—지내는 걸로 유명했다. 단순하게 들리지만 정말로 드문 재능이었다. 어머니와 아버지는 미친 듯이 바빴다. 콜린과 마이클은 각각 가족 사업을 진지하게 살펴보았지만, 그다음에는 다른 곳으로 가버렸다. 콜린은 의학으로, 마이클은 언론을 전공하기 위해 동부로 돌아갔다. 강성 좌익 정치 성향을 띤 케빈은 의학대학원을 졸업한 후에는 할리우드로 돌아가지 않으려 했다. 그래서 우리는 모두 쇼비즈니스 사업에서 떠나 날아갔다. 내가 마침내 여기저기 기사를 기고하기 시작한 것에 전직 기자였던 아버지가 흐뭇해하셨는지는 알 수 없었다. 내가 쓰는 책에 부모님 두 분 모두 놀랄지도 모른다는 생각을 했다. 두 분은 여전히 내가 케이프타운에서 학생들을 가르쳤던 것은 좋은 일이었다고 생각했다. 하지만 책의 상당 부분은 학생들을 돕지 못한 나의 실패와 더 무지몽매했던 내 노력의 의도하지 않은 결과로 채워졌다.

내가 남아프리카를 떠날 때 느꼈던 감정적 혼란은 아직도 나를 떠나지 않았다. 나는 여전히 샤론에 대해 사악하고 고통스러운 꿈을 꾸었다. 나에겐 그녀의 연락처가 없었고, 아픈 마음을 캐롤라인에게는 감추려고 노력했다. 하지만 가끔은 그게 남아프리카에서 흑인해방투쟁에 대한 내 설명을 얼마나 다른 색으로 물들였을까 싶기도 했다.

샌프란시스코에서 대학을 다닌 케빈은 분명코 더 심각한 악몽을 안은 채 살고 있었다. 후천성면역결핍바이러스/에이즈(HIV/AIDS) 유행병은 초기 단계였고, 아직 이해가 부족했다. 샌프란시스코에서는 병에 걸려 말기로 진행되는 젊은이들이 처음에는 수백 명이었지만, 곧 수천 명이 되었다. 캐롤라인과 나는 이 동네 신참이었고, 우리는 누가 검사에서 양성반응이 나왔는지 알지 못했지만, 시내에 사는 케빈의 친구들과 이웃들은 공포 속에서 살았으며, 잔인하게 차단당하고 있었다. 샌프란시스코 종합병원은 1983년 미국에서 가장 먼저 에이즈 전용 병동을 열었다. 며칠 만에 병동이 가득 찼다. 케빈의 가장 친한 친구 중 수Sue라는 이름의 다정하고 젊은 변호사가 있었다. 케빈의 대학 시절 룸메이트이기도 하고 우리와 크리스마스를 함께 보낸 적도 있는데 그만 에이즈로 죽고 말았다. 당시 서른한 살이었다. 물론 도시의 희생자 대부분은 게이 남성이었다. 동성애자였던 케빈은 에이즈 연구와 치료를 위한 더 많은 자원을 요구하는 운동에 적극적으로 참여했지만, 나에게 그 얘기는 많이 하지 않았다. 아프리카에서 우리가 함께했던 여행은 또 다른, 덜 우울한 세기에 일어난 일인 것만 같았다. 좋게 말한들, 케빈의 마음은 다른 데 가 있는 듯했다. 나는 오션비치의 안쪽 모래섬에서 빠져 죽을 뻔했다는 이야기를 케빈에게는 하지 않았다.

햇빛이 환하지만 파도가 무시무시하게 보이는 어느 날, 나는 마크와 함께 파체코에서 패들해 바다로 나갔다. 물속에는 다른 사람이 없어서 파도의 크기를 가늠하기가 어려웠다. 나아가는 건 쉬웠다. 환경 조건은 티끌 하나 없이 깔끔했고, 채널은 읽기가 쉬웠다. 하지만 그때, 우리는 해변에서 너무 가까운 위치를 잡은 탓에 환경을 잘못 판단했다. 첫 번째 파도를 잡기도 전에, 거대한 파도 세트가 우리를 안에 가두었다. 첫 번째 파도가 내 발목 줄을 실오라기처럼 휙 잡아당겼다. 나는 파도 밑으로 자맥질해서, 열린 대양으로 계속 헤엄쳐 나갔다. 두 번째 파도는 3층짜리 건물 같았다. 첫 번째 파도처럼 내 몇 미터 앞에서 부서질 준비를 하고 있었다. 나는 깊이 잠수해서 열심히 헤엄쳤다. 내 위 수면을 치는 파도의 입술은 아주 가까운 범위 안에서 폭발하는 듯 천둥 같은 소리를 냈고, 충격파로 물을 가득 채웠다. 나는 요동치는 물 아래 가만히 머물러 있으려 했으나 수면 위로 떠올랐을 때, 세트 속의 세 번째 파도가 또 다른 존재의 위계에 속해 있는 것을 보았다. 그 파도는 다른 어떤 것보다 크고, 짙고, 바닥에서 훨씬 더 무겁게 끌려 올라왔다. 내 팔이 고무같이 느껴졌고, 나는 과호흡 상태에 빠졌다. 나는 무척 일찍, 무척 깊이 잠수했다. 더 깊이 헤엄칠수록, 물은 더 차갑고 어두워졌다. 파도가 부서질 때 나는 굉음은 초자연적으로 낮은, 순전한 폭력의 최저음이었다. 또, 나를 뒤와 위로 끌어당기는 힘은 악몽 같은 중력의 역전 같은 느낌이었다. 다시 한번 나는 가까스로 탈출했고, 마침내 수면 위로 떠올랐을 때는 저 멀리 밖까지 떠내려가 있었다. 파도가 더 오지 않는 것이 그나마 다행이었다. 하나만 더 오면 끝장일 게 분명했기 때문이다. 하지만 마크가 거기, 내 오른쪽으로 10야드쯤 떨어진 자리에 있었다. 그는 다이빙을 했다가 상상할 수 없는 거대한 파도를 나처럼 아슬아슬하게 탈출한 것이었다. 하지만 마크의 줄은 끊어지지 않았다. 그는 보드를 끌어당기고 있었다. 그렇게 하면서 그는 눈에 광기 어린 표정으로 나를 향해 돌아서서 소리 질렀다. "이거 대단한데!" 사태가 더 심각할 수도 있었다. 그는 이렇게 소리 지를 수도 있었다. "이거 흥미로운데!"

나중에 복기하면서 깨닫게 된 거지만, 마크는 정말로 그날 오후의 파도가 흥미롭다고 여겼다. 그는 네 시간 정도 물속에 들어가 있었고(나는 해변까지 한참을 헤엄쳐서, 백사장에서 내 보드를 주워서 집에 가서 잤다), 파도의 간격을 측정했다. 한 세트에 있는 두 개의 파도가 한 고정점을 지나가는 시간은 25초였다. 그가 오션비치에서 본 가장 긴 간격이었다. 나는 그 사실에 완전히 놀라진 않았다. 긴 간격의 파도는 짧은 간격의 사촌보다는 대양 속에서 더 빠르게 움직이고, 수면 아래 더 깊은 곳까지 닿으며, 부서질 때는 에너지가 더 크기 때문에 물을 앞으로 더 많이 밀어냈다. 그 구간에 대해 마크가 일기에 적어놓은 내용 중에는 내 줄이 끊어진 날은 그 계절에 마크가 8피트 이상의 파도를 탄 날로 계산하면 스물한 번째 날이었고, 10피트 이상의 파도를 탄 날로 계산하면 아홉 번째 날이었다.

가장 두려워해야 하는 건 두 개의 파도가 연속으로 내리누르는 것이라고, 나는 생각했다. 첫 번째 파도가 내려치는 시간이 너무 길어져서 수면 위로 떠오르기도 전에 다음 파도가 들이닥치는 것(연속 파도 내리누르기two-wave hold-down)이었다. 나는 그런 일은 한 번도 겪지 않았다. 거기에서 살아나오는 사람도 있었지만, 결코 행복하게 살아나오는 경우는 없었다. 그 일을 겪은 후에 서핑을 그만두었다는 사람들의 이야기를 들은 적도 있었다. 누가 큰 파도에서 익사할 때면, 정확한 이유를 알 길은 없었지만, 처음에는 연속 파도 내리누르기로 시작하는 경우가 종종 있을 거라고 나는 생각했다. 내 줄을 끊어놓은 그 괴물 같은 파도 세트의 세 번째 파도에 그렇게나 겁을 먹은 유일하고도 가장 큰 이유는 이 파도는 연속 파도 내리누르기의 징후가 너무나 역력했기 때문이었다. 오션비치 치고는 드물게 걸쭉한 종류였던 이 파도는 안쪽 모래섬을 훑고 오는 파도들 중 최악의 것들과 비슷했지만 크기는 두세 배 가까이 됐다. 나는 모래섬 어디에서 이 파도가 부서질지, 그 이유는 무엇일지 이해하지 못했다. 지금도 이해하지 못하고 있다. 하지만 어마어마하게 질척한 그 파도를 보았을 때 나는 그 아래로 헤엄을 쳐봤자 앞에는 물이 별로 남아 있지 않을 것임을 알았다. 그 말은, 내가 빨려 들어가면 적어도 한 번은 바닥으로 떨어질 테고, 그것만도 재난과 마찬가지지만, 거기 더해 극도로 길게, 어쩌면 치명적으로 길게 나를 내리누르는 힘에 휩싸일 가능성이 높다는 뜻이었다. 나는 스웰의 간격은 몰랐지만, 우리가 보았던 처음 파도들을 통해 예상 외로 길다는 것 정도는 짐작했다. 극단적으로 간격이 긴 파도들 사이의 연속 파도 내리누르기는 뻔한 이유로 정말로 길 것이었다.

물속에서 40~50초는 그렇게 심각하게 들리지 않을 수도 있다. 큰 파도를 타는 대부분의 서퍼는 몇 분 정도는 숨을 참을 수 있다. 그렇지만 그건 육지 혹은 수영장에서다. 커다란 파도에 휩쓸려 헝겊 인형처럼 끌려다니면 10초만 지나도 영원처럼 느껴진다. 30초라면 거의 모두가 졸도 직전까지 간다. 내 경험상 가장 심하게 넘어져 떨어졌을 때는, 그 후에 얼마나 오래 파도에 깔려 있었는지 정확히 기억할 길이 없었다. 아니, 부정확하게라도 기억나지 않았다. 나는 긴장을 푸는 데, 내려치는 파도와 싸워서 괜히 산소를 태우지 않고 받아들이는 데 집중하려고 노력했다. 일단 파도의 타격이 끝나면, 수면 위까지 헤엄칠 에너지를 보존하려고 했다. 가끔은 나보다 보드가 더 물에 잘 떠서 보드의 줄을 타고 수면까지 올라가야만 했다. 파도에 내리눌렸던 최악의 경우에는 늘 이러다 끝나는구나, 라는 생각이 들다가 마지막 순간 직전에야 한 번 더 발을 차고 수면으로 올라가곤 했다. 예상하지 못했지만 한 번 더, 두 번 더, 아니면 세 번 더 발을 찼는데도 아직 수면에 닿지 못했고, 필사적으로 공기를 찾느라 목에는 경련이 일었고 갑작스레 흐느낌이나 억누른 비명 소리 같은 것이 느껴졌다. 물을 폐 속으로 들이마시고 싶은 반사작용과의 싸움은 혹독했고 정신을 차릴 수가 없었다.

파체코의 파도 세트 중 세 번째 파도 아래에서는 신체적으로 불쾌한 사건은 일어나지 않았다. 그 뒤에 오는 파도는 없었고, 내가 끌려가버릴까 두려워했던 연속 파도 내리누르기도 일어나지 않았다. 그래도, 하마터면 당할 수도 있었다는 생각에 겁이 덜컥 났다. 나는 아직 그렇게 심각한 파도에 정통으로 얻어맞은 후의 결과를 대비하지 않고 있다는 걸 알았다. 그런 날이 오기는 할까 의심스러웠다.

샌프란시스코에서 누군가 서핑을 배우려 한다는 사실이 내게
는 무척 인상적이었다. 나는 비공식적이었지만 그 사람들을 인터
뷰하는 게 좋았다. 에드윈 세일럼은 어렸을 때 보드를 실을 거치
대를, 어디선가 주워 온 합판과 각목, 쇼핑카트에서 떼어낸 바퀴
로 만들어 자전거에 올렸다. 그는 포트포인트Fort Point의 파도가 좋
아지기 두 시간 전에 선셋디스트릭트에서 출발했다. 자전거 페달
을 밟아 거기까지 가려면 그 정도 걸렸기 때문이다. 포트포인트
는 금문교 남쪽 끝 아래, 파도가 느슨하게 왼쪽으로 부서지는 곳
이다. 하지만 상대적으로 바람이 온화해서 사람이 많아졌다. 에
드윈은 열두 살 혹은 열세 살 나이에 오션비치에서 거품 파도를
타기 시작했다. 벌써 거기서는 거물 중 하나가 되어버린 피위가
에드윈에게 서핑하기 전에 나무를 많이 모아야 한다고 말해주었
다. 바다에서 돌아왔을 때 활활 타오를, 상태 좋은 마른 장작으
로. "나무 많이도 모았어요." 에드윈이 말했다. "쓰레기도 많이 주
웠고." 차츰 그는 오션비치의 고정 멤버가 되었다.

검은 고수머리와 명랑한 초록 눈을 한 에드윈은 이제 20대 중
반에 접어든 매끄럽고 힘이 넘치는 서퍼였다. 그와 나는 슬로트
에서 함께 바다로 나갔고, 온몸에 멍이 들도록 패들해 나간 후에
는 숨을 골랐다. 추운 오전이었다. 파도는 격렬했지만, 평범했다.
다른 사람들은 없었다. 물 건너 와이즈 가게 근처의 빵집에서 갓
구운 도넛의 냄새가 풍겨왔다. 수평선 위에는 화물선이 증기를
뿜으며 게이트로 향했다. 우리는 너무 멀리까지 나왔다는 결론을
내렸다. 테이크오프 지점으로 도로 패들해서 돌아가려고 스웰 위

를 조심히 미끄러져 갈 때, 나는 에드윈에게 아르헨티나의 서핑
은 어떠냐고 물어보았다. 나는 그가 가끔 가족들을 만나러 그곳
으로 여행을 간다는 걸 알고 있었다. 그는 웃음을 터뜨렸다. "여
기 온 이후로는 거기서 서핑하는 게 얼마나 쉬운지 믿을 수 없을
정도예요." 그가 말했다. "물이 엄청 따뜻해요! 파도는 너무 부드
러워요! 해변엔 여자애들도 있어요!"

　파도가 몹시 크게 이는 날에는 도시 자체가 달라 보였다. 거리
와 건물은 희뿌옇고 멀게만 보였으며, 황폐해진 구역, 땅의 모습
을 보였다. 활동은 모두 바다에서 일어났다. 1984년 어느 1월 아
침, 오션비치의 파도가 너무 커서, 해변을 몇 블록 정도 헤엄쳐
가면서 보니 샌프란시스코가 유령 마을처럼 느껴졌다. 어둡고 불
쾌한 날로, 부슬비가 내려서 추웠다. 바다는 회색과 갈색이 돌았
고, 극도로 불길해 보였다. 켈리나 VFW에는 차가 없었다. 나는
파도를 관찰할 수 있도록 천천히 차를 몰아 남쪽으로 향했다. 파
도가 얼마나 큰지 가늠할 수도 없었다. 척도가 될 만한 것이 아무
것도 없었고, 그리고 아무도 없었다. 적어도 20피트, 어쩌면 그보
다 더 클 것이었다.

　주차장에 차를 대는데, 슬로트는 완전히 통제 불능인 것만 같
았다. 저 멀리에서 부서지는 파도는 해변에서는 거의 보이지 않
았다. 패들해서 나가는 것도 생각할 수 없었다. 바람이 없었지만,
가장 큰 파도들은 어쨌든 깃털처럼 날렸고, 부서질 때는 물의 부
피만으로도 앞으로 발사되었다. 그 뒤에 따르는 폭발은 부자연
스러울 정도로 하옜다. 마치 작은 핵폭발 같았다. 그 광경을 보고
있노라니 위장이 뒤집혔다. 아침에 마크가 전화했을 때는 단순히

"슬로트야. 딴 데로 빠지지 말고 바로 와"라고 했을 뿐이었다. 하지만 슬로트는 논외였다. 마크는 내가 오고 몇 분 뒤 주차장에 차를 댔다. 그는 나를 보더니 눈을 크게 떴다. 생각보다 파도가 더 크다는 말을 하는 마크 나름의 방식이었다. 그는 음침하게 낄낄거렸다. 우리는 시에서 슬로트 아래 500야드 지점에 지어놓은 임시 공사 부두의 남쪽에서 파도를 살펴보자는 데 뜻을 모았다. 우리가 떠나려 할 때, 에드윈이 주차장으로 들어섰다. 마크가 에드윈도 새벽에 깨운 것이었다. 우리 셋은 슬로트 남쪽의 모래언덕으로 향했다.

스웰은 북서쪽에서 오고 있었다. 알류샨 열도에 인 대형 폭풍에서 생성된 스웰이었다. 그리하여 400~500야드 정도 되는 부두에 부딪자 스웰의 힘은 크게 약해져 바로 남쪽 파도가 되었다. 이 파도는 북쪽에 이는 거인 같은 것들에 비하면 크기가 반밖에 되지 않았지만, 그럭저럭 다룰 만했다. 하지만 여전히 어떻게 나가는가 하는 문제가 있었다. 사람들은 보통 부두 아래서 패들해서 나가곤 했다. 그곳에는 일반적인 이안류rip current⁺가 흘러서 파도가 해변 근처에 쌓아놓았던 물을 도로 바다로 밀어 보냈고, 부두 아래에 깊은 도랑을 파서 파도가 거기서는 거의 부서지지 않았다. 하지만 부두 아래는 고약했다. 끊어진 전선이 대롱대롱 매달려 있기도 하고, 물 아래 거대한 철판이 이상한 각도로 튀어나와 있는가 하면, 빽빽한 간격으로 박혀서 파도가 들이받아도 꿈쩍 안 하는 말뚝까지 있었다. 나는 슬로트에서 나가는 게 불가능한 날에는 부두 아래서 몇 번 패들해서 나가기도 했지만, 매번 다

⁺   해안에서 바다 쪽으로 흐르는 해류.

시는 하지 않겠다고 맹세했다. 어쨌든, 이날 아침에는 부두에서 패들해 나가는 것조차도 불가능해 보였다. 부서진 파도는 철의 숲을 지나는 작은 눈사태처럼 말뚝들 사이로 굴러 들어왔다. 오늘 덜 치명적으로 바다에 나갈 수 있는 방법은, 공사장 경비원의 눈을 슬금슬금 피해서 부두 위로 달려나가 연안 파도 바깥까지 뻗은 부두 끝에서 뛰어내리는 것뿐이었다.

"해보자." 마크가 말했다.

우리 셋은 이제 부두 바로 남쪽 흙길에 주차한 마크의 밴에 앉아 있었다. 굵직하고 여기저기 우그러져 오지 여행에 적합한 장비를 갖춘 1975년형 닷지였다. 10분 동안 모두 "세상에나!"라거나 "저것 좀 봐!"라고만 할 뿐 다른 말은 하지 않았다. 서핑을 하러 나가고 싶은 욕망은 전혀 들지 않았다. 운 좋게도, 내 보드는 이런 환경에는 적합하지 않았다. 심지어 에드윈의 8피트 4인치 짜리 건도 충분히 커 보이지 않았다. 마크만 큰 파도용 보드를 두 개 가지고 왔다. 둘 다 9피트가 넘는 것이었다. 그는 우리 중 하나가 그중 하나를 쓰면 된다고 했다.

"이래서 내가 9피트 넘는 보드가 없는 거예요." 에드윈이 말했다. 그는 불안하게 웃어버렸다.

사실, 그게 바로 대부분의 서퍼가 8피트가 넘는 보드를 가지지 않는 이유였다. 그러면 어느 날 그만 한 크기의 서프보드가 필요한 환경에서 실제로 바다에 나갈 것이라는 문제가 생길 수도 있었다. 일전에 나는 와이즈의 가게에서 한 서퍼가 친구랑 진열된 10피트짜리 건을 살펴보면서 웅얼거리는 소리를 들은 적이 있었다. "이거 사면 소나무 관이 공짜로 딸려 와." 그렇게 진지한 보드 시장은 아주 작았다.

마크는 밴에서 뛰어내려 옆문으로 돌아가더니 웨트슈트로 갈아입기 시작했다. 샌프란시스코로 이사 온 후 처음으로 나는 바다에 나가지 않겠다고 거절할 준비를 했고, 마크는 이를 알아차린 듯했다. "해보자, 에드윈." 그가 말했다. "우리 더 큰 파도도 타봤잖아."

두 사람은 그랬을 것이었다. 둘은 큰 파도에 관해서라면 비공식적이지만 강력한 협약을 맺고 있었다. 두 사람은 1978년에 만난 이후로 함께 서핑을 해왔다. 마크는 에드윈의 복지에 관심이 있었다. 미국에서 잘 지내는 방법을 상담해주기도 하고, 대학에 가라고 격려하기도 했다. 어머니와 함께 사는 에드윈은—부모님은 이혼했다—양아버지 같은 마크의 지도를 소중히 여겼고, 거기에는 큰 파도 서핑이라는 화제에 관해 끝없이 이어지는 수다도 포함되었다. 에드윈은 큰 파도를 타기에 적합한 신체 조건이었다. 체격이 좋았고, 수영할 땐 힘이 넘쳤으며, 탄탄한 서퍼였다. 그는 또한 차분하지만 배짱이 있었고, 젊은이답게 쾌활한 성격을 타고났다. 마지막으로, 에드윈이 마크를 신뢰한다는, 심지어 숭배한다는 사실이 있었다. 이런 이유들로 그는 이상적인 견습생이 되어 몇 번의 겨울을 거치는 동안 점점 더 큰—결국에는 무척이나 큰—파도로 뛰어들게 되었다. 마크와 에드윈의 협약은 주로, 만약에 익사할 것 같은 날이라면 마크가 에드윈을 데리고 나가지는 않으리라는 말없는 이해로써 이루어져 있었다.

에드윈은 애처롭게 고개를 저으면서 오리털 재킷의 지퍼를 내렸다. 같이 다닐 때면 대부분 에드윈은 어울리지 않게도 산초 판자 역할을 맡았다. 키가 180센티미터가 넘고, 각진 턱에 남자 주인공 같은 얼굴을 한 종복. 하지만 두 사람이 웨트슈트로 갈아입는 모습을 보고 있노라니, 마크와 함께 있으면 누구라도 조수처럼 보일 거라는 생각이 내 머리를 스쳤다.

에드윈이 자기 보드에서 마크가 빌려준 보드—거대한 연노랑색 9피트 6인치 싱글핀 건—로 줄을 옮기려고 만지작거리고 있을 때, 마크는 카메라를 쓰는 법을 보여주었다. 그런 후에 그는 자기가 탈 보드—장엄하고 좁은 9피트 8인치 스리핀—를 모래 언덕 위에 꺼내놓고 왁스를 보드 갑판에 꼼꼼히 바르고, 요가 동작으로 쭉쭉 스트레칭을 하면서도 파도에서 눈을 떼지 않았다.

"우리, 왜 이걸 하는 거죠?" 에드윈이 내게 물었다. 그의 불안한 웃음이 높아졌다가 떨어졌다.

마침내 에드윈도 준비가 되었고, 둘은 출발했다. 경비원의 트레일러 옆을 총총 뛰어서 지나더니 매머드급의 거대한 하수관들이 쌓여 있는 더미 뒤쪽으로 사라졌다가 1분 뒤에 다시 가볍게 뛰면서 부두 위로 나타났다. 나긋나긋한 윤곽 두 개와 커다란 보드들이 희끄무레한 하늘에 대비되어 더 극적으로 보였다. 부두 너머에서는 파도가 슬로트에 부딪혀 부서지고 있었다. 이전에는 거기서 파도가 부서지는 걸 본 적이 없었다. 북쪽 저 멀리 회색과 베이지색의 스웰과 하얀 벽이 펼쳐진 광경이 흡사 나의 서핑 악몽에서 나온 장면 같았다. 나는 따뜻하게 마른 몸으로 밴에 앉아 있는데도 여전히 그 파도가 무서웠다.

부두 끝에서, 마크와 에드윈은 사다리를 타고 내려가더니 보드 위에 엎드려 다시 해변 쪽으로 패들해 돌아가기 시작했다. 그들이 접근하자 파도의 규모를 가늠할 수 있었다. 상상했던 것보다 괴물 같지는 않았다. 에드윈이 두툼한 왼쪽 파도 위에서 재빨리 테이크 오프했을 때, 파도는 그의 키의 세 배까지 일어섰다. 파도는 진흙

같은 갈색에 허기진 표정을 하고 있었다. 나는 사진을 찍기 시작
했다. 에드윈은 파도로 잘 올라섰으나, 파도가 갑자기 50야드 북
쪽의 파도까지 쭉 늘어서면서 단번에 부서지기 시작해서 그는 곡
선을 그리지 못하고 해변 쪽으로 돌아설 수밖에 없었다. 거품 파
도가 폭발하면서 그를 에워쌌다. 잠시 후, 에드윈의 보드가 재주
넘기를 하며 물 위에서 튀어나왔다. 줄이 끊어져버린 것이었다.
파도는 해변 가까이에서 부서졌고—부두의 남쪽에는 바깥 모래
섬이 없었다—에드윈은 재빨리 쓸려 갔다. 그는 모래 언덕을 저
벅저벅 올라왔고 그가 파도 타는 모습을 내가 몇 장 찍었다고 하
니 씩 웃었다. "저 바깥이 엄청나게 아슬아슬한 것 같진 않아요.
그런 생각은 안 드네요." 그는 말했다. "흩어져버렸을지도 모르겠
어요, 어쩌면." 그는 내 보드의 줄을 빌려달라고 했다. 나는 기꺼
이 그랬다. 파도는 흩어져버린 것 이상으로 보였고, 날씨는 더 따
뜻해지지 않았다. 수온은 4도를 웃돌았다.

에드윈이 다시 부두로 돌아가는 동안, 나는 북쪽으로 200야드
쯤 되는 바깥 모래섬에 엄청난 파도 세트가 부서진다는 것을 깨
달았다. 물속에 사람이 있으니, 슬로트의 파도는 실로 20피트 이
상이라는 걸 알 수 있었다. 하지만 내가 바깥 모래섬에서 부서지
는 것을 보았던 파도 세트는 거대한 정도 이상이었다. 또한 경이
적일 만큼 격렬했다. 파도는 부서지면서 뒤집히는 것 같았고, 잠
시 멈출 때는 물안개 구름과 버스 크기의 튜브에 갇혀 있던 공기
를 뱉어냈다. 이전에는, 심지어 노스쇼어에서도 그런 건 본 적이
없었다. 안개를 뱉는 20피트짜리 튜브. 에드윈은 마크 쪽을 향해
손짓하며, 남쪽 수평선 위의 파도 세트가 막 부서지려 하는 지점
을 가르쳐주었다. 부두 아래 우레와 같은 파도는 저 멀리 있는 더

큰 파도의 포효를 삼켜버렸고, 에드윈은 북쪽을 절대 쳐다보지 않았다. 그 광경만 봐도 차갑게 얼어붙어버릴 테니까.

마크는 피크가 가파르게 일어선 10피트짜리 오른쪽 파도를 두어 개 잡아 탔고, 둘 다 성공했다. 하지만 오른쪽 파도는 내가 있는 자리에서 사진을 찍기에 적당한 각도가 나오지 않았다. 그리고 사진학적으로 말하자면, 에드윈이 돌아간 후에 부두 남쪽의 상황은 악화되기 시작했다. 비가 본격적으로 내리기 시작했다. 물안개 속에서 마크와 에드윈의 모습이 제대로 보이지 않았고, 반 시간 동안이나 아무런 파도도 타지 못했다. 나는 마크의 카메라를 차에 싣고 문을 닫은 후 집으로 돌아갔다.

나중에 에드윈이 말해준 바에 따르면 내가 떠난 후에 그는 다시 한번 왼쪽 파도를 탔다고 했다. 이 파도에서는 성공했지만, 그 다음 파도, 부두에 부딪힌 15피트짜리 피크에서는 안에 갇혔다. 내가 빌려준 줄이 끊어졌지만, 이번에는 해변으로 쓸려 가지 않았다. 대신에 부두로 곧장 들어온 강한 조류에 휩쓸려 떠내려갔다. 그는 덜컥 겁이 나서 말뚝 사이로 들어오려고 고군분투하다가 가까스로 다치지 않고 북쪽으로 나왔다. 하지만 그쪽 조류는 바다 쪽으로 바뀌어서, 그는 바깥 모래섬 쪽으로 실려갔다. 내가 20피트짜리 튜브가 밖으로 뒤집히면서 안개를 뱉어내는 것을 본 바로 그 모래섬이었다. 그는 해변 쪽으로 헤엄쳤지만, 조류가 그보다 힘이 더 셌다. 그는 벌써 수백 미터가량 해안에서 떠내려갔고, 공포심에 힘이 빠져버렸다. 하지만 여전히 남쪽에는 살인적인 모래섬이 있었다. 바로 그때, 심해에서 일어난 유별난 파도 세트가 그의 바깥에서 부서졌다. 이 파도들은 에드윈이 향하던 지점에서 부서지던 파도보다 훨씬 더 부드러웠기에, 그는 수면에

뜬 채로 파도가 그를 치고 가게 놔두었다. 파도 세트는 그를 이안 류 안쪽 가장자리로 쓸고 갔다. 거기서 그는 거품 파도가 살인적 인 모래섬을 향해 굴러가는 길로 간신히 헤엄쳐 들어갈 수 있었 다. 어딘가 슬로트 근처의 해변에 도달했을 때는 힘이 너무 빠져 서 걸을 수도 없었다.

마크가 거기서 그를 찾아냈다. 에드윈은 너무 충격을 받아 운 전할 수 없었기에, 마크가 그를 집까지 태워주었다. 에드윈이 물 속에서 사투를 벌인 뒤 숨을 헐떡이며 모래 위에 누워 있을 때 자 기가 무엇을 하고 있었는지 마크는 에드윈에게 말했을까? 하지 만 마크가 나중에 내게 말해준 바에 따르면, 그는 부두 남쪽의 오 랜 소강상태에 지루해져서 패들해서 북쪽으로 갔다고 했다. 그는 살인적인 모래섬의 바깥에 머물러 있었지만, 슬로트에서 거대한 파도 두어 개를 타고, 그다음에는 에드윈을 찾으러 남쪽으로 향 했다. 에드윈에게 빌려준 보드가 해변에 있는 것을 발견했을 때 는 걱정이 되었지만, 마침내 에드윈을 발견하자 크게 안심했다. 그들의 협약은 혹독한 시험을 견디고 살아남았다. 마크가 에드윈 을 어머니랑 같이 사는 아파트까지 데려다준 후에, 에드윈은 몇 날 며칠을 육지에만 머물렀다. 그는 그해 겨울 남은 날들 동안에 는 서핑을 별로 하지 않았고, 나는 다시는 그가 큰 파도를 타는 모습을 보지 못했다.

슬로트에 또다시 다가온 추운 날, 예닐곱 명 정도 되는 사람들 이 8피트짜리 만조의 유리처럼 매끄러운 물속에 나와 있다. 나는 따뜻하게 마른 몸으로 해변에 있었다. 2주 전 골든게이트 남쪽 절 벽인 데드맨스Dead Man's 옆 왼쪽 파도를 타다가 발목이 찢어져 전투 능력을 상실한 상태였다. 나는 다시 카메라를 들고 마크의 밴에 타고 있다. 나는 서핑 사진을 거의 찍지 않는다. 파도가 좋아 보이면 가만히 앉아 있을 수가 없다. 하지만 마크는 내 손에 자기 카메라를 쥐여줄 또 한 번의 기회를 포착했다. 서퍼들이라면 거의 모두 자기가 서핑하는 모습을 찍은 사진을 좋아한다. 그들의 파도타기는 본질적으로 스쳐 지나가는 사건이고 그러므로 서퍼들은 자연스레 기념품을 원한다고 말할 수도 있겠지만, 그것만으로는 자기 사진을 찍고자 하는 집단적 정열을 설명할 수 없다. 나는 두세 명을 찍어주기로 했다. 마크와 그의 친구들이지만, 그들은 그다지 많은 파도를 타지 못한다. 파도의 물머리인 피크는 안쪽으로 바뀌며, 군중을 그와 함께 몰고 가버리고, 나의 피사체들은 반짝이는 빛의 평원 속으로 녹아버린다.

나도 그들과 함께 남쪽으로 이동해야 한다. 나는 몸을 운전석에 끼워넣고 시동을 걸지만, 갑작스레 아버지의 외투를 입은 아이 같은 기분이 든다. 소매가 무릎까지 내려오고 옷자락은 바닥을 쓴다. 마크는 실제로는 나보다 그렇게 덩치가 크지 않다. 한 1인치 클까. 그렇지만 운전석은 이상할 정도로 광활한 것 같고 몸에 걸맞지 않게 크며, 밴 자체도 슬로트 주차장의 물웅덩이와 구덩이 위로 몰고 지나가노라니 갑작스레 차라기보다는 함교가 높고 방향타가 확실한 화물선처럼 느껴진다. 운전석에 앉아서 보니, 짐칸에 서프보드를 높이 실은 밴은 기지개를 켜는 커다란 고양이처럼 힘이 있고, 쭉쭉 뻗은 팔다리는 멀쩡하며, 건강하다는 감각이 번져가는 것만 같다. 이렇게 파도에 적셔져, 짐승의 왕의 눈으로 세상을 바라보면, 나 또한 전도하고 싶어질지 모른다.

마크는 서핑 사진 강박을 이해했다. 그는 슬라이드 쇼를 볼 뿐 아니라, 자기 사진을 아파트 여기저기에 걸어놓았다. 또한 친구들에게 그들이 서핑하는 장면을 찍은 사진을 선물하면서 기뻐했다. 나는 이 사진들이 그 피사체들의 집에 마치 종교 성상처럼 걸려 있는 것을 본 적이 있었다. 마크는 내게도, 노리에가의 회백색 배럴 안쪽에서 내가 반쯤 웅크린 모습을 찍은 사진을 선물했다. 캐롤라인이 내 생일을 맞아 그 사진을 액자에 넣어 주었다. 근사한 사진이었지만, 그걸 바라보고 있으니 좌절감이 들었다. 사진을 찍은 마크의 친구가 셔터를 너무 일찍 눌러버렸기 때문이다. 기록된 순간 바로 직후에, 나는 그 파도로 사라져버렸다. 그게 바로 내가 아끼는 사진이었다. 오롯이 파도만 찍은 사진. 그러나 내가 그 안에서, 두껍게 쏟아지는 은구슬의 커튼 뒤에서 높게 선을 그리고 있다는 사실은 안다. 기대의 이 순간이 아니라, 그 보이지 않는 통로가 파도타기의 핵심이었다. 하지만 사진은 파도를 탈 때 어떤 기분인지를 보여주는 것이 목적이 아니었다. 다른 사람에게 어떻게 보이느냐를 보여주는 것이었다. 내가 지금 보는 이 노리에가 사진에는 어두운 바다가 찍혀 있다. 하지만 내 기억 속의 그 파도는 은빛 햇살에 젖어 있다. 이게 내가 그 파도의 깊이를 탐색하는 동안 남쪽을 바라보게 되는 이유였고, 그럴 때면 그 아몬드 빛 눈을 통해 세계로 도로 빠져들었다.

내게, 그리고 나뿐 아니라 다른 이들에게도 서핑은 이런 역설을 품고 있다. 파도와 단둘이 있고 싶다는 욕망이 그만큼이나 남들에게 보이고 싶다는, 한편으로는 연기를 하고 싶다는 욕망과 융합된다.

사회적인 면은 경쟁일 수도 있고, 동반자를 원하는 순수한 갈망일 수도 있었다. 그 둘 다일 때도 무척 많았다. 내가 발견한 바로는, 샌프란시스코에서는 그런 경향이 남달리 강했다. 서퍼들의 공동체는 작았고, 파도가 높이 솟았을 때 오션비치에서 서핑하는 외로움은 컸다. 팀 보드킨의 아내인 킴은 어느 맑은 봄날 아침, 공동체적인 관점에서 당시 나의 현재 위치를 깨우쳐주었다. 나는 그레이트하이웨이에 있는 그들 집 앞에서 보드에 왁스칠을 하고 있었다. 다른 서퍼 여럿은 타라발터널Taraval tunnel로 향하는 중이었다. 킴은 무릎에 어린 아들을 앉혀놓았다. 그녀는 햇빛 속에서 아들을 통통 튕겼다(마크는 다음 겨울이면 팀이 슬로트에서 파도를 타지 않을 것 같다는 예언을 이미 해놓은 참이었다). "그래, 의사 특공대 모두 나가는 거예요?" 킴이 물었다.

"뭐라고요?"

"의사 특공대요." 킴이 말했다. "나한테는 들어본 적 없는 척하지 마요. 당신도 창립 위원이잖아요."

《서퍼》 신간이 와이즈 가게의 카운터에 놓였다. 보통 때는 그걸 휙 집어서 후루룩 넘겨보곤 했다. 하지만 그달의 표지에는, 익숙해 보이는 푸른색의 왼쪽 파도를 배경으로 보드를 탄 서퍼가 뛰어내리는 사진이 실렸다. 헤드라인은 "환상의 피지"라고 되어 있었다. 오른쪽 위편 모서리 띠지에는 "발견!"이라는 글자가 외치는 듯 크게 써 있었다. 물론 타바루아였다.

토할 것만 같았다. 나는 아직 그곳을 제대로 다 알지도 못했는데.

《서퍼》의 기사는, 알고 보니 근사한 새로운 파도가 발견되었다는 내용이 아니라, 리조트를 개장했다는 내용이었다. 캘리포니아 서퍼 두 명이 그 섬을 사거나 대여했고, 호텔을 지어서 이제 상업용으로 열었다는 것 같았다. 그 호텔에서는 최대 여섯 명의 유료 손님을 받아 세계에서 최고라는 파도에 독점적으로 접근할 수 있는 기회를 준다고 했다. 새로운 개념이었다. 사람 없는 파도를 타는 데 돈을 낸다. 근사한 새 지점을 발견했다는 기사는 서핑 잡지에서는 고정적으로 등장했지만, 장소를 감춘다는 불문율은 엄격했다. 어쩌면 대륙 정도는 밝힐 수도 있겠지만, 일반적으로 나라까지는 드러내지 않았고 가끔은 어떤 대양인지도 말하지 않았다. 사람들이 추측으로 알아낼 수도 있겠지만 그래봤자 몇 개뿐이었고, 그러는 것도 고생스러웠기 때문에 차라리 자기들끼리만 비밀로 간직하려고 했다. 그런데 이런 규칙을 모조리 우르르 무너뜨린 것이었다. 타바루아의 인파는 리조트와 지역 당국과의 협의로 금지될 터였다. 개인 파도가 될 것이었다. 지금 예약해라. 주요 신용카드는 다 받아준다. 잡지의 같은 호에 리조트 광고까지 있었다.

그런 일이 생기자 브라이언은 그 주에 도쿄에서 샌프란시스코까지 날아왔다. 그는 이제 프리랜서로 여행 잡지 일을 하고 있었다. 당시는 홋카이도에서 취재 중이었다. 나는 그를 마중 나갔다. 공항에서 우리 집으로 차를 타고 오면서, 나는《서퍼》최신호를 그의 무릎 위에 뚝 떨구어놓았다. 그는 조용히 욕을 하기 시작했다. 그러다가 차츰 더 시끄럽게 떠들어댔다. 누가 이 장소에 대해 떠벌렸는지 추측해보는 건 의미가 없었다. 우리가 공유한 환상은 틀렸다. 타바루아는 6년 동안 얌전히 앉아서 아무도 타지 않은 채로 암초 아래에서 초월적 파도가 포효하는 그런 곳이 아니었다.

브라이언은 나보다 그 사실을 더 쓰리게 받아들였다. 적어도 나보다는 덜 수동적이었다. 그는《서퍼》에 통렬한 편지를 썼다. 그는 억울한 기분이 든다는 건 우리가 여물통의 개처럼 행동하고 있

다는 뜻이라고 했다. 그래, 먹지도 않을 밀짚을 두고 으르렁거리
는 개. 그래도 그는 이 모든 일들에서 썩은 내가 난다고 생각했고,
나도 마찬가지였다. 이 세계에서 속박을 받지 않은 모든 것들은
결국은 착취당한다고. 브라이언이 《서퍼》에 보낸 편지는 잡지와
리조트 사이에 돈이 오가지 않았는지 정당한 질문을 던지는 동시
에, 기자들을 뚜쟁이, 혹은 좋게 말해봤자 얼간이라고 불렀다.

　브라이언의 실물을 직접 보니 기분이 이상했다. 우리는 여전히
성실하고 길게 쓴 편지를 주고받는 사이였다. 가끔 나는 내가 몬
태나에서 좀 더 요란스러운 두 번째 삶을 살고 있는 것 같은 기분
을 느낄 때가 있었다. 열심히 스키를 타고, 열심히 술을 마시고,
늘 거기에 떼 지어 모여 있는 듯 보이는 소란스럽고 재능 있는 작
가들을 못살게 굴면서. 브라이언은 글을 많이도 출간했다. 기사
와 리뷰도 쓰고, 새 소설도 쓰고 있었다. 브라이언은 본인의 표현
에 따르면, "못되고 삐쩍 마른 여자"와 함께 살고 있었다. 디어드
리 맥네이머Deirdre McNamer라는 이름의 이 작가는 아주 못된 성격
이라고는 할 수 없었고, 결국에는 브라이언과 결혼해주는 은혜까
지 베풀었다. 그는 여행기를 쓰러 전 세계를 돌아다녔다. 태즈메
이니아, 싱가포르, 방콕 등. 디어드리가 방콕에 동행했을 때, 브
라이언은 우리가 이전에 묵었던 스테이션 호텔을 보여주었다. 브
라이언조차도 그곳의 누추함에 충격을 받았다. "돈이 있으니 도
시가 얼마나 달라 보이던지." 그는 편지에 이렇게 썼다. 동남아시
아에서 내게 보낸 편지 중 15페이지에 있는 내용이었다. "에어컨
이 있고, 관리가 잘되고, 돈이 넘치는 곳이 되었어." 브라이언의
편지는 휘트먼적이었고, 격렬했고, 웃겼다. 자기 책망으로 괴로
워하는 편지들은 우울할 정도로 잦았다. 한번은, 우리가 1978년

에 시나 사바이이나에아와 그 가족에게서 받은 융숭한 대접은 그
들의 재산에 비해 돈이 많이 들었을 텐데도, 우리는 그들이 간절
히 필요했을 현금 대신에 싸구려 장신구로 되갚아주었다는 것을
막 깨달았다고 편지에 쓴 적이 있었다. 그들도 현금을 기대했을
텐데, 너무 예의가 발라 말을 못 꺼냈을 거라면서. 브라이언은 너
무 겁이 나서 잠을 잘 수가 없을 정도라 했다. 그리고 나는 그의
생각이 정말로 틀렸는지 확신할 수가 없었다.

브라이언은 한동안 서핑을 하지 않았었다. 10월에 작은 스웰
이 하나 다가왔다. 마크는 브라이언에게 보드 하나와 웨트슈트를
빌려주었다. 웨트슈트는 너무 작아서, 브라이언은 마크의 음침한
차고 속에서 몸을 구겨가며 억지로 끌어당겨 입었고, 마크와 그
의 친구들은 그 광경을 지나치게 흥미롭게 구경했다. 나는 브라
이언이 이 물건의 지퍼를 올리는 것을 도와주었다. 물속에 들어
갔을 때도 그는 다시 고전했다. 오션비치의 거품 파도는 평소처
럼 가차 없었고, 그는 몸 상태가 갖춰져 있지 않았다. 나는 그 옆
에서 덕다이브하면서 달갑지 않을 훈수는 거의 두지 않았다. 브
라이언이 머무르는 동안 우리는 두 번 서핑했고, 그는 바다에 다
시 들어가니 희열을 느낀다고 말했다. 나는 의사 특공대에 속한
어린 멤버들이 비웃는 말을 던지기만을 기다렸다. 그러면 코를
납작하게 눌러주고 싶어서 몸이 근질거렸다. 하지만 그들은 아무
말도 하지 않았다. 브라이언은 마크의 측정법을 받아들였고, 그
반대도 마찬가지인 건 물론이었다. 브라이언이 제일 못마땅해하
는 사람들은 우쭐대는 이들이었다.

그동안 브라이언과 캐롤라인은 서로의 언어로 말했다. 나는 브
라이언이 캐롤라인이 내던진 발언들을 받아 적는다는 것을 깨달

았다. 그녀는 내가 부엌을 슬금슬금 돌아다닌다고 "하이에나"라고 불렀고, 동네에 사는 헬스광은 어째서 자기의 "후진 몸"에 모두 관심 있어 할 거라고 생각하는지 짜증을 내며 묻기도 했다. 브라이언은 우리에게 일본에서 만든 영어권 관광객용 유리 스티커를 가져다주었다. 우리는 근사한 관광을 했고 모두 사진으로 찍었습니다. 우리는 그 스티커를 냉장고에 붙였다.

그렇게 우리를 찾아오고 나서 1년쯤 후에 브라이언은 자신의 소프트볼 팀에 대한 짧은 기사를 썼다. 몬태나리뷰오브북스라는 이름의 팀이었다. 그리고 내게 그 원고를 보내주었다. 《뉴요커》에 실을 만하다고 생각해? 좋은 기사야. 나는 답장을 보냈다. 하지만 "지역 동향"에는 어울리지 않아. 너무 소설가적이고, 너무 자기 고백적이야. 물론 나는 그 잡지에 기사 한 편을 팔아본 적 있는 전문가였다. 그렇지만 브라이언은 내 충고 편지가 오기까지 기다리지 않았다. 그는 그 기사를 투고했다. 잡지 편집자인 윌리엄 숀은 그 기사를 읽고 전화를 걸어 찬사를 늘어놓았다. 그는 브라이언에게 비행기 표를 보내 뉴욕으로 오라고 했고, 알곤퀸 호텔에 묵게 했다. 그런 후에 또 무얼 쓰고 싶은지를 물었다. 숀은 즉시 그 소프트볼 기사를 내보냈고, 브라이언에게 다이너마이트의 역사에 대한 2부작 기사를 써 오라는 과제를 내주었다. 그 주제도 브라이언의 생각이었다. 디어드레에게 브라이언이 뉴욕에 있다는 사실과 그 이유를 들었을 때, 나는 미술라에서 그를 기다리고 있을 내 편지를 그가 뜯어보지 못하게 해달라고 다소곳이 부탁했을 뿐이었다.

늦겨울 VFW에 큰 파도가 이는 날이다. 바다에 나온 사람은 팀 보드킨과 피위뿐이다. 해변에서 바라본 바다는 눈부신 무채색 오후의 광휘가 한 장으로 쭉 펼쳐졌고, 간간이 검은 파도의 벽이 그것을 깰 뿐이다. 마크는 더 일찍 바다에 나갔다 왔다. 그는 다시 들어와서는 파도 높이가 10피트에서 12피트 정도이며, 북쪽으로 향하는 조류가 "죽인다"고 말했다. 그 후로 가벼운 북서풍이 불어 수면을 흩트리고 바다를 한 단계 더 높이 일으켜 파도를 타기 어렵게 만들었다. 보드킨과 피위는 거의 파도를 잡지 못한다. 대부분, 그들은 광휘 속에 가려 보이지 않는다. 그들이 간신히 잡을 수 있는 파도는 모두 거대한 왼쪽 파도로, 바깥 모래섬에서 부서진다. 나는 거기서 파도가 부서지는 것을 본 적도 없었고, 탈 만한 파도가 생기는 것 역시 한 번도 본 적이 없었다. 나는 보통 VFW를 큰 파도가 이는 지점이라고 생각하진 않는다. 파도가 작고 깨끗한 날들에는 해변에서 사람들이 가장 많이 모이는 직선 구간이었다. 하지만 이건 밥 와이즈가 사람들에게서 전화를 많이 받는다고 말하는 그런 날이었다. 그들은 전화 너머로 기대에 차 묻는다. "파도 작아요?" 와이즈가 그들에게 "아니, 거대한데"라고 말하면 그들은 갑자기 그레이터베이에어리어의 광대한 지역에서 자기들이 해야 할 일들이 갑작스레 떠올랐다고 한다.

방조제에서 여덟 명에서 열 명 정도 되는 서퍼들이 불안하고 뚱한 얼굴로 바다를 바라보고 있다. 모두 이 바람 때문에 파도가 망해버렸으므로 이제는 바다에 나갈 이유가 별로 없다는 데 동의하는 듯하다. 파도, 날씨, 세계를 논하면서 평소와 다르게 욕이 쏟아진다. 서퍼들이 욕을 잘한다는 걸 감안해도 평소보다 심하다. 사람들은 제자리에서 왔다 갔다 하며, 주머니에 주먹을 찔러 넣고 건조한 입으로 시끄럽게 웃는다. 그때 반사 선글라스 뒤에서 대양을 말없이 내다보고 있던 에드윈이 폭발한다. "나한테 생각이 하나 있어." 그는 선언한다. "지원단을 만들자. 나는 저기 나가기가 무서우니까 안 나갈 거야. 우리 모두 그냥 그렇게 말하면 어때? '나는 저기 나가기 무서우니까 안 나갈 거다.' 자, 도몬드. 말해봐."

평소에는 택시를 몰지만 아닐 때는 와이즈 상점에서 일하는 시끄럽고 거친 청년 도몬드Domond는 역겹다는 듯 돌아선다. 그러자 에드윈은 비퍼 데이브Beeper Dave라고 하는 또 다른 동네 청년을 지목하지만, 그도 툴툴대고 고개를 저으며 돌아선다. 그러자 모두가 그저 여유롭게 웃고 어깨를 으쓱하면서 에드윈을 무시한다.

"파도 세트다." 누군가 으르렁댄다. 모든 눈이 수평선으로 향하고, 불타오르던 바다가 구역질 나도록 거대한 회색 선 위에서 들썩거린다. "저 자식들 이제 죽었군."

나는 마크에 대한 글을 써보기로 했다. 그는 찬성했다. 나는 《뉴요커》에 제안서를 보냈다. 이 대단한 도시형 큰 파도 서퍼이자 내과 의사인 남자의 신상명세서. 숀은 어감이 마음에 든다고 했다. 나는 과제를 받았다.

나와 마크 사이의 상황이 변해버렸다. 나는 사람들이 나를 마크의 부하 중 하나로 오인해도 이제는 굴욕감을 느끼지 않았다. 아시다시피, 나는 그의 보스웰Boswell*이었다. 나는 어린 시절에 관해 그를 인터뷰했다. 그의 아버지는 베벌리힐스의 정신과 의사였다. 나는 그가 밴에 싣고 다니는 물건들을 목록으로 만들었다.

✦   18세기 영국의 유명한 전기 작가 제임스 보스웰을 빗댄 표현이다.

그의 직장까지 따라갔고, 그가 환자들을 진찰하는 동안 옆에 앉아 있었다. 대학 시절 그는 약간 천재였다. 그의 아버지에게 종양이 생긴 후에 당시 예비 의대생이었던 마크가 어찌나 열심히 암을 공부하던지, 많은 친구들이 그의 목표는 아버지를 구할 수 있을 시간 안에 암 치료법을 찾아내는 것이라고 확신했다. 나중에 알고 보니 그의 아버지는 암이 아니었다. 하지만 마크는 암 연구를 계속했다. 그의 관심사는 사실 종양학, 암 치료법을 찾는 게 아니라 암 교육과 예방 쪽이었다. 그가 의대에 진학할 때쯤에는, 그는 다른 학생과 함께 일련의 암 연구 강의를 개발했고, 두 사람이 함께 쓴《암 생물학 자료집The Biology of Cancer Sourcebook》은 수만 명의 학생들이 들은 수업의 교과서로 쓰였다. 두 번째 저서인《암의 이해Understanding Cancer》는 당시 대학 교과서의 베스트셀러가 되었고, 그는 미국 전역을 다니며 암 연구, 교육, 예방에 대한 강의를 계속 이어나갔다.

"재미있는 건 말이지, 나는 정말로는 암에 관심이 없다는 거야." 마크는 내게 말했다. "나는 암에 대한 사람들의 반응에 관심이 있어. 많은 암 환자들과 생존자들은 자기들이 암에 걸릴 때까지 진정으로 살았다고 생각하지 않았다고들 해. 그런데 암에 걸리니까 현실을 직면할 수밖에, 삶을 좀 더 열심히 경험할 수밖에 없게 되었다는 거지. 가족 치료를 들여다보면, 가족들은 누군가가 일단 암에 걸리면 더 이상 서로에게 피상적으로 대할 수가 없게 된다는 걸 알 수 있어. 약간 오만하게 들릴지 모르지만, 내가 정말로 관심 있는 건 인간의 기운이야. 사람들이 스트레스와 역경에 어떻게 반응하는지 말이야. 나는 사람들이 맞서 싸우는 방식에, 그들이 수면 위로 떠오르기 위해 계속 싸워나가는 방식에 매력을 느껴." 마크는 두 팔로 허공을 붙잡으려 했다. 그가 흉내 내는 건 요동치는 커다란 파도를 뚫고 수면 위로 올라가려는 몸부림이었다.

나는 조프 부스Geoff Booth에게 전문적 견해를 물었다. 그는 오스트레일리아 출신 언론인이자 서퍼이고, 내과 의사였다. "마크는 확실히 그 안에 깊은 소망을 갖고 있어." 부스는 말했다. "극단적인 추진력 같은 거지. 나는 오로지 세계에서 한 줌도 안 되는 사람만이 그걸 이해할 수 있을 거라고 생각해. 마크 말고 그런 게 있는 사람은 딱 한 명 만나봤어. 호세 엔젤." 호세 엔젤Jose Angel은 하와이 출신의 위대한 큰 파도 서퍼로, 그는 1976년 마우이에서 다이빙한 후 실종되었다.

에드윈의 이론에 따르면 마크는 환자들이 죽었을 때 느끼는 분노와 무력감으로 인해 큰 파도를 타게 되었다. 마크는 터무니없는 얘기라고 했다. 에드윈의 다른 이론은 프로이트적이었다(기억하겠지만, 그는 아르헨티나에서 왔고 거기서는 정신분석이 중산층의 종교이다). "확실히 이건 에로스적인 거예요." 에드윈은 말했다. "거대한 보드가 그의 남근이죠." 나는 이 말은 마크에게 옮기지도 않았다.

나는 남아프리카공화국에 대한 책을 끝마쳤다. 출판사에서 소식을 기다리는 동안, 남아프리카에 대한 미국의 정책을 다룬 기사를 보도하려고 워싱턴으로 갔다. 남아프리카공화국의 시민 투쟁은 신문의 머리기사가 되었고, 인종분리 정책에 반대하는 운동은 전 세계적으로 견인력을 얻어가고 있었다. 뉴트 깅그리치Newt Gingrich가 이끄는 젊은 보수 국회의원 무리가 아파르트헤이트는 이제 그 운을 다했다고 정확히 판단한 후 레이건 행정부의 정책에 대항하는 반란을 꾸몄다. 레이건 정책은 기본적으로 친인종분

리였다. 공화당에 내분의 물결이 잇따랐고, 몇몇 핵심 인물들은
뜻을 드러내려고 했다. 나는 반인종분리의 도끼날을 날카롭게 갈
았지만, 표정을 얼굴에 드러내지 않는 기술은 갈수록 발전했고(하
지만 여전히 은유와 뒤섞이기는 했다), 권력에 대한 나의 이해도는 점
점 섬세하게 정련되었다. 나는 싸구려 검정 슈트를 입고 캐롤라
인이 준 새 서류 가방을 들고서 국회의원들, 내무부, 헤리티지재
단에서 자기 일을 똑똑히 잘하는 사람인 양 행동하려고 애썼다.
나는 군국주의자 주변부까지 접근할 수 있었고, 거기에서는 당시
공적인 인물이 아니었던 올리버 노스Oliver North 중령이 작전을 펼
치고 있었다. 나는 풋내기인 데다 서툴렀지만, 그 일을 좋아했다.
실마리를 좇고, 연결을 짓고, 어려운 질문을 던지고. 이 기사는
《마더존스Mother Jones》에 내가 기고한 세 번째인가 네 번째 원고였
다. 이 잡지는 샌프란시스코에 근거지가 있는 좌익 월간지로, 역
시 더 큰 세계로 나아가려고 애쓰는 중이었다. 국회에서 젊은 보
수파의 반란은 성공했다. 레이건은 순순히 프리토리아에 건 경제
제재를 풀었다. 하지만 그의 행정부는 니카라과에 죽음을 쏟아붓
는 일은 계속했다.

　기자로서의 내 새 지위를 샌프란시스코의 작은 서퍼 공동체
가 서서히 깨닫게 된 듯했다. 그 당시 나는 핵심 인물인 남자들
은 대부분 알고 있었지만—오션비치에는 여전히 남자들뿐이었
고 여자는 없었다—나를 잘 아는 사람은 몇 되지 않았다. 내가 마
크에 대한 기사를 쓰고 있다는 말이 퍼지자 사람들은 나를 다르
게 보게 된 것 같았다. 어떤 이들은 자기 의견을 자청해서 내놓았
다. "그 친구 이 해변에서 제일 대단한 꼬마지." 비퍼 데이브가 말
했다. 좋은 의도로 한 말이었다. "의사에 대해 한 가지 할 말이 있

다면." 밥 와이즈는 말했다. "그 친구는 모든 가능한 생각에는 다 열려 있다는 거야." 그때까지 내게 보이지 않았던 마크에 대한 또 다른 관점이 떠오르기 시작했다. 가장 생생한 표현은 VFW에서 나에게 일부러 패들해서 다가온 낯선 사람이 이야기해주었다. 더러운 금발 머리를 길게 기른 거칠어 보이는 남자는 얼굴에서 산전수전 다 겪은 티가 났다. 그는 서핑계의 예의범절이 허락하는 선을 훌쩍 넘어서 내게 가까이 붙었다. 그는 내 얼굴을 똑바로 보면서 으르렁거렸다. "의사는 완전히 망할 쿡이야." 내가 아무 말도 하지 않자, 한참 후에 그는 가버렸다. 만나서 반가웠습니다. 그런 일에 닥쳐서는 이런 말조차 어색했다. 쿡이란 서핑 속어로 초심자라는 뜻이었다. 하지만 그 말의 요점은 모욕을 주는 데 있었고, 서핑 세계에서는 그만큼 강렬하게 끓어오르는 반감을 담고 있었다. 일단은 기억해두었다.

나는 마크를 오션비치의 열렬한 학생으로 보았다. 하지만 어떤 지역 토박이 서퍼들에게는 그는 그저 로스앤젤레스 출신의 부잣집 도련님이고, 지나치게 영적인 면에 몰두하는 이라는 것을 깨닫게 되었다. 블루칼라 토박이들과 화이트칼라 새내기 사이의 사회적 분리는 실제로 단순하거나 명확하지 않았다. 마크와 어울리는 청년 중 다수는 선셋디스트릭트 출신이었다. 그리고 딱히 그 어떤 범주에도 들어가지 않는 사연들을 가진 오션비치 단골들도 많았다. 가령, 슬로트 빌은 텍사스 출신으로 하버드 대학교를 졸업한 원자재 유통인이었다. 그가 그런 별명을 얻은 건 이혼 직후에 차로 이사해서 슬로트의 주차장에서 한 달가량 살며, 슬로트에서 서핑하는 힘든 기술을 완전히 익히기 전에는 그곳을 떠나지 않겠다고 맹세했기 때문이었다. 그 목표를 달성했든 아니든 그는 슬로트 주차장에 앉아 있는 동안에도 우리 가운데 누구보다 돈을 많이 번 건 확실했다. 그는 차의 시거잭에 컴퓨터를 꽂아놓고 매매 주문을 두드렸다. 슬로트 빌은 샌디에이고에 잠깐 살다가 최근에 샌프란시스코로 돌아와서는 이렇게 선언했다. "저기 아래에서 서핑하는 건 고속도로를 달리는 것과 비슷했어. 특색이라고는 전혀 없더라고."

서핑계의 규약이란 복잡한 문서다. 매번 패들해서 나갈 때마다 새롭게 작성된다. 사람이 많은 브레이크에서는, 한 무리의 낯선 사람들과 함께 파도를 올라타려고 하다 보면 재능과 공격성, 지역에 대한 지식, 그리고 그 지역에 퍼진 명성(이 있긴 하다면)이 대강 올라타는 순서를 정하는 데 도움이 되었다. 나는 대체로 키라와 말리부, 린콘과 호놀루아에서는 즐겁게 경쟁했다. 하지만 덜 유명한 대부분의 지점에서는 더 미묘했고, 지역민의 특성이나 지역의 환경에 따라 불문율이 정해졌다. 오션비치에서는 사람이 많은 날이 드물었다. 하지만 있기는 했고, 그럴 때면 다른 곳과 똑같은 세심함과 예의가 작용했다.

어느 2월 오후, 나는 슬로트에서 패들해 나갔다가 라인업에 사람이 적어도 예순 명은 있는 것을 보았다. 그들 중 아는 사람은 하나도 없었다. 단단한 서쪽 스웰이 닥쳐온 지 사흘째 되는 날이었다. 환경은 탁월했다. 6피트 이상, 바람 한 점 없었다. 보통 겨울의 모래섬은 이른 3월이면 흩어지기 마련이지만, 이해에는 그렇지 않았다. 무슨 일이 있었는가 하면, 위아래 해변의 서퍼들은 보통은 오션비치에 대해서 알려 하지 않았지만 올해만큼은, 주요 겨울 스웰들은 끝났을 테지만 환경은 여전히 불가능할 정도로 깨끗한 날에는 그간 무서워했던 오션비치도 안전하게 공략할 수 있다는 결론을 일제히 내렸던 것이다. 나는 물론 그들의 선별적인 용기를 이해했다. 나도 또 한 번의 겨울을 살아냈다는 데서 오는 어마어마한 안도감과 함께 비슷한 기분을 느꼈기 때문이었다. 이번이 나의 세 번째 겨울이었다. 그래도 나는 여전히 무리가 싫었다. 나는 안쪽 모래섬에 내팽개쳐졌다가, 결국에는 미끄러져 나와 올라탈 만한 파도 피크를 찾아다니기 시작했다. 군중은 형태도 없고 초점도 없는 듯 보였다. 대화를 나누지도 않았다. 모두가 파도에만, 자기 자신에만 집중했다. 나는 숨을 가다듬고, 라인업 지표를 골랐다. 슬로트 주차장에 있는 스쿨버스. 그런 다음 위험한 위치를 잡아 네댓 명의 남자들 무리 속으로 곧장 들어갔다.

나는 거기선 거대한 파도 세트에는 취약했지만, 군중 속에서는 첫 번째 파도에서 근사하게 보여주는 게 중요했고, 긴 겨울이 지난 뒤라, 여기 모래섬에 대해서는 이 관광객들보다는 더 잘 알고 있었다. 그리고 공교롭게도 닥쳐온 다음 파도가 괜찮은 형태를 유지하고 있어서, 더 먼 곳에서 그걸 잡아 타려는 남자들 두 명의 노력을 물리치고 내가 재빠르게 위에서 올라타며 확실하게 첫 번째 파도를 탈 수 있었다. 다시 패들해서 나가면서 나는 파도에 대해 누군가에게 얘기하고 싶어서 안달이 났다. 파도가 내 뒤에서 수면을 가를 때 파도의 입술이 만드는 거대한 틈에 대해, 파도 안쪽 벽의 빈 곳에 어리는 얼룩덜룩한 호박색 빛에 대해. 하지만 말할 사람이 아무도 없었다. 내 옆의 거품 속에서 검은 논병아리 두 마리가 튀어나왔다. 막대기 같은 목은 깃털 달린 잠망경 같았고, 놀라서 커다래진 눈으로 나를 쳐다보았다. 나는 웅얼거렸다. "내 파도 봤어?"

여기 나와 있는 모두는 자기 자신만의 영화 주인공이었고, 다른 사람에게 자기 무용담을 떠벌리며 괴롭히려면 허락이 필요했다. 파도를 탄 직후에 그걸 소리 내어 재생하거나, 아니면 요란하게 감탄사를 내뱉는 것이 서핑에서 아주 찾아볼 수 없는 일인 건 아니지만, 모두 집단적 자아 통제의 엄격한 규율을 따라야 한다. 젊은 서퍼들은 가끔 서핑의 사회적 계약에서 이런 부분을 잘못 이해하고 물속에서 서로 자랑하고 으름장을 놓지만, 일반적으로는 더 나이 든 서퍼들이 들을 만한 거리에 있으면 자제한다. 오션비치에 평소 모이는 군중은 다른 많은 곳보다 대부분 나이가 많았다. 사실상 나는 파도가 좋은 날에 10대가 나와 있는 걸 본 기억이 없었다. 그러므로 여기서 낯선 사람들끼리 나눌 수 있는 잡담의 한계에 대한 불문율은 그에 맞게 엄격했다. 이 한도를 넘는 사람들은 외면당했다. 이 한도를 끊임없이 넘는 사람들은 미움을 받았다. 다른 사람들이, 특히 덜 수다스러운 사람들이 여기서 행하는 자기 폐쇄적인 특질을 존중하지 않았기 때문이다.

나는 스쿨버스에서 약간 북쪽으로 떨어진 텅 빈 피크로 향했다. 나는 빠른 파도 두 개를 잡아 탔고, 대여섯 명의 사람들이 함께해도 좋다는 결정을 내렸다. 오션비치에서 파도 다툼은 꽤 심해졌다. 아무도 말하지 않았다. 모든 몽상가들은 자신만의 꿈에 깊이 머물렀다. 탈 수 있을 것 같은 파도만 보면 밀치고, 짐짓 속이고, 미끄러지고, 풍차돌기로 들어갔다. 그때 모든 걸 단번에 쓸어버릴 파도 세트가 굴러오며 우리가 서핑하는 모래섬 바깥 쪽 50야드 부근에서 부서졌다. 거품 파도의 거대한 벽이 우리 모두를 쳐서 보드에서 떨어뜨렸고, 불운한 인간 몇몇을 안쪽 모래섬 건너로 밀어냈다. 몇 분 후에 다시 모인 무리는 더 줄어 있었고,

이제는 이야깃거리가 생겼다. "줄을 묶은 쪽 다리가 6인치는 더 길어졌어요." "저 파도는 무슨 12월 같네요." 우리는 대충 순번을 정했다. 파도를 주고받았고, 양보해준 사람들은 심지어 가끔 감사 인사도 받았다. 주목받을 만큼 잘 타면, 칭찬도 웅얼거렸다. 일반 구간에서 이 스웰이 하루 더 지속될 확률을 토론했다. 마린 카운티에서 왔다는 건장한 아시아인은 비관적이었다. "이건 사흘 짜리 서쪽 스웰이죠. 매년 이런 게 와요." 그는 자기 예측을 반복하더니, 혹시나 놓쳤을지 모르는 사람들을 위해 다시 한번 말했다. 스쿨버스를 기준점으로 일어난 피크를 타려는 작은 무리들은 딱히 말재주는 없는 것 같았지만, 무례한 일관성은 있었다. 공통 과업이 있다는 얄팍한 천이 우리 모두를 덮었고, 나는 외지인에 대한 적개심이 줄었다는 것을 깨달았다. 높아진 조수가 파도 사이의 휴지기가 긴 이유라고 사람들은 만장일치로 비난했다. 수평선에 가까워진 태양은 저 멀리 샌프란시스코 언덕 사이에 지그재그로 뻗어 있는 길에 바다를 보고 늘어선 창문들에다 불을 붙여 불타는 Z자를 그렸다.

그때, 안쪽 모래섬에서 익숙한 고함과 요란한 웃음소리가 들렸다. "의사야." 누군가 굳이 설명했다. 마크는 외지인들이 친해지고자 하는 샌프란시스코 서퍼였다. 그가 누군가와 함께 패들하면서 그 사람에게 어떤 공포영화의 줄거리를 설명하고 있었다. "그래서 그 머리가 저절로 뛰어다니면서 사람들을 물어 죽이는 거야." 마크는 멍청해 보이도록 모자가 짧은 네오프렌 후드를 입고 있었다. 그의 턱수염은 턱 끈 사이로 삐져나왔고, 포니테일로 묶은 머리카락은 뒤로 퍼덕거리며 내가 있는 쪽을 향했다. 아직 10야드쯤 거리가 있었을 때, 그는 얼굴을 찡그리더니 소리를 질렀다. "이거 동

물원이잖아!" 나는 우리 주변의 사람들이 이 발언을 어떻게 받아
들일까 궁금했다. "가서 산티아고에서 서핑하자고."

마크는 물속 수다의 한계에 대한 불문율을 깨닫지 못했다. 그
는 서핑의 사회적 계약을 갈가리 찢어놓고, 햇볕에 그을린 커다
란 코를 그 잔해에 대고 팽 풀어버렸다. 하지만 그는 누가 나서서
항의를 하기에는 너무 덩치가 컸고, 농담을 잘했으며, 겁이라고
는 하나도 없었다. 나는 타협하는 기분으로 스쿨버스를 기준으로
보이는 피크를 타기 위한 순번에서 나의 자리를 마지못해 양보하
고는 마크와 함께 800야드 정도 북쪽으로 떨어진 자리, 산티아고
에서 부서지는 파도 피크를 향해 나아갔다. "사흘짜리 서쪽 파도
라니!" 마크는 콧방귀를 뀌었다. "이 친구들 다 누구야? 내일이면
스웰은 더 커질걸. 모든 지표가 다 그렇게 말하고 있어."

파도가 어떻게 될지에 대해서는 마크는 보통 다 맞혔다. 하지만
산티아고에 대한 예측은 틀렸다. 모래섬은 우리가 슬로트에 두고
온 것보다 더 엉성했다. 그 근처에서 서핑하는 사람은 아무도 없
었다. 그게 바로 마크가 거기서 서핑하고 싶어 한 진짜 이유였다.
우리는 그 때문에 오랫동안 마음이 맞지 않았다. 그는 군중은 멍
청하다고 믿었다. "사람들은 양 떼야." 그는 이렇게 말하곤 했다.
그러면서 자기는 언제 어디서 서핑해야 할지 군중보다 더 많이 안
다고 주장했다. 그는 대중과 함께 파도를 찾느니 파도가 생길 것
같지 않은 지점을 찾아 해변을 내려갔고, 고집스럽게 거기 남아
서 변변찮고 일관성도 없는 파도를 탔다. 나도 평생 사람 없는 파
도 피크를 향해 희망을 품고 패들해 나가기는 했다. 인기 있는 브
레이크보다는 그런 데가 더 괜찮을 것이라는 꿈을 꾸면서. 가끔은
그럴 것 같기도 했다. 그런 일은 드물고, 설사 생기더라도 짧게만

지속되었지만. 하지만 내게는 무리가 모이면 기본적으로 좋은 판단을 내릴 거라는 구슬픈 신념이 있었다. 군중은 파도가 제일 좋은 곳을 수집했다. 이런 태도에 마크는 돌아버렸다. 그리고 사람이 몰리지 않는 근사한 겨울 파도가 있는 오션비치는 보편적인 맬서스식 서핑 등식을 바꾸어놓았다. 얼어붙을 것 같은 물과 극심한 공포, 사악한 처벌은 그런 면에서 유용했다.

나는 중간 크기의 파도에서 테이크오프했다. 나름대로 우회한다고 한 것이었지만 곧 후회했다. 내 뒤에서 오는 파도 세트가 나를 호되게 후려갈겨서, 나를 안쪽 모래섬으로 밀고 갈 뻔했다. 바깥으로 되돌아갔을 때쯤에는 해가 지고 있었다. 내 몸은 부들부들 떨렸고, 마크는 100야드 정도 북쪽으로 떨어져 있었다. 나는 그를 따라가지 않기로 하고, 마지막 파도를 찾기 시작했다. 하지만 여기를 따라 일어나는 파도의 피크는 변덕스러워서, 나는 속도와 기울기를 계속 잘못 판단했다. 사악하게 튀어나온 파도에 뒤로 빨려 들어갈 뻔하다가 괴물 같은 파도 세트를 피해 재빨리 움직여야 했다.

석양이 깊어갔다. 파도 끝에서 올라온 물보라에 선홍색 석양빛이 물들었지만, 파도 그 자체는 이제 그저 커다랗고 형체 없는 청흑색의 벽이었다. 파도는 점점 더 판단하기 어려워졌다. 이제 나는 몸을 심하게 떨면서 다시 패들해서 돌아가야겠다고 생각했다. 그것만으로도 꽤 수치스러울 것이었다. 휴지기가 찾아오자, 나는 바로 그렇게 했다. 세차게 손을 휘저어 바깥 모래섬의 역류를 뚫고 보드 끝을 해변 쪽으로 돌리며, 해변에 피어오른 모닥불을 시각적 고정점으로 삼았다. 나는 대여섯 번 손을 저을 때마다 어깨너머를 돌아보았다. 해변까지 반쯤 가서 안쪽 모래섬에 다가갔을 때, 파도 세트 하나가 바깥쪽에 나타났다. 나는 안전하게 깊은 물속에 있었지만, 파도 세트가 밀려오는 동안 안쪽 모래섬을 넘어가려고 하는 건 상식 없는 행동이었으므로 몸을 돌려 앉아서 기다렸다.

여전히 환한 하늘 아래, 남쪽으로 향하는 거대한 파도의 물머리 위, 저 멀고 먼 바깥에서, 나긋나긋한 윤곽 하나가 벌떡 일어서더니 어둠 속으로 뛰어들었다. 나는 다음에 무슨 일이 일어나는지 보려고 몸을 쭉 폈으나 그 파도는 근처의 다른 파도들 뒤로 사라졌다. 석양에 그런 파도에 올라타는 누군가의 모습을 보니 내 위장이 파닥거리며 흥분되었다. 그리하여 나는 모래섬을 공격하려고 모이는 스웰 위에서 까닥까닥 떠 있는 동안 그가 사라진 곳을 연신 눈여겨보면서, 사람 없는 보드가 쓸려 들어오는 것을 지켜보았다. 그 파도는 발목 줄을 끊어놓을 파도같이 보였다. 마침내 40야드도 떨어지지 않은 지점에서 희미한 형체가 나타나더니, 들쑥날쑥한 파도 안쪽의 벽을 가로질러 질주했다. 그게 누구든, 급강하를 해냈을 뿐 아니라 여전히 일어선 채로 날아가고 있었다. 파도가 깊은 물을 치자 그는 몸을 앞으로 내밀며 크고 우아하게 컷백을 해서 돌아왔다. 그가 돌아선 순간, 나는 누군지 알았다. 이 동네에서 그렇게 돌 수 있는 서퍼는 피위뿐이었다. 그는 한 번 더 돌면서 내 앞 몇 미터까지 왔다가 물러났다. 내가 본 그의 얼굴은 무표정했다. 그는 나를 보고 고개를 까닥했으나 아무 말도 하지 않았다. 나는 혀가 묶인 기분이었다. 하지만 안쪽 모래섬을 넘어가는 길을 함께할 동행이 있다는 생각에 안심이 되기도 했다. 지금 그곳은 계속적으로 폭발하고 있었다. 하지만 피위는 다른 계획이 있었다. 그는 돌아서더니 한마디 말도 없이 다시 패들해서 바다로 나갔다.

그날 저녁 늦게, 마크의 아파트에서는 투덜거림과 포효와 끔찍한 으르렁 소리가 공기를 가득 채웠다. 오션비치에서 지난 2년 동안 찍은 슬라이드를 상영했고, 거기에 나오는 대부분의 서퍼들이 그 자리에 있었다. "저게 너일 리 없어, 에드윈. 너는 파도가 저렇게 커지면 침대 밑에 숨으니까!" 마크는 이 모임을 거의 매년 열었다. "이건 지난겨울에 제일 좋았던 날이야." 그가 거대하고 꼼꼼한 슬로트의 사진을 띄우자 사람들 사이에서 깊은 신음 소리가 나왔다. "하지만 이거 사진이 더 없네. 이 사진 찍고 패들해서 나가서 종일 바다에 있었으니까." 한참 시간이 흐른 후여서인지 마크의 목소리에는 비음과 물에 젖은 듯한 느낌이 서렸다. 사실, 그는 파도에서 돌아온 지 고작 한 시간밖에 되지 않았다. 파도가 그레이트하이웨이 너머로 일정하게 우르르 울리는 소리는 이 오락에 반주를 깔아주었다. "진짜로 어두워졌을 때 달이 막 떴지." 그가 내게 말했다. "나는 슬로트로 돌아갔어. 쿡들은 모두 가고 없더군. 피위와 나뿐이었어. 대단했지." 나는 이 장면을 그려보기가 어려웠다. 하지만 내가 그를 믿지 않았다는 건 아니었다. 그의 머리카락은 아직 젖어 있었다. 나는 그저 황혼녘에도 슬로트를 쿵쿵 두드리는 것 같은 커다란 파도 속에서 달빛 아래 누가 서핑할 거라고는 상상을 할 수 없었을 뿐이다. "물론." 마크는 말했다. "피위와 나는 겨울마다 한 번은 그렇게 해."

그날 밤 피위도 내가 이름만 들어본 샌프란시스코의 서퍼들과 함께 마크의 집에 와 있었다. 나잇대는 10대 후반부터 40대 중반까지였다. 3년 차밖에 되지 않는 나는 샌프란시스코에 가장 최근에 온 사람일 것이었다. 지난겨울에 오션비치에서 서핑하던 나의 슬라이드를 보고 두어 명이 웃음 섞인 소리를 질렀지만, 모욕은 아니었다. 나는 그렇게 허물없이 지낼 만큼 여기에 오래 있지 않았으니까. 마크가 멘도시노Mendocino에 있는 무시무시한 외곽 암초를 탐험하는 장면이 연속으로 이어졌다. 동네 서퍼들은 몇 년 동안 그 장소에서 파도가 부서지는 광경을 봤으면서도 아무도 거기서 서핑할 엄두는 내지 못하다가, 그해 초겨울에 마크가 그 지역 출신 가운데 큰 파도를 타는 서퍼 둘을 설득해서 같이 패들해서 나간 적이 있었다. 마침내 파도가 해변에서 반 마일 떨어진 곳, 좁은 암초 위에서 부서지더니 다루기 곤란한 해초와 함께 무섭게 떨어지는 광경이 찍혔다. 산 쪽에서 망원렌즈로 찍은 마크의 슬라이드에서 그는 조심스럽게 자기 키의 두세 배 높이 되는 진녹색 벽들을 올라갔다. 가장 까다로운 부분은 실제로 물이 아니라, 그날 저녁 인근 마을에 있었다고 마크는 말했다. 마을 집합소에 모인 사람들은 그가 외곽 암초에서 서핑한다는 말을 듣고 놀라고 의심스러워했고, 마침내는 지역민 둘을 데리고 그렇게 해냈다는 걸 알아냈다.

마크가 토박이의 예민한 면에 대해 언급하는 걸 듣다니 놀라웠다. 그건 진짜 문제였다. 한번은 멘도시노의 신문에서 오려낸 기사에서 칼럼니스트가 마크를 "베이에어리어 출신의 전설적인 탁월한 서퍼"로 묘사한 걸 본 적이 있었다. 하지만 그 칼럼니스트는 냉소적으로 "그의 사인을 받을 만큼 오래 어정거릴 수 없어서 유감이었다"고 덧붙였다. 하지만 나는 마크는 보통 그런 문제에 휘둘리지 않는다고 생각했다. 물론, 이런 슬라이드를 이런 관객들에게 보여준다는 건 아슬아슬한 일이기도 했다. 아무리 자기 비하적 방식이라도, 숙련된 손길이 필요했다. 마크는 물속에서 낯선 사람들끼리 고수하는 서핑계 규약의 더 미묘한 부분들은 무시했을지 모르지만, 오션비치는 고향이었다. 여기에서는 그의 개성이라는 독한 술에 감미료가 필요했다. 그날 아침 일찍 마크가 천식 때문에 숨을 쉴 수 없어서 방해가 된다고 투덜거리자, 비퍼 데이브가 중얼거렸다. "이제 우리 필멸의 인간들이 어떤 기분인지 알겠네."

회전목마를 탄 것처럼 사진기자들이 찍은 사진 슬라이드가 뒤따랐다. 바다를 찍은 사진들도 있었는데, 몇 장은 좋았지만 다수는 거대한 오션비치를 흐릿하게 찍은 사진들이었다. 몇몇 고참들은 내가 한 번도 들어본 적 없는 서퍼들이 나오는 1970년대 슬라이드를 틀어주었다. "카우아이로 가버렸어." 나는 그런 이야기를 들었다. "마지막으로 들었을 때는 오스트레일리아 서부로 갔다더라고." 피위는 최근에 하와이에 가서 찍은 슬라이드를 몇 개 보여주었다. 큰 파도가 치기로 유명한 지점인 선셋에서 찍은 피위의 사진은 화질이 나쁘긴 했지만, 파도가 작고 무너지는 날에 윈드서핑하는 친구들 몇몇이 찍혀 있었다. "믿을 수가 없네." 누군가가 웅얼거렸다. "윈드서핑이라니." 샌프란시스코 출신이면서 파도 높은 선셋에서 실제로 서핑할 수 있는 몇 안 되는 사람 중 하나인 피위는 별말을 하지 않았다. 하지만 그는 무리의 실망을 재미있어하는 것 같았다.

내가 처음 샌프란시스코로 이사 왔을 때 와이즈의 가게 벽에는 또 다른 사진이 있었다. 파리 똥이 점점이 묻고, 끝이 말려 올라가고, 설명도 붙어 있지 않았지만, 놀랍도록 아름다웠다. 그 사진에서는 서퍼 한 명이 언뜻 끝이 없어 보이는 10피트짜리 파도를, 뒤에서 빛을 받으며 무척 높이까지 오르고 있었다. 와이즈의 말에 따르면 피위였다. 파도는 노란빛이 도는 녹색에, 바람으로 조각한 것 같았고, 발리 어디쯤인 것 같았다. 하지만 와이즈는 VFW 바깥이라고 했다. 파도의 비율은 너무나 정교해서 피위가 타는 9피트 6인치 건이 쇼트보드처럼 보였다. 그리고 그가 그리는 선은 꿈에서 나온 듯했다. 실제 삶이라 하기에는 너무 높고, 너무 섬세하며, 너무 탁월한 형태.

그 도시에서 보내는 두 번째인가 세 번째 겨울 동안, 와이즈 가게의 벽에는 더 많은 사진들이 나타났다. 모두 거대한 오션비치에서 서핑하는 마크의 사진 위에 유리를 덮은 커다란 나무 액자들이었다. 아래에는 사진을 찍은 정확한 날짜와 서퍼의 정체를 나열한 설명을 타자로 쳐서 붙였다.

마크와 피위는 샌프란시스코 서핑계의 불과 물이었다. 과장된 정론과 축소된 반론. 그들은 성격 형성에 관한 대립하는 두 가지 이론 같았다. 피위의 경우, 경험은 여분을 없애는 것인 듯했다. 마크의 경우, 경험은 모두 축적이었다. 더 많은 보드, 더 많은 이정표, 더 많은 정복 지점. 실제로, 유년부터 노년까지 그에 관한 모든 것은 서핑에 달려 있었다. 로스앤젤레스에서 보낸 청소년 시절을 회상하며 그는 내게 말했다. "내 친구들 사이에선 서퍼의 길에 관한 강한 믿음이 있어. 대부분의 사람들이 조만간 거기서 방향을 바꾸어 멀어진다는 거야." 곱게 나이 드는 것에 대한 전범으로서, 그는 더 나이 든 서퍼들에게 기대를 걸었다. 그는 그들을 "어르신들"이라고 불렀다. 닥터 볼Ball, 평생을 서퍼로 살았고 지금은 은퇴하여 노던캘리포니아에 사는 치과 의사는 당시 80대였고, 마크가 제일 존경하는 인물이었다. "아직도 정정하시다니까." 마크가 말했다. "아직도 스케이드보드를 타신다고!"

피위는 마크가 초자연적일 정도로 젊다는 데는 동의했다. "그 친구 스물이나 스물두 살인 것 같다니까. 서핑에 대해서 훨씬 활력이 있고, 열정이 넘치는 사람." 피위는 말이 별로 없었지만 그 와중의 어떤 대화에서 내게 이렇게 말했다. 하지만 피위는 서핑 생활의 장기적 이점에 대해서는 동의하지 않았다. 그는 이렇게 말했다. "이 동네에서 가장 잘나가는 서퍼들은 가장 크게 망한 부랑자가 될 수도 있어." 우리는 그의 집 근처 중국 식당에 앉아 있었고, 피위는 내가 받아 적는 것을 경계의 눈빛으로 바라보았다. "그렇게 위대한 스포츠가 사람들을 망가뜨려." 그는 말했다. "마약 중독이나 같아. 다른 건 하고 싶지 않아지는 거야. 출근도 하고 싶지 않지. 출근을 하면, 퇴근할 땐 늘 '너 정말 대단한 거 놓쳤어'가 되어버리니까." 목수로서 피위는 직업 유동성이 있었고, 매년 하와이나 인도네시아 같은 곳으로 서핑하러 가려고 한 달 정도 휴가를 낸다고 했다. 하지만 성장하는 동안에 했던 것만큼 활발하게 서핑할 도리는 없었다. 직무 태만으로 망할 위험을 무릅쓰지 않으면.

피위는 페드로포인트Pedro Point에서 빌린 보드로 서핑하는 법을 배웠다. 그곳은 샌프란시스코에서 남쪽으로 몇 킬로미터 떨어진 초심자용 브레이크였다. 그가 오션비치로 올라오기까지는 5년이 걸렸다. 그는 자기 시대의 거물급 서퍼들을 경탄하며 자란 선셋디스트릭트의 소년이었다. 결국 피위는 스스로 거물이 되었다. 키가 180센티미터가 넘고, 어깨가 넓으며, 금발이고, 포커페이스의 잘생긴 얼굴을 가진 B급 서부영화에 나오는 총잡이. 하지만 그는 결코 자기 별명을 버리지 못했다. 그는 또한 초심자의 겸손함을 잃지 않은 듯했다. 텅 빈 레스토랑에서 미적지근한 차를 두고 그에게 말을 거는 건 날씨 좋지 않은 날 슬로트에서 패들해서 나가는 것의 기자 버전이었다. 내가 인터뷰 요청을 하자 확실히 그는 화들짝 놀랐다. 피위는 나를 물에서 만나 얼굴을 익혔을 뿐이었다. 마크 무리 중 하나로 최근에 오션비치의 단골이 된 사람. 그런 내가 갑자기 기자로 접근했다. 그 말은 내가 감정에 흔들리지 않는다는 뜻은 아니었다. 몇 번의 겨울 동안 마감을 놓치는 것보다 스웰을 놓치는 게 훨씬 더 큰 죄악이라는 마크의 견해와 씨름하면서 버텨온 사람으로서, 서핑과 일 사이에는 필연적으로 갈등이 있을 수밖에 없다며 간단하게 서술하는 피위에게서 나는 그의 생각보다도 더한 안도감을 느꼈다. 물론, 그건 서핑을 야만적이라 보고 태동의 순간부터 목 졸라 죽이려 했던 하와이의 선교사 하이럼 빙엄만큼이나 오래된 주장이었다.

피위는 지나치게 겸손한 나머지 자칫하면 그가 너무 서먹하게 대한다고 오해하기 쉬웠다. 하지만 나도 얼마간 시간이 흐른 후에는 그의 깔끔한 겉모습 뒤에 수줍음이 가려져 있고, 그건 다시 구식의 예민함을 숨기고 있음을 깨달을 수 있었다. 그는 학교에서 줄곧 A만 받은 모범생이었다. 이 사실도 그에게서 직접 들은 것이 아니라 다른 사람들에게 들었다. 그리고 샌프란시스코 주립대학교에서 영문학을 전공했다. 또한 대학에서 과학 과목을 들었고, 그중에는 해양학 강의도 있었다. 한번은 수업 중에 강사가 노던캘리포니아 해변을 강타하는 커다란 겨울 스웰은 전형적으로 남쪽에서 온다고 주장한 적이 있었다. 이 개념은 확실히 틀렸다. 강사는 잘못을 지적당해도 수정하려 하지 않았기에, 피위는 그냥 흘려보냈다.

하지만 어리석은 짓을 그냥 흘려보내는 게 불가능할 때면, 그는 기억에 남을 만큼 강하게 맞설 수 있는 사람이었다. 언젠가 내가 샌프란시스코에서 보내던 첫 겨울, VFW에 사람이 많던 날, 한 동네 토박이 서퍼가 무례하게 군 적이 있었다. 파도를 훔치고, 줄에 뛰어들고, 항의하는 사람을 위협했다. 피위는 그에게 한 번, 조용히 경고를 주었다. 그 남자가 계속 그렇게 하면서, 서투르게 내려오는 다른 서퍼의 머리를 잘라버릴 뻔하자, 피위는 그에게 바다를 떠나라고 했다. 이 악한은 으르렁거렸다. 피위는 그를 보드에서 떨어뜨리고, 보드를 뒤집은 후 손날로 가볍지만 날카롭게 쳐서 보드의 핀 세 개를 부러뜨려버렸다. 그 남자는 패들해서 해변으로 돌아갔다. 그로부터 몇 년이 지났는데도 당시 이 사건을 보지 못했던 오션비치의 단골들은 아직도 그 일에 대해 묻고 다녔고, 그때마다 사람들은 그 이야기를 또다시 해주어야 했다.

피위는 토박이 중에서도 토박이였다. 그는 포트포인트, 금문교 아래에서 함께 서핑할 때면 고개를 들고 이 기둥에 얼마나 많은 인부가 묻혀 있는지 아느냐고 말하는 그런 사람들 중 하나였다. 대공황 시절, 이 다리를 건설할 당시에 일자리를 기다리며 선 남자들의 줄이 얼마나 길었는지, 그들이 얼마나 보수를 받았는지, 현재 다리를 유지하고 보수하는 친구이자 친척인 인부들이 얼마나 버는지 아느냐고. 피위는 조합에 가입한 목수였고, 종종 공사장에서 십장으로 일했다. 거기에 대해 묻자, 그는 간단히 대답했다. "나는 건설조합을 믿어." 그는 마찬가지로 큰 파도라는 화제에 대해서도 입이 무거웠다. 자기는 작은 파도보다는 큰 파도 쪽을 선호한다고만 말했다. 사람이 붐비지 않기 때문이라고 했다.

"사람들이 많으면 긴장감이 높아지지." 그는 말했다. "큰 파도에서는 자기 자신과 파도뿐이야." 피위는 오션비치 부근에서는 큰 파도에서도 기죽지 않는 강철 심장으로 유명했지만, 아주 큰 파도를 대면할 만큼 단련하기까지는 여러 해가 걸렸다고 말했다. "하지만 매번 보드에서 떨어질 때마다 깨닫게 되기는 해. 실제로는 생각보다 더 안전하다고. 그냥 물일 뿐이지. 그저 숨을 참기만 하면 돼. 파도는 지나갈 거야." 공포를 느껴본 적 있나? "물론이지. 하지만 정말로 해야 할 일은 그저 긴장을 푸는 거야. 항상 올라오게 돼 있어." 돌이켜보면 그가 익사할 것 같다고 생각한 때에도 실제로는 그렇게 절박한 상황은 아니었다고, 그는 말했다.

"여기서 의사는 유명세를 쌓고 있달까?" 마크가 오션비치에서 서핑한 지 10년 만에 피위는 수긍했다. 피위 본인은 어떤가? "나는 뭐 여기서 평판을 유지하고 있지." 그는 인정했다. 그래도 그는 큰 파도를 탈 때도 깨끗할 때만 탔다. 오션비치에서 타본 가장 큰 파도는 무엇인가? "내가 여기서 타본 가장 큰 파도는, 성공하지 못했어." 그는 말했다. "파도는 완벽했는데. 내 보드가 너무 작았어. 8피트 4인치. 얼굴을 4분의 3정도밖에 내려가지 못했어. 나는 넘어졌고, 파도에 빨려 들어가버렸지. 내가 겪은 가장 무시무시한 순간이었어. 자유낙하를 멈출 수 없을 것 같다는 생각이 들더라고. 하지만 그렇게까지 나쁘지는 않았어." 파도가 얼마나 컸나? "12피트." 피위가 말했다. "어쩌면 15피트일지도." 그는 어깨를 으쓱했다. "나는 더는 파도를 피트로 재려고 안 해." 그렇겠지, 오히려 잘됐네, 하고 나는 생각했다. 이 도시의 수많은 서퍼들은 피위가 15피트보다 더 큰 파도를 타는 걸 봤다고 믿고 있으니까.

　다른 샌프란시스코 사람들에게는 보이지 않는 세계에서 자리 다툼을 하고 비굴하게 기어다니고 영광을 누리기는 했어도, 우리는 여전히 도시에 있었고 가끔은 도시가 우리에게 오기도 했다. 햇빛 환한 어떤 날 조수가 완만할 때, 오션비치는 넓었고 사람들로 가득했다. 파도는 괜찮았고, 나는 보드를 팔 아래 끼고 서둘러 모래사장을 걸어갔다. 내 왼쪽 옆으로, 샌프란시스코 포티나이너스 트레이닝 재킷을 입은 흑인 청년 두 명이 리모컨으로 조종하는 모형 자동차 두 대를 조용히 운전하며 걸어가고 있었다. 모형 차는 모래밭을 누비고 빙빙 돌고 미끄러졌다. 오른쪽에선 백인 무리가 노란 플라스틱 방망이로 베개를 요란하게 두드려대는 중이었다. 그 옆을 지나는데 비명과 욕설이 들렸다. "쌍년! 쌍년!" "이 집에서 나가!" 어떤 사람들은 훌쩍였다. 40대쯤 되어 보이는 통통한 남자가 베개 위에 놓인 종이 한 장을 두드리고 있었다. 종이가 날아가자 그는 그걸 쫓아가면서 외쳤다. "돌아오라고, 이 쌍년!" 물가 근처에 서서 나는 중년 남자를 한 명 더 보았다. 그는 노란 곤봉을 발치에 두고 더없이 행복한 웃음을 띤 채로 바다를 내다보고 있었다. 내가 무릎을 꿇은 채 줄을 발목에 묶는데, 그가 내 보드를 쳐다보았다. 그에게 베개를 두드리는 사람들에 대해 물었더니, 그들은 태평양 과정이라 부르는 무언가에 참가한 이들이라고 했다. 13주에 3,000달러짜리. 이 연습은 '엄마에게 성깔 부리기'라고 했다. 나는 그가 목장갑을 끼고 있는 것을 보았다. 이봐, 어머니를 그렇게 두드리는 동안 손에 물집이라도 잡히면 소용없을 텐데.

　그날 물에 나갔을 때, 내가 모르는 서퍼가 커다랗고 유리 같은 파도의 물머리에 늦게 올라타는 것을 보았다. 그는 코가 바늘같이 뾰족한 연청색 보드를 타고 있었는데, 자기 키의 두 배는 되는 파도가 일자 보드가 흔들리기 시작했다. 그는 떨어지지 않았지만, 다리를 지탱하려고 애쓰는 동안 속도를 잃었고, 파도의 그림자에 깊이 가려진 그의 첫 번째 회전은 약했다. 만약 파도가 깊은 물을 쳐서 잠깐 멈추지 않았다면 그는 첫 번째 구간에 묻혀버렸을 것이었다. 하지만 그는 가까스로 파도를 돌아 나왔고, 다음 구간으로 들어가서 높은 선을 그리며 긴 초록색 벽을 가로질렀다. 그가 나를 지나쳐 갈 때는 완전히 지휘권을 잡고 있었다. 어쩌면 한 번만 더 돌면 근사하게 파도타기를 마무리할 수 있을 것 같았다. 하지만 그가 내 옆을 쌩 지나쳐 가던 순간에 내가 본 그의 얼굴은 고뇌와 분노 같은 무언가로 일그러져 있었다. 진지하게 파도를 탄다는 것은 아무리 일정한 수준에 이른 서퍼라고 해도 강렬한 기술적 집중을 요하는 일이다. 하지만 그보다 덜 이타적인 감정들도 많이 끼어들기 마련이다. 심지어 그렇게까지 도전적이지 않은 파도들이라고 해도, 그것을 타는 서퍼들의 얼굴은 공포와 좌절, 그리고 분노가 얼룩진 끔찍한 가면이 되어버린다. 진실이 가장 확실히 드러나는 순간은 풀아웃pull-out,* 파도타기의 끝이다. 그때는 보통 안도감, 괴로움, 환희, 불만족이 뒤섞여 찡그린 표정을 짓게 된다. 연청색 보드를 탄 낯선 이의 얼굴은 해변에서 베개를 두드리던 자들의 울음 섞인 일그러진 얼굴만큼이나 아무런 기억도 불러일으키지 못했다.

　이 내적인 질풍노도의 감정 가운데 어느 것도 서핑이라는, 무턱대고 재미있게 살자는 가벼운 개념과는 어울리지 않았다. 햇볕 속에서 재미 보기, 서핑을 하지 않는 사람들 사이에는 늘 이런 개

　✦　파도에서 내려오는 것을 말한다.

념이 펴져 있는 듯했다. 이제 서핑에 대해 글을 쓰려고 하니, 내가 서핑의 실체를 얼마만큼이나 외부자들에게 전달하고 싶어 하는 건지 스스로도 의문을 품게 되었다. 물론, 파도를 탈 때 얼굴을 찡그리지 않는 사람들도 있다. 스타일이 강해서 평온한 표정과 미세한 내면의 미소를 유지할 수 있는 사람들이다. 하지만 내 경험상 그런 사람들은 적었다.

그리고 위대한 서퍼들, 멋진 재능을 지닌 사람들이 있었다. 그들은 정의상 극도로 적을 수밖에 없었다. 그래도 서핑 인구가 늘고 국제 대회가 발달하면서 프로 서퍼들은 비록 느리긴 해도 더 흔해졌다. 그들에게 서핑은 훈련과 경쟁과 후원, 그 모든 것을 갖춘 스포츠였다. 오스트레일리아에서 그들은 다른 프로 운동선수들처럼 대접받았다. 우승자들은 심지어 대중적 찬사를 받았다. 미국에서는 그 정도는 아니었다. 일반적인 스포츠 팬들은 본질적으로 서핑에 대해 아무것도 몰랐고, 심지어 서퍼들도 대회 결과나 순위에 별다른 관심을 두지 않았다. 가장 훌륭한 서퍼들은 그들의 스타일과 능력으로 존중받고 심지어 숭배도 받았지만, 우리가 그들과 공유하는 중요한 것은 비의적이고 강박적인 것이었다. 주류가 아니라 하위문화적인 것이었고, 확실히 상업적인 건 아니었다(이런 태도 중 몇몇은—많이는 아니더라도—최근 몇 년간 바뀌었다).

재능의 모든 층위에서 우리가 공유하는 주요한 것은 파도를 향한 심오한 몰입이었다. 마크는 서핑은 "본질적으로 종교 활동"이라는 말을 즐겨했다. 그 묘사가 내게 진정으로 다가오기엔 지나치게 겉멋이 들어 있었고, 경쟁이 너무 심했으며(아무리 구조화되어 있지 않더라도), 지나친 욕구와 날로 드러나는 겉멋이 또한 개입되어 있었다. 스타일은 서핑의 모든 것이었다. 동작이 얼마나 우아한지, 반응이 얼마나 빠른지, 주어진 수수께끼에 대한 답이 얼마나 영리한지, 회전이 얼마나 깊게 깎이고 깨끗하게 연결되는지. 심지어 손으로 무엇을 하는지까지. 위대한 서퍼들은 그들이 해내는 동작의 아름다움으로 우리의 숨을 멎게 할 수 있었다. 그들은 가장 어려운 동작도 쉽게 보이도록 할 수 있었다. 태연한 힘, 압박을 받는 상황에서도 두고두고 이름이 남을 우아함. 이것들은 우리가 추구하는 이상의 극치였다. 높이 일어서는 배럴로 들어가서 깨끗하게 나온다. 이전에 해본 적 있는 듯이 움직인다. 멋있게 보이도록 한다. 이것이야말로 자기 자신의 사진에서 느끼는 진정한 매혹, 혹은 공포였다. 나 멋있게 보이나? 이것이 종교라면, 숭앙받는 게 무엇인지 차마 생각할 수 없었을 것이다. "무티야 마르." 내가 다른 서퍼들과 맥주를 마시며 이야기를 나눌 때, 캐롤라인은 가끔 자신의 음각화판에 대고 명랑하게 말하곤 했다.

모든 서퍼들은 해양학자였으며, 파도가 부서지는 지역에서 모두 선행 연구에 몰두했다. 서퍼들은 파도가 부서질 때면 단순한 파동이 아니라 실제 물 분자가 앞으로 전진하기 시작한다는 이야기를 들을 필요가 없었다. 그들은 조수와 물의 점도 사이, 스웰 방향과 인근 해변의 수심 측량 사이 같은 좀 더 신비한 관계를 알아내느라 바빴다. 서퍼의 과학은 확실히 순수과학이라기보다는 심히 응용과학적이었다. 파도를 탄다는 목적을 위해 파도의 행동, 특히 파도가 다음에 어떻게 행동할지를 이해하는 것이 목표였다. 하지만 파도는 무한히 복잡한 선율에 맞춰 춤을 추었다. 라인업에 앉아 스웰의 구조를 해독하려는 서퍼에게 문제는 실로 음악적으로 나타났다. 이런 파도들은 한 시간에 일곱 세트, 8분의 13박자로 접근하는 건가? 그리고 모든 세트의 세 번째 파도는 일종의 불협화음의 크레센도처럼 넓게 진동하는 건가? 아니면 이 스웰은 신의 재즈 솔로라서 그 구조는 우리 인간의 이해 범위를 넘어서는가?

파도가 크거나 반대로 조출하다면, 이런 질문들조차도 흩어지기 마련이다. 그것은 광대하고 어찌해도 알 수 없게 설계되어 있다는 고양된 감각이, 이해하려는 노력을 조용히 내리눌렀다. 그저 거기 바다에 나가 있다는 생각만으로도 영광스러운 기분이었다. 어떤 장대한 날에는—호놀루아만, 제프리스만, 타바루아, 심지어 오션비치에서 한두 번 정도는 만난 적이 있었다—어깨로 떠다니며 평범한 해수의 변환 과정을 넋을 잃고 바라보기만 했다. 바닷물이 아름답게 근육이 잡힌 스웰로 변했다가, 다시 깃털 달린 구급함이 되었다가, 순수한 에너지로 화했다가, 세상에 이럴 수 있을까 싶게 조각되고, 황홀하게 날을 세우더니, 마침내 격렬한 거품으로 날아오르는 과정을.

나는 부분적으로는 마크가 나를 설득하는 데 성공했다는 것을 인정해야만 했다. 나는 보통 때 이상으로 서핑을 했다. 새 보드도 두 개 더 얻었다. 트러스터thruster*라고 알려진 스리핀 디자인 보드들이었다. 또, 나의 저체온증 문제를 해결할 성능 좋은 웨트슈트도 샀다. 우리는 북쪽과 남쪽에서 흐르는 파도를 탔다. 오션비치에 큰 파도가 일어도 바람으로 무너져버릴 때면, 몬데시노카운티로 향했다. 마크는 피난처라 할 지점을 몇 곳 알고 있었다. 오션비치가 영 가망이 없는 여름에는, 마크는 빅서Big Sur에서 제일 좋

✦   세 개의 핀을 삼각형 모양으로 배치한 디자인의 보드.

아하는 남쪽 스웰 리프브레이크reefbreak[+]로 데려갔다. 마크의 너그
러운 태도는 노력을 들이는 것이 아니라 타고난 요소 같았다. 그
는 나의 서핑 코치, 건강 감독, 일반적 조언자를 자임했다. 이제,
그는 자기 초상을 그릴 수 있도록 행복하게 앉아 있었다. 나는 서
핑에 대해 좀 더 생각하고 있었다. 그저 내가 그에 관한 책을 쓰
겠다고 나섰기 때문이었다. 하지만 내가 서핑을 좀더 진지하게
여기게 되었나? 딱히 그렇진 않았다. 나는 이런저런 걸 더 많이
적어놓기는 했지만, 여전히 늘 서핑을 해왔기 때문에 기본적으로
하는 일처럼 느껴졌다. 서핑과 나는, 말하자면 내 인생의 대부분
의 시간 동안 결혼한 사이였지만, 별로 할 말이 없는 그런 결혼이
었다. 마크는 고집 세고 말 없는 우리의, 즉 나와 서핑의 결혼을
고쳐 때울 수 있게 도와주려고 했다. 다만 나는 그걸 고쳐서 때우
고 싶은 마음이 없었다. 내 삶의 중심 가까이에 큼지막한 무의식
의 도관이 있다는 사실은 어쨌든 내게 어울렸다. 나는 다른 서퍼
들과 말할 때를 빼면 서핑 얘기를 하는 법이 거의 없었다. 나는
성인으로서의 내 진짜 삶에 시동을 거느라 바빴고, 서핑을 그 삶
의 한 부분으로 생각하는 것이 내키지 않았다. 언론 일은 파도를
쫓는 것보다 훨씬 더 흥미로운 세계로 나를 싣고 갔다.

　하지만 뭔가 기이한 일이 일어나고 있었다. 나의 양가적 입장
을 제쳐놓고라도, 나는 마크의 활기가 나를 끌고 가도록, 그가 내
서핑 인생에 동력을 넣는 엔진이 되도록 놔두고 있었다. 어떤 면
에서는 마크가 나와 서핑 사이에 끼어들어 익살맞게 내 앞자리를
떡하니 차지하고, 그의 환상으로 내 꿈을 따라다니고, 한밤중에

[+]　바다의 암초에 부딪혀 파도가 부서지는 지점.

전화를 시끄럽게 울려 겨울밤의 잠을 깨우도록 놔두었다는 걸 깨달았다. 나는 심지어 그가 태고의 순간을 차지하도록 놔두었다. 메피스토펠레스 같은 그의 웃음소리는 큰 파도에 대한 나의 공포라는 지루한 공간에 생명 줄을 내려 암벽에 정신의 아이젠을 꽂아 올라올 수 있도록 했다. 이렇게 또 다른 자아에 항복해버리는 태도는 기자 특유의 수동성이었지만, 이 부분에 있어서는 형태가 망가져버렸다. 나는 의사 특공대의 거울에 비친 나 자신을 거의 인식하지 못했다.

그렇다. 나는 어릴 때부터 서핑에 홀려버렸다. 새벽에 몽롱하게 오솔길을 걸어 내려가며, 무역풍이 만들어낸 파도의 꿈에 얼굴을 환히 빛냈고, 클리프스까지 길게 패들해 나갈 생각에 넋을 잃었다. 이따금 오래된 마법이 깨지기도 했다. 아니 그렇게 보였다. 하지만 내가 먼 세상을 돌아다니며 몬태나, 런던, 뉴욕처럼 파도가 없는 곳에 살고 있을 때도 그 마법은 수면 아래에서 잠들어 있기는 해도 파괴되지 않은 채로 남아 있었다. 나는 샌프란시스코로 이사 온 직후, 처음으로 마크와 함께 멘도시노 해변까지 갔던 때를 기억했다. 스웰은 크고 무시무시했으며, 손발이 얼얼해지는 북서풍이 불어 모든 지점을 망가뜨려버렸지만, 딱 한 곳, 포인트아레나코브Point Arena Cove만이 굵은 해초밭의 보호를 받았다. 나는 초조하게 마크를 따라 그곳의 채널을 지났지만, 바람에, 얼어붙을 듯한 물에, 특히 암초에 덤벼들며 깎아내리는 고압의 물에 마음이 위축되었다. 마크는 그 경쟁에 뛰어들어 공격적으로 서핑했고, 나는 차츰 암초를 따라 멀리 나가 점점 더 큰 파도에 올라탔다. 그러다 마침내 무척 큰 파도에 올라탄 나는, 테이크오프할 때 생긴 울퉁불퉁한 물결에 보드의 코가 걸려 그만 떨어질 뻔했다. 간신히 정신을 차리고 다시 파도를 잡을 수 있었다. 나중에 마크는 채널에서부터 그 테이크오프를 보고 내가 어떻게 될까봐 덜컥 겁이 났다고 말했다. "네가 파도를 잡지 못했다면 정말정말 심각해질 수도 있었어." 그는 말했다. "그 파도는 족히 10피트는 되겠던데. 그런 얼굴을 타고 내려올 수 있는 건 20년의 경험이었지." 내가 그때 순전히 본능으로만 서핑을 했다는 건 사실이었다. 너무 집중하고 있어서 두려워할 겨를조차 없었다. 하지만 암초의 그런 부분에서 파도가 내리누르는 시간은 잔혹하리만큼 길었다. 인정하는 건 쑥스러웠지만, 마크의 평가에 나는 마음 깊이 기뻤다. 나는 사람을 꼼짝할 수 없게 만드는 서핑의 매혹과 함께 살아갈 방법을 강구하려고 애쓰는 중이었다. 마법을 더 꽉 얽어매려는 마크의 노력과 함께. 그는 내가 기뻐할 만한 말을 많이 해주었다.

하지만 나의 부아를 돋우는 말도 많이 했다. 한번은 멘도시노에 다시 가 아름답고 자그마한 은밀한 갑에서 서핑을 하는데, 내가 파도를 꽤 괜찮게 탔다. 그리고 마크도 그 장면을 보았다. "너, 그런 거에 올라탈 땐 리듬을 타더라." 패들해서 도로 나올 때 그는 그렇게 말했다. "너 그런 거 좀 더 자주 할 필요가 있어." 바다속에서 원치 않은 충고를 하는 행위는 내가 알기로 서핑계의 규약에 위배되었지만, 그의 말에 어린 오만함이 더욱 사태를 악화시켰다. 하지만 나는 나답지 않게 입을 다물었다. 그렇게 예민하게 구는 건 우스꽝스럽다는 걸 나는 알고 있었다. 하지만 내가 그에게 너나 잘하라는 말을 하지 않은 이유는 그게 아니었다. 내가 그에 관한 책을 쓸 계획이었기 때문이다. 이 과업을 받은 후로 나는 변했다. 솔직함과 자발성이 떨어졌다. 내게는 이 일이 더는 복잡한 서핑 우정이 아니었다. 이건 집필 프로젝트였고, 보도였다. 그리고 일, 실은 커다란 기회였다. 괜히 열 받아 쏘는 말을 했다가는 일을 그르칠 수 있었다. 그래서 나는 흔들리지 않는 관찰자로 남아 있으려 했다. 어쩌면 마크 본인의 광적인 무관심이 다른 사람이 느끼는 감정으로부터 그를 보호하는 게 아닌가 하는 생각이 들었다. 그런 태도와, 나는 자격이 있고 어떤 경우에도 끄떡없다는, 오랫동안 지속해온 감각이 있는 게 아닌가 하는.

이음매가 보이지 않고 매끄럽게 연결된 마크의 세계에 나는 매혹되었다. 의지로 이끌어가는 연속성과 집중력, 명백한 만족감. 비교해보면 나 자신의 삶은 불연속성으로 갈기갈기 찢긴 느낌이었다. 서핑만 해도 현재의 내 삶까지 흘러들기까지 부조화스럽게 계속 떠다니던, 어린 시절의 일그러진 잔재같이 느껴졌다. 특히, 더 큰 파도를 타는 것은 격세유전적인 느낌이었다. 인류의 태곳적 사실을 증명하기 위해 태고의 장면으로 가려는 강박적 회귀. 나는 또한 피위에게 매혹되기 시작했다. 그의 세계도 이음매 없이 매끈했지만 마크의 세계와는 상당히 다른 방식이었다. 그의 과거와 현재, 아동기와 유아기 사이의 강력한 연속성은 장소, 공동체, 성격의 연결 고리였다. 그 고리는 참으로 고요했다. 스스로 전시할 필요가 없는 것 같았다.

1월 어느 일요일 오후 슬로트로 가서 차를 댔을 때, 그곳의 파도는 냉장고 다섯 대 높이 정도로 보였다. 하지만 바깥 모래섬에 부서지는 파도는 보기가 힘들었다. 태양은 빛나고 있었고, 파도는 소금기 어린 엷은 안개를 피워 그레이트하이웨이 양쪽의 공기를 채웠다. 대양의 밑바닥으로부터 나오는 정수처럼 톡 쏘는 냄새의 물안개였다. 바람은 없었지만, 그래도 수증기의 회색 깃털이 가장 큰 파도의 물머리에서 일어났다. 파도들은 앞으로 거꾸러지면서 순전한 부피와 물마루의 속도로 일었다. 안쪽 모래섬은 쓰레기의 소용돌이로, 중간 크기의 위험한 파도였다. 파도의 진한 초콜릿색 얼굴에 떠다니는 거품이 군데군데 얼룩져 있었다. 바깥 모래섬은 제대로 모양이 잡히지 않았고 스웰은 혼란스러웠지만, 바깥쪽의 파도 그 자체는 매끈하게 빛났고 피크는 깨끗했으며, 물안개 속에서 우뚝 선 파도 세트 구간들이 형성되었다. 그 중 어떤 파도는 탈 만해 보였다. 치명적인 위험 한가운데 있는 사랑스러움.

나는 슬로트의 주차장이 가득 찬 걸 보고 놀랐다. 포티나이너스가 진출한 풋볼 결승전 날이었고, 경기 시작까지 한 시간도 남지 않았다. 하지만 대부분의 차, 트럭, 밴은 익숙했다. 오션비치의 서핑 무리가 총출동했다. 몇몇은 운전대 뒤에 웅크리고 있었고, 다른 사람들은 차의 후드에 앉아 있었으며, 몇몇은 해변 위 방조제 위에 서 있었다. 웨트슈트를 입은 사람은 아무도 없었고, 포장을 벗긴 보드도 없었다. 하지만 모두 바다를 내다보고 있었다. 나도 잠시 바라보았지만 아무것도 볼 수 없었다. 창문을 내리고 슬로트 빌을 불렀다. 그는 육중한 어깨를 구부정하게 숙이고, 두 손은 스키 재킷에 넣은 채로 강둑에 서 있었다. 그는 몸을 돌려 반사 선글라스 너머로 나를 잠깐 쳐다보더니 고개를 파도 쪽으로 까닥하면서 말했다. "의사랑 피위."

나는 차에서 나와 두 손으로 햇빛을 가리면서 방조제에 섰다. 마침내 거대한 은색의 스웰 위에 솟아오른 작은 형체 둘을 볼 수가 있었다. "30분 동안 아무도 파도에 올라타지 못했어." 슬로트

빌이 말했다. "파도가 정말 변덕스러워." 누군가 삼각대 위에 카메라를 세워놓았지만 조작할 생각도 하지 않았다. 물안개 때문에 사진은 영 가망이 없었다. "둘 다 노란 건을 타고 있어." 슬로트빌이 말했다. 그는 수평선에서 눈을 떼지 않았다. 그가 비참해 보인다고, 나는 생각했다. 그는 평소보다도 더 무뚝뚝해 보였다. 어쩌면 자기도 패들해 나가야 하는지 고민하는 것 같았다. 슬로트빌은 자기 자신을 큰 파도 서퍼라고 생각했고, 파도가 크게 이는 날에 나가고는 했다. 하지만 그는 패들이 느렸고, 안쪽 모래섬도 지나지 못할 때가 많았다. 그는 체격이 컸고 목이 무척 굵었다. 럭비 선수로 뛰었지만 이제는 마흔 살이 넘었다. 나보다 벤치프레스를 두 배는 더 많이 들 수 있겠지만, 빠르게 패들하는 건 단순한 체력 문제 이상이었다. 보드를 수면 위로 미끄러지도록 하는 건 어느 정도는 기술적으로 지렛대 작용을 해내는 힘이었고, 파도를 밀고 나가는 것은 저항력을 최소화하는 문제였다. 커다란 파도는 역설적인 조합을 요구했다. 흉포함과 수동성, 슬로트 빌이 결코 완성하지 못하는 두 가지였다. 그에겐 오직 흉포함만 있었다. 그는 마치 통나무처럼, 혹은 오로지 테스토스테론만 든 통처럼 물속에서 구르기만 했다. 그를 보고 다른 서퍼들은 재미있어했다. 그중 럭비를 한 사람은 거의 없었다. 그는 내게도 흥미가 있기는 했지만, 나는 내가 그의 심기를 거스른 것은 아닌가 의심했다. 언젠가 그의 아파트에서 포커 게임을 하는 동안 그는 나를 공산당이라고 부른 적이 있었다. 더 심각하게는, 나는 그가 파도를 타는 데 성공하지 못한 날에도 성공한 적이 있었다.

오늘, 나는 시도하고픈 마음이 들지 않았다. 이 파도는 내 상한선을 훌쩍 넘었다. 마크와 피위가 어떻게 성공했는지 나는 알 수 없었다. 혹은 피위가 어떻게 설득당해 시도하게 되었는지도. 이건 그가 선호하는 파도가 아니었다. 깨끗하지 않았다. 나는 잠시 슬로트 빌 옆에 서서 마크와 피위를 시야에서 놓치지 않으려고 애썼다. 두 사람은 한 번에 몇 분 동안 스웰 뒤로 사라지곤 했다. 그들은 남쪽으로 향하는 조류에 맞서서 자리를 좀처럼 잡지 못하고 끊임없이 북쪽으로 패들했다. 15분 후, 둘 중 한 사람이 갑자기 거대한 벽 위에 나타나더니 적어도 한 블록 너비는 되어 보이는 피크의 머리에서 해변을 향해 격렬히 패들하기 시작했다. 슬로트 제방 위에서는 날카로운 외침과 욕설이 배구공처럼 높이 솟았다. 하지만 파도는 패들하는 사람을 지나쳐 갔다. 속이 비칠 정도로 투명한 검은색으로 일어선 파도는, 아주 오랜 것같이 느껴지는 시간 동안 수평선 위에 퍼져가다가 위에서부터 아래로 조용히 부서졌다. 안도감에 젖은 탄성과 이상하게 통렬한 욕설이 여기저기서 들렸다. 주차장과 제방, 해변에 있던 서퍼가 아닌 사람들은 다들 영문도 모른 채 고개를 들었다. 그들 중 누구도 물속에 사람이 있다는 걸 알지 못했다.

나는 도시 반대편 다른 곳에 가볼 일이 있었다. 서핑이라고는 전혀 하지 않는 사람들이 매년 친구네 집에 모여 슈퍼볼 경기를 보았다. 나는 슬로트 빌에게 마크와 피위가 바다에 나간 지 얼마나 되었느냐고 물었다. "두 시간 정도." 그는 말했다. "나가는 데만 30분 걸렸어." 그는 고개를 돌리지도 않았다.

20분이 지난 뒤에도 나는 여전히 그 자리를 뜨지 않은 채 무슨 일인가 일어나기만을 기다렸다. 물안개는 짙어지고, 해는 서쪽 하늘에 낮게 걸렸다. 이제는 경기 시작을 놓칠 것만 같았다. 커다란 파도 세트 두 개가 밀려왔으나, 마크와 피위는 근처 어디에도 보이지 않았다. 여전히 바람은 불지 않았으나, 환경은 굳이 말하자면 악화되는 중이었다. 거대한 격랑이 바깥 모래섬을 지나 움직이기 시작하면서 더 어지러워졌다. 곧 딱 하나 남은 질문은, 마크와 피위는 어떻게 다시 들어올 수 있을까 하는 것일 터였다.

마침내 누군가 파도를 잡아 탔다. 거대한 오른쪽 파도로, 사람 키의 네댓 배는 되었고, 맨 앞의 파도는 타는 사람이 내려온 후에 모든 시야를 막아버렸다. 몇 초가 흘렀다. 그때 파도를 타던 사람이 50야드 아래에서 다시 나타나 과격한 각도로 얼굴을 올랐고, 구경하던 사람들은 놀라움의 탄성을 질렀다. 파도를 타는 사람이 누군지 알아보기는 어려웠다. 그는 파도 물머리까지 쭉 올라서 하늘을 뒤로 하고 회전한 후 다시 시야 바깥으로 사라졌다. 감탄하는 환성과 신음 소리가 들렸다. "자식, 죽이네." 누군가 말했다. 그는 실제 크기의 3분의 1정도 되는 파도를 타기라도 하듯이 대수롭지 않게 서핑하고 있었다. 그는 계속 자세를 유지하며 굴러갔다가 거대한 컷백을 돌기도 하면서 파도 곬에서 물머리에 이르기까지 과감하게 날카로운 호를 그리며 탔고, 그 앞의 파도는 잦아들자 걸리적거리는 것 없이 시야가 탁 트였다. 파도를 탄 사람이 누군지는 여전히 말하기 어려웠다. 심지어 물안개 속으로 노란 보드가 보이는데도 알 수 없었다. 나는 마크든 피위든 그렇게 거침없이 그만한 크기의 파도를 타는 걸 본 적이 없었다. 파도는 원래 높이의 반으로 떨어졌고, 모래섬 사이의 깊은 물에 이르자 힘도 다 사라졌지만, 파도를 타는 사람은 다른 파도에서 똑 떨어져 나온 가파른 스웰 한 조각을 찾아 파도 곬을 깨끗이 넘어 안쪽 모래섬에 올라섰다. 어쨌든 파도가 안쪽 모래섬 쪽으로 넘어오자 그는 일찍 얼굴을 따라 내려가서 회전을 할 수가 있었고, 선반처럼 뻗은 파도의 입술 아래서 40야드 정도 숨 막힐 듯 근사한 선을 그리며 달려 나가 두 팔을, 뒤에서 빛을 받은 벽 앞에서 곧게 뻗었다. 마침내 그는 해변으로 고개를 돌리면서 똑바로 내려서서는 폭발하는 파도의 입술로부터 탈출해 보드를 타고 파도 앞의 편평한 물로 나왔다. 거품 파도의 에너지가 다 사라져서 마침내 그를 잡을 때도 그는 그대로 서 있었고, 그는 앞뒤로 움직이며 파도를 지나 모래사장까지 왔다.

그가 보드를 겨드랑이에 끼고 해변을 오르기 시작했을 때도 누군지 말하기가 여전히 어려웠다. 마침내 그 사람이 피위라는 게 명확해졌다. 그를 알아보는 순간, 슬로트 빌은 제방 가장자리로 한 발 나가 엄숙하게 박수를 치기 시작했다. 나를 포함한 다른 사람들도 함께했다. 피위는 깜짝 놀라 고개를 들었다. 그의 얼굴에는 경계심이 떠올랐지만 곧 수줍음으로 바뀌었다. 그는 몸을 돌려 해변 너머 남쪽을 비스듬히 보다가 고개를 저은 후 아무도 자기를 볼 수 없는 제방으로 올랐다.

캐롤라인은 학위를 마쳤다. 그녀는 밤에는 에칭을 만들어 지역 화랑에 판화를 팔았다. 감금의 이미지들이었다. 극도로 섬세하게 묘사한 상자에 갇힌 날개였다. 그녀는 낮에는 사립탐정 비서로 일하다가, 본인이 직접 탐정이 되었다. 슬럼가의 집주인들을 잠복 수사하거나 수감자들을 인터뷰했고, 은행 직원이나 집을 구하러 온 사람이나 유나이티드웨이* 모금원으로 가장했다. 나는 한두 번, 아슬아슬한 만남에 조수로 따라가기도 했다. 캐롤라인은

―――――――――――
* 미국의 자선단체.

사람들을 속여서 이름을 털어놓게 만들고, 그들에게 소환장을 발부했다. 사람들은 그 문서가 자기 손에 닿지 않으면 소환되지 않는 줄 믿고 계단 아래로 소환장을 차버렸다(그렇지 않다). 나는 그들이 캐롤라인도 계단 아래로 차버리지 않도록 그녀를 따라갔다(사람들은 그러려고 했다. 유나이티드웨이 수법에 속은 걸 안 어떤 나쁜 자식은 캐롤라인을 따라 오클랜드 언덕을 질주했다. 운 좋게도, 캐롤라인은 학교 다닐 때 단거리 육상 선수였다). 캐롤라인은 변호사들의 의뢰를 받고 일했다. 그녀는 미국 법에 관심이 있었다.

캐롤라인은 예술계에 뛰어들기 위해 미국에 왔다. 그녀는 근본적으로 샌프란시스코의 평범성이라는 문제에 관해서는 내 어머니와 의견이 같았다. 유쾌하고 편안한 도시에 살고 싶었다면 부모님과 어린 시절 친구들이 있는 하라레Harare에 남았을 것이었다. 뉴욕도 그녀에게 손짓했다. 하지만 그녀는 점점 예술계의 진로를 미심쩍어하기 시작했다. 뉴욕에 있는 화랑이 그녀의 그림 몇 점을 가져가긴 했으나 판화가로서 생계를 유지하려면 훨씬 비싼 값에 작품을 팔아야 했다. 모두 너무 갑갑하고 비쌌으며, 그녀의 취향에는 삶이란 흙탕물에서 너무 떨어져 있었다. 그녀는 정식 교육을 마쳤다는 것에 기뻐하지도 않았다.

그녀의 아버지인 마크가 사업 출장차 샌프란시스코에 왔다. 그는 광물 중개상으로, 이젠 짐바브웨의 새롭게 국유화된 광물 수출을 담당하고 있었다. 그와 캐롤라인은 밤늦도록 싸구려 와인을 바닥까지 털털 털어 마시고 머리를 맞부딪으며 전쟁 얘기로 불을 뿜었다. 그들의 가족은 구체제 백인들이 지배하던 로디시아에서 정부에 저항한 몇 안 되는 백인 가족이었다. 하지만 마크는 불량 정권을 위해 경제제재를 없애는 일을 해버렸다. 이제 그의 딸은 이유를 알고자 했다. 어려운 밤이었고, 그 뒤에는 끔찍한 숙취가 따라왔지만, 대화는 충분히 무르익었다. 어떤 지점에 이르자, 캐롤라인은 미국 법을 공부하겠다는 의도를 밝혔다. 마크는 비용을 대주겠다고 제안은 했지만, 그러면서도 예술에 뜻이 있는 딸이 그럴 리가 없다는 믿음에 자신감을 보였다(틀렸다. 캐롤라인은 1989년 예일에서 법학 박사 학위를 땄다).

케이프타운에서 가르쳤던 경험에 관한 내 책은 곧 출간될 예정이었다. 나는 그렇게 되기 전에 남아프리카공화국으로 돌아가고 싶었다. 남아프리카공화국 정부는 자기들 마음에 들지 않는 작품을 출간한 외국 언론인을 추방하고, 그들의 비자 발급을 거부하고 있었다. 아직 레이더망에 걸리지 않은 나는 간신히 여행 비자를 받을 수 있었다. 《뉴요커》는 내게 요하네스버그의 백인 진보 신문에 글을 쓰는 흑인 언론인들에 대한 기사를 써 오라는 과제를 내주었다. 편집자인 숀은 내가 서핑하는 의사에 대한 기사를 보내지 못했는데도 별로 신경 쓰지 않는 듯했다. 적어도 1년은 넘었는데도. 뉴욕 또한 다시 나를 부르고 있었다. 캐롤라인과 내가 각각 동부로 가려 한 건 그저 하늘이 내려준 우연이 아니었다. 우리는 힘든 시작점을 지났고, 나는 여전히 폭군이었지만, 우리의 심장은 서로 감싸안았다. 우리는 같은 것에서 재미를 느꼈다.

샌프란시스코에서 보낸 세 번째 겨울이 끝나갈 즈음 일련의 폭풍이 밀어닥쳤고, VFW 바깥의 모래섬에서는 우리가 도착한 뒤 처음으로 파도가 주기적으로 부서지기 시작했다. 나는 그 파도가 지역의 전설이 된 이유를 알았다. 오션비치에서 그 모래섬은 유난히 길고 곧았으며 북쪽 끝에 채널이 있었다. 북서쪽 스웰은 거기서 깨끗한 파도를 만들었지만 짧은 시간밖에 탈 수가 없었다. 파도는 모래섬을 곧장 강타했다. 파도타기에 성공하려면 채널에 아주 가까운 곳에서 테이크오프해야 했다. 반면 더 서쪽에서 오는 스웰은 비스듬한 각도로 모래섬을 치기 때문에 무척 질이 높은 길고 빠른 왼쪽 파도들을 만들어냈다. 모래섬은 오로지 스웰이 6피트보다 높을 때만 파도가 부서지기 때문에, VFW 바깥은 사람이 붐비는 법이 없었다. 나는 파도가 부서지는 걸 몇 번 보았고, 거기에는 마크와 피위, 팀 보드킨 등 여기저기서 인정받은 큰 파도 서퍼들만이 패들해서 나가는 무서운 날이 두어 번 포함되었다. 나는 파도가 딱히 강하지 않고 대단치 않은 날에만 몇 번 서핑했을 뿐이었다. 1986년 초 어느 날, 심각하게 크고 무척이나 깨끗한 파도가 찾아왔다. 나는 그런 파도에 맞는 보드가 없었다. 하지만 마크는 있었다. "8피트 8인치짜리를 쓰면 돼." 그는 계속 말했다. 그는 주섬주섬 웨트슈트를 입으면서 밴에 싣고 다니는 노란색 건을 가리켰다. "나는 8피트 6인치짜리를 탈 때니까."

그 순간 마크가 어쩌면 나의 목숨을 오션비치의 무자비한 신들에게 바치려 하는 건지도 모른다는 생각이 스쳤다. 어쩌면 벌써 내가 그에게 말할 배짱이 없어서 하지 못하는 얘기를 눈치챘는지도 몰랐다. 내가 다시 뉴욕으로 돌아가려 한다는 것을. 여기를 떠난다는 사실에 여러 감정이 뒤섞였으나, 내가 느낀 가장 큰 감정은 안도감이었다. 오션비치에서 겨울을 보내면서 나는 적어도 한 번은 커다란 두려움을 느꼈다. 후에 여러 날 밤 나의 잠을 괴롭힐 커다란 파도 속으로 뛰어드는 무거운 길. 밥 와이즈는 이해했다. "서퍼들은 여기서는 절대 빠져 죽지 않아." 그는 언젠가 이런 말을 했다. "여기서 익사하는 사람들은 관광객과 술 취해서 자전

거를 타는 애들뿐이지. 하지만 가장 경험 많은 서퍼들조차도 적
어도 한 번은 한겨울에 여기서 빠져 죽을지 모른다는 강한 확신
을 느껴. 그래서 오션비치가 그렇게 괴상한 거야." 괴상함을 먹고
사는 마크는 이해하지 못할 거라고 나는 짐작했다. 하지만 나는
물에 빠져 죽지 않고 떠날 수 있어서 기뻤다. 또한 전도하는 듯
한 마크의 눈길에서 벗어날 수 있어서 기뻤다. 나는 이제 누군가
의 보조가 되는 데 지쳤다. 아주 먼 옛날, 동남아시아에 있을 때
브라이언은 내게서 벗어나야 한다는 기분을 느꼈다. 하지만 그건
이야기가 달랐다. 우리는 파트너였다. 나는 마크에게 내가 떠난
다는 이야기를 어떻게 해야 할지 알지 못했다. 나는 내가 서퍼의
길에서 어떻게 벗어나고 있는지 듣고 싶지 않았다.

열에서 열다섯 명의 남자들이 방조제 위에서 어슬렁거렸다.
VFW는—안쪽 VFW는—오션비치 중에서도 가장 인기 있는 지
점이었고, 그날 거기서 서성거리는 사내들은 통 나갈 움직임을 보
이지 않긴 했지만 거기서 주기적으로 서핑하는 사람들이었다. 그
들 사이에 리치라고 하는 체격 좋은 페인트공이 있었다. 그는 해
변의 이쪽 끝을 지배하는 서퍼 중 한 명이었다. 내가 노란색 8피
트 8인치를 겨드랑이에 끼고 옆을 지나자, 그는 나를 보고 얼굴을
찡그렸다. 나는 그가 6피트가 넘는 파도를 타는 걸 본 적이 없다
는 사실을 깨달았다. 오늘은 최소한 8에서 10피트 정도 되어 보였
다. 스웰은 거대했고 꽤 서쪽이었다. 그렇게 깔끔하지는 않았다.
해변 옆을 스치는 바람이 살짝 불었고, 격랑은 거칠었다. 아무도
올라타지 않은 대단한 왼쪽 파도 몇 개가 포효하며 지나가는 동안
우리는 바다에 나갈 준비를 했다. 보드킨과 피위는 벌써 바다에
나가 있었고 각자 거대한 파도를 두 개씩 잡았지만, 그들은 보수

적으로 서핑하는 편이라 선반처럼 튀어나온 파도 세트는 그냥 보냈다.

마크의 보드를 타고 패들하자니 작은 유조선을 타는 것 같은 기분이 들었다. 나는 파도가 큰 날에는 오래된 7피트 6인치 싱글 핀 보드를 탔지만, 겨울 대부분은 6피트 9인치 트러스터보드를 탔다. 레일이 굵고 코가 날렵한 8피트 8인치 건은 나를 물 밖으로 높이 띄웠고, 나는 아무 문제없이 마크와 나란히 보조를 맞추며 채널을 통과하기 시작했다. 물은 갈색이 도는 녹색이었고, 무척 차가웠다. 채널은 쇼어브레이크로부터 바로 바다로 뚫려 있는 바람에 넘어가야 할 안쪽 모래섬이 없었지만 양쪽에서 거대한 스웰이 쓸고 들어와서 물결이 거칠고 괴상했으며, 사라지기 전에 반쯤 부서져버리는 두껍고 기분 나쁜 A프레임의 형태를 이루었다. 북쪽에는 얕은 바깥 모래섬이 있었는데, 거대한 파도들은 거기서 뛰어올라 끔찍한 으르렁 소리를 내며 스스로 배를 갈랐다. 남쪽에는 바깥쪽 VFW에서 길게 왼쪽으로 구부러지는 마지막 구간이 있었는데, 딱히 끌리지는 않았다. 너무 얕고 극단적으로 질척해 보였다. 마크와 나는 잠깐 멈추고 얼굴이 매끈한 파도가 모래섬의 마지막 구간 너머로 무겁게 뻗어가는 것을 보았다. 우리가 있는 곳에서 20야드도 떨어져 있지 않았다. 그 파도가 이루는 거대한 검은 배럴을 향해, 마크는 고함을 쳤다. "죽음이여!" 그 생각만 해도 그는 기쁜 것 같았다.

마크가 왼쪽으로 돌 때 나는 계속 바깥으로 각도를 유지하며 모래섬의 가장자리를 가로질렀다. 피위와 보드킨은 20야드 정도 남쪽에 있었고, 마크는 벌처럼 지그재그로 그들을 향해 갔지만, 나는 크게 빙빙 돌면서 커다란 파도 세트에 휩쓸리는 위험을 무릅쓰느니 차라리 겁쟁이로 보이는 편을 선택했다. 작은 파도 세트가 굴러왔다. 너무 멀어서 우리 중 누구도 그것을 타지 못했는데, 마지막에 부서질 때 불길하게 천둥 같은 소리를 냈다. 나는 여기서는 모든 것의 규모가 완전히 기가 죽을 정도로 크다는 것을 알았다. 커다란 파도 세트를 보고 싶다는 기대는 하지 않았다. 나는 해변에 비추어 내 위치를 확인하고, 천천히 남쪽으로 움직였다. 바닷가 방조제에 크게 쓴 그라피티—마리아와 키모와 프타*—가 내 진행 방향을 표시해주었다. 해변은 파도가 높은 날에 종종 그러하듯 기이할 정도로 평화롭고 정상으로 보였다. 어두운 직선으로 늘어선 사이프러스 나무들이 방조제 위로 솟았다. 골든 게이트파크의 대양 쪽 끝에 조성한 방풍림이었다. 나무 위로는 풍차 두 개가 솟았다. 바로 북쪽의 골짜기들에는 분홍색 꽃들이 군데군데 피어났고, 이전에 수트로 시장의 저택 잔해에서 가져온 돌 전망대가 서 있었다. 그 모든 게 너무나 안정적으로 보였다. 나는 계속 시선을 앞뒤로 보내며 목을 빼고 현재 내 위치를 확인했다가, 혹시나 뭔가 불길한 것이 아직 바다에 나타나지 않았나 싶어 또다시 목을 빼서 확인하기를 반복했다.

커다란 파도 속으로 나아가는 건 마치 꿈을 꾸는 것 같았다. 공포와 황홀이 사물의 가장자리 주위를 돌면서 밀려갔다 밀려오며 각기 꿈꾸는 사람을 덮치겠다고 위협했다. 지상의 것 같지 않은 아름다움이, 움직이는 물과 잠재된 폭력, 지나치게 진짜 같은 폭발, 그리고 하늘이 들어선 거대한 경기장으로 스며들었다. 장면은 펼쳐질 때도 신화적으로 느껴졌다. 나는 늘 광포한 양가성을 느꼈

＊   이집트 신화의 창조의 신.

다. 나는 다른 곳 어디에도 있고 싶지 않았다. 나는 다른 곳 어디에든 있고 싶었다. 나는 떠돌며 바라보고 한껏 들이마시고 싶었지만, 대양이 하는 일에 최대한 경계심을 늦추지 않고 과도하게 조심했다. 거대한 파도는(그 말은 물론 상대적이다. 내가 목숨을 위협할 만하다 생각하는 것도 옆 사람은 그럭저럭 처리할 만하다 할 수 있었다) 나를 위축시키는 힘의 장場이었고, 오로지 이 힘을 주의 깊게 읽어야만 거기서 살아날 수 있었다. 하지만 실제로 커다란 파도를 타는 것에 황홀감이 있다면, 그 바로 옆에 거기 묻혀버릴지도 모른다는 공포심 또한 두어야 했다. 두 상태를 갈라놓는 선은 아주 가늘어졌다. 멍청한 행운은 고통스러울 정도로 무거웠다. 상황이 악화되면―그리고 무척 큰 파도 안에 갇히거나 파도타기에 성공하지 못하면 필연적으로 그렇게 되기 마련이므로―모든 기술과 힘, 판단력은 아무런 의미가 없었다. 그 누구도 우르르 밀려오는 커다란 파도에 이리저리 굴러다니면서 위엄을 유지할 순 없었다. 그 순간 유일하게 통제할 희망이 있는 건 오로지 공포뿐이었다.

나는 천천히 남쪽, 마크와 다른 사람들이 있는 남쪽으로 가면서 심장 박동을 늦추기 위해 길고 고르게 숨을 들이마셨다. 심장은 처음 패들해서 나가는 것에 대해 진지하게 생각해본 이래로 오랜만에 불쾌하게 뛰고 있었다. 내가 라인업에 접근했을 때 마크는 파도 위에 올라탔다. 그는 소리를 지르며 매머드 같은 얼굴 면 위에 올라섰고, 끓어오르는 갈색 벽 뒤로 사라졌다. 테이크오프 지점은 커다란 붉은 그라피티, "프타는 살아 있다"라고 쓰인 곳에서 직선으로 떨어지는 곳이었다. 여전히 피위와 함께 앉아 있는 보드킨은 내 이름을 소리쳐 부르며 활짝 웃었다. 라인업까지 안전제일을 모토로 가는 나의 행로에 심술궂게 재미있어하

는 것 반, 내가 애초에 거기까지 나간 것에 대한 축하가 반씩 섞
인 웃음이었다. 피위는 단순히 고개를 끄덕여 인사를 했을 뿐이
었다. 물속에서 피위의 무뚝뚝함은 대개 축복이었다. 포커페이스
를 유지한 그의 대가다운 기교는 다른 서퍼들에게 심리적 여유를
남겨주었고, 그들 중 많은 사람들이 그에게 감사하는 것이었다.
하지만 이따금—가령 오늘 같은 날—나는 피위가 서퍼의 쿨한
태도를 너무 고수하는 게 아닌가 생각하기도 했다. 물론 그는 이
런 크기의 파도가 치는 VFW 바깥을 딱히 무시무시한 곳이라 생
각지도 않았고, 그게 다른 곳에서 쭉 뻗어 이어진 지점이라는 것
은 나도 미처 깨닫지 못했다.

  공교롭게도 행운—딱 맞는 보드—이 그날 오후 나와 함께했
다. 나는 그다음 두어 시간 동안 커다랗고 상태 좋은 파도를 잡았
다. 특별히 잘 탔다는 건 아니었다. 8피트 8인치를 대체로 맞는 방
향으로 유지한 것뿐이었지만, 파도는 길고 빨랐으며, 타고 난 뒤
에는 상처 입지 않은 채 바깥으로 더듬더듬 돌아올 수 있었다. 마
크의 보드는 훌륭할 정도로 안정적이었고, 그 보드를 탄다면 나는
파도에 일찍 들어갈 수도 있었다. 심지어 마크가 나중에 "그날의
파도"라고 한 것도 잡아 탈 수 있었다. 다른 날 오후였고 다른 보
드를 탔더라면 아마도 그냥 흘려보냈겠지만, 저 멀리 바깥에서 광
대한 파도가 도달했을 때 나는 피크의 머리에 나 혼자 있다는 것
을 깨달았다. 파도의 벽은 북쪽으로 몇 블록이나 길게 뻗어 있어
서 성공할 것 같지 않았지만, 그 시점쯤 되자 나는 모래섬과 채널
을 전폭적으로 신뢰했다. 나는 파도의 얼굴에 십자로 잘게 이는
잔물결을 이용해 일찍 파도에 접어든 후—큰 파도를 타는 사람들
은 칩샷chip shot이라고 불렀다—선반 위에 올라섰다. 일어설 때는

약간의 고소공포증을 떨쳐버리려고 싸워야 했다. 파도의 바닥이
내 아래 몇 킬로미터나 되는 듯했다. 얼굴을 반쯤 내려가면서 나
는 회전하려고 몸을 세차게 뒤로 젖혔고, 보드가 빠른 속도로 파
도의 얼굴 위를 달려나갈 때 균형을 잃지 않으려 애썼다. 어깨 너
머 앞에 뻗은 벽을 본 찰나, 내 배짱이 흔들렸다. 내 예상보다 훨
씬 더 컸다. 높고 가파르며 훨씬 위협적이었다. 나는 눈가리개를
긴 것처럼 몸을 돌리고 몇 미터 바로 앞에서 굴러오는 물에 집중
하며 점차 속도를 높여서 길게 회전했다. 파도는 아름답게 유지되
었고 나는 쉽게 성공할 수 있었으나, 마지막에 채널 옆에서 집채
만 한 구간이 나를 너무 빠르게 쏘아 보내는 통에 나는 조절을 잘
하고 있는 척하는 가식과 모든 스타일을 버리고서 그저 거기에 무
릎을 구부리고 선 채 지나가는 것만으로 만족하기로 했다.

피위는 채널에서 내가 빠져나올 때 내 옆을 패들해서 지나갔다.
그는 고개를 끄덕였다. 우리는 함께 다시 패들해서 나갔다. 온몸
이 떨렸다. 잠시 후, 나는 어쩌지 못하고 물어보았다. "그 파도 얼
마나 컸어?" 피위는 웃었다. 그리고 말했다. "2피트."

우리는 그해 여름 뉴욕으로 이사했다. 마크와 오션비치에 대한
글을 쓰는 데 7년이나 걸렸다. 더 긴급한 주제들—아파르트헤이
트, 전쟁, 각종 재난들—이 계속 내 주의를 앗아갔다. 이런 것들
은 심각한 문제였고, 모든 기력을 소진했고, 프로젝트로 정당화할
수 있었다. 서핑은 그 반대였다. 마크 이야기의 개요를 완성하기
전에, 나는 세 권의 책을 출간했다. 두 권은 남아프리카에 대한 책
이었고, 하나는 보잠비크 내전에 관한 것이었다. 거기에 더해 미
국의 하향 이동성에 관한 야심찬 책의 첫 번째 연재분도 썼다. 나

는 《뉴요커》에 전업 기자로 취직했고, 여러 주제 중에서도 사설란
을 맡아 수십 편을 썼다. 이것이 내 망설임의 또 다른 근원이었다.
여기서 나는 주로 논쟁적으로 빈곤, 정치, 인종, 미국의 외교 정
책, 형사 판결, 경제 발전에 대한 글을 쓰며, 내 의견이 진지하게
받아들여지길 바랐다. 나는 서퍼라는 정체를 밝히는 것이 도움이
될지 확신이 없었다. 정치만 중요하게 생각하는 다른 기자들이 이
렇게 말할지 몰랐다. 아, 너 멍청한 서퍼구나. 네가 아는 게 뭔데?

　하지만 내가 기사를 끝내지 못하고 미적거리는 가장 큰 이유
는, 마크가 좋아하지 않을지도 모른다는 걱정이 마음을 갉아먹었
기 때문이었다. 나는 그를 존경했고 그는 글로 쓰기에 좋은 소재
였지만, 성격이 복잡하고 자존감이 남달리 비대했다. 이건 또한
내가 묘사하려고 하는 작은 서핑 공동체의 많은 사람들의 심기
를 거스르는 점이었다. 내가 샌프란시스코를 떠난 후에, 그는 《서
퍼》 잡지에 의학 상담 칼럼을 기고하기 시작했다. 그의 공적과 금
언은 잡지의 지역 칼럼에서 주요 고정란이 되었다. 서핑 잡지들
은 오션비치를 발견했는데, 이는 부분적으로는 마크의 노력 덕분
이었다. 그런 뒤 1990년에, 《서퍼》는 젊은 구피풋 서퍼인 애런 플
랑크Aaron Plank를 14연속 프레임으로 찍은 획기적인 화보를 내보
냈다. 오션비치였다. 데굴데굴 굴러오는, 사람 키의 두 배는 될
왼쪽 파도 위에 탄 애런은 4초가량 되는 일곱 프레임에서는 모습
이 보이지 않다가 깨끗하게 빠져나왔다. 마치 한 시대의 끝 같은
느낌이었다. 이제 전 세계가 오션비치를 알았다. 들기로는 이제
VFW에서 프로 대회까지 열린다고 했다.

　하지만 《서퍼》를 통해 들은 가장 이상한 샌프란시스코 소식은
마크가 피위에게 보낸 찬가였다. "조용하고, 겉으로는 자아가 없

어 보이는 그는 남의 관심을 끌려 하지 않는다. 패들해서 나가 파도 위에 오르기 전까지는." 마크는 썼다. "해변에서 가장 좋은 지점, 피위는 거기에 있다. 세트 중 가장 좋은 파도, 피위가 그 파도 위에 있다. 그날의 가장 좋은 파도. 피위가 그 파도를 잡는다." 마크는 피위를 클린트 이스트우드에 비유했고, 핀을 잘라버린 유명한 사건을 언급했다. 우아하고, 거침없는 찬사였다. 내가 두 사람의 라이벌 관계를 오해했나? 아니면 마크는 그냥 올바른 칭찬을 하고 있는 걸까?

어쨌든, 내가 샌프란시스코를 떠난다는 소식을 전하면 마크가 어떻게 반응할까 싶어 두려워했던 건 내 착각이었을 뿐이었다. 그는 전혀 멈칫하지 않았다. 우리는 함께 빅서까지 마지막 여행을 떠났고, 그는 내게 행운을 빌어주었다. 하지만 그는 결코 기회를 그냥 흘려보내는 법이 없는 사람으로, 우리가 일단 뉴욕에 내려앉자, 내가 오션비치의 근사한 파도를 모두 놓쳤다는 둥, 내가 알 수 없는 이유로 같이 가지 않겠다고 한 인도네시아, 코스타리카, 스코틀랜드 여행이 어쨌다는 둥 계속 알려주었다. 그는 알래스카에서는 비행기를 한 대 전세 내 수백 킬로미터의 해안을 탐험하고, 빙산 발치, 막 남겨진 곰들의 발자국이 뚜렷한 해변에서 홀로 장대한 파도를 탔다.

내가 서핑한다는 사실을 밝히면 정치 칼럼니스트로서의 내 신뢰감이 떨어질 거라는 생각도 틀렸다. 누구도, 어느 쪽이든, 관심이 없었다.

하지만 마침내 기사가 나왔을 때, 내가 예측했던 마크의 반응은 틀리지 않았다. 마크는 그 기사를 싫어했다.

9

바소 프로푼도✦

◇

마데이라 1994~2000

피터 스페이식. 마데이라 자르징두마르, 1995년.

✦ 남성 성악에서 최저음부를 가리키는 음악 용어.

✦

　내 인생은 안정된 중년의 형태를 갖추게 되었다. 캐롤라인과 나는 결혼했다. 우리는 뉴욕에서 8년 동안 살았다. 나는 천천히 여러 업무를 돌아가며 맡았다. 칼럼, 기사, 책. 언론. 나는 마흔이 되었다. 우리는 하나의 세계를 만들었다. 아파트를 샀다. 우리 친구들은 작가, 기자, 미술가, 학자, 출판인이었다. 캐롤라인은 예술은 잠시 접어두고, 자신도 지속적으로 놀라는 일이지만 변호사가 되었다. 그녀는 '정부'와 재치를 겨루는 것을 좋아했다. 나는 한층 더 그녀의 따뜻하고 인정 많은 시선에 기대게 되었다. 그녀와 나는 함께 춤추러 갔다. 다른 사람들은 우리가 아는 것, 우리가 구축한 사적인 언어를 알 수 없었다. 결혼하기 전, 우리는 잠시 헤어져서 떨어져 살았다. 그건 마치 죽음에 가까운 경험이었다.

　기사 때문에 나는 여러 곳을 돌아다니며 내전이 벌어지거나 익숙하지 않은 세계에 갔다. 어떤 프로젝트는 한 번에 나를 몇 달, 몇 년씩 삼켜버렸다. 내가 추적한 대부분의 이야기는 고통과 불의로 어두웠지만, 남아프리카공화국의 첫 번째 민주 선거 같은 주제는 무척이나 흐뭇했다. 성인으로서 직업과 서핑 사이에서 어느 쪽에 헌신할지를 두고 오랫동안 벌여온 다툼에서, 일은 파도를 쫓는 것에 해머록을 걸어 꼼짝 못하게 만드는 것 같았다. 그때 서핑이 약삭빠르게 몸을 비틀어, 빠져나갔다. 이 역전을 사주한 사람, 심지어 영감을 준 사람은 린콘에서 훈련한 레귤러풋 서퍼인 피터 스페이식Peter Spacek이었다.

　그와 나는 롱아일랜드의 동쪽 끝에 있는 오래된 어촌 마을 몬타우크Montauk에서 만났다. 서핑 잡지 기자가 내게 그의 주소를 주며 디치플레인스Ditch Plains라고 알려진 해변 구역에 가보라고 했다. 나중에 알고 보니, 그곳은 여름철 대여용인 널지붕 방갈로로, 현관에는 쪽지가 접착테이프로 붙어 있었다. 쪽지를 보니 앞 포치에 허비플레처 롱보드가 있다는 내용이었다. 나는 그걸 타고 패들해서 나가야 했다. 쪽지 아래에는 사람 많은 파도를 쓱쓱 전문가답게 그린 작은 그림이 있었다. 디치플레인스는 서핑 목적지치고는 흥미로운 곳에 있었다. 그곳은 롱아일랜드 해안의 동쪽 끝에 있는 마을이었다. 서쪽으로는 수백 킬로미터의 비치브레이크가 뉴욕시 코니아일랜드Coney Island까지 뻗어 있었다. 놀랄 정도로 평평한 모래 해안이었다. 하지만 디치에서 모래는 바위로 바뀌었고, 몬타우크포인트Montauk Point까지 마지막 4마일은 이판암泥板岩 절벽의 길 없는 해안에 흩어져 있는 리프브레이크와 포인트브레이크였다. 여름이면 디치는 가족들이 놀러 오는 인기 있는 해변이 되었다. 부리또를 파는 트럭이 모래 언덕에 주차되어 있었으며, 모래 바닥이 바위로 바뀌는 선을 따라 길고 부드러운 왼쪽 파도가 흘렀다. 초심자에게 좋은 지점이었다. 그전에는 그곳에서는 서핑할 마음이 동하지 않았었다.

파도는 가슴 높이까지 오고 잘 바스러졌다. 화창한 늦여름 오후였다. 바다에 나와 있는 사람은 40명 가량, 내가 이제까지 동부 해안에서 본 것 중에 가장 많은 서핑 인파였다. 롱보드를 탄 건 수십 년 만이었다. 서핑은 1980년대 롱보드의 부활을 견뎌냈다. 주로 더는 쇼트보드를 감당할 수 없는 나이 많은 사람들이 주도한 유행이었다. 롱보드는 힘과 민첩성을 덜 들이고도 파도를 더 쉽게 잡았다. 하지만 롱보드 사용자들은 파도를 너무 일찍 잡아서, 이제는 여러 지점에서 보다 고성능인 보드를 밀어내기 시작했다. 이제 비틀비틀 40대로 접어드는 시점에 아직도 쇼트보드를 고집한다는 게 내게는 일종의 자존심이었다. 롱보드로 회귀한다는 건 노인용 지팡이를 쓰는 것과 비슷했다. 춤추던 시절은 이제 끝났다. 나는 되도록 롱보드 사용은 늦출 계획이었다. 나는 무릎을 꿇고 패들하여 디치의 무리들을 돌아 바깥에서 파도를 잡았다. 10피트짜리 보드를 조종하는 건 이상한 기분이었지만 오래전에 익힌 동작들이 하나씩 돌아왔고, 파도타기가 끝날 때쯤엔 나는 조심스레 발을 바꾸며, 역설적이지만, 보드 앞코 쪽으로 향해갔다. 내가 파도를 올라탈 때, 파도 어깨에 앉은 남자가 나를 관찰했다. 내 나이 또래인 그는 매부리코였고, 진한 금발이 어깨 아래까지 내려왔으며, 염소수염을 길렀다. "당신이 롱보드를 탔다는 말은 안 하던데." 그는 소리를 꽥 질렀다.

피터는 일러스트레이터였고, 우리를 연결해준 기자는 우리가 합작해서 동부 해안으로 올라오는 허리케인을 쫓는 기사를 쓰길 바랐다. 나는 파이어아일랜드Fire Island에서 허리케인 스웰을 몇 번 타본 적이 있었지만, 이제 내가 서핑을 할 때는 대부분 여행 중일 때뿐이었다. 캘리포니아, 멕시코, 코스타리카, 카리브해, 프랑스. 그리고 이런 여행 가운데 대부분은, 잔인할 정도로 솔직히 말하자면, 휴가라고 할 수 있었다. 그렇기에 나는 여전히 서핑을 하긴 했으나 진정으로 한다고 말할 수는 없었다. 나는 뉴욕 주변의 파도에도 흥미를 갖지 않았다.

롱보드에 관한 그의 질문에 정확히 답해준 뒤에, 피터와 나는 스웰을 쫓는 기사를 쓴다는 착상은 한심하다는 데 뜻을 모았다. 우리 둘 다 일관성이 없음을 알아낸 해안선을 한참 운전해서 가야만 했다. 그런 다음 그는 내게 몬타우크를 추천하기 시작했다. "여기는 나의 작은 천국이죠." 그는 말했다. 그가 말한 건 디치플레이스가 아니라, 양쪽 방면에서 사람이 없는 리프브레이크, 비치브레이크였다. 피터는 맨해튼에 살았으며, 몇 년 간 디치에서는 여름용 집을 빌려 다른 사람들과 함께 살았다. 하지만 그는 여전히 몬타우크 주변에서 덜 알려지고 변덕스러운 지점을 알아가고 있는 중이었다. 그는 원래 샌타바버라 출신으로 하와이에서도 살았다. 우리가 처음 디치 동쪽의 암초에 단단한 가을 스웰이 부서지면서 생긴 좋은 파도를 탔을 때, 나는 그의 서핑이 참으로 매끄럽고 힘이 넘친다는 걸 알고는 깜짝 놀랐다. 동부 해안에서 종종 보는 스타일이 아니었다. 동부는 파도가 작고 탈 수 있는 구간이 짧아 덜컥거리면서 우아하지 못하게 서핑할 수밖에 없었다.

그날 밤 저녁을 먹으면서 그는 내게 자기의 흥미를 끌었던 서핑 잡지 여행 기사를 보여주었다. 사진 속의 파도는 꿈에서나 나올 법한 것이었다. 크고, 진한 빛으로 물들었으며, 다리 힘이 빠질 정도로 깨끗한 파도. 서핑 잡지의 관습에 따라 장소는 기재되어 있지 않았으나 기자들은 그 장소를 굳이 애써 가리려 하지도 않았고, 피터는 그곳이 어딘지 안다고 했다. "마데이라Madeira예요." 그는 말했다. "와인처럼."✦ 그는 지도를 펼쳤다. 그 섬은 과녁 한가운데처럼 북대서양에서 겨울 스웰이 지나는 창문 안에 자리했다. 리스본에서 600마일가량 떨어진 곳. 그는 확인해보고 싶다고 했다. 나도 갑자기 그러고 싶은 마음이 들었다.

✦   마데이라는 포트와인의 산지로 유명하다.

우리는 1994년 11월에 첫 번째 여행을 떠났다. 마데이라는 감각에 충격을 주는 곳이었다. 투명한 녹색의 해안, 벼랑 사이를 바짝 지나는 작은 길, 우리의 보드를 미심쩍게 쳐다보는 포르투갈 농민들, 깊은 대양에서 무겁게 솟구치는 파도. 우리는 협곡과 숲을 가로질러 수직으로 깎아지른 높은 암붕을 넘었다. 우리는 노변 카페에서 프레고노퐈오prego no pão(마늘 스테이크 샌드위치)를 먹었고 에스프레소를 삼켰다. 우리는 방조제를 오르고 제방을 내려갔다. 주변에 다른 서퍼들은 없는 것 같았다. 북부 해안, 폰타델가다Ponta Delgada라는 마을에서 떨어진 곳에서 우리는 커다란 왼쪽 파도를 찾아냈다. 파도는 뒤죽박죽에, 우리가 본 다른 모든 장소들처럼 허기져 보이는 바위에서 너무 가깝게 부서졌다. 하지만 파도는 그곳의 바람이 불지 않는 곳으로 휘감아 들어갈 때면 깔끔해졌고, 안쪽 벽은 길고 빠르며 강력했다. 나는 탄성이 절로 나오는 파도를 연이어 잡아 탔다. 피터는 내 옆을 패들해서 지나가며 으르렁거렸다. "그만 좀 덤빌래?" 나는 그의 노골적인 경쟁심을 좋아했다. 그는 보통은 나보다 서핑을 잘했고, 델가다에서는 지점 너머 바람 부는 푸른 해역으로 홀로 과감히 나가, 내가 끼고 싶지 않은 괴물을 사냥했다. 하지만 나와는 달리, 그에겐 파도를 고르는 운이 없었다. 또 나와는 달리, 그에겐 해변에서 구경하는 여자 친구가 있었다.

앨리슨Alison은 이 여행의 깜짝 부록이었다. 그녀와 피터는 만난 지 얼마 안 된 사이였다. 마르고 강하며 과격하고 끝없이 투지가 넘치는 검은 머리의 여자로, 마찬가지로 상업 일러스트레이터였다. 둘 다 쉬지 않고 그림을 그렸다. 카페와 공항 라운지에서 빗금으로 음영을 넣으며, 그녀는 진행 중인 그의 작품에 잉크를 더

하려 손을 뻗었다. "검정색을 두려워하지 마!" 두 사람은 작품을
호텔과 렌터카 사업소에서 팩스를 빌려 미국에 있는 고객들에게
보냈다. 두 사람은 스타일을 가졌고, 챙겨야 할 게 적으며, 그 무
엇에도 기죽지 않는 여행자들이었다. 하지만 변덕스럽기도 했다.
우리가 마데이라에 도착한 다음 날 파도를 찾기도 전에, 그들은
자기들은 포르투갈 본토로 가고 싶다고 당당히 말했다. 그쪽이
더 재미있어 보인다는 것이었다. 그건 말도 안 돼. 나는 말했다.
말은 안 했지만 소름이 끼쳤다. 이 사람들은 대체 뭐가 잘못된 걸
까? 피터는 자랑스럽게 베레모를 쓰고 다니기 시작했다. 나쁜 징
조가 하나 더해진 셈이다. 우리는 파도를 찾아가기 시작했다. 처
음에는 폰타델가다에서, 그다음에는 거기서 동쪽으로 몇 킬로미
터 떨어진 곳에서 파도의 부피가 크고 일관성이 있게 부서지는
리프브레이크를 찾은 피터는 그곳을 섀도우랜드Shadowland라고 불
렀다. 그곳의 벼랑은 너무 높아서―3,000피트는 넘을 듯했다―
겨울에는 태양이 해안에 닿지 않았다. 우리는 팔이 길고 다리가
짧은 얇은 웨트슈트를 입고 간조의 섀도우랜드에서 갑자기 생긴
배럴을 엮어가는 법을 천천히 알아냈다.

　하지만 주요 파도가 이는 지역은 남서 해안으로, 북서 스웰이
섬의 서쪽 끝을 쓸고 돌아가며 길고 정돈된 선으로 매끄럽게 변
하는 지점이었다. 서핑 잡지에서 귀띔해준 정보가 있었기에, 우
리는 어디를 봐야 할지 알고 있었다. 거기에는 자르징두마르Jardin
do Mar, 바다의 정원이라는 이름을 가진 마을이 있었다. 작고, 동
화책에 나오는 것 같은 곳 위에 자리 잡은 곳이었다. 사진을 믿을
수 있다면, 그 곳에서 훌륭한 파도가 부서졌다. 우리가 처음 확인
했을 때는 바람이 나빴고 파도가 작았다. 나는 딱히 파도를 찾을

거라는 기대 없이 자르징 서쪽 해안을(수직이고, 황량하며, 입이 떡 벌
어지게 근사한 곳) 서프보드를 타고 탐사했고, 피터와 앨리슨은 바
위를 따라 걸었다. 그는 만일의 경우를 대비해서 보드 하나를 질
질 끌고 갔다. 폰타페퀘나Ponta Pequena라고 하는 울퉁불퉁하고 바
위가 여기저기 흩어진 갑에서 우리는 깜짝 놀랄 만한 상황과 마
주쳤다. 얕은 협만 안으로 깨끗하고 격렬하고 작은 오른쪽 파도
가 감돌았다. 피터와 나는 그 사이로 들어갔다. 가슴까지 오는 파
도치고는 떨어졌을 때 치러야 하는 대가가 유달리 커서, 피터는
상당한 피를 바위 위에 흘렸다. 나는 또 한번 운이 좋았다. 그 후
에, 우리가 처음으로 폰타페퀘나에서 파도 탔던 때의 일을 피터
가 그린 것을 보고, 나는 그가 또다시 점수를 매기고 있었다는 사
실을 알게 되었다. 그림에 포함된 득점표에 따르면 그는 1.5배럴
을 탔고, 나는 5배럴을 탔다. 또한 그는 부상을 입었고, 나는 입지
않았다. 그의 이 모든 일들이 여자 친구가 보고 있는 가운데 일어
났다.

　나중에 생각난 것이지만, 피터가 고안한 이 작은 시합을 내가
좋아한 이유는 내가 늘 이기는 것처럼 보였기 때문이었다. 피터
는 아마 그렇게 말하지 않았을 것이다. 스케이터처럼 이것저것
주렁주렁 걸친 외양을 하고 있지만(그는 마흔이 넘은 나이에도 자기가
사는 동네 트리베카TriBeCa에서 여전히 스케이트보드를 탔다), 그 아래에
는 말은 없어도 완벽하게 예의 바른 사람이 있었다. 그의 부모님
은 그가 어렸을 때 동유럽을 탈출한 체코 이민자였고, 그의 남다
른 교양 중 어떤 부분은 부모님에게서 온 듯했다. 캘리포니아의
야생 속 구세계의 양육 방식. 하지만 나머지는 그의 개성이었다.
그리고 나는 그가 서핑의 본질인 으스대기와 단독성을 이용해서

그것을 정색하는 농담으로 바꿔버리는 방식을 좋아했다. 이제까지 함께 서핑한 사람 중에는 잠재적인 경쟁심을 잔뜩 품은 사내들이 너무 많았던 까닭에 나는 따로 말을 꺼내거나 하지 않았다. 미술 학교에서 피터의 영웅은 로버트 크럼Robert Crumb[+]이었고, 피터와 그의 사부는 황당한 진실을 풍자하는 일에 대한 애정을 나누었다.

마데이라 여행을 위해 나는 큰 파도용 보드를 샀다. 내가 처음으로 소유한 건이었다. 8피트 길이의 스쿼시테일 트러스터로 두껍고 다트처럼 날렵해서 순전히 속도를 내기 위한 용도였다. 표면상으로는 딕 브루어라고 하는 오래된 노스쇼어 장인이 형태를 잡은 것이었다. 브루어는 큰 파도용 보드 제작자로 유명했고, 나는 그가 내 보드를 디자인하고 서명하는 일 이상을 한 건 아닐까 의심했다. 나는 롱아일랜드의 서핑 샵에 갔다가 그곳에 전시돼 있던 보드를 즉시 구입했다. 브루어가 거기서 무엇을 하고 있었는지는 의문이었다. 롱아일랜드에서는 가장 큰 허리케인 스웰이 닥쳐오는 날에도 그런 보드를 필요로 하는 파도가 일지 않았다. 하지만 나는 그 보드가 나타난 것을 일종의 징조로 받아들였다. 피터는 내게 그 보드를 사라고 부추겼고, 나는 샀다. 피터도 거기서 보드 하나를 샀다.

마데이라에 오고 며칠이 지난 후에야 우리가 특별한 걸 찾아냈다는 사실을 깨달았다. 하지만 몇 번의 시도만 했을 뿐인데도 우리는 보드의 진면목을 파악했다.

[+]   미국 문화를 풍자한 만화로 유명한 언더그라운드 만화가.

처음으로 우리가 자르징두마르에서 서핑했을 때는, 아니 처음
으로 우리가 제대로 서핑을 했을 때는 그다음 해였다. 6피트만
되어도 심각한 파도였다. 무거우며 밀려오는 간격이 긴 일렬의
파도들이 서쪽으로부터 행진해 들어와 숨이 턱 막힐 정도의 커
브를 그리며 갑을 돌았다. 파도는 깃털을 날리며 해안 쪽을 향해
말렸고, 발굽 모양의 가장 바깥 지점에서 부서졌다가 바위 많은
해안을 향해 굴러 내려왔다. 우리는 닦이지 않은 보트 진입로—
방조제에서 이어지는 이끼 낀 내리막길—에서부터 패들해서 나
왔다. 라인업에 가까워질수록, 파도의 힘과 아름다움이 더 쏟아
져 들어왔다. 겨울 오후의 낮게 뜬 태양 아래 빛나며 포효하는
파도 세트 하나가 굴러오자, 감정이 응어리져 목이 메었다. 이름
붙일 수 없는 기쁨, 공포, 사랑, 욕망, 감사 따위가 뒤엉켜 하나
가 되었다.

한 무리의 마을 사람들이 교회 종탑 아래 테라스에 모여 있었
다. 그들이 본 서퍼는 우리가 처음은 아닐 것이었다. 그럼에도 우
리가 라인업을 파악하려고 애쓸 때 그들은 우리 성과에 굉장한
호기심을 보였다. 그들은 우리 중 한 사람이 파도를 잡으면 환호
성을 질렀다. 테이크오프는 강렬했고, 은빛 면의 거대한 내리막
길과 함께 재빨리 일어선, 드넓고 빛을 받은 금록색의 벽을 본다
면 분명 극적이었을 것이다. 우리 둘 다 보수적으로 서핑했다. 조
심스레 파도를 골랐다가 세차게 달려갔고, 파도의 커다란 얼굴
면을 이용해 그 구간에서 크게 돌았으며, 서로 존중하며 보드를
들어 배럴 안으로 들어서지 않았다. 물의 속도와 깊이, 그리고 규
모는 일종의 계시, 혹은 영광이었다. 마을 사람들은 딱 보면 누가
잘 타는지 알았다. 또한 바다의 이쪽 부분도 잘 알았고, 그들의

높이에서 보면 우리보다 더 많이 볼 수 있었다. 그들은 우리에게
자리를 알려주려고 휘파람을 불었다. 날카로운 휘파람은 큰 파도
가 다가오고 있다는 뜻이었고, 우리는 더 멀리까지 패들해서 나
가야 했다. 더 부드러운 휘파람은 우리가 맞는 지점에 있다는 뜻
이었다. 우리는 어두워질 때까지 서핑했다.

그날 저녁 우리는 마을 카페에서 에스파다프레타를 먹었다. 살
이 달고 괴물처럼 생긴 심해 생선이었다. 우리는 휘파람 분 사람
들에게 감사를 표하고 술을 한 잔씩 사주고 싶었지만, 사람들은
수줍음을 탔고 이방인에게 익숙하지 않았다. 피터는 그 파도를
"제일supreme"이라고 발음했다. 나는 머물 곳을 찾기 시작했다.

마데이라는 겨울 동안 나의 은신처가 되었다. 휴가라고는 할
수 없었다. 이것은 침잠이었으며 가끔은 몇 주 동안 지속되었다.
우리가 서핑하는 지점은 모두 아슬아슬하고 몹시 복잡한 리프브
레이크로, 부지런히 연구해야 했고, 작은 실수 하나만 있어도 혹
독한 대가를 치러야 할 것이었다. 나로 말하자면 이제 체력은 시
들시들 줄어들고, 언론인으로서의 일은 최고조에 올라 있어서 이
처럼 이판사판 오지에서 하는 힘든 프로젝트를 맡기에는 이상한
때였다.

하지만 나는 이 섬이 공감할 만한 은신처라는 걸 깨달았다. 하
와이에 온 포르투갈 이민자 대부분은 마데이라 출신 같았다. 우
리가 어렸을 때 먹었던 말라사다(포르투갈 도넛)도 여기서 유래한
음식이고, 내가 한때 익히지 않은 채 게걸스레 먹었던 포르투갈
소시지도 마찬가지였다. 심지어 우쿨렐레도 원래는 마데이라산
으로, 여기서는 브라기냐braguinha로 알려져 있었다. 나는 마데이

◇
자르징두마르, 마데이라, 1988년.

라인의 얼굴에서 내가 오아후와 마우이에서 알았던 페레이라 가족과 카르발류 가족의 강한 흔적을 볼 수 있었다. 그렇다고 생각했다. 마데이라인들은 사탕수수밭에서 일하려고 몇 천 명씩 하와이로 갔다. 설탕은 마데이라의 제일 수출 품목이었다. 섬은 와인으로 유명했지만, 주요 수출품은 와인이 아니었다. 인간이었다. 마데이라는 19세기 중반 이후로 자기 인구를 부양할 수 없었다. 사람들, 특히 젊은 사람들은 여전히 우르르 이민을 갔다. 남아프리카공화국, 미국, 영국, 베네수엘라, 브라질 등 내가 만난 마데이라 사람은 모두 해외에 친척들이 있는 것 같았다.

아프리카와의 연결이 가장 강력했다. 안토니오 살라자르, 20세기 중반의 독재자는 농민 과잉 문제를 앙골라와 모잠비크의 식민지로 수출하려고 했고, 많은 마데이라인들이 이 대탈주에 동참했다. 대부분은 농부가 되어 면화와 캐슈cashew를 재배했다. 필연적으로 많은 이들이 군인으로 복무했다. 심지어 작은 자르징두마

르의 수백 명밖에 안 되는 거주민 중에도 반식민지praçapraça 전쟁
에 참여한 포르투갈 퇴역 군인이 몇 있었다. 나는 모잠비크 독립
후에 발발한 내전에 대한 글을 쓴 적이 있어서 그곳을 잘 알았다.
하지만 마데이라의 과거 식민주의자들 사이에서 모잠비크에서
보낸 시간에 대해 굳이 이야기를 꺼낼 이유는 없었다. 거의 모든
포르투갈인들은 독립 후 도망쳤으니까.

이제 이민자들은 새롭게 민주화된 남아프리카공화국에서도
탈주했다. 운송 컨테이너들이 자르징의 프라사praça라고 하는 광
장에 나타났다. 온 마을 사람들이 전리품을 내리려고 모습을 드
러냈다. 목재 가구, 현대식 가전제품, 심지어 차까지. 모두 프리
토리아에서 온 것이었다. 나는 주제 누네스Jose Nunes라고 하는 자
르징 토박이와 친구가 되었다. 그는 이전에 남아프리카공화국
에서 살았다고 했다. 이제는 아버지에게서 물려받은 작은 술집
겸 식료품점 위층에서 가족들과 함께 살았다. "사람들은 지금
남아프리카공화국에서는 안전하다고 느끼지 못하기 때문에 돌
아오고 있어." 주제는 말했다. "여기는 안전하지. 그런데 할 일
이 없어."

사람들은 여전히 낚시도 하고 농사도 지었지만, 농업은 작은 바
위 벽으로 두른 계단식 밭에서 직접 손으로 해야만 했다. 고된 일
이었다. 붉은 얼굴에 안짱다리, 단단한 육체의 노인들은 트위드
모자와 카디건 차림으로 계단식 밭에서 일했다. 와인용 포도, 바
나나, 사탕수수, 파파야 등 심하게 가파른 비탈을 빼고는 작은 땅
뙈기와 들판 모두 밭으로 깎아놓았다. 자르징에서는 집집마다 포
치와 벽에서 꽃들이 넘쳐흐르는 것 같았다. 끊임없이 빛이 비쳤
고, 샘물이 송송 솟는 음악 소리가 산에서부터 쏟아졌다. 물은 마

을 사이에 놓인 복잡한 배수관을 통과하며 싱싱한 채소 텃밭에 공급되었다. 집들의 타일 지붕 모서리에는 도자기 비둘기, 고양이, 작은 복서 같은 개, 구식 모자를 쓴 젊은 학자들의 흉상이 얹혀 있었다.

나는 마을에 새로 연 호텔에 한동안 머물렀다가 후에는 방을 빌려 살았다. 파도가 없을 때나 바람이 나쁠 때를 대비해 일거리를 가져오기는 했다. 하지만 파도가 나의 나날을 지배했다. 파도는 컸고, 물안개와 천둥이 공기를 채웠다. 스웰이 밀려오는 밤 동안에는 자르징에 포효가 울려 퍼졌다. 바다가 아니라 그 지점의 돌이 신음하는 것 같은 깊은 저음의 요동 소리가. 마데이라에는 대륙붕이 없었다. 그런 면에서는 하와이와 같았다. 북쪽과 서쪽에서 폭풍이 만들어낸 거대한 스웰이 방해받지 않고 심해를 건너와 이 섬을 전력으로 후려친다. 하지만 하와이에도 그 충격을 흡수할 수 있는 연안의 암초와 모래 해변이 여러 군데 있었다. 마데이라도 동쪽 어딘가에 해변이 있기는 하겠지만, 거기서 10년 동안 파도를 쫓은 나도 본 적이 없었다. 연안에는 바위와 벼랑이 있어서, 그렇지 않아도 높은 위험 지수를 크게 배가했다. 우리는 행복의 풍부한 광맥을 파내고 있었다. 하지만 재난은 그렇게 멀게 느껴지지 않았다.

우리의 첫 번째 재난은 두 번째 겨울 동안에 일어났다. 폰타페퀘나에서 피터에게 일어난 일이었다. 우리는 자르징에서 아침 일찍 패들해서 나갔다. 유리같이 매끄러운 파도가 크게 일던 날이었다. 오후에 처음으로 크게 일던 파도의 두 배 크기였다. 우리는 둘 다 건을 타고 있었다. 모든 것의 규모가 확장되었다. 우리가 이전에 서핑했던 곳에 훌륭한 파도가 쏟아졌지만, 그 지역은 이제 안전하지 않았다. 커다란 파도 세트는 바다 저 멀리에 나타났다. 연하늘색 수면 위에 어두컴컴해지는 띠들이 넓고 무겁게 떴고, 남서쪽에서부터 우리를 향해 조용히 전진해 왔다. 파도가 다가오자 나는 가만히 한자리에 있기 어렵다는 걸 깨달았다. 나는 스웰의 크기에 기죽지 않고 더 깊은 물을 찾아 남쪽으로 계속 속도를 내 헤엄쳤다. 오션비치에서 본 어떤 파도보다도 컸고, 지금보다 몸 상태가 나았을 시절에 만났던 어떤 파도보다도 컸다. 몇몇 사람들이 성당 테라스에 나와 구경하고 있었지만 휘파람을 불지는 않았다. 어쩌면, 끊임없이 빵빵 터지는 쇼어브레이크 소리가 휘파람을 삼켜버렸는지도 모른다. 피터는 더 배짱 있게, 파도 세트가 나타난 수평선을 향해 별로 흥분하지 않고 패들해서 나갔다. 그는 바깥 벽에서 멀어지는 게 아니라, 그쪽을 향해 각도를 틀었다.

테이크오프 지점은 얼굴 면이 크고 깨끗하게 트여 있었으며, 딱히 세게 부서지지 않았다. 또 파도의 벽도 파국을 불러올 만큼 여러 구간으로 나뉘지 않고 그 지점까지 쭉 이어져 버텨줄 듯했다. 결국 피터는 파도를 하나 잡아 탔다. 고함을 지르며 그는 벌떡 일어서서 파도의 내민 부분 위에 올라탔다가 아주 오래인 것처럼 느껴지는 시간 동안 사라져버렸다. 그가 선을 따라 내려가는 진로를 보았다고 생각은 했지만 확신할 수는 없었다. 그때 그는 두 팔을 들고 저 멀고 먼 안쪽에 있는 파도의 어깨로 날아올랐다. 그는 함성을 지르며 돌아왔다. 할 만했어. 그는 말했다. 미친짓이었다. 나도 쿵쾅거리는 심장을 안고 이동해 라인업으로 들어갔고 파도 두 개를 잡았다. 테이크오프는 아찔했고 토할 것 같았지만, 그렇게 가파르지는 않았다. 얼굴 면은 20피트 정도 되었다 (우리는 파도 높이를 10에서 12피트로 잡았다). 나는 균형을 잡기 위해 팔을 뻗고 조심스럽게 서핑했다. 나는 길게 강하하며 파도를 탔다. 푸른 벽이 길게 펼쳐진 캔버스 같았다. 매번 탈 때마다 보트 선착장 근처에서 안전하게 미끄러지며 파도에서 내려왔다. 나는 건을 타고 있는 게 무척 기뻤다. 자신감이 찔끔찔끔 돌아왔다. 그때 피터의 말에 나는 놀랐다. "여기서 빠져나가자." 그는 말했다. "압력이 너무 높아."

나는 흐뭇하게 그 자리를 떴다. 머리카락은 여전히 마른 채였다. 우리는 잔잔한 물을 반 마일 정도 거스르며 해안을 따라 패들해서 폰타페퀘나까지 올라갔다. 페퀘나에서 바깥 쪽 테이크오프는 부드러웠다. 이 정도 크기에서는 보잘것없는 것도 아니었지만, 쉬웠다. 페퀘나는 이상한 파도였다. 6피트가 넘을 때는 파도를 타도 대부분의 파도처럼 점점 가늘어지지는 않았지만, 실제로 우리가 처음 서핑을 하기 시작한 얕은 만 가까이에서는 갑자기 더 강력해지고, 보다 빨라졌으며, 훨씬 더 강렬해졌다. 우리는 가속에 대비해야 했다. 마치 말리부에서 노스쇼어까지 하나의 파도로 서핑하는 것 같았다. 하지만 이런 변환 전에는 순간적인 휴지기가 있었다. 과속으로 전환할 계획을 세울 시간, 어떤 선을 타고 가다가 어떻게 탈출할 것인지를 결정할 여유가 있을 만큼의 휴지기. 나는 주로 그 돌연변이 같은 형태 변화 때문에 점점 페퀘나를 사랑하게 되었다. 이런 햇빛 환한 아침에는 거대한 자르징의 파도에서 상처 입지 않고 살아남았으므로 거칠게, 행복하게, 두려움 없이 서핑했다. 아마도 이 때문에 피터가 사라지고 없다는 것을 깨닫기까지 오래 걸렸는지도 몰랐다. 우리는 순번을 바꾸어

가며 파도를 타고 있었다. 그러다 갑자기 서핑하는 사람이 나 혼
자가 되었다. 나는 채널을 계속 주시하고, 계속 영향권을 확인했
다. 나는 걱정하지 않았다. 피터는 강하고 영리했다. 이전에 느꼈
던 날카로운 위협의 감각은 벗겨졌다. 마침내 나는 피터의 모습
을 발견했다. 그는 해안에서 페퀘나의 아래쪽 끝을 표시하는 바
위 아래에 보드를 옆에 두고 머리를 무릎 사이에 끼운 채로 앉아
있었다. 나는 그리로 방향을 정하고 해안으로 더듬더듬 갔다.

피터는 내게 고개를 끄덕였다. 그는 바다를 내다보았다. 딱히
1,000야드 앞까지 내다보는 눈길은 아니었지만, 그렇게 멀지도
않았다. 그는 파도에 너무 오래 머물러 있다가 옆 파도에 휩쓸린
후, 쇼어브레이크에 빨려든 것 같았다. 그러다 그의 발목 줄이
바위를 팽팽히 감았다. 이런 조수(만조), 이런 크기에서 페퀘나
의 쇼어브레이크는 절대적으로 출입 금지였다. 파도는 뾰족뾰족
한 현무암으로 된 자갈 비탈에서 부서졌고 그다음에는 깎아지른
듯한 벼랑에 부딪혔다. 피터는 발목 줄에서 빠져나올 수도, 손을
뻗어 그걸 끊을 수도 없어서 그대로 갇혀버렸고, 질질 끌려가다
내던져졌다. 그러면 대부분은 물 아래로 가라앉았다. 피터는 얼
마나 많은 파도가 자기를 두들기고 갔는지 알지 못했다. 익사해
버리기 직전이구나 하고 생각할 때, 드디어 줄이 끊어져버렸다.
"기적이었어." 그는 웅얼거렸다. "어째서 끊어졌는지는 전혀 모르
겠어."

보드는 피터보다 더 두들겨 맞은 듯 보였다. 그는 후에 페퀘나
쇼어브레이크에서 겪은 역경을 연작 드로잉으로 그렸다. 〈바람직
하지 못한 상황 002번〉 같은 제목이 붙은 이 작품은 약간은 코믹
했다. 바위와 벼랑과 텅 빈 계단식 해안이 끈에 묶여버린 코주부

서퍼 위로 음험하게, 딱정벌레처럼 빨리 지나갔다.

　우리는 더 이상 근방에서 유일한 서퍼가 아니었다. 우리가 처음 오고 난 직후, 하와이의 프로 서퍼 무리가 마데이라에 왔다. 그들은 대단한 파도라고 평했고, 그들의 여행을 묘사한 화려한 잡지의 양면 기사에서 자르징은 긍정적으로, 호놀루아만과 비교되었다. 그리하여 비밀은 똑똑히, 진실로 드러나버렸다. 심지어 마크 레네커도 완충 헬멧을 쓰고 자르징에 서핑하려고 왔다고 들었다. 자르징은 1등급 파도로만이 아니라 극히 희귀한 곳으로서 전 지구의 서핑 언더그라운드에 회자되고 있었다. 큰 파도가 이는 포인트 브레이크로는 어쩌면 세계에서 제일가는 곳인지도 몰랐다. 아무도 이곳이 얼마나 큰 스웰을 다룰 수 있는지 몰랐다. 그 누구도 이곳의 파도가 클로즈아웃되는 걸 본 적이 없었다. 하와이 사람들은 다른 지점에서도 탄성을 질렀다. 서쪽으로 옆에 있는 마을 파울두마르Paul do Mar에서도 끝도 없이 이어지는 배럴이 해안 가까이에서 부서졌다. 자르징에서도 폰타페퀘나 너머로 그 파도를 볼 수 있었다. 하지만 파울까지 차를 몰고 가는 길은 고문이었다.

　우리가 자리를 비운 동안, 캘리포니아 서퍼가 원근을 무시하고 자르징의 파도를 재현한 거대한 벽화가 프라사(광장)의 벽에 그려져 있었다. 영국인, 오스트레일리아인, 미국인, 포르투갈 본토인으로 이루어진 각양각색의 무리가 여기저기 묵으면서 마을을 돌아다니기 시작했다. 우리는 겨울을 나러 온 젊은 커플인 무나Moona와 모니카Monica와 친해졌다. 무나는 스코틀랜드인이고, 모니카는 루마니아인이라고 했다. 두 사람은 전쟁 중이던 보스니아에서 구호 활동을 하다 만났다. 그들 사이에는 니키타Nikita라는

갓난아이도 있었다. 모니카는 《잉글리시 페이션트The English Patient》
를 루마니아어로 번역하는 중이었다. 과거에 스케이트보드 프로
선수였던 무나는 겁도 없이 자신의 스케이트보드 기술을 최고로
가혹한 파도 속에서 서핑 능력으로 변환시키려 했고, 정반대의
결과를 얻었다. 총명한 한 쌍인 그들은 아무것도 없는 바닷가 방
에서 살았다. 나는 보스니아에 대한 글을 쓴 적이 있었고, 무나와
모니카는 내가 투즐라Tuzla를 방문해야 한다고 말했다. 그들이 지
나친 옛 소금 광산 도시였다. 그곳은 기승을 부리는 민족주의의
바다 한가운데 있는 반민족주의의 섬이라고, 그들은 말했다. 그
들이 얼마나 설득력 있게 말했는지, 그해 겨울 다시 일로 돌아간
나는 그들의 충고를 받아들여 투즐라로 향했다. 그들의 말이 맞
았다. 그곳은 범민족적 신랄함만 남기고 끝나버린 전쟁의 여파를
볼 수 있는, 황폐하고 가슴 저미도록 슬픈 곳이었다.

　어느 날 아침, 우리 무리 중 여섯 명 정도가 떼를 지어 파울두마
르로 향했다. 파도는 8피트 정도였고 홈이 파여 있었다. 한 시간
도 안 되어 피터는 보드를 부러뜨리고 발을 베였으며, 제임스James
라는 미국인은 입술이 갈라지고 발목이 부러졌다. 그들은 세 시간
떨어진 주도 푼샬Funchal의 병원으로 함께 떠났다. 이틀 후 다시 한
번 파울에 왔을 때, 나의 발은 쇼어브레이크의 바위 사이에 끼었
다. 나도 엑스레이를 찍으러(뼈는 무사했다) 같은 병원에 갔고, 한
주 동안 덕트테이프를 발과 발목에 두껍게 감고 서핑했다. 피터는
파울두마르는 서핑 지점이 아니라고, 그저 그림같이 아름다운 가
미카제식의 클로즈아웃일 뿐이라고 선언했다. 나는 동의하지 않
았다. 나는 그곳의 파도가 사람에게 최면을 건다고 생각했다.

　하지만 기이할 정도로 위험했다. 원초적인 힘 말고도 해안선이

문제였다. 바위는 대부분 둥글었지만, 물에 들어가려면 쇼어브레이크와 접하는 땅을 건너야 했는데 그게 너무 넓었다. 특히 파도가 높을 때는 더 그러했다. 심지어 시간을 조심스럽게 재고 휴지기를 기다려서, 쇼어브레이크의 파도가 저절로 퍼져나가도록 놔둔 후 보드를 들고 젖은 바위 위를 무모하게 뛰어나간다고 해도 패들해 나갈 만큼 깊은 물에 다다를 수 없을 때도 있었다. 그러면 곧 다음 파도가 우리를 내리치고 뒤로 밀쳐서 바위 너머로 날려 보냈다. 보드, 몸, 위엄이 모두 우그러졌다. 가끔은 아주 심하게 상하기도 했다. 이건 보통 바다에서는 일어나는 문제가 아니었다. 계산하기 까다로운 산수 문제 같았다. 시간과 거리가 마데이라 특유의 이유로 계산되지 않았다. 나는 그렇게 입장할 때부터 사람 기운을 꺾는 서핑 지점은 처음 보았다. 그리고 출구, 다시 마른 땅으로 돌아오는 건 더 힘들었다. 우리가 타러 간 파도는 기껏해야 해안에서 30야드밖에 떨어져 있지 않았지만, 가끔은 쇼어브레이크를 직접 마주하느니 마을 동쪽 끝에 있는 방조제를 돌아서 한참 패들해 오는 방법을 택하기도 했다.

그 파도의 찬란한 점은 선을 따라 내려오는 속도였다. 파울에서 물은 종종 치명적일 만큼 맑았고, 그래서 테이크오프할 때 용기가 없어지곤 했다. 가끔은 파도를 잡아 일어선 후 모든 게 계획대로 되었다고 추측한 뒤 오른쪽으로 빠르게 돌았는데 바닥이 전혀 움직이지 않는 경우가 있었다. 물밑의 커다랗고 하얀 바위는 고정적이었고, 심지어 약간 뒤로 밀려나기까지 했다. 즉 너무 많은 물이 파도의 얼굴로 쏟아져 올라와 보드가 아무리 빠르게 수면 위를 가로지른다 해도 육지에서 보면 가만히 서 있는 것처럼 보였다. 이것 또한 평범한 대양의 행동 방식은 아니었다. 그러다가, 이렇게 속이 뒤집어질 만큼 동작이 유예된 순간이 몇 번 지난 후에, 서퍼는 갑자기 해안을 향해 로켓처럼 발사되고 바위는 푸른 물 아래 길고 하얀 선으로 흐릿해져버렸다. 서쪽에서 각도를 휙 틀어버린 파도 위를 너무 빨리 달려가면 100야드쯤 파도를 타고 가는데도 해안에 전혀 가까워지는 것 같지 않았다. 피터 말이 맞았다. 그 파도에는 가미가제 같은 강력한 요소가 있었다. 그것은 좁고 얕았으며, 많은 파도들이 그저 흩어져버렸다. 하지만 파울두마르에서 제대로 이는 파도는 내 마음속에서는 그저 그 자체로도 뉴욕에서부터 왕복 여행을 할 만한 가치가 있었다.

어느 흐린 아침, 나는 파도 셋을 연속으로 빠르게 잡았다. 피터는 새벽에 북쪽 해안으로 가버렸다. 바람과 스웰이 어떻게 될지 잘못 계산한 것 같았다. 전해 겨울, 우리는 북부 해안에서 어떤 지점을 찾아 이제는 잘 기억나지 않은 이유로 그곳에 마돈나 Madonna라는 이름을 붙였다. 그곳 물속에서는 다른 사람을 볼 수가 없었다. 폭포 줄기가 떨어지는 벼랑의 바닥에 있어서 비단처럼 부드럽고 바람은 들지 않은 왼쪽 파도로, 변덕스럽지만 달콤하면서 민첩한 파도였다. 나는 파도의 부름을 느꼈고, 매일 파도가 무얼 하고 있는지 궁금해했다. 피터는 그날 아침 어떤 예감이 든다며 마돈나로 향했다. 하지만 거기까지 가는 길은 길었고, 파울두마르에서도 단단한 스웰이 닥쳐왔으며, 연안 파도가 있는 곳에서 차를 타고 멀리 가지 않는 것이 파도를 쫓는 첫 번째 규칙이기에 나는 가지 않았다. 그는 다른 친구와 함께 떠났다.

파울의 쇼어브레이크는 내게는 너무 무시무시해 보였다. 나는 동쪽에서 우회로를 택하여 고되게 나아갔다. 파울두마르 마을은

길고 좁은 데다 먼지투성이였으며, 산업화가 다 이루어지지 않았
다. 번쩍이는 만 위에 타일 지붕의 집들이 다닥다닥 들어선 자르
징 마을과는 달랐다. 파울에서는 일단 냄새가 났다. 시내의 동쪽
끝, 부두 옆에 있어서 생선 비린내가 강하게 풍겼다. 파도가 있는
서쪽에서 나는 역한 냄새는 배설물 때문이었다. 사람들은 해안선
의 바위들을 옥외 변소로 이용했다. 바다를 면한 길을 따라 노동
자들의 원시적 거주지들이 줄줄이 이어져 있었다. 그곳은 지저
분했고, 반쯤 벗은 아이들은 낯선 차를 보면 야유를 보냈다. 어떤
오후에는 파울두마르의 성인들 반이 고주망태가 되어 있는 것 같
았다. 나중에 알게 되었지만, 파울 사람들은 자르징 사람들을 속
물이라고 생각했다. 자르징 사람들은 파울 사람들을 하층민이라
고 여겼다. 두 마을은 1마일의 거리에 바다와 산을 사이에 둔 채
로 마주 보고 있었는데, 주변에 다른 촌락은 없었다. 그들의 숙적
관계는 수 세기 전부터 시작되었다. 나는 둘 다 좋아하게 되었다.

　그 흐린 아침, 나는 바깥 멀리까지 패들해서 나갔다가 해안과
평행하게 가며 앞의 파도가 무엇을 하는지 보려고 했다. 파도는
크고, 매끄러웠으며, 높이 솟았고, 격렬해 보였다. 두 명 정도가
물속에 있었는데, 포르투갈 본토 출신에 작은 보드를 무척 잘 타
는 남자들이었다. 나는 가다 말고 잠시 그들과 함께 서핑했다. 그
들은 훌륭한 서퍼였지만, 우리가 모습을 보기 한참 전에 이미 부
서진 파도의 어깨에서만 안전하게 탔다. 사실상 그들은 쪼가리
파도들로도 만족했다. 확실히 쪼가리치고는 근사했다. 그래도 나
는 건을 타고 있었다. 나는 초조하기는 했으나 두려움으로 약해
지지는 않았다. 파도 세트의 무거운 구간이 닥쳐와서 연안 북쪽
에서 팡 터질 때도 그랬다. 나는 더 깊이 움직이며 서쪽으로 패들

해 갔다. 보통의 라인업 표지는 벽돌 굴뚝 두 개였지만, 오늘은 소용이 없는 것 같았다. 오늘 가장 높은 피크는 훨씬 더 서쪽에 있었다.

마침내 타게 된 피크는 해변에서 딱히 멀지 않았다. 그 파도는 내가 이전에 보지 못했던 채널의 서쪽에 있었다. 매우 넓은 파도 구간으로, 무거운 조류, 엄청난 양의 물이 바다로 서둘러 흘러 나갔다. 나는 각도를 안으로 틀어 열심히 패들하여 채널을 가로질렀지만, 바닥의 높고 낮은 윤곽을 따라가는 것 같지 않았다. 바다로 향하는 이 강은 단순히 역학과 각도, 그리고 오늘 아침 스웰의 거대한 부피만으로 만들어진 것이었다. 그 너머에서 무시무시하지만 완벽히 이해할 수 있는—특별히 이해할 수 있는—서핑 지점을 발견했다. 크고, 깨끗하고, 빠르게 움직이는 고전적인 말발굽 피크. 나는 어디로 가야 하는지 알았다. 파도가 높이 일어서는 곳으로 나가야 했다. 그리고 그곳이 내가 가는 곳이었다.

나는 몇 분 간격으로, 각 피크의 중심에서 일어나는 세 개의 파도를 잡아 탔다. 교과서적인 파도였다. 떨어지는 면이 크고, 배럴은 입을 떡 벌렸으며, 어깨는 믿을 만하고, 그렇게 오래 탈 만한 길이가 아닌 파도. 물은 터키색과 회색이 뒤섞여서 탁했다. 그래서 나는 바닥의 바위가 테이크오프의 뒤로 밀려나는지 아닌지 알 수 없었다. 그래도 가슴 깊은 곳에서는, 이 파도는 모든 게 잘못되었다고 말할 수 있었다. 얼굴 면의 물은 너무 빨리 흘렀고, 입술은 너무 세게 뻗었다. 경험이 웬만큼 있는 사람에게도 이 파도의 물리학은 어딘가 이상했다. 분명히 너무 얕았다. 이 파도는 부서지는 물의 양에 비하면 너무나 컸다. 그게 바로 그렇게 세차게 부서지는 이유, 마치 가벼운 장난감처럼 나를 파도의 어깨 위로 발사

하는 이유였다. 나는 과하게 공격적으로 굴어서, 보통의 테이크
오프 본능을 더 무시해서, 딱 맞는 보드가 있어서, 불길한 물리적
힘을 교정할 수 있었다. 아주 딱 맞는 보드 덕분에. 내가 탄 세 번
째 파도는 다른 파도보다도 벽이 더 길었다. 나는 선을 따라 한참
타고 가다가, 대단한 테이크오프 배럴이 만들어낸 일그러진 방에
서 나와, 상대적으로 납작한 얼굴 면 위에 올라섰다. 나는 거품 파
도가 만들어낸 앞발에 찰싹 두들겨 맞아 약간 굴렀고, 그다음에는
해안에 아주 가까운 잔잔한 영역으로 들어섰다. 거대한 이안류 안
쪽이었다. 나는 기회를 봐 육지를 향해 빠르게 헤엄쳐서 쇼어브레
이크 파도의 뒤편에 있는 바위에 발부터 먼저 댔다. 파도가 그 문
제를 오만하게 생각하는가 싶더니 끝내는 나를 살려준 것 같았다.
파도는 고압적으로 나를 밀어내지 않았고, 나는 그동안 바위를 꼭
껴안고 있었다. 잠시 후, 나는 희미한 햇빛을 받으며 육지에 올라
서서, 콘크리트 벽에서 나를 구경하며 내가 파도를 탈 때마다 고
함을 지르고 휘파람을 불던 한 무리의 아이들에게 손을 흔들었다.
아이들도 하는 둥 마는 둥 손을 흔들어주었다.

천천히 해변 길을 따라 내려가 마을을 지났다. 나는 맨발이었
고, 몸에서는 물이 뚝뚝 떨어졌다. 파울 마을 사람들에게 나는 새
로 온 에스트랑게이로estrangeiros(이방인) 중 하나일 뿐이었다. 지느
러미 달린 연한 빛깔의 허접한 물건을 들고 바다에서 먹이나 감
고 다니는 외국 야만인일 뿐이었다. 아무도 "봄 디아Bom dia"라고
인사하지 않았다. 소금에 부식된 높은 벽이 바다를 볼 수 있는 시
야를 막았다. 그 세 번의 파도. 나는 그렇게 심각한 파도는 타본
적이 거의 없었다. 내가 만약 테이크오프를 잘못 판단했거나, 미
끄러졌거나, 한순간이라도 망설였다면 어떻게 되었을지 생각도

하기 싫었다. 정말이지 내가 해낸 일이라고는 나의 공격성을 끌어내서 나보다 훨씬 더 잘하고 용감한 서퍼의 수준에 맞춘 다음 파도를 제대로 탄 것뿐이었다. 운이 큰 부분으로 작용했지만, 오랜 경험도 한몫했다. 나는 그 파도가 치명적이면서 그만큼 흠 없이 완벽하고, 제대로 된 장비와 충분한 기술만 있으면 탈 만하다는 것을 알아보았다.

나는 몸이 떨릴 거라고, 아드레날린 탈진 같은 것으로 몸이 괴로울 거라고 예상했다. 육지에 오른 지금은 무사했으므로. 하지만 대신에 환상적인 기분, 고요하면서도 가뿐한 기분을 느꼈다. 나는 작은 카페로 갔다. 이전에 가본 적이 있는 곳이었고, 사장은 커피와 빵을 외상으로 주었다. 위로 높인 카페 계단에서 바다를 볼 수 있었다. 거대한 파도 세트는 아까보다 더 커진 채로 해안을 따라 굴러갔다. 해안 반대로 흐르는 채널은 사라졌다. 그래서 나는 이제는 존재하지 않는 지점에 있는 크고, 고도로 집중되어 있으며, 잘 조직된 파도들을 짧게나마 볼 수 있었다. 행운이 흘러넘쳤다. 교회를 찾아서 촛불을 켜고 겸허하게 기도하고픈 기분이었다.

나는 무엇을 하고 있었나? 나는 어째서 여기 있나? 나는 성인이고, 남편이고, 시민이며, 실생활에서는 양식화된 공공심으로 가득한 사람이었다. 나의 미국적인 삶. 맙소사, 나는 마흔네 살이었다. 그리고 교회를 다니지도 않았다. 내 불신의 감각을 포함해 모든 것이 비현실적으로 느껴졌다. 그리고 내 손에 들린 컵은 흔들리지 않았다. 정말로, 묽은 인스턴트커피에서는 극상의 맛이 났다.

우정을 쌓은 지 얼마 되지 않았을 때 나는 가끔 피터를 잘못 판단하곤 했다. 나는 소호에서 열리는 어떤 전시회 개막식에 피터를 초대했다. 모두 교도소 수감자들이 그린 작품들이었다. "그래, 그래, '주변인 예술outsider art'✦이라는 거지." 그는 그림들을 들여다보며 말했다. 그는 고개를 비스듬히 숙이고 가까이 다가섰다가 뒤로 물러선 후 얼굴을 찡그렸다. 나는 도우려 했다. "이 친구는 르네 마그리트를 너무 열심히 본 모양인데." 내가 말했다.

피터는 나를 보고 얼굴을 찡그렸다. "나한테 예술사를 죄다 늘어놓으려고 하지 마."

그의 관점에서 보면 나는 그저 뻔하게 생각하는 사람으로 보일지도 모른다는 것을 그때 깨달았다. 이것이 그가 나를 가장 무뚝뚝하게 대했던 때였다.

우리는 머리스트리트Murray Street에 있는 공장을 개조한 그의 아파트로 갔고, 그가 나를 위해 마가리타를 만들어준 뒤에는("뉴욕에서는 제대로 만드는 법을 모른단 말이야") 그의 개와 함께 서핑 비디오를 보았다. 알렉스라는 이름의 눈이 밝은 토이푸들이었다. 아래층은 뉴욕돌스New York Dolls라는 토플리스바가 있었다. 그 술집의 주된 수입원은 월스트리트에서 일하는 손님들이었다. 위층에 사는 조용하고, 재미있고, 나이 많은 스케이터인 피터는 가끔 스케치북을 가지고 와서 일했고, 특별 대접을 받았다. 맥주를 싸게 주고, 괜한 서비스는 권하지 않는다. 그리고 이웃 할인은 피터의 손님들에게까지 확장되었다. 바에서 일하는 여자들은 랩댄스를 추는 사이사이 잡담하러 들렀다. 그들은 모두, 틀에 박힌 표현으로 말

✦ 정식으로 미술교육을 받지 않은 사람들이 유파와 관계없이 창작을 하는 것.

하면, 심장이 멎을 듯한 가슴이라는 분야에서는 석박사급이었다.
이 술집은 비현실적으로 이 지역의 특색이 물화한 것 같은 느낌
이었지만, 놀랍도록 편안하고 쾌적하기도 했다. 이는 심지어 피
터가 쓴 표현이었다. 그의 뉴욕은 놀라움으로 가득했다. 그는 예
술학교를 졸업한 뒤에 대형 광고 회사에서 일을 시작했다. 상상
하기 어려운 모습이었다. 그러다가 프리랜서로 잘나가기 시작했
다. 그는 결혼했다가 이혼했다. 한창 때는 밤의 향락을 즐기러 다
녔고, 그때 만난 친구들은 아직도 그가 어떤 클럽에서 셰어를 만
났을 때의 이야기를 했다. 피터가 셰어에게 춤을 추자고 청했고,
그녀와 함께 댄스 플로어를 끝장냈다는 것이었다.

"셰어였어!" 내가 못 믿겠다는 티를 내자 그는 말했다. "커다란
기회였지!" 그의 역설적 표현은 가끔은 내가 읽을 수 있는 것보다
도 수준이 한참 높았다.

하지만 피터의 대도시 생활은 그와 앨리슨이 디치플레인스에
눈여겨봐둔 땅에서 작고 오래된 집을 하나 찾으면서 갑작스레 끝
났다. 두 사람은 각자 자기 아파트를 팔고 알렉스와 함께 그리로
이사 갔다. 그들은 집 건너편에 스튜디오를 짓고 공간을 나눈 후
몇 미터 떨어져 일하면서 계속 삽화를 쏟아냈다. 바다는 길 건너
에 있었다. 그들은 항해용 카약을 사서 줄무늬 농어, 도미, 전갱
이, 도다리를 잡았다. 그들은 나피그만^{Napeague Bay}에 가서 조개를
잡고, 동네 소금 호수에서 게를 잡았다. 피터는 오두막에 영업용
훈제 기구를 설치했다. 한두 해쯤 지나자 그들은 바다에서 건져
올린 것과 텃밭에서 나는 푸성귀로 근근이 살아갈 수 있게 되었
다. 그들은 낡은 낚싯배를 샀고, 피터는 마당에서 그걸 보수했다.
날씨가 너무 추워서 밖에서 일할 수 없게 되자 그는 배 위에 퀸셋

식 오두막을 지었다.[*] 나는 종종 그들을 찾아갔다. 허리케인이 불어 스웰이 일면 나는 그들의 집에 머물렀고, 피터와 나는 디치 동쪽의 이름은 알려지지 않았지만 가끔은 훌륭한 암초와 포인트브레이크에서 파도를 탔다.

그들은 남쪽 스웰이 솟아오르는 시기에 결혼했다. 결혼식은 몬타우크포인트의 등대 아래 풀밭 언덕에서 열렸다. 늦은 오후의 황금빛 햇살이 깔리는 시간이었고, 우리가 서 있는 자리 남쪽에서는 터틀스Turtles라고 하는 포인트브레이크가 불처럼 타올랐다. 신랑 측 하객은 서퍼들로 요란했다. 그들 중 대다수가 샌타바버라 출신이었다. 캘리포니아인들은 특히 자기들이 지금 터틀스를 보고 있다는 사실을 믿을 수 없어했다. 그곳은 파도 좋은 날의 린콘 같았다. 모두가 결혼식에 집중하려 했지만, 매번 누군가가 "파도 세트다"라고 중얼거려서 여러 사람의 머리가 일제히 돌아가게 만들었다. 누군가 쏘아보기도 하고, 누군가는 점잖게 하이힐로 발을 차기도 했지만, 식이 끝나기도 전에 앨리슨마저 웃어버렸다,

피터와 앨리슨의 집 마당에서 열린 피로연에서는 악단이 "위로, 위로, 저 멀리Up, Up and Away"를 연주했다. 사람들은(나도 그중 한 명이었다) 꼼지락거리며, 뭔가 실수인 게 분명하다고 생각했다. "이건 우리 노래야!" 피터는 신부와 춤추면서 꽥 소리 질렀다. 어쩌면 유치한 것이 세련된 것으로 유행되었는지도 모른다. 피터는 특이한 의상을 입고 있었다. 몸에 딱 붙는 가죽 팬츠, 앞으로 끈을 묶고 코가 뾰족한 부츠, 러플이 달린 해적 블라우스 같은 것.

---

[*]　퀀셋식 건축물이란 반원형의 군사형 막사를 말한다.

◇

카약으로 잡은 줄농어를 손질 중인 피터 스페이식과 그의 애견 알렉스.
몬타우크, 1998년.

"신부만 근사하게 보여야 한다는 이유를 모르겠다니까." 피터가
내게 말했다. 캐롤라인은 피터가 멋지다고 확인을 해주었다. 그
는 평생 서핑을 해온 사람의 체형이었다. 커다란 삼각형으로 근
육이 딱 잡힌 등 아래 허리가 날씬했다. 캐롤라인은 그가 춤추는
모습을 구경하고 그 후에도 몇 년 동안 그를 "올드스네이크 엉덩
이Ol' Snake Hips"라고 불렀다. 그들은 기념품으로 커피 머그잔을 나
눠주었다. 각각 긴 장화를 신은 연인, 커다란 낚싯대를 던지는 연
인, 등을 맞댄 채 서로에게 바늘을 끼우는 연인이 그려진 머그잔
이었다. 이 이미지는 강력하지만 약간 불편했다. 그림 스타일은

피터와 앨리슨의 예술적 혼합 같았다.

우리 넷은 그해가 저물 무렵, 추수감사절 이후에 그들이 개조한 배를 타고 낚시를 하러 갔다. 우리는 피터가 안다는 깊은 지점으로 나갔다. 몬타우크 포인트에서 북서쪽에서 몇 킬로미터 떨어진 진회색 물이었다. 그는 낚싯줄을 얼마나 풀어내야 하는지 알려주었다. 우리가 잡으려는 물고기는 바닥에 있었다. 바람이 일면, 난간 너머로 들어오는 물보라가 갑판에 내려앉자마자 재빨리 얼음으로 바뀌었다. 캐롤라인과 앨리슨은 뜨겁게 우린 차가 든 병을 들고 조타실에 옹기종기 붙어 앉아 있었다. 마침내, 어두워지기 직전에 피터와 나는 각각 상당한 크기의 벵에돔을 잡아 올렸다. 얼굴이 얼얼했다. 손은 쓸모없는 몽둥이 같았다. 우리는 물고기를 싣고 의기양양하게 몬타우크 항구로 쿵쿵대며 돌아갔다. 그날 밤 집에 와서 나는 내가 잡은 생선을 씻었다. 생선은 여전히 몸을 비틀며 꿈틀댔다. 너무 지쳐서 요리할 기력도 없던 나는 생선을 냉장고에 그대로 넣어버렸다. 몇 시간 후, 우리는 벵에돔이 냉장고 안에서 팔딱거리는 소리를 들었다.

피터와 나는 마데이라로 향하는 순례를 계속했다. 하지만, 그의 헌신은 미심쩍어 보이기 시작했다. 그는 계속 우리가 새로운 장소를 시도해봐야 한다고 제안했다. 어째서 그런 말을 하는 걸까? 우리가 처음 마데이라 여행을 갔을 때가 생각났다. 그와 앨리슨은 거의 본토까지 갈 뻔했다. 그들은 이제 거창한 낚시 여행을 떠났다. 돈과 시간이 있을 때면 중앙 태평양의 크리스마스섬으로, 당멸치를 잡으러 바하마로. 피터는 말했다. "새로운 걸 시도해보는 게 좋아." 나는 나도 모르게 말했다. 아니, 나는 같은 걸 계속 하는 게 좋아. 마데이라. 언제부터 내가 이렇게 칭얼대는 습관의 동물이 되었나?

나는 실제로 거듭해서 돌아가고 돌아가기 좋은 근거가 있었다. 하나는 우리가 이제껏 타본 다른 어떤 곳과도 같지 않은, 탁월한 질과 특별히 으스스한 매력이 있는 파도였다. 그렇다고 파도가 쉽다는 건 아니었다. 일련의 도전들을 우리가 다 정복했다는 것도 아니었다. 근처에 가지도 못했다. 더욱이 마데이라는 서핑계에서 유명해지고 있었다. 매년 사람들이 더욱 붐볐다. 곧 발리나 지구상의 다른 서핑 메카 수십 군데처럼 망가지고, 사람으로 들끓게 될 것이었다. 벌써 자르징에서 기업 후원과 거액의 상금을 걸고 '큰 파도' 대회가 열릴 거라는 말이 돌고 있었다. 나는 커져가는 두려움을 안은 채 이런 징조들을 보고, 이런 루머를 들었다. 우리는 이제 그곳이 지옥이 되기 전에 거기서 파도를 타야만 했다.

마데이라에서 서핑을 부추기는 가장 큰 요소는 포르투갈 본토였다. 이 섬은 금방 그들의 하와이, 그들의 노스쇼어가 되었다. 본토의 프로들은 모든 스웰을 타러 날아왔다. 한 청년 서퍼, 티아구 피레스Tiago Pires는 드문 재능에 강철 같은 배짱을 가진 친구였다. 그는 세계 프로 투어에서 괜찮은 커리어를 계속 쌓았고, 그럴 자격을 얻은 첫 번째(그리고 여전히 유일한) 포르투갈 서퍼였다. 포르투갈 서핑 잡지들은 질리지도 않는다는 듯이 마데이라를 다뤘다. 그들은 표지에 그 이름을 띄웠고, 조심성이라고는 조금도 없이 대대적으로 기사를 실었다. 이건 크기의 문제처럼 보였다. 내가 본 첫 번째 마데이라 포스터는 잡지의 접이식 화보로, 본토에서 온 프로가 자르징에서 거대한 녹색 벽을 타는 모습을 보여주었다. 그 아래는 "포르투갈 영해 안에서 탈 수 있는 가장 큰 파도"라는 설명이 붙어 있었다. 포스터의 제목은 에로이스두마르Herois do Mar, 바다의 영웅들이었다.

피터는 우리가 종종 쓰는 표현으로 "마데이라가 동물원이 되기 전에" 마데이라에서 서핑하는 게 긴급한 일임을 이해하는 듯했다. 하지만 나와는 다르게 피터는 자르징이나 파울두마르에서 파도가 확실한 날 뛰어들 수 있는 서퍼가 몇 명 되지 않는다는 것도 이해했다. 그는 《서퍼》에 실린 첫 기사를, 흥미를 보일 것 같은 몬타우크의 사람들 다수에게 보여주었다. 그들은 별로 흥미로워하지 않았다. 너무 무거워 보인다는 것이었다. 미끼를 문 사람은 나뿐이었다. 하지만 나도 그 사진이 너무 이상향적으로 보인다는 생각은 했다. 이제 나는 그 사진들이 오해를 불러일으킨다고 생각했다. 바위와 벼랑 없이는, 공포 요소가 없이는, 이 지점에 대해 아무것도 이해하지 못하는 것이었다. 하지만 나는 이제는 공포를 느낀다고 해도 그것에 사슬로 묶인 기분이었다. 피터는 좀 더 멀찍이 거리를 두고, 덜 강박적인 관계를 맺고 있었다. 그리고 두려움도 덜 느꼈다.

피터는 서퍼들이 과거에 날리 듀드gnarly dude(기막힌 놈)라고 부르던 사람이었다(지금도 어떤 사람들은 그렇게 부른다). 항상 그런 남자들이 있었다. 보통은 큰 파도를 타는 서퍼로서, 조용하고 아무렇지 않게 믿음을 구걸하는 일들을 해내는 사람들. 나는 하와이발 소문으로 마이크 도일Mike Doyle과 조이 카벨Joey Cabell, 내 청춘 시대의 서핑 스타 두 명이 카우아이의 나팔리코스트Na Pali Coast를 헤엄쳐 내려갔다는 말을 들었다. 나팔리코스트는 접근 불가능한 야생의 자연이 17마일가량 이어진 곳으로, 북쪽으로는 가장 큰 폭풍이 만들어낸 광활한 태평양을 마주 보고 있었다. 수영은 사흘이나 걸렸다. 그들은 트렁크 수영복과 수경 외에는 아무것도 입지 않았다. 그들이 가져간 도구라고는 바위에서 조개를 떼어 먹기 위한 주머니칼뿐이었다. 그들이 그렇게 한 이유는 그저 재미있을 것 같아서, 무슨 광경을 보게 될지 궁금해서였다고 했다. 그 두 사람이 '날리 듀드'였다. 그래서 두 사람은 그렇게 한 것이었고, 그래서 살아남았다.

피터도 그 계열의 사람이었다. 그는 자기 카약을 타고 뭘 잡을 수 있는지 보려고 어깨에 낚싯대 하나만 둘러메고 줄을 늘였다 줄였다 하며 디치플레인스Ditch Plains에서 15마일 떨어진 아마간셋Amagansett으로 떠나기도 했다. 혹은 블록아일랜드Block Island의 난파선에서 낚시를 한다면서 대구잡이 배에 뛰어오르기도 했다. 한번은 낚싯바늘에 손이 뚫리는 사고를 당해 바로 그 길로 25마일 떨어진 사우샘프턴Southampton의 병원까지 차를 타고 가기도 했다. 그는 몬타우크에서 파도가 가장 크게 이는 날에는 보통 혼자 서핑하곤 했다. 자세한 얘기를 해달라고 누가 조르면, 우스꽝스럽고 생생하며 자조적인 이야기를 그럴듯하게 했다. 그는 무시무시한 일화들을 코믹한 그림으로 바꾸었다. 자르징에서 파도가 크게 일던 오후, 그는 늦은 테이크오프에 올라탔다가 연속으로 이는 두 개의 파도에 짓눌릴 뻔했다. 그는 그 아래 오래 갇혀 있었지만 마침내 다시 라인업으로 돌아간 후에는 자기도 모르게 사랑하던 사람들에게 작별 인사를 하고 있었다는 걸 깨달았다고 했다. 내가 나중에 본 그림에서는, 코가 크고 머리가 긴 익숙한 안티히어로가 당황스러워하는 표정으로 괴물 같은 파도 밑에 깊이 깔려 있었다. 그 옆에는 앨리슨과 놀란 표정의 토이푸들이 들어 있는 생각 풍선이 기이하게 떠 있었다.

내가 살았을 당시의 샌프란시스코에서는, 마크 레네커와 피위 버거슨이 가장 '날리 듀드'들이었다. 그래서 다른 남자들이 그들에게 강박적으로 집착했던 것이었다. 그건 소년들의 모험물 같은 것이었다. 어느 각도로 봐도 대체로 어리석었다. 하지만 요란스럽게 잘난 척하지 않고 진지한 용기와 기술을 내보일 필요가 있는 파도타기는 정확한 인성 시험이었다. 프로 서핑에서는 '날리 듀드'들에게 홍보 팀이 붙어서 틈새시장을 형성하고 있었다. 이건 원래의 개념과 전혀 어울리지 않는다.

피터는 마데이라에 옛 친구 둘을 데리고 왔다. 나는 그들을 좋아했지만, '자, 알아서 섞여서 놀아'라는 식의 피터의 태연한 태도는 계속 거슬렸다. 우리 여행과 좋은 스웰 때를 맞추고 싶은 마음에 나는 마데이라의 서핑 예보를 시도하며 해양 일기예보에서 얻을 수 있는 정보를 모으고, 북대서양의 폭풍을 강박적으로 기록했다. 아이슬란드와 아일랜드를 지나 비스케이만Biscay Bay까지 들어오는 폭풍 경로, 일일 최대 풍속, 폭풍 중심의 최저 기압. 그리하여 파도가 남서쪽 마데이라에서 어떤 상황일지 예측을 해보고 주제 누네스에게 전화를 걸어서 자르징의 파도 실황을 알려달라고 했다. 주제는 바쁜 사람이었고, 해안 지구까지 나가서 파도를 관찰하는 것 말고도 할 일이 많았으며, 내게 자세히 얘기해줄 만큼 전문 용어를 알고 있지도 않았지만 어쨌든 그는 최선을 다했고, 내 예측이 계속 틀렸다는 걸 깨닫는 데 도움을 주었다. 인터넷 세계 파도 예보가 등장하기 전의 일로, 결국 나의 원시적인 노력은 적절하지 않았다.

그래서 피터와 나는 1997년 자르징두마르의 어느 겨울 오후에
우리에게 닥쳐올 거대한 스웰에 대해서는 아무것도 몰랐다. 나는
새벽 이후로 계속 파울과 페퀘나에서 서핑을 했고, 기진맥진해서
몸을 부들부들 떨었다. 그때 자르징에 아름다운 파도 세트가 굴
러오는 게 보였다. 늦은 오후였지만, 패들해서 나가지 않겠다는
생각은 전혀 들지 않았다. 피터가 어디 있는지는 확실히 알 수 없
었다. 그때 물에는 아무도 없었기 때문에 파도의 크기를 가늠하
기가 더 힘들었다. 나는 내 건 보드를 집어 들었고, 나중에 깨달
았지만 올바른 선택이었다. 파도는 빠르고 강력하고 진록색에 키
가 컸고, 뭍바람이 얼굴로 불어왔다. 나는 파도를 두세 개 잡았
다. 피로는 홍수처럼 아드레날린에 씻겨 사라졌다. 긴 벽을 타려
고 서두르다가 파도의 어깨로 패들해 오며 파도 핵의 그림자 속
을 목을 빼고 들여다보는 다른 서퍼의 존재를 알아차렸다. 내가
높은 선을 타고 가보려고 하는 자리였다. 그 서퍼는 피터였다.

"너일 줄 알았지." 그는 소리를 질렀다. "보트 진입로에서 이 작
은 윤곽을 보지도 못할 뻔했어."

서쪽에서 파도 속으로 비쳐드는 섬광은 실로 눈부셨다. 나는
피터를 만나 무척 기뻤다. 그가 옆에 있으니 파도가 덜 두렵게 느
껴졌다. 그의 친구들은 여전히 해안에 있었다.

"죽이는 새끼들이 여기 있을 것 같더라고."

우리는 클린업 파도 세트cleanup set[+]를 피하기 위해 남쪽으로 세
게 저어 갔다. 스웰은 점점 커지는 것 같았다. 우리는 천천히 라
인업으로 진입했고, 각자 장대한 파도를 하나씩 탔다. 자르징에

[+]   라인업 바로 앞에서 부서져서 서퍼들을 모두 밀어버리는 큰 파도 세트.

서 늘 볼 수 있던 파도는 아니었다(바람이 너무 많이 불었다). 하지만 크고 빠르며 마음을 움직이는 것이었다. 어쩌면 피터의 말이 맞았을 것이다. 이곳에는 사람이 많을 일이 없었다. 너무 아슬아슬했다.

또 다른 클린업 파도 세트가 밀려오고 또 하나가 길게 밀려와 세게 긁으며 남쪽으로 가버렸다. 피터는 가장 큰 파도를 먼저 탔다. 그가 나의 위쪽 수직으로 15~20피트 높이의 봉우리에 올라 옆으로 비스듬하게 서서 뒤에서 빛을 받고 있던 모습이 아직도 기억난다. 나는 파도 어깨의 옆면으로 저어 갔다. 거리가 가까웠지만, 우리 둘 다 성공했다. 바깥에서는 작은 낚싯배가 옆을 지났다. 배는 위험할 정도로 파도에 붙었고, 대여섯 명의 낚시꾼들이 난간 옆에 서서 우리를 빤히 보았다.

"우리가 정신 나갔다고 생각하는 거야."

"저 사람들이 맞지."

바다에서 자기 영역만은 제대로 읽을 수 있는 낚시꾼들이 우리를 안전한 항구까지, 어디 먼 동쪽 마을까지 태워다줄지도 모른다는 생각 같은 건 떠오르지 않았다. 우리는 그들에게 손을 흔들었고, 숨을 고른 다음 패들해서 테이크오프 구역으로 돌아가서는 교회의 종탑과 저 멀리 절벽의 기둥을 줄지어 일직선상에 놓으려고 했다. 보통 거기가 서핑 지점이었다. 배는 떠나가버렸다.

더 큰 파도 세트가 계속 다가오며 우리를 더 먼 바다로 밀어 보냈다. 파도는 새 지점에서 부서지며 더 높이 솟아서 그때까지 자르징에서 본 적이 없던 선반 형태로 뻗었다. 우리가 거대한 파도의 어깨로 패들해서 갈 때, 피터가 소리 질렀다. "브록 리틀Brock Little이 뭐라고 했지? 봐야 하는 거야, 아니야?"

나는 그가 무슨 소리를 하는 건지 몰랐다. 브룩 리틀은 하와이 출신으로 큰 파도를 타는 서퍼였다. 우리는 이제 자르징의 일반적인 테이크오프 구역에서 멀리 벗어나 있었다. 우리는 파도 세트 쪽으로 향했다. 해는 지고 있었다. "그 사람은 파도의 텅 빈 중심을 똑바로 들여다보고 무엇이 일어나고 있는지 정확히 보면, 알게 될 거라고 했지." 피터가 말했다. "아니면 보지 말고, 긍정적인 생각을 하라고 했어. 파도가 우리에게 무슨 짓을 할 수 있는지 생각하지 말고, 잡은 파도에서 성공할 생각만 하라고."

나는 보지 않는 쪽이 좋았다. 막 지나간 파도 두 개는 정말로 무시무시했다. 파도가 부서질 때 화물열차가 충돌하는 소리가 났다.

"파도를 잡으려면 돌아가야 해." 나는 말했다. "우리가 어디 있는지 봐."

피터는 동의했다. 우리는 멍청할 정도로 해안에서 멀어져 있었다. 우리는 패들해서 돌아가기 시작했다. 파도 지점을 따라 내려가며, 팔을 저을 때마다 뒤를 힐끔 돌아보았다. 중간 크기의 파도 세트가 나타났다. 피터는 고개를 숙이고 팔을 세게 저었다. 그는 이제 빠르게 멀어졌다. 나는 다시 피로해졌고, 이제는 메스꺼움이 공포와 뒤섞였다. 뒤를 돌아보았다. 무척 큰 파도가 밀려오고 있었다. 나는 대충 자리에 와 있었다. 그전의 파도는 피터가 잡았을 것이라고 추정했다. 여기 홀로 있고 싶지 않았다. 세차게 패들했다. 파도가 나를 들어올리고, 옆으로 출렁이는 거친 표면의 파도가 보드 레일을 밀어서 헤엄쳐도 아무 소용이 없었다. 계속 팔을 저었다. 피터가 고함치는 소리가 들렸다. 모습은 보이지 않았지만, 소리를 들은 것 같았다. "가봐! 가봐!" 파도는 나를 떨쳐버리려는 듯했다. 파도에 보드를 제대로 실을 수 없었다. 그때, 피터가 고함치던 말이 "아냐! 아냐!"였다는 걸 깨달았다. 나는 오른쪽으로 틀며 왼쪽 레일을 잡고 커다란 얼굴을 비스듬하게 올랐다. 파도 물머리는 넘어갈 수 있었으나, 바다 쪽으로 날아가는 물보라가 한참 쏟아지며 나를 휘갈겼고, 파도는 솟아 몇 야드 안쪽에서 부서졌다.

물안개가 걷히자, 피터가 남동쪽에 있는 모습이 보였다. 그는 남쪽으로 패들하며 나를 위해 바다 쪽을 가리켰다. 남서쪽 수평선은 기념비적인 파도 세트가 몰려와 침침했다. 그래도 아직 너무 멀었다. 나는 남동쪽으로 패들하며 공포와 싸웠고, 탈수되지 않으려고 애썼다.

우리는 무사히 파도 세트를 넘었다. 내가 서프보드 위에서 본 것 중에서도 가장 큰 파도였다. 마침내 우리가 패들을 멈췄을 때, 피터는 이상한 말을 했다. "최소한 바다가 저것보다 큰 파도는 만들 수 없다는 건 알지." 나는 그의 말뜻을 알았다. 나도 바로 그런 기분이었으니까. 하지만 불행하게도 그의 말이 틀렸다는 것도 나는 알았다. 그도 그 사실을 알았으리라는 것에는 의심의 여지가 없었다. 바다는 그보다 더 큰 파도를 만들 수 있었고, 이런 식으로 가다간 그러고도 남았다. 그런 생각은 곰곰이 해보는 것도 끔찍했다. 어떤 과학적인 한계에 도달한 척하는 게 더 나을 수도 있었다.

"네가 패들해 갔던 저 파도 알지?"

나는 알았다.

"개미 새끼처럼 보이더라고. 뒤로 빨려 들어가고 있었어. 마치 패들하지도 않는 것처럼. 네 보드가 무슨 이쑤시개 같던데. 그런데도 뒤도 돌아보지 않다니."

그 말은 사실이었다. 나는 기본적인 판단력은 무시하기로 결심했고, 그 파도를 돌아보지도 않았다. 이제 나는 피터가 왜 "아냐"라고 소리 질렀는지 알았다.

우리 보드는 둘 다 8피트짜리 건이었고, 저곳에선 스케이트보드만큼이나 소용이 없었다. 너무나 작았다.

태양은 져버렸다.

"보트 진입로까지만 패들해서 가자." 나는 말했다. "저 파도는 잡지 못할 거야."

우리는 파도에서 멀어지며 남동쪽을 향해 멀리 패들해 가다가 다시 동쪽으로 방향을 돌려 해안을 따라갔다. 커다란 파도들은 그 지점 아래서 포효하고 있었지만, 적어도 그 순간에는 세상의 종말 같았던, 수평선을 점점이 수놓았던 파도 세트는 보이지 않았다. 우리는 자르징 성당 테라스와 그 아래 보트 진입로 옆 벽 위에 선 사람들을 볼 수 있었다. 마치 옛날처럼 느껴졌지만, 이제는 그 관중들 틈에 외국인 서퍼들도 끼어 있었다. 누가 휘파람을 불었다 하더라도, 파도 소리가 너무 시끄럽고 우리는 해변에서 너무 멀리 떨어져 있어서 들을 수 없었을 것이다. 또 피터는 어떨지 내가 말할 순 없지만, 나는 목숨을 잃을까 두려웠다.

우리는 보트 진입로 위로 각도를 틀어 들어가기 시작했다. 거품 파도가 마을 아래 커다란 바위를 쿵쿵 쳤다. 우리는 이 바위를 겨냥했지만, 바위에 닿기도 전에 휩쓸려 갈 수도 있다는 건 알고 있었다. 게다가 우리는 영향권 안에서 계속적으로 밀어닥치는 격렬함의 수준과 안쪽 조류의 힘을 과소평가했다. 우리는 중간 크기의 파도 세트 사이에서 움직이며 기다렸다가 해안을 향해 전력으로 헤엄쳐 갔다. 칠 시간을 보려 했다. 하지만 소용돌이치는 조류 속으로 잘못 향했고, 갑자기 마을이 우리 곁으로 흘러가고 있었다. 우리는 여전히 해안에서 50야드 떨어져 있었다. 나는 외치는 소리를 들었다. 하지만 우리는 무력하게 해안에 닿을 희망도 없이 보트 진입로를 휙 지나 날아갔다. 그때 피터의 외침이 들렸다. "바깥으로!" 우리는 둘 다 바다를 향해 돌아 전력으로 헤엄쳤다.

우리는 이제 또 다른 세계에 있었다. 자르징의 동쪽 어딘가에. 우리를 향해 다가오는 파도는 거대한 포인트브레이크의 일부가 아니었다. 그들은 그저 거대하고 모양 없는 쇼어브레이크로 절벽과 바위의 벽을 향해 갔다. 우리가 모르는 해안이었다. 바람은 심지어 여기서는 뭍바람도 아니었다. 수면은 거친 회색이었고, 우리는 이 파도 세트에 머리로 부딪힐 것만 같았다. 아무 말 없이 우리는 갈라졌다. 우리는 함께 파도에 얻어맞거나 수면에서 뒤엉키고 싶지 않았다. 파도 세 개가 우리 위로 부서졌다. 우리는 둘 다 보드를 포기하고 되도록 깊이 헤엄쳤다. 발목 줄은 붙어 있었고, 간신히 바위를 피할 수 있었다. 마침내 파도 세트가 끝났을 때, 우리는 천천히 바다 쪽으로 패들했지만, 너무 두들겨 맞아서 말도 할 수 없었다. 내 팔은 납을 채운 튜브처럼 어깨에서 떨어져 나갈 것만 같았다.

나는 패들하기를 멈췄다. 그리고 말했다. "여기서 다시 해안으로 들어가자."

피터는 일어나 앉으며, 돌아보더니 해안을 찬찬히 관찰했다.

"불가능해." 그가 말했다.

"난 시도해볼게."

"할 수 없어."

"운을 걸어봐야지."

"죽을 거야."

추정컨대 다칠지는 몰라도 죽을 것 같지는 않았다. 나는 그저 완전히 어두워지기 전에 해안으로 향하고 싶었다. 팔에선 감각이 사라지고 없었다. 해안을 관찰해볼 계획조차 없었다. 나는 이 해안은 자르징 동쪽으로 몇 킬로미터나 뻗은 극도로 울퉁불퉁하고 텅 빈 해안임을 알았다. 바위에 부딪힐지도 몰랐고, 심하면 절벽을 기어올라야 할지도 몰랐다. 그래도 빠져 죽는 것보다는 나았다.

"우리가 어떻게 해야 한다고 생각해?"

"다시 패들해서 자르징으로 가야지."

"난 못해. 팔이 끝장났어."

"내가 같이 있을게."

그다지 완벽한 생존 계획이 아니었다. 하지만 이 단계에서 나는 나 자신의 판단보다는 피터의 판단을 더 믿었다.

"좋아."

우리는 서쪽으로 패들하기 시작하며, 표면이 거칠고, 위로 솟아올랐으며, 이제는 거의 어두워진 물을 통과했다. 천천히 팔의 힘이 돌아왔다. 피터는 여전히 힘이 강했고, 참을성 있게 나와 보조를 맞추었다. 진전이 있기나 한지 알 도리가 없었다. 우리 오른쪽 해안은 검은색이었다. 자르징의 불빛이 시야에 들어오기는 했지만, 여전히 한참 멀었다. 우리는 불빛 위 45도 위를 향했다. 우리의 희망은 하향해안 조류 바깥으로 벗어나는 것이었다. 우리는 확실히 해안에서 한참 떨어져 있었다. 커다란 스웰이 우리 아래로 지나갔다가 20~30초 후 저 먼 안쪽에서 폭발했다. 마을의 불빛이 더 가까워졌는지는 말하기 힘들었다. 그런데 그때, 우리는 더 작은 불빛이 조금 아래에서 흔들거리는 것을 알아차렸다. 손전등 불빛이었다. 그러니 우리는 사실 마을에 더 가까워진 것이며, 우리가 여기 바다에 있다는 것을 사람들도 알고 있었다. 이 지역에는 해안경비대가 없었지만, 나는 손전등에서 어떤 안도감을 느꼈다.

우리의 계획은 반쯤 미친 것이었다. 우리는 실상 아무런 논의도 없이 기획했다. 우리는 그 지점까지 멀리 패들해서 나갔다가 충돌을 피하기 위해 갈라지려 했지만, 이번에는 각도가 더 높아서, 바로 그 지점 아래인 꼴이 되어버렸다. 우리는 파도를 볼 수 없었지만 파도가 닥쳐왔을 때는 소리가 들렸고, 우리는 피하려고도 하지 않았다. 그러는 대신에 우리는 수면 위에 그대로 떠서 해안으로 쓸려가기를, 하향해안 조류를 넘어서기를 바랐다. 목표는 보트 진입로 위 바위에 닿는 것이었다.

효과가 있었다. 한참 동안 패들하면서 우리는 파도들이 연이어저 멀리 안쪽에서 터지는 소리를 들었고, 방조제의 손전등은 계속 끈질기게 수직으로 흔들리며 우리를 해변으로 인도하려 했다. 그 끝에 이르러 우리는 몸을 돌리고 서로의 행운을 빌면서 교회탑을 향했다. 나는 피터가 어떤 경로를 택했는지 보지 못했다. 나는 그저 해안을 향해 손을 저으며, 깊고 규칙적으로 호흡했다. 영향권 안에 들어섰을 때 물 냄새가 바뀌었다는 것을 알아차렸다. 거품이 많은 해저의 냄새였다. 나는 예상보다 더 멀리 온 후에야 첫 번째 파도가 먼 바다에서 우르르 울리는 소리를 들었다. 서쪽 하늘에는 희미한 불빛만 남아서, 나는 거대하고 어두운 물의 벽을 간신히 구분하자마자 거기에 부딪히고 말았다.

보드를 멀리 밀어내면서도 동시에 수면 위에 떠 있는 건 심오하게 기이하고 본능에 반대되는 행동이었으며, 그렇게 고의적으로 연약한 위치에서 받는 영향력은 어찌나 격렬한지 몸이 부서질 것 같을 정도였다. 나는 무척 빠르게 뒤집히며, 물속으로 밀려 내려가 바닥에 얼굴부터 부딪혔다. 보통이라면 한 팔을 들어 얼굴을 가렸을 테지만, 파도는 어디든 나를 미사일처럼 발사할 수 있었다. 암흑 속에서 얼굴부터 받은 충격은 컸지만, 주로 부딪힌 쪽은 이마였고 딱히 강하지 않았다. 적어도 그 충격의 어떤 부분은 내가 그렇게 깊은 물속에 있는 건 아니라는 깨달음 때문이었다. 나는 아마도 해안에 꽤 가까이 있는 것 같았다. 마침내 수면에 떠올랐을 때, 마을의 불빛이 내 위에 있었고, 바위에 부딪는 거품 파도의 포효는 끔찍하게도, 또는 기운 나게도 가까웠다. 나는 다음 파도가 똑같이 부자연스럽게 나를 치고 가도록 놔두었다. 그 파도는 나를 바위 위로 밀어 보냈고, 다음 순간 다시 끌어 내렸다. 하향해안 조류는 나를 손아귀에 넣었다. 나는 조류에 실려 아래로, 해안에서 무척 가까운 곳까지 빠르게 끌려 내려갔고, 더 커다란 바위 위로 통통 튕겨졌다. 또 다른 파도가 닥쳐오더니 나를 보트 진입로 바로 위의 방조제로 내던졌다. 갑자기 밀려드는 물에 갇혀버린 나는 붙잡을 만한 곳을 찾지 못한 채 이끼 긴 보트 진입로의 표면 위를 쭉 미끄러졌고, 하향해안 쪽으로 넘어가 암흑 속으로 굴러떨어졌다. 나는 사람들이 고함치는 소리를 들을 수 있었다. 그들은 내가 미끄러져 지나치는 것을 보았다. 내 보드가 속이 텅 빈 것 같은 통통 소리를 냈다. 보드는 여전히 내 발목에 매달려 있었다. 그때였다. 쇼어브레이크가 바위에서 밀려 나갈 때, 보트 진입로의 바위 벽에 막혀버린 조류가 나를 놓쳤다. 나는 한 팔로 바위를 감고 매달렸다. 물이 힘을 잃고 나를 떠나가는 것이 느껴졌다. 나는 몸을 돌려 앉은 자세에서 내 보드를 바위 위로 끌어 올렸다. 보드를 겨드랑이에 끼고 나는 보트 진입로의 바람막이 벽을 올라갔다. 거기에 피터가 있었다. 똑같이 자기 보드를 들고 젖은 이끼가 깔린 비탈길을 오르는 그가.

"당신들 서퍼는 부모님에 대한 존경도 없고 가족이나 친구들에 대한 존중심도 없어. 저런 바다에 나가서 목숨을 걸어? 뭐를 위해서? 이 마을에 대한 존경심도 없는 거지. 가족들을 먹여 살리기 위해 수 세대에 걸쳐 바다에 목숨을 걸어온 어부들을 존중하지 않는 거야. 여기 사람들은 이 바다에서 자기 목숨을 잃고 사랑하는 사람들을 잃었어. 당신들은 그런 사람들을 존경하는 마음이 없다고!"

이 말은 자르징의 한 노파가 파도가 높던 어느 날, 보트 진입로 옆 방조제에 있던 네 명의 포르투갈 서퍼들에게 퍼부은 저주(내 번역으로는)였다. 패들해서 바다로 나가려던 시도를 한 뒤였는데, 그들은 결국 실패해서 보드가 부러지고 줄은 끊어졌으며, 파도에 완전히 두들겨 맞아 막 휩쓸려 나온 참이었다. 나는 우연히 이 설교를 듣게 되었다. 우리만의 신들의 황혼을 겪은 지 2년 후의 일이었다. 그날 밤 우리를 혼낸 사람은 아무도 없었지만, 이 노파에게서 받은 느낌이 마을 사람들의 공통된 감정임을 후에 깨닫게 되었다. 예외는 있었다. 주제 누네스는 어떤 서퍼들의 용기에 대해서 격정적으로 말했다. 특히 뉴질랜드 출신의 구피풋 서퍼 테렌스를 칭찬했다. 하지만 대다수 마을 사람들은 서핑에 진력을 내기 시작했고(소름 끼친다고 할 정도까지는 아니라도 해도), 서핑 관광으로 생기는 몇 안 되는 돈벌이 기회에도 흥미를 잃었다.

피터는 돌아오지 않았다. 아무리 기막힌 기술을 가졌다고 해도, 그는 우리가 죽기 직전까지 갔던 상황에서 어떤 깨달음을 얻었다. 얼마간 시간이 지난 후에 내가 물었을 때, 그는 이렇게 대답했다. "모든 상황이 마침내 내가 원한 대로 차려졌는데, 이렇게 한 번 삐끗해서 다 망칠 뻔했고 많은 사람들을 슬프게 만들 뻔했지." 나도 똑같은 말을 할 수 있었을지도 모른다. 사실상, 그래야 했다. 하지만 나는 피터처럼 성격이 분명하지 않았다. 나는 아직 마데이라와 끝을 낼 수 없었다.

나는 자르징의 돌출된 갑 위에 있는 집에 방을 빌려 살고 있었다. 집주인인 로사Rosa는 아래층에 살았다. 이 마을에서 태어난 20대의 여자였다. 로사의 남편은 영국 개트윅 공항의 패스트푸드 식당에서 일했다. 로사는 찾아오는 서퍼들에게 방 두 개를 세놓았다. 둘 다 작고 휑했지만, 커다란 파도가 바로 내다보였다. 내가 하룻밤에 8달러를 낸다고 해서 가족의 재정적 미래가 밝아지는 것 같지는 않았다. 로사는 어머니와 함께 살고 있었고, 두 사람은 버스 삯으로 몇 에스쿠도를 내느니, 산을 기어올라 힘들게 한 시간 동안 걸어서 프라제레스Prazeres의 대로까지 갔다. 시골에 사는 다른 마데이라인들과 마찬가지로 그들 또한 다리가 튼튼했다.

자르징은 아름답기는 해도 우울하고 말썽도 많은 곳이었다. 집안끼리 불화도 있었다. 정신장애가 있고 언제나 맨발로 돌아다니는 수염 난 여자가 한 명 있었다. 들은 바에 따르면, 젊었을 때 성인 남자들과 어린 소년들에게 성적으로 학대를 당했다고 했다. 어느 날 밤, 그 여자는 갑 근처 절벽에서 떨어졌고, 바위 위에 앉은 자세로 죽은 채 착지했다고 했다. 어떤 사람들은 그녀가 뛰어

내렸다고도 했다. 똑똑하지만 마을에서의 삶에 좌절한 젊은 여자
도 있었다. 여자는 내가 절벽 아래로 해안을 따라 폰타페퀘나까
지 걸어간다고 화를 내며 나무랐다. 그녀의 오빠가 그 길로 걸어
갔다가 낙석에 맞아 죽었다는 것이었다. 아구아르덴테aguardente라
고 알려진 싸구려 가내 제조 사탕수수 럼주는 마을에 큰 피해를
주었다. 특히 직업이 없는 남자들이 타격이 컸다.

　마을에서 유일하게 번창하는 가문은 바스콘셀로스Vasconcellos
가뿐인 듯했다. 그들은 자르징의 전통적 지주였다. 가족들은 모
두 이제 푼샬이나 리스본에 살았지만, 그들은 수세기 동안 이곳
을 지배했다. 마데이라의 모든 것이 각종 파벌들과 포르투갈 왕
가의 기나긴 아첨꾼 목록의 하반부에 있는 개인들에게 분배되었
다. 농노와 노예들까지도. 자르징의 노인들은 마을 사람들이 성
직자와 부자들을 해먹에 싣고 산을 오르내려야 했던 때를 기억했
다. 1968년 프라제레스에서 오는 길이 나기 전의 일이었다. 마을
에 찾아오는 것을 사람들이 특히 두려워했던 뚱뚱한 성직자가 한
명 있었다고 했다. 이 섬의 역사는 거슬러 올라갈수록 더 어두워
지기만 할 뿐이었다.

　자르징의 퀸타quinta(장원)는 바스콘셀로스 가문 소유였다. 장황
하게 이리저리 뻗어 있고 허물어져가는 오래된 집으로, 전용 교
회까지 딸려 있어 마을에서 가장 큰 집임을 쉽게 알아볼 수 있었
다. 어떤 해, 마을 회의에서 용기를 모아 퀸타 집안에게 집안의
바나나 밭을 축구장으로 개조해달라고 부탁했다. 자르징에는 그
들판만큼 크고 평평한 땅이 달리 없었고, 다른 모든 마을은—심
지어 비열하고 추레한 파울두마르 놈들까지도—축구장이 있었
다. 퀸타 가문, 어쩌면 그들의 변호사들이 그것을 거절했다. "냐

오Não." 그래서 그리 오래지 않은 어느 날 밤, 누군가 퀸타 가문의 밭으로 기어 들어와 바나나 나무를 죄다 베어버렸다. 다음 겨울, 내가 자르징으로 돌아갔을 때 밭에는 아직 나무가 다시 심어져 있지 않았다. 내가 물어보자 로사는 이죽이죽 웃었다. 밭을 다시 살려봤자 파괴 행위를 더 부추길 뿐이라고 믿는 듯했다. 내가 알 수 없었던 건, 바나나에 대한 공격을 로사는 정당화할 수 있는 농민들의 반격으로 생각하는지, 아니면 수치스러운 파괴 행위로 생각하는지였다. 나는 자르징 사람들이 정치적인 문제에 대해서 정말로 어떻게 생각하는지 전혀 짐작할 수 없었다. 나는 원칙적으로 퀸타 가문을 멸시했다. 어쩌면 그들 중 누구도 만난 적이 없다는 게 그것에 도움이 되었을 수도 있었다.

그해 가을, 나는 수단 내전을 보도하면서 지냈다. 파도가 없는 날에는 내 방의 카드 탁자에 앉아 나일강의 지정학, 기아, 노예제도, 정치적 이슬람, 소를 모는 유목민들, 그리고 해방은 되었지만 공포스러운 남수단에서 수단 게릴라들과 함께했던 여행에 대한 글을 썼다. 나는 많은 시간을 바람이 찢고 가는 대양을 바라보는 데 썼다. 그해 우리는 남동풍의 출몰로 고생하고 있었다. 콘월에서 온 어떤 서퍼가 그 바람을 "악마의 방귀"라고 부르는 것을 들은 적이 있다. 간조에는 마을 사람들이 노출된 바위에서 라파lapa(삿갓조개)를 땄다. 라파를 따러 오는 사람 중에 키코Kiko라는 왜소증에 걸린 사람이 있었다. 그는 다리가 너무 짧아서 크고 미끄러운 바위를 오르지 못했는데, 그가 애쓰는 모습을 보는 것은 안타까운 일이었다. 하지만 만조가 되면 키코는 작살로 낚시를 했고, 제 능력을 십분 발휘했다. 오리발과 수경을 쓴 머리는 압축된 근육질 육체의 양끝에서 거대하게 보였다. 그는 몇 분이나 되는 시간 동안 잠수해 사라지곤 했다. 사람들은 그가 겁도 없이 문어가 숨어 있는 바위틈을 비집고 들어간다고 했다. 자르징에서 나고 자란 키코는 마을 근처 바다의 모든 바위를 알았다. 그는 잡은 물고기를 지역 카페인 타르마르Tar Mar에 팔았고, 그의 문어는 가게의 특별 메뉴였다. 나도 종종 먹었다.

나는 자르징의 가파른 제방에서 일하는 작은 낚싯배들의 움직임을 관찰하는 게 좋았다. 파도가 잔잔한 밤이면 배들도 멈추었고, 노란 불빛은 시트처럼 깔린 별들 아래 암흑을 용감하게 수놓았다. 포르투갈 국가는 〈에로이스두마르Herois do Mar〉, 바다의 영웅들이라는 뜻이었다. 그리고 《루시아드The Lusiads》, 이 나라의 문학에서 자랑스러운 위치를 누리고 있는 16세기 서사시는 리듬과 주제 모두 대양에서 따왔고, 8행시체로 수천 행에 걸쳐 바스코다가마Vasco da Gama의 인도 항해를 찬양했다. 이 시는 환상적이기는 해도 현대적 감성에서는 너무 장식적으로 느껴졌다. 하지만 바다와 배를 근사하게 그려냈다. 세세한 부분 하나까지도 환하게 뚜렷한 시의 특성은 포르투갈 왕국의 황금시대 건축물과도 유사했다. 이 건축 양식은 마누엘 1세의 이름을 따서 마누엘린 양식이라고 한다. 그 시기의 교회 문을 두른 돌 조각에서도 가장 섬세한 부분은(완벽하게 구현한 산호초와 충격적일 만치 정확하게 재현된 해초) 확실히 해양의 성격을 띠고 있었다. 항해왕자 엔히크Henrique 주앙 2세João II —포르투갈의 르네상스는 짧았지만 부유했으며 확고하게 바다를 중심으로 돌아갔다. 불운한 애국자이자 항해자 루이스 드 카몽이스Luís de Camões, 《루시아드》의 저자가 그의 걸작을 쓰던 시기에는 종교재판이 한창이었고, 제국은 말기에 들어 기울어가고 있었으며 벌써 독일 은행가들에게 저당을 잡힌 상태였다.

포르투갈의 민요인 파두fado에 서린 애절하고 향수 어린 슬픔은 종종 바다를 소재로 삼은 것이며, 널리 만연한, 잃어버린 영광에 대한 감각에서 오는 것이었다. 어쩌면 나는 파두에 심어진 아랍 문화의 기원만 듣고 있었는지도 몰랐다. 포르투갈도 스페인처럼, 늘 서유럽에서도 경계를 둔 모로코 및 무슬림 북아프리카 국가와 대화를 나누었다.

마데이라는 유럽보다는 모로코에 더 가까웠고, 포르투갈 탐험가들이 밟고 들어온 1420년까지는 사람이 살지 않았다. 이 섬에는 숲이 우거져서 그런 이름이 붙었다. 정착자들은 원시의 숲을 태워 땅을 개간했다. 전설에 따르면 7년 동안 큰 불이 걷잡을 수 없이 타올랐다. 마데이라는 설탕 무역의 중심지였고, 그 후에는 노예무역의 본거지가 되었다. 모든 것이 바다로 들어왔다가 나갔고, 그런 의미에서 마데이라는 포르투갈보다 더 포르투갈적이었다. 심지어 더 원양적이기도 했다. 요즈음 이 섬의 경제 축은 관광이다. 크루즈선들이 호텔, 카지노, 관광객용 상점으로 북적이는 도시 푼샬로 찾아들었다. 독일인, 영국인, 스칸디나비아인들은 거대한 버스와 작은 렌터카를 타고 섬을 돌아다녔다. 더 모험적인 사람들은 산과 골짜기를 올랐다.

그해 겨울의 어느 시점에 나는 심한 감기에 걸렸다. 로사의 어머니인 세실리아도 걸렸다. 세실리아는 발병 원인을 커스터드 애플 한 소쿠리를 팔면서 살충제를 제대로 닦아내지 않은 과일 장수 탓으로 돌렸다. 우리는 내 차를 함께 타고 해안을 따라 칼레타의 병원으로 갔다. 세실리아는 콜록거렸고, 눈이 퉁퉁 부어 있었다. 우리는 커다란 노란색 물통을 등에 메고 지팡이 같은 노즐을 손에 들고 가는 남자들을 계속 지나쳤다. 살충제를 뿌리고 있었다. 세실리아는 그 남자들을 노려보면서 웅얼거렸다.

하지만 우리는 카니발이 시작될 즈음에는 몸을 회복했다. 카니발은 나흘 동안 진행되다가 사순절에 치러지는 잔치로 끝나는 지역 축제였다. 자르징에서 사람들은 타르마르에 모였다. 로사와 세실리아, 로사의 꼬마 조카들은 파티 의상을 급히 만들었다. 그들은 내게 형편없는 노랗고 파란 가발과 커다란 디스코 선글라스를 씌웠고, 우리는 모두 카페로 향했다.

마침내, 마을 사람들의 반이 파티에 모였다. 주크박스에서는 삼바와 유로팝, 파두가 쾅쾅 울려댔다. 사람들은 대부분 파티 의상을 입고 있었다. 꼬마들은 슈퍼히어로 망토와 토끼 의상을 둘렀고, 많은 어른들은 놀랍게도 흉하고 과하게 성적인 여성으로 분장했다. 거대한 가슴을 만들고, 커다란 베개를 넣어 엉덩이를 부풀리고, 큰 가발에, 주름이 지고 화장을 진하게 한 고무 가면을 썼다. 어떤 히스테리가 이런 대담한 분장을 둘러싸고 있었는데, 주된 이유는 그 의상 안의 사람이 남자인지 여자인지 구분할수 없다는 데 있었다. 화장한 여자들이 춤을 추고 흥청거리며 대담하게 수작을 걸었지만, 말은 하지 않도록 조심했다. 나는 누가누군지 남들보다도 더 깜깜하게 몰랐지만, 대부분 이렇게 아찔한 혼란과 관능적인 장난을 쳤다. 저녁 내내 와인이 흐르고, 음악이 쿵쿵 울리고, 웃음이 천장에 부딪혀 파도처럼 부서지는 동안 집단적인 환각이 쌓여갔다. 근사한 파티였고, 재치 있는 변장에 둘러싸인 나는 자르징두마르에서 아무도 공공연히 말하지 않는 공동체 생활이라는 비밀을 이보다 더 가까이 느낀 적이 없다고 생각했다.

피터는 맨해튼의 플랫아이언 동네에서 열리는 서핑 슬라이드
쇼에 나를 초대했다. 알고 보니 장소는 화려한 사무실이었다. 피
터의 친구가 사장으로 있는 광고 회사였다. 몇 안 되는 관객은 모
두 남자였고, 그들 중 몇몇은 몬타우크에서 만나 약간 안면이 있
는 서퍼들이었다. 퇴근 시간 이후의 쇼였고, 맥주가 많았으며, 아
마도 알 만한 사람들 사이에서는 코카인이 돌았을 것이다. 몬타
우크에서 찍은 서핑 사진이 나왔고, 야유가 터졌고(끔찍하게 욕을
하거나 하지는 않았다. 그렇게 노골적인 무리는 아니었다), 간간이 웃기도
했다. 코스타리카 여행에서는 전문가 수준의 사진들이 있었다.
하지만 중심 행사는 피터가 내놓은 마데이라 사진 모음이었다.
그 사진 대부분을 나는 이전에는 본 적이 없었다. 평소처럼, 나는
우리가 함께했던 모든 여행에서 실질적으로 거의 사진을 찍지 않
았다. 피터는 조금 더 충실해진 것 같았다. 그는 산 쪽에서 입이
떡 벌어지는 라인업 사진을 몇 장 찍었다. 자르징, 페퀘나, 파울
두마르에서 파도가 터지는 모습이 나온 사진들이었다. 방 안에는
진지한 감탄을 섞은 욕설이 퍼졌다. 그것 빼고는 피터도 나와 비
슷했다. 파도가 좋을 때는 육지에 머물러 있으려 하지 않았다.

하지만 몇몇 동업자들과 구경꾼들이 몇 년 동안 마데이라에서
우리 사진을 찍었고, 결과물을 보냈다. 잘 봐줘봤자 사진의 질은
천차만별이었지만, 사진을 보기만 해도 가슴이 뛰었다. 페퀘나에
서의 잊을 수 없는 날에 나를 찍은 사진이 두어 장 있었다. 1997년
에 우리와 함께 갔던 피터의 친구들 중 한 명이 찍은 사진이었다.
그 파도를 탔을 때의 필사적인 희열이—나는 여섯 시간 동안이
나 서핑을 했다—내 파도를 저 멀리서 흐릿하게 보기만 해도 다
시금 밀려 돌아왔다. 그 파도는 컸고, 나는 힘껏 춤을 추고 있었

다. 또 파도가 높은 날의 자르징에서 피터를 찍은 사진도 있었다.
사진을 찍은 사람은 제임스라는 미국인이었는데, 그는 파울에서
발목이 부러졌지만 일주일도 지나지 않아 다리에 깁스를 한 채로
갑으로 나오더니 벼랑에서 사진을 찍었다.

"너희 토우인도 했어?" 누군가 물었다.

우리는 웃었다. "무슨 소리, 아니."

토우인tow-in 서핑이란 당시 큰 파도를 타는 서핑에 새로이 더해
진 방식으로, 하와이에서 선구적으로 실시되고 있었다. 제트스키
를 이용해 짧고 무거우며 발을 묶은 보드에 탄 사람들을 거대한
파도 위로 쳐서 올려 보내는 방식인 토우인 서핑은 실질적으로
탈 수 있는 파도의 최대 높이를 단숨에 두 배, 세 배로 높였다. 토
우인은 엄격하게 전문가들만 할 수 있는 기법이었다. 전문가라고
해봤자 사실상 세계에서 가장 큰 파도를 타는 미친 자들이 모인
소규모 집단이었다. 즉 우리는 아니었다. 심지어 아무런 관련도
없었다. 하지만 자르징에서 피터가 파도 타는 사진을 보면, 실제
로 그렇게 멍청한 질문은 아니라는 생각이 들었다. 그는 크고 어
두운 파도의 바닥에서 올라오고 있었다. 파도의 얼굴 면만 해도
20피트는 되었고, 이상하도록 길고 짙은 하얀색 흔적을 남겼다.
피터는 몸을 앞으로 숙이고 무릎을 구부려서 보드에서 최대한의
속도를 얻어냈고, 회전은 선을 따라 저 멀리까지 날아갔다. 그는
정말로 파도 너머에 있는 어떤 힘에 의해 생긴 파도에 맞은 것 같
았다. 나는 포착된 순간으로 피터를 밀어 보낸 그 구간의 파도를
잘 알았고, 어째서 그가 그렇게 세게 달리고 있었는지도 잘 알았
다. 그는 실제로 안쪽 벽으로 들어가면서 자르징의 발사력을 한
껏 느꼈던 것이었다. 사람들이 그곳을 세계에서 제일가는 큰 파

도 포인트브레이크라고 부르는 이유이기도 했다.

피터는 또한 우리가 거의 쓸려 갈 뻔했던 밤에 그의 옛날 친구들 중 한 사람이 찍어준 사진도 갖고 있었다. 해가 완전히 지기 전에 피터가 크고 거칠어 보이는 파도 위에 올라탄 사진이었다. 어쩌면 그날 마지막으로 탔던 파도 같기도 했다. 그다음에는 우리가 거의 반쯤 정신이 나가서 육지에, 보트 진입로 위에 올라왔을 때 플래시를 터뜨려 찍은 사진도 두어 장 있었다. 그 사진을 보니 이상하게도 그 후 저녁식사 때 피터의 친구들이 한 말이 생각났다. 샌타바버라 출신으로 니보딩을 하는 서퍼는 우리가 사라진 후에 피터의 어머니에게 무슨 말을 해야 할지 궁리했다고 고백했다. 이전 예술학교 동급생이었던 다른 친구는 벼락을 맞은 듯한 얼굴이었다. 실은 똑같은 궁리 중이었다고 그는 말했다. 그들 각자는 최악을 가정한 데 무척이나 죄책감을 느꼈고, 둘 다 여전히 무척이나 언짢은 얼굴이었다. 피터와 나는 병리적으로는 충격 상태이긴 했겠지만 무척이나 명랑했다. 와인을 꿀꺽꿀꺽 들이켜고, 살아 있다는 데 축배를 올렸다. 보트 진입로에서 찍은 첫 번째 사진에서는 우리 둘 다 얼이 빠진 듯 보였다. 피터는 카메라를 향해 샤카 사인을 하고 있었다.[*] 내 얼굴에는 피가 한 줄기 주르륵 흐르고 있었다.

"아이고." 슬라이드 쇼에 온 누군가가 말했다.

서로 의논하지는 않았지만, 우리는 그 얘기는 하지 않기로 마음먹었다. 다음 사진, 그날 쇼의 마지막 장면은 이 무리들에게는 더 별다른 의미가 없을 것이었다. 피터와 나는 우리 자신을 추슬러야

[*]   가운데 세 손가락을 접고 양쪽 끝 손가락 두 개만 펴는 서퍼들의 인사법.

했기에 보트 진입로의 꼭대기 위에서 환호하는 군중들에게 등을 돌리고 있었다. 우리는 방조제의 가장자리로 물러나 앉아 1분간 포효하는 어둠을 내다보았다. 그 사진에는 우리의 등만 나왔다. 우리의 웨트슈트가 반짝이는 모습만이. 딱히 대단한 사진은 아니었다. 전등을 켰고, 사람들은 맥주를 더 달라고 아우성쳤다. 나는 피터가 방 저편에서 하는 말을 들었다. "나는 너한테 어깨동무를 하려고 했어. 하지만, 너도 알잖아." 나도 물론 알았다.

캐롤라인은 내가 마데이라에서 은둔해 지낼 때 첫 주는 따라와서 같이 지내기 시작했다. 우리는 자르징에 새로 생긴 호텔에 묵었다. 서늘하고, 주로 텅 비어 있는 곳으로, 소문에 따르면 남아프리카의 돈으로 지었다고 했다. 캐롤라인은 마데이라의 자연미에 적절히 감탄했고, 사무실에서 벗어났다는 사실을 좋아했다. 내가 서핑하는 동안 그녀는 종일 계단식 밭을 오르내리며 걸어다녔고, 살인 책이라고 부르는 추리소설들을 읽으며 지냈다. 어떤 안개 낀 아침이 기억난다. 나는 자르징에서 홀로 서핑하고 있었다. 그녀는 파도가 부서지는 지점 바로 위의 호텔 발코니에서 책을 읽고 있었다. 파도는 머리 높이였고, 그 안에 바위들도 거의 치워지지 않고 그대로 있었다. 매번 파도를 탈 때마다 나는 고개를 들곤 했다. 캐롤라인은 여전히 책에 코를 박고 있었다. 나는 고함을 질렀다. 그녀는 손을 흔들었다. 그래도 내가 파도 타는 건 하나도 보지 않았다. 내가 마침내 돌아와서 불평했을 때, 그녀는 서핑 구경이 얼마나 지루한지 정교하게 설명하려 했다. 처음도 아니었다. 사실, 파도를 타는 사이에 꽤 긴 휴지기가 있었다.

실제로 내 불평은 하찮은 것일 뿐, 마음 깊이 속상한 것은 아니

었다. 캐롤라인은 나의 서핑 열정을 받아주었다. 청소년처럼 가
장 유치한 순간도 내가 그런 기대를 할 권리가 없는데도 그 이상
을 넘어 참아주었다. 나는 그 사실을 놓치지 않으려고 의식적으
로 노력했다. 바다와 서핑에 관한 모든 것에 그녀가 무관심하기
는 했어도, 우리가 함께한 삶은 파도와 엮여 있었다. 파도는 배경
이자 중력이었고, 절대로 멀어지지 않았다. 우리는 결혼식 때 바
다가 보이지 않는 사과나무 아래서 서약을 했다. 하지만 그날 아
침 브라이언과 나는 파도를 찾으러 갔다. 딱히 탈 만한 파도는 없
었지만, 나는 어쨌든 마서스빈야드Martha's Vineyard 남쪽 해안의 괴
상한 해안에서 패들해서 나갔다. 거기서 나는 무릎 높이의 쇼어
브레이크에서 테이크오프했고, 브라이언은 내가 결혼식 날 '서
핑'하는 스냅 사진을 찍을 수 있었다. 내가 모래에 처박히기 전 소
울아치soul-arching✦하는 순간이었다. 후에, 결혼식 피로연에서 그는
공들인 섬세한 건배사를 했다. 주요 주제 중 하나는 캐롤라인에
게 주는 경고였다. 어떤 휴가라 해도 밖에 나갔다가는 결국 무모
한, 심지어는 잔인한 서핑 여행이 되어버린다는 것이었다. 그의
말이 맞았음은 여러 번 증명되었다. 프랑스에서, 아일랜드에서,
토르톨라에서, 후에는 스페인과 포르투갈에서. 캐롤라인은 누가
생각해도 호락호락한 사람은 아니었지만 대단히 너그럽게 받아
주었다.

그녀는 특권을 최대한 이용했다. 내가 끌고 가는 이름 없고, 종
종 들쑥날쑥하게 아름다운 지점들. 책을 읽을 자유. 해산물 요리.
내륙인치고 캐롤라인은 놀라울 정도로 조개를 좋아했다. 마데

✦   파도를 타면서 등을 아치처럼 뒤로 휘는 기술. 주로 자신감을 보여주는 행동이다.

이라에서는 타르마르Tar Mar의 에스파다를 좋아했고, 비뇨베르데 vinho verde라는 채 익지 않은 와인을 즐겼다.

내가 없을 때 캐롤라인은 어떻게 참고 있을까? 그녀를 두고 파도를 쫓으러 갈 때뿐 아니라, 그보다 더 자주, 더 오래 취재하러 떠날 때도 있는데? 그 대답은 우리가 달라짐에 따라 달라졌다. 캐롤라인은 이따금 혼자 몇 주 씩 떠나서 짐바브웨에 있는 친구나 가족을 만나러 갔고, 그렇게 따로 떨어져 있는 시간은 우리에게 이로웠다. 나는 그렇게 생각했다, 적어도 우리 관계의 초기에는. 우리는 휴식이 필요했다. 후에는 떨어져 있는 것이 더 힘들어졌다. 하지만 캐롤라인은 자립이라는 강한 기질을 유지했다. 그녀는 남다르게 혼자 잘 지냈다. 나는 가끔 캐롤라인이 그런 기질을 어머니인 준에게서 물려받은 게 아닐까 생각했다. 둘 다 남편에게 강한 애착심을 느끼지만 밤새 BBC의 아프리카 방송을 들으면서 잠을 거의 자지 않는 강하고 신중한 성격이었다. 캐롤라인의 아버지 마크는 딱히 여행을 좋아하지 않았지만, 그럼에도 광물 유통업자로서 해외 출장에 많은 시간을 보냈다. 캐롤라인은 무척 열심히 일했다. 변호사가 된 그녀는 판화가일 때와 똑같이 완벽주의자였다. 나의 마데이라 여행은 그녀 마음속에서 어느 정도 만회되었다. 단순히 서핑 여행이 아니라, 집필용 은둔이었기 때문이다. 나도 확실히 같은 기분이었다. 나는 외로워졌다. 자르징에서는 여전히 인터넷이 되지 않았고, 휴대전화도 터지지 않았다. 그래서 나는 밤이면 프라사에 있는 공중전화에서 집에 전화를 걸었다. 부스 옆에는 마을 새장이 있었는데, 알록달록한 앵무새들에게는 집 같은 곳이었다. 낮이면 새들은 노래 부르며 누군가 새장에 던져준 거대한 양배추 잎을 쪼았다. 밤이면 온기를 지키려 몸을 돌돌 말아 작고 고요한 회색 공이 되었다. 나는 축축하고 바람 부는 밤 전화 부스에서 웅크리며 마음을 다독이는 캐롤라인의 목소리를 들으려 애썼다. 우리 지루한 일상의 화려한 삶을 보고하는 그녀의 명랑한 목소리를.

나는 파도가 늘 거대했던 것처럼 말하고 있다. 사실, 마데이라에 있을 때는 쇼트보드로 버틸 수 있는 온화한 날들도 많이 찾아왔다. 캐롤라인이 안개 속의 발코니에서 책을 읽던 날 아침처럼. 8피트짜리 보드를 타고 나갈 만큼 파도가 크고 무시무시한 날들은 일반적이지 않았다. 그래도, 서핑에 관한 모든 것에 점점 진지해졌다. 무슨 보드든 오는 대로 타던 시절이 한참 흐른 뒤에야 나는 내가 타는 보드에 진짜 관심을 가지게 되었다. 나는 하와이에서 보드 제작자를 한 명 찾았다. 아울 채프먼Owl Chapman이라는 이름의 노스쇼어의 괴짜로, 나는 그의 보드를 좋아했다. 그가 만드는 보드는 앞코가 날카로운 스왈로우테일swallow tail⁺ 트러스터였는데, 빠르고 두꺼웠으며 로커가 아주 작았고 볼썽사납게 아래로 휘어진 레일이 달려 있었다. 본질적으로는 1970년대 보드였지만 더 선이 미묘했고, 재료는 더 가벼웠으며, 핀은 세 개였다. 나는 세차게 부서지는 파도 속에서 아울의 보드를 몇 개 부러뜨렸고(공항 화물 직원들이 한두 개 부러뜨리긴 했다), 대체품을 구하긴 했지만 모두 훌륭하게 작동하지는 않았다. 아울에게는 내가 어떤 보드를 타야 하는지에 대한 자기만의 생각이 있었다. 여전히, 내가 가진 아울의 보드 대부분은 훌륭했다. 말을 잘 듣고, 패들은 빠르며, 배럴에서도 일정했다. 나는 1990년대 중반에 노스쇼어에 취재 여

⁺   꼬리가 제비 꼬리처럼 갈라진 형태의 보드.

행을 갔다가 그의 보드를 처음으로 타보았고, 그다음 10년 동안
은 다른 보드는 거의 타지 않았다.

어째서 나는 보드 성능의 상세한 부분에 그렇게 첨예한 관심을
갖게 되었을까? 한마디로 말하면, 마데이라 때문이었다. 마데이
라는 새로운 방식으로 나를 크고 강력한 파도 속에 던져놓았다.
오션비치에서 내게 드리웠던 양가성은 사라지고 없었다. 안타깝
게도 나의 서핑은 이제 하향세였다. 나는 늙어가고 있었다. 이 사
실이 정말로 내 머리를 치고 갔던 때는 페퀘나에 사람들이 붐비
던 어느 날이었다. 마데이라가 붐빈다는 건 여전히 상대적인 표
현이었다. 바다에는 열두 명 정도가 있었다. 대부분은 실력이 뛰
어난 포르투갈 친구들로, 그중 몇몇은 이 나라에서 제일가는 프
로였을 것이다. 그들은 패들해 오더니 내 주위를 빙빙 돌며 서핑
했다. 그들은 내 나이의 반 정도밖에 되지 않았고, 내가 요즘 하
는 것보다 열 배는 더 많이 서핑하고 있으리라는 사실을 나 자신
에게 말해주면 도움이 될 것이었다. 그런데 그렇지 않았다. 나는
나 자신에게 질려버렸다. 잡아야 할 파도를 놓쳐버렸고, 튀어 올
라야 할 때 비척비척 일어섰다. 서퍼로서 늙어간다는 건 다시 쿡
이 되어버리는, 길고 느리고 굴욕적인 과정이라는 얘기는 들어서
알고 있었다. 나는 그래도 여전히 괜찮게 탄다는 나의 환상에 매
달려 있었다. 아울 보드가 도움이 되었다.

마데이라에 사람이 들끓어 그곳이 훼손될지도 모른다는 나의
악몽이 천천히 실현되고 있는 것만 같았다. 자르징에서 첫 대회
가 열렸다. 나는 대회가 진행되는 기간에는 뉴욕에 머무르도록
조심스럽게 일정을 조절했다. 우승자는 머리를 드레드록으로 땋
은 남아프리카인이었다. 두 번째로 잡힌 대회에는 기업 후원사

와 유명한 큰 파도 프로들이 줄줄이 붙었다. 더욱 불길하게는 세계의 서핑 낙원들을 돌아다니는 떠돌이 생물들이 점점 더 모습을 드러내고 있었다. 노스캐롤라이나 출신의 팀은 자주색 끈 바지에 후드티를 입고 자르징의 자갈 깔린 뒷골목을 돌아다니면서 자기가 작년에 "인도(네시아)"에서 정복한 "끝없는 배럴들"에 대해 떠들어댔다. "바와Bawa는 말이죠, 젠장, 이게 진짠가 싶은 게, 지랜드G-Land⁺보다 훨씬 낫다니까. 울루보다도 나아요. 이거보다도 나아." 나에게 그들을 멸시할 권리가 없다는 건 알았다. 하지만 혜테라에서 온 팀 같은 무리들이 자르징에 출몰하여 물속에서 그들의 느리고 거친 방언으로 자기 주장을 늘어놓기 시작하자 나는 움츠러들었다.

마을 사람들은 당연하게도 상스러운 방문객들을 경계했고 동네 청년 두엇이 이 위험한 스포츠를 받아들이는 걸 기꺼워하지 않았다. 그래도, 대회만은 환영받았다. 대회는 마을에 돈을 가져다주니까. 그리고 어떤 지역민도 물속에 사람이 많아지는 게 싫다는 내 걱정을 공유하지 않는 것만은 확실했다. 서핑은 자르징을 세계와 연결했고, 나는 그런 연결에 대한 갈망이 그들 속에 얼마나 깊게 흐르고 있는지를 나 자신에게 상기시켜야만 했다. 나는 봉건제도와 고립에 대해서 이해했다. 그렇다고 생각했다. 고대부터 이어져 내려온 성직자와 귀족의 전횡은 바깥 세계와의 연결이 빈약할 때 성행했다. 자르징에서 전기, 텔레비전, 그리고 프라제레스에서 연결된 포장도로는 비록 부작용이 있다고 하더라도 영적인 산소를 불어넣어준 것과 같았다. 파도가 없는 일요일

⁺   그라나간만을 가리킨다.

아침이면 나는 마을 성당에 파견되어 온 브라질 신부가 해방신학을 열렬히 찬양하는 설교를 들었다. 자르징에 진입할 유일한 경로가 염소 길이나 나룻배뿐이었던 시절에 대해서는 이제 듣지 못할 것이었다.

어느 날 밤, 포르투갈 국가대표 서핑 팀이 자르징에 나타났다. 나는 국가대표 서핑 팀이라는 개념에 익숙하지 않았다. 그렇지만 마을 사람들이 깊이 감명받는 모습에 나도 감명받았다. 맙소사, 국가대표팀이라니. 이런 식이었다. 그들은 포르투갈을 위해서 서핑했다. 그들은 올림픽 대표팀, 혹은 사랑받는 국가대표 축구단처럼 공식 바람막이 유니폼을 입었다. 물론 내게 그들은 그저 또 하나의 지저분한 젊은 보드 선수 무리일 뿐이었다. 그러나 그들의 코치에게는 매료되었다. 그와는 한마디도 해본 적이 없었다. 그저 그가 어느 날 아침 프라사에 렌터카를 타고 나타나 천천히 내리는 모습을 보았을 뿐이다. 그는 아내와 유모차를 탄 젖먹이를 데려왔다. 그는 공식 바람막이와 그에 어울리는 연습복 바지를 입어서, 마치 스포츠 행정관이나 체육 교사, 혹은 축구 코치처럼 보였다. 나를 매료한 것은 그의 평범한 태도, 편안함이었다. 나는 여전히 서핑을 야성적인 것이라 생각했다. 친구랑 할 수도 있고 혼자 할 수도 있지만, 서핑은 대양에서 일어나는 일이었다. 사교적일 수가 없었다. 물론 나는 오스트레일리아에서 서핑은 대중들 사이에 널리 퍼져 있고, 유쾌하며, 클럽 활동으로 무리 지어 하는 활동임을 보았다. 서핑은 사교적인 활동이 될 수 있었고, 여기, 아늑하고 외딴 자르징에서는 나의 오랜 은둔적인 강박이 유럽 여피족 팀의 규준에 통합되고 있는 것을 언뜻 보았다. 서던캘리포니아나 플로리다에서도 비슷한 일들이 띄엄띄엄 일어나고 있는 것 같았다.

　그래도 여전히 자르징에는 매력적인 사람들이 속속 도착했다. 전쟁 중인 라이베리아에 구호 활동을 하러 갔던 무나와 모니카 외에도 느슨하게 어울리는 영국인 무리가 있었다. 그들 모두가 서퍼는 아니었는데, 이전에 휴가지로 아일랜드의 시골에 갔다가 아주 엄청나게 우연히, 날씨 좋은 어떤 오후에 산책하는 셰이머스 히니Seamus Heaney⁺를 만난 적이 있다고 했다. 그들이 생각하기에 히니는 엄청난 유명 인사였고, 그들은 시인의 사색을 절대 방해하지 않았다며 자랑스러워했다. 이런 현학적인 무리 가운데 여자 두 명은 자르징에 머물고 있는 미국인 서퍼에게 관심을 가졌다. 롱아일랜드 출신의 사근사근한 금발 프로 선수였다. 후원받은 보드를 여러 종류로 잔뜩 짊어지고 온 그가 영국인 여성 팬들에게는 그저 해맑게만 보이는 듯했다. 그가 없을 때면 여자들은 와인을 마시면서 강경하고 말이 없는 미국 서핑의 사무라이 정신에 대해 자세히 얘기해달라고 나를 괴롭히곤 했다. 나는 그들 뜻에 맞추려고 노력했다. 대체로 나도 그 청년에게 관심이 있었기 때문이다. 비꼬는 것이 아니라 진심이었다. 그는 소위 파이프라인 전문가였다. 겨울에는 하와이에 가서 세계에서 가장 위험하고 가장 아름다운 파도를 탔다. 그가 잔뜩 쌓아놓은 보드 사이에서 하나를 빼 이 보드의 로커는 거품공Foamball의 —움푹하게 부서진 파도 안쪽에 이는 거품 파도를 이르는 말로, 해안에서는 보이지 않았다—가장자리에 떨어지지 않고 붙어 있는 데 도움이 되었으며 배럴에서도 더 오래 버틸 수 있다고 설명할 때면, 나는 질문도

⁺　　아일랜드의 시인으로 1995년 노벨 문학상을 수상하기도 했다.

하면서 열심히 들었다. 이 청년은 내가 절대 가지 않을 장소에 가서 파도를 탔다고 했다.

영국인 무리 중에 토니Tony와 로즈Rose라는 커플이 있었다. 남자는 웨일스 출신의 서퍼이고 풍경화가였다. 여자는 여름이면 거기서 식당을 운영했다. 그들은 자르징에 허물어진 집을 하나 샀고, 이 동네에서 그들은 에스타카estaca 부부라고 알려져 있었다. 처음 왔을 때 그들은 마을 회의에서 일을 해주는 대가로 집세 없이 지금보다 더 허물어진 집을 받았고, 그들이 처음 받은 일은 바나나 나무를 받치는 데 쓸 막대기 수백 개를 만드는 것이었다. 그 막대기를 부르는 말이 에스타카였다. 심지어 그들이 키우는 개도 에스타카라고 불렸다. 마을 사람들은 실로 토니와 로즈를 좋아했다. 날씨가 거칠어져 남동풍이 불어닥칠 때, 토니와 내가 북부 해안으로 향하는데 마을 노파들이 성을 내며 잔소리했다. 이런 험한 날씨에 정신머리도 없이 어디 마을을 나서? 산사태가 날 수도 있는데. 산에서는 길이 쓸려 나갈 수도 있어. 그래도 우리는 갔다. 나는 실크 같은 왼쪽 파도, 나의 마돈나를 확인해야 했다. 비록 우리가 파도를 찾지는 못했지만, 캐롤라인과 나는 그릴에 구운 비늘돔을 내놓는 카페 하나를 북부에서 하나 찾았으니 그것만으로도 그 탐험은 정당화되었다.

어느 화창한 오후에 나는 페퀘나까지 걸어갔다. 스웰이 차오르고 있었다. 파도는 멀리서 강했고, 서풍에 테이크오프가 잘려나가서 바다에는 아무도 없었다. 하지만 그 시점에 나는 페퀘나에 관한 몇 가지 사실을 알고 있었다. 가령 이런 바람이 어떻게 절벽에서 튀어서 파도의 길게 뻗은 부분을 넘어 해안으로 불며 파도의 안쪽 벽을 웅장하게 만들어놓는지 같은. 그리고 정말로 그랬다. 나는 한 시간 동안 혼자 서핑하며, 바깥의 거대한 머시버거 mushburger⁺를 잡아서, 밖으로 선반처럼 뻗은 파도의 끝을 스키 타듯 미끄러져 나간 후, 내 튼튼한 아울 보드로 빨간 줄을 그으며 배럴 구간을 지나갔다. 결국, 포르투갈 프로 선수 세 명이 합류했다. 그중에는 일인자인 티아구 피레스도 끼어 있었다. 그들은 분명 자르징에서 쌍안경으로 계속 동태를 살피고 대비했던 것 같았다. 주변에는 파도가 많았지만, 피레스는 어찌나 세차게 파도를 가르는지 나는 그를 당최 예측할 수가 없었고, 결국 그와 나는 엉킨 채로 다가오는 파도 중 가장 큰 것에 함께 올라 컬^{curl}⁺⁺을 탔다. 우리는 둘 다 운 좋게 다치지 않았다. 파도는 오랫동안 무겁게 내리누르며 우리를 두들겨댔다. 그래도 그는 멀쩡해 보였다. 하지만 나는 온몸이 후들거렸다.

나는 다시 해안으로 돌아갈까 생각해보았다. 캐롤라인은 그날 아침 뉴욕으로 떠날 예정이었다. 나는 좋은 파도 하나만 더 타기로 결심했다. 하지만 이제 파도는 더 커지고 있었고, 나는 허술하게 서핑하고 있었다. 테이크오프는 위협적이었지만 파도를 안다면 어렵지 않았고, 나는 파도를 알았다. 그래도 나는 두 개는 그냥 보내고, 다른 파도 세트는 머리로 맞았다. 이제 나는 진이 빠졌다. 파도 세트는 사다리꼴이 되었다. 새로 오는 건 매번 마지막 것보다 컸다. 이제는 적어도 10피트는 되었다. 다른 사람들은 뒤편 어딘가에 있어서 보이지 않았다. 나는 괜찮은 중간 크기의 파

⁺   별로 훌륭하지 않은 느리고 힘없는 파도.
⁺⁺   파도 꼭대기의 말리는 부분을 가리키며, 보통 힘이 있어서 탈 수 있다.

도를 보았다. 세트의 맨 처음 파도인 듯했다. 나는 안도감에 몸을 떨며 그 파도를 잡았다. 그런 후에 간신히 뛰어내릴 수 있었다. 나는 언짢은 마음으로 다시 수면 위로 올라왔다가, 악몽에서 막 걸어나온 듯한 벽과 마주하게 되었다.

파도는 선반에서부터 벌써 물을 끌어당기면서 동시에 나를 그쪽으로 끌어당겼다. 내가 빠져나갈 방법은 없었다. 내가 페퀘나에서 본 것 중 가장 큰 파도였고, 이미 부서지고 있었다. 나는 그쪽으로 열심히 수영해서 일찍 잠수해버렸지만, 파도가 나를 깊은 물속에서 끄집어내어 때려댔고, 나는 무력하게나마 항의의 뜻으로 비명을 질렀다. 마침내 수면 위로 올라왔을 때는 그 뒤에 또 다른 파도가 있었다. 전의 것만큼이나 크고 심술궂은 파도였다. 그리고 파도의 선반에는 물이 더 많은 듯 보였다. 나는 파도의 아래쪽으로 헤엄쳐 가며 거칠거칠한 바위 판을 붙잡으려 했으나 금방 떨어져 나갔다. 또 한 번 오랫동안 철저히 두들겨 맞았다. 나는 파도 바닥에 내팽개쳐질 때를 대비해서 두 팔로 머리를 가리려 애썼다. 그러다 마침내 다시 수면 위로 떠올랐다.

이번에도 파도가 있었다. 심지어 다른 파도들보다도 더 컸다. 하지만 그 파도에서 중요한 점은 선반으로부터 떨어지는 모든 물을 빨아들인다는 것이었다. 내 앞에 바위들이 다시 떠올랐고, 나는 질주하는 허리 높이의 물에 감긴 채로 바위 들판 위에 서 있게 되었다. 내가 지금 있는 곳이 어딘지 알 수가 없었다. 해안에서도 한참 먼 바다 한가운데, 내가 브레이크라고 생각한 지점에서 갑자기 바위 들판이 떠오르다니. 평생 서핑을 해왔지만, 이런 건 본 적이 없었다. 파도가 갑자기 변하여 거의 부서지지도 않은 채 끔찍하게 끓어오르는 2층짜리 거품 파도의 벽으로 바뀌었다. 끌어당길 물은 이제 다 떨어지고 없었다. 파도가 나를 치기 전에 무엇을 할지 결정할 수 있는 순간이 있었다. 나는 벽의 균열된 틈을 잡아서 그리로 돌진해 들어갔다. 내가 그 사이로 어느 정도 깊게 비집고 들어가면 거품 파도가 나를 산산이 부수어서 바위 위에 내팽개치는 대신 그저 삼켜버릴지도 모른다는, 희미한 희망이 생겼다. 실제로 그와 비슷한 일이 일어났다. 뛰어들다 발이 베이긴 했지만 바닥에 부딪히진 않았고, 파도의 창자에 든 헝겊인형처럼 해안으로 실려 갔다. 그런 후 다시 떠올랐을 땐, 안전하게 페퀘나 동쪽의 채널 속, 깊은 물 안에 있었다.

나는 천천히 자르징으로 돌아갔다. 뇌가 완전히 꺼져버린 듯했다. 순간 내가 죽어버릴지도 모른다고 생각했다. 어떤 모호한 미래가 아니라, 바로 그때 거기에서. 세계에 다시 들어가는 법을 제대로 보기가 어려웠다. 나는 호텔에 닿았다. 캐롤라인은 무언가 잘못되었다는 것을 알았다. 그녀는 욕조에 물을 받아주었다. 나는 보통 욕조에서 목욕을 하는 법이 없었다. 나는 물속에 누웠다. 밤이 내렸다. 그녀는 촛불을 켰다. 그런 후 내 발의 상처를 닦아주었다. 나는 무슨 일이 있었는지 설명하려 했다. 그러나 오래 할 수가 없었다. 나는 그녀와 함께 뉴욕에 돌아가고 싶다고 했다. 캐롤라인은 내 머리를 감겨주었다. 나는 내가 그렇게 어리석고 위험한 짓을 했는데도 왜 화를 내지 않느냐고 물었다. 그녀는 내가 서핑뿐 아니라 종군 보도에 대한 이야기를 하고 있다는 걸 알았다. 그녀는 내가 그렇게 해야 할 필요를 느꼈다고 짐작했을 뿐이라 했다.

하지만 걱정되지는 않았어?

그녀는 한참 뜸을 들인 후에야 대답했다. "상황이 나빠질 땐 당신이 무척 침착해진다고 생각해." 그녀는 말했다. "나는 당신 판단을 믿어."

나는 나 자신을 그렇게 보지 않았고, 그런 적도 없었다. 그렇지만 그런 말을 듣는 건 흥미로웠다. 그녀는 후에 자신이 어떤 마술적인 사고에 빠져버린다는 것을 인정했다. 특히 내가 분쟁 지역이나 납치가 성행하는 위험 지대로 사라져버릴 때면.

나는 캐롤라인이 떠난 후에도 그대로 남았다. 너무 부끄러워서 이대로 떠나버릴 수는 없다고 혼자 칭얼댔다. 나는 파도가 몹시 크게 일어서 아무도 패들해 나가지 않는 날을 보았다. 기후 조건은 깨끗했다. 토우인을 하는 팀들은 어딘가 안전한 항구에서 출발하여 타고 있었을 것이다. 하지만 마데이라에서 토우인하는 팀들은 없었다. 적어도 아직은. 나는 별로 마음이 동하지 않아 몇 시간 동안 바다만 보고 있었다. 토니, 웨일스 출신의 풍경화가는 이렇게 파도가 큰 날에는 파울두마르와 페퀘나 사이의 만을 가로질러 파도가 부서지는 걸 본 적이 있다고 했다. 파울의 부두에서 서 있으면 말이죠. 그는 말했다. 보이는 것이라곤 겹겹이 산처럼 쌓인 거품 파도뿐이에요. 온통 거품과 물안개뿐인 가운데 그 위로 높이 보이는 건 저 바깥의 파도에서 부서져 나오는 갈고리와 멀리 보이는 피크죠. 제일 높은 곳은 15피트 정도 될까요. 오른쪽에서 왼쪽으로 이동하는 파도죠. 오후 내내 신비롭고 거대한 고대 동물이 서로를 따르며 해안을 내려가는 광경을 보는 것 같아요.

토니는 빨강 머리에 정열적인 성격으로, 마흔 남짓이었다. 마데이라에서 자신의 그림이 180도 바뀌었다고 그는 말했다. "그건 2,000피트짜리 낭떠러지예요." 그는 말했다. "갑자기, 수평선이 얼굴 바로 앞까지 올라오고, 바다는 하늘로 사라지죠. 구름은 몸

아래, 바다는 위에 있어요." 그는 마데이라가 자신의 서핑도 바꾸어놓았다고 말했다. "영원히 바꿔놓았죠. 나는 이제 집에서는 서핑하지 않아요. 그럴 이유가 없죠. 이건 심해의 힘이에요. 그게 어떤지 아시잖아요. 이런 것들이 파도 지점까지 나를 몰아가고, 그럼 거기서 어떻게든 빠져나가고만 싶어지죠. 사람들 표현으로는 푸르름을 향하게 되는 거예요." 피터처럼, 토니도 딱히 군중에 대해서는 걱정하지 않았다. "사람들은 이곳을 두려워하지 않아요."

그럴 만하지, 나는 생각했다.

하지만 나 자신은 두려움을 느끼기 위해 서핑을 했던가? 아니. 나는 서핑의 힘과 수액을 사랑했지만, 그것도 어느 정도까지였다. 푸르름으로 향한다. 그건 보수적인 서핑이었지, 쿵하고 폭발하는 화려한 서핑은 아니었다. 이 나이에 내가 잘하는 게 있다면 그것이리라. 나는 도파민 발산을 위해 패들해서 나갔다. 익숙한 동시에 드물고, 배짱과 경험이 필요한 일이지만, 공포와는 아무런 공통점이 없었다. 비슷하게, 취재를 할 때도 나는 내 호기심을 만족시키고 재난을 이해할 수 있는 이야기를 찾아다녔지, 총을 맞으러 다닌 건 아니었다. 사실 기자로서 나의 최악의 날 중 하나는 엘살바도르에 있을 때 왔다. 내전 중 선거일이었다. 그날 세 명의 기자가 살해당했고, 한 명은 부상을 입었다. 나는 우술루탄 Usulután 지방의 어떤 마을에서 총격전에 휘말렸다. 옆 마을에서 코르넬 라그로우Cornel Lagrouw라는 네덜란드 카메라맨이 가슴에 총을 맞았다. 군대는 그를 병원에 싣고 가려는 차를 공격했고, 공중 포격으로 꼼짝 못하게 했다. 라그로우는 길 위에서 죽었다. 나는 그가 사망 선고를 받을 때 그 자리에 있었다. 그의 여자 친구이자 음향 기술자였던 아넬리스는 그에게서 눈을 떼지 못했다. 그녀는 그의 손에, 가슴에, 눈에, 입에 키스했다. 그녀는 그의 이에 묻은 먼지를 손수건으로 닦아주었다. 기사를 쓰고 발송한 후 나는 서핑하러 나갔다. 엘살바도르에는 라리베르타드La Libertad라는 근사한 파도가 있었다. 당시에는 전쟁 때문에 사람이 별로 없었다. 나는 일주일 동안 리베르타드에 숨어 지냈다. 서핑은 아무리 미약하기는 해도 공포에 대한 해독제였다.

이런 것들은 대차 대조 장부의 반대편에 있는 것들이었다.

파도는 편평했고 계속 크기가 작았다. 나는 턱수염을 길렀다. 나는 그때 헤드라인을 장식할 전 지구적 반기업 운동에 관한 기사를 작성하고 있었다. 나는 편지를 썼다. 받는 사람은 주로 브라이언이었다. 나는 마데이라가 딱히 그에게 흥미로울 것이라는 생각은 하지 않았다. 종이 위에 쓰인 이야기라면 모를까. 우리가 함께 서핑 여행을 한 것은 몇 년 전이었다. 그와 디어드리가 윌리엄스대학Williams College에서 근무하고 있을 때였고, 우리는 노바스코샤Nova Scotia에서 닷새 동안 가을 바다로 뛰어들었다. 운 좋게도 아름답고 사람 없는 파도를 만났다.

브라이언은 그의 뮤즈를 따라 미국인의 기반을 깊이 파고들었다. 그는 《뉴요커》에 〈커다란 차Large Cars〉라는 제목으로 장거리 트럭 운전사의 일생과 멀 해거드Merle Haggard✦에 대한 잊지 못할 이야기를 2부작으로 실었다. 존 몽고메리 워드John Montgomery Ward라는 이름의 19세기 야구 선수에 관한, 정열적이고 학술적이면서도 아름다운 책을 썼다. 그런 후에 그는 그의 첫사랑, 소설로 돌아갔다.

✦　미국의 컨트리 음악 가수.

자르징에서는 터무니없는 소문이 돌았다. 정부가 자르징에서 파울까지 터널을 뚫는다는 것이었다. 부조리극의 농담을 위한 설정 같았다. 서로 싫어하는 두 작은 어촌 마을을 잇기 위해 돌산에 1마일도 넘는 고속도로 터널을 뚫는다고?

그랬다. 그리고 이건 약과였다. 유럽연합European Union에서 '저개발 지역'에 돈을 들이민다는 것이었다. 포르투갈은 큰돈을 받았고, 본토에게 마데이라는 유럽에서의 포르투갈과 같았다. 극남, 극서의 지역이고 적어도 전통적으로는 더 빈곤했다. 결과적으로 그들은 마데이라 전역에 다리와 터널을 건설하면서, 유럽연합의 기금을 '교통 인프라'에 아낌없이 쓰고 있었다. 이 프로젝트는 '시간 절약'을 달성한다고 EU는 말했다. 동시에 마데이라 사람에게는 일자리가 생기고, 낙수 효과로 인해 정치적으로 연결된 기업과 지역 도급업자들에게 이익이 창출된다는 것이었다. 뇌물과 부패가 심해지겠지. 그게 바로 사람들이 하는 말이었다. 그렇지만 신문에서는 그런 얘기를 읽을 수 없었다. 지역 유지이자 지역의 지사인 알베르토 조아우 자르징Alberto Joao Jardim(마을과는 관련이 없다)은 매일 일어나는 거창한 기공식의 리본 커팅을 주도했다. 유럽연합이 이런 기금을 받게 될 동유럽 국가들을 인정하기도 전에 건설 붐이 일었다.

부패의 소문이 사실이었을까? 알아내기는 힘들었다. 나는 관광객일 뿐, 기자로서 취재 중이 아니었다. 확실히 이 섬에는 광기가 풀려 나돌았다. 수세기 동안 돈을 벌 기회가 무척 희귀했던 곳에 그때가 온 것이다. 수많은 노인들은 어안이 벙벙해서, 그들이 평생 보아온 고요한 계단식 밭이 있던 언덕으로 불도저들이 들이닥쳐 그곳에 입체 교차로로 이어지는 매끈한 새 고속도로를 짓는 광경을 보아야 했다. 자르징에서는, 터널 공사가 끝나면 파울의 술 취한 불한당들이 줄줄이 들어와 자르징의 조용한 프라사를 냄새 나는 소굴로 바꿔놓을 거라고 사람들이 투덜거리는 소리를 들었다. 그래도 자르징 남자들은 터널에서 일자리를 얻을 것이고, 그들의 가족들은 그것에 고마워했다. 그건 베네수엘라로 이민 가는 것보다는 나았다.

　이듬해 내가 도착했을 때는 터널 건설이 한창이었다. 밤에 파도 소리가 들리지 않을 때는 산에서 쿵쿵 울리는 기계 소리를 들을 수 있었다. 축축한 방에서 잠 못 이루는 채로, 나는 《루시아드》에 등장하는 돌로 만든 바다 괴물 아다마스토르Adamastor를 상상했다. "술에 취해 텅 빈 눈으로 찌푸린다 / 그의 얼굴빛은 흙색에 창백하고 / 머리카락은 뻣뻣하고 진흙으로 건조하며 / 입은 석탄 같은 흑색, 이빨은 썩어 누런색이니."

　그해 겨울 파도는 빈약했다. 우리가 믿고 있던 북대서양의 폭풍은 예년보다 낮게 지나가며 마데이라를 강타했고, 파도를 망가뜨려버렸다. 집에 가야 할 때가 되자 기상도는 또 다른 폭풍우가 우리 쪽으로 향하고 있다고 알려주었다. 이번 것은 다를지도 모른다고 나는 생각했다. 나는 머무르기로 했다. 이윽고 폭풍이 강타해왔다. 이것도 다르지 않았다. 적어도 파도가 거대하기만 하고 탈 수 없었던 자르징에서는 그랬다.

　나는 오리건 출신의 안드레Andre라는 젊은이와 함께 북부 해안으로 갔다. 금발에 말수가 적고 벌목꾼처럼 사각형으로 체격이 떡 벌어진 청년이었다. 새로운 터널은 거의 2마일 길이로, 우리는 한 시간도 되지 않아 중앙 산을 주파했다. 북부는 햇빛이 환하고

바람이 없어서 다른 세계 같았고, 내 과거의 열정이었던 마돈나
는 사람들 표현대로라면 불이 붙어 있었다. 그곳의 파도는 거대
해 보였다. 보통 파도는 바위 가까이까지 흘러 벼랑의 그늘 아래
갇혀버렸다. 그러나 이제는 깊고 푸른 물속에서 부서져 햇빛 속
에서 매끄럽고 무겁게 보였다. 나는 건을 가지고 와서 다행이라
고 생각했다. 우리는 만의 저 먼 아래 바위에서 뛰어내렸다. 안드
레는 극도로 열중했다. 나는 숨을 삼키는 데 문제가 있어서 되는
대로 움직였다. 그는 곧 100야드를 앞서 나갔다. 나는 그가 거대
한 파도로 패들해 나가는 모습을 언뜻 보았다. 파도는 내 생각보
다 컸다. 내가 바다로 나가야 하는지 확신할 수가 없었다.

그때 안드레가 나타났다. 그는 엄청난 파도의 물머리 위에서
팔을 휘둘렀다. 그는 파도를 잡고, 뒤로 돈 자세로 낙하해, 어쨌
든 보드를 타고 안착했다. 그런 후에는 공격적으로 서핑하면서
날카롭게 돌아 어깨 면 위를 달려갔다. 고도의 예술적 기교를 보
여준 서핑이었다. 그렇지만 나는 공포의 장막을 통해 보았다. 나
는 모든 것을 보고 있었다. 내 왼쪽의 벼랑에 부딪는 거품 파도의
포효는 토할 것만 같았다. 나는 나 자신에게 그쪽을 보지 말라고
마음속으로 계속 명령했다. 앞에서 폭발하는 트럭 크기의 파도는
사기에 좋지 않았다. 그 파도를 보면 차라리 해안에 남아 있을걸,
하고 바라게 되었다. 테이크오프는 터무니없을 정도로 빠르고 가
팔랐으며, 무너진 테이크오프에 치러야 할 대가는 생각할 수 없
을 만큼 혹독했다. 실제로, 이런 파도는 내가 파울두마르에서 파
도가 높았던 날 탔던 세 개의 야수보다 더 어렵지는 않았다. 그렇
지만 이건 왼쪽 파도였고, 3년 전 그날은 비정상적으로 내 자신감
이 높았던 날이었다. 오늘은 두려웠고, 재앙의 냄새가 났다.

　재앙이 먼저 찾은 대상은 안드레였다. 그는 파도 지점까지 멀리 패들해서 나갔으며, 괴상하게도 위험한 지대로 접어들었다. 나는 멈춰서, 내가 아는 마돈나의 라인업 표지, 길의 터널과 폭포를 이용했다. 다만, 나는 보통의 테이크오프 지점에서 30야드나 40야드 직선으로 떨어진 곳에 멈춰서 세트가 나타날 때마다 확 트인 물로 속도를 내 헤엄쳤다. 나는 파도를 잡지 못했고, 그렇게 진지하게 노력하지도 않았다. 안드레는 몇 개 잡았는데, 깊이 자리를 잡아서, 그가 파도를 빠져나온들 내가 소리쳐도 들리지 않을 거리였다. 내가 보기에 그는 자살 임무를 맡은 사람 같았다. 커다란 세트가 내가 있는 자리에서 높이 솟았다가, 지점까지 쭉 부서져서 그를 옴짝달싹 못 하게 가두어버릴 수 있었다. 금방, 그런 일이 벌어졌다. 그는 가까스로 탈출했다. 그는 거대한 파도의 입술을 손으로 헤치며 나오려 했으나 파도가 그를 삼켜버렸고 발목 줄을 끊어버린 뒤 속이 메슥거릴 만큼 긴 시간 동안 내리눌렀다. 다음 파도가 그의 위로 내려앉았을 때 그의 보드는 벼랑에 부딪혔다. 결국 그는 해안에 도달하여 만으로 내려갔다. 그는 우그러진 보트를 도로 찾아서, 자기는 다 끝났다는 신호로 내게 손을 흔든 후 차를 향해 올라갔다.

　나는 몇 시간 동안 바다 속에 남아 있었다. 두려움이 너무 커서 제대로 서핑할 수 없었지만, 그렇다고 다시 패들해서 돌아갈 수도 없었다. 나는 몇 개의 파도를 탔다. 모두 어깨가 넓었고, 상대적으로 쉽고 안전했다. 두어 번 간신히 위험한 세트를 피했다. 그날의 가장 큰 파도, 절대적인 괴물의 머리를 허우적거리며 지나치려 하느니 차라리 보드를 버리고 그 아래로 헤엄치는 편을 택했다. 파도는 맑고 깊었으며, 끔찍할 정도로 텅 빈 소리를 냈다.

바위들이 구르는 소리임을 나는 알아차렸다. 저 아래에서 스웰이 지나가자 바닥에서 파일 캐비닛만 한 바위들이 떠오르는 것을 볼 수 있었다. 이전에는 본 적이 없는 광경이었다. 발목 줄이 나를 잡아주는 가운데, 그 세트에서 파도는 더는 없었다. 나는 그게 가능한지 몰랐으나, 한층 겁이 났다.

서핑 차들이 몇 대 도착했다. 나는 적은 관중 사이에 낀 토니를 보았다. 관객이 모이자 상황이 더 심각해졌다. 그렇게 소심하게 서핑한다는 굴욕. 하지만 최악은 내가 커다랗고 정교한 파도를 향해 패들해 나가는 동안 가슴속에 테이크오프의 위험을 무릅쓰고 싶지 않다는 마음이 점차 차오른다는 것이었다. 그렇게 비겁할 수가. 참을 수 없을 정도로 내가 혐오스러웠다.

그날 밤, 자르징에 돌아온 나는 어둠 속에서 울퉁불퉁한 간이침대에 누워 서핑을 그만둘까 생각했다. 남동풍이 내가 머무는 낡은 집의 처마에서 신음했다. 몸 이곳저곳이 아팠다. 햇빛을 너무 많이 쐬고 소금물이 들어간 탓인지 왼쪽 눈에서 눈물이 흘렀다. 한쪽 손은 마돈나에서 해안으로 나오려고 애쓰다 찢긴 상처로 쿡쿡 쑤셨다. 다른 손은 그전 주에 새도우랜드에서 암초와 부딪치면서 걸린 성게 가시 탓에 쿡쿡 쑤셨다. 두 발은 벤 자리가 감염되어 쓰렸다. 등허리는 도랑을 한 달은 판 사람처럼 느껴졌다.

나는 정말로, 이걸 하기에는 너무 늙었다. 속도, 힘, 배짱을 잃고 있었다. 어째서 안드레처럼 신체적으로 전성기인 이들에게 서핑을 그냥 맡겨두지 않았던 걸까? 심지어 내 나이에 여전히 진지한 파도를 타려는 사람들은—40대, 50대에 있는 사람들은—1년에 200~300일은 물속에 들어간다. 내가 뭐라고, 그 몇 분의 일도 하지 못하면서 이런 장난을, 이렇게 파도를 타보겠다고 하나? 어째서 할 수 있을 때 그냥 나와버리지 않는가? 서핑을 그만두는 게 정말로 그렇게 큰 정신적 구멍을 남기는 일인 걸까?

아침에도 자르징은 여전히 엉망이었다. 안드레와 나는 북부 해안으로 돌아갔다. 나는 별다른 생각이나 열정도 없이 자동 운전 모드로 갔다. 운전하는 동안 안드레는 자기 이혼에 대해 이야기했다. 나는 그가 결혼했다는 사실을 알고 놀랐다. 무척이나 젊었기 때문이다. 그와 그의 아내는 갈라섰다고 했다. 물론 서핑 때문이다. 여자들은 서퍼랑 결혼하면 서핑이랑도 결혼한다는 걸 알아야 한다고, 그가 말했다. 거기 적응하거나 아니면 갈라선다. "아저씨나 내가 쇼핑광 여자에게 걸린 것과 비슷하죠." 그가 말했다. "내 말은 완전히 쇼핑에 미친 사람이요. 평생 쇼핑몰 주변을 돌아다니게 될 거라는 사실을 받아들여야 해요. 아니, 진짜로는 쇼핑몰 문이 열기를 기다리는 것에 가깝죠."

나는 어째서 그의 결혼이 박살났는지 알 것 같았다.

북부 해안에서 스웰은 줄어들어 있었다. 마돈나에는 바람이 불고 비가 내렸다. 파도는 작았고, 파고는 너무 높았다. 우리는 차 안에서 졸았다. 쇼핑몰 문이 열리기를 기다리는 두 명의 쇼핑객처럼.

그때, 거짓말처럼 문이 열렸다. 바람이 잦아들었고, 파도도 잦아들었으며, 태양이 나왔고, 파도가 오르기 시작했다. 우리는 패들해서 나갔다. 전날 크기의 반이었다. 테이크오프는 여전히 아슬아슬했다. 파도 물머리에서 아래로 내려올 때면 약간 자유낙하를 해야 하는 구간이 많이 있었다. 하지만 나는 그 무게 없는 순간을 고대했다. 실제로 그 순간을 이용하면 바닥에서 세차게 회전할 수도 있었고, 그러면 선을 타고 갈 때 가속을 한층 더 붙일 수 있었다. 작은 파도는 벼랑에 너무 가까이 붙어서 나는 뒤로, 즉 얼굴을 오른쪽에 두고 파도를 탔지만 지나칠 때 번뜩이는 바위들이 오히려 위험한 속도 감각을 높여주었다. 길을 가던 몇몇 관광객들이 멈춰서 사진을 찍었지만, 서퍼들은 나타나지 않았다. 오직 나와 오리건 출신의 젊은 서핑광만이 아름다운 파도를 교환하고, 넋이 나갈 때까지 몇 시간이고 사치스러운 서핑을 했다.

믿을 수 없게도, 다음 겨울이 되기 전 파울두마르로 향하는 터널이 완공되었다. 파울에서 불한당들이 몰려와 자르징의 프라사를 침략하는 일은 없었다. 사실상 터널은 거의 쓰이지 않는 것 같았다. 길고 어두웠으며, 곰팡이 냄새가 났다. 아무도 거길 걸어서 지나지 않았다. 하지만 서퍼들에게는 엄청나게 편리했다. 이제 파울의 파도는 차로 5분 거리였다. 마데이라의 모든 것들이 급속히 더 가까워졌다. 우리가 처음 왔을 때는 자르징에서 차로 세 시간 거리였던 푼샬도 이제는 한 시간이 걸리지 않았다. 마데이라 사람들은 당연히 이 편리함을 기뻐했다. 나는 용이한 접근성은 더 많은 서퍼가 온다는 뜻에 불과하지 않을까, 하며 쪼잔한 걱정을 했다. 자르징에서 두 번째 대회가 열렸다. 포토Poto라는 타히티 출신 서퍼가 우승했다. 국제 서핑계에서는 유명 인사였다. 썩 좋지만은 않았다.

유럽연합에서 마데이라로 계속 넘겨주는 어마어마한 기금은—수억 유로에 가까운 돈이었다—적어도 내게 있어서는, 어떤 역설을 포함하고 있었다. 나는 이론적으로는 그 모든 사업에 찬성했다. 경제 세계화의 너그러운 일면(아마도 유일하게 너그러운 일면)이라는 개념과 내 생각이 드물게도 일치하는 때였다. 더 부유한 나라들은 더 가난한 나라들을 도와야 한다. 적어도 이런 추상적인 개념에서 인프라는 좋았다. 실제로는, 나는 대부분의 사업에 소름이 오싹 돋았다. 추하고 자원 낭비였으며, 많은 사업은 일용직이나 공돈의 원천이라는 것 외에는 아무런 의미가 없었다.

나는 그해에 어떤 소문을 듣기 시작했다. 이때가 2001년 초였다. 정부가 자르징의 해안에 '산책로'를 건설하고 싶어 한다는 것이었다. 헛소리였다. 만조에는 바다가 벼랑에 부딪는다. 나는 마을의 건설업자에게 소문에 대해 물었다. 그는 자기가 그 사업을 보조한다고 말했다. 그는 그게 무슨 업무를 포함하는지는 애매하게 얼버무렸다. 그는 지어지더라도 온건하게 지어질 거라고 했다. 그저 작은 포장 인도일 거라고. 나는 그걸 짓는 건 불가능하다고 말했다. 그리고 누가 그걸 쓰겠는가? 주제 누네스는 내게 걱정하지 말라고 했다. 아마도 그냥 말뿐일 거라며.

2001년 11월 1일, 우리 딸 몰리가 태어났다. 우리는 한동안 아이를 원했다. 우리가 정신을 못 차렸다고 한다면 그야말로 너무 절제된 표현일 것이었다. 우리의 세계는 갑자기 너무 작아진 동시에 너무 커져버렸다. 말썽꾸러기 같은 미소는 우주였다. 나는 뉴욕을 떠날 마음이 사라졌다. 캐롤라인이 임신하기 전에 나는 볼리비아와 남아프리카에서 취재 중이었다. 이제는 마이애미조차 기사거리를 찾아가기에는 멀게만 느껴졌다. 내가 취재 청탁을 받아 런던에 갔을 때는, 캐롤라인과 몰리가 따라왔다. 나는 종군 보도를 그만두었다. 내 기사는 전쟁 보도치고 온화한 버전이기는

했지만 말이다. 나는 일말의 후회 없이 마데이라에 가지 않고 두
번의 겨울을 보냈다.

하지만 나는 이런저런 이야기를 듣기는 했다. 자르징의 '산책
로'는 해변 도로로 바뀌었고, 내가 2003년 10월 캐롤라인과 몰리
를 데리고 마데이라에 갔을 때는 아직 공사 중이었다.

공사 프로젝트에 반대가 없던 것은 아니었다. 윌 헨리Will Henry
라는 이름의 캘리포니아 서퍼가 마데이라에 와서 항의 시위를 조
직했다. 환경주의자, 지질학자, 생물학자, 그리고 포르투갈과 해
외에서 온 서퍼들이 만나서 푼샬과 자르징에서 행진했다. 자르
징의 거대한 파도에 닥칠 위협만이 시위의 유일한 명분은 아니었
다. 정박지를 포함해서 다른 쓸모없는 것들 아래 묻힐 다른 서핑
지점도 있었다. 유럽연합이 주도한 건설 붐은 마데이라의 해안
생태계를 전체적으로 해친다고 시위대는 주장했다. 대규모 새 건
설 계약의 수혜자 중 하나는 실제로 지역 지사인 알베르투 조아
우 자르징의 사위가 소유한 회사였다.

자르징 지사는 분통을 터뜨렸다. 그는 시위대를 '공산주의자
들'이라고 불렀다. 그는 지역 신문에 서퍼들은 "우리 마데이라가
원하지 않는 맨발 관광"을 대표한다고 말했다. "서핑은 다른 데
가서 해요!" 그는 심지어 바다의 파도에 관한 서퍼들의 이해를 비
웃었다. "서퍼들? 그들은 파도가 육지에서 바다로 부서진다고 생
각하는 바보 무리지. 그래서 만약 파도가 여기나 물속에서 15미
터 멀리 부서지면 어쩔 건데? 그래봤자 파도는 똑같지."

자르징두마르에서 시위대가 얻은 반응은 적대적이었다. 여당
과 결탁한 지역민들은 음식을 던지고 괴롭히면서 시위대를 마을
에서 몰아냈다. 심지어 서핑을 하는 동네 청년 또한 쫓겨났다. 윌

헨리는 얼굴을 맞았다. 자기들이 마데이라의 발전을 막을 수 있다고 생각하는 이 외국인들, 이 맨발의 바보들은 누구지? 건설은 진행되었다.

토니의 제안에 따라, 우리는 자르징이 아니라 산 위, 17세기에 별장으로 지어진 여관에 묵었다. 여관에는 대양을 내려다보는 작은 풀장이 있었다. 그때 거의 두 살이 된 몰리는 바다를 '큰 풀장'이라고 불렀다. 차에 보드를 싣고 자르징으로 내려간 나는 프라사에서 만난 사람들이 내게서 등을 돌리는 것을 느꼈다. 나는 사람들이 부끄러워한다고 느꼈다. 어쩌면 그저 이제는 서퍼들을 싫어하는 것일 수도 있었다.

해안선을 따라 진행된 황폐화는 그저 그 옆에 서 있기만 해도 이해하기가 어려웠다. 나는 보도를 짓기란 불가능하다고 말했지만 그건 내가 상상력이 부족했기 때문이었다. 거대한 양의 바위와 흙을 트럭에 싣고 와서 곶 주변의 부두에 쌓아놓았다. 작업은 아직 완료되지 않았지만 벌써 충분히 땅을 메워놓아서, 그들이 고르기만 한다면 해안을 따라 8차선 도로를 낼 수가 있었다. 거대한 노란색 토목 기계가 아직 포장되지 않은 매립지 위에서 앞뒤로 오가며 포효했다. 자르징에서 뻗어 나온 깃털 모양의 땅에서는 진흙 때문에 바다가 우윳빛을 띤 갈색으로 보였다. 반쯤 건설된 도로와 물 사이에는 내가 이제까지 본 것 중에서 가장 흉물스러운 방조제가 있었다. 거대한 직사각형 콘크리트 벽돌을 혼란스럽게 쌓아놓은 회색의 더미. 공격적일 정도로 개성이 없어서 눈에 거슬렸다. 벽돌들은 누군가 성이 나서 버린 수천 개의 관처럼 보였다. 이것이 새 해안선이었다. 갈색의 작은 파도들이 벽돌을 날름날름 핥았다.

물론 자르징 지사의 말은 틀렸다. 해양 민족의 후예로서, 바다
에 대한 그의 무지는 인상적일 정도였다. 파도는 암초를 묻어버
리면 바다 쪽으로 움직이지 않는다. 그저 암초가 있는 자리에 있
는 것이 무엇이든 거기에 부딪기 마련이다. 그래도 나는 자르징
의 파괴를 바라보기가, 그의 최후를 이해하기가 힘들었다. 어쩌
면 파도가 아주 크게 일어나는 날, 간조에는…. 심지어 서핑이 여
전히 가능한 드문 환경에서도 늘 위험했던 지점은 이제 훨씬 더
위험한 지경에 이르렀다. 그동안, 바다 쪽에서 바라보는 해안의
황홀한 아름다움―벼랑과 갑과 만 사이에, 바나나와 채소, 파파
야와 사탕수수를 심은 계단식 밭―은 말살되었고 불길한 산업적
벽으로 대체되었다. 받아들여야 했다. 거대한 파도가 사라졌다는
것을. 수세대 동안 자르징 사람들이 조개를 캐던 갯벌과 키코가
작살로 문어를 잡던 바위와 얕은 웅덩이가 그랬듯이, 이제 파도
도 수만 톤의 무너진 바위 아래 묻혀버렸다.

주제 누네스는 운명론에 빠졌다. "우린 우리가 낙원에 살고 있
다고 생각하지." 그는 말했다. "그러다 다음에는…." 그는 말 대신
많은 것을 담아 어깨를 으쓱했다. 파두의 정서에 상응하는 몸짓
이었다.

로사는 그만큼 외교적이지는 못했다. 그녀는 이 모든 아수라장
을 비난하며 특정 사람들을 호명했다. 이걸로 이득을 얻는 사람
들, 거짓말을 한 사람들. 물론, 로사의 하숙집도 손님이 끊겼다.
로사와 이야기하면서, 나는 마침내 내가 원하는 것을 얻었음을
깨달았다. 이 근처에 다른 서퍼들은 없었다.

다른 마을 사람들로부터 나는 새로운 제방과 도로를 건설하
는 합리적 이유를 들었다. 그게 있어야 마을을 바다로부터 지킬

수 있다는 것이었다. 더 많은 마을 사람들이 집 가까이까지 차를
댈 수 있다. 이것은 발전을 상징했다. 어쨌든 다른 마을들엔 이런
'향상'이 있었으니까. 누군가 내게 한 말로는 관광객들이 새 도로
를 이용해 바다를 감상하러 오리라는 것이었다. 이런 말들이 수
줍게, 혹은 방어적으로, 혹은 공격적으로, 혹은 건성으로 나왔다.
어떤 사람들에게는 진실이 조금 있는 말일 테고, 다른 사람에게
는 전혀 없는 말일 터였다. 잔인한 사실은, 당국에서는 자기들 나
름의 재정적이고 정치적인 이유로 이런 공사를 진행하기로 했는
데, 마을 사람들은 이 문제에 대해 아무 말도 하지 못했다.

나는 마음속으로 피터에게 보낼 보고서를 작성했다. 그와 앨리
슨은 이제 딸 하나를 두었고, 그 애는 몰리보다 한 살 어렸다. 우
리는 레바다levadas라고 하는, 마데이라를 가로질러 흐르는 관개
수로를 따라 산을 올랐다. 노예들이 직접 손으로 지은 건축물 중
하나인 레바다는 경제 기반이 농업에서 관광으로 바뀌면서 파손
되었다. 우리가 머문 재단장한 퀸타에 있는 덴마크인, 독일인, 프
랑스인 손님들은 새로운 건설 공사가 마데이라의 매력을 해치고
있다면서 시끄럽게 떠들어댔다.

서핑 지점은 자연적으로 또는 인간 기업에 의해 만들어지고 파
괴된다. 세계에서 가장 훌륭한 파도가 치는 키라는, 브라이언과
내가 거기 살았던 이후로 얼마 지나지 않아 사라졌다. 트위드 강
초입을 파헤친 새로운 정권은 키라의 파도가 부서지던 만 속 남
쪽으로 2~3킬로미터에 걸쳐 모래를 쏟아놓았고, 기적 같던 파도
는 몇 달 만에 사라졌다. 슈퍼뱅크라고 하는 새로운 브레이크가
강의 입구에서 더 가까운 자리에 같은 흐름의 같은 변화로 만들

어졌다. 우리가 니아스에서, 라군드리만에서 탔던 장대한 파도들은 2005년 지진으로 격한 변화를 겪었다. 그 전해 후반에 수마트라 근처에서 발생해 20만 명이 넘는 목숨을 앗아갔던 쓰나미 때문은 아니었다. 하지만 석 달 후에 온 파도는 실제로 니아스를 더 세게 치고 갔다. 라군드리의 암초는 적어도 2피트 이상 위로 들렸다. 그런 다음 파도는 나아졌다. 파도는 극적으로 속이 비고 더 무거워졌다. 언뜻 보아도 타기가 더 어려워진 것을 알 수 있지만, 더 나아졌다는 것을 부인할 수 없었다.

득실은 차치하고, 나는 서핑 지점을 확립하는 이런 갑작스러운 변화가 굉장히 언짢았다. 내가 고등학교 때 겨울 폭풍이 불어와 말리부의 초호에 홍수를 일으키고 유명한 서프 지점의 형태가 변했던 일이 기억난다. 말리부의 파도가 이제 달라졌다는 사실을 순순히 받아들일 수가 없었다. 육군 공병단이 비치브레이크나 항구 입구에 돌을 던져 제방을 쌓아서 서핑할 수 있는 파도를 지우거나 새로운 파도를 만들어낸 건 별개였다. 나는 말리부는 영원하다고 믿었다. 내 우주의 고정점이었다. 큰 폭풍우 후에도 거기서 계속 서핑했다. 이제 그곳에는 짧고 모양 없는 오른쪽 파도가 쳤다. 하지만 나는 모든 것을 부인했다. 진짜 말리부는 이 모래 아래에 있어. 이제 다시 드러날 거야.

공교롭게도, 오래된 자갈 서핑 지점은 궁극적으로는, 그럭저럭 똑같은 모습으로 다시 나타났다. 내가 로스앤젤레스를 떠나고도 오랜 세월이 지난 후였다. 어쩌면 서던캘리포니아 출신 아이로서, 나는 천변지이설을 보다 굳게 지지하는 옹호자였는지도 모른다.✦

✦   지구의 변화는 몇몇 거대한 재앙을 통해 급변하면서 이루어졌다는 이론.

자연사natural history는 진짜로는 오로지 한 방향으로만, 가끔은 격렬하게 간다는 것을 이해하는 사람. 지진, 산불, 대가뭄 등. 하지만 1969년 홍수에 대한 나의 불편한 마음은 그대로였다. 내가 생각하는 한, 안정적인 우주 생성론의 핵심은 특정 서핑 지점들을 통해 흘렀다(키라는 모래 제거를 위한 대대적인 노력을 통해서 최근 부활의 조짐을 보이고 있다).

2년마다 피터와 나는 여전히 마데이라로 돌아가는 이야기를 하곤 했다. 우리는 그렇게 해야만 했다, 이번 겨울에는. 이제는 아무도 거기 가지 않았다. 수많은 훌륭한 지점에서는 여전히 파도가 부서졌다. 조수의 상태가 맞아떨어지면, 파도가 그럭저럭 크면, 어쩌면 자르징에서도 그럴지 몰랐다. 하지만 나는 그 사실을 직접 보고 싶지는 않다. 그건 피터도 마찬가지였을 것이었다.

마데이라에서 우리가 보낸 마지막 아침, 파도는 여전히 평범했다. 캐롤라인과 몰리가 자는 동안, 나는 마지막으로 보려고 북쪽 해안으로 달려갔다. 진정한 북쪽 스웰이었던 게 분명했다. 자르징에는 아직 물결 하나 도착하지 않았다. 반면, 북부 해안은 거대한 파도가 일었고, 몇 킬로미터씩이나 이어진 기다란 선이 보였다. 존재하는지도 몰랐던 암초에 부딪혀 바다에서 부서지는 파도였다. 바람은 가벼운 뭍바람이었다. 도로 근처의 쇼어브레이크는 적어도 10피트는 되어 보였다.

나는 서쪽으로 차를 몰아 마돈나로 향했다. 나는 오래된 길가 지점에 주차했다. 높고 검은 벼랑, 곱고 얇게 비치는 폭포. 아무것도 변하지 않았다. 주위에는 사람 한 명 없었다. 파도는 깨끗하고 거대했다. 내가 언젠가 바닥에서 바위가 구르는 소리를 들

었던 곳, 바깥쪽의 보일은 파도 세트가 올 때마다 부서졌다. 나
는 그곳의 물이 깊다는 건 알고 있었지만 그럼에도 파도는 얼굴
이 검었고, 마치 너무 얕다는 양, 자신의 분노를 충분히 표현하
려면 더 많은 물이 필요하기라도 한 양 두 배로 부풀어 올라 있었
다. 그 파도는 너무 험해서 탈 수 없을 것 같았다. 하지만 그때 파
도의 어깨가 넓어지며 꽤 질서 있는 방식으로 암초를 따라 내려
가기 시작했다. 이 커다란 왼쪽 벽은 제대로 된 보드가 있고 제대
로 타는 사람이 있다면 실제로 서핑이 가능해 보였다. 모든 걸 제
대로 한다면 서핑에는 최적이었다.

나는 그 파도를 적어도 한 시간은 바라보았다. 나는 다시 길을
따라 걸어가 쇼어브레이크를 관찰하며 세트가 밀려오는 때와 휴
지기의 시간을 재려 했다. 쇼어브레이크는 놀랄 만큼 격렬해서
휴지기는 없는 듯했다. 터무니없이 위험한 쇼어브레이크에 대한
나의 기준, 파울두마르에서 보았던 어떤 최악의 날보다도 더 험
악했다. 그렇다면 다른 곳에서 뛰어내려야만 했다. 어쩌면 몇 킬
로미터 동쪽에 있는 사이셸의 항구 아래가 더 좋을 수도 있었다.
그러면 후에 거기로 패들해서 올 수도 있었다. 마돈나 근처에는
돌아오는 해안이 없었다.

서핑을 시도해봐야겠다는 생각을 진지하게 하고 있었나? 누
군가 다른 사람이 거기서 웨트슈트를 입고 보드에 왁스를 바르
고 있었다면, 나도 아마 똑같이 했을 것이었다. 나는 옛날의 충동
이 다시금 전원을 넣고 기어가 돌아가는 듯한 기분이 되었다. 나
의 일부분은 벌써 물의 충격을 각오하면서 어떻게 접근할지, 선
을 그려보고 있었다. 그건 생각이라기보다 일종의 반사작용이었
다. 나의 가장 무모하고 불합리한 자아가 거기 있었다. 그 자아는

위험과 가능성을 재지 않았다. 그것을 결정 내리기라고 부를 수
는 없었다. 나는 그 사실이 자랑스럽지 않았다. 그래도 차를 타고
그 자리를 떠날 땐 뜨거운 수치심과 안타까움을 느꼈다.

10

산이 흔들려 바다의 심장에 빠진다 해도

✦

뉴욕 2002~2015

저자. 피지 타바루아, 2002년.

✧

롱보드가 손짓한다. 내가 해변 근처 집에 산다면, 아니 어떤 집에 살거나 밴이라도 있었다면, 나는 이제 롱보드 하나쯤은 가지고 있었을 것이다. 하지만 나는 사람 많은 맨해튼에 살고 있고, 내 쇼트보드들은 벽장, 구석, 침대 아래, 집에서 만든 천장 선반 같은 곳에 꽉꽉 처박아둘 수가 있다. 쇼트보드를 들고는 기차와 버스, 심지어 지하철을 탈 수도 있고, 비교적 편하게 공항을 이용할 수도 있으며, 롱보드라면 넣지 못할 차 안에 넣어둘 수도 있었다. 그래서 나는 그 필연적인 결과를 계속 미루고 있다. 작고 약한 파도에서도 나는 일어나려고 애쓴다. 특히 두꺼운 웨트슈트를 입고 있을 때는 더 그렇다. 롱보드는 파도가 바람에 흩어지는 복잡한 날보다는 편안하고 우아하게 미끄러지는 날에 축복이 된다. 대신, 나는 작고 약한 파도는 피한다. 파도가 아주 약간만이라도 커지면, 내 쇼트보드는 여전히 잘 작동한다. 더 세게 미는 힘, 수직의 차원…. 보드는 테이크오프에서 내려가며 내 발이 내 몸을 제대로 받칠 여지를 남겨놓는다. 나는 작고, 최신 유행을 따르는 보드는 타지 않는다. 최신식 보드는 대체로 6피트 미만이다. 그러나 나는 여전히 내 기준으로는 헐겁고 빠르며 배럴에 잘 맞는 보드를 탄다. 내가 그 안에서 길을 찾아내는, 드물고 짜릿한 순간에 어울리는 보드.

이상한 말이지만, 지난 10년간 나는 뉴욕에서 서핑을 일상적으로 하는 서퍼가 되었다. 해안의 관점에서 이 도시는 롱아일랜드와 저지쇼어Jersey Shore가 갈라지는 중심에 자리 잡고 있다. 내가

몬타우크의 파도를 발견하기까지는 몇 년이 걸렸다. 어느 정도
는 바빴기 때문이기도 하지만, 주로 대서양을 둘러싼 모든 것에
대한 골수 서부 출신 인간의 속물 근성 때문이었다. 이 도시의 문
간에도 실제로는 정말로 흥미로운 파도가 있다는 걸 깨닫기까지
는 훨씬 오랜 시간이 걸렸다. 최고의 파도를 가리는 불투명한 가
림막은—나는 일찌감치 깨달았어야 했다—겨울이었다. 겨울날
이 짧고 벌을 주듯 추워서만이 아니라, 창문 너머 보이는 좋은 조
건이라는 것도—단단한 스웰, 뭍바람, 혹은 무풍—종종 짧았다.
동부 해안의 여름은 서핑하기에는 절망적이었다. 가을은 좋은 스
웰을 몰고 오는 허리케인의 계절이었다. 하지만 도시에서 별다른
예고 없이도 내가 파도를 쫓아가도록 유혹하는 계절은 겨울이었
다. 북동풍이라고 하는 폭풍이 해안을 충전하고, 드물지 않게 충
격적일 정도로 질 좋은 스웰과 바람의 조합을 만들어냈다. 언제
어디로 가야 할지만 알면 되었다.

또한 밤에 할 수 있는 일거리와 너그러운 가족, 후드가 달린 최
신식 웨트슈트, 그리고 내 경험으로는 인터넷이 필요하다. 온라
인의 물 높이 자료, 실시간 풍속계, 정확한 바람과 스웰 예보, '서
핑 캠'이 없다면 나는 언제 어디로 가야 할지 알 수 없을 것이었
다. 캠은 갑판의 난간이나 침입 방지용 창살 등 이곳저곳에다 파
도를 잡을 수 있다고 알려진 장소의 바다를 향해 설치해놓은 카
메라에서 들어오는 온라인 영상이었다. 창문 너머로 좋은 파도가
두어 시간 정도 보이는 날이면, 캠은 무엇을 놓쳤는지 알려준다.
집 안에서 보는 화면에서 괜찮다 싶으면, 이미 너무 늦었다. 날씨
조건은 거기 갈 때쯤엔 이미 악화된 뒤다. 미리 훈련된 추측에 기
대어 돌진해야 한다.

바다를 쫓는 것은 내게는 생생한 우정에 근접한 명분으로 남아
있었다. 지역 내 부두나 모래섬, 바람 유형, 해안 마을의 경찰, 뉴
욕 근방에서 필사적으로 웨트슈트를 갈아입을 수 있는 지점과 관
련한 모든 변화에 대해서 내가 배운 것은 주로 존 셀야John Selya라
고 하는 구피풋 서퍼인 무용수가 가르쳐주었다. 그와 나는 몰리
가 어릴 때 만났다. 셀야는 우리 집에서 몇 블록 떨어지지 않은
고루한 어퍼웨스트사이드Upper West Side에 살았지만, 그는 또한 집
세가 거의 거저나 다름없는 겨울에는 여러 서퍼 무리와 함께 롱
아일랜드의 롱비치Long Beach에 집을 빌리기도 했다. 롱비치에는
파도가 있었다. 기차역도 있었다. 맨해튼에서는 차로 한 시간도
걸리지 않았다. 우리가 거기서, 혹은 근처 아무 곳에서든 서핑을
하게 되면 그 집은 옷을 갈아입고, 웨트슈트를 말리고, 보드를 놔
두고, 심지어 이틀짜리 스웰이 오는 경우에는 잠도 자는 장소가
되었다. 그렇지만 집은 중요한 게 아니었다. 종종 그러하듯 바람
이 서쪽에서 불어오면, 우리는 롱아일랜드가 아니라 뉴저지New
Jersey로 간다. 셀야가 주로 함께 서핑하는 친구들은 알렉스 브래
디Alex Brady라고 하는 또 다른 무용수와, 사람들이 로비스트Lobbyist
라고 부르는 구피풋 지질물리학자였다. 나는 그들이 언제 집을
내놓았는지도 몰랐다. 그때는 나도 교대조에 이름이 올라 있어
서, 영원히 대기 중이었고, 행성이 (그리고 부표가) 일렬로 줄을 서
면 모든 걸 그만두고, 빌린 차를 타고 대개는 혼자 가고는 했다.

그렇게 하는데도 셀야에 비하면 나는 건성으로 집중하는 듯 보
인다. "일주일에 한 번 서핑해봤자 소용없어요." 그는 말한다. "그
래봤자 유지도 안 돼요." 셀야는 내가 이제까지 마주친 사람 중에
서 서핑 열병을 제일 심하게 앓았다. 그는 밤새워서 서핑 비디오

존 셀야. 뉴욕, 2015년.

를 보고, 위대한 서퍼와 위대한 파도를 정확히 감식하며 고급 기
술을 연구한다. 그는 실제로 자기 자신의 서핑이 나아지기를 기
대한다. 그리고 눈에 띠게 매년 향상된다. 나는 이전에는 10대를
넘은 사람 중에 그렇게 하는 사람을 본 적이 없었다. 셀야는 우리
가 처음 만났을 때 30대 중반이었고, 그때 이미 근육을 쓰면서도
섬세한 스타일을 구사하는 훌륭한 서퍼였지만, 내가 파도를 이쩌
면 그리 잘 타느냐고 칭찬을 하면 그는 이렇게 말하곤 한다. "고
마워요. 참 다정하네요. 하지만 난 수직 감각이 더 필요해요."

이건 아마 댄서의 특성이리라.

"그리고 유대인의 특성이기도 하죠." 그는 말한다. "고생 좀 할
걸요."

하지만 그의 경우에는 칭얼댄 건 아니다. 셀야는 나라면 책상에서 꼼짝 안 한 채 무시할 쓰레기 파도들도 즐겁게 탄다. 그는 구식의 장인이다. 모든 것들이 쉽게 보이도록 열심히 한다. 어느 12월 오후, 우리는 롱비치의 로렐턴대로Laurelton Boulevard의 얼음 폭풍을 뚫고 바다로 나갔다. 파도는 컸다. 고기처럼 두툼하고 벽이 긴 왼쪽 파도로, 키를 훌쩍 넘고 모두 회색이 도는 검정색에 들쭉날쭉했다. 파도는 동쪽에서 쏟아져 나와 끔찍한 서쪽 방향 조류를 타고 흘렀다. 셀야와 나는 바다에 있는 유일한 사람 같았다. 거센 북풍이 해안에서 바다로 불었다. 우리는 쉼 없이 조류를 거슬러 올랐다. 우리 중 한 명이 파도를 잡기 위해 빙 돌아가자 땅에서 얼음 알갱이가 앞이 안 보일 정도로 떨어졌다. 보드의 갑판을 내려다보며 느낌만으로 파도 선반을 밀고 올라가면서 시선이 가려진 채로 서핑해야 했다. 셀야는 긴 파도를 잡아 한 블록 이상을 타고 갔다. 그는 바깥으로 돌아가려고 악전고투했다. 나는 그에게 파도가 어떠냐고 물었다. "빠다 같아Like Buttah." 그가 소리쳤다. 그 이후로 그 말이 그 구간의 표어가 되었다. 우리는 너무 피곤해서 더 말할 기운도 없었다. 파도는 정말로 근사했으며, 그 수고와 말썽을 감수할 가치가 있었다. 그리고 그 폭풍에 휩쓸린 끔찍한 북대서양 겨울 대양의 파도를 쉬운 것인 양 대하는 데는 어딘가 완벽한 점이 있었다.

마침내 우리가 해안으로 쓸려 갔을 때, 초기 탈수 증상이 내 시간과 공간으로 찾아들었다. 보드를 겨드랑이에 끼고 바람을 피하려 고개를 숙이면서 롱비치에 늘어선 거대한 요양원들을 터벅터벅 지나칠 때 나는 오늘이 무슨 요일인지, 우리가 차를 세워둔 얼음 깔린 그 거리에 있는 것인지 확신할 수가 없었다. 하지만 맞았다. 셀야는 서핑으로 넋이 나가 있을 여유가 없었다. 그는 그날 밤 공연이 있었다. 사실, 그는 브로드웨이 장기 히트작인 트윌라 사프Twyla Tharp의 〈무빙아웃Movin' Out〉에 출연하는 스타였다. 우리는 차 안에서 옷을 갈아입고(셋집을 없앤 후의 일이었다), 맨해튼으로 달려갔다. 나는 그를 극장 문 앞에 내려주었다. 몇 분밖에 여유가 없던 그는 검은 표범처럼 튀어 들어갔다.

1990년대 중반 부모님은 뉴욕으로 이사하셨다. 뉴욕으로 돌아가셨다고 말해야 할 것이다. 나는 그것을 일종의 '금의환향', 블랙리스트에 올랐던 사람들이 조지프 매카시의 유령에게 한 방 날린 것으로 보았다. 하지만 내가 이 말을 했을 때 부모님은 멋쩍어하시는 것 같았다. 그건 과거사였다. 부모님이 돌아오신 것은 자식들이 여기 있기 때문이었다. 마이클은 〈데일리뉴스〉 소속 기자였다. 케빈은 맨해튼에서 노동 변호사로 일했다. 그리고 콜린도 근처에 있었다. 콜린과 그 가족은 서부 매사추세츠에서 살았다.

부모님은 두 분 다 여전히 영화와 텔레비전 프로그램을 제작했고, 그 말인즉, 두 분 다 로스앤젤레스나 현장 촬영지에 자주 가신다는 뜻이었다. 하지만 이스트 90번가에 있는 부모님의 아파트는 일족의 새로운 집합소가 되었다. 특히 손자들이 태어난 이후로는 더욱 그렇게 되었다. 콜린의 두 딸이 태어나고 그다음에는 몰리가 태어났다. 내게는 너무 어릴 때 떠난 가족에 다시 감싸일 수 있는, 중년에 찾아온 두 번째 기회였다. 몰리는 내 자전거 뒷좌석에 앉았다. 공원을 가로지르면 부모님 댁까지는 가까웠고, 우리는 언제나 격하게 환영받는 느낌을 받았다. 우리는 개를 발밑에 두고, 종알대는 텔레비전 뉴스 소리를 배경으로 부엌에서 간식을 먹었다.

나는 나의 일부분이 다시 살고자 갈망하는 곳에 그리 딱 맞지는 않았던 것 같다. 물론, 다시 돌아갈 수는 없었다. 그래도 나는 이렇게 활기차고, 정이 넘치며, 끔찍하도록 익숙한 사람들, 나의 부모님과 함께 어울리면서 얻는 안도감에 깜짝 놀랐다.

부모님은 신기할 정도로 금새 풍성한 사교 생활을 누렸다. 부모님의 새로운 친구들은 실제로는 옛 친구들이었다. 함께 일했던 영화계와 연극계의 사람들. 그렇지만 부모님은 불안할 정도로 쉽게 당신들을 재발명한 것 같았다. 프랭크 맥코트Frank McCourt가 《앤젤라의 재Angela's Ashes》를 써서 히트를 쳤을 때, 그들은 아일랜드 예술 센터에서 같이 일했던 시절의 친구임이 밝혀졌다. 어쩌면 미국 아일랜드역사협회에서 만났을지도 모른다. 나는 부모님이 아일랜드적인 것들에 관심이 조금이라도 있다는 사실은 전혀 몰랐지만, 이런, 부모님은 이 동네에는 새로 온 사람들이었어도, 이미 고향 사람들에게는 이름이 꽤 알려져 있었다. 부모님은 격렬한 속도로 콘서트나 연극, 낭독회에 갔다. 특히 어머니는 경이로운 문화적 욕구가 있었다. 아버지는 롱아일랜드에 배를 정박해 놓고 지역의 바다를 탐험하기 시작했다. 나는 아버지가 캘리포니아를 그리워하는 게 아닐까 생각했지만, 같이 항해할수록 이 생각이 틀렸다는 것을 깨닫게 되었다. 아버지는 새로운 만과 유역을 뒤져보고 다니길 좋아했다. 반면 어머니는 곧 로스앤젤레스는 기억도 나지 않는다고 했다(어머니는 그곳을 'L.A.'로 줄여 부르지 않았다. 어떤 알 수 없는 원칙 때문이든 고향에 대한 자긍심 때문이든, 평생 "로스앤젤레스"라고 불렀다). 거기 살았던 70년 가까운 시간이 이제 순식간에 빛을 잃고 기억의 안개 속으로 스러졌다. 뉴욕이 집이었다. 어머니를 너무 엄청난 스타처럼 말하고 있는 듯하다. 어머니가

그랬다는 건 아니다. 어머니는 앞을 내다보는 사람이었다. 어머
니는 몇 년 동안 프랑스어 수업을 듣고 있었지만, 이제는 이탈리
아어 수업도 듣기 시작했다.

캐롤라인과 나는 몰리에게 잘 자라고 노래를 불러주었다. 처음
2년 정도는 요람을 두었던 우리 방에서, 나중에는 몰리의 방에서.
우리는 모든 고모와 이모, 삼촌과 사촌, 조부모의 이름을 넣은 노
래를 만들어서 한 명 한 명이 얼마나 몰리를 사랑하는지를 찬양
하다가 우리 자신의 선언으로 끝냈다. 중독성이 있는 데다 감동
적인 자장가였으며, 늘 처음으로 불렀다. 그 후 우리에겐 각각 자
신만의 노래 목록이 있었다. 졸린 듯 〈더홀리앤드디아이비The Holly
and the Ivy〉를 흥얼거리는 캐롤라인의 높고 맑은 목소리가 복도 아
래에서 들려왔다. 나의 곡 목록은 주로 내가 어렸을 때 집에 있었
던 LP에 실린 민요들이었다. 옛날 미국식 노래나 후대에 같은 양
식으로 부른 곡들이었다. 조앤 바에즈, 피트 시거, 피터, 폴 앤드
메리. 또 초기의 밥 딜런도 있었고, 물론 《십이야》 끝에 나오는 광
대의 노래도 있었다.

하지만 내가 어른의 영지에 들어섰을 때
헤이, 호, 바람과 비가 내렸네
악당과 도둑들을 막으려 사람들은 문을 닫았네
왜냐면 비라는 건 매일 오니까

이 곡은 확실히 모든 비판을 넘어 깊게 박혀 있었다. 나는 몰리
가 잠들 때까지 노래한 후 발꿈치를 들고 살금살금 걸어 나왔다.

✦

몰리. 롱아일랜드. 2009년.

몰리가 커가자, 나는 아이가 가사를 듣고 있을까 궁금했다. 우리는 의식적으로 몰리가 여덟 살, 아홉 살이 될 때까지 잘 자라고 노래를 불러주었다. 한번은 그냥 그 애가 어떻게 대답하는지 보려고, 〈가을에서 5월까지Autumn to May〉*의 네 번째 구절 중 한 줄에 관해서 물었다. 그 애는 모든 단어를 아는 것 같았다. 깃털 보송한 백조가 낳은 새끼가 달팽이였다가 새와 나비로 변하는 가사라고, 몰리는 말했다. "그리고 더 커다란 얘기를 하는 사람은 거짓말을 해야 하나 봐."

나는 기자로서 내가 자란 로스앤젤레스의 몇몇 장소를 찾아갔다. 그곳은 이제는 존재하지 않았다. 언덕은 집들로 덮여 있었다.

✦   피터, 폴 앤드 메리의 노래.

멀홀랜드드라이브엔 포장이 깔려 있었다. 새로 조성한 묘목 지대
는 삼나무 숲으로 바뀌었다. 우드랜드힐스는 이제 중견 교외 지
역이 되었다. 나는 고등학교 때 좋아했던 영어 교사였던 제이 선
생님을 인터뷰했다. 선생님은 학교가 아주 아수라장이 되었다고
했다. 각 민족의 무리들이 학교 주차장에서 싸움을 벌였다(아르메
니아인 대 이란인이었다고 선생님은 말했다). 셰익스피어 수업은 오래
전에 멸종되었다. 돈이 있는 가족들은 이제 아이들을 사립학교에
보냈다. 내가 새로 조성된 베드타운에서 자라는 아이들의 이야기
를 쓰고 싶다면, 실제로 그게 내 바람이기도 했지만, 나는 적어도
두 골짜기는 멀리 떨어진 곳까지 가야 했다.

　나는 북부 로스앤젤레스 카운티에 있는 앤텔로프밸리Antelope
Valley로 향했다. 스프롤 현상의 모든 불만이 거기 집중되었으며,
그와 더불어 터져버린 부동산 거품의 낙진, 위축된 방위 산업, 그
리고 교도소를 제외한 모든 공공 예산의 감축이라는 문제들이 있
었다. 학교에서는 인종 사이의 긴장감에 숨이 막혔고, 메타암페
타민의 남용이 만연했다. 나는 결국 이 유독한 준교외의 연못에
빠져 죽지 않으려 애쓰며 미역을 감는 수많은 10대들에 대한 글
을 쓰기로 했다. 내 이야기는 서로 전쟁을 벌이는 두 스킨헤드 무
리에 초점을 맞추었다. 한쪽은 반인종주의자였고, 다른 쪽은 네
오나치였다. 까다로운 기사였는데, 설상가상으로 내가 알게 된
아이들 가운데 한 명이 파티에서 상대를 찔러 죽이는 사건이 벌
어졌다.

　여기는 내가 자랐던 곳도 아니고, 최신형 복제물 같은 것도 아
니었다. 이곳은 모두 암울하게 하락해가는 차가운 신세계였다.
나는 몇 달이나 걸리는 취재가 몹시 심란하다고 느꼈고, 간간이

휴식을 취하려 했다. 그리고 그런 휴식은 서핑에 유리하다는 일기예보와 시간을 맞춘 것이었다. 나는 그 당시 도미닉이 말리부에 보유하고 있던 작은 콘도로 밤늦게 차를 타고 가서는 직접 문을 따고 들어가 잠을 자고, 아침이면 빌린 보드를 타러 근처 포인트브레이크로 갔다. 그런 날 아침은 무언가 배설된 듯 시원하고 에덴동산에 있는 것 같은 기분이 들었다. 부겐빌리아 꽃이 백묵 같은 벼랑 위에 흐드러지게 피어 떨어졌다. 켈프, 거머리말, 온화한 푸른 파도. 물개가 짖고, 갈매기가 울며, 돌고래가 물 위로 뛰어올랐다. 나는 당시 작업하고 있던 이야기에 정신적으로 중독된 느낌이었다. 분노와 슬픔, 무력감이 뒤섞인 유독한 칵테일. 서핑이 그때보다 더 합리적으로 보인 때가 없었다.

서핑은 잡다한 과제들을 환한 기억의 실로 꿰며 따라간다. 2010년, 티후아나에서 경찰에 고문을 당한 희생자들에 대한 보고서를 쓰는 일에서 벗어나 아침 휴식을 취해야겠다 생각하던 참에 파도가, 매끄러운 왼쪽 파도가 바로 경계선 너머에 있다는 것을 알고는 바로 그곳으로 뛰어갔다. 2011년, 나는 파충류 전문가 팀과 함께 마다가스카르에 있었다. 그들은 밀렵꾼들이 희귀 동물인 황금등껍질거북을 멸종 상태에 몰아넣는 행태를 저지하기 위한 활동 중이었다. 팀원들은 거북, 뱀, 도마뱀 들과 주야장천 이야기할 수 있었다. 그들은 어딘가의 바위 아래에 괜찮은 파충류 종이 숨어 있다 싶으면 살인적인 더위에도 불구하고 오지 여행도 거뜬히 해내는 것 같았다. 어느 시점에 이르자 셀야와 나도 과학과 보존주의만 없을 뿐이지 서핑에 대해서라면 이들과 대체로 비슷한 태도임을 깨달았다. 우리는 아내들부터 시작해서 우리 얘기를 듣는 비非서퍼들이 겁에 질려 도망갈 때까지 파도 이야기를 했다.

우리는 서핑하러 나갈 때도, 서핑 잡지나 비디오를 보면서도, 브로드웨이 노변 카페에서 셸야가 '떠버리 수프'라고 부르는 테킬라 진을 나누면서도 파도 이야기를 했다. 우리 관점에서 볼 때 주제는 마르지 않았고, 더 미세한 부분까지 나눈다면 거의 무한했다. 마다가스카르에서 우리 동반자들은 또 다른 거북을 보는 다른 탐험을 떠나기로 했고, 나는 무리로부터 빠져서 포트도핀Fort Dauphin 이라고 하는 해안 마을에서 근무 외 시간을 보냈다. 거기서 일그러졌지만 그럭저럭 쓸 만한 6피트 6인치짜리 보드를 찾아내 과학자들이 돌아올 때까지 사흘 동안, 소란스럽고 바람에 격해진 파도에서 지칠 때까지 서핑했다.

2012년, 어떤 기사 때문에 나는 오스트레일리아까지 갔다. 브라이언과 내가 다윈에서 도망쳐 나온 이후로 처음이었다. 나는 중국이 주도하는 광산 열풍과 지나 라인하르트Gina Rinehart라는 광산 재벌에 관한 기사를 쓰고 있었다. 그 여자는 오즈에서 가장 부유한 사람이자 미사여구가 잔뜩 붙은 우익으로, 국가적 관심사였다. 내 취재는 부분적으로는 시드니와 멜버른에서 이루어졌으나 주로 철광석과 라인하르트가 있는 서부 오스트레일리아에서 했다. 나는 오스트레일리아가 바뀌었다는 것을 알았다. 특유의 뻔뻔함이 줄어들고, "하인도 주인과 똑같다"는 평등주의도 약해지고, 그들의 억만장자들에게 좀 더 정신이 팔렸다. 어쩌면, 내가 그런 억만장자 중 한 사람에 대한 기사를 쓰고 있기 때문에 그렇게 생각하는지도 몰랐다. 나는 서퍼스파라다이스에서 알고 지냈던 옛 친구 수를 찾아보았다. 이제는 퍼스의 남쪽 해안에 산다고 했다. 적어도 수는 이전만큼 뻔뻔했다. 그녀의 건방진 영혼에 축복을. 그녀는 이제 손주들에게 홀딱 빠진 할머니가 되었고, 멋진 곶 위의 책으로 가득한 집에 살았다. "내가 돈깨나 만지리라고는 한 번도 생각 못했겠지." 그녀는 이렇게 말했고, 그 말은 사실이었다. 그녀는 어쨌든 전복 채취 자격증을 편안한 삶으로 바꾸었다. 나는 라인하르트를 편집증에 걸려 남을 괴롭히는 사람으로만 보았지만, 수는 나한테 그 여자야말로 남자들이 지배하는 광산의 세계에서 유일한 여성 광산주라는 것을 기억하라고 충고했고, 나는 그렇게 하려고 애썼다. 수의 아들인 사이먼은 근처에 살았는데, 내게 보드와 웨트슈트를 빌려주면서 보라넙Boranup이라는 비치브레이크로 가는 방향을 알려주었다. 전원적인 곳으로, 물이 차갑고 맑은 터키색이었으며, 하얀 모래가 깔린 크고 수풀이 있는 언덕에는 건물이라고는 보이지 않았다. 해변 여기저기에 트럭들이 주차돼 있었다. 파도는 4~6피트 정도였고, 위가 높이 솟았고 깔끔했으며, 바람은 해안에서 바다 쪽으로 불었다. 나는 몇 시간 동안 모래섬을 천천히 파악하면서 서핑했다. 마지막으로 탄 파도는 그간 기울인 노력에 대한 보상 같았다. 얕은 물로 쭉 향하며 연기를 뿜는, 키를 넘는 높이의 긴 왼쪽 파도였다.

　서핑은 인기가 높아졌지만, 언제부터였는지는 확실하지 않다. 나의 좁은 시야로는 서핑은 늘 인기가 있었다. 군중들은 유명한 브레이크 지점에서는 늘 문제였다. 하지만 이건 달랐다. 서핑하는 사람들의 수가 두 배가 되었다가 다시 또 두 배가 되었다. 2002년에는 전 세계적으로 500만 명 정도로 추정되었는데, 2010년에는 2000만 명이 되었다. 달랑 큰 호수일 뿐이라고 해도, 실질적으로 바다나 호수가 있는 모든 나라에서 서핑을 받아들이는 아이들까지 포함한 숫자였다. 더욱이, 서핑이라는 개념이 세계적인 마케팅

현상이 되었다. 서핑을 상징하는 로고가 티셔츠, 신발, 선글라스, 스케이트보드, 모자, 배낭에 착 붙어서 헬싱키부터 아이다호의 폴스에 이르기까지 쇼핑몰의 진열대에서 팔렸다. 이런 억대 가치의 브랜드들은 캘리포니아와 오스트레일리아에서 보드용 반바지를 입고 밴 뒤편에 서서 물건을 팔던 행상인들로부터 시작된 것이었다. 다른 브랜드들은 후대에 기업의 개입으로 이것저것 섞어서 급조된 것들이었다.

사실 서핑의 이미지는 오랫동안 물건을 팔아치우는 데 쓰였다. 50년 전, 선셋비치에서 파도를 내려오는 러스티 밀러Rusty Miller를 보여주었던 햄스 맥주의 상표는 미국의 술집과 주류 판매점에 붙박이처럼 걸려 있었다. 한번은 산업의 황무지라 할 수 있는 코네티컷의 뉴헤이븐에서, 선셋비치임을 확연히 알아볼 수 있는 파도 위에서 깊게 튜브를 통과하는 한 남자를 묘사한 옥외 광고판을 본 적이 있다. 파도의 얼굴 위에 뜬 담배 연기 고리 속에 세일럼 담배 상표가 찍혀 있었다. 주류 회사와 담배 회사는 그들의 이름을 건강하고 그림 같은 스포츠에 연결하고자 열심이었으므로, 프로 서핑의 초기에 주요 대회들을 후원하곤 했다. 하지만 오늘날처럼 으스스하고 부조화스러울 정도로 서핑 이미지가 남발되는 것은 새로운 현상이었다.

타임스스퀘어Times Square의 돌벽에는 다섯 개의 핏빛 서프보드가 나사로 고정되어 있다. 나는 처음 《뉴요커》에 출근한 1987년 이후 어떤 날씨에도 타임스스퀘어를 가로질러 갔다. 그러나 그것에서 은밀한 기분이 들기 시작한 건 최근 몇 년 들어서였다. 부분적으로는 그 보드들 때문이다. 모두 우아하고, 과장되어 있는 바늘 모양 코를 가진 싱글핀 핀테일 보드. 진짜 서프보드는 아니고 그저 장식품이다. 퀵실버 재고 할인 매장의 가게 진열품. 하지만 그들의 눈물 모양 윤곽을 보면 뱃속 깊은 곳에서, 그것과 유사한 모양의 보드가 더 큰 파도에서 엄청나게 유행하던 때와 장소의 기억이 떠오른다. 내 10대 시절의 하와이. 그리고 같은 가게의 대형 멀티스크린에 흘러나오는 비디오가 있었다. 거리를 지나는 다른 사람들에게는 그저 눈요깃감이리라. 스크린에서 스크린으로 구르는 터키색의 파도? 내가 아는 파도다. 그 파도는 정글의 야생에서 떨어진 동부 자바에 있다. 브라이언과 나는 언젠가 다른 삶에서 거기, 삐거덕거리는 나무집에서 야영을 했다. 어째서 그 가게에서는 그런 파도를 보여주는 건가? 그리고 그 파도의 깊은 곳에 구부정하게 선 젊은 남자는? 나는 그가 누구인지도 안다. 흥미로운 인물이다. 주된 이유는 그가 자신의 재능으로 무언가를 하려 하지 않기 때문이다. 경쟁하지도 않고, 뻔한 상황에서도 뻔하게 거창한 재주를 부리지도 않았다. 퀵실버를 포함한 그의 후원사들은 그에게 고집스럽게, 스타일 있게 구부정한 자세로 서 있으라고 돈을 내는 것이다. 그는 서핑계에서는 거절을 잘한다는 이유로 존경받는, 포스트모던 시대의 바틀비다. 그러니 타임스퀘어의 비디오 속에서, 익숙한 인도네시아 배럴을 스쳐가는 저 느슨한 자세의 남자를 내가 한번 쓱 보기만 해도 알아차릴 수 있다는 게 얼마나 중요한 문제겠는가? 나는 가끔 나의 사생활, 내 영혼의 작지 않은 구석이 가판대에 널려 있다는 느낌을 받았다. 소비자 금융부터 소형 트럭까지 무엇이든, 내가 보는 어디에나 광고 지면에는 서핑이 나온다. 심지어 최근에는 택시 안 텔레비전에서까지 나온다.

서퍼들은 언젠가는 롤러블레이드처럼 서핑도 유행이 가버릴 날이 오기를 음울하게 바란다. 그러면 언젠가는 수백만 명의 쿡이 빠져버리고, 끝끝내 포기하지 않는 사람들에게 파도를 넘겨줄 것이다. 하지만 서핑이라는 개념을 파는 기업들은 당연히 "스포츠를 키우겠다"는 의지가 결연하다. 비주류의 자신감 넘치는 스타일은 마케팅에는 유용할지 모르겠으나, 정말로는 더 주류에 가깝고, 더 명랑하다. 반면, 대부분이 불안정 고용 상태에 놓인 서퍼 사업가 수천 명은 수십 개 국가에서 해변 영업권을 얻어 서핑을 가르치는 가게를 연다. 해안의 리조트들은 이제 그들의 프로그램에 서핑 강습을 넣는다. "당신의 버킷리스트에서 서핑을 지워보세요." 관광객을 위한 서핑 학교들이, 드물게 찾아오는 파도를 차지하려 다투는 철새 서퍼들의 분주한 라인업에 새로운 얼굴을 많이 보탤 것 같지는 않다. 그래도 나는 여전히, 우연히 만난 맨해튼 사람들이 자기도 서핑을 한다고 쾌활하게 선언할 때마다 불편한 감정에 휩싸인다. 아, 그렇지. 지난여름 코스타리카에 휴가를 떠나서 배웠어, 라고 그들은 말한다.

이 주변의 서퍼들, 롱아일랜드와 뉴저지의 토박이들은 이상할 정도로 사근사근하다. 나는 절대로 그런 태도에 익숙해질 수가 없다. 캘리포니아와 하와이에서는 기본적으로 내성적인 태도가 있었다. 바다에서는 쿨하게 굴어야 한다는 생각이었다. 무슨 말이 할 가치가 있는지, 어떤 기량이나 파도나 재주만이 용인되어 찬사를 받을 자격이 있는지. 아이였을 때 이 개념을 내면화한 나는 이제는 몰랐던 상태로 돌아갈 수 없다. 이 해안에서 사람들은 친구든 낯선 사람이든 아무한테나 조금 괜찮게 탔다고 환호한다. 나는 가식 없음, 속물 근성이 없는 걸 좋아하지만, 그래도 구제 불능인 나의 한 부분이 움찔했다. 더 커다란 뉴욕의 라인업은 전형적인 인상과는 반대로 온화했다. 여기 바다에서는 싸움은 고사하고 위협이나 성난 대화도 본 적이 없었다. 여기 군중은 말리부나 린콘처럼 열불 나게 끔찍한 사람들이 아니기도 하고, 또 파도가 보통은 싸울 만한 가치가 없기 때문이기도 하겠지만, 대부분은 문화였다. 어떤 우월감과 자기 몰입이라는 태도가 이미 오래전부터 주요 섬과 해안에서 서핑의 기준으로 칭송받았지만, 이 지역에서는 뿌리를 내리지 못했다. 여기서는 낯선 사람과 라인업에서 대화를 시작하는 것도 쉽다. 이런 일을 백번 겪었다. 사람들은 지역의 파도 브레이크에 대해 상세한 지식을 공유하고 싶어서 안달한다. 내가 아는 또 다른 이주민 서퍼는 그걸 '도시의 알로하'라고 부른다. 하지만 정말로는 교외나 해안 마을의 특성이다. 나는 적어도 이곳 바다에서는 맨해튼에 산다고 하는 사람을 만난 적이 없다. 브루클린이라면 몇 번 정도는 있었다.

셀야는 우리가 가는 어디서나 토박이 대접을 받는다. 그는 맨해튼에서 태어나고 자랐지만, 서퍼로 발전하는 중요 시기인 청소년기 동안에는 저지쇼어에 살았으며, 마침내 롱아일랜드에 정착했다. 사실 〈무빙아웃〉은 빌리 조엘Billy Joel의 노래에 맞춘 뮤지컬로 롱아일랜드에 사는 노동계급의 아이들을 대상으로 한 작품이다. 셀야는 학교 졸업 무도회의 왕자였다가 베트남전쟁에 참전해 부상을 입고 돌아온 에디를 연기했다. 근육질에, 툭 건드리면 화낼 것 같고, 카리스마는 넘치지만 키는 크지 않은 셀야는 그 역에 잘 어울렸고, 그 인물이 되었으며, 그의 춤은 빛을 발했다. 우리가 처음 만났을 때, 그는 내게 《뉴요커》의 무용 비평가인 알렌 크로스Arlene Croce를 아느냐고 물었다. 나와는 모르는 사이였다. "나

는 그 숙녀분에게 월급을 줘야겠어요." 그가 중얼거렸다. 나는
〈무빙아웃〉에 관한 크로스의 리뷰를 찾아 보았다. 거기서 그녀는
셀야를 "철저히 뛰어난 댄서"라고 불렀다. 셀야는 댄서 경력의 많
은 시간을 아메리칸발레시어터에서 보냈다. 처음에는 미하일 바
리시니코프를 사사했고, 그 후에는 브로드웨이로 옮겼다. 그는
여전히 발레 댄서 같은 오리 걸음걸이를 유지하고 있다. 나는 그
가 〈뉴욕타임스〉와의 인터뷰에서 무용과 서핑을 비교했다는 것
을 알았다. 음악을 파도에 비교하며 그는 "자기 자신보다 더 강력
한 무엇에 굴복하는 것"이라고 말했다. 나는 그의 말이 딱 맞는다
고 생각했다.

　셀야와 함께 파도를 쫓는 것은 우리가 집이라고 부르는 이 인
구 800만 대도시의 표면 아래 잠수하는 것과 비슷하다. 그는 지
름길, 내부자들끼리만 통하는 농담, 동네 술집, 구전설화를 안다.
그는 새벽에 브로드웨이의 식당으로 슬쩍 들어가서 달걀 샌드위
치를 주문하며, 빡빡하게 편집된 영화에서만 볼 수 있는 단골손
님의 대사를 친다. "맛있게 해줘요." 그는 아련한 웃음을 띠고 두
남자가 나와서 불쾌한 얘기를 하는 라디오 프로그램을 듣는다.
일부러 불쾌한 말을 해서 충격을 주는 라디오 디제이만큼이나 셀
야도 뉴욕 메츠 소속 투수들의 기술에 대해 길게 늘어놓을 수 있
지 않을까, 하는 의심이 들기도 한다. 피터처럼, 그는 함께 서핑
하기에 유쾌한 친구다. 경쟁적이면서도 자기비판적이다. 그는 요
새는 나보다도 훨씬 더 강하게 패들하고, 공격적이고, 폭발적이
며, 발레적이다. 그는 또한 유달리 날카로운 청중이다. 뉴저지에
서 어느 추운 날 오후에, 우리는 많이 타보지 않은 지점에서 크고
변덕스러운 파도를 탄다. 우리가 평소에 타는 지점은 오늘은 너

무 파도가 높고 모두 단번에 깨지고 만다. 지저귀는 소리를 내며 앞으로 덜커덕 밀려오는 파도를 향해 나는 패들한다. 나는 무거운 웨트슈트와 약한 팔을 저주하며, 파도의 입술로 올랐다가 걸리는 것 없이 쭉 내려와 놀랍도록 높고 어둡게 솟아오르는 벽 아래 압력 속에서 바텀턴을 돈다. 나는 파도타기에 성공하고 저 멀리 안쪽의 절벽의 그림자 아래서 내려온다. 셀야는 놓쳐버렸다. 내가 내려오는 걸 셀야가 보았을까 궁금해하며 채널로 다시 돌아가려는데, 그가 저기 바깥, 마지막으로 비스듬하게 비쳐오는 햇살의 기둥 속에 까닥까닥 떠 있는 모습이 보였다. 그는 나를 등지고 있었지만 한 손은 주먹을 쥔 채로 높이 쳐들었다. 그것이 내 질문에 대한 답이었다. 그는 보았다.

또 다른 뉴저지의 겨울날, 이번에는 파도가 더 크고 더 지저분했다. 스웰은 너무나 동쪽에 있었다. 그간 훈련을 쌓은 바에 따라 짐작하면 오늘 같은 날 나가는 것은 그다지 현명하지 못했다. 셀야는 말했다. "느낌이 안 와요." 그는 해안에 머물렀다. 그는 큰 파도를 선호하는 서퍼가 아니었다. 나도 마찬가지였다. 하지만 나는 완전히 져버린 채 도시로 돌아가는 수모는 견딜 수 없었다. 그래서 나는 슈트를 입고 패들해서 나갔다. 영하의 물, 영하의 공기, 얼음 같은 서풍. 사악한 갈색 대양. 그 구간의 서핑은 끔찍했다. 파도를 놓치고 얻어맞고. 동부 기준으로 보면 파도는 컸지만, 좋지는 않았다. 나는 물속에 쓸려 갔다. 다시 차로 왔을 때 셀야가 말했다. "차 안에서 패배자 냄새 솔솔 풍겨서 미안해요." 나는 차를 타고 집으로 돌아오며, 그가 놓친 건 오로지 고생뿐이니 아쉬워할 것도 없다고 확인시켜주었던 것 같다. 맨해튼의 도시 윤곽이 뉴어크만Newark Bay의 소금 습지와 부두 너머로 들어오자, 셀

야는 말했다. "저거 봐요. 거대한 초 같죠. 암초와 산호초가 솟아
오르고 모든 바다 생물이 저기 틈에 있어요."

일이 셸야를 다 차지해버리자, 그는 공연 여행 틈틈이 서핑하려
고 애쓴다. 브라질에서, 일본에서, 그는 보드를 찾아 파도를 탔다.
한번은 런던에 있을 때 콘월에서 다섯 시간이나 차를 몰아 서핑하
러 갔다. 지난해에는 덴마크에서 돌아와서는 작고 끔찍해 보이는
북해의 지저분한 물을 찍은 사진을 휴대전화로 보내왔다. 그는 그
것에 완전히 반해서, 뾰족뾰족한 바위를 기어올랐다. 그는 해마다
12월에 호놀룰루에서 발레하와이*와 공연을 한다. 노스쇼어의 서
핑 계절 한가운데에. 그와 그의 아내이자 브로드웨이 가수인 재키
는 할 수 있을 때면 푸에르토리코로 날아간다. 2013년서핑 시즌
에 그들은 서핑 지역인 섬의 북서쪽 구석에 집을 빌려놓았다. 나
는 스웰이 단단한 기간 동안에 거기서 그들과 합숙했고, 내 8피트
짜리 브루어건을 가지고 와서 다행이라고 생각했다.

우리는 가끔 집에서 먼 곳까지 파도를 쫓으러 다녔다. 몇 년
전, 다른 서퍼 무리와 함께 우리는 웨스트자바West Java에서 배를
한 척 빌렸다. 서핑이라는 측면에 보면 그 파도는 완전히 망한 것
이었다. 우리는 보통 엄청난 파도가 이는 것으로 알려진 순다Sunda
해협의 무인도에 열흘 간 정박했다. 인도네시아에서는 스웰 계절
의 정점이었지만, 파도는 계속 작았다. 셸야는 가방 한가득 디브
이디를 가지고 왔다. 스티브 부세미 영화 몇 편과 리키 저베이스
가 출연하는 영국 〈디오피스The Office〉 완전판 세트였다. 그는 밤
에 우리가 후덥지근한 더위 속에 잠들어 있을 때면 작은 휴대용

---

*   하와이에서 발레를 홍보하고 지원하는 단체.

기기로 그것을 틀었고, 저베이스는 여행의 마스코트가 되었다. 셀야는 대사를 달달 외우고 있었다. 그가 라인업에 있을 때 가장 좋아하는 대사를 읊으면서 혼자 농담하고, 저베이스가 연기하는 사무실 매니저의 잘난 체하는 지방 억양을 그대로 흉내 내는 걸 들으면서 우리는 빙글빙글 패들하며 평범한 파도를 쫓았다. 셀야는 비굴함의 감식가다. 그는 굴욕을 직면한 순간 위엄을 지키려고 애쓰는 필사적인 노력이라는 독창적인 면을 좋아한다. "저를 동일시하는 거죠." 그가 설명한다. 여행의 끝에, 나는 말라리아가 재발하여 기운이 빠졌다. 몇 년 동안 종종 그런 증상을 겪어왔다. 열과 심한 오한이 찾아왔다. 보드 위에는 두꺼운 이불이 없었다. 우리는 남위 6도 지역에 정박해 있었기 때문이다. 내 오한이 심해지자 셀야는 비행기를 탈 때 입으려고 가져온 벨로어 셔츠재킷과 바지를 빌려주었다. 빨간색으로 선을 댄 검은 옷이었다. 나는 뉴저지 출신의 잘난 척하는 인간처럼 옷을 입고 바짝 언 몸으로 신음하며 간이침대에 웅크리고 누웠다. 나는 셔츠재킷 정장에 땀을 흠뻑 흘렸다. 괜찮아요, 셀야가 말했다. 뭍에 가서 태우면 돼요.

피터 스페이식도 그 여행에 동행했다. 내가 병에 걸리자 그는 나를 옆에서 지켰다. 서핑은 거의 하지 않았다. 그럴 가치가 없는 파도였다. 하지만 스케치는 많이 했다. 암초 생활, 보트 생활, 그리고 그가 잡은 여러 종의 물고기를 면밀하게 그린 습작 등. 그와 나는 딸들에게 주려고 환한 파란색과 빨간색의 산호 조각을 모았다.

아버지는 겨울이면 플로리다까지 자기 배로 항해해서 갔다. 불필요한 일이었다. 북동쪽의 많은 보트 소유자들은 그냥 차에 싣고 갔다. 하지만 아버지는 이제 거의 은퇴한 상태였고, 시간이 많

았다. 나는 봄이면 버지니아, 노포크에서 시작하여 북쪽으로 향
하는 여행에 동참했다. 우리는 체사피크만Chesapeake Bay을 길게 따
라 항해하고, 델라웨어강을 따라 갔다가 케이프메이Cape May를 돌
아 저지쇼어까지 올라갔다. 케이프메이를 한 바퀴 돌고 델라웨어
만으로 빠져나올 때, 우리는 전통적으로 재난에 버금가는 사건을
만났다. 흰 선체의 작은 낚싯배 군단이 곶에서 떨어진 모래톱 위
에서 작업을 하는 것처럼 보였던 것이다. 춥고 맑은 아침이었다.
우리는 대체 무엇이 지나가기에 저렇게 많은 배들이 꼬였나 궁금
했다. 알고 보니 '배'로 보였던 것들은 부서지는 파도였다. 우리는
해안 근처에도 가지 못했지만, 초음파 측심장치는 20피트, 15피
트, 10피트를 표시하기 시작하더니 갑자기 부서지는 파도가 우리
주위로 온통 몰려들었다. 조타 장치를 잡고 있던 나는 파도를 피
하며 미친 듯이 더 깊은 물을 찾으려 했다. 배가 6피트까지 끌려
갔을 때, 나는 측심장치의 표시가 5, 4, 3까지 떨어지는 것을 보았
다. 이 단계가 되자, 나는 용골이 모래에 빠지지 않게 하려고, 배
를 세게 한쪽으로 기울이며 파도 사이의 골로 기어 나가도록 했
다. 파도는 그렇게 크지 않았지만, 거품 파도는 아니었다. 가슴
높이에서 부서지는 파도였다. 우리는 바닥도 볼 수 있었다. 바닥
은 창백했다. 좌초하기에는 무척 나쁜 자리였다. 해안에서 수 킬
로미터 떨어진 데다가 수온은 4도였다. 어쨌든 우리는 모래톱에
서 벗어났다. 우리는 엔진을 올려 바다로 가며 해도를 점검했다.
그렇다, 있었다. 무시무시한 위협이. 선박 수로가 델라웨어 해안
을 안고 있었다. 얕은 만과 좁은 운하를 조심스럽게 일주일 동안
항해한 끝에 우리는 트인 바다를 보았고, 바보같이 안심해버렸던
것이었다. 우리는 너무 떨려서 웃을 수도 없었다. 우리는 천천히

애틀랜틱시티까지 항해한 후 배를 묶고 그레이하운드 버스를 타고서 뉴욕까지 왔다.

　기분 좋은 한 주였다. 체셔피크로 올라갈 때는 육로에서는 절대 볼 수 없는 작은 마을로 들어갔다. 우리는 딱딱한 게, 부드러운 게, 푸른 꽃게, 암게를 먹었다. 웨이트리스들에게서는 산들바람을 맞았고, 가게 주인들과는 맞붙었다. 아버지와 나는 언제나, 알려지지 않은 장소들을 확인하는 일에 강박에 가까운 애정을 갖고 있었고 그것을 함께 나누었다. 아내와 어머니는 가족 여행을 갈 때마다 우리가 목적 없이 우회로로 돈다며 놀려댔다. 아버지가 영화와 텔레비전 프로그램을 만들 때 제일 좋아하는 부분은 로케이션 탐사였다. 내가 나의 일에서 제일 좋아하는 부분은 호기심을 따라서 굽이를 돌고 산등성이를 넘고 아랍의 수크(시장)로 들어가서 사실을 사냥하고 질문을 던지며 풍성한 이야깃거리가 있을 만한 곳으로 가는 것이었다. 어느 날 저녁, 참나무로 덮인 절벽 아래 깡통에 묶어 배를 정박해놓고 아버지는 스스로 허락한 보드카 토닉 한 잔을 홀짝이며 내게 소말리아에 대해 물었다. 아버지는 내 기사를 이미 읽었지만, 그곳의 모습이 어떤지, 어떤 느낌인지, 사람들은 보통 어떻게 지내는지, 무엇을 먹는지, 내가 어떻게 돌아다녔는지를 궁금해했다. 그래서 나는 아버지에게 말씀드렸고, 아버지는 그 평화로운 만의 깊어지는 그림자 속에서 나의 묘사에 열심히 귀를 기울였다. 폭격을 당한 모가디슈, 여자들이 쓰는 긴 스카프, 내가 경호원으로 고용했던 10대 총잡이, 병사들이 몰고 다니면서 싸우고 밤에는 안에서 잠을 자기도 하는 "기술팀"이라고 불린 중무장 전투 트럭. 아버지는 이 멀리 떨어진 세계의 비극과 세세한 부분 하나하나를 꾸밈없는 경이감을 품고 받

빌과 팻 피네건. 캘리포니아 요세미티, 1990년대의 어느 해.

아들였고, 나는 아버지에게 뉴스를 전해줄 수 있어서 영광스러운 기분이었다. 그곳은 아버지가 절대로 갈 일이 없으리라고 확신하는 장소였고, 그런 곳을 나는 가보았으며, 아버지는 그에 대한 이야기를 듣고자 했다. 아버지가 내 안전을 걱정했는지는 모르겠으나, 아버지는 혼자만 간직했다. 우리는 늘 운이 좋았다. 멍청하지만 운이 좋지, 아버지는 그렇게 말하기를 좋아했다. 달랠 수 없는 이 호기심은 우리의 공통점이었다.

우리가 그 주에 찾아낸 가장 이상한 장소는 델라웨어시티 Delaware City라는 곳이었다. 어떤 운하의 델라웨어강 쪽 끝에 위치한 작은 마을이었다. 한때 체사피크까지 흘렀던 이 운하는 필라

델피아와, 북쪽으로는 볼티모어와 워싱턴으로 향하는 지점을 연결했지만, 이제는 다른 경로 위에 지어진 더 크고 더 깊은 운하로 대체되었다. 델라웨어시티의 지루한 대로는 전성기를 기리는 기념비였다. 양쪽에는 커다란 19세기 벽돌 건물들이 인상적으로 줄지어 있었다. 우리는 1828년에 지어진 장대한 호텔에서 저녁식사를 했다. 손님은 우리뿐이었다.

그 항해 전체가 마치 시간 여행 같았다. 오래된 시골을 겹겹이 지나 내려가다 보면, 우리 자신의 공유되거나 공유되지 못한 역사를 지나는 것 같았다. 나는 아버지에게 고향인 에스카나바 Escanaba 출신 사람 누구라도 연락하는 분이 있느냐고 물었다. 아버지는 그 생각만 해도 말 그대로 몸을 부르르 떨었다. 아니. 하지만 뭐랄까, 앞으로 다가오는 60번째 고등학교 동창회에 나가보시는 건 재미있지 않을까요? 아니. 아버지는 차라리 오른팔을 잘라버리겠다고 했다. 왜요? "그렇게 하면 나 자신을 설명해야 할 테니까." 아버지는 말했다. "그러면 내가 뭐라고 말해야겠냐, '할리우드 프로듀서'?" 나는 대체 그게 뭐가 끔찍한지 알 수가 없었다. 하지만 난 중서부 위쪽 출신은 아니었으니까.

침로를 바꾸어 아나폴리스를 빠져나오던 시점에 아버지는 말했다. "너는 어떤 일들은 말하지 않고 놔두는 습관이 들어버렸구나. 그냥 양탄자 밑에 묻어두는 습관이." 나는 깜짝 놀라서 긴장했다. "어쩌면 유전인지도 모르지." 아버지는 덧붙였다.

나는 아버지가 무슨 일을 염두에 두고 그런 말을 하는지 궁금했다. 아버지가 말한 건 원한인 것 같았다. 내가 그런 원한을 너무 많이 지니고 있었나? 아주 오래전, 나는 내 비참함에 대해, 캐린이 떠난 후 대학 내내 나를 괴롭혔던 고통에 대해 남몰래 아버지를 탓한 적이 있었다. 어머니를 향한 아버지의 헌신, 어머니에 대한 아버지의 감정적 의존도는 내게 나쁜 예가 되었고, 결국에는 나를 망가뜨리는 사랑에 대한 모델을 주었다는 것이었다. 하지만 나는 그 생각, 어리석은 원한을 오래전에 버렸다. 실제로 내게도 말하지 않고 놔두어서 오히려 기뻤던 일들이 무척 많았다. 그래도 그 말은 나를 유령처럼 따라다녔고, 오늘날에도 붙어 있다. 내가 기회가 있을 때 말했으면 좋았겠지 싶은 모든 일들이.

어떤 순간은 반복된다. 우리는 델라웨어와 체서피크 운하를 지나고 있었다. 작은 델라웨어시티에서는 볼 수 없는 큰 운하였다. 거대한 해양용 예인선이 우르르 소리와 함께 바지선을 끌고 우리 옆을 지나갔다. 모자 달린 비옷을 입고 있던 아버지는 차려 자세로 난간에 서서 지나가는 배를 쳐다보았다. 언뜻 보기에는, 우뚝 선 다리와 빨갛고 하얀 불빛에 매료되어 굳어버린 듯했다. 나는 고물에⁺ 금박으로 찍힌 배의 이름을 기억한다. 디플로마트 Diplomat.⁺⁺ 선미 쪽 갑판에는 야윈 빨강머리 선원이 두꺼운 팔을 가슴 팍에 긴 채로 담배를 피우고 있었다. 젊은 남자였다. 시선이 우리를 스쳐 지날 때 선원은 점잖은 포즈를 취한 것 같았다. 아빠는 경외감에 젖어 얼어붙은 듯했다. 나는 아버지의 황홀경에 충격을 받았다. 재미있기도 했고 감동적이기도 했다. 나는 아버지의 겸손함을 존경했다. 하지만 아버지가 그처럼 차려 자세를 취한 채 꼼짝 않고 서 있었던 것에 어떤 경계심도 들었다.

⁺　배의 뒷부분을 말한다.
⁺⁺　'외교관'이라는 뜻.

타바루아는 오랫동안 꿈의 파도로 인기가 있었다. 거의 완벽에 가까운 곳으로 유명했지만—어쨌든 서핑계에서는 유명했지만—또한 배타성으로도, 사유지라는 사실로도 유명했다. 지구상에서 평범한 사람들의 비극에 굴복하지 않는 거대한 파도가 있는 곳이었다. 그곳은 끔찍할 정도로 사람이 붐비지도 않았고, 모든 이를 위한답시고 효율적으로 망쳐버린 곳도 아니었다. 미국인이 사장인 리조트는 번성했다. 돈을 내는 손님에게만 파도를 예약해주는 것에 반대하는 서퍼들에게는, 이러한 조치가 서투른 가짜에 지나지 않았다. 원칙적으로 나는 그들 편을 들었다. 나는 여러 다른 맥락에서 사유화에 대한 보도를 했다. 거기에는 볼리비아의 시영 급수원이라든가, 런던의 지하철 보수라든가 하는 주제가 포함되어 있었고, 나는 일반적으로는 그것에 반대했다. 또한 나 자신도 그 리조트에 대해서는 브라이언과 그 섬에서 보냈던, 타락 전의 시절에 뿌리내린 감정이 있었다.

그러나 서퍼로서 나는, 사람이 붐비지 않는 위대한 파도라는 환상에 있어서는 내 옆의 악마만큼이나 약했다. 우리는 모두 타락한 세상에 살고 있잖아, 하고 나는 합리화했다. 다시 한번 그 파도에서 서핑하기를 나는 갈망했다. 나중에야 알게 된 일이지만, 당시에 군부 독재 상태였던 피지 정부는 2010년 오랫동안 리조트와 맺어왔던 '암초 관리권' 협약을 급작스레 취소함으로써 타바루아의 환상을 다 죽여버렸다. 파도는 이제 대중에게 내던져졌고, 그 말은 사실상 그곳이 서핑 관광 회사들의 목표물이 되었다는 뜻이었다. 서퍼를 꽉꽉 채운 배들이 스웰의 기미만 보여도 근처 호텔이나 정박지에서 달려오기 시작했고, 라인업은 익숙한 맬서스식 인구 증가 탓에 광란의 장으로 변해버렸다.

하지만 그런 일이 벌어지기 전에 나는 리조트의 단골이 되었다. 2002년이 시작이었다. 리조트가 일하는 방식은 대략 서른 명 정도의 그룹이 그 장소를 통째로 빌리는 것이었는데, 대부분의 그룹은 이듬해에 또다시 돌아왔다. 그해에는 캘리포니아를 기반으로 한 그룹이 내게 자리를 채워달라고 했다. 나는 그 일을 너무 어렵게 생각하지 않았다. 나는 쉰 살이 되었고, 타바루아는 소위 사유화에 관한 내 신념의 범위를 한참 벗어난 바깥에서 나를 불렀다. 나는 할 수 있을 때 거기서 다시 서핑하고 싶었다.

리조트는 검박했다. 열여섯 개의 방갈로, 공동 식당에서의 식사. 주인들은 배가 지나갈 물길을 열려고 암초에 인공적인 충격을 가하는 것 같았지만, 저 앞의 파도는 똑같았다. 똑같이 물결이 일었고, 이게 진짜일까 싶을 정도로 너무 좋은 파도가 최대 속도로 초에 부딪고는 화염처럼 확 터진다. 그런 파도를 타는 것은 감각과 기억의 일제사격과 같았다. 저 멀리 초에 부딪혀 부서지는 푸른 스웰, 얼굴에 그려지는 정교한 당초문, 용서 없는 산호. 영원히 계속될 듯한 결정적 순간, 불가능한 풍요로움의 감각. 마지막으로 그 파도를 탄 이래로 24년이 흘렀으므로 나는 한두 발짝 헛디뎠고, 파도는, 특히 테이크오프는 이전만큼 빨랐다. 하지만 나는 오랜 경험을 통해 기술을 얻었고, 여전히 그 파도에서 성공했으며, 여전히 괜찮게 탈 수 있었다. 물론 라인업은 더는 비어 있지 않았다. 누구든 동료 손님과 나누어야 했다. 하지만 충분히 편안했다. 한때는 남달리 큰 코코아나무들을 십자 눈금으로 삼아 찾아내야 했던 테이크오프 지점은 이제 완전히 자리를 잡아 리조트 식당 안의 술집 거울에도 비칠 정도였다.

섬에서, 나는 우리가 이전에 야영했던 장소로 중력처럼 끌려갔다. 내가 잠을 잤던 생선 건조대는 사라졌지만, 그 외에는 변하지 않았다. 파도가 내다보이는 시야. 그 너머의 섬들. 거친 모래, 부드러운 공기. 치명적인 뱀 다다쿨라치는 이제 희귀종이 되었다. 나는 소중히 보살핌을 받는 신세계로 배달된 기분이었다. 차가운 맥주가 있었다. 의자가 있었다. 한때 어부들이 봉화 목적으로 말린 장작을 쌓아놓던 자리엔 헬리콥터 기착지가 생겼다. 나는 푸른 잎으로 엮은 둥지에서 잠을 자던 아틸랸이 지금은 뭘 하고 있을까 궁금했다. 자기 아이들과 함께 어부가 되었으려나? 리조트에서 일하는 사람들 대부분은 마을 사람들이었지만, 한둘은 토착 인도인이었다. 피지의 민주주의는 피지 사람들 쪽에서 나온 민족주의자들이 일으킨 일련의 군사 쿠데타로 박살 났다. 토착 인도인들은 이등 시민으로 전락했다. 국제적 제재로 피지와 세계와의 스포츠 고리가 대체로 끊겼을 때 타바루아 리조트는 프로 서핑 대회를 개최함으로써 군사 정부에 아첨했다. 내가 나빌라에서 온 젊은 바텐더에게 민주주의와 토착 인도인에 대한 정부의 조치를 어떻게 생각하느냐고 묻자, 그녀는 정부를 지지한다고 수줍게 말했다. "그들은 피지인들을 위하죠." 그녀가 말했다.

한때 나를 페리로 실어다 주었던 밥과 피터에 대해 물어보고 다닌 뒤에(아무것도 알아내지 못했다), 나빌라 출신으로 지금은 타바루아에서 일하는 나이 많은 일꾼 두어 명이 내가 누군지 알아낸 것 같았다. 그들은 나를 오래전에 소식 끊긴 사촌처럼 대했고, 나를 놀려대며 한껏 웃었다. 나는 호텔을 열지 못한 미국인이었다. 매주 리조트에서는 '피지의 밤'이라는, 손님들을 위해 타악기 연주와 카바, 그리고 마을 원로들의 연설이 있는 행사를 열었다. 나도 어쩌다 이런 연설에 엮이게 돼 섬의 역사와 서핑의 도래에 대한 부분을 이야기했다. 동료 손님들은 아무도 알아차리지 못했지만, 쇼에 나오는 피지인들은 모두 알겠다는 뜻으로 고개를 끄덕이고 킥킥 웃었으며, 섬의 오솔길에서 마주칠 때면 나를 동정하듯 어깨를 토닥여주었다. 내가 피지에 어떤 사업체를 차리고 운영할 그릇이 되지 못한다는 것을 한 번에 알아챈 게 아닌가 싶었다. 미국의 서퍼이자 설립자 중 한 사람이 실제로 이곳에 자본을 댄 적이 있었다. 그는 이후에 사업에서 빠지면서 자기 지분을 다른 투자자들에게 팔았다. 다른 설립자는 강인한 사람으로, 열대의 야생에서 이 작은 왕국을 건설하는 데 책임을 다했다. 그는 이제 캘리포니아에 살면서 이따금씩만 방문한다. 그는 섬의 남쪽에 정글을 밀고 지은 거대한 집에서 살았다.

나는 브라이언에게 그곳을 방문한 이야기를 편지로 쓰기가 두려웠다. 그는 보고서를 기다리고 있었다. 나중에 알게 되었지만, 그는 리조트와 함께 사유화되고 상업화된 비싼 파도를 타러 온 내 행동을 내 생각만큼은 반대하지 않았다(숙박과 식사가 1박에 400달러 정도였다). 그는 피지의 밤에 대한 내 묘사가 구역질 난다고 하지 않았다. 이상하게도 그를 가장 역겹게 한 것은 스태프들과 손님들 사이에서 벌어지는 배구 경기의 이미지였다. "'얼굴에는 미소를' 띤 채 속으로는 순수한 악의를 품고 있으리라는 상상을 하게 된다"고 그는 썼다. 하지만 내 보고서에 대한 그의 반응은 복잡하고 사려 깊었으며, 분노와 농담, 질투와 경외, 그리고 언제나처럼 자기비판으로 가득했다. 그는 가끔 서핑하러 갔던 오리건 해안에 이제는 좀 더 자주 가야겠다고 다짐했다.

리조트의 소유주들은 두 번째 파도를 발견했다. 역시 이것도 기다란 왼쪽 파도로, 저 멀리 타바루아 남쪽으로 1마일 떨어진 열린 대양의 암초 위에 이는 것이었다. 그들은 그 지점을 클라우드 브레이크Cloudbreak라고 불렀으며, 실제로 그것 때문에 리조트는 두각을 드러냈다. 이 섬의 파도는 결점이 없기로 세상에 널리 알려져 있긴 했으나 너무 변덕스러워서 일주일간 머물기를 원하는 상류층 관광객들을 상대할 수가 없었다. 파도가 제대로 부서지지 않은 채 일주일이 지나가기 십상이었던 까닭이다(리조트 주인들은 패씸하게도 거기에 레스토랑이라는 별명을 붙였다). 지나가는 스웰을 모두 붙잡는 클라우드브레이크는 훨씬 더 일관적이었다. 거기까지 배가 종일 운행하며, 손님들이 서핑하는 동안 채널에 닻을 내렸다. 클라우드브레이크는 섬의 파도보다 훨씬 크고, 더 자주 바뀌며, 날이 더 날카로워서 완전하지 못한 점이 많았다. 거기에는 수많은 테이크오프 지점이 있었고, 성공할 수 없는 파도가 무척 많았다. 하지만 클라우드브레이크에는 나름의 장대한 성격이 있었다. 나는 어둠 속에서 일어나 첫 번째 배를 잡아타고, 새벽에 클라우드브레이크를 타면서 천천히 라인업 표지를 분간했다. 일단 기본적인 삼각측량법을 이해하면, 동쪽으로 5마일 떨어진 비티레부Viti Levu의 언덕들을 보고 길고 평평하며 빛나는 암초의 위치를 알 수 있었다.

나는 그 첫 주에 새로 산 아울 보드를 부러뜨리고 말았다. 그 조각들은 뱃사공들의 창고 뒤, 정글 속에서 썩어가는 거대한 보드 더미로 들어갔다. 이 모든 보드들은 클라우드브레이크에서 부서진 잔해일 거라고 나는 짐작했다. 그곳의 파도는 깊은 물의 힘을 무한히 품은 저장고였다. 그런 면에서는 마데이라와 비슷했다. 하지만 이곳은 마데이라처럼 나를 겁주지 않았다. 부분적으로는 이미 여러 환경 조건에서 다른 서퍼들이 훨씬 더 꼼꼼하게

저자. 피지의 클라우드브레이크, 2005년.

지도를 만들어놓았기 때문이기도 했지만, 대부분은 바위나 벼랑이 없기 때문이었다. 바닥에 부딪힐 수는 있었다. 특히 섬의 파도만큼 얕아지는 안쪽 구간에서는 그럴 수 있었다. 그렇지만 파도의 안에서 넘어지거나 잡혀버릴 때도 언제나 암초 위로 쓸려 나올 수 있었다. 대부분의 곳에서 그러하듯이 더 멀리 쓸려 갈수록 격렬함은 수그러들었다. 무척 낮은 간조기에는 암초가 물 위로 드러났고, 물속에 뛰어들 수 있는 지점이 되어 그리로 걸어갈 수도 있었다. 그 문제로 말하자면, 인명구조원이 어디에나 있었다. 뱃사공들이 손님들에게서 눈을 떼지 않았다. 파도가 크게 이는 날이면 그들은 채널에서 제트스키를 운영했고, 곤란한 상황에 빠진 사람들을 건지러 영향권으로 돌진했다. 그 첫 주에 제트스키가 내게로 두 번 왔다. 나는 두 번 다 괜찮다고 손을 흔들어 보내버렸다. 나는 클라우드브레이크를 진지하게 받아들이긴 했으나,

휩쓸려 나오는 것이 생존 가능한 선택권으로 주어져 있지 않은 서핑 장소, 마데이라에 10년씩이나 다녔으므로 평범한 바다의 위험에는 익숙해져 있었다.

타바루아에서는 마데이라에서처럼 시간을 보낼 수 없었다. 이제 몰리가 우리 삶의 중심이 되었기에, 그럴 마음도 들지 않았다. 우리는 이전처럼 그런 여행을 감당할 여유가 없었다. 그래도 나는 여전히 단골이었고, 매년 찾아가 하루에 여섯 시간에서 여덟 시간 정도를 클라우드브레이크에서 보냈다. 내가 같이 가는 그룹에는 여러 사람이 섞여 있었다. 야심만만한 아들들을 데리고 오는 플로리다 공화당원 부동산 업자, 역시 야심만만한 아들들을 데리고 오는 영화계 사람들. 후원사의 돈을 받아 여행을 다니는 하와이 거물들. 세계에서 가장 뛰어난 프로 몇 명도 자주 왔다. 도미닉도 초기에는 두어 번 왔다. 그는 말리부에서 어린아이 넷을 두고 행복한 재혼 생활을 하고 있었다. 그는 여전히 나의 자기 비하에 낄낄 웃었고, 남태평양에서 그와 파도를 나누는 것은 꿈 같은 기분이었다. 하지만 가족 없는 자기중심적 여행은 더는 분별 있는 행동이 되지 못했다. 브라이언과 나는 그에게 돌아오라고 하고 싶었지만, 끝내 그 말은 입 밖에 꺼내지도 못했다. 나는 타바루아에서 친구 몇을 사귀었다. 그중 특히 친한 사람은 두 명의 캘리포니아인, 댄 펠싱어Dan Pelsinger와 케빈 노턴Kevin Naughton이었다. 둘 다 내 나이 또래고, 나처럼 아직도 서핑에 질리지 않았다. 우리는 좀 더 적은 예산으로 서핑 여행을 함께 다니기 시작했다. 멕시코, 니카라과, 인도네시아. 하지만 내가 훈련하고 저금하고 살아왔던 건 순전히 피지 여행을 위해서였다.

"뉴욕에서 내가 알던 사람들은 책을 쓰기 위해서 끊임없이 자기들이 떠나온 곳으로 되돌아가려고 했다. 아니면 그 자리에 머무르면서 자기가 떠나온 곳에 대한 책을 쓰거나." 〈숨 쉬어서 죄송합니다Apology for Breathing〉라는 짧고 근사한 에세이에서 A. J. 리블링Liebling이 한 말이다. 리블링은 뉴욕 출신이라는 이유로 사과를 하는 듯 보인다. 그가 아낌없이, 정확히 사랑하는 도시라 할지라도. 이제 나도 끊임없이 내가 떠나온 곳으로 돌아가는 뉴욕 사람 중 한 명이다. 하지만 내게는 짐을 싸거나 머무르거나 하는 문제가 아니었다. 파도와 바람과 조수가 무언가 탈 수 있는 것을 만들어내려고 공모하는 시점에 가장 가까운 곳의 바다로 내 몸을 던질 수 있도록, 나로 하여금 언제라도 책상으로부터 도망치고 약속을 어길 수 있는 자세를 대충이라도 늘 취하고 있게 만들어야 하는 문제였다. 그렇게 갈라지고 도망갈 수 있는 바다가, 바로 내가 떠나온 곳이다.

이 책은 그렇게 신화로 감싼 장소에 관한 이야기다.

《뉴요커》의 웹 편집자는 그간 내가 여러 번 갑작스럽게 자리를 버리고 떠났던 것을 알아차리고, 내게 뉴욕 근처에서 서핑하는 이야기를 블로그에 써보면 어떻겠느냐고 제의했다. 나는 괜찮은 제안이라고 생각했다. 무단결석과 생산력 저하는 이제, 도시의 파도 추적자들이 사는 지하 세계를 독자들에게 소개하는 짤짤한 카피로 바뀔 수 있었다. 우리의 이상한 열정, 좌절, 사소한 승리, 커다란 괴벽은 몇몇 부두의 인물들을 찍은 사진들과 더해져 블로그에서 계속 지껄일 수 있는 동력이 되었다. 나는 반위크Van Wyck 고속도로를 타고 반쯤 얼어서 집으로 오는 동안에도 머릿속으로는 간결하고 불가사의한 글을 작성하는 내 모습이 보였다.

나는 블로그를 하겠다는 계획을 주로 함께 서핑하는 친구들에게 알렸다. 일종의 호의였다. "안 돼." 한 사람이 말했다. "절대 안 되지." 다른 사람이 말했다 그들은 우리의 지점이 노출되는 것을 원치 않았다. 그들은 내 보좌관으로 세상에 드러나는 것을 원치 않았다. 블로그는 시시했다. 항의는 받아들여졌고, 계획은 그냥 접었다.

나는 사람들에게 내가 기자로 일한다는 사실을 알리는 편이다. 회고록은 그런 면에서 도덕적으로 모호하다. 사생활을 중요하게 여기는 대부분의 시민은 자신에 대한 글이 쓰이기를 원치 않는다. 특히 친밀한 사람들이 쓰는 것은 더 싫어한다. 나는 늘, 어느 정도 일기를 써왔다. 하지만 서핑을 해온 나의 삶에 대한 책을 쓴다는 생각, 특히 나와 함께 파도를 쫓았던 의심 없는 사람들에 관한 글을 쓴다는 생각은 상대적으로 최근에 떠올랐다. 내 동행들 중 미리 경고를 받은 사람은 거의 없었다.

벌써 집필에 착수한 나는 최악의 상황을 상상하며, 그 생각을 뉴욕에서 나와 함께 서핑하는 팀에게 공유했다. 반위크 고속도로를 타고 집으로 돌아올 때였다. 그들은 놀랄 만큼 열정을 보였다. 어떤 이유에선지 책은 그들에게 저항감을 별로 주지 않는 듯했다. 아마도 현재성이 덜하므로, 본질적으로 사생활을 덜 드러내기 때문인 듯했다.

"존도 거기 나와?" 로비스트가 물었다.

운전하는 셀야를 말하는 것이었다.

"나는 그저 각주에만 등장하지." 셀야가 말했다.

지금 봐서 알겠지만 사실이 아니다.

하지만 여기에 진정한 각주가 있다. 내가 어느 중학교를 다녔는지 버락 오바마에게 말했을 때 그는 믿지 않았다. 2004년 초반, 그가 아주 유명해지기 전의 이야기다. 나는 그에 대한 기사를 쓰고 있었고, 나는 그에게 퍼나호우Punahou 학교를 다니지 않았느냐고 놀려댔다. 그곳은 하와이에서 최고의 사립 예비학교였다. 우리는 시카고 하이드파크의 작은 쇼핑센터 안, 카리브해풍으로 꾸민 식당에 앉아 있었다. "젠장, 말도 안 돼." 그는 웃으며 말했다 (그가 실제로 "젠장"이라고 말한 건 아니었다. 하지만 우리는 기록 중이 아니었다). 나는 물론 잠깐이지만 카이무키 중학교를 다녔다. 하지만 거기 있던 누구도 내가 자기들에 대해 쓸 것이라는 사실은 몰랐다. 우리의 삶은 기록 외의 것이었다. 그 부분이 까다롭지만, 사실은 쉽다.

배 난간에서 아버지가 보인 황홀경은 그저 단순한 황홀경이 아니었다. 파킨슨병이었다. 증상은 느리게 왔지만, 일단 온 후로는 느리지 않았다. 병은 우리에게서 아버지를 정신적으로 앗아갔다. 아버지의 삶은 고통이 되었다. 아버지는 1년 동안 잠을 이루지 못했다. 아버지는 2008년 11월에 돌아가셨다. 어머니의 팔에 안긴 채. 자식들이 임종을 지키는 가운데. 부모님은 56년간 결혼 생활을 했다.

아버지의 마지막 해 동안 어머니는 무너졌다. 한 번도 본 적 없는 모습이었다. 언제나 마른 몸이었지만, 이제는 야위었다. 어머니는 외출을 그만두었다. 콘서트든 연극이든 영화든, 친구와도, 나와도 나가지 않았다. 어머니는 그래도 여전히 열정이 넘치는 분이었다. 나는 어머니가 얼마나 열렬히 영화 〈윈터스본Winter's Bone〉을 좋아했는지, 얼마나 철저히 〈아바타Avatar〉를 싫어했는지 기억한다. 하지만 어머니의 폐에 이상이 생겼다. 어머니는 기관지확장증, 호흡기병에 걸렸다. 여러 다른 증상 중에서도 호흡의 단축을 야기하는 병이었다. 그로 인해 어머니의 기력은 쇠하였다. 로스앤젤레스의 스모그 속에서 살았던 경험이 떠올랐다. 우리는 어머니를 데리고 호놀룰루로 휴가를 떠나 다이아몬드헤드 근처 옛날 동네에 집을 빌렸다. 어머니의 방에서는 바다가 내다보였다. 어머니의 세 손녀는 큰 침대에서 어머니와 함께 누웠다. 어머니는 이보다 더 행복할 수 없다고 말했다.

어머니와 나는 그 이듬해 여름에 우스운 순간을 맞았다. 어머니가 해변에 간 것은 이때가 마지막이었다. 롱아일랜드의 시원하고 화창한 오후였다. 어머니는 너무 연약해져서, 우리는 어머니를 담요에 싸서 바람이 솔솔 불고 파도가 내려다보이는 양지바른 곳에 뉘였다. 어머니의 손녀들은 온기를 더하려 그 주변에 누웠다. 나는 그 파도가 끔찍하기는 해도 탈 만하다는 말을 꺼냈다. 서풍이 흘러가는 허리 높이의 오른쪽 파도를 바로 모래밭 옆으로 차올렸다. "가서 서핑하렴." 어머니가 말했다. 나는 보드를 가지고 오지 않았다. 하지만 콜린은 트럭에 롱보드를 하나 두고 있었다. 거대하고 오래된 로그log(롱보드의 다른 이름)로, 딱히 정해진 목적 없이 벼룩시장에서 산 것이었다. 캐롤라인은 눈을 치뜨기는 했지만, 고개를 끄덕여 허락해주었다. 나는 뛰어가서 파도 몇 개를 탔다. 로그는 쇼어브레이크를 질주하기에 이상적이었고, 나는 해안을 따라 날며 시시한 파도 위에서 구식 기술을 몇 개 선보이다가 모래 위로 추락했다. 나는 모래 언덕 위에 있는 우리의 작은 야영지로 뛰어갔다. 어머니의 푸른 눈이 환했다. 나는 엄마 앞에서 장기를 뽐낸 열 살짜리 아이가 된 기분이었고, 어머니는 웃으며 말했다. "넌 어릴 때 했던 거랑 정말 똑같더라." 그건 골동품 롱보드였다. 다른 사람들은 모두 수다를 떨며 웃고 있었다. 내 파도를 보긴 한 거야? "아니." 딸이 말했다. "가서 다른 것을 한 번 더 타봐요."

어머니는 다리가 더 후들거리게 되자, 더 빨리 걸었다. 어머니는 늘 빨리 걸었지만, 이건 달랐다. 머리로 곤두박질치며 비틀비틀 질주하는 걸음걸이라 보는 사람은 어디 부딪힐까 싶어 그 뒤를 따라가고 싶어졌다. 급기야 어머니는 넘어졌고, 나는 자책했다. 호흡기 의사를 만나고 오는 길에 이스트 90번가에서 나는 어머니를 몇 초간, 돌봐줄 사람도 없이 혼자 놔두고 말았다. 내가 돌아보았을 때, 어머니는 한 걸음을 떼려다가 그것마저도 버거워했다. 그러다 미처 내가 닿기도 전에, 뒤로 넘어져 골반에 금이 갔다. 그 때문에 어머니는 자리에 눕게 되었다. 몰리와 나는 거의 매일 저녁을 어머니와 함께 보냈다. 캘리포니아에서 옛 친구들이 찾아왔다. 이제 〈LA타임스〉에서 일하는 마이클은 되도록 자주 왔다. 콜린과 가족도 마찬가지였다. 케빈과 그의 파트너도 왔다.

하지만 우리끼리만 보내는 밤이 더 많았다. 캐롤라인은 연방 정부와 관련된 긴 재판에 틀어박혀 있었다. 우리는 편안한 삼인조였다. 몰리는 책을 들고 웅크리고 누웠고, 어머니와 나는 옛 이야기를 하거나 텔레비전을 보거나 시사 문제를 풀었다. 어머니는 내 프로젝트에 보인 날카로운 관심을 여전히 유지했고, 내가 원고를 보여드리거나 했을 때 늘어진다 싶으면 돌려 말하지 않았다. 어머니의 건조한 유머도 여전했다. 어머니는 언제나 어설픈 농담을 심하게 해댔고, 혀로 볼 안쪽을 밀면서 고개를 까닥이고 머리카락을 뒤로 넘기면서 말하는 습관이 있었다. "내일 보자꾸나." 그다지 새로운 일이 일어날 게 없는 사람들이, 작은 세계에 사는 사람들이 헤어질 때 대수롭지 않다는 듯 서로에게 하는 말이었다.

어느 날 밤, 우리가 버릴 물건들을 모으고 있을 때, 어머니는 오랜 습관대로 머리를 흔들며, 재미있게도 말했다. "내일 보자." 거기에는 슬픔 어린 즐거움이 배어 있었다. 그리하여, 우리는 지금 그런 가족이었다. 우리의 세계는 확실히 줄어들었다. 어머니는 변하고 있었다. 어머니는 이제 나를 제대로 꿰뚫어보았다. 흔들림 없이 두려움 없는 사랑. 어머니와 몰리는, 어떻게 그럴 수 있는지는 모르겠지만, 이전보다 더 깊이 서로를 이해하고 맞춰나갔다. 어머니는 죽음 이후의 삶을 믿지 않았다. 이것이 끝이었다.

만성적 구토가 어머니에게 찾아왔다. 어머니는 그 때문에 식욕을 잃었고, 쇠약해졌다. 앞을 내다보던 낙천성도 마침내 흔들렸다. 우리는 어머니의 재를, 아버지의 재와 함께 바다에 뿌렸다. 새그하버Sag Harbor 근처, 시더포인트Cedar Point라고 부르는 곳으로, 부모님이 배를 타고 종종 지나쳐 갔던 곳이었다.

세계가 지속되는 방식을 싫어하게 될 수밖에 없다.

나는 부모님이 돌아가시기 전부터 더욱 무모해졌다. 두바이에서 인신매매에 관해 추적하면서 나는 우즈베키스탄 노예 상인과 그들을 비호하는 지역 세력의 심기를 거스르는 바람에 서둘러 아랍에미리트를 떠나야 했다. 멕시코에서 조직범죄에 대해 보도하면서, 필요 이상으로 사자 굴로 들어가버렸다. 이건 몰리가 태어났을 때 내가 그만두겠다고 맹세한 일이었다. 같은 충동이 서핑에서도 나타났다. 나는 푸에르토에스콘디도Puerto Escondido를 타러 오악사카Oaxaca로 갔다. 세계에서 가장 무거운 비치브레이크로 꼽히는 곳이었다. 나는 두 개의 보드를 부러뜨리고, 고막에 구멍이 난 채로 집으로 돌아왔다. 큰 파도를 타는 서퍼로 전향한 것은 아니었다. 그럴 배짱이 있던 적은 한 번도 없다. 하지만 나는 그간 어울리지 않았던 곳으로 밀고 들어가고 있었다. 푸에르토리코에서 파도가 더 크게 이는 날이면, 물속에서 나는 다른 사람들보다 몇십 살은 더 먹은 최연장자였다.

무슨 생각으로 그랬던 걸까? 우아하게 나이 들어간다는 생각이 좋았다. 그 반대의 선택은 어쨌든 굴욕감을 주었다. 하지만 내 나이를 의식해본 적은 별로 없었다. 그저 위대한 파도를 잡을 수 있는 희귀한 기회를 지나칠 수 없었던 것뿐이었다. 이건 일종의 퇴행적인, 애도를 위해 죽음을 무시하는 방식인 걸까? 나는 그렇게 생각하지 않았다. 예순 살 생일이 지나고 몇 주 뒤, 나는 오아후의 노스쇼어, 푸아에나포인트에서 등을 맞대고 달려오는 두 개의 배럴 속으로 들어갔다. 내가 30년도 더 전에 키라에서 탄 튜브만큼이나 깊고, 길었다. 두 파도 모두 나를 손도 대지 않은 채 무사히 놔주었다. 그런 아름다움의 곁에 있다는 것이—실제로는 곁에 있는 것 이상이었다. 그 안에 잠기고, 그에 관통당하는 경험이었다—핵심이었다. 신체적 위험은 부차적인 것이었다.

너무 늦기 전에 파도를 쫓고자 하는 이 강박적인 여정에서 셸야는 훌륭한 동반자였다. 그는 이제 마흔이 되었고, 주연을 따기가 점점 어려워졌다. 그는 이전만큼 높이 뛰고, 파트너를 들어 올리고 받으면서 공연할 수 있다고 말했다. 하지만 사람들은 더 젊은 얼굴, 더 젊은 신체를 원했다. 그는 2010년 프랭크 시내트라의 곡

으로 구성한 트월라 샤프 공연에서 큰 역할을 맡았다. 그 공연에
서 가장 훌륭한 장면은 〈셉템버오브마이이어스September of My Years〉
에 맞춘 셀야의 독무라는 게 내 생각이다. 절제되었지만 거의 명
상적일 정도로 우아했으며, 그 안의 상징주의는 놓치려야 놓칠 수
없었다. "그 독무대를 아주 존답게 만들고 싶었죠." 샤프는 〈타임
스〉와의 인터뷰에서 이렇게 말했다. 브로드웨이에서 199차례 공
연을 한 후에, 셀야는 그 쇼의 지방 순회공연에서 상임 감독을 맡
았으며 동시에 춤도 추었다. 그는 안무를 하고, 가르치고, 극본을
썼다. 그래도 무용수로서의 경력은 하향세였다. 언젠가, 누군가
그에게 다가올 프로젝트는 무엇이냐고 묻는 것을 엿들은 적이 있
다. 셀야는 뉴스에 나온 어떤 혜성을 언급했다. 혜성이 지구에 너
무 가까이 접근해서 사람들을 놀라게 했다는 것이었다. 그는 정면
충돌하길 바란다고 말했다. 그것이 그가 생각하는 최고의 직업적
시나리오라고.

　셀야는 자신의 분노가 흐르는 길을 바꾸어 서핑으로 보냈다.
그는 롱비치에서 가볍게 타던 날들을 이제 스케이트장식의 진료
실로 바꾸었고, 허리 높이의 파도에서 마지막 한 방울까지 짜냈
다. 아직도 실력이 향상된다는 게 가능한가? 그는 철저하게, 더
섬세한 기술에까지 세심하게 주의를 기울였다. 그는 정력적인 동
시에 끝없는 인내심을 발휘했다. 자기 스타일을 다듬어서 편안하
게 보이도록 하면서도 더 세게 밀어붙였다. 그는 내가 평생 놓치
고 말았던, 동작들을 할 때 따르는 미묘한 점까지도 알아차렸다.
셀야의 말에 따르면, 서부 해안 출신 서퍼들은 성공적으로 파도
를 타고 나서 빠져나올 때 한 손으로 머리를 넘긴다고 했다. 반면
같은 상황에서 오스트레일리아 서퍼들은 코를 닦음으로서 같은

주장을 한다고 했다. 너무 멍청해서 사실일까 의심이 드는 말이었지만, 서핑 비디오를 보면서 셀야는 그렇게 말하곤 했다. "좋았어! 자, 이제 코를 닦아." 그러면 바로 그 신호를 받아 서퍼는 그렇게 했다. "이게 스타일이라니까."

북동쪽에서 강풍이 불 때마다, 셀야는 덴마크나 댈러스에 처박혀 있지 않다면 바람을 따라 동쪽이나 남쪽으로 달려갈 준비를 했다. 그는 어떤 지역의 프로들의 인스타그램 글을 보고 어느 모래섬이나 방조제로 가면 될지 미묘한 실마리를 얻었고, 그러면 거의 틀림없었다. 재키가 다른 지역으로 출장을 갈 때면 셀야는 함께 가려고 했지만, 아내가 해안 근처에 있으면 그는 보드를 가지고 갔다. 그는 뉴잉글랜드의 모든 곳을 밝히던 스웰이 연속적으로 밀려올 때 보스턴에 있었다. 그가 보낸 문자메시지에는 희열이 넘쳤다.

그 스웰 중 하나는 허리케인 아이린Irene으로 일어난 것이었다. 나는 몬타우크에서 아이린의 앞 가장자리를 잡았다. 훌륭했다. 그런 후에는 집으로 뛰어가서 바람이 거세게 부는 밤을 캐롤라인과 몰리와 함께 보냈다. 아침이 되자 폭풍이 내륙으로 들어가 버몬트를 찢어놓고 서쪽으로 돌아갔다고 했다. 나는 가족의 허락을 받아 뉴저지로 갔다. 동부 해안의 서퍼들은 대서양에서 이는 허리케인과 잔혹한 관계를 맺고 있었다. 허리케인이 세찬 비를 내려 카리브해의 섬들을 파괴하고 가끔은 미국의 동부 해안까지 초토화하는데도, 열심히 숨을 헐떡이며 달려가게 되는 것이었다. 아이린은 그 정도로 나쁘지는 않았다(샌디가 훨씬 더 심했다). 뉴저지도 심하게 강타당하지는 않았지만, 내가 도착했을 때는 허무하게도 주지사의 명령에 따라 해변이 폐쇄돼 있었다(아이린이 닥치기 전 크리스 크리스터 주지사는 대중에게 알렸다. "해변에서 나오십시오. … 이제 피부도 탈 만큼 탔습니다."). 파도는 크고 깨끗했고, 바람은 떨어졌다. 나는 몇 블록 내륙 쪽으로 주차하고, 해안까지 슬금슬금 가서 몇 시간 동안 서핑했다. 동부에서 내가 제일 좋아하는 파도, 방조제에서 바로 떨어져서 울부짖는 오른쪽 파도가 늦은 오후에 슬슬 보이기 시작했다. 파도는 지나칠 정도로 컸으나, 물속에는 나 혼자 있었다. 그 말인즉, 단정하게 가다듬고 밀려드는 다수의 세트 중에서 세심하게 골라야 한다는 것이었다. 나는 북쪽을 향해 가늘어지는 파도들을 골랐다. 어둡고, 깊은 소리로 씩씩거렸으며, 웃음이 날 정도로 좋은 파도들이었다. 어둑어둑해지는 해변, 빨갛고 파란 경찰차 경등 불빛이 번쩍거렸다. 장면 전체에서 꿈의 향기가 풍겼다. 다만 나의 서핑 꿈은 늘 위대한 파도를 타지 못해서 일어나는 좌절이나 공포, 혹은 기억이 날 듯 말 듯한 특별한 고뇌라는 특징이 있었다. 경찰들이 나를 기다리고 있는지 아닌지는 몰랐지만, 안전을 위해서 나는 어두워질 때까지 기다린 후 북쪽으로 향하는 두 개의 방파제를 향해 패들해서 해변으로 슬쩍 빠져나왔다.

이전에는 내 작품들이 연예 산업계의 반론이라고 생각했다. 이제는 그렇게까지 확신할 수 없다. 어렸을 때 아버지가 방송국 세트장이나 야외 촬영지에 있는 모습을 보면 아버지의 다른 가족을 보는 기분이 들었다. 영화 스태프는 감정, 목적, 거대한 개성으로 가득 찬 하나의 세계다. 일시적이나마 함께 던져지고, 복잡한 관계를 맺고, 폭풍우처럼 서로 얽힌 사람들. 이걸 성공시켜보자고. 대부분 내 프로젝트들도—확실히 길고 설명적인 글들이었다—비슷한 궤도를 그렸다. 나는 자신을 몰아붙여 내가 쓰고자 하는 사람들에게 다가가려 했다. 함께 어울려 돌아다니고 이야기하며, 나는 그들의 세계에 진입하려고 했다. 그러다 어느 시점이 되어 책이 출간되고 이야기가 나오면, 우리 사이는 끝나버린다. 이 세 트장은 끝이다. 가끔은 연락을 유지하고 심지어 친구가 되기도 하지만, 그건 예외다. 셸야는 매번 쇼를 할 때마다 자기 나름대로 이런 경험을 한다. 나는 운이 좋았다. 나는 홈팀이 있다. 내가 몇 십 년 동안 일하는 잡지사가. 이제 와 생각해보니 내 친구들은 대 부분 작가이거나 서퍼이거나 혹은 둘 다였다. 나는 언제나 거울 을 혐오했지만, 요새는 거울을 볼 때마다 종종 아버지를 보는 것 같은 기분이 든다. 아버지는 걱정스럽고, 심지어 수치스러워하는 표정을 짓고 있다. 마음이 아프다. 아버지는 하고 싶은 일이 그 렇게나 많았다. 아버지는 한때 내게, 그 모든 게 그저 실패의 두 려움이라고 말했다. 아버지가 더 나이 들어 무릎 수술을 한 뒤 병 원에서 깨어났을 때, 아버지는 노한 표정으로 나를 보며 말했다. "네 머리가 언제 그렇게 하얗게 셌냐?"

몰리는 우리 부모님이 내게 주었던 관심과는 다른 종류의 관심 을 받았다. 우리는 그 애를 애지중지하고, 우리의 생활에 포함시 켜 세심하게 보살피고, 주의 깊게 이야기를 들어주었다. 나는 한 때 우리가 과잉보호를 하는 게 아닌가 걱정하기도 했다. 몰리가 대여섯 살쯤 되었을 때, 몰리와 나는 롱아일랜드의 파도 아래로 잠수했다. 나는 커다란 파도를 잘못 판단하고, 그 애의 손을 놓쳐 버렸다. 수면 위로 올라와서도 그 애의 모습이 보이지 않자, 나는 견고한 공포의 벽에 갇혔다. 그 애는 몇 미터 앞에서 떠올랐고 겁 먹고 배신당했다는 얼굴로 울어버렸지만, 다행스럽게도 다시 해 변으로 돌아가려고 하지는 않았다. 그 애는 그저 내가 더 주의를 기울여주기를 바랐다. 나는 더 주의를 기울였다. 나는 내가 심지어 보디서핑도 하기 전에, 윌로저스의 솟아오르는 갈색 파도 아래에서 태아와 다름없는 명상에 빠졌던 것을 기억했다. 그때 누군가 내가 떠오르는 것을 보고 있었나? 그런 생각은 들지 않았다. 매번 실수할 때마다 호되게 혼나면서 파도를 곁에 두고 대하는 방법을 배웠던 것이다. 하지만 나는 내 사랑하는 딸이 그런 식으로, 그렇게 불쾌한 일을 참고 버티는 모습을 상상하고 싶지 않았다. 운 좋게도, 몰리는 돌고래처럼 돌기를 좋아하긴 했어도 서핑에는 관심이 없었다. 그 애는 격려가 필요 없는 독립적인 기질을 가지고 있다. 나는 걱정을 좀 가라앉힐 수 있었다. 몰리를 여름 캠프에 데려다주고 올 때면 버림받았다는 기분이 드는 건 이쪽이었다. 몰리는 열두 살이 되자 말없이 기뻐하며 혼자서 시내버스를 타고 학교를 다녔다. 이제 우리는 지하철에서, 선을 그었다.

내가 멍청하게 위험을 무릅쓸 때, 딸 생각을 하지 않았을까? 아니, 하고 있었다. 2014년 3월, 나는 오아후의 서쪽에 있는 마카하라는 한때 유명했던 브레이크에서 파도 두 개에 깔려 예기치 않게 호흡곤란을 겪었다. 비가 내리고 바람은 없는 날이었다. 호놀룰루에서 강연을 마치고 집에 가는 비행기를 탈 때까지 몇 시간 정도 여유가 있었다. 기상예보에선 마카하에 큰 파도가 인다고—10~15피트 정도—했지만, 노스쇼어보다는 감당하기 쉬울 것 같아서 나는 그리로 향했다. 해변에서 보이는 것이라곤 거품 파도와 물안개뿐이었다. 탈 수 있는 파도는 저 거품 커튼의 어딘가 먼 바깥에 있었다. 나는 하와이에는 건을 가져오지 않았고, 그것이 실수임을 깨달았다. 몇몇 사람들이 패들하여 밖으로 나가더니 비스듬히 각을 틀어서 넓고 쉬운 채널을 통해 남쪽으로 나

갔지만, 모두 거대한 큰 파도용 보드를 타고 있었다. 나는 평소에
아끼는 얇고 핀이 네 개 달린 7피트 2인치짜리 보드를 갖고 있었
다. 전해 겨울 푸아에나포인트에서 두 개의 배럴을 통과했던 보
드로, 의료용 랜싯 같은 모양에 오목하게 들어간 아랫면을 받치
는 안쪽 핀이 달린 것이었다. 하지만 오늘 타기에 적당한 보드는
아니었다. 나는 어쨌든 패들해서 나갔다. 나는 나가는 것보다 나
가지 않아서 하는 후회가 더 클 거라고 생각했다. 그리고 열네 살
때 라이스보울에서 패들해서 나가지 않았을 때 느꼈던 마음을 좀
먹는 자기혐오적 후회를 나는 여전히 기억했다. 물론, 파도를 제
대로 볼 수 있었다면 얘기는 달랐을 것이다. 푸에트로에스콘디도
에서 내가 본 것 중에서도 파도가 가장 크게 치던 날에는 패들해
서 나갈 생각조차 하지 못했다. 사람들은 서핑하고 있었지만, 나
는 물에 빠져 죽을 수도 있었다. 그건 똑똑히 볼 수 있었다. 그렇
게 두렵지 않은 브레이크인 마카하에서는 적어도 저기 바깥에 무
엇이 있는지는 봤어야 했다.

  바다에 나와서 보니 이상할 정도로 아름다웠다. 크고 매끄럽고
간격이 넓은 스웰이 치는 채널은 비상했고, 오케스트라의 리허설
처럼 느껴졌다. 라인업이 눈에 들어왔을 때는 예기치 않게 넓은
수면 위인지라 별로 붐비지 않았다. 적어도 휴지기 동안에는 바
다에 뭉쳐 있는 남자들 몇몇이 보였을 뿐이고, 200야드 앞에 떨
어진 지점에 뭉쳐 있는 사람들은 그보다 더 적은 듯했다. 가장 가
까운 무리는 마카하 보울을 타려고 모여 있었다. 내 청춘 시절에
잡지나 서핑 영화에서 늘 보았던 거대한 끝 구간의 파도였다. 저
멀리 뭉쳐 있는 무리는 사진에 잘 나오지 않는 마카하 포인트에
서 타려는 사람들이었다. 두 지점은 날씨가 좋은 날에는 극도로

길고 세차게 부서지는 벽으로 연결되었지만 양쪽을 쭉 이어서 파도를 탈 수 있는 경우는, 아주 없지는 않았지만 매우 드물었다. 마카하 보울은 해변에서 더 가까이 부서지고 속이 더 비어 있는 큰 파도에 지위를 양보한 지 오래였다. 마카하 포인트는 그래도 비주류에서는 여전히 대표적이라 할 수 있는 명성을 보유하고 있었다. 나는 깊은 물에 들어가지 않고 남쪽으로 향하며 조심스럽게 보울로 나아가는 경로를 택했다. 더 작은 파도라 해도 그렇게 작지는 않았지만, 안쪽으로 꾸준히 부서져서 해안이 보이지 않았다. 나는 수평선 위를 신중하게 주시했다. 비는 약해졌고, 바다의 면은 유리같이 매끄럽고 거의 하얀색에 가까울 정도로 창백했다. 하늘과 마찬가지로 옅은 회색이었다. 다가오는 스웰은 더욱 어두웠다. 더 어두울수록, 더 가팔랐다. 모든 것이 유달리 정확한 흑백의 척도 위에 있었다.

마카하 보울에 있던 무리는 평균적으로 나이가 좀 있었다. 남자 둘은 적어도 내 또래였다. 거의 모든 사람이 건을 타고 있었다. 분위기는 어수선한 동시에 진지했지만, 누군가를 배척한다는 느낌은 전혀 없었다. 대부분 오아후 서부의 토박이인 이 사람들은 이런 파도를 위해 살아가는 듯했다. 나는 그 무리를 따라 커다란 파도 세트가 다가올 때 빠져나갔다. 저 멀리 바깥쪽 바다의 스웰이 어두워지자, 나는 채널을 향해 빨리 헤엄쳤다. 파도가 부서지려 할 때는 얼굴이 사실상 검게 변했다. 내 보드는 전혀 어울리지 않았다. 정말로 가장 큰 파도를 원하는 남자들은 두셋뿐이었다. 거대한 노란 건을 탄 나이 지긋한 하와이인은 침착하게 몇몇 괴물 속으로 헤엄쳐 들어갔다. 나는 세 시간 동안 세 개의 파도를 잡았다. 세 개 모두 성공했지만 매번 늦게 내려왔고, 무척 거칠어서 발밑에서 보드가 흔들렸다. 세 번째 내려올 때는 나도 모르게 비명을 질렀다. 내 파도는 특별히 크지는 않았지만, 나는 특별히 잘 타지도 않았다.

클린업 파도 세트가 두 개 있었다. 20피트짜리 벽, 저기 바깥 더 깊은 물에서 부서지고 있었다. 우리는 모두 안에 갇혔다. 나는 침착한 태도를 유지하며 더 일찍, 더 깊이 잠수했다. 그런 파도 중 몇 개에 내 발목 줄이 끊어졌다. 제트스키를 탄 인명구조원이 채널에서 어슬렁거리다가 보드나 줄이 망가지면 영향권으로 달려왔다. 그는 안쪽에서 내 보드를 회수했다. 그는 보드를 건네면서 나를 한참 쳐다보았지만, 그저 이렇게만 말했다. "괜찮으세요?" 나는 다행히 반쯤 희열에 찬 상태였다. 겁이 났고, 어울리지 않는 보드를 탔지만, 내가 절대 잊지 못할 것을 저기 바다에서 보고 있었다. 검은 파도의 얼굴 위에서 여러 색의 보드가 중요해졌다. 빨간 보드를 탄 남자는 가지 않는다. 주황색 보드를 탄 남자는 간다. 그의 주황색 보드가 검은 얼굴을 타고 내려가기 위해 마찰력을 받으려고 버틴다. 노란 보드를 탄 나이 든 하와이인은 가장 높고 가장 검은 벽을 건너며 환하고 열정적으로 색을 칠했다. 어떤 바다는 부서지자마자 물머리와 입술 아래가 코발트색으로 변했다. 다른 파도들, 피크에서 배럴로 말리는 거대한 파도들은 내장 같은 구멍의 그늘진 부분 속에서 색이 달라지며 더 따뜻한 남색을 띠었다. 마치 그 시점에서 회색 하늘은 색채 조합의 일부가 아닌, 바다가 내놓은 자신만의 색채인 것 같았다.

다음으로는 마카하 포인트에 있는 사람들이 있었다. 그들은 쇼트보드를 타는 사람들이었다. 그곳의 파도는 보울이라는 거대한 고대 동물에 비하면 그렇게 크지는 않았지만, 길고 긴 밧줄처럼 꼬인 회색 벽이었다. 그 위의 작은 인물들은 하늘에서 떨어지면서 위아래로 턴을 하며 선을 따라 내려왔고, 파도의 입술 아래 깊은 그림자 속으로 들어갔다. 그들은 아주 높은 수준의 서핑을 선보이며 존경스러울 만큼 거침없이, 거대하게 솟아오르는 파도를 갈랐다. 저치들은 누구일까? 나는 너무 겁이 나서 거기까지 패들해서 나갈 수 없었고, 이번 생에서는 저렇게 서핑할 수 없겠지만, 저런 모습을 보기만 해도 몸속에 기쁨이 차올랐다.

마카하에서 내가 본 작은 낭패는 부분적으로는 조바심을 냈기 때문이고, 부분적으로는 그 쇼트보드를 탄 사람들을 보았기 때문이며, 부분적으로는 어리석은 맹신 때문이었다. 나는 뒤로 물러나는 몽유병 환자 같았다. 나는 마지막 순간까지도 진입할 곳을 찾다가 결국엔 보울의 채널 가장자리를 떠나 영향권으로 깊이 패들해서 들어왔다. 포인트에서 내려오는 크고 멋진 파도는 아무도 타지 못한 채 흘러가면서 규칙적으로 포효했다. 그 파도는 내 보드로 잡을 수 있을 것도 같았다. 그 파도가 비어 있는 이유는 테이크오프 지점이 보울의 안쪽과 상향해안 사이의 출입 제한 구역에 있기 때문이었다. 커다란 세트가 밀려올 때는 절대로 있어서는 안 될 곳이었다. 나는 운명에 살짝 내기를 걸어보기로 하고 그리로 슬쩍 들어갔다. 다음번 커다란 세트가 오기 전에 큰 파도를 잡아챌 작정이었다. 나쁜 내기, 게으른 내기였고, 나는 졌다. 나를 안쪽에서 잡은 파도는 산처럼 거대했다. 나는 물이 여전히 깊게 여겨질 때까지는 괜찮으리라 생각했다. 나는 열심히 아래로 헤엄쳤지만, 요동치는 해류에서 탈출하지 못했다. 격류의 거대한 기둥이 아래로 발사되어 나를 후려쳤다. 공포에 질리거나 한 것은 아니었지만, 산소가 부족했다. 발목 줄을 잡고 올라가도 괜찮

을까 싶은 생각이 들기도 전에, 일단은 올라가야 했다. 수면 위로
떠올랐을 땐 숨을 고르기가 어려웠다. 거품이 너무 많았고, 해류
가 계속 나를 후려쳐댔다. 하지만 나는 두어 번 숨을 쉴 겨를밖에
없었다. 다음 파도는 더 컸고, 나를 흔적도 없이 없애버릴 준비를
하며 부서지고 있었기 때문이었다. 그때 비로소 몰리 생각이 났
다. 제발. 이것으로 내 명이 다하진 않기를. 나를 필요로 하는 사
람이 있어.

나이 때문이야, 나는 후에 이렇게 결론을 내렸다. 자신의 폐
활량에 대한 빠른 계산과 확고한 직관은 꺼져버렸다. 나는 두 번
째 파도까지는 확실히 살아 나왔지만, 생각보다 몇 초나 일찍 산
소가 떨어져버렸다. 그날의 파도 간격은 길었고, 그 덕에 나는 내
리누르는 두 번의 파도를 피할 수 있었다. 그 파도 밑에 깔렸다면
아마 살아나오지 못했을 것이었다. 나중에 알게 된 것이지만, 세
번째 파도는 더 작았다. 나는 비틀비틀 채널로 돌아갔다. 그런 뒤
에는 평화로운 기분이 들었다. 나 자신이 부끄럽고 몹시 기진맥
진하면서도, 이런 짓은 다시 하지 않겠다고 새로이 결심했다. 용
서받지 않을까 하는 희망으로 가장 격렬한 바다에 들어가 목을
빼고 영혼을 내놓는 짓은 하지 않겠다고. 뉴어크에서 집으로 돌
아가는 택시 안에서도 코에서 바닷물이 흐르고 있었다.

나는 여행을 떠나거나 동네에서 서핑을 하지 않으면, 웨스트
엔드애비뉴West End Avenue에 있는 지하 수영장에서 하루에 1마일
씩 수영하려고 한다. 이 사소한 습관과 더불어 육상 운동은 서핑
으로부터 나를 구원해준다. 오래전 운동을 하지 않고 버틸 수 있
었을 때, 나는 흥분이 없는 경쟁이나 위험, 또는 목적이 없는 운

동은 몸을 단련하기는커녕 오히려 소진할 뿐이라는 노먼 메일러 Norman Mailer의 의견을 지지했다. 수영장을 왔다 갔다 헤엄치는 건 내게는 특히 무의미하게 느껴졌다. 하지만 이제는 그런 태도로 도망칠 수가 없게 되었다. 수영을 하지 않으면, 나는 이제 서양 배 모양의 기름 덩어리 기둥이 되어버릴 것이다. 정기적으로 염소 처리한 물에서 아쿠아로빅 수업을 하는 사람들 곁을 느릿느릿 지나치는 수영은 이제, 나와 오직 롱보드뿐이었던 존재 사이에 낀 모든 것이었다. 큰 파도를 견디는 폐활량 같은 건 필요 없다. 나는 그저 패들해 나가서 내 발로 일어서고 싶을 뿐이었다. 내가 1990년대 마데이라에서 파도에 얻어맞고 기운이 꺾인 후에 너무 늙어서 서핑할 수 없다고 처음 느꼈을 때는 이전에 수영장을 한 번도 왕복한 적이 없었고, 역기를 들어본 적도 없었다. 나는 이제 그때보다 신체적으로 더 건강하다. 하지만 뛰어 올라 서는 건 여전히, 매년 점점 까다로워지고 더 노력이 든다. 이건 셸야가 할 법한 말로 건강 유지의 문제만은 아니다. 그저 하강의 속도를 늦추려고 노력하는 것일 따름이다.

　어퍼웨스트사이드의 진정한 아들인 셸야는 제리 사인펠드Jerry Seinfeld가 천재라고 생각한다. 사인펠드는 일할 필요가 없는데도 여전히 스탠드업 코미디를 하고, 농담을 강박적으로 갈고 닦아 1년에 100번 가까이 쇼를 진행한다. 그는 "80대까지, 그를 넘어서도" 계속할 거라고 말한다. 최근의 인터뷰에서 그는 자기 자신을 서퍼에 비유했다. "그 사람들이 무엇 때문에 그런 걸 할까요? 그저 순수한 겁니다. 사람은 혼자예요. 파도는 사람보다 더 크고 강하죠. 언제나 압도당합니다. 파도는 언제나 사람을 부수어버릴 수 있어요. 그렇지만 사람은 그걸 받아들여서 작고 간결하며 의미 없는 예술 형태로 바꾸어놓는 거죠."

셀야는 최근에 한쪽 고관절에 염증이 생겼다. 그래도 그는 여전히 춤을 추고 가르칠 수 있다고 말하지만, 서핑은 할 수 없다. 고통이 너무 심했다. 그는 재생 수술을 받았다. 고관절 때문에 서핑할 수 없던 기간에도 그는 파도가 올 때면 늘 따라왔다. 우리가 서핑할 때, 그는 보디서핑을 했다. 땅에 처박혀 있는 것보다는 낫다고, 그는 말했다.

타바루아의 유료 손님으로서 나의 불명예스러운 여행이 끝을 향해갈 때쯤, 나는 마지막 남은 아울 보드를 망가뜨려버렸다. 클라우드브레이크가 처음에는 보드를 우그러뜨려서 바닥에 주름살 같은 금이 가게 만들었다. 다음으로는 파도를 타고 있는 동안, 대패질한 표면 위의 유리섬유가 4피트 정도 갑자기 벗겨지더니 핀까지 쭉 나갔고, 그중 하나는 부러져버렸다. 2008년, 그 주 후반, 스웰이 점점 오를 때의 일이었다. 다행히도 셀야가 타바루아에 오면서 자신의 큰 파도용 보드와 함께 아울 보드를 하나 가지고 왔다. 그의 보드는 핏빛이라는 것만 빼고는 내 것과 동일했다. 내 보드를 쓰레기로 만든 아침 시간 이후에, 약하지만 고약한 북풍이 다가왔다. 비스듬하게 바다에서 육지로 부는 바닷바람으로, 클라우드브레이크에서는 무척 좋지 않은 방향이었다. 보트는 운행을 멈추었다. 나는 가서 보고 싶었지만, 다른 사람들은 아무도 관심이 없었다. 나는 클라우드브레이크가 종종 내게 옮기곤 하는 광증을 겪고 있었다. 나는 가야만 했다. 뱃사공 두어 명을 설득해서 거기까지 데려다 달라고 했다. 셀야는 우리가 무언가 찾을 때를 대비해 자기 아울을 내게 빌려주었다. 채널을 지나는 동안에 북풍이 잠잠해졌고, 바다는 유리같이 매끄러워졌다. 나는 전율을 느꼈지만 뱃사공들은 여전히 관심이 없었다. 나중에 알게 된 것이지만, 셀야는 섬의 남서쪽 나무 위, 약간 그늘진 전망대인 감시탑에 있었다고 했다. 그는 우리가 가는 내내 망원경으로 우리를 지켜보았다.

클라우드브레이크에 배를 댔을 때, 파도가 절정에 달한 것으로 보였다. 북풍이 약간 울퉁불퉁한 면을 남겼으나 빠르게 정돈되며 위아래로 흔들렸다. 아침보다 2피트는 더 커졌고, 스웰의 선은 내가 이제까지 본 것 중에서 가장 길게 이어졌다. 어깨가 각지고 구피풋으로 보드를 타는 이니아 네카레부Inia Nakalevu라는 뱃사공 하나가 나와 함께 물속으로 뛰어들었다. 그의 파트너는 지미라는 이름의 캘리포니아인이었는데 배가 채널에 정박한 동안 남아 있었다. 그는 나중에 합류할지도 모른다고 말했다.

처음으로 탄 두 번은 준비운동으로, 보드를 시험하고 파도를 시험하려는 목적이었다. 보드는 완벽했다. 안정적이지만 느슨하고, 익숙하면서도 빨랐다. 파도는 고깃덩이처럼 두툼했고, 키의 두 배 되는 높이였으며, 암초를 따라 멀리 휘면서도 몹시 빨랐다. 나는 조심스럽게 파도를 타고, 쉽게 성공했다. 이니아가 파도를 쫓아 머리를 흔들면서 특히 세차게 패들하는 것이 보였다. 나는 그 느낌을 알았다. 너무 벅차고, 너무 좋은 기분. 파도의 얼굴에는 여전히 약간 자글자글한 기운이 있었지만, 그래봤자 속도의 감각을 높일 뿐이었다. 나의 세 번째 파도는 더 크고, 더 위태로웠다. 나는 입술의 그림자 아래로 깊게 올라타 원을 크게 그리며 속도를 내고 위아래로 회전하면서, 어떻게 갈지 알 수 있을 만큼 빠르게 내려왔다. 그렇게 복잡하거나 기술적인 배럴은 아니었다. 그저 보드를 평평하게 유지하면서 파도의 바닥에서 멀리 떨어지기만 하면 되었다. 파도의 입술이 계속해서 커다랗게 쪼개지는 소리를 내며 내려앉는 자리였다. 마침내 나는 저 안쪽의 햇빛 속을 질주해서 마지막으로 S자 모양으로 회전하며 빠져나왔고, 파도는 얕은 암초에 부딪고는 닫혀버렸다. 천천히 속도를 늦추어 파도가 없는 지역에 멈추면서, 나는 마지막으로 그렇게 훌륭하게, 그렇게 강렬하게 파도를 탔던 때가 언제였던가 기억하려고 애썼다. 기억이 나지 않았다. 세월이 지나버렸다.

교만함이 앞선 나머지 다음 파도는 지나치게 가볍게 탔다. 첫 번째 바텀턴을 너무 얕게 들어가면서 파도가 무엇을 준비하는지 확인하기 위해 어깨 너머를 돌아보지도 않은 채 평소와 다르게 힘껏 회전에만 집중했다. 보드의 앞코가 내가 보지 못한 북쪽 거친 파도에서 떨어져 나온 조각에 걸린 모양이었다. 나는 너무 세고 빠르게 떨어져서 한 팔로 얼굴을 가릴 수조차 없었다. 옆머리가 단단한 물체를 받은 듯한, 혹은 받히는 듯한 느낌이 들 만큼 강하게 수면에 부딪혔다. 파도가 나를 떨쳐냈다. 나를 빨아들이지는 않았다. 나는 파도가 채 부서지기도 전에 빠른 속도로 철퍼덕 내리쏟아지는 것을 가까스로 버텨냈다. 나는 보드 위에서 휘청거리며 패들을 시작했다. 머리가 울리고 어안이 벙벙했다. 기침을 했더니 피가 나왔다. 목구멍 안쪽에 피가 고이고 있었다. 아프진 않았지만 숨을 쉬려면 피를 뱉어내야 했다. 맑은 물에 닿자마자 일어나 앉았다. 나는 연신 피를 손 위에 뱉어냈다. 머릿속의 울림이 줄어들었다. 이제는 찰싹 얻어맞은 정도의 느낌이었다.

"빌!" 이니아가 피를 본 모양이었다. 그는 배로 가자고 말했다. "패들할 수 있겠어요?"

그래. 나는 패들할 수 있었다. 두통과 발작성 기침만 빼면 괜찮은 느낌이었다. 나는 괜찮아. 나는 말했다. 계속 서핑하고 싶었다.

"아니, 안 돼요."

이니아는 겁에 질린 표정이었다. 손님을 돌보는 것이 그의 일이었다. 나는 그에게 미안한 기분이 들었다.

"나는 괜찮아."

그는 내 눈을 들여다보았다. 그는 20대 후반이었다. 소년이 아닌 어른이었다. 그의 시선에는 놀라운 무게가 실려 있었다. "주님을 알아요, 빌?" 그가 물었다. "주님이 빌을 사랑한다는 걸 알아요?"

그는 대답을 원했다.

딱히 그렇지는 않아. 나는 웅얼거렸다.

이니아의 찡그린 표정이 약간 바뀌었다. 이제 그가 걱정하는 건 나의 영혼이지, 나의 기침이 아니었다.

우리는 거래를 했다. 계속 서핑을 한다. 하지만 그는 내 옆에 가까이 붙는다. 그게 무슨 의미이든 간에. 그리고 나는 조심한다. 그게 무슨 의미이든 간에.

스웰은 더욱 커지고, 파도의 선은 더욱 길어졌다. 우리는 뒤에서 보면 부서지지 않고 흩어져버리는 아주 커다란 세트를 향해 패들해갔다. 이니아는 그 세트를 관찰했다. 다시 걱정이 스쳤다.

이제 내 머리는 괜찮은 느낌이었다. 나는 파도를 원했다. 벌써 저 멀리 암초에서 부서지며, 거대해 보이는 파도가 다가오고 있었다. "안 돼요, 빌, 이건 아니에요." 이니아가 말했다. "이건 그냥 클로즈아웃이에요."

나는 그의 충고를 받아들여, 그 위를 패들해서 지나갔다. 다음 파도도 같아 보였다. "이거예요." 이니아가 말했다. "이건 좋아요."

이것이 거래가 의미하는 바였다. 나는 이니아의 판단을 믿어야 한다. 나는 몸을 돌려 파도를 향해 파고들었다. 그의 판단은 탁월했다. 내가 잡은 파도는 암초 위에서 벗겨졌다. 내 눈에는 똑같이 보였던 앞의 파도는, 이제야 알게 되었지만, 전부 동시에 부서져버렸다. 나는 그저 초록 물을 향해 조심스럽게 서핑했다. 그러다 옆으로 빠져나갈 때, 나는 이니아가 내 바로 뒤의 파도에 있다는 것을 알았다. 이것이 바로 그가 내 옆 가까이에 붙어 있는 방법이었다. 그는 세게, 자기 능력의 한계까지 밀어붙이며, 결코 조심스럽지 않은 방식으로 서핑했다. 이니아의 표정은 맹렬했으며, 그의 눈은 탐조등 같았다. 이니아가 그 파도에 완전히 반했다는 걸 나는 알 수 있었다.

우리가 같이 패들해서 다시 바다로 나갈 때, 나는 물었다. 주님은 모든 사람을 사랑해?

이니아는 기뻐하는 표정이었다. 그는 단호하게 그렇다고 답했다.

그러면 어째서 주님은 전쟁과 질병을 허락한 거야?

"이 땅의 모든 재판관이 옳은 일만 하지는 않잖아요?"

이니아는 마음이 성경 말씀으로 가득 찬 평신도 설교사였다. 그는 씩 웃고 있었다. 어디 신학 논쟁을 끄집어내봐라. 그래도 그는 나를 개종하려 할 것이었다. 이건 하이럼 빙엄의 이중 역전이라고, 나는 생각했다. 정신이 나갈 때까지 서핑을 하는 검은 피부의 전도사.

그런 식으로 흘러갔다. 이니아는 어떤 파도에는 나를 말렸고, 다른 파도에는 나를 밀어 넣었다. 그리고 틀리는 법이 없었다. 나는 그가 무엇을 보는지 이해할 수 없었고, 그가 어떻게 분간해내는지도 알 수 없었다. 이것은 지역 토박이만이 지닌 파도 지식을 숭고하게 보여주는 것이었다. 그것은 또한 나를 안전히 지켜주고 있었다. 나는 신중하게 서핑하려고 했고, 한 번도 떨어지지 않았다. 나는 이니아를 보았고, 부서지는 파도를 향해 갔고, 거대한 배럴을 잡았다. 그는 파도에서 빠져나간 후에 일생 최고의 파도라고 말했다. 주님을 찬양하자. 내가 말했다. 할렐루야. 그가 말했다.

나중에 셀야가 말하기를, 1마일 떨어진 곳에서는 오로지 테이크오프밖에 볼 수 없었다고 했다. 그리고 옅은 푸른빛 파도 위에 환하게 떠오른 작고 빨간 보드도. 그 후에 파도가 암초 위로 휘어들자, 다만 우리의 흔적만이 있었다고 했다. 가느다란 하얀 선이 라인을 따라 풀려 나갔다며.

계속 쏟아지는 파도는 환히 빛나고 신비로웠으며, 극도의 희열로 대기를 채웠다. 이니아는 서퍼로서, 그리고 설교자로서 불이 붙었다. 아직도 의심하고 있어요? "그러므로 땅이 무너지고 산이 흔들려 바다의 심장에 빠진다 해도, 바다가 포효하고 거품이 인다고 해도, 우리는 두려워하지 않으리라."✦

나의 의심은 가시지 않았다. 그러나 나는 두렵지 않았다. 나는 그저 이 순간이 끝나지 않기만을 바랐다.

✦　〈시편〉 46장 2~3절.

바바리안 데이즈

1판 1쇄 펴냄 2018년 7월 27일
1판 3쇄 펴냄 2021년 2월 1일

지은이 윌리엄 피네건
옮긴이 박현주
펴낸이 안지미

펴낸곳 (주)알마
출판등록 2006년 6월 22일 제2013-000266호
주소 04056 서울시 마포구 신촌로 4길 5-13, 3층
전화 02.324.3800 판매 02.324.2845 편집
전송 02.324.1144

전자우편 alma@almabook.com
페이스북 /almabooks
트위터 @alma_books
인스타그램 @alma_books

ISBN 979-11-5992-180-3 03840

이 도서의 국립중앙도서관 출판시도서목록CIP은 서지정보유통지원시스템
홈페이지http://seoji.nl.go.kr와 국가자료공동목록시스템http://www.nl.go.kr/kolisnet에서
이용하실 수 있습니다. CIP제어번호: 2018020730

알마는 아이쿱생협과 더불어 협동조합의 가치를 실천하는 출판사입니다.

종이 표지_아트지 250g/㎡ 본문_그린라이트 70g/㎡